프랑스 현대시사

—보들레르에서 초현실주의까지

프랑스 현대시사

—보들레르에서 초현실주의까지

마르셀 레몽 지음

김화영 옮김

H
현대문학

책머리에

내 생각으로는 낭만주의 이후의 시운동에는 그 전체를 지배해온 하나의 역선(力線)이 관류하고 있다고 여겨지는데, 이 책의 이곳저곳에는 그 역선의 윤곽이 나타나게 될 것이다. 현대인의 주된 야심은 시를 그 본질 자체의 차원에서 파악해보고자 하는 데 있다고 보아 이 책의 각 장은 그 야심과 관련하여 배열된다. 독자는 이 책에서 우리들 세기가 생산한 작업의 총체적인 벽화라든가 수많은 초상화들을 전시한 화랑 비슷한 그 무엇을 만나게 될 것이라고 기대할지 모르나 그런 것은 찾아볼 수 없을 것이다. 그 점, 내가 존중해 마지않으며 이 책 속에서 인용하고 싶은 마음 간절했으나 그러지 못한 여러 시인들에게 용서를 비는 바이다.

혹시 내가 내린 판단에 편파성이 깃들어 있다고 누가 비난한다면 나는 여하한 경우에도 시의 편을 들려고 노력했다는 말로 내 입장을 변호하고 싶다.

차례

책머리에 5

서론 9

제1부 역류

제1장 | 상징주의에 대한 고찰 61

제2장 | 로만주의와 본연주의 73

제3장 | 20세기 초의 시 92

제4장 | 남프랑스 시의 깨어남 116

제5장 | 투구를 쓴 미네르바의 기치 아래 130

제2부 새로운 프랑스적 질서를 찾아서

제6장 | 신상징주의의 만남 157

제7장 | 신구미학의 만남 181

제8장 | 상징주의의 고전, 폴 발레리 221

제9장 | 총체적 세계를 노래하는 폴 클로델 248

제10장 | 선의의 사람들의 시 282

제3부 모험冒險과 반항

제11장 | 새로운 시의 여러 기원 319

제12장 | 현대적 활동과 삶의 시를 향하여 353

제13장 | 자유로운 정신의 유희 372

제14장 | 다다 398

제15장 | 초현실주의 420

제16장 | 초현실주의 시인들 444

제17장 | Ⅰ. 초현실주의의 주변 474

　　　　　Ⅱ. 시의 현대적 신화 511

에필로그 531

2007년 개정판 역자 후기 547

1983년 1판 역자 후기 548

인명 색인 553

서론

1

『악의 꽃Les Fleurs du Mal』이 현대시 운동의 근원들 중의 하나라는 데는 오늘날 의견들이 대부분 일치한다. 거기서 흘러나온 첫 번째 흐름은 '예술가들artistes'의 줄기로 보들레르에서 말라르메로, 다시 발레리로 이어지며, 다른 하나의 흐름은 '견자(見者)들voyants'의 줄기로 보들레르에서 랭보로 그리고 다시 모험을 찾아 떠나는 최근의 시인들에게로 이어진다고 보는 것이다. 비록 어림잡아본 견해이긴 하지만 받아들여도 좋을 것 같다. 19세기 후반기의 거물급 서정시인들은 그들이 표방하는 야심의 거의 절망적이라 할 만한 대담성과 몇몇 시편의 섬광 같은 아름다움—인물 됨됨이의 매력은 말할 것도 없지만—을 통해 아직도 여전히 지우기 어려운 황홀감을 자아내고 있다. 그러나 우리 시대의 시가 뿌리박고 있는 근원을 찾아내고 그 기도(企圖)가 어떠한 의미를 지니고 있는지를 규명해보려면 마땅히 보들레르, 위고, 라마르틴을 지나 유럽의 전기 낭만주의까지 거슬러 올라가보아야 한다.

반종교개혁과 바로크 예술의 시대에 처음으로 비합리성l'irrationnel의 부르짖음이 폭발했을 때는 교회가 별 어려움 없이 그 신비주의적 추세를 유도할 수 있었다. 그러나 그 후 2세기가 지나 "철학자들"의 비판이 있고 난 뒤에는 그것이 불가능해졌다. 지금까지는 종교를 통해서 흡수할 수 있었던 몇몇 인간적 요구를 만족시키는 일이 이제는 예술의 소임(물론 예술만의 소임은 아니지만)으로 돌아왔다.

이제부터 시는 윤리나 형이상학적 인식을 위한 어떤 비상수단이 되어가는 경향을 띤다. 랭보가 의도했던 것처럼 "삶을 변화시키고" 인간을 변화시켜서 인간으로 하여금 존재 그 자체와 만나게 하고자 하는 어떤 욕구가 시를 충동한다. 여기서 새로운 점은 그런 사실 자체보다는 미지의 힘들을 되찾아내어 자아와 세계 사이의 이원성을 극복하고자 하는 의도가 무의식으로부터 차츰 그 모습을 드러낸다는 사실이다. 그런데 그러한 의식이 왜 역사 속의 바로 그 시기, 즉 18세기 말에 깨어나게 되었는가라는 질문에 대답하자면 먼저 현대 문명 속에서의 작가와 시인의 상황을 살펴보아야 한다. 그 문명—그것은 여러 가지 점에서 볼 때 『백과사전L'Encyclopédie』 속에서 조야한 방식으로나마 처음으로 표현된 바 있는 독트린들이 적용되어 이루어진 문명인데—이 낭만주의와 정확하게 동시대의 산물이라는 사실은 과연 우연한 일일까? 그 문명은 그때 이후 세계와 삶에 대한 합리주의적이고 실증적인 관념을 바탕으로 해서 점차 더욱 강력하게 구축되었고, 그것이 인간 정신에 가한 구속은 일종의 소권거절(訴權拒絶)과 같은 것으로 날이 갈수록 무자비하게 무의식을 짓눌러버렸다. 그 문명은 인간을 세계와 유리시켰고 또 인간 자신의 한 부분, 즉 이성의 통제를 받지 않는 힘이 잠재해 있는 부분과 유리시켰으므로 (그것도 기독교가 인간의 영혼에 행사할 수 있는 위력을 상실하고 개인적 구원의 길을 제시하지 못하게 된 바로 그 시기에) 결국 사태는 인간 정신의 총체적 요구와 인간에게 주어진 제한된 삶 사이에 생긴 자연적인 불일치가 더이상 견디기 어려운 상태에까지 이르고 말았다.

따라서 그 무렵부터 시인들은(그들이 시적 행위를 생존 그 자체를 지키기 위한 활동으로 간주하려고 노력한다는 점에서 볼 때) 우리들 사회 안에서 어떤 보상적 기능을 수행하고 있다고 여겨진다. 괴테가 "모체(母體, Mères)"라고 부른 바 있는 것과의 의사소통을 실현하기 위하여 인간에게 주어진 수단 중 하나가 시라고 한다면 그러한 의미의 시란 인간의 항구적인 하나의 소명이라고 여겨진다. 그러나 앎의 대상은 오로지 "실제적인 것Le réel"뿐이라고 표방하는 시대, 그 소명이 끊임없이 저지당하는 시대에 있어서 무의식은 비정상적인 방식으로 의식에까지 올라오게 되고 온전한 생존의 요구는 무슨 형이상학적 권리 청구와 같은 모습을 띠게 된다.

우선 '계몽주의 시대Aufklärung'의 합리주의에 반기를 들고 그러한 운동이 모습을 갖추면서, 각기 다르면서도 결국은 동일한 방향으로 추진된 일련의 개인적 실험들이 노발리스, 장 파울, 호프만, 아르님 등의 이름하에 기이하고도 위대한 작품들을 낳고 유럽의 하늘에 낭만주의의 신화적 판도를 그리게 된 것은 독일에서였다. 알베르 베갱Albert Béguin의 대서(大著)가 나온 이래 프랑스에서는 그것이 어떤 조건하에서 어떤 규모로 발생했는지가 확실해졌다. 기억을 돕기 위해서 그와 병행된 조망 속에 블레이크에서 코울리지, 셸리에서 포에 이르는 영국의 위대한 비전의 시인들 이름도 함께 기록해두는 것이 좋겠다.

그러나 우리가 뜻하는 바는 역사적인 범주가 아니다. 우리는 인과 관계를 규명하자는 것도 아니고 계보와 영향의 문제를 따지자는 것도 아니다. 우리는 다만 몇몇 특출한 개인들이 참여했고 아직도 참여하고 있는 하나의 모험, 혹은 하나의 드라마를 구성하고 있는 가장 중요한 내용이 어떤 것인가를 살펴보고자 할 뿐이다. 역사를 통하여 전개되며 인간의 구체적인 삶 속에서 완성을 위한 장소와 가능성을 빌려 실현되는 어떤 변증법의 대전제들을 포착함으로써 인간 정신의 판도 위에 실천 방법과 염원들의 이상적 주기 및 그 총체를 그려 보이고, 그 방법과 염원들 사이에 신비스러운 통일성이 존재함을 밝혀내보자는 것이 우리의 뜻이다.

우리가 지금 프랑스의 루소 쪽을 주목하고자 하는 것은 그가 바로 현대 시인들의 선구자이며 스승임을 지적하기 위해서가 아니다. 루소에게 예언자적 예지나 세계를 주름잡는 형이상학자적 면모는 전혀 없는 것 같다. 그러나 매우 특이한 정신적이며 신비적 분위기, 즉 낡은 인연을 끊어버리고 시가 "생존 그 자체를 지키기 위한vital" 활동이 되도록 하려는 정신의 노력을 고무하게 될 바로 그 분위기가 루소에게서 처음으로 나타난 것은 사실이다.

『몽상Rêveries』의 제5산책에 나타난 것처럼 눈요기에 적당한 일체의 표면적 요소가 거의 다 배제된 채 가장 강력한 힘의 절정에 도달한 자연의 감정—자아는 무의식적인 힘을 완전히 장악하고서 사물들을 제것으로 동화하고 또 사물은 몽상자의 "여러 가지 감각을 고착시킨" 상태—은 인간 정신과 세계의 점진적 혼연일치로부터 탄생하는 것 같다. 주관적 감정과 객관적 감정 사이의 경계는 지워진다. 우주가 정신의 통어력 하에 들어온다. 사고는 모든 형태에, 모든 존재에 '참여한다'.[1] 풍경의 움직임은 내부로부터 지각된다. 아니 느껴진다. "파도 소리와 물의 요동", 밀물과 썰물은 심장의 고동, 피의 리듬과 분간할 수 없는 리듬을 낳는다. 그러나 곧 나르시스는 자아 속에 침잠한 채, 아니 자아의 중심에 똘똘 뭉쳐진 채 제 모습을 들여다보고 싶은 욕망마저 잊어버렸다. 그 황홀경 속에 남은 것이란 그저 존재하고 있다는 막연하고 감미로운 느낌뿐이다. "이 같은 상황 속에서 향유될 수 있는 것이란 무엇이겠는가? 자신의 밖에 존재하는 그 어떤 것도 향유의 대상은 되지 못한다. 아니 아무것도 향유의 대상이 되지 못한다. 그럴 대상이 있다면 아마 그것은 자기 자신이거나 자신의 존재 그 자체이리라. 이런 상태가 계속되는 한 그는 신처럼 저 자신만으로 충족한다." 왜냐하면 그는 이전부터 세계와 대립적이 되는 상태를 포기했기 때문이며 자아의 감정과 전체의 감정은 서로 분간할 수 없게 되었기 때문이다. 이것은 자연스러운 신비의 경험이다. 루소가 끊임없이 신이라고 명명하는 그 "커다란 존재"는 범우주적이며 내재적인 생명으로서, 그는 그 생명이 자신의 속으로 밀물처럼 넘쳐 들

---

1) '참여하다participer' 란 말을 우리는 레비-브륄Lévy-Brühl의 연구에 의하여 그 말에 부여된 의미로 사용하였다.

어오는 것을 느낀다(사실 그가 스스로 그 생명 속에 흡수되기를 작정한 까닭은 무한의 핏줄이 그 자신의 심장에 와 닿아 있는 것처럼 느껴졌기 때문이다).

이처럼 "완벽하고 충만하며" 그 자체로서는 형언할 길 없는 행복의 상태는 또한 덧없이 지나가는 성질의 것이기도 하다. 그것이 지나가고 나면 인간에게는 자신의 한계와 덧없는 삶의 조건에 대한 더욱 강렬한 의식만이 남게 된다. 인간은 다시금 그 낙원의 문을 억지로라도 열고 들어가보지 않고서는 견딜 수 없는 상태가 된다. 그렇게 못한다면 적어도 그 황홀한 계시로부터 무엇인가 유익한 것을 얻기라도 해야 한다. 황홀경 속에 잠겨 있는 동안에는 말[言語]은 잡힐 듯 잡힐 듯 빠져나가버리지만 그 황홀경의 기억은 그 경험을 상기시킨다. 마치 파도 위에 이는 거품처럼 반짝이는 이미지가 그것이다. 영혼의 유희라고도 할 수 있겠지만 그것은 그 자체보다 더 고양된 활동을 열망하는 유희이며 말씀verbe을 통해서 잃어버린 행복을 재창조하기를 열망하는 유희다. 그 이미지들을 구성하는 요소들은 감각 세계의 자질구레한 것들에서 빌어온 것이지만 그 이미지의 기능은 외적인 사물들을 묘사하는 데 있는 것이 아니다. 그것들의 역할은 내면적인 움직임을 연장하고 복원시켜놓는 데 있다. "이런 환각적 상태 속에서는 주체가 객체를 지각하는 것이 아니라 객체가 저 스스로를 지각하기 위하여 주체 속에 들어온다"라고 노발리스는 말했다. 저마다의 이미지는 은밀하게 조직되어 상징으로 변하고, 말은 기호의 기능을 넘어서서 말이 환기하는 사물 그 자체, 즉 심리적 현실과 혼연일치가 된다.

이에 따라, 자신을 알고자 하는 고전주의 작가는 자기 반성을 통하여 얻은 관찰 결과를 논리적 지(知)의 차원으로 옮겨 생각했던 반면, 낭만주의 시인은 감정인 동시에 자기 향유—그리고 현전(現前)하는 것으로 체험되는 우주의 감정—가 될 수는 없는 지적 인식을 포기하고서 이처럼 변용하는 비유적이며 상징적인 자신의 초상을 만들도록 상상력의 위력에 호소하게 된다. 루소와 샤토브리앙이 그 모범을 보여준 그 새로운 표현 양식의 핵심이란 바로 이상과 같은 것이다. 이것은 겉보기와는 달리 자연스럽고 심지어는 직접적이라고도 할 수 있는 양식으로서, 분석적 표현 방법에 비해 언어에 그 가장 오래된 특권을—보들레르가 시를 "암시의 마력"으로 만들기 위하여 사용하려고 시도한 바 있는 바로 그 특권을—회복시켜준다는 장점이 있다.

"영혼을 드러낸다"든가 "자연 그대로의 상태"를 다시 찾는다는 희망이란 바로 반쯤은 무의식 속에 묻혀 있었던 저 태고적 꿈의 귀결이요 '마력적'인 세계의 꿈이 아니고 무엇이었던가? 그 마력적 세계란 인간이 사물과 구별된 것으로 느껴지지 않으며 인간 정신이 일체의 합리적 방식을 초월하여 아무런 매개체도 필요 없이 현상들을 직접 지배하는 세계가 아니고 무엇이었던가?

*

1820년대와 1830년대 시인들의 낭만주의는 고전주의에서 전수받은 사고 방식 및 창작 방식과 이미 루소가 화답한 바 있는 저 심연으로부터 올라온 부름 사이의 타협으로부터 생겨났다는 것을 우리는 잘 알고 있다. 그리고 루이 필립 시대의 산업 부르주아 세계 속에서는 봉사 정신이 결여된 사람은 제대로 취급받지 못한다. 가장 위대한 사람들은 인류에게 유용한 인간이 되기를 갈망한다. 같은 때에 최초의 낭만주의의 또 다른 변형은 파르나스[고답파(高踏派)]의 묘사적 문학을 준비하고 있었다. 예컨대 테오필 고티에Theophile Gautier가 구현한 바와 같이 객관성에 도달하려고 노력하는 그런 회화적 시는 루소와 샤토브리앙이 개척한 바 있고 자연과 정신의 상호 침투 감정에 바탕을 둔 시와는 거리가 멀다. 그러나 다 같이 낭만주의에서 갈라져나온 이 두 줄기는 어느 면 유사한 데가 있다. 제2제정기의 파르나스 시인들은 1840년대의 사회적 시인들과 마찬가지로 올랭피오Olympio[위고*의 시 「올랭피오의 슬픔 Tristesse d' Olympio」(시집 『빛과 그림자』)에 나오는 주인공으로 시인의 분신—옮긴 이주]가 말하는 소위 "내면의 심연"을 외면한다. 그들이 눈길을 던지는 곳은 의식에 의하여 조명된 영역이다. 사회적 시인은 대다수 사람들에게 전달될 수 있는 보편적 감정을 노래하고 파르나스파는 외적 세계에 대립하는 입장에서 그 세계의 형태와 색채를 보다 더 잘, 그리고 보다 차분하게 관찰하려 한다. 사실 대상을 묘사하고자 하며 진실을 전달하고자 하는 입장이므로 양자는 다 같이 어조와 담화의 교훈적 습관에 매우 잘 적응한다. 오직 제라르 드 네르발Gérard de Nerval만이 발을 들어놓았다가는 다시 돌아올 수 없는 고장에까지 대담하게 전진한다. 점점 더 대담해지는 그의 모험은 노발리스를 상기시키는 데가 있다. 끝까지 가보겠다는 의지, 상아와 뿔로 된 저 문들을 박차고 들어가려는, 그리하여 자신의 운명을 시에 걸겠다는—그것도 광기에 가까운 치열성을 가지고—그 의지는 프랑스의 심장부에 나타난 유례없는 기도이며 극한적인 경우라 하겠다. 꿈과 삶 사이에서 시인은 그의 길을 찾는다. 밤과 낮, 눈에 보이는 것과 보이지 않는 것은 다 같이 시인의 보살핌을 받을 권리가 있고 상호보완적인 두 개의 세계, 근원적인 현실의 상통하는 두 가지 존재 방식임으로 그 길은 자연스럽고 정상적인 하나의 새로운 균형과 같은 것이다. "인간의 상상력이 만든 것이면 진실되지 않는 것이란 없다고 나는 믿는다." 이것은 지극히 핵심적인 발언이다. 그러나 시인에게는 눈에 보이는 세계 역시 진실된 것이고(2차적인 진실에 속하지만) 꿈의 진실들과 만나게 되는 길이다. 특히 근래에 와서 앙드레 브르통André Breton이, 여러

---

* Victor-Marie Hugo, Tristesse d'Olympio, in Les Rayons et les Ombres cf. A Olympio, in Les Voix intérieures.

가지 기호들이 서로 화답하는 저 꿈과 생시의 이중적인 판도에 대하여 점점 더 절박한 질문을 던지면서 아주 오래 전부터 네르발이 앞장서서 걸어갔던 그 정신적 장소에 관심 깊은 발길을 멈추고 있다는 사실은 주목할 만하다.

위고는 1860년경에 모든 영광을 다 누렸지만 대체로 이해받지 못한 상태였다. 사람들은 화려한 위고, 감상적인 위고에게 박수를 보냈고 자유와 인간성의 시인, '국민적 서사시의 수호자'를 아꼈다. 그러나 꿰뚫어보는 눈을 가진 시인, 예언자, 원초적 비전의 시인으로서의 위고를 이해하지 못했으므로, 본능적으로 그를 멀리했다—오늘날까지도 그를 찬양하는 대다수의 사람들은 그런 면모를 모르고 있다. 위고에게서 "삶의 신비'를 표현하는 데 있어서 가장 훌륭한 재능을 갖추었고 가장 뚜렷하게 선택받은 인간"을 알아보았던 보들레르도 있었고 위고가 "그의 마지막 시집들 속에서는 '제대로 보았다'"고 술회했던 랭보도 있었지만 또 한편 다른 많은 사람들은 『어둠의 입Bouche d'Ombre』을 쓴 시인이 자기 스스로 사용하는 비유들의 참뜻을 잘 알고서 썼을 가능성이 있으며, 상상력 속으로의 자유 분방한 그의 출범이 매혹적인 유희 이상의 그 무엇이라는 사실을 믿지는 않으려고 했다. 『명상시집Contemplations』과 『전설Légende』이 나온 다음에 위대한 신화적 시편 『사탄의 종말, 신Fin de Satan, Dieu』이 사후 출판됨으로써 뒤늦게나마 이 계관시인의 이력의 한가운데에 오랜 동안에 걸쳐 패인 구멍이 마침내는 점점 더 깊어져서 어두운 심연에까지 통해 있다는 것은 밝혀졌지만 그것도 시인 생전의 영광에 의해서 다시 가리워져버렸다. 그런데 실은 이 심연 속에서 몽상의 시인은 그의 "영원한 모험"을 감행했으며 클로델의 말을 빌건대 지칠 줄 모르는 그의 눈은 "신의 부재로 인하여 생긴 어둠"으로부터 그토록 많은 것들을 길어냈던 것이다. 오늘날 우리들이 보기에는 위고의 일생은 송두리째 이 극단적인 계시들에 따라 질서를 갖게 되는 것이라고 여겨진다. 그는 오로지 망령들에게 홀리기만 기다리고 있었다는 것을 알게 된 뒤로부터 그의 정신은 더욱 우리들의 주의를 끈다! 그리고 또 그의 천재(天才)는 자연의 힘에다가 하나의 목소리를, "저 장엄한 목소리"(신들린 시인, 다시 말해 자신으로부터 소외당한 시인의 목소리)

> 그 목소리가 울릴 때,
> 물결이나 숲처럼 이제는 그 누구의 목소리도
> 아닌 것이 되었음을 아는 그 목소리!

> Qui se connaît quand elle sonne,
> N'être plus la voix de personne
> Tant que des ondes et des bois![2]

를 부여하겠다는 그의 소명의식을 뒷받침해준다.

그러나 되풀이하여 말하지만 위고는 아직도 몰이해의 안개 속에서 미처 다 벗어나지 못하고 있는 상태이다. 지난 세기말에 까다로운 사람들의 그의 시들을 뒤적거려보면서 시인 자신으로선 제거하려 애를 썼지만 결국은 끔찍할 만큼 무절제한 말의 홍수로 변해버린 그의 수사(修辭)가 지겹기만 하다고 비판했다. 지나치게 높은 평가를 받은 그 시인을 이해한다고 자처하는 교양 있는 인사들은 그에게서 등을 돌렸고 몇몇 권위 있는 비평가들은(특히 에밀 파게Émile Faguet) 순진하게도 시의 본질을 오해하고서 위고는 아이디어 부족이거나 혹은 진부한 아이디어밖에 없다고 비난하려 했던 것이다.

---

2) 폴 발레리, 「무녀*La Pythie*」.

*

보들레르의 찬란한 위력은 무엇보다도 그의 예외적일 만큼 복합적인 "인간적 혼"과 그의 낭만주의의 절규 중에서도 가장 격렬한 절규에 사람들이 귀를 기울이게 만들 수 있었다는 사실로 설명될 수 있다. 한편으로는 "왕좌와 모든 것을 지배하는 곳"에서 드높은 관조의 경지에 들어가고자 하면서도 다른 한편으로는 저 무거운 죄의 술을 골고루 마시고 보자는 욕구에 사로잡힌 채, 때로는 그런 극단적인 것들─증오를 부르는가 하면 증오에서 자양을 얻는 사랑─에 매혹과 동시에 혐오를 느끼면서, 그 잔혹한 정서적 양의성(兩意性)에 사로잡힌 인간은 마침내 일종의 황홀한 공포에 몸을 맡기며 자신의 중심에서 멈추어 선다. 이것을 독창성의 수단인 "절대적인 솔직함"으로 볼 수도 있을 것이다. 그러나 그 "솔직함"은 예술적인 수단이기에 앞서 보들레르에게 있어서는 어떤 절박한 필요성, 자기 존재가 지닌 가능성의 극한에까지 가며 치열한 의지를 가지고 예외적인 영혼의 상태를 배양해야 할 필요성에 부응하는 것이었다. "애가시인(哀歌詩人)들은 모두가 비루한 자들이다"라고 그는 선언했다. 그의 눈에는 그들이 오직 자신을 속이는 데 급급한 인간들로밖에는 보이지 않았다. 정신주의자인 동시에 물질주의자인 보들레르는 누구보다도 더 자신의 육체의 노예요 자신의 "수수께끼 같은 지각"의 노예였다. 더군다나 관습적인 윤리와 심리학과는 결별해버린 그는 육체적인 것과 정신적인 것 사이의 긴밀한 관계를 자명한 사실로 받아들이고 그 즉각적인 귀결을 자신의 시 속에서 개발하게 된다. "나른함으로 가득 찬" 어떤 향기는 그의 모든 힘들을 연결시켜 "영혼을 변화시켜"줄 수 있다. 가장 드높은 것과 가장 낮은 것, 무의식의 욕구들과 고등한 열망들 사이에 어떤 관계가 있다는 점은 사람들이 오랫동안 한번도 생각하지 못했던 사실이지만 그것을 마음 깊이 느낀다는 것, 요컨대 심리적 삶의 통일성을 의식한다는 것이야말로 보들레르의 시가 계시한 가장 중요한 사항들 중 하나다.

다만—이 점이야말로 우리가 앞서 말한 양가성(兩價性)의 표시인 터이지만—시인은 자기 스스로 거의 사랑에 빠진 듯한 기분으로 그 "육체와 마음"에 애착을 느끼면서도 그것을 증오하고 있다. "삶의 끔찍함, 삶의 황홀함"이라고 그는 무서운 통찰력을 가지고 적고 있다. 그러므로 그는 "영원한 불만족"의 선고를 받은 것이며 낡아버린 천성을 극복하고 "저 끔찍한 시간의 짐"을 느끼지 않을 수 있는 새로운 방법을 끊임없이 찾지 않을 수 없게 되어 있는 것이다. 이 땅 위의 삶의 "정상적인" 조건들 따위는 금방 고통으로 변해버리지 않을 수 있는 기쁨을 그에게 결코 가져다주지 못할 것이다. 오직 원망스러울 만큼 상대적이기만 한 세계를 망각하는 것만이 잠시 동안 그를 권태로 가득 찬 잿빛 땅 저 위로 솟아오르게 해줄 수 있을 뿐이다. 그의 이야기는 시 「여행Voyage」의 처음 몇 행들과 그 시를 끝맺는 기원 즉 " '새로운 것'을 찾기 위하여 미지의 세계 저 깊숙이로!" 사이에 새겨진다.

그러나 지금 이 드라마에 휩쓸린 것은 단순히 한 사람의 병자, 유별난 인격만이 아니다. "이 세상 밖이라면 어디나"에 다가가고자 하는 그의 미칠 듯한 욕망을 통하여 보들레르는 반항과 도피라는 낭만적 테마를 비극의 드높은 차원에까지 발전시킨다. 그 결과 보들레르의 책이 현대의 감수성에 끼친 결정적 영향의 비밀은 그가 형상화한 감정들이나 염원들과 그 세기의 모호하면서도 욕망에 찬 영혼 사이의 근원적 일치—사람들은 시간이 오래 걸려서야 비로소 그것을 알아차리게 되었지만—를 찾지 않으면 안 될 정도에까지 그를 밀고 나간 것이다.[3] 사람들은 보

---

3) 이 문제에 관한 한 로베르 비비에Robert Vivier의 저서 『샤를 보들레르의 독창성L' Originalité de Ch. Baudelaire』(파리, Renaissance du Livre, 1926, p.314)을 소개하지 않을 수 없다. : "보들레르는 낭만주의의 유산된 흐름 속에서 아직 완전한 문학적 입론까지 되지는 못한

들레르를 "저속한 낭만주의"라고 말한 바 있다. 이 말 속에 쓰인 형용사는 그대로 쓰되 존재의 본질에서 우러나오는 깊이라는 의미를 생각하면서 그 형용사를 사용해야 마땅할 것이다. 『악의 꽃』은 그러므로 단순히 "예술을 위한 예술"의 시학을 광범하고 조화 있게 부각한 작품으로서만 간주해서도[4] 안 되고 라마르틴, 뮈세, 비니, 위고 등이 이룩한 것과는 다른 그 무엇을 해보겠다고 냉정하게 계산한 의도로만 설명해서도[5] 안 된다. 그 작품의 윤리적, 철학적(넓은 의미에서) 내용도 간과되어서는 안 된다. 보들레르에게 어느 정도의 유희적 성격이 있다면 그 유희는 의도적인 유희다.

그러나 모럴리스트로서의 시인은 오로지 그의 영혼의 다른 반쪽인 예술가로서의 시인에게 도움을 받지 않고서는 그의 고통에서—잠시 동안도—벗어나지 못한다. "정열적으로 정열에 심취해 있고, 그 정열을 표현할 수 있는 방법을 찾아내겠다고 냉정하게 결심했다"고 보들레르는 들

몇 가지 요소들을 건져내어 다시 발전시키게 된다. 파르니, 베르탱 등의 18세기가 그 윤곽을 제시한 바 있는 나른한 관능으로 가득 찬 어떤 이국 정서적 꿈의 경우가 그러하다. 고티에, 생트-뵈브, 오느데O' Neday가 예감한 바 있었던 권태spleen의 경우가 그러하다. 보렌이 지나치게 소박한 형태로 표현했던 반항을 보들레르가 보다 얼음처럼 매섭고 단단하게 만들어 반항적인 가시돋힌 풍자sarcasme로 변용시킨 경우가 그러하다. 일상적이면서 동시에 깊이 있는 분위기의 경우가 그러하다. 이것은 가장 보잘것없는 일들조차도 그 영원한 비극을 드러내 보이는 분위기로서 가령 「파리풍경Tableaux parisiens」의 분위기 같은 것이다. 『조제프 들로름 시집Poesies de Joseph Delorme』은 이미 그런 분위기의 선구적인 몇 가지 예시를 담고 있었다. 끝으로 노한 듯하고 절망적인 죽음에의 취향이 그러하다. 이것은 영국 낭만주의의 음산한 초기 이래, 샤토브리앙이나 라마르틴이 펼쳐보인 우수의 장엄한 풍경 속에서 은근한 불기운을 간직하고 있다가 그 후 1830년에서 1840년 사이의 수많은 무명, 유명의 시인들을 사로잡은 바 있는 경향이다. 보들레르는 이 모든 현상들을 그의 작품 속으로 이끌어들여 자신의 영감에 따라 적당한 위치와 중요성을 그것들에 부여한다." 그러나 필자의 생각으로는 보들레르는 무엇보다도 먼저 자신의 내부에서 그 꿈과 권태와 현상들données을 발견한 것이라고 여겨진다.
4) 다시 한번 반박의 여지가 없는 텍스트를 인용해두어야 하겠다. "이 참혹한 책 속에다가 나는 내 마음, 내 애정, 내 종교(변장한), 내 증오를 모두 다 송두리째 담았다. 내가 그와 정반대되는 글을 쓰리라는 것도 사실이고, 이것이야말로 순수한 예술의 서(書)라고 나의 위대한 모든 신 앞에서 맹서하리라는 것도 사실이긴 하다……."
5) 언제나 남에게서는 고의성과 계산된 국면을 찾아보려는 경향이 있는 폴 발레리가 최근에 주장한 바가 그러하듯이.

라크루아를 규정했지만 그 말은 곧 그 자신에게도 적용된다. 시의 창작 과정에 있어서 "장인으로서의 투철한 의지"가 무엇보다도 중요하다고 그가 그토록이나 여러 번 주장한—그런 주장이 에드거 포에게서 계시받은 것이건 아니건간에—까닭은 바로 그런 이유에서다. 이와 같이하여 『악의 꽃』에 의하여 그 바탕이 마련된(그 뒤에 말라르메에 의하여 연장되고 화려한 모습으로 단장되지만) 하나의 미학적 전통이 오늘날까지 전해지게 된 것이다. 보들레르가 체험한 인간적 모험은 그저 하나의 단순한 "호기심의 대상" 정도라고 생각하는 후일의 많은 시인들도 실은 이 미학적 전통과 결부되어 있다.

2

우리는 보들레르를 그 기원으로 하는 예술 전통이 우리 시대 사람들에게 반성의 대상으로 제출한 몇 가지 문제들을 검토해보지 않으면 안 된다.

첫째 문제는 시를 순화함으로써, 또 과거에 나온 대부분의 작품들 속에서 시의 광채를 흐리게 하고 시의 걸음을 무겁게 하는 찌꺼기와 '장애물impedimenta'을 제거함으로써, 시에 요청되는 암시력이 최대한 성공적으로 발휘될 수 있도록 일종의 정신적 물결, 혹은 고압의 전력을 보유하는 것이 중요하다는 생각이다. 널리 알려진 어떤 글에서[6] 보들레르는 포에 이이서 "가슴의 도취"인 정열의 시와 "이성의 양식"인 진실의 시를 구별하고 "이단적인 가르침"과 교도성을 배격한다. 이 교도성은 결과적으로 시를 현실주의와 산문으로 타락시키고 우리들의 "지적" 관심을 고정시키며 저 "영혼의 고양", 여전히 시의 주된 목표임에 틀림없는 "고급

---

6) 『낭만적 예술Art romantique』 중에서 테오필 고티에에 관한 글.

한 미를 지향하는 인간적인 열망"을 저지하게 된다. 물론 개념과 감정이 필요 불가결한 원료로서 작품 속에 들어올 수는 있지만 그런 것은 오로지 어떤 참다운 질적 변혁을 거치고 또 어떤 심리적 "흐름"에 의하여 본질 자체의 변화를 입고 단 뒤에야 비로소 시적 물결의 훌륭한 유도체가 될 수 있다.

어떤 신비한 카타르시스를 성취하는 힘을 예술에 부여하고자 하는 이 이론은 최근 브르몽 신부L'abbé Bremond에 의하여 충분히 설명되었다고 생각된다.[7] 그는 자기의 주장을 뒷받침하기 위하여 여러 가지 증언을 (대부분 영국 쪽에서 온 것이지만) 인용했다. 사실 미학자로서의 보들레르는 포의 제자일 뿐만 아니라 코울리지와 영국의 초기 낭만주의자들의 제자이기도 하다.[8] 그러나 이론과 실천은 구별하여 생각함이 마땅하다. 포는 다른 수많은 앵글로 색슨계 시인들과 마찬가지로 플라톤적이며 천사적 시인인데 비하여 『악의 꽃』[이 시집의 제목은 원래 "해소(孩所, Limbes)"로 정해져 있었다]의 시인은 보다 더 인간적인 미를 창조하며 또, 그 미는 언제나 정념을 탈피했다고 볼 수는 없고 때로 천국보다는 지옥에 더 가까운 분위기에 젖어 있는 것이 사실이다. 보들레르는 그의 윤리적 콤플렉스 때문에 필경 "순수한pur" 시인이 되고자 한 자신의 열망을 충분히 실현하지 못했을 것이다. 사실 우리가 브르몽 신부의 정신주의적 설명을 인정하든 않든 간에, 보들레르 시는 초기 낭만주의자들의 시보다는 훨씬 덜 감상적이고 훨씬 더 분명하게 "심리적psychique"인 것으로 보인다. "가슴coeur"에보다는 "영혼âme"에, 혹은 "심층적 자아moi profond"에 호소하는 그의 시는 우리들의 감성을 초월하여 정신의 보다 불분명한 영역을 건드리고자 한다.

---

7) 특히 1962년 그라세사에서 펴낸 『기도와 시Prière et Poésie』 참조.
8) 앙드레 페랑André Ferran의 학위 논문 『보들레르의 시학L'ésthétique de Baudelaire』 (Hachette, 1933) 참조.

다른 한편 보들레르는 외계의 자연에 대하여 각별히 주목할 만한 어떤 태도를 취한다. 그는 자연을 그 자체로서, 그 자체를 위하여 존재하는 하나의 현실로 보는 것이 아니라 어떤 거대한 아날로지analogie의 저장고로, 혹은 일종의 상상력 자극제로 본다. "가시적 세계는 송두리째 이미지와 기호들의 저장고이며 상상력은 그것에 적당한 자리와 가치를 부여한다. 그것은 상상력이 소화하여 변모시켜야 마땅한 일종의 양식이다."[9] 따라서 신이 창조한 세계는 판독해야 할 형상들의 총체로서 간주되어야 마땅하다. 이것은 마치 요한 카스파르 라바테르Johana Kasper Lavater(1741~1801, 독일계 스위스의 사상가이자 신학자—옮긴이주)처럼 사람의 관상(觀相)을 보고서 그의 성격을 풀이하거나 신비주의적 알레고리의 숨은 의미를 찾아내는 경우와 같은데 보들레르는 그것을 "상징의 숲"이라고 불렀다.[10] 사물들의 참답고 유일하게 현실적réel인 그 의미는 사물들이 의미하는 것들 중 일부에 지나지 않는 것이지만 그 의미를 인식하게 된 몇몇 특수한 사람들—가령 그런 능력을 미리부터 타고난 시인들—은 가시적인 우주가 뿌리박고 있는 정신적 피안으로 들어가 자유자재로 움직일 수가 있게 된다. "가시적인 모든 것은 어떤 불가시적인 바탕 위에 놓여 있고 귀로 들을 수 있는 것은 귀로 들을 수 없는 바탕 위에 놓여 있고 손으로 만질 수 있는 것은 손으로 만질 수 없는 바탕 위에 놓여 있다"고 노발리스Novalis(1772~1801, 독일의 낭만주의 시인—옮긴이주)는 말한다. 지각에 있어서 중요한 것은 지각이 어떤 특수한 경우에 우리들로 하여금 비의(秘義, l'occulte)와 접하도록 해주게 된다는 점이다. 여기서 보들레르는 신비주의l'occultisme의 전통과 관련된다. 그 전통은 에마누엘 스베덴보리Emanuel Swedenborg(1688~1772, 스웨덴의 접

---

9) 『낭만적 예술』 중에서 들라크루아에 관한 글.
10) J. 포미에J. Pommier가 쓴 『보들레르의 신비주의*La Mystique de Baudelaire*』(Public. de la Faculté des Lettres de Strasbourg) 참조.

신론자—옮긴이주)에 의하여 새로운 활력을 얻었는데 호프만, 라바테르, 네르발, 발자크, 푸리에 등도 이 전통에 속하는 사람들로서 보들레르의 이와 같은 신비적 철학의 구상에 있어서 길잡이 역할을 했다. 보들레르가 이 기이한 혼합 종교를 믿은 것은 사실인 듯하지만 그렇다고 그것때문에 시인으로서의 자유를 희생시키지는 않았다.

그러면 그 자유가 어떤 방식으로 실현되는가를 알아보자. 보들레르는 이미지와 상징에다가 인간 정신에 부응하고, 그가 성취하고자 하는 작품에 부응하는 "자리와 가치"를 부여하는 것이 바로 상상력이 해야 할 역할이라고 말한다. 그의 지각이나 기억이 제공하는 그 무질서한 원료에 힘입어 시인은 하나의 질서를 창조하게 될 것인데 그 질서는, 주어진 그 순간과 상태, 즉 "현장의 상황"에 따라서(만약 그 같은 이상적 상태에 실제로 도달할 수 있다면) 시인의 영혼을 완벽하게infaillible 표현하게 될 것이다.[11] 그런데 그 표현은—그 표현을 구성하는 여러 가지 요소들은 자연 속의 것들과 깊은 관계를 가진 것으로 여겨지기는 하지만—근본적으로 초자연적인 성격을 띠는 것이다. 왜냐하면 영혼은 그 근원과 숙명으로 볼 때 자연이 뿌리박고 있는 피안의 세계 속에서 그것의 진정한 고향을 발견할 수 있기 때문이다. 시의 사명은 바로 그 또 다른 세계—그 세계가 사실은 우리들의 세계이지만—를 향하여 창문을 여는 일이며 자아가 그 한계를 벗어나 무한에까지 확장될 수 있도록 하는 일이다. 그 확장 운동에 의하여 정신적 통일에의 복귀라는 과업이 그 윤곽을 갖추고 또 성취될 수 있다.

아날로지의 세계 속에 길을 터놓고 자연이 제공하는 자료들을 서로 연

---

11) "탁월한 시인들의 경우 은유, 직유, 혹은 형용사는 언제나 현장의 상황 속에 거의 수학적으로 정확하게 적용한다. 왜냐하면 은유 직유, 혹은 형용사들은 보편적 아날로지의 자원 속에서 길어낸 것이고 다른 곳에서는 길어낼 수 없는 것들이기 때문이다." (『낭만적 예술』 중에서 빅토르 위고에 관한 글).

결하고 정돈하기 위하여 보들레르가 어떤 방법을 사용하는지 이해하려
면 유명한 소네트 형식의 시 「상응 *Correspondances*」을 다시 한번 읽어
볼 필요가 있다.

대자연은 하나의 사원(寺院)이라 그 속에서
살아 있는 기둥들이 때로 알 수 없는 말들을 새어 내보내니
상징의 숲을 가로질러 가고
사람은 낯익은 눈길로 그를 지켜보네.

어둠처럼, 광명처럼 광대하며
컴컴하고도 깊은 통일 속
저 멀리서 혼합되는 긴 메아리들처럼
향기와 색채와 음향이 서로 화답하네.

어린 아이 살처럼 싱싱하고
목적(木笛)처럼 부드럽고 초원(草原)처럼 푸르른 향기들도 있고.
—그리고 또 썩은 향기, 풍성하고도 요란한 향기도 있으니

용연향, 사향, 안식향, 훈향처럼
무한한 것들의 확장력(擴張力)을 지녔기에
정신과 육감(肉感)의 황홀을 노래하네.

La Nature est un temple où de vivants piliers

Laissent parfois sortir de confuses paroles;

L'homme y passe à travers des forêts de symboles

Qui l'observent avec des regards familiers.

Comme de longs échos qui de loin se confondent

Dans une ténèbreuse et profonde unité,

Vaste comme la nuit et comme la clarté,

Les parfums, les couleure et les sons se répondent.

Il est de parfums frais comme des chairs d'enfants,

Doux comme les hautbois, verts comme les prairies,

—Et d' autres, corrompus, riches et triomphants,

Ayant l'expansion, des choses infinies,

Comme l' ambre, le music, le benjoin et l'encens,

Qui chantent les transports de l' esprit et des sens.[12]

시인의 임무는 그러므로 자신의 내부에 잠재하는 투시적 감각에 따라서 아날로지와 상응을—이것은 은유, 상징, 직유 혹은 알레고리 등의 문학적 양상을 띠는 것이지만—인지해나가는 일이 된다. 위에 인용한 소네트에 비추어보건대 그 상응은 세 가지 면으로 전개되는 듯하다.

1) 향기 · 색체 · 음향 등 여러 가지 감각의 내용들 사이에는 등가관계 équivalences가 존재한다. 보들레르는 여기서 공감각Synésthésie 현상을 암시하고 있는데 그 공감각 현상 중에서 가장 잘 알려져 있는 것은 "채색청각audition colorée" 현상일 것이다(가령 "푸른 종소리" 같은 것—옮긴이주). 이런 종류의 결합은 동일한 계통에 속하지 않는 감각들 상호

---

12) 여기서는 특히 "상응의 논리"와 관련 있는 것으로서 다음과 같은 대목을 상기할 필요가 있다. "사실 스베덴보리가 우리에게 가르쳐준 바와 같이 형태건 운동이건 수건 색채건 향기건 모두가 정신적인 것에 있어서나 자연적인 것에 있어서나 의미를 가지고 있으며 상호 관련을 맺고 있고 서로 환위될 수 있으며 상응하는 것이다." (『낭만적 예술』 중에서 빅토르 위고에 관한 글).

간에 자연 발생적으로 생길 수 있는데 그것은 아마도 그 감각들 상호간에 정조(情調)의 공통성이 있기 때문에 가능해지는 것 같지만 대부분의 경우 논리적으로 설명하는 것은 불가능하다. 이리하여 시인에게는 광대한 영역이 새로 열리게 된다. 시인은 이제 하나의 형태를 다른 형태와 하나의 음을 다른 음과 동일화하는 데 그치지 않고 서로 다른 세계에 속하는 여러 가지 감각들을 메타포 속에 대담하게 받아들일 수 있게 된다. 한 걸음 나아가서 우리는 이 현상으로부터 출발해서 여러 가지 실제 사실들에 의하여 누차에 걸쳐 증명될 하나의 결과를 예측할 수 있는데 보들레르는 그것을 다음과 같이 요약한다. "서로 다른 분야의 예술들은 상호간 서로를 대신해주지는 못한다 하더라도 적어도 서로서로에 새로운 힘을 제공할 수 있게 되기를 열망한다."

2) 여러 가지 감각들의 내용이 "무한한 것들의 확장력"을 지닐 가능성이 있다는 사실은 결과적으로 어떤 욕망이나 후회나 생각—즉 정신적인 것들—이 이미지의 세계 속에다 그것에 해당하는 상응물을 촉발시킬 수 있다는 논리를 낳게 된다(그 역도 가능하다).

「여행에의 초대L' *Invitation au voyage*」(산문시) 속에서 어떤 황홀한 나라를 묘사하고 난 시인은 그와 동행한 여인을 향하여 이렇게 묻는다. "그대는 혹시 그대 아날로지의 그림틀 속에 들어 있는 것이나 아닌가, 그렇다면, 신비주의자들 말처럼 그대는 그대 자신의 상응(相應)의 거울 속에 얼굴을 비춰볼 수 있게 되지나 않는가?" 몇 행 아래로 내려오면 내용은 더욱 분명해진다. "저 보석들, 저 가구들, 저 사치, 저 질서, 저 향기들, 저 신비로운 꽃들, 그것이 바로 그대이니." 이 같은 "마음속의 풍경"을 구성하는 데는 무엇보다도 우리가 앞서 말한 바 있는 "자연에 대한 감정"이 개입된다. 감각적 세계로부터 취한 것들은 시인이 자기 자신과 그의 꿈의 상징적 비전을 다듬어 만드는 재료로 쓰인다. 시인은 자신의 영혼을 표현하는 수단으로서 감각 세계를 필요로 한다. 〔보들레르가 이룩한 가장 큰 공헌 중 하나는 도시 풍경, 집, 방, 실내 광경 등을 관조의 대상으로 삼은 점과 그것들의 추한 모습과 산만함 속에서까지도 시인 자신이 지닌 모순과의 어떤 은밀한 아날로지를 발견했다는 점이다. "인간들의 저 거대한 사막"인 군중 속에서, 돌과 벽돌의 얼굴을 한 대도시의 거리 속에서, 이 시인은, 변모해버리고 인공적으로 조작되어 이제는 그 모습을 알아볼 수 없게 된 자연 속에서 길 잃은 "고독한 산책자"[13]인 시인은, 아마도 최초로, 그가 "영혼의 성스러운 매음(賣淫)"이라고 이름 붙인 행위에 잠겨들게 되었고 주제와 객체가 상호 흡수되는 "범우주적인 교합(交合)"의 상태에까지 도달할 수 있게 되었다.]

3) 생물과 사물들의 경우—소네트 첫 번째 4행이 말하는 것이 바로 이것이다—우리가 분명하게 볼 수 있는 것은 그것들의 표면일 뿐이다. 오직 어떤 제2의 시각을 가진 사람들만이 현상적인 외관 저 너머에 기호와 상징으로 변한 초자연적 감각 세계의 그림자를 알아볼 수 있다. 그러나 여기에 곧 덧붙여 지적해두어야 할 점이 있다. 즉 우리가 앞에서 말한 것이 사실이라면 상응(相應)이 성립되는 이 세 번째 국면은 두 번째 국면과 동일해진다는 점이 그것이다. 왜냐하면 영혼이 저 이해하기 어려운 피안의 세계와 상통할 수 있는 방법이 있기 때문이다. 미시(微視)세계와 거시(巨視)세계는 둘 다 본질적으로 정신적인 성질의 것이므로 그들 상호간에는 어떤 통로나 공통된 언어가 있어서 서로의 모습을 드러내 보이고 서로를 알아볼 수 있게 된다. 그것이 바로 상징과 메타포와 아날로지의 언어다. 자연이란 영혼이 제 모습을 보여줄 수 있게 해주고 초자연으로 하여금 제 모습을 드러내게 하는 것이 아니고 무엇이겠는가? 오랜 명상의 끝에 시인에게 드러나 보이는 것은 다름이 아니라 "유연하고도 깊은 통일"이다. 시인을 사로잡는 것은 모든 사물들이 서로서로에 어울리고

---

13) 산문시 「군중 *Les foules*」 참조. 주지하다시피 보들레르는 그의 시집에 '고독한 산책자'라는 제목을 붙일 생각을 했었다.

있다는 막연한 예감이요 그것들 사이의 상응과 근원적인 일치의 예감이다. 부정할 수 없을 만큼 자명한 상태로 강요되는 그 아날로지—때로는 매우 기이하게 여겨지기도 하는—를 시인은 그 원초적 통일의 증거로서 간주한다. 시인은 모든 존재들 속에서 그들 서로간의 친화력을 증거하는 어떤 징조를 알아보게 되고 그 원초적 언어의 비밀스러운 흔적 같은 것을 발견한다.

그대는 맑고 장밋빛 감도는 어느 아름다운 가을하늘입니다……

그러나 오해해서는 안 된다. 지금 여기서 찾아볼 수 있는 것은 단순한 비유나 단순한 문학적 동일화 이상의 그 무엇이다. 섬광처럼 짧은 순간 동안 시인이 어떤 공통적인 본질이나 혹은 어떤 마술적인 정체의 계시를 받지 않았다고 어떻게 장담할 수 있겠는가?[14] 시인이 거울 속을 들여다보듯이 자신의 정신을 굽어보고, 기필코—여러 가지 인공적인 방법을 동원해가면서까지—정신의 조형성과 그 "민첩함"과 그 투명함을 증대하려고 노력하게 되는 것은 그의 내면에 있는 그 무엇인가가 그 속에서 어떤 빛을 발견하고 거기서 우주 전체의 영상을 읽어내기를 바라고 있기 때문인 것이다.

이리하여 보들레르의 얼굴은 머나먼 신비주의의 용광로에서 얻어낸 어떤 빛으로 밝아지고 있는 듯하다. 그는 마치 해묵은 친화의 관계를 다시 맺고 있는 것만 같다. 여기서 신플라톤 사상을 상기하고 여러 가지 비교적(秘敎的) 전통 속으로 빠져 들어가는 것은 어렵지 않은 일일 것이다. 중요한 것은 지하로 흐르고 있던 저 강물의 존재를, 즉 숱한 신앙과 꿈과 만족을 갈구하던 동경들의 존재를 단번에 느낄 수 있도록 만드는 일이었

---

14) 이런 모든 문제들에 대해서는 아르노 당디외A. Dandieu의 『마르셀 프루스트, 그의 심리적 계시*Marcel Proust, sa révélation psychologique*』(F. Didot, 1930) 참조.

다. 낭만주의가 해방시켜놓은 그 지하의 강물은 우리의 사고나 감정보다
도 더 깊은 내면 속에 본류처럼 흐르고 있으며 오늘날의 숱한 시들은 부
지불식간에 그 강물에서 피와 자양을 찾고자 애태운다.

이와 같은 시도에 관심이 집중되자 자연히(그 시도의 의미는 다만 점진
적으로, 눈에 보이지 않는 방식으로 나타날 뿐이라는 것을 잘 알고 있다
할지라도) 지각 가능한 현상적 외관(外觀)과 자연의 모방 원칙 따위는 실
질적으로 외면을 당했다. 그와 더불어 말과 이미지를 자유롭게 사용하고
그것들을 관습이나 순수한 논리에 따라서보다는 심리적 반향과 범우주적
아날로지의 신비스러운 법칙에 따라 결합시키는 것이 권장되었다. 이러
한 시도는 프랑스 시에 있어서―같은 시대에 『명상시집Contemplations』
(빅토르 위고, 1856)과 『세기의 전설Légende des Siecles』(빅토르 위고의 가
장 방대한 두 번째 시집, 1859)이나, 혹은 다른 수단들이 끼친 영향보다
도 더 강력하게―신비주의적이고 형이상학적 경향을 놀라울 만큼 강화
하는 데 기여했다. 시인의 예술은 "우연의 유희"가 아니라 "환기력을 지
닌 요술", 즉 신성한 기능으로 변했다.

일종의 정신 착란과 같은 데가 없지 않은 보들레르의 이러한 예술은
그러나 동시에 하나의 방법론이기도 하다. 자연스럽게 비합리와 비교(秘
敎)적 세계 쪽으로 기울어지는 이 정신이 오로지 본능이 이끄는 방향으
로만 따라가는 것은 절대로 아니다. 이 예술은 영감을 "매일 매일의 노력
에 의하여 얻은 보상"으로서 받아들였다. 완성된 작품은 하나의 완벽한
종합으로 간주된다. 그것을 구성하는 심리적 음악적인 모든 요소들은 상
호 관계의 무한히 복잡하면서도 수미 일관한 어떤 체계 속에 편입된 것
이다. 이 경우 작품은 단 한 사람의 목소리를 통하여 어떤 음악적 유기체
가 하나의 가락이 되어 흘러나오는 듯한 교향곡을 상기시킨다. 그러면서
도 그 교향곡은 여전히 오랜 인내력을 통하여 갈고 다듬은 노력의 결과
임에 변함이 없는 것이다. 그 점에 있어서 보들레르는 기분 내키는 대로

자신을 맡기기를 좋아했던 낭만주의자들보다는 고전주의자들의 상속자라고 할 수 있다. 그런 면에서 그의 직접적인 선배는 알프레드 드 비니 Alfred de Vigny일 것이다. 이리하여 보들레르는 "예술가들"의 계보(말라르메, 발레리 등)에 속하게 되는데, 이 계열의 예술가들은 "육감의 숲속에서"[『매혹Charmes』의 작가처럼(발레리를 말함—옮긴이주)] 혹은 어두운 무의식 속에서, "그들 노래의 전제들"을 찾아내고자 하지만 동시에 자신의 작품 속에서 무질서한 자연에 대항해 인간 정신이 창조한 질서와 통일의 승리를 표현하고자 노력한다. 보들레르 자신은 "작품을 창조하는 열쇠가 될 수 있는 수수께끼 같은 법칙들을 찾아내고 그 연구에서 일련의 규율들을 이끌어내며 시적 창조의 완벽성을 신성불가침의 목표로 삼고자 하는"[15] 예술가들에 속한다고 자처했다. 그 '완벽성 infaillibilité'을 찾기 위하여, "우연"을 지배하기 위하여, 말라르메는 그의 온 생애를—희생했다라고 말하고 싶은 기분이지만—바쳤다. 이야말로 막다른 골목으로 인도할 가능성이 있는 위험스러운 유혹이다. 동일한 인간의 정신 속에서, 한편으로는 비판적 지성의 의도적인 노력과 다른 한편으로는 보들레르의 말처럼 시의 실천적 국면이 시인에게 요구하게 마련인 신비적 활동이나 초자연성의 필연적 강박 관념, 사물과 생물 사이에 존재하는 어떤 연결 관계—어떤 과학도 실증적인 방법으로 인지할 수 없는—에 대한 감정, 요컨대 한마디로 말해서 심리학자가 전논리적 (前論理的) 혹은 원초적이라고 규정하는 의식 상태로의 복귀—이것은 우리를 어디까지 몰고 갈 것인지 알 수 없는 또 하나의 유혹이지만—를 어떻게 조화시키면 좋을 것인가? 이 두 가지의 상반된 요구 사이에 풀 길 없는 갈등의 가능성이 존재한다는 것은 쉽사리 짐작할 수 있다.

어려움이 없지도 않았지만 보들레르는 자기 본성의 이 같은 두 가지 경

---

15) 『낭만적 예술』 중에서 바그너에 대한 글.

향 사이에 어떤 양립 가능성을 확보하는 데 성공했고 바로 그 때문에 그의 작품은 모범적 가치를 충분히 지니게 된다. 그는 권태가 무겁게 짓누르는 지상의 지옥 속에서 "완벽한 화학자로서, 성스러운 영혼으로서" 자기의 의무를 완수했노라고 하늘을 앞에 두고 장담하는 것 같아 보인다.

3

베를렌은 그 자체가 송두리째 '하나의 자연'이다. 매우 섬세하고 복합적인 자연, 여러 가지 영향들을 이용할 줄 알지만 즉각적으로 주어진 자연, 근원적이며 삶 그 자체에서 직접 자양을 섭취하는 독창성의 자연이다. 그는 누구보다도 이론과는 거리가 멀고 자기 동시대인들의 미학적 · 철학적 야심에 무관심했고 연금술사(말라르메 같은)는 더욱 아니었고 투시력 소유자나 예언자(랭보 같은)는 더더욱 아니었다. 그는 마르슬린 데보르드-발모르Marceline Desbordes-Valmore(1786~1859, 여류 시인—옮긴이주)와 라마르틴에 의하여 바탕이 다져진 친밀하고 감정적인 서정성을 완벽에까지 밀고 나가고, 오직 그만이 표현할 수 있는 구어체 시의 톤을 찾아내기 위하여 태어난 듯한 시인이다. 그 구어체 시의 톤은 동시에 꾸밈없는 기도와 나직한 고백, 강렬한 욕망이나 달콤한 감정 토로의 표현에 적합한 것이며, 그 속에서는 어떤 "미묘한 목소리의 윤곽"이 항상 끝에 가서 어떤 소리의 후광 속으로 사라져가는 아라베스크처럼, 지워져버리게 된다. 그 시가 유례 없는 밀도로 환기하는 것은 일상적인 기쁨과 고통의 음악이며 삶, 벌거벗은 삶, 심리적인 삶의 감정으로서 그 시 속에서 사고(思考)는 살 속으로 누비고 다니는 혈액의 꿈에 지나지 않는다.

그러나 그 작품에서 어떤 교훈을 이끌어내는 것은 쉬운 일이 아니다. 어떤 예술적 독트린이나 도덕적 태도를 뒷받침하기 위하여 그 시를 이용하기는 어렵다. 지난 4반세기 동안 시의 발전을 여러 가지 면에서 집약할 수 있는 어떤 절대를 찾아보려는 노력에 있어서 베를렌의 이름은 발전이나 승리나 실패의 상징이 아니다. '말없는 로망스Romaneces sans paroles'의 "참신함"이라는 것 자체도 랭보가 보다 더 잘 이해되기 시작하면서부터 그 특권을 상실해버렸다. 1900~1905년경까지 베를렌이 누렸던 그 대단한 행운은 1930년경까지 줄곧 내리막길을 걸었다.

이 점은 사람들의 정신 상태라든가 마음속의 감정, 고통, 기쁨과 같은 지나치게 인간적인 세계 밖에서 영감을 찾고자 한 대다수의 시인들의 공통된 의도 등으로 어느 정도 설명될 수 있다. 그러나 몇 년 전 『신프랑스시사화집Anthologie de la nouvelle poésie française』을 펴낸 사람처럼 "베를렌은 하나의 종말을 의미한다……"라고 단언하는 것은 옳지 못하다. 프랑시스 카르코Francis Carco(1886~1958), 조르주 셴비에르Georges Chennevière, 기욤 아폴리네르Guillaume Apollinaire(1888~1918) 등 다양한 시인들이 베를렌에게 힘입은 바가 얼마나 컸던가를 생각해볼 필요가 있다. 현재 시의 조류가 흘러가는 방향이 조금 변하기만 한다면—실제로 그런 변화가 일어나고 있는 것을 우리는 보고 있지 않은가?—베를렌의 영향력은 새로이 되살아날 것이다. 베를렌은 매우 드높은 시인이며 그의 자연스러움은 기계적인 자동성과는 거리가 먼 가치를 지닌 것이다. 후일에는 천진함에서 우러난 편안함과 자유, 가장 강렬한 무의식의 호소와 시인의 감각적 지성 사이에서 잘 유지되고 있는 균형(시집 『예지Sagesse』에 이르기까지), 그리고 끝으로 가장 포착하기 어려운 내면 상태에 존재의 힘을 부여하는 능력 등이 이 "정신 이상자"라는 베를렌에 있어서 높이 평가받는 때가 반드시 올 것이다.

약 25년 전부터—즉 위대한 예술가들이 사망하고 난 직후에 시작되어 그들이 불멸의 경지에 들기까지 흔히 볼 수 있는 다소간의 망각과 시련의 시기를 지난 후에—말라르메라는 별은 시의 지평 위로 끊임없이 높게 솟아올랐다. "절대(絶對) 이외의 것이라면 어느 것에 있어서건 자신의 무자격을 기꺼이 드러내 보이는" 순수시인, 사제시인(司祭詩人)으로서의 그의 숙명, 아이러니가 깃든 그의 영웅주의는 수많은 사람들의 상상력을 끊임없이 매혹했으며 흔히들 불모의 것이라고 말했던 그의 작품은 열매를 맺었다.

첫눈에 보아도 그의 시편들은 자기가 다루는 재료에 대한 비범한 통제력을 드러내 보인다. "신기할 정도로 완성된 그의 짤막짤막한 시 구성들은 완벽의 모형과도 같이 군림했다. 그만큼 말과 말 사이, 시행과 시행 사이, 흐름과 리듬 사이의 연결이 확보되어 있었다. 그만큼 그 연결 하나하나는 어떤 본질적인 힘의 균형에서 생겨난 이를테면 절대적인 어떤 물체를 생각케 하는 데가 있다. 우리는 텍스트를 읽어가노라면 대개 무의식적으로나마 막연히 여기는 좀 손을 대어 고쳤으면 하는 생각이 들게 마련이지만 그의 시에는 철저한 상호 결합 때문에 그런 생각이 들 만한 곳이라고는 한 군데도 없다."[16] 그러나 여기서 발레리가 사용하고 있는 말들, 특히 절대라는 표현은 이미 말라르메에게 있어서 완성된 작품이란 단순한 기법상의 성공이라든가 우수한 고답파 예술가의 작업 이상의 그 무엇이라는 사실을 느낄 수 있게 해준다. 자신의 내부로부터 명철한 의식을 가지고 손으로 집어 파악할 수 없는 어떤 대상을 이끌어낸다는 것은 "불행 때문에 분열된 생존 속에 이끌릴 수밖에 없는 운명으로부터" 이 세계의 저속함과 불완전으로부터, "우연"이라는 것으로부터 헤어나기를 꿈꾸는 것이며 어떤 절대를 창조하기를 꿈꾸는 것이다.

말라르메의 시편들, 최근에 출판된 『이지튀르 *Igiture*』(발레리가 레오나르도 다 빈치에 대하여 했던 말을 빌건대 "어떤 위대한 유희의 잔해"인), 보존되어 남은 편지들, 혹은 몇 마디의 말들을 읽어보면, 말라르메

---

16) 폴 발레리P. Valéry, 『바리에테 *Variétés 2*』(N.R.F.), p.224.

적 드라마가 어떤 의미를 지닌 것인가를 짐작할 수 있으며 그가 얼마나 싸늘한 고독 속에서 굳어져가고 있었던가를 상상할 수 있고, 또 자신의 한계를 인정할 수 없어서 자신의 의식의 범위를 끝없이 더 멀리까지 확장하고자 열망하는 순수 시인, 예지의 선지자의 거창한 이미지가 어떤 것인가를 짐작해볼 수가 있다. 가장 엄청난 적수는 다름 아닌 바로 삶 그 자체이다.

> 나는 도망친다 모두들 삶에 골몰하여 등을 돌리는
> 모든 창에 나는 매달린다.
> 영원한 이슬이 축복을 내리고 씻어주며
> 무한의 순결한 아침이 황금빛으로 물들이는 그 창유리 속에서
> 얼굴을 비쳐보니 나는 천사로다!

> Je fuis et je m'accroche à toutes les croisées
> D'où l'on tourne l'épaule à la vie et, béni,
> Dans leur verre, lavé d'éternelles rosées,
> Que dore is matin chaste de l'Infini.
> Je me mire et me vois Ange![17]

가톨릭 신자라면 이 속에 담긴 "천사의식(天使意識)의 죄"를, 즉 삶을 거부하고 신과 닮기를 바라는 인간의 오만을 비판할지도 모른다. 여기서 목표하는 승리란 마침내 절대의 '작품l'Oeuver', 절대의 '책Le Livre'을—단 하나뿐인—만드는 일일 것이다. 즉 그렇게 하기 위하여 모든 숙명과 세계의 법칙, 인간의 사고를 통해서는 지배할 수 없는 모든 것, 요

---

17) 스테판 말라르메, 「창Fenêtres」.

컨대 '우연le Hasard'을 정복하는 일일 것이다. 말라르메가 항상 꿈꾸었던 그 책은 다름이 아니라 "대지를 오르페적으로 설명한다는 시인의 유일한 임무, 전형적인 문학놀이"[18] 바로 그것이라 하겠다. 어떤 것을 설명한다 함은 그것을 이해하는 것이요 그것을 자기 속으로 끌어들이는 것이다. 그러나 시인의 사명이 학자의 그것과 나란히 가는 것이기 하지만 동일한 것은 아니라는 사실이 오르페주의Orphisme라는 말을 통해서 다시한번 상기된다. 그 양자가 추구하는 아날로지는 같은 성격을 지닌 것이 아니며 양자가 만들어내는 세계는 각기 다른 바탕 위에 서 있다. 사실 말라르메의 오르페주의라는 것은 논란의 여지가 없지 않다. 왜냐하면 참다운 오르페적 태도란[19] 신비에 대한 믿음과 복종, 심지어는 「에로디아드 *Hérodiade*」(말라르메의 시—옮긴이주)의 시인과는 어울리지도 않는 "계시Illuminations"를 아무런 오만 없이 수동적으로 받아들이는 자세를 전제로 하기 때문이다. 하여간 프랑스 문학사상 아마도 한 작가가 그처럼 드높은 야심을 품어본 적이란 없었을 것이다. 이를테면 신의 천지 창조를 요약함과 동시에 그것을 인간 정신이 이해할 수 있도록 정당화해보겠다는 그런 야심은 과연 유례 없는 것이었다.

그 기도가 실패했다는 말라르메의 모호하지만 처절한 고백이 「한번의 주사위 던지기가 절대로 '우연'을 지워버리지 못하리라*Un coup de dé jamais n'abolira le Hasard*」라는 제목의 시 속에 포함되어 있다. 작자 자신은 그저 단순한 에세이(연습으로 써본 글)에 지나지 않는 것이라고 생각했던 "구성의 소품들petites compositions"(짤막짤막한 말라르메의 시편들의 이름—옮긴이주)은 폴 발레리를 매료시킨 바 있고 그 중의 어떤 시행들은 각별한 아름다움을 지니고 있는데 그 작품들 역시 그 프로메테우스적이라 할 만한 실패를 증언하고 있다.

---

18) 베를렌에게 보낸 편지(1885). J. 르와예르J. Royère의 「말라르메」(Kra)에서 재인용.
19) 샤를 뒤 보스Ch. Du Bos의 「근사*Approximation*」(Corrêa), p.238.

그 정도로 기묘한 이 기도—언어라는 닳아빠지고 더럽혀진 재료로부터 차용해온 어휘들을 특수한 방식으로 배열해놓음으로써 그것을 절대의 차원에까지 승격시켜보려는 것이 바로 그 기도다—는 "'여기'서는 날것 그대로이고 직접적인 것이지만 저쪽에서는 근본적인 것이라는 언어의 이중적 상태를 마치 서로 다른 용도의 것인 양 분리시키겠다"[20]는 시인의 의지를 감안할 때 비로소 짐작될 수 있는 것이다. "직접적인" 언어란 오직 만인의 의사 교환의 도구로밖에 사용되지 못한다. "이것은 마치 동전을 한푼 집어서 말없이 다른 사람의 손에 쥐어주는 것이나 다를바 없다." 인간들 상호간의 의사 전달에 유용한 그 언어는 일단 의미가 이해되고 나면 곧 사멸하는 것이어서 엄밀한 의미에서 볼 때 실질적인 존재existence réelle라고 볼 수 없다. 반면 "근본적인" 언어는 서로 다른 두 정신 사이의 공통분모와는 다른 것이다. 그 언어는 위력pouvoir을 만들어내는 도구다. 그것의 목표는 영혼을 감동시키고(가장 강력한 의미에서) 영혼의 가장 깊은 밑바닥까지를 뒤흔들어놓음으로써 그 영혼 속에서 자유롭고 무한정하게 생겨날 수 있는 "열려진" 몽상들의 탄생과 변신을 촉발시키는 데 있다. "그 언어는 우리들이 이해하도록 도와준다기보다는 우리들로 하여금 무엇으로 변하도록devenir 만든다"(폴 발레리). 그것은 하나의 존재être다. 우리에게 영향을 행사하는 것은 그 존재가 지닌 의미라기보다는 그 존재에 의하여 마치 어떤 향기와도 같이 스며나오는 형태, 색채, 울림, 은밀한 친화력이다. "내가 한 송이 꽃! 이라고 말한다. 그러면 내 목소리가 어떤 테두리를 긋는 망각의 저 밖으로, 음악처럼, 모든 꽃다발들 속에 부재하는 꽃, 꽃의 달콤한 관념 그 자체가 솟아오른다Je dis : une fleur! et, hors de l'oubli où ma voix relègue aucun contour—musicalement se lève, idée même et suave, l'absente de tous

---

20) 『잡론Divagations』(Charpentier), p.250.

bouquets……." 이 같은 언어 개념 속에 신비적 요소가 있다는 것은 곧 알 수 있다. 여기서 말하고자 하는 바는 요컨대 언어에다가 그것의 충분한 "효율성"을 부여하려고 노력한다는 것이다. 이 경우 발음된 말은 그 말의 주위를 진공 상태로 만들고, 감각 세계에서 온 일체의 비전을 제거하며, 그리하여—쇼펜하우어가 말하는 음악처럼—천지 창조의 첫째날 같이 순수하고 외롭고 성스러울 만큼 무용한 관념 그 자체를 환기할 수 있는 위력을 보유하게 된다.

그러므로 어휘의 음향적 껍질 속에는 실질적인 본체가 담겨 있는 셈이다. "어휘는 생명을 내포하고 있는 유기체에 가까워짐으로써 모음과 이중 모음 속에 일종의 살[肉]과 같은 것을 드러낸다"라고 말라르메는 말한다.[21] 그러나 어휘를 주도하는 정신은 우리들의 감각을 통해 느껴지는 이 실추된 세계보다는 이상의 세계 쪽에, "아득한 고대의 하늘 아래" 우리의 꿈을 통하여 감지되는 잃어버린 아름다움 쪽에 관심을 쏟고 있다고 하겠다. 여기서 말라르메는 신의 말씀이 지닌 어떤 특권을 얻어내려고 애쓰고 있다 해도 지나친 말은 아닐 것이다. 무에서 유를 창조하려고 한다고까지는 말할 수 없겠지만 그는 적어도 "마법적인" 언어의 힘을 통하여 타락하고 모양이 일그러진 것들을 온전한 모습으로 환원시키고 원초적인 무죄의 상태로 복원하려고 노력하는 것은 사실이다. 그 자신도 그 점을 인정한다. "옛날의 마법과 시의 본질인 요술 사이에는 어떤 은밀한 동질성이 있다." 이와 같이 하여 이미 보들레르가 전력을 다하여 이룩한 바 있는 암시적 마법의 작업은 계속적으로 이어지게 된다. 이 작업은 오로지—물론 적어도 원칙적으로는 언어의 표현적 기능과 창조적 기능은 분명히 구분되는 것이지만—진정한 '언어의 기교art du langage'에 의해서만 비로소 가능해지는 것이다. 여기서 언어의 기교라 함은 어휘들의

---

21) 『영어의 어휘*Les mots anglais*』.

시적 값과 무게나 그들 상호 관계 및 반응에 대한 실험적이며 직관적인 지혜를 뜻하며 원초적인 이미지들이나 어휘 속에 잔존하는 신화에 생명력을 공급하고, 신들을 찬양하기 위하여, 또는 신들의 증오를 모면하기 위하여, 어휘가 인간들의 입술에서 솟아나오는 일순간, 정신을 각성시키는 한 방식을 뜻한다.

이런 경우에 있어서 완전한 혁신이란 불가능한 것도 사실이며, 무엇보다도 그의 선배 시인들이 자연스럽게 의존해왔던 하나의 본능에다 의식이라는 조명을 가했다는 점이 바로 말라르메의 "발견"이라는 점 또한 사실이다. 그러나 그에 못지않게 분명한 또 하나의 사실은, 흔히 지적된 바 있듯이 지난날의 모리스 세브Maurice Scéve(1501~1560)나 레르미트 트리스탕L' Hermite Tristan(1601~1655—옮긴이주) 같은 프레시외Précieux(세련된 재치를 특색으로 하는 17세기 프랑스의 귀족 문학인들—옮긴이주) 시인들에게서도, 감각적 현실이나 외계의 사물과는 가급적 거리를 두면서 폐쇄된 세계 속에서 어떤 정수처럼 다듬어지는 그와 같은 시의 범례들을 찾아볼 수 있다는 점이다.

이번에는 난해성이란 문제를 생각해보자. 우리가 그것을 애초부터 좋지 못한 것이라고 매도하건 않건 간에, 이런 종류의 시학에 있어서 난해성은 필요 불가결한 요소라는 것을 우리는 알 수 있다. 이런 시 이론에 비추어본다면 단 하나만의 분명한 의미가 따져볼 것도 없이 확실하게 강요되는 것은 피해야 하며, 표현 속에는 어느 정도의 "융통성du jeu"이 있어야 하고 어휘의 주위에는 어느만큼 여백이 있음으로써 어휘의 충만한 광휘가 활용되어야 마땅하다. 어떤 어휘가 "전에는 한번도 느껴보지 못한 그 무엇"의 기이한 양상을 띠게 되는 것은 바로 그들의 의미가 무엇보다 먼저 유동적인 성격을 갖기 때문이다. 그렇지만 동시에 그 시는—아마도 이 점에 있어서 말라르메는(그리고 또 다른 많은 현대시인들 역시!) 여러 번에 걸쳐서 잘못을 저지른 것으로 볼 수 있다—독자의 모든 주의력을 끌기에 충분할 만큼, 그리고 자아의 정상적인 활동을 정지시키고 마치 주술과도 같은 방식으로 자아를 홀림으로써 "마취제" 같은 역할(발레리의 비유를 빌어 말하건대)을 수행할 만큼 매혹적인 것이 되지 않으면 안 된다.

게다가 말라르메의 시학은 필연적으로 암시의 효과를 거두기 위하여 거품, 별, 연기 등의 사상이나 물체, 천체계를 상징하는—"순수"시는 바로 천체가 되어야 한다는 것이다—모든 이미지들을 끊임없이 암시간과 수사법(暗示看過修辭法, prétérition)에 따라 사용하게 만든다. 순수시는 불연속적 운동을 하며 전개되고 그리하여 웅변술적인 리듬과는 전혀 무관한 방식을 취하게 된다. 이미지는 항상 간접적으로 스며들고 결코 더 이상 발전하는 법이 없이 언제나 서로 서로간에 은밀하게 결부되는가 하면 돌연 날개가 달린 듯 날아오르고 스쳐 지나가면서 어떤 색채나 섬광 같은 것을 발하는가 하면 또 장밋빛 구름 속으로 사그라져버린다. 복합적으로 짜여진 구문Syntaxe은 단어와 단어 사이의 관계가 가급적 눈에 보이지 않도록 이를테면 독자가 그 관계를 깊이 생각해볼 때까지 잠재적인 상태로 머물러 있도록 짜여져 있다. 이리하여 시는 "스타일의 내면적 힘에 의하여 지탱되면서"(플로베르) 기적적으로 몸을 가누며 서 있는 상태여서 마치 트럼프 카드로 만든 성을 연상시키는 요컨대 무상의 유희가 된다. 이때의 시는 무엇이건 의미하려는 필요성보다는 시의 존재 자체를 확인해주고 '삶'을 변형시키려는 필요성을 내포하는 것이라 하겠다.

오, 꿈꾸는 여자여, 내가
길 없는 순수한 황홀에 잠기도록,
미묘한 허위에 의하여, 그대의 손 안에
나의 날개를 간직해다오.

날개를 칠 때마다
황혼의 서늘함이 그대에게 오고
사로잡힌 날개짓은
미묘하게 지평선을 물러서게 한다.

어지러워라! 여기 어떤 엄청난
키스 같은 공간이 떨고 있다.
누구를 위해서건 미칠 듯 태어나고자 하면서도
용솟음치지도 가라앉지도 못하는 키스처럼.

그대는 느끼는가,
매몰된 웃음처럼 사나운 낙원이
그대 입가에서
전체적 주름 깊숙이로 숨어드는 것을!

황금빛 저녁 위에 괴어 있는
장밋빛 기슭들의 왕홀은, 그것이다,
그대가 팔찌의 불 위에 올려놓은
닫혀진 하얀 비상(飛翔)이다.

O rêveuse, pour que je plonge
Au pur délice sans chemin,
Sache, par un subtil mensonge,
Garder mon aile dans ta main.

Une frâicheur de crépuscule

Te vient à chaque battenment

Dont le coup prisonnier recule

L' horizon délicatement

Vertige! voici que frissonne

L' espace comme un grand baiser

Qui, fou de naître pour presonne,

Ne peut jaillir ni s' apaiser.

Sene-tu le paradis farouche

Ainsi qu' un rire enseveli

Se couler du coin de ta bouche

Au fond de l' unanime pli!

Le sceptre des rivages roses

Stagnants sur les soirs d'or, ce l'est,

Ce blanc vol fermé que tu poses

Contre le feu du bracelet.

　이만하면 애드거 포가 매혹당했을지도 모를 시다. 물질이라고는 거의 모두가 제거되어 있으니 일체의 정념이 배제된 순수시다. 부채, 머리털, 그림을 그려넣은 도자기, 노리개, 작은 탁자 등 주제는 거의 아무것도 아닌 것들이며 시의 출발점은 무한히 초월되었다. 그러나 이토록 침묵에 가까운 이 중얼거림으로부터 거대한 꿈의 소용돌이가 생겨난다.

　말라르메가 자기의 시학을 자유자재로 다스릴 수 있게 됨에 따라 그의 시편들은 점점 더 개체성과 평범한 의미에서의 서정성을 버리게 된다.

그가 "현상을 이상으로 전치시키는 신성한 작업"을 실천해간 결과 현실적 '상황circonstances', 특수적 개인적 성격, 즉 '우연Hasard'의 중요성은 더욱 줄어들고 보편적 요소들이 더욱 전면에 드러나게 된다. 어느 모로 보나 그토록 개인주의적이고 인상주의적이었던 이 시인이 비개인적인 작품을 만들고 절대의 책Le Livre이 될 수 있는 하나의 책, 절대의 시Le Poésie가 될 수 있는 시를—마치 인간 정신의 구조에서는 우주 전체의 도장이 찍혀 있고, "시적 본능은 인간을 맹목적으로 진리에 인도해 가게 된다[22]"는 듯이—지어보겠다는 매우 기이한 의지를 지니고 있었다는 사실을 우리는 상기할 필요가 있다.

말라르메가 성취한 물질의 승화나 본체에 대한 그의 집요한 탐구가 일종의 초서정주의supralyrisme에 귀착한다는 것은 의심할 나위 없는 사실이다. 주관성의 뿌리 그 자체에서 우리는 보편적인 것, 범주주의적인 것을 다시 만나게 되는 것이다. 이때 시는 어떤 도표나 수학적 함수[23] 같은 우아함을 지닌 모습을 띠며 어떤 경우에는 같은 시에 대한 여러 가지의 다 같이 정당한 해석이 나오는 것도 가능해진다. 특히 유명한 소네트 형식의 시 「백조Cygne」가 그러하다. 이 시는 다양한 차원에 적용할 수 있는 것이겠지만, 살아야 한다는 필요성과 삶으로부터 자신을 지키려는 의지 사이에 발이 묶인 채 갈등을 겪는 인간의 드라마를 최대한 표현하고 있다고 볼 수 있을 것이다. 여기서 상징은 종합이 되고 자아의 시는 정신의 시로 탈바꿈한다.

시 「데 제생트를 위한 산문Prose pour des Esseintes」의 첫 단어가 상기시켜주듯이 그토록 많고 까다로운 요구 조건들에 의하여 시는 하나의 과장법hyperbole으로 변한다. 왜냐하면 절대적 순수란 오직 이 세계의 밖

---

22) 폴 발레리 「유레카에 대하여A propos d'Euréka」, 『바리에테 1』 중에서.
23) 이 점에 대해서는 르네 비토즈René Vittoz의 『순수시의 조건에 관한 시론Essai sur les conditions de la poésie pure』(J. Budry)을 참조할 것.

에서만 생각될 수 있는 것이기 때문이다. 그것은 하나의 비존재non-être일 수밖에 없다. 말라르메는 과실의 부재에서 그를 만족시키는 "동등한 맛Une saveur égale"을 발견한다. 만년에 이르자 그 비존재, 침묵, 부재라는 고정 관념에 사로잡힌 그는 그것들에다가 어떤 긍정적인 값을 부여해보려는 꿈을 꾸었다.[24] 그렇게 하자면 작품이 오직 잠재력의 상태로만 담고 있을 뿐인 모든 것을 독자로 하여금 대시 보충하도록 만들고 그것이 지닌 모든 힘을 현실화하지 않고 잠재적인 상태로 그대로 두는 방법밖에 또 다른 처리 방식이 있을 수 있겠는가? 시로 볼 때 이 비존재의 유혹이란 무시무시한 위험인데 이것은 고의적으로 원한 위험, 대담하게 대결하고자 한 위험으로 말라르메는 그 위험이 더욱 더 커지기를 바랐을지도 모른다. 요컨대 말라르메에게 있어서 문제는 상대적인 것에서 절대적인 것으로, 유한에서 무한으로의 이동을 구상해보자는 데 있는 것이 아닐까? 이것은 시인의 운명이, 그리고 그의 "구원salut"이 걸려 있는 문제다. 그의 후계자들이 그의 이 같은 경험을 이용하게 되기까지에는 한두 해가 아닌 오랜 세월이 걸렸다는 것은 놀라운 일이 아니다. 그들은 헛되이 그 경험을 다시 한번 겪어보려고도 해보았고 그 경험의 조건을 수정해보기도 했고, 시는 천사적 순수성pureté angélique을 획득하면 그만큼 인간적인 호소력과 효율성을 상실한다고 확신한 나머지 그 경험을 결단코 반대하기도 했다.

그러나 진정한 위대함이란 그 척도를 헤아릴 수 있기 이전에 벌써 하나의 현존으로서 감동을 자아낸다. 저물어가는 19세기의 어둠침침한 시절에 있어서 말라르메의 출현보다 더 고귀한 것은 없었으니 그는 모든 사람들에게 있어서 "모순의 징조"였지만 벌써 몇몇 사람들의 눈에는 영웅으로 여겨졌다. 그에 의하여 정신은, 희귀함은, 수와 습관과 나태에 대

---

24) 이 문제에 대해서는 A. 티보데A. Tibaudet의 『말라르메론Mallarmé』의 흥미 있는 한 장을 읽어보는 것이 좋다.

하여 개가를 올렸다. 그의 가장 열렬한 후계자였던 시인은 이렇게 말했다. "우리들 속에서 참다운 영광이, 번쩍거리는 것이 아니라 감춰진 것인 영광이, 끓어 일어나서 그에게 바쳐지는 것을 나는 보았다."[25]

4

랭보의 문제에 있어서는, 근래 몇 년 동안 나온 가장 우수한 연구들도 기껏해야 개략적인 성과밖에 거두지 못했다. 유례없는 "정신적 추구"에 나선, 거의 신화적인 한 인물을 앞에 두고 사람들은 갖가지 가설들을 가지고 흥미롭기는 하지만 기대에 어긋나는 유희를 즐기거나 모든 평범한 길을 초월하는 세계 속으로 그의 혼이 쫓아간 행동 궤적을 상상해보는 것이 고작이다. 하나의 절대적인 "책Livre"을 창조할 수만 있다면 이 세계의 존재 이유가 정당화될 수 있으리라고 상상하는 종류의 예술가는 랭보가 아니다. 그가 보기에는 시란—"나의 광기들 중의 하나!"—무엇보다 먼저 삶을 앙양시키고 인간을 초월하기 위한 하나의 방법이다. 흙구덩이에서 잠자고 품팔이 농부들이나 먹는 수프를 먹는 그 불량소년은 악마에게 홀려 있다. 9월의 이슬이 내려와서 그의 목을 축여준다. 그가 "나의 별들"이라고 말하면, 그 별들로부터 그에게로 빛의 길이 내려오는 것이 보인다. 그는 "세계의 끝"을 향하여 "새들에게까지, 샘물에게까지" 걸어나갈 것이다. "바람구두를 신은 사내"라고 베를렌은 말했다. 떠돌이, 정복자, 그에게는 절대란 여행의 저 끝에 가서 호려내어 유괴해와야 할 대상이다.

랭보의 악마는 반항과 파괴의 악마다. "살인자들의 시대"가 그에게 시작된 것이다. 소위 문명이라는 것, 그리고 서양의 인간이라는 것, 랭보는

---

25) 폴 발레리, 《N.R.F.》 1932년 5월호.

무엇보다 먼저 바로 그 위로 맹수처럼 몸을 던져서 덤벼들고자 꿈꾼다. 국가, 공공질서와 그것이 지닌 구속, "기성의 행복", 사랑과 가정의 관습적 쳇바퀴, 기독교, 윤리, 요컨대 모든 '인간 정신의 산물'을 그는 부정하고 우롱한다. 그의 속에 있는 것은 바로 막아놓은 샘물줄기, 사로잡힌 샘물줄기가 아니고 무엇인가? 보람 있게 행동하기 위하여 그는 스스로에게 틀과 불편과 한계—형식 논리 같은 것—를 부여하기로 했고, 보편적인 삶과의 유대를 끊어버리고 '따로 떨어져서' 살다가 멸망해버리기로 했다. 그렇다면 이것은 적어도 그가 잃어버린 것을 대가로, 흔히들 현실이라고 부르는 이 세계에 대하여 인정한 몫이 아니겠는가? 그러나 현실치고는 덧없는 현실이다. 그래서 "외적" 세계라고 하지 않는가? 우리들 자신과 동시에 그 현실이 모양을 갖추게 되고 만들어진 것은 우리들과 우리들이 저지른 잘못 때문이다. 사물들은 우리들의 눈 아래 굳어져버렸고, 우리의 내면에 현전하기를 그쳐버렸으며, 멀어져버리고 잘게 쪼개져버리고 지워져버려서 마침내는 과학이 인정하는 저 숱한 속성들로 변하고 말았다. 이제 우리는 사물들을 사용하겠다는 목적으로밖에는 그것을 보고 만질 줄도 모르게 되고 말았다. "창백한 이성이 우리의 눈을 가리며 무한을 못 보게 만든다." 그래서 그 이성, "양식의 그 알량한 사닥다리", "자명한 것을 증명하고 그 증거를 되풀이하는 기쁨에 가슴 부풀고 오직 그것만을 위해서 사는" 인간들이 빠져 들어가 있는 멍텅구리의 유희에 대하여 랭보가 할 수 있는 것은 야유뿐이다.

플라톤은 자신의 신화들에 대하여 이렇게 말한 바 있다. "아마도, 아니 확실히, 그것은 진실이 아니다. 그러나 거기에는 다소 그럴법한, 진실한 그 무엇이 담겨 있다." 마찬가지로 랭보에게도 이런 사상이 있었다고 생각할 수 있다. 그러나 랭보가 한번이라도 사상—굳어져버린 것—이라는 것을 가져본 적 있었던가? 그의 사고의 역동성을 멈추게 할 수 있는 것은 아무것도 없다. 그리고 그는 자기의 증거들을 되풀이하여 주장하는 류의 인간이 아니다.

이와 같은 태도 속에 오늘날의 어떠어떠한 "반지성주의적" 명제들, 그리고 또한 심령현상론의 연구와 가설 같은 것이 예감된다는 점은 주목할 만한 사실일 것 같다. 그러나 그 태도가 밀교전통ésotérisme에 뿌리박고 있다는 점은 여기서 더욱 중요하다. 다시 한번 더 우리가 눈길을 돌려야 할 곳은 바로 그 배경 쪽이다. 이 말은 즉, 랭보가 피타고라스와 힌두교의 원천에까지 거슬러 올라간 다음, 그 역시 자신의 운명을 요기 yoghis(요가 수행자―옮긴이주)의 운명과 동일화하는 데 성공했으며 그들의 신비적인 체험을 다시 해보고 동방현자들의 믿음과 신화들을 터득했음을 의미하는 것일까? 롤랑 드 르네빌Rolland de Renéville이 그의 탁월한 저서에서 주장하는 바는 그러하다.[26] 나로서는 그렇게 멀리까지 밀고나갈 생각은 없다. 랭보는 제반 체제들을 분쇄하고 그것에서 벗어나는 절대적 비순응주의자로서 끝까지 변함이 없다고 생각된다. 모든 "독트린 집단들"의 테두리 밖에 있고 공식을 초월하는 어떤 거역할 길 없는 충동에 실려 그는 개인적 혼이 그 한계를 벗어나 어떤 신비적 도취 속에서 그의 힘들을 범우주적인 것으로 환원시키는 원초적 상태를 획득하고자 한다. 음악의 리듬 위에 떠 있는 "태양의 아들, '자연'의 빛의 금빛 불꽃"인 그는 이 예외적인 모험들을 위하여 살았다. 그 모험 속에서는 우주가 마침내 저 자신으로 돌아가 헤아릴 길 없는 불덩어리 같은 저의 정체를 내부로부터 의식한다. 그 불덩어리로부터 불꽃의 형태들이 용솟음쳐 올랐다가 다할 길 없이 떨어진다. 그 디오니소스적 무도 속에서 신성한 본체로서 흡수된 모든 것을 즉각적으로 소유함에 따라 기쁨이 솟아난다.

이것은 바로 현자mage가 꿈꾸는 대망의 전능과 전지의 길인가, 아니면

---

26) 롤랑 드 르네빌Rolland de Renéville, 『견자 랭보Rimbaud le Voyant』(Au Sans-Pareil, 1929).

일체의 의식의 상실을 통한 무의 길인가? 상극이지만 상호 보완적인 두 가지 상태. 랭보는 그의 광적인 듯한 영웅주의와 조물주적인 활동으로부터 무죄의 낙원 속에서 맛보는 열반의 관능으로 옮아감으로써 앞서 말한 양쪽을 다 경험했고 원했던 것 같다. 그러나 그가 자신의 예언자적 사명을 믿었다는 것은 의심할 여지가 없다. "오, 나는 신이 될 사람이로다"라고 「크리멘 아모리스Crimen amoris」 속에서 베를렌이 그의 친구의 모습으로 그린 악마는 소리친다. 그는 기적을 행하는 마술사Thaumaturge가 되고자 했다. 그의 오만은 그 정도였다. 그러나 그를 거기까지 몰고간 것은 그의 채울 길 없고 절망적인 욕구이기도 했다. 마치 끝없는 사랑을 되돌려주는 신이 찬미받듯이 사람들로부터 인정받으며 사랑받고 싶은 욕구 말이다.

그렇게 엄청난 치열성violence이라면 거기에 휴식과 망각이 없을 수 없는 법이다. 기이한 애덕charité의 움직임이 그를, 가증스럽고 더럽혀진 것이 아니라 참으로 "세계에 속하는" 그리고 땅의 지옥으로부터 영원히 구원된 그 무엇에게로 실어간다. 바로 그때 우리는 그에게서 보이는 것이 가장 요란한 야만적 상태에까지 고조된, 소년다운 편협성과 이상주의라고 여기게 된다. 그 소년은 갑자기 만인의 동의에 의하여 '존재하는 것ce qui est'을, 인류가 저 스스로를 가지고 만들어놓은 것을, 그리고 사물들을 발견하고서는 돌연 공포에 질려 그 후로부터는 다른 사람들을 닮거나 다른 사람들의 세계 속에 함께 살거나, '유일한 진실'인 자기 자신, 자신의 믿음과 꿈을 포기하느니보다는 차라리 모든 것을 거부하려고 애쓰게 된다.

*

그리하여 랭보는 "견자voyant가 되는 것", 즉 진정한 현실성과 접촉시켜줄 기능들을 그의 머리 속에서 깨어나게 하는 것을 시인의 사명으로 정했다. 1871년 5월 15일의 유명한 편지에서 그가 권하는 "모든 감각의 오래고 엄청나며 이론적으로 규명된 교란", "사랑, 고통, 광기의 모든 형태들"을 밑바닥까지 경험해야 한다는 시인의 의무는 그에게 미지에 도달하는 수단을 제공한다. 그에게, 그리고 그의 말에 귀를 기울이는 모든 사람들에게 있어서 문제는 항상 인간에게 귀속된 것같이 보이지만 사실은 습관과 나태에서 온 보잘것없는 결과에 지나지 않는 가능성들을 초월하자는 데 있다. 문제는 여전히 "자신의 영혼을 가꾸는" 데 있지만, 그 자아에 관한 작업은 필연적으로 무엇보다 먼저 소위 문화라는 것으로부터의 해방을 요구한다. 이리하여 "모든 감각으로 파악 가능한 언어"요 "향기, 색채, 음향 등 모든 것을 집약하며 사고를 낚아내고 잡아당기는 사고의 시, 영혼을 위한 영혼의" 시는 어떤 계시와도 같은 모든 신호를 갖게 될 것이다. 이와 같은 야심이 어느 정도 보들레르("최초의 견자, 진정한 신")로부터 유래하는 것임을 새삼 강조할 필요가 없을 것이다. 보들레르는 자기 나름대로 자기의 제반 감각들의 감성과 그들 상응망을 무한히 확대하고 감옥의 벽들을 자신에게서부터 멀리 밀어내겠다는 의도를 가지고 랭보와 같은 범주의 "체조"에 여념이 없었던 것이다.

랭보가 골몰하고 있는 이 방법, 즉 "영혼의 훈련"—신비주의자들의 정신 훈련을 연상시키는—의 자의적인, 아니 구태여 말하자면 인공적인 성격에 관해서는, 나는 그것이 『계시 *Illuminations*』의 시편들 속에서 실제로 어휘와 이미지들의 조화된 배열을 유도하고 있다고 생각하지는 않는다. 여기서 시인의 의식적인 의지를 옹호하기 위한 결정적인 근거로서 그의 비전이 지닌 유기체적이며 조형적인 특성을 들어 강조한다는 그것은 그릇된 생각일 것이다. 환각도 흔히 정상적으로 지각된 풍경 속에서는 찾아볼 수 없을 만큼 분명하고 두드러지게 나타난다. 의식이 매우 약하게 개입되는 꿈속의 창조된 광경들 자체도 항상 무정형이거나 무기적인 것은 아니다. 이런 사정 속에서 가장 논리적으로 규명된 방법은 정신이 전혀 이성적인 것이 아닌 "통찰Clairvoyance"의 상태에 이르도록 존재의 저 밑바닥에서 자연 발생적으로 태어난다. 바꾸어 말해서 시는 우리에게 그런 경험들의 추억을 전달해줄 것이다.

이렇게 하여 문학에 대한 하나의 새로운 개념이—그 새로운 개념은 오늘날에 와서야 비로소 분명하게 식별되었다—솟아난 것이다. 시적 감각은 신비적이고 예언적인 감각과 유사한 것이 되고, 표현의 수단이 아니라 발견의 수단이 되고, 가장 첨예화한 정신처럼 섬세한 도구로 변하여, 무의식의 심장부에까지 그 안테나를 박아넣을 수 있게 되었다. 다만 진정한 신비주의자는 신이 그를 인격을 통하여 자의로 행사하는 권능 이외에는 아무런 권능도 그의 마음속에 인정하려 하지 않는다. 반면 조물주와도 같고 악마적인 랭보가 자기를 송두리째 바치는 것은 오로지 자기를 다시 획득하기 위함이요, 그의 권력 의지를 마음껏 즐기고 초현실적인 힘을 자기에게 이롭도록 포착하기 위함이다. 신비주의적이라기보다는 마술사적인 그의 이기주의—초월적 이기주의이지만—가 잊혀지는 것은 간헐적인 경우에 지나지 않는다.

예언자적 사명과 직접적으로 관련된 시편들(알레고리식 콩트, 잠언, 상징)을 제외한다면 우리는 『계시』의 많은 시편들—이것은 문자 그대로 '견자'의 비전들로서 랭보 세계의 그림자와 메아리를 우리에게 전해주고 있다—을 모두 하나의 범주로 묶을 수 있다. 그 시편들 속의 여기저기에서 언뜻언뜻 낯익은 감각과 물체들—꽃, 폭포, 재의 맛, 아궁이 속의 나무 냄새—이 눈에 띄고[27] 그 물체들은 대체로 감각 세계를 특징짓는 현실의 실마리와 함께 우리에게 전달되는 것이 사실이긴 하지만 그것들 사이의 관계, 그 물체들을 이끄는 리듬, 특히 전체의 구조는 이내 그

---

27) 자크 리비에르는 그가 쓴 『랭보Rimbaud』(Kra, 1930) 속에서 그 점을 잘 설명한 바 있다.

것이 지닌 거역할 길 없을 만큼 이상한 면모로 인해 우리에게 놀라움을 준다. 바탕이 불안전하고 항상 그 자체의 아이덴티티에 대하여 자신 없어 하는 듯한 사물들은 그 자체의 모습을 벗어나며 우리가 그것들을 가두어두기 위하여 만드는 틀을 깨뜨려버린다. 그 사물들은 들쭉날쭉한 외관이나 단단함을 지니고 있긴 하지만 시인이 창조하는 그 어느 상황 속에서나 그것들은 여전히 만화경 속에 순간적으로 조립되는 형상들처럼 순식간에 이 형태에서 저 형태로 변해가는 것이다. 때로는 어떤 엄청난 우주적인 죽음의 분위기 속에 갖가지 위협들이 가중되고, 물체들이 마치 무시무시한 공포에 질린 듯 일종의 무질서한 중력에 휘말리기도 하고, 때로는 초인간적일만큼 신선한 선경(仙境)이 펼쳐지기도 한다.

> 별들과 그리고 하늘과, 그리고 그 밖의 것들이 꽃핀 감미로움이 비탈 맞은편으로, 바구니처럼, 우리들의 얼굴을 쓸며 내려와서 그 아래로 향기롭고 푸른 심연을 만든다.

> La douceur fleurie des étoiles, et du ciel, et du reste descend en face du talus, comme un panier, contre notre face et fait l'abîme fleurant et bleu là-dessous.[28]

그 어느 경우에서나 우리가 들어가게 되는 세계는 균형의 법칙에 어긋나면서도 어떤 탁월한 조형성을 갖춘 사고에서 발산되는 세계요, 감각성의 논리와 "범주"들로부터 해방된 듯한 세계다. 이리하여 우리는 보들레르의 교훈 속에 간접적으로 내포되어 있던 원칙, 즉 예술가는 자연을 모방하는 것이 아니라 자연을 동화하여 그 속에 자신의 '자아'를 육화한다

---

28) 「신비*Mystique*」 중에서.

는 원칙이 승리를 거두는 것을 목도하게 된다. 랭보가 그의 "참혹한 회의주의"를 암시한 것은 아마도 현대 인간의 정상적인 습성habitus을 구성하는 현상적 세계, 감정, 고정된 믿음 등에 대한 전반적인 "재반성remise-en-question"을 의미하는 것일 터이다. 존재하는 모든 것은 전혀 필연성이 없으며, 존재하지 않을 수도 있었을 어떤 원초적인 사실에 기인하며, 우리가 지금과 같은 상태의 우리일 뿐 신이 되지 않아도 좋다고 받아들인 바로 그날에 저질러진 잘못에서 비롯된 것임을 말하고자 한다.

고전주의자들도 그랬지만, 초기 낭만주의자들은 대체로 인간의 타락을 믿었다. 그러나 그들은 아담의 형벌이 부당하여 낙원으로부터의 추방이 억울하다고 항의했다. 그런데 랭보는 "그의 무죄함이 가이없음"에 황홀해 한다. 그는 타락한 세계 속에서도 순수하다. 그는 이 땅 위에서도 여전히 "무심sans coeur"의 상태 그대로다. 그 어느 것도 그에게는 무일 뿐이다. "우리는 이 세계에 있지 않다!"라는 「지옥의 계절」의 외침은 "각자 재주껏 도망치라"처럼 메아리친다. 이리하여 시인은 주사위를 제 손 안에 장악하고서, 제 뜻에 따라 창조 행위를 고쳐 해보려 하며, 조물주처럼 새로운 세계를 선언하려 기도한다. 이는 과연 순전한 광기나 지각없는 주관주의일까? 아니, 다른 한편으로 생각해보면 "객체에의 복종soumission à l'objet"이란 기만이 아닐까? 이런 질문에 대해서, 랭보가 부어준 술에 취한 현대 예술가 속에서는 랭보가 포착하려고 애쓰는 이런 현상들이, 그리고 마치 해독에 필요한 열쇠가 없어져서 당장은 그 의미가 불확실한 어떤 알파벳의 구성 요소들인 양 그의 내부에서 일어나는 그 호소들이 반드시 그에게 혼란을 야기시키는 요소만은 아니며, 오히려 그것들의 부름에 따름으로써 비로서 랭보는 존재L'Etre의 원천에 다가갈 가능성이 있다고 대답하는 그 무엇이 생기게 될 것이다.

이는 이성을 통해서는 해결할 수 없는 문제다. 계시에 속하는 것의 객관적 가치를 어떻게 측정한단 말인가? 도대체 지금까지 우리는 다만 랭보가 지닌 면모의 몇 가지 특징을 찾아보려고 노력한 것에 지나지 않는다. 그것은 최근 세대 시인들의 정신을 사로잡고 있는 앙양된 모티프나 시적·형이상학적 테마들의 대부분이 『계시』의 작자에 의하여 매우 갈피를 잡을 수 없을 정도로 대담하게 제출되었기 때문이다. 랭보는 그의 비밀을 털어놓지 않은 채 사라져버렸다. 그런데 예술이나 삶, 아니 삶 이상 가는 것의 성패가 랭보에 달려 있다고 생각하는 사람이 한둘이 아니다. 대전 직후에 마치 최고의 선인 양 보였던 "정신의 완전한 자유", 생존의 제반 사실 및 조건 그 자체에 대한 반항, 어느 경우에는 신적인 초자연에 대한 믿음으로 인도하고 또 어느 경우에는 초현실의 개념으로 인도하는 제반 감각적 외관의 부정, 다른 한편으로는 감동과 "영성"에 충실하려는 욕구에 부응하기 위한 산문시 운동, 바로 이런 것들이 혁명적시가 전진해간 몇 개의 길이다. 바로 그 길들의 초입에 그 명암의 모습을 나타내는 것이 랭보이다. 그가 글쓰기를 포기한 일, "삶을 변화시키고자"한 일—이에 대해서는 매우 상이한 해석들이 많았다—에 이르기까지 모든 것이 그의 운명의 특성을 더욱 의문 가득한 것으로 만들고 있다.

5

우리가 잠시 동안 그 모험들이 지닌 변함없는 특징들 및 그와 관련된 역사적 상황들을 일단 머리 속에서 지우고 생각해본다면, 이런 갖가지 정신적 모험들 사이에 어떤 혈연성이 드러나는 것을 볼 수 있다. 그 중 어느 경우건 간에 하나의 정신이 물질세계로부터 해방되고자 애쓰며 한없이 머나먼 어떤 부분과 일체가 되기를 열망한다는 점은 동일하다. 이야말로 모든 신비주의자들의 활동을 지배하는 희망 바로 그것이다. 그러나 시인은 사물과 인연을 끊을 수가 없다. 그가 시인으로 남아 있고 싶다면 그래서는 안 될 것이다. 오직 육체에 대한 취향과 육체의 감각들에 대한 관능적 애착만이 그의 기억의 씨앗을 뿌릴 수 있게 해줄 것이며 그의 작품을 가득 채워줄 이미지들의 추수를 말없이 준비할 수 있게 해줄 것이다. 그러나 그와는 반대로 참다운 신비주의자의 경우는 감각적인 것에 대하여 눈감고 자아에 대하여 눈감은 채 내면적이며 밀폐된 왕국 속에서 계시가 일어나도록 하려고 노력한다.

아마도 우리는 여기에서 시인들이, 특히 랭보가, 왜 신비주의적 질서에 있어서 실패하게 되는지, 그 주된 까닭을 발견할 수 있을 것 같다. 정신이 새로운 삶의 문턱으로 들어서고 순수를 경험하게 되는 것은 진정한 고행을 통해서이고 육체와 물질로부터 벗어남을 통해서다. 그러나 법열은 말로 표현될 수 없는 것이다. "형태를 지니지 않은 것에 어떻게 형태를 부여한단 말인가? 그 어떤 비유도 우리에게 도움이 되지는 못한다. 그러나 이미지를 통하여 바로 그 이미지를 쫓아내기 위하여 나는 이제 가능한 한 주어진 언어의 문채(文彩, figure)를 빌어 이미지 따위와는 아무 상관없는 그 감각을 그대에게 설명해주고자 한다"라고 중세 독일의 신비주의자인 하인리히 수소Heinrich Suso는 말했다.[29] 그 어려움이 얼마나 큰 것일지는 짐작이 간다. 특수한 예를 제외한다면 동일한 한 인간 속에서 시인의 "성공"과 신비주의자의 성공이란 양립할 수 없는 것이 사실일 듯하다. 그렇지만 시인은 오직 "내면의 길"을 통해서만 성장할 수 있다. 그는 거기서 신비스러운 이리[魚白]떼들이 자욱한 강물처럼 그를 실어가줄 우주에 대한 그 감정을 풍부하게 할 수 있을 것이다.

더군다나 현대의 시인은 이처럼 귀양살이를 해야 할 만한 짓을 한 일이 없다고 믿는다(비니는 이미 "그 거창한 재판의 서류들은 불탔다"라고 말한 바 있다). 그는 그의 무염시태(無染始胎, immaculée conception)라

---

29) 장 바루지Jean Baruzi의 『성 요한과 신비적 체험의 문제Saint Jean de la Croix et le Problème de l' Expérience mystique』 p.335에서 재인용.

는 도그마를 오히려 기꺼이 받아들일 것이다. 그는 오히려 신을, 혹은 "가서 살아야 할 땅을 노래하지 못했기 때문에Pour n'avoir pas chanté la région où vivre"(말라르메의 시 「백조」의 한 부분—옮긴이주) 세계 속에 혼자 떨어진 채 불모의 사상으로 영양을 섭취하는 인간을 고발한 것이다. 여기서 노발리스의 "사이스Saïs의 제자"의 테마를 상기해보고 싶다. 도대체 누가 베일을 걷고 하얀 모습의 이시스Isis를 바라볼 것인 가? 그 어떤 특별한 암시가 있는 것은 아니지만 여기서 문제되는 것도 여전히 황금시대요 잃어버린, 그리고 되찾은 낙원이다. "19세기 시가 준 선물은 채워지지 못한 무죄에의 희망이다"라고 G. 운가레티G. Ungaretti는 말했다. 보들레르가 말하는 "어린 아이 같은 사랑의 죄 없는 낙원"에서부터 랭보가 들었다는 "천사들의 얌전한 노래"와 말라르메의 백조에 이르기까지, 이미 루소의 가슴을 부풀게 한 바 있는 똑같은 하나 의 숨결이 전파되고 있다.

그러나 무죄innocence는 권세와 짝을 이루며, 신비적 질서의 요구는 악마적 성격을 띤다. 인간에게 필요한 것은 완전 순결성과 그의 본성의 충일감, 대자연의 충일감이다. 과학을 통해서 인간은 자동 인형의 무게 로 그를 짓누르는 하나의 반물체(反物體, Antiphysis)를 두드려 만들었 다. 그가 그의 의식을 가지고 만든 섬에는 오직 이제는 접근할 수 없는 생명의 희미해진 메아리나 색채 없는 이미지밖에는 닿는 것이 없다. 그 러나 희망은 여전히 남아 있다. 말라르메는 그의 사물들 앞에서 오직 "이것은 무엇을 의미하는가?"라는 단 하나의 질문만 하고 있었다고 폴 클로델은 우리에게 말한다. 여기서도 여전히 문제는 이미지들의 발생을 돕고 아날로지의 흐름을 거슬러 올라가서 가장 먼 명암의 지대에까지 가 보자는 데 있다. 마치 이 비경(秘境) 속에서는 우주의 참다운 모습이 저 스스로에게 나타나 보일지도 모른다는 듯이.

이 같은 의도는 결국 신비적 질서에 속한다. 그러나 개념이나 변증법이 고리처럼 이어진 저 끝에 가면 현실을, 더 정확히 말해서 절대를 만날 수 있으리라고 생각하는 것은 아니다. 그것을 발견할 수 있다고 여겨지는 곳은 심리적 구체성 속이다. 새롭고 한없이 미묘하며, 무슨 "메타 심리학metapsychologie"에나 속할 법한 현상들 쪽을 향하고 있는 어떤 감수성, 바로 이것이 현대시인 특유의 기능이다. 자아 속에서 우주를 다시 찾고 그 우주의 의미를 상징하는 데 있어서 시인에게 도움이 될 수 있는 것은 다름 아닌 그 감수성이다.

*

보들레르, 말라르메, 랭보—특히 뒤의 두 시인—는 "인간을 극복하기"를 꿈꾸었다(같은 시대에 니체는 미쳐버리도록 그 일에 골몰했다). 세 시인은 다 실패했다. 그들과 관련하여 우리는 이카루스나 프로메테우스를 상기할 수도 있다. 지금 여기는 1세기 동안의 낭만주의가 지나가고 난 후, 영원한 불안과 영원한 형이상학적 야망이 여하한 사정들에 의하여 그 정도에까지 격앙되었는가—반면 철학자들은 실증주의 과학 앞에 치욕스럽게 허리를 굽히고 있던 그 시대에—라든가 왜 인간은 그의 운명의 문제에 대한 하나의 해결 방법을 구태여 시에 요구하게 되었는가를 따질 자리가 아니다.

나는 그 세 사람의 시인들이 오늘날 보들레르적 의미에서 세 개의 "등대들"로서 군림하기 때문에 그들을 나란히 놓아보았던 것이다. 그 등대들의 불빛은 그들 뒤를 이어 또 다른 시인들이 전진해간 저 처녀지를 멀리멀리 비춰주고 있다. 만약 우리가 문자 그대로의 상징주의 운동 그 자체를 연구하고자 했더라면 지금과는 다른 조망을 구상했을 것이고 베를렌을 더욱 강하게 조명했을 것이며 오늘날 그림자 속에 묻힌 보들레르의 다른 면모들을 규명했을 것이다. 그러나 복합적이며 참으로 새로운 작품들은 한 세대 이상의 많은 사람들에게 자양을 공급할 만한 것을 지니고 있는 법이다. 사람들은 보들레르, 말라르메, 랭보를 매우 점진적으로 발견해왔을 뿐이다.

제1부
역류

제1장 | 상징주의에 대한 고찰

제2장 | 로만주의와 본연주의

제3장 | 20세기 초의 시

제4장 | 남프랑스 시의 깨어남

제5장 | 투구를 쓴 미네르바의 기치 아래

제1장
상징주의에 대한 고찰

『펭귄 섬 *Ile des Pingouins*』 제2권에 나오는 알카의 용·dragon d'Alca이라는 것은 그것을 보았다고 자처하는 사람들 중 그 어느 누구도 그것이 어떻게 생겼는지 설명하지 못한다고 알려져 있다. 사람들이 상징주의 운동을 그 알카의 용에 비유한 것은 재미있는 일이다.[1] 그 수많은 가지각색인 경향들과 개별적인 시도들을 묶어서 어떤 통일성으로 귀착시키는 방법 중 하나는 아마도 그 모든 것들이 그 원리에 있어서 현대의 사회생활 방식 및 실증주의적 세계관에 대한 숱한 항변이라고 간주해보는 일일 것이다. 정신의 심층적 생명의 의미, 현상을 초월하는 피안과 신비에 대한 어떤 직관, 시를 그 본질적 차원에서 파악하고 또 그러기 위해서 시에서 학습성[2]이나 감상적인 정의 따위를 제거해버리려는 새로운—적어도 프랑스에서는—의지, 이런 것들이 1885년 세대의 시인들[3]이 벌인 활동의 근저에서 흔히 확인해볼 수 있는 내용이다.

상징이라는 용어로 말하자면—복잡하고 꼬집어 설명하기 어려운 의미를 담고 있기 때문에 그만큼 더 암시적이 되어버린 만병통치약 같은 용어들 중 하나가 이 말이지만—상징주의적 사고방식이나 표현방식이

---

1) M. G. 베노M. G. Benneau, 『현대 프랑스 시에 있어서의 상징주의*Le Symbolisme dans la poésie française contemporaine*』(Boivin, 1930).
2) '학습성didactisme' 이란 시를 쓰는 규칙을 배워서 쓰게 될 때 시 속에서 인지되는 "인공적인 요소나 도시적인 성격"을 의미한다—옮긴이주.
3) '상징주의' 라는 것이 구체적으로 탄생한 것은 정확히 말해서 장 모레아스Jean Moréas(1865~1910)가 1886년 《르 피가로》에 발표한 선언문이 계기였다. 이 세대의 상징주의 시인들로는 모레아스 이외에 귀스타브 칸, 스튀아르 메릴, 비엘레 그리팽, 르네 길 등을 꼽는다—옮긴이주.

역사 속 어떤 특정된 시대에 속하는 것만이 아니므로 지난날의 시 못지 않게 오늘날의 시와도 관계가 있는 한 가지 점에 있어서 이 용어에 관련된 오해들을 제거해야 할 필요가 있다.

인간의 정신은 꿈과 몽상 속에서, 심지어 깨어 있는 상태 속에서까지도 독자적인 창조의 힘을 지님으로써 자아의 심층적인 정서가 투영된 우화·형상·이미지 들을 자유롭게 상상해내는 것 같다. 문명된 인간들의 경우 이성이나 기타 여러 가지의 검열 장치가 그 자연 발생적인 상징 기능을 방해하지만 "원시인"의 경우나 혹은 꿈을 꾸고 있는 동안에는 그 상징 기능이 아무런 통제를 받지 않은 채 작동한다. 이렇게 하여 생겨나는 것이 신화와 그 밖의 여러 가지 공상적인 구성들인데 보편적인 양식에 비추어본다면 그것들은 전혀 비현실적이고 터무니없는 것으로 여겨지겠지만 심리적인 면에서 본다면 그것도 진실된 것이다.[4] 왜냐하면 상상력이라는 측면에서 볼 때 그것은 그것을 창출해낸 심리 구조와 일치하기 때문이다. 그러므로 이런 상호 관계로 인하여 이미지는 그것이 상징하고 있는 심리적 현실에 신비적으로 참여하고 있다는 느낌을 자아낸다.

그런데 우리는 이미 이런 상응이나 등가 관계의 개념을 잘 알고 있다. 이 개념은 바로 어떤 마음의 상태를 표현하고 육화하는 임무를 이미지들에게 맡기는 시인들의 경우에 적용된다. 이렇게 되면 시인이 작품을 구상하는 작업과 우리가 위에서 규정한 초보적이고 직접적인 그 심리 과정 사이에는 저절로 어떤 관계가 성립된다. 시인이 사고하거나 애써 작품을 조립해보려는 태도를 버리고 그저 꿈이 흘러가는 대로 아무런 저항 없이 따라가기만 할 경우에는 그 두 가지 사이의 단순한 관계를 초월하여 동일성으로 탈바꿈해버린다. 오직 그것 본래의 힘만으로 추진되면서 제 스스로의 내력인 이야기를 조립해낸다고 볼 수 있는 이런 정신 활동 덕분

---

4) 그것은 심리적인 면이 아닌 다른 면에서도 진실된 것일 수 있다.

에 우리는 상상력을 통한 창조 현상을 일체의 꾸밈이나 심미적인 의도가 개입하기 이전의 원초적 모습 그대로 알아볼 수 있게 된다.

그러나 의식을 스쳐 지나가는 가공의 이야기나 그 밖의 여러 가지 이미지 조합체들은 어느 것이나 상징의 형태로 조직되는 경향이 있다고 말할 수는 있지만, 이 특수한 경우에 있어서는 내면적인 심리 메커니즘과 그것이 투영된 이미지라는, 주체에 의하여 분명히 의식된 두 개 항 사이의 관계를 운위할 수는 없을 것이다. 진정한 상징은 실제로 '자연스럽게' 구상적 모습을 지니게 된 사고 형태에 정신이 직접적으로 가담함으로써 생겨나는 것이다. "상징은 절대로 어떤 것의 '번역'이 아니므로 그 자체가 다른 것으로 번역될 수도 없다."⁵⁾ 이 점은 근본적인 문제임에도 불구하고 흔히들 잊어버리곤 하는 사실이다. 따라서 의식의 통제를 받지 않고 이루어지는 꿈과 몽상 속의 상징들은 심리학자들의 말에 의하면 "다가적(多價的, polyvalents)"인 것, 즉 복합적이며 동시에 변신하고 있는 중인 어떤 상태를 나타내 보이는 것이다. 그러므로 실질적 존재인 이런 상징들은 대개 정서적 범주의 어떤 매듭에 의하여 묶여진 여러 가지의 '값'들을 지니게 되어 우리가 하나하나를 어떤 공식 속에 가두어둘 수는 없다. 이런 연유로 해서 수많은 독자들과 해석가들이 어떤 현대시를 읽을 때 그 상징들에 어떤 한 가지의 논리적 의미만을 부여함으로써 일체의 다른 해석을 제거해버려야만 마음이 편해지는 오류를 흔히 범하게 된다. 지난 50년 간에 씌어진 작품들 중에서 조명이 별로 뚜렷하지 않은 의식의 지대에서 그 형태를 얻어 가진 많은 작품들이 다가적이라는 사실은 이상할 것이 없다.⁶⁾

상징에 대한 이 같은 개념 규정은 19세기 말엽의 "상징주의자들"과는

---

5) 장 바루지Jean Baruzi, 『생 장 드 라크루와의 신비적 체험의 문제』 참조.
6) 1901년 이래 M. G. 펠리시에M. G. Pellissier는 《잡지평론Revue des Revues》지(3월)에서 이와 비슷한 생각을 표시해왔다.

그다지 비슷한 데가 없는 시인들에게나 적용된다고 혹시 누가 반박한다면 우리도 기꺼이 그 의견에 찬성할 것이다. 그리고 그 상징주의 시인들은 대부분의 경우 상당히 정확한 어떤 의미를 띠도록(적어도 그들 자신에게는) 만든 이미지들을 또렷한 정신 상태에서 한데 연결지어서 간접적으로 표현하는 방식을 즐겨 사용했으므로 상징의 그 같은 개념 규정이 상징주의 시인들에게 적합하지 못하다고 계속 반박한다면 우리의 대답은 이렇다. 즉 지성은 우리가 앞에서 묘사한 바 있는 이미지의 자연적인 발생 과정을 의식할 능력을 가지고 있으며 또 이번에는 어떤 재현을 정신 상태, 감정, 사고와 같은 심리적 현실과 결합시킬 능력이 있다는 사실을 우리는 한번도 부정하려 한 적이 없다. 상징주의 시인들이 빈번히 이와 같은 방식을 사용했다는 것은 매우 분명한 사실이다. 그러고 보면 상징주의자들이 결국, 청진, 분석, 종합 등의 작업 대신에 비논리적인 사고의 자연스러운 움직임에 호소하게 된 것은 바로 그들이 대개 지성적인 사람들, 즉 극도로 문명된 나머지 원래의 순진한 면을 상실한 예술가들이었기 때문이라는 결론을 내릴 수 있을 것이다(자기 자신을 잘 아는 사람일수록 행동을 많이 하지 못하며 심리 기능이 어떤 메커니즘에 따라 수행되는가를 잘 아는 사람일수록 그 기능의 실천에 있어서 더욱 어려움을 느낀다는 것을 우리는 자주 목격하지 않는가?). 자기의 마음을 상징적으로 표현하려고 의식적으로 '원하다 보면' 상징이 가진 진정성을 많이 잃어버릴 우려가 있다. 이 경우 정신은 정신대로 따로 있게 되고 상징은 상징이 아닌 어떤 간접적 표현 방식이 되고 만다. 즉 의미할 수 있는 능력을 가진 대상objet signifiant이 일단 어떤 선택을 거치고 나면 의미된 대상objet signifié의 자리로 옮겨 앉아버리는 것이다.

그러면 이제는 지금까지 한 설명 중에서 너무나 도식적인 성격을 지워버리고 생각해보자. 사실, 의식과 무의식 사이에는 매우 많은 중간적 좌표들이 존재하며 사고와 상징 사이에는 숱한 일련의 관계들이 존재한다.

애초에 우리는 이미지 속에는 어떤 현실이 신비적으로 존재하고 있다는 감정을 동반한 그저 어떤 정신의 자유스러운 활동을 주목하고 있었는데 결국 끝에 가서는 지적인 차원에서 쥘 르메트르Jules Lemaître가 정의한 바와 같은 상징과 만나게 된 것이다. 그가 말한 상징이란 바로 알레고리로서 "오직 그것의 제2항만이 우리에게 제시되는 계속적인 비유이며 일관성 있는 메타포들의 체계"이다.

*

폴 발레리의 말에 따른다면 "상징주의라는 이름이 붙은 미적 태도는 음악에서 자신들의 재산을 다시 찾아가겠다는 여러 집단의 인간들이(사실 그들 서로간의 의견 대립 또한 대단하지만) 공통으로 지닌 의도"[7]라고 매우 간단하게 요약된다. 문제가 그처럼 간단하다고 믿기는 어렵다. 롱사르에서 라신, 셰니에를 거쳐 위고에 이르기까지의 시인들이 이런 식으로 쉽사리 자리를 뺏길 턱도 없고 음악가들의 음악이 시인들의 음악과 이처럼 동일하게 취급되는 것도 있을 법한 일 같지는 않아 보인다. 그러나 역시 상징주의 미학의 가장 중요한 한 항목이 언어의 음악적 능력을 심사숙고하여 사용하겠다는 점이었다는 것은 사실이다.

그러나 산문의 경우도 그렇겠지만, 시의 음악성이라는 것—이 말의 엄밀한 의미에서—은 모두 다 소리의 체계라고만 간주된 단어들의 음향 조합 가능성이 어느만큼 풍부하고 다양한가에 따라 거의 수학적인 방식으로 측정되는 것은 아니다. 얼마나 많은 시행들이 귀에는 매우 조화가 잘된 것으로 들리면서도 마지막 음절과 더불어 그 여운이 사그라져버림으로써 우리들의 정신 속에 더 깊은 여운을 남기는 데 실패하고 마는가!

---

7) 뤼시앵 페브르의 『여신의 인식Connaissance de la Déesse』에 붙인 서문. 『바리에테 1』에 재수록.

이런 초보적인 지적만으로도, 말의 심리적 암시력을 무시한 채 시행이 가진 음악성의 비밀을 단순한 음향적 관계로만 설명하려고 했던 미학자들의 이론이 얼마나 취약한가를 알 수 있다. 실제에 있어 이 현상은 생각보다 훨씬 미묘한 것이고 또 "음악적인" 시인은 소리의 세계와 사고의 세계를 이어주는 친화력이 어떤 것인가를 감지해야만 한다. 이번에도 역시 문제는 신비스러운 "상응" 관계를 지각 가능하게 만드는 데 있다. 어떤 음절들은 그것들이 모여 만들어진 단어의 의미와 무한히 섬세한 조화를 이룸으로써, 또 그 음향적 매력을 통해서보다는 그 단어가 환기시키는 어렴풋한 추억의 힘을 통해서 참으로 우리의 정신을 "감동"시키면서 어떤 특정된 방향으로 이끌어간다. 그러나 그때마다 단어의 심리적 가치라든가 단어가 내포하고 있는 이미지와 조합들의 잠재적 보물은 그것이 지닌 음향적 질과 관련짓지 않은 채 평가될 수는 없다. 그러므로 말의 "음악"을 그것이 지닌 의미―가장 넓은 뜻에서의 의미―와 구별지어 생각한다는 것은 독단이다. 그래서 우리는 오직 귀로 듣기에만 즐거운, 거의 물질적이라 할 수 있는 음향 조화보다는 어떤 "내면적 음악"을 항상 더 중요시해야 한다.

상징주의 시인들의 가장 훌륭한 점들 중 한 가지는 이 복잡한 현상들을 올바르게 의식했다는 점이다. "글을 쓸 때 나는 쓰고 싶은 단어가 너무나 많은 나머지 음악가가 하듯 단어들을 오케스트라의 전체 판도 속에 질서 있게 배치해놓게 된다. 현악기와 목관악기는 여기에, 금관악기와 타악기는 저기에……." 생-폴-루Saint-Pol-Roux[8]의 이 재미있는 표현은 어떤 장점도 극단에까지 밀고 가면 그 힘이 저 자신에게로 되돌아와서 해를 끼친다는 것을 잘 드러내 보여준다. 그 같은 방법론의 조직적인 적용은 새로운 구속을 가져오게 되고 특히 두 가지 오류를 낳은 것으로 생각된다. 우선 상징주의의 시인들은 단순한 음향적 유희를 위하여 너무 자주 내면적인 음악성을 희생시켰다. 이리하여 현악기와 금관악기를 남용하게 된 것이다.

그리고 또, 바로 그 소리와 사고 사이의 관계에 신경을 쓴 나머지 그들은—적어도 상징주의 시인들 중 몇몇, 이 경우 특히 르네 길René Ghil[9]을 생각하게 되는데—기껏해야 억지로 만든 공상에 지나지 않는 법칙 원리, 혹은 요령들을 만들어내는 만족감을 위해서 개인 개인이 지닌 다양성을 무시하는 오류를 범했다. 이 오류는 매우 명백한 것이어서 그 뒤에 오는 시인들에게는 이런 문제에 신중을 기해야 한다는 교훈을 주었다. 지난 약 30년 간에는 "제예술 상호간의 혼합"이라는 꿈이 우리들 동시대인들의 상상력을 자극시키는 일이 없어졌다는 것은 누구나 잘 안다. 사실 새로운 유파들의 대표적 시인들은 음악가보다는 화가들과 제휴하게 되었다. 자유시le vers libre라는 것으로 말해보자면,[10] 그것은 한편은 "그 모양을 일그러뜨리지 않은 채" 자기의 생각을 올바르게 표현하려는 의지—그것은 오히려 "데카당" 정신을 대표한다고 할 수 있는 라포르그[11]의 의도였는데—에서, 다른 한편은 음악적인 관심—귀스타브 칸G.

---

8) 생-폴-루Saint-Pol-Roux(1861~1940). 마르세유에서 태어나서 브르타뉴로 옮겨가 시작 활동을 함. 레몽은 그의 말을 부분적으로 인용하여 비판하고 있지만 1930년대에 초현실주의 대시인들은 그를 자기들의 선구자로 인정했다. "그는 르 마니피크라는 별명으로 불렸지만 사랑과 빛과 부드러움과 불꽃으로 뭉쳐진 이 시인의 시를 읽을 때 우리는 이토록 새롭고 천진난만한 아름다움 앞에서 전율과 기쁨의 눈물을 흘리지 않을 수 없다. 인간과 4원소에 미소를 던지지 않고는 견디지 못하는 이 아름다움 앞에서 우리들 입술에 떠오르는 이름은 우리를 그의 아들들이 되게 하는 신성한 생-폴-루이다"(폴 엘뤼아르). 또 1940년 히틀러 군대에 의하여 피살된 이 시인을 브르통은 "현대시 운동의 유일하고 참다운 선구자"라고 하였다—옮긴이주.

9) 르네 길René Ghil(1862~1925). 1885년 세대 상징주의자의 한 사람으로 여기서는 1886년 『시어론Traité du Verbe』, 1909년 『과학적 시에 대하여De la poésie scientifique』에서 지나치게 도식적인 시의 언어 이론 정립에 부심했던 그를 두고 말함—옮긴이주.

10) 에두아르 뒤자르댕Edouard Dujardin, 『자유시의 초기 시인들Les Premiers Poètes du Vers libre』(Ed. des Mercure de France, 1992) 참조.

11) 쥘 라포르그Jules Laforgue(1860~1887). 27세라는 젊은 나이에 병사한 상징주의의 대표 시인. 『애가Les Complantes』(1885)는 상징주의 운동의 주축을 이루는 작품이다. 그의 시는 떨리며 진동하며 불안한 천성의 이미지 그대로 뒤틀려 있다고 해서 그는 데카당 정신에 시적 형태를 부여한 예술가로 알려져 있다—옮긴이주.

Kahn[12] 및 상징주의자들의 경향—에서 생겨난 것을 그 기원으로 본다면 지난 세기에 속하는 유물인데 오늘날의 시인들은 기껏해야 자기들의 선배들이 만든 하나의 도구를 받아들여서 이따금씩 그것을 변형시키거나 잘못된 곳에 사용한 것이 고작이었다. 자유시에 대하여 끓어오르던 열기는 진정된 지 이미 오래여서 숱한 환상들도 없어져버린 듯하다. 자유시는 정형시를 소멸시키지도 못했고 리듬이 담긴 산문과 '근본적'으로 구별되는 데 성공하지도 못했다. 수많은 자율적 이론들이 너무나 가지각색으로 작가들을 유혹하는 까닭에 결국 의식적으로 받아들이는 구속이 어떤 사람에게는 시적 사고의 실천에 있어서 유리한 조건이라고 생각되기에 이르렀다.

그러나 다른 한편, 프랑스 말에도 악센트가 전혀 없는 것은 아니며, 산문으로 된 모든 텍스트, 특히 모든 구어의 경우, 어느 것이나 악센트 없는 여러 개의 음절 뒤에 악센트 있는 한 음절이 따라 나오게 되어 있는 몇 개의 운각pieds들로 구분된다는 사실[13]을 사람들은 알아차리게 되었다. 결국 자유시를 알아보게 만드는 것은 오로지 리듬을 곁들인 운각이 작은 수의 음절들로 구성되어 있다는 점, 그리고 박자가 짧아서 과연 담화의 톤을 크게 변화시켜준다는 점뿐이다. 더군다나 오늘날 작품 활동을 하고 있는 시인들의 경우 말의 리듬은 심리적 리듬과 동일시되는 경향이 있으며, 매우 약한 악센트밖에 주어지지 않은 "시행"은 그저 하나의 문절이나 이념적인 단위에 지나지 않는다는 사실을 우리는 알 수 있다. 금세기의 경향에 따라 차츰차츰 운율론에는 어떤 절대적 개인주의가 자리잡게 되었다. 이리하여 "자유화한" 시, 백색시vers blanc, 상징주의자들

---

12) 귀스타브 칸Gustave Kahn(1859~1936). 《라 보그》, 《생볼리스트》, 《르뷔 엥데팡당트》지 등을 주재한 시인 겸 평론가로 자유시를 가장 먼저 실험한 사람 중 한 명이다—옮긴이주.
13) 특히 피위스 세르비앵Pius Servien, 「미학으로의 물리적 도입부와 서정성과 음향 구조로서의 리듬Les Rythmes comme introduction physique á l' Esthétique et Lyrisme et Structures sonores」(Boivin, 1930) 참조.

의 자유시(그것도 여러 가지 종류로 나누어 생각해야겠지만), 창구(唱句, verset), 끊어서 줄을 바꾼 산문, 연속적인 산문 등 그 모든 "형식들"에도 불구하고 가장 엄격한 정형시는 여전히 널리 쓰이고 있다. 이 같은 가지 각색의 경향들은 무질서에 가까운 것이어서 그것이 지닌 위험을 지적하기란 쉽지만 시인들이 지닌 갖가지 다양한 의도들을 생각해본다면 그것은 불가피하다고 여겨질 수도 있다.

*

"상징파는 하나의 오해였다. 베를렌에 매료되고 랭보(?)와 말라르메에 열광한 그 젊은이들은 자기네 스승들이 제안한 것이 사실은 일종의 십자군 원정이나 '정신적 탐구'란 것을 알아차리지 못했다. 자기 수련을 해야 마땅할 때에 그들은 문학을 하는 것이 고작이었고 그룹을 만들 생각만 한 것이었다"라고 베르나르 파이Bernard Fäy는 말했다.[14] 이는 가혹한 비판이며 그처럼 거친 표현을 한다는 것은 좀 부당한 해석이다. 1885년과 1890년대의 상징파 시인들은 전체적으로 볼때 "편승자"들과는 다른 사람들이었다. 그러나 역시 다음과 같은 중요한 사실을 주목할 필요가 있다. 즉 보들레르, 말라르메, 랭보는 대담하게 시를 생명적 차원에까지 승격시켰고, 시를 초월적 목적을 달성하는 행위로 삼았는데 비하여 그들 대부분의 제자들은—대부분의 경우 알지도 못하는 사이에, 또 그렇게 되기를 원하지 않았는데도—시를 단순한 문학의 차원으로 환원시켜놓고 말았다. 이 말은 그들이 문학에 대하여 문학이 줄 수 있는 것만을 요구하고, 해결이 불가능한 문제들은 손을 대지 않았다는 것이 분별 있는 태도였다는 뜻이다. 니체가 "정신의 속죄자들"이라고 불렀던 시인들

---

14) 베르나르 파이Bernard Fäy, 『현대 프랑스 문학의 파노라마*Panorama de la Littérature française contemporaine*』(Ed. Kra) 참조.

을 포함한 몇몇 사람들에게는 어째서 아직도 그런 문제들만이 유일하게 거론될 가치가 있단 말인가 하는 의문이 생겼던 것이다.

문학가건 예술가건 상징주의자들은 형식 그 자체를 위하여 형식의 문제를 고려하게 되었다. 이런 태도로 인하여 그들은 암시적인 이미저리를 찾아내려고 애썼고 신화, 전설, 민속 등의 이야기를 원용했고, 우선 어떤 생각을 설정한 다음 거기다가 "외면적인 아날로지의 화려한 장식옷들"[15] 을 입힌 것, 즉 두 개 항 사이의 관계가 알레고리나 표징으로 변해가는 것이 바로 상징이라고 생각하는 경향을 띠게 된 것이다. 물론 야수나 인어나 백조, 그리고 몽상 속에 나오는 귀부인 등은 인간적이고 미적인 의미를 매우 풍부하게 담고 있어서 상상력의 유희에 기막히게 잘 이용된다. 그러나 그런 꿈들이 태어나는 원천에 접근하여 그 속에다가 자기 자신의 생명이 깃든 그 무엇인가를 육화하게까지 되려면 자기의 내면 속으로 아직도 더 깊이 내려가지 않으면 안 된다. 그리고 또 "디테일의 아름다움"에 집착하려는 욕구가 생긴 것(고답파의 또 다른 유산이지만)이나 각종 장식과 보석이 잔뜩 달려서 무거우면서도 세련된, 그러나 오늘날 보면 기막힐 정도로 낡아 보이는 "삐까번쩍한coruscant" 스타일은 바로 형식 그 자체를 위한 형식 추구에서 기인하는 것이다.

미에 대한 숭상은 탐미주의를 낳는다. "기교art에만 정열을 쏟는다는 것은 그 밖의 것을 다 갉아먹어버리는 궤양과 같은 것이다"라고 이미 보들레르는 지적하지 않았던가?[16] 때로는 기교란 그 자체를 포기함으로써만 스스로를 지킬 수 있는 경우도 있는 법이다. 교양이라는 것으로 말하자면, 그것이 현실의 삶을 살지 않고, 사상·감정 따위로부터 자신을 보호하고 자기 자신의 모습을 밝혀내는 데 필요한 수단이 될 수도 있다는

---

15) 장 모레아스Jean Moréas, 『상징주의의 최초의 무기들Les Premiers armes du symbolisme』(Vanier, 1889).
16) '이교도파Ecole paienne'에 관한 비평.

것을 우리는 알고 있다. 그런데 광범한 교양의 바탕 위에다가 미에 대한 신앙을 접목한 것이 바로 대다수 상징주의자들의 영토였다. 거기다가 또 지극히 유연하고 총명한 지성이 첨가된다. 이쯤 되면 우리도 자크 리비에르Jacquese Rivière가 패러독스의 색채가 짙은 어조로 다음과 같이 표현한 말이 얼마나 옳은 것인가를 보다 더 잘 깨달을 수가 있게 된다. 그는 상징파 시인의 정신을 추상적으로 이렇게 규정한다. "즉시 목표로 달려가며 제가 창조하는 것들 속에서 아무런 저항도 받지 않은 채 그 속을 뚫고 흘러가며 단번에 제 주제의 끝에 도달할 만큼 유체적(流體的)이며 완곡하며 유효적절한 지성, 상징주의 작품 속에는 어느 것에나 지나치게 의식적인 어떤 창조자의 마크가 찍혀 있다."[17]

　이런 말을 듣고 나면, 대부분의 경우 이 시인들이 설정한 목표와 그들이 받은 교육, 그들의 세련된 감수성·판별력, 그들이 사용하는 예술적 수단 사이에 어떤 종류의 부조화가 일어난다고 결론을 내리지 않을 수 없다. 사물들의 "영혼"과 심원한 생명의 운동을 표현하겠다는 어떤 시가 사실은 끈질긴 분석 작업으로부터 태어나며 "신비를 암시"하겠다는 한 시인이 실질적인 신비를 외면한 채 그저 딜레탕티슴 때문에, 희귀하고 수수께끼 같은 대상에 대한 취향 때문에, 다른 신비를 지어내는 것을 사람들은 목격했다. 또 한편 "무의식"에 관한 카를 로베르트 에두아르트 폰 하르트만Karl Robert Eduard von Hartmann의 작품에 대하여 깊이 생각하고 나서 이성을 침묵하도록 만들겠다는 쥘 라포르그의 말을 들어보라. "살아 있는 생명을 있는 그대로 표현하고 그 밖의 것은 가만 놓아두라"고 그는 외친다. 그러면서 사실에 있어서는 『애가』 속에 나오는 이른바 불통일성, 그리고 생명의 "있는 그대로"라는 것만큼 의식적으로 조화시켜놓은 것은 없을 것이며 언어적 결합의 "삐뚤어진 결혼mariages

---

17) 1913년 《N.R.F.》지에 실린 논문 「모험 소설Le roman d' aventure」 참조.

biscornus"라는 것도 오히려 실험실에서 만들어낸 물건 같은 모습이다. 참다운 라포르그, 그토록 감동적인 라포르그의 진면목은 딴 데 있다. 이제 본 것 같은 그런 글 속에서는 어떤 지나치게 섬세한 지성이 무의식의 움직임을 흉내내보려고 애를 쓰지만 헛수고에 그치고 있다는 느낌을 받게 된다.

상징주의에 대한 이 같은 지적은 1885년의 상징파가 기여한 긍정적인 공헌의 평가에 관한 것이 결코 아니다. 다만 왜 그 상징파가 그들 스승들의 모범과 야망에 못 미친 상태에 머물고 말았는가를 지적해야만 비로소 1900년을 전후한 시기의 시가 무엇 때문에 보들레르, 말라르메, 랭보의 작품들 속에서나 우리 시대 천재와의 보다 밀접한 접촉 속에서, 그 시의 방향을 수정하게 될 반항과 모험의 정신에 자양을 공급할 만한 요소들을 얻어내기에 앞서 우선 그보다 더 오래 전의 원천과 모범(낭만주의)으로 거슬러 올라감으로써 자체 개혁을 시도하게 되었는가를 이해하도록 만들 수 있는 것이다.

제2장
로만주의와 본연주의

1

상징주의에 반기를 들고 나온 두 가지의 주된 저항적 흐름을 지적하는 것은 그 사조들 자체가 포함하고 있는 흥미를 위해서라기보다는 하나의 세기에서 또 하나의 세기로 옮겨가는 시기에 인간 정신 속에서 이루어지는 저 깊은 지하의 작업에 대하여 그것들이 계시해주는 내용을 주목하도록 하기 위해서라고 하겠다. 로만주의romanisme 유파도 본연주의 naturisme 운동도 둘 다 잠시 생겨났다가 사라져버리는 집단에 지나지 않는 것이지만 그것이 초래한 결과라는 측면에서 본다면 동일한 시기에 그리고 그 뒤의 수년 동안, 차례로 나타난 시적 표현들 그 자체를 훨씬 초월하는 것이다.

과연 모레아스의 표변한 태도 속에는 말라르메와 베를렌을 찬양하던 사람들을 아연하게 만드는 데가 있었다. 1891년 2월 12일 《라 플림La Plume》지가 주최한 만찬석상에서 사람들은 장 모레아스를 득세한 상징주의의 주도적 인물로 대접했었는데 그로부터 불과 6개월 후에 그는 "로만" 시인들의 헌장을 발표했던 것이다. "프랑스의 로만파는 그리스-로마적 원칙을 주장한다. 이것은 프랑스 문예의 근본 원칙으로서 11세기, 12세기, 13세기에는 프랑스의 트루베르Trouvere(중세 북프랑스의 음유시인, 후에 음유시인을 통칭하는 단어가 됨—옮긴이주)들과 더불어, 16세기에는 롱사르 및 그의 유파와 더불어, 17세기에는 라신 및 라퐁텐과 더불어 개화했다. 14세기 15세기 및 18세기에 그리스-로마적 원칙은 살아 있는 영감의 샘이 되기를 그치고 오로지 기욤 드 마쇼, 비용, 앙드레 셰니에와 같은 몇몇 뛰어난 시인들의 목소리를 통해서밖에 나타나지 못했다. 관념에 있어서나 스타일에 있어서나 그 원칙을 변질시킨 것은 낭만주의romantisme였다. 낭만주의는 이리하여 프랑의 시신들로부터 그들의 정당한 유산을 박탈한 것이다. 프랑스의 로만파는 낭만주의 및 그의 후계인 고답파 자연주의 상징주의……에 의하여 단절되었던 골Gaul 족의 고리를 다시 잇는 것이다."[1]

이것은 호메로스와 핀다로스의 그리스, 그리고 로마(비르길리우스와 더불어 절정에 달하는 문학을 가진) 중세 르네상스 및 고전주의 시대의 프랑스(모레아스는 마땅히 해야 할 구분 따위는 안중에도 없다는 듯 이러한 프랑스가 고대 인문주의를 직접적으로 유산으로 받고 있다고 생각했다)를 옹호하기 위하여 모든 19세기 전통을 배격하는 데서 출발하는 주장이고 보면 이보다 더 시대에 역행하는 주장은 찾아보기가 어려웠을 것이다. 이리하여 그 "로만성romanité"의 원초적 영역은 대충 『롤랑의 노래 *Chanson de Roland*』에서 앙드레 셰니에까지 걸쳐 있게 되는 셈이다.

실제로 네 사람의 로만파 시인, 모리스 뒤 플레시스Maurice du Plessys(1866~1924), 레몽 드 라 타이예드Raymond de la Tailhède(1867~1938), 에른스트 레노Ernest Raynaud(1864~1936), 모레아스는 그들의 의고(擬古) 취미를 만족시키기 위하여 중세 시대 위스타슈 데샹Eustache Deschamps(1346~1406)에까지 거슬러 올라가서 그 어휘들을 빌어다 쓰

---

1) 《르 피가로》지 1891년 9월 14일.

* 실제에 있어서 상징주의자 모레아스가 로만파로 전환한 것은 전혀 예상 밖의 돌연한 일은 아니었다. 그는 본래 파트라스에서 태어난 희랍인이었고 그의 본명은 장 파파디아만 토 풀로스였다. 프랑스 여자 가정 교사에게 맡겨진 그는 아테네에서 인문과학을 익힌 후 파리에서 법학을 공부하고 나중에 시에 전념했다. 그의 시는 이미 당대의 보들레르와 베를렌에 의하여 깊은 영향을 받았지만 동시에 그리스적 전통과 무관하지 않았다. 그는 애초부터 중세와 르네상스를 현대의 영혼과 결합시키려는 꿈을 갖고 있었다. 대표작은 『영탄곡 *Cantilene*』(1886), 『정열의 순례자*Pèlerin passionné*』(1891), 『시절집*Stances*』(7권, 1899~1920)이 있다.—옮긴이주.

는가 하면 또 한동안은 롱사드풍의 시작에 심취했다. 아니 차라리 레몽드 라 타이예드가 핀다로스 시풍의 나팔 소리를 그치게 하고 아르고 선단의 안내인 틴다리드에게 구원을 빌고, 비르길리우스와 롱사르의 비호를 받으면서

영원한 아테네와 고대의 명성
골 족의 라틴어

Athènes éternell et l'antique renom
Latin des Gaules[2]

를 복원하고자 비는 것에 귀를 기울여보라. 이야말로 옛 방돔 사람과 그의 일족이 "테베와 아푸리아"를 약탈하던 저 영웅적 시대의 소생이 아닌가? 티보데는 이를 두고 "장식용 선반 위의 칠성시파"라고 했다. 아마도 이 같은 현학 취미의 부자연스러운 꾸밈은 그 발전에 한계가 있는 것일 터이다. 이런 페단티즘Pedantismus은 불가피하게 평범 속으로 떨어지게 마련인 세계 속에서 남다른 존재가 되어보고자 하는 현대인의 욕구에서 생겨난 것이다. 그것은 이 시인들이 "여러 세기의 눈을 속여가며"(말라르메의 표현) 모색했던 어떤 알리바이라고 하겠는데 고답파 시인들이 헬레니즘의 황금시대에 대한 그들의 신앙 속에서 찾았던 알리바이와 비길 만한 것이며 상징파 시인들이 바그너적 전설의 신비스러운 장소들 속에서 꾸며보았던 "피난처들"과도 근사한 것이다.

---

2) 《라 플륌La plume》지 1892년 2월 1일.

　1895년까지 로만파 시인들이 공헌한 것이 있다면 그것은 대체로 매력적인 모작pastiche 정도에 그쳤던 반면 《라 플륌》지와 《르뷔 앙시클르페디크》지에서 그 그룹의 직접적인 비평가요 이론가로 일한 샤를 모라스 Charles Maurras(1868~1952)의 활약은 그와는 다른 중요성을 지닌 것이다. 팸플릿과 고발장의 중간쯤 되는 성격인 그의 초기 비평문들이 그 바탕으로 삼고 있는 원칙들은 상징주의자들이 호흡하고 있던 사상 및 감정의 세계와는 너무나도 거리가 먼 것이어서 그 비평이 제시하는 요구들과 보들레르, 말라르메 등의 교훈들 사이에 어떤 일치가 가능할 것 같지는 않아 보였다.

　주지하다시피 모라스는 19세기 사람들이 언어를 부패시켰고 시의 스타일을 타락시켰으며 전통적인 시운을 파괴했다고 공격한다. 그들은 자기들이 느낀 감각들의 작은 어느 하나도 놓치지 않고 그려 보이고 자기들 사고의 유령들을 무에 이르기까지 추적하려 한 나머지 족보에도 없는 종류의 어휘들을 날조했고 지나치게 느슨하거나 제멋대로 뒤틀린 구문들을 사용하게 되었다. 그들 모두가 한결 같이 스타일을 포기했다고 그는 주장한다. 스타일이란 언어에 색채와 음악을 가득 실어담거나 비교적 덧없는 어떤 "정신 상태"의 변화에 따라 언어가 이끌려가도록 버려두는 것이 아니라 조르주 루이 르클레르 드 뷔퐁Georges Louis Leclerc de Buffon이 주장했듯이 사고에 질서와 운동을 부여하는 것이며 사고를 보다 고차원적인 이성에 복종하도록 만드는 것이다. 이와 같이 하여 부분이 전체에, 어휘가 문장에, 문장이 지면에, 지면이 책에 내면적으로 종속하는 관계가 이루어지는데 이야말로 모든 미의 조건이다. 이와 더불어 "자아"의 육감적인 요소들은 마치 어떤 연소성 물질처럼 정신의 불에 의하여 정화되고 화학적 변화를 일으켜 이제는 오직 지적 감각을 자극하기 위하여 조정된 리듬과 관계의 양식으로만 표현되게 된다. 왜냐하면 미란 오로지 조화·형식·스타일일 뿐이기 때문이다. 낭만주의자들과 상징 주의자들은 자신의 감정을 외화하는 데만 만족할 뿐 작품을 구성할 줄 모르고 기교art를 모른다. 반대로 참다운 시인은 "자기가 느낀 것을 가지고 뭔가를 만들 줄 아는 사람"이다.[3]

보다시피 이것은 온통 고전주의적이며 고대적인 미개념에로의 복귀다. 19세기는 특성le caractéristique에 의해서 미를 정의했고 또 샤토브리앙 이후 개성적 특징이 곧 시적인 것이라고 생각된 것을 보면, 이는 19세기 사상 거의 전체와 대립된 개념이다. 그런데 특성을 탐구하다보면 불가피하게 조화를 버리는 한이 있더라도 남과 다른 점들을 강조하게 마련이고 시적인 것은 『기독교의 천재』의 저자(샤토브리앙—옮긴이주)가 원했듯이 "슬프고도 몽롱하고 숭고한" 것이건 그렇지 않건 간에 근본적으로는 정신적인 것이다. 그것은 몽상을 자극하고 상상력으로 길을 열어주고 신비를 드러내 보인다. 요컨대 모라스의 생각으로는 자아의 제반 요소들을 그 자체로서는 아무 가치가 없으며 심리적 경험이란, 그것을 아무리 깊이까지 밀고 나간다 할지라도 삶에 대한 그 어떤 계시도 씨앗도 담고 있지 않다고 여겨지는 것이다. 이것은 매우 뿌리 깊은 회의주의를 감추지 못하고 있는 견해이다. 어느 가치든 인간적인 행위 속에, 즉 이성이 빛을 비추고 규정하는 행위 속에 존재한다. 감각이나 몽롱한 "정신 상태"의 집합체를 어떤 종류의 절대로서 간주한다는 것은 기만이다. 왜냐하면 "완전한 한 인간이 있는데 그 인간은 이성으로 생각하는 동물이며…… 인간을 그 밖의 자연과 격리시키지 않으면서도 구별지어주는 것이 이성이기 때문이다."[4]

---

3) 샤를 모라스Charles Maurras 와 레몽 드 라 타이예드Raymond del la Tailhède의 『낭만주의에 관한 토론Us débat sur le Romantisme』(Flammarion). p.248 참조. 이 책 속에는 모라스가 쓴 초기의 논문들이 많이 발췌되어 실려 있다.

"야만인barbare"으로 말하건대, 모라스는 그에게 때때로 유용한 점이 있다는 것을 인정한다. "그는 강하고 격렬한 감각을 가지고 있다. 그러나 그는 조화를 만들어낼 능력이 없다."[5] 그런데 단 한 가지 중요한 것은 완벽함이다. 아돌프 레테Adolphe Retté가 안개 낀 고대의 북극 지방 Thulé des Brumes을 노래하자 모라스는 그에게 이렇게 응수한다. "당신은 최초의 존재를 보았다…… 그러나 당신은 그 정도에 머물고 말았다. 당신은 땅과 하늘의 질서가 저 우주적인 진흙탕의 혼합으로부터 꽃피어오르는 것을 보지 못한 것이다. 그리하여 당신은 광명과 조화가 더 빨리 태어나도록 하는 데는 전혀 기여하지 못했다…… 기원이란 어느 것 하나 아름다운 것이 없다. 참다운 아름다움은 만사의 끝에 오는 것이다."[6]

이것은 요란한 반낭만주의 선언이다. 잃어버린 행복으로 되돌아가고 어머니와 같은 여러 가지 신성들에게까지 거슬러 올라가며 그 신성이 지닌 비밀의 첫 번째 메아리를 포착하는 것이 19세기 말엽 서정시인들의 자연스러운 경향이었는데 이 선언은 모라스와 서정시인들 사이의 대립 관계를 명확히했다는 의미에서 명쾌한 선언이기도 하다. 이 토론은 그 본래의 규모에 맞도록 진행시키자면 유한의 시와 철학이 무한의 시와 철학과 대립하고 있음을 보여주어야 할 것이다. 전자는 그 기원으로 보면 희랍적이고 합리주의적인 반면 후자는 현대적이고 "정신주의적"이다.[7]

---

4) 앞의 책 p.226(《르뷔 앙시클로페디크》지 1896년 12월 26일자 발표). 1656년에 펠리송이라는 사람이 쓴 글 속에서 다음과 같은 말이 포함되어 있다는 점은 흥미롭다. "육체적인 것을 위해서 사용하는 보편적 도구로서 손을 가진 인간은…… 또한 정신적인 것을 위해서 사용하는 보편적 도구로 이성을 가지고 있다." 그리고 또 완전히 이성에 복종하지 않은 사람들은 "맹목적인 기능을 통해서, 그리고 우리가 짐승들과 공유하는 부분인 상상력만으로 행동한다".
5) 위의 책, p.178(《라 플륌》지 1891년 7월 1일자 발표).
6) 『레르미타주L' Ermitage』, 1892년 1월 1일, 「철학자들의 길L' Allée des philosophes」(Crès, 1924)에 재수록
7) 「로만파 시인들의 체제 옹호」(《라 플륌》지 1895년 1월 1일)에서 발췌한 다음의 말을 인용해두자. "나는 한 가지 주목할 만한 사실을 지적하겠다. 파리에는 여섯 사람의 작가들로 뭉쳐진 문학 단체가 하나 존재한다. 거기서 사람들은 철학을 생각하기도 하지만 아무도 무한이라는 말을 사용하지 않는다."

그런데 고전주의와 낭만주의의 문제가 이미 19세기 초에 그와 똑같은 대립함으로 제기된 바 있다. 르네[8]는 오로지 "미지의 부"만을 꿈꾸는데 그 자신은 그 미지의 부가 무엇인지를 전혀 알지 못한다. 샤토브리앙의 말대로 "인생에 있어서 신비스러운 것들 이외에 아름답고 감미롭고 위대한 것이란 전혀 없다". "인간이 한 일 중에서 가장 위대한 것이 있다면 그것은 인간 숙명의 불완전함에 대한 고통스러운 감정 덕분이다"라고 스탈 부인은 덧붙인다. 그런데 실제로 모라스는 북구의 시와 남프랑스의 시를 다소 모호하게나마 구별짓고 있는 「독일론」[9]의 주장에 새로운 시사성을 부여했다. 이미 1891년부터 자신이 주간인 《라 플림》지의 펠리브르Félibre(프로방스어를 쓰는 작가군—옮긴이주)에 대한 특집호에서 모라스는 북방 야만족과 남방 로만족 사이의 거리를 분명히 못박았고 남방 로만파와 프로방스의 르네상스 시인들 사이의 모든 닮은 점들을 지적했다. "지중해가 충동 자극하지 않은 사상과 꿈이란 상상할 수가 없다"고 그는 단언했다. 그리고 바로 몇 년 후에는 다음과 같이 야만성의 개념을 지적했다. "그 고전적 문예 밖에 있는 것은 그리스-라틴의 공통된 보고 밖에 있기 때문만이 아니라 고귀한 인간성의 밖에 있기 때문에 야만이라고 불러 마땅하다."[10] 바야흐로 아테네와 파리 사이에 다리가 놓여졌다. 바로 그 다리 위로 모라스는 1660년에서 1685년에 이르는 루이 14세 치하의 프랑스 안에서 그 재현의 장소와 시대를 만나는 그의 아테네주의를 통과시키게 된다. "파리의 취향은 아테네의 취향과 일치하게 되었다. 나

---

8) 샤토브리앙 소설에 나오는 주인공으로 낭만주의적 인물의 한 전형—옮긴이주.

9) 스탈 부인Mme de Staël의 평론서—옮긴이주.

10) 위에 인용한 책 「낭만주의에 관한 토론」, p.232 (《르뷔 앙시클로페디크》지 1896년 12월 26일에 발표). 이미 1892년에 《레르미타주》지에서 생-앙투안(?)은 "사람들이 로만성이라고 말할 때는 파리의 네 사람의 시인군과 동시에 다른 중요한 펠리브리지Félibrige 운동을 뜻하는 것 같다……"라고 지적한 바 있다. 그 이듬해 같은 잡지에서 스튀아르 메릴은 "몇몇 남방 시인들이 남구 신을 쳐부수기 위하여 나선 소용돌이치는 십자군 원정……"에 관하여 언급했다.

의 관객들은 옛날에 그리스의 가장 학식 있는 민중에게 감동의 눈물을 흘리게 했던 것과 똑같은 것을 보고서 감동을 받았다"라고 『이피제니』를 쓰고 난 라신은 말한 바 있다. 그러니 이제는 "프랑스 민족을 정복하고자 했던" 베르아랑, 메테를링크, 로덴바크, 퐁테나스, 모켈 등의 벨기에 사람들은 부끄러운 줄 알아야 한다.

*

몇 년 동안에 모라스의 여러 가지 주장들은 낭만주의 및 그에 추종하는 경향과 맞서서 완벽성의 개념과 고전주의의 도그마를 정립하는 결과를 가져왔다. 1895년경부터 여러 잡지에 발표된 수많은 시들이 신조어의 남발이 적은, 보다 덜 혼합적인 스타일로, 더욱 본격적인 발전을 했다. 보들레르, 베를렌, 말라르메 풍의 주제들은 신화적 이미지들에 의하여 선명해지거나 신그리스적 전개로 대치되었다. 과연 시집 『트로피 *Trophées*』의 권위는 보다 정확한 기법과 보다 조형적인 시작법, 그리고 그리스적인 배경을 유행시키는 데 공헌했다. 반쯤 사멸한 셈인 고답파를 향하여 나아가고 알렉산드리아의 매혹에 도취하고 있는—『빌리티스의 노래』가 1894년에 나왔고 『아프로디테』가 그보다 2년 후에 나왔다—이같은 의사고전주의에 대하여 모라스는 아테네의 이름으로 항의했고, "엉터리" 다색배합의 시를 쓰고 시체를 화장한다고 에레디아Hérédia를 비난했다. 그러나 고전주의적 문화가 심지어 그 문화에 젖은 사람들에게까지도 현대적인 습관 및 욕구와 갈등을 일으킨다고 여겨지는 시대였고 보면 그 같은 중간적 태도는 실제로 불가피한 것이었다. 고답파에서 로만으로 가는 흐름의 중간 지점쯤에 위치하는 아나톨 프랑스Anatole France와 쥘 텔리에Jeules Tellier의 시에 대하여 모라스 자신도 항상 경탄을 금하지 못한 것을 보면 그 같은 중간적 태도가 뜻밖이라고 여기기는 더욱 어렵다.

얼마 후 상징주의 전통—특히 말라르메적 전통—과 모레아스 및 모라스의 교훈 사이에 이루어진 만남으로 말하자면, 1894년경에 그것을 예견하기란 그다지 쉬운 일은 아니었을 것이다. 그렇지만 오늘날에 와서 보면 폴 발레리가 젊은 시절에 쓴 몇몇 시편들에서 라신적 음악의 아득한 메아리가 느껴지는 것으로 보아 그것은 가볍게나마 "로만파화한" 말라르메 시풍을 대변해주고 있음이 명백하다. 또 거꾸로 뒤 플레시스, 라 타이예드, 심지어 에른스트 레노—에마뉘엘 시뇨레에 관해서는 말하지 않더라도—의 소설시 여기저기에서 어찌 말라르메의 시 「목신의 오후」의 가장 기묘한 운동을 연상하게 하는 아라베스크나 진동을, 대담한 걸치기 구enjambement나 파격구문anacoluthe을 주목하지 않을 수 있겠는가? 「아폴로도르에 바치는 헌사」에서 뽑은 다음과 같은 삽입 시의 서두를 보라.

> 그처럼, 검은 강의 파수병인, 달의 친구 목동이
> 밤의 불 아래 피리를 물고 꿈을 꾸네……

> Tel, gardien du noir fleuve, un pâtre ami des lunes
> Rêve, la flûte aux dents, sous les feu de la nuit……[11]

그리고 라 타이예드의 소네트에 나오는 다음과 같은 부정형 시행들을 보라.

> 그러나 그것은 그대의 손가락도 아니고……

---

11) 모리스 뒤 플레시스Maurice du Plessys, 『신성한 불*Le Feu sacré*』(Garnier), p.10. 이것을 말라르메의 시 「현현*Apparition*」의 서두 부분과 비교해보라.

값으로 헤아릴 수 없는 저 꽃, 사랑의 장미도 아니고

내 마음을 높이 떠올려주는 해묵은 새도 아니리니……

Pourtant, ce n'est ton doigt……

Ni cette fleur sans prix, la cyprienne rose

Ni l'oiseau séculaire élevant haut mon vœu……[12]

이와 같이 하여 사람들에게 로만파의 "병영"이 조소당하던 바로 그 무렵에 뒤 플레시스나 라 타이예드 같은 시인들은 후일 모레아스와 말라르메 사이의 중간 지점쯤에 자리를 잡은 "신로만파" 시인들이 접어든 방향을 슬그머니 손가락질해 보여주고 있었던 것 같다.

2

좀 뒤늦은 감이 있고 더욱 모호하기는 해도 본연주의자naturiste들의 항의 역시 로만파 시인들의 그것 못지않게 의미 있는 것이다. 심지어 그 같은 항의는 보다 절박한 필요성에 대한 대답이며 생리적 리듬만큼이나 기본적인 그 무엇을 표현하고 있다고까지 여겨진다. 이 경우는 기법과 스타일의 문제라기보다는 행동과 삶, "실제적인" 삶—즉 살아볼 만한 가치가 있는 삶의 문제다. 순수와 부정적인 완벽성의 욕망을 만족시키기 위해서, 혹은 일종의 두려움, 피곤, 삶에 대한 혐오로 인하여, 그리고 대부분의 경우 '자아'의 모든 내면적 움직임과 한몸이 되겠다는 거의 사랑과도 같은 욕구를 가지고 자기 속에 숨고 자신에게 시선을 돌린다는 것이야말로 19세기 말경 상징주의의 전형적인 태도이다. "나르시스는 완

---

12) 《라 플룀》지 1893년 1월 1일. 또 『메르퀴르』 제4편(1894) p. 134에 있는 에른스트 레이노의 기원을 참조하라.

전하게 아름다웠다—그렇기 때문에 그는 순결했고 님프들을 업신여겼다. 왜냐하면 그는 저 자신을 사랑하고 있었기 때문이다. 그가 고요히 머리를 수그리고 온종일 저의 그림자를 응시하고 있었던 샘물을 흔들어놓는 것은 아무것도 없었다……." 앙드레 지드는 그의 「나르시스론」(1891년 1월)에서 이렇게 말했다.

저마다 서로 경쟁이라도 하듯이 자신의 내면에서 삶의 힘을 찾을 수 없다는 사실의 고통스러운 쾌감을 탄식과 애소의 낮은 억양으로 노래하게 된다. 가령 「꿈과 같이」에서 앙리 드 레니에가 전설적인 숲 속에서 길을 잃은 채 자신의 영혼을 위하여 천천히 비밀의 누에고치를 짜고 밀폐된 집을 짓는 경우가 그러하다. 그러나 그 온실 속에서 반짝이는 황금빛 꽃은 오직 꿈속에서만 꺾을 수 있는 꽃이다. 심리학자들이 본다면 님프를 업신여기고 저 자신에만 도취된 이 나르시스야말로 내향성의 가장 좋은 상징으로 생각될 것이다.

그러나 심리의 신Psyché을 순전히 정신적이라고만 할 수는 없는 모험 속으로 개입시키게 될 사람들이 출연한다. 새로운 사조가 그 윤곽을 드러내는 것은 1895년이다. 그 이듬해 모리스 르 블롱Maurice Le Blond은 『본연주의에 관한 시론Essai sur le naturisme』[13]을 발표하는데 그 글은 위협적인 어조로 시작된다. "이만하면 참을 만큼 참았다. 보들레르, 말

---

13) 모리스 르 블롱, 『본연주의에 관한 시론Essai sur le naturisme』. 1897년 1월 10일 《르 피가로》지는 생 조르주 드 부엘리에의 선언문을 싣는다. 툴루즈, 엑상 프로방스, 브뤼셀에서 소규모 잡지들이 발행된다(M. 마르그, J. 비올리스, 마르크 라파르그 등의 《노력L' Effor》지가 툴루즈에서, 또 파리에서는 샤를 루이 필리프가 《황금의 달Les Mois dorés》지를, 앙리 반 드 퓌트와 앙드레 뤼테르가 브뤼셀에서 《젊은 예술L' Art Jeune》지를 주도한다). 이 잡지들은 한결같이 《르뷔 나튀리스트Revue Naturiste》지의 선창을 요구한다. 《라 플륌》지는 모리스 르 블롱에게 고정난을 할애하고 《메르퀴르》지에서는 앙드레 비올리스가 그 운동을 호의적으로 평하고 앙드레 지드와 앙리 게옹이 주도하는 《레르미타주》지도 반대하는 편이 아니고 그 잡지에 평론을 담당하고 있는 사람들 중의 하나인 에드몽 필롱은 초창기의 일꾼으로 간주될 만한다. 본연주의에 관해서는 위젠 몽포르E. Montfort가 책임 편집한 『프랑스 문학 25년Vingt Cinq ans de Litterature Française』(특히 제2권 p.200)을 참조하는 것이 바람직하다.

라르메도 이만하면 충분히 오랫동안 찬양 받은 셈이다!" 그리고 몇 줄 뒤에는 "우리들의 선배들은 비현실의 예찬과 몽상의 예술과 새로운 전율의 탐구를 권했다. 그들은 독이 든 꽃과 암흑과 유령들을 좋아했다. 그들은 터무니없는 정신주의자들이었다. 우리들로 말하건대 초월은 우리를 감동시키지 못하며 우리는 거대하고 찬란한 범신론을 믿을 따름이다." 그리고 끝으로 다음과 같은 신념 선언—"범우주적인 포옹 속에서 우리는 우리의 개체를 젊게 만들고자 한다. 우리는 대자연으로 되돌아온다. 우리는 건강하고 신성한 감동을 탐구한다. 우리는 예술을 위한 예술 따위는 대단치 않게 여긴다……."을 한다. 요컨대 이것은 문학적이라기보다는 윤리적인 범주의 주장이다. 자연에로의 회귀, 존재의 회춘, 감동과 단순성, 온전한 삶, 인간에 대한 사랑, 이런 모두가 그 표현에 있어서 전혀 새로울 것이 없다 한들 그것이야 무슨 문제이겠는가? 다시 한번, 여기서도 무엇보다 먼저 문제가 되는 것은 예술이 아니다. 그리고 또 다른 한편에서 샤를-루이 필립Charles Louis Philippe의 외침이 울려온다. "이제는 야성적인 인간들이 필요하다. 책 속에서 신을 공부하기 이전에 신의 바로 곁에서 살아본 경험이 있어야 하고 자연스러운 삶에 대한 비전을 가져야 한다…… 이제 오늘은 열정의 시대가 시작한다." 몇 년 후 필립이 사망했을 때 앙드레 지드가 당연히 자명한 것으로 밝히게 된 젊은 인간의 불타는 염원이 바로 이것이다.[14] 아마도 이런 상태에까지 도달하여 과거의 유산을 거부하고 신선한 감각과 새로운 발견에 희망을 걸게 된 것은 당연한 논리적 귀결이었는지도 모른다. 그러나 보다 덜 대담하고 역사적 가치들에 보다 더 순종하는 본연주의 이론가들은 자기들 운동의 귀족적 지위와 프랑스적 의미를 보여주려고 고심했다. "전통의 깨끗한 물결로 되돌아가는 것이 반드시 필요하다"고 모리스 르 블롱은 말했

---

14) 앙드레 지드, 「샤를-루이 필립에 관한 강연Conférences sur Charles-Louis Philippe」 (Figuière, 1911). 필리프가 한 말은 1897년에 쓴 어떤 편지 속에서 인용한 것.

다. 불행하게도 지나친 열광에 휩쓸리는 바람에 그에게는 그 전통의 요소들이 정확하게 무엇인지를 규명할 여유가 없었다. 《서양 *L'Occident*》지에서 아드리앵 미투아르Adrien Mithourad가, 그리고 모라스와 그의 젊은 제자들, 오귀스트 모리스 바레스Auguste-Maurice Barrès 및 그 밖의 여러 이론가들이 얼마 후 취사 선택의 엄격한 작업을 통하여 과거 속에 있어서 전형적인 프랑스식 계통을 세우고, 미리부터 자로 재듯이 어떤 좋은 점들을 받아들이는 것이 좋을지 그 영역을 정하는 일을 맡게 된다.

한걸음 더 나아가서, 본연주의자들에게 사상은 "과민한 사람들의 노리개감이 아니며 시는 양반들의 소일거리가 아니다. 그것은 의미 있는 기능들이며 유용한 목적을 지닌 것이다". 좌파와 우파를 막론하고 사람들은 시인의 사회적 사명을 테마로 한 신구의 변주를 주장하고 시인을 "기쁨과 아름다움과 예지의 스승" 및 "공중의 건강을 보장하는" 인물로 여긴다.[15] 이것은 바로 공리적이고 생-시몽적인 낭만주의의 전통을 되살리는 것이 아니고 무엇인가? 마르티노는 그 점에 분명히 주목했다.[16] 사회적 활동의 욕구에 넘쳐 있던 드레퓌스 사건 시대의 그 시인들은 낭만주의와 보들레르적인 그 후예들에 대하여 반기를 들 만했고 세계와 현실 속으로 뛰어들고자 하는 그들의 억누를 길 없는 욕구와 인간에 봉사하고자 하는 꿈은 조르주 상드, 미슐레, 키네 등의 열망과 크게 다를 것이 없었다. 더군다나 빅트로 위고의 열망과는 거의 다를 바 없는 것이었다.

이런 모든 관심사들 때문에 어떤 보편적 미학과 시학의 첫 윤곽은 그 모습을 제대로 드러내기 어려웠다. 생-조르주 드 부엘리에Saint Georges

---

15) 『수상 *L' Essai*』(p.98) 및 《라 플림》지 1897년에 실린(p.657) 앞서 인용한 논문 참조.
16) 앙리 마르티노Henri Martineau, 『고답파와 상징주의 *Parnasse et Symbolisme*』(Arman Colin) p.212 참조.

de Bouhélier는 기꺼이 그 점을 시인한다. "소위 본연주의라고 하는 것은 예술적 독트린이라기보다는 하나의 윤리학이다."[17] 그것은 우리가 이미 지적했듯이 삶과 정열과 잠재적 시를 태어나게 하는 윤리학이었지만 매우 다양한 작품들에 활력을 불어넣을 가능성이 있는 윤리학이었다. 그리고 또 공식적인 본연주의에 속하는 모든 사람들—위젠 몽포르Eugène Montfort와 샤를-루이 필리프 같은 소설가들을 제외한다면—은 그 영향력이나 흥미로 볼 때 독립적인 작가군이나 "유파"의 활동에 어느 정도 호감을 지니거나 반감을 가진 방관자들의 작품들에 크게 압도당하지 않을 만한 작품이라고는 아무것도 발표하지 못했다. 그 선구자적 예에는 1895년부터 반(反)말라르메 전투에 뛰어들었던 아돌프 레테,[18] 초기 시에서부터 아무런 저항도 느끼지 않은 채 삶과 꿈을 혼합시켰던 프랑시스 비엘레-그리팽Francis Viélé-Griffin, 그리고 끝으로 프랑시스 잠Francis Jammes이 있었다. 『새벽 종소리에서 저녁 종소리까지De l'Angélus de l'Aube à Angélus de Soir』가 나오기(1897) 전, 그의 젊은 시절에 낸 작은 시집들은 "야성인의 냄새가 풍기는" 새로운 인상주의 색채가 짙었다. 곧 폴 포르Paul Fort는 고통과 악몽의 분위기에서 벗어나고 에밀 베르아랑 Émile Verhaeren은 자기 사상의 유령들을 몰아내버리겠다는 희망을 가지고 "삶의 얼굴" 위로 대담하게 시선을 던지게 된다. 1897년부터 등장하기 시작하는 여러 시집들의 제목만 보아도 대체로 그 분위기는 짐작이 간다.

- 마르크 라파르그Marc Lafargue의 『황금 시대L'Age d'Or』
- 앙리 게옹-Henri Ghéon의 『새벽의 노래Les Chansons d'Aube』
- 미셸 아바디Michel Abadie의 『산의 목소리Les Voix de la Montagne』
- 알베르 모켈Albert Mockel의 『광명Clartés』

---

17) 《르 피가로》지의 「선언문」.
18) 특히 1895년 《라 플룀》지 p.64 참조.

- 모리스 마그르Maurice Magre의 『인간들의 노래*La Chanson des Hommes*』
- 페르낭 세브랭Fernand Séverin의 『순진한 시*Les Poèmes ingénus*』
- 스튀아르 메릴Stuart Merrill의 『사계*Les quatres saisons*』
- 앙드레 퐁테나스André Fontainas의 『밝은 섬의 정원*Le Jardin des îls claires*』

그리고 그보다 약간 뒤에는 노아이유Noailles 백작 부인이 『무수한 마음*Le Coeur innombrable*』, 『대낮의 그늘*L'Ombre des jours*』, 『눈부심*Les Eblouissements*』을 발표, 이 모든 제목들은 한결같이 인간적 찬가를 암시하고 있거나 어떤 빛이 그 속을 뚫고 지나가고 있다.

그러나 19세기의 맨 마지막 몇 년 동안에는 욕망이 욕망 그 자체를 위하여 가장 직접적인 방식으로 고무되었고 거기에 동원된 갖가지 수단들의 수많은 원천들은 다 같이 한데 용해되어 가장 단일하고 가장 지지멸렬한 면이 적은 스타일을 창조했고 보면 그 시기의 작품이야말로 후세 사람들의 눈에 앙드레 지드가 『지상의 양식』이라고 부른 바 있는 불타는 예지의 애독서로 남게 된다고 나는 기꺼이 믿고 싶다. 그 속에서 최고의 선으로서 사람들이 구하고자 하는 삶에 대한 도취는 그의 행복한 헐벗음으로 되돌아가서 새로이 모든 것을 다시 느끼기 시작하지 않을 수 없게 된 인간의 도취이다. "해변의 모래가 부드럽다는 사실을 책에서 읽는 것만으로는 부족하다. 나는 내 벗은 두 발로 그것을 직접 느껴보고 싶다. 감각이 선행하지 않은 일체의 인식은 내게 무용하다." 삶이 지닌 일체의 "사회적" 요소에 대한 완전한 무관심, 모든 것을 영에서 다시 시작하고 이미 획득된 모든 것과 습관의 생명 없는 무게 및 삶의 공통된 형식을 버리고, 자신의 존재에 집착하기보다는 자신의 생성변화의 흐름을 따를 준비를 갖추며 자기 완성보다는 자기 초월을 원하는 새로운 인간을 건설하려는 의지. 한동안은 앙드레 지드를 본연주의자로 간주하는 것이 상례였다. 아주 잠정적인 분류에 지나지 않았지만 『지상의 양식』은 미래를 앞지르는 책들이 겪는 운명을 지니고 있었다. 그 책의 영향력은 처음에는 은밀하고 간헐적이었고 다른 여러 작품들을 통해서 사람들의 정신이 그 영향력을 수용할 만한 준비가 된 후에야 비로소 제대로 발휘될 수 있었다.

이러한 영향들은 1897년부터 1914년경까지의 방대하고 도도한 운동의 전체 판도 속에 삽입되게 될 터인데 그 종류는 지극히 많고 다양한 것이었다. 그리고 그 영향력들 중에서 가장 강력한 것은 문학의 영역에만 속하는 것이 아니었다. 나는 여기서 다만 세 사람의 이름을 들어보이겠지만, 그 이름만 보아도 그들이 상징하는 모든 것이 무엇인가를 구태여 강조할 필요가 없다는 것을 알 수 있을 것이다. 그들은 다름 아닌 휘트먼, 니체, 베르그송이다.

월트 휘트먼Walt Whitman은 처음에는 영문 텍스트로 읽혀졌고 1889년부터 부분적으로 군데군데 번역되었는데 나중에 레옹 바잘제트라는 사욕 없는 문하생의 손에 의하여 『풀잎』이 완역되었다(1908). 그러나 이 무렵에 이미 그의 시와 그의 윤리관의 그 무엇인가가 비엘레-그리팽, 폴 클로델, 베르아랑, 그리고 십중팔구 앙드레 지드의 작품들과 같이 중요한 작품 속에 침투되어 있었다. 이제부터는 발레리 라르보에서 뒤아멜, 빌드락, 앙드레 스피르에서 아폴리네르에 이르는 수많은 시인들에게서 휘트먼적 억양이 감지된다. 아메리카의 여러 대로들을 노래한 이 인물은 수많은 독자들의 마음속에서 또 한 사람의 방랑자인 랭보와 합류하게 된다. 그의 윤리관, 즉 그의 시와 동질적인 존재의 윤리, 완벽한 유열(愉悅)의 상태에 도달하기 위하여 "가장 신성하고 최고인 것으로서 오로지 현실적인 삶만을 요구할 뿐인"[19] 그 윤리관으로부터 하나의 단순한 미학이

---

19) 휘트먼의 노트(N.R.F.지에서 펴낸 『휘트먼 선집』에 발레리 라르보가 서문을 붙이면서 인용한 대목).

탄생한다.

흔히 그릇되게 이해되기 십상인 니체가 가져온 가장 근본적인 것은 정확히 말해서 어떠어떠한 사상이 아니라 생명과 인간의 힘에 대한 거의 기관적(器官的)인 긍정이었다. 가장 모순된 시도들도 그것이 "체험된" 것이기만 하다면 더 정당화할 수 있도록 만들어진 긍정 말이다.[20] 이럴 경우 어떤 이론가에게 그가 자기 스승의 사상을 배반했다고 비판하는 것은 어쩌면 자가당착이 될 수도 있을 것이다. 그런데 인간으로 하여금 자기를 파괴함으로써 새로이 탄생하도록 충동하는 운동 속에 비로소 진리가 존재한다는 사실을 설득시키는 것을 그 첫째 목표로 삼는 이런 교훈은 일부의 1900년 세대를 특징짓는 세계와 삶에 대한 사랑과 일치할 뿐만 아니라, 그와 동시에 정신적 종합에 굶주린 몇몇 사람들에게는 그들의 생명적 욕구를 말라르메, 특히 랭보의 작품이 담고 있는 정열에 찬 명상과 결합시키는 수단을 준비하고 있는 것으로 여겨졌다. 이렇게 하여 우주와 대면하는 "양가적ambivalente" 태도가 실현됨으로써 파괴된 건설의 욕구를 동시에 만족시키고 이 두 가지의 경향을 하나의 디오니소스적 범신론으로 통일하게 된다.

앙리 베르그송Henri Bergson의 경우를 보자. 엄밀한 의미에서 그가 현대시 운동에 끼친 영향에 관한 연구는 아마도 가장 어려운 작업 중 하나가 될 것이다. 실제로 『창조적 진화L'Evolution créatrice』의 철학은 그 자체가 이 뿌리 깊은 "활력론적vitaliste" 사조에서 그 힘을 길어내어 나중에는 바로 그 사조에 자양을 공급하고 그것의 진로를 유도하는 데 기여하게 된 것이다. 이 철학자의 작품과 시인들의 작품 사이의 유추관계

---

20) 『프레텍스트Prétextes』에서 지드는 이렇게 지적한다. "우리나라에서 니체의 영향은, 그의 작품이 소개되기 이전에 이미 끼쳐졌다. 그의 작품은 이미 닦아진 기반 위에 나타났다. 그렇지 않았더라면 그 작품은 먹혀들어가지 못할 뻔했다. 작품의 출현은 뜻밖의 것이 아니라 이미 끼쳐진 영향을 확인해준 것이다."

는 서로간의 인과관계로 규정하기는 어렵겠지만 대부분의 경우 사변적인 사상과 문학 사이의 혈연을 증명해준다. 사실 베르그송 철학의 방법, 즉 구체적인 현실에의 추구는 언어의 개념적, 상징적 체계를 초월하여 (혹은 그 양면에 있어서) 시인의 방법과 가까운 것이다. 1889년과 1907년의 경우 다 같이, 한편으로는 『의식의 즉각적인 현상에 관한 시론*Essai sur les données immédiates de la conscience*』과 『창조적 진화』, 다른 한편으로는 시의 어떠어떠한 상황 그 양자 사이에는 어떤 조응관계가 각각의 시기 나름으로 성립된다. 우주를 향하여 관심을 돌리기 이전에는 우선 자아의 청진이었던 베르그송 철학은 동일한 시기에 있어서의 문학의 일반적인 진화가 그려 보이는 궤적과 평형된 곡선을 따라 발전한 것으로 여겨진다.

휴머니즘, 화려주의Somptuarisme, 광란주의Paroxysme, 완전주의Intégralisme, 그리고 위나니미슴Unanimisme, 미래주의Futurisme에 이르기까지 20세기 초에 파리에서 차례로 일어났던 여러 유파들—대부분의 경우 실질적 중요성이 없는—을 재검토해본다면 비록 그것들 각자의 의도는 지극히 다양하지만 그 모두가 마치 바다 밑에서 갑자기 솟구쳐 오르는 파도처럼 당시 프랑스 사상을 "세계의 소유" 쪽으로 이끄는 일종의 생명적 충동에 다소간 가담하고 있다는 것을 알 수 있다. 그러는 동안에 프랑스 남부에서는 하나의 정형적인, 그러나 범신론적 영감을 받은 시가 로만파, 샤를 모라스, 때로는 미스트랄F. Mistral의 교훈을 이용하면서 고전주의 전통과 본연주의적 열광 사이의 종합을 시도하고 있었다.

이것은 곧 한 시대의 시가 오직 어떤 뚜렷이 구별된 독자적인 활동으로만 간주될 수 없다는 또 하나의 증거라 하겠다. 시는 여러 개인들의 삶 속에, 그리고 그 개인들에 의하여 여러 사회적 그룹 속에 뿌리를 내린다. 아마도 시는 어떤 경우에 있어서 인간들이 차례로 또 심장의 고동과도 흡사한 운동을 통해서 그들의 자아와 다른 인간들과 우주에 반해버린 듯이 집착하기도 하고 때로는 그것들로부터 고개를 돌려버리기도 하는 그 이해하기 어려운 혁명들 못지않게 합리적으로 설명하기 어려운 그 무엇, 본능 못지않게 기본적인 그 무엇을 표현하는 것인 듯하다. 상징주의 직후부터 1914년에 이른 약 30~40년 동안 프랑스 안과 밖에서 여러 유럽 청년 세대들 가운데 어떤 낙관주의, 삶에 대한 믿음, 미래에 대한 신뢰, 나아가서는 문명과 그것의 승리를 위한 헌신—이것은 그 충천하는 힘으로 볼 때 마땅히 1848년 혁명 직전 프랑스와 그 밖의 나라에서 낭만주의가 불붙여놓은 열광에 비길 만한 것이었다—의 풍토가 태동하고 성장했다는 것은 의심할 여지가 없는 사실이다. 혁명 당시에 프랑스에서는 여러 가지 사태가 발발하여 그 희망들을 무산시켜버렸다. 오늘날에는 그 물결이 1914년 8월의 문턱에 와서 무너져버렸다. 사람들은 두 눈을 가린 채 삶을, 현실의 세계를 서정적으로 포옹하겠다고 굳게 맹세했었다. 미리부터 그 모험의 위험 부담을 받아들였던 것이다. 그러나 전쟁은 그 끔찍한 새로움과 더불어 인간들과 시인들—대부분의 시인들로 하여금 상징주의 시대의 경우처럼 또다시 정신과 꿈속에서 내면적인 고향을 찾아나서지 않을 수 없도록 만들었다.

제3장
20세기 초의 시

1

20세기는 어둠침침한 새벽으로 시작된다. 널리 알려진 시인들도 있고 단명한 유파들과 그룹들도 있지만 윤곽이 뚜렷한 운동과 독창적인 부르짖음은 없다. 앙리 드 레니에Henri de Régnier에서 비엘레-그리팽과 베르아랑에 이르는 1885년 세대의 리더들은—각자 자기 나름의 길을 가는 것이지만—차츰 젊은 시절과 멀어져가면서 피부로 느낄 수 있는 세계와 다시 접촉하고 사회적인 세계를 재발견하여 본연주의와 문학적 전통주의의 갖가지 형태와 닮았다 싶을 정도로 그들의 시에 "바람을 통하게 한다". 최근의 것으로 가장 진정한 "새로움"이 출연한 것은 프랑시스 잠이 『새벽 종소리에서 저녁 종소리까지』를 발표한 1897년이다.[1] 1900년[2]에 30대와 40대 사이의 사람들이 쓴 그런 시는 그들 스승들에 대한 존경과 그들이 최초에 지녔던 이상 때문에, 마치 누구나 그 말과 사실에 대하여 의견이 일치하는 것이 마땅하는 듯이 여전히 상징주의 시라는 이름으로 불리워진다.

---

1) 프랑시스 잠Francis Jammes(1868~1938). 프랑스 남서부 타르브에서 태어나 일생 동안 고향에 머물며 시를 씀. 1891년 자그마한 시집 『여섯 편의 소네트』로 데뷔. 1897년 『새벽 종소리에서 저녁 종소리까지』의 서문에는 기독교 시인으로서 소명의식이 잘 표현되어 있다. "하나님, 당신은 나를 인간들 가운데로 부르셨습니다. 그래서 나는 여기 왔습니다. 나는 괴로워하고 사랑합니다. 나는 당신이 내게 주신 목소리로 말했습니다. 당신이 나의 어머니와 아버지에게 가르쳐주셨고 그들이 내게 전해주신 말로 나는 글을 썼습니다."—옮긴이주.
2) 대체로 그렇다는 말이다. 사맹은 42세로 1900년에 사망, 베르아랑은 45세, 폴 포르는 겨우 28세.

우선 눈에 띄는 것은 간접적인 표현을 특징으로 하는 서정주의로서 '자아'는 여러 가지 이미지들—알레고리·표지emblème, 신의 형상, 영웅의 마스크—속에 의식적으로 그 모습을 감추면서 필요에 따라 우화·극·인물 들을 만들어내어 그것을 통하여 자신의 힘과 욕망을 육화한다. 이런 방면에서 특히 생각나는 사람은 앙리 드 레니에와 비엘레-그리팽이다.

다른 한편에서는 자아의 가장 인간적인 부분 속에서 어떤 감정적인 영감을 얻어내려고 다시금 시도해보기도 한다. 이때의 감정적인 영감은 그 자체를 극복함으로써 순수한 아름다움으로 개화하거나 혹은 신비적인 충동으로 방향을 바꾸려고 하는 것이 아니라 오히려 꾸밈 없이, 혹은 처절하게 자기를 토로한다. 1900년 이후에 발표된 시집을 통해본 폴 포르Paul Fort(1872~1960), 스튀아르 메릴(1863~1915)이나 짤막한 단편들을 통해본 비엘레-그리팽, 그리고 알베르-빅토르 사맹Albert-Victor Samain, 프랑시스 잠Francis Jammes 같은 시인들의 경우, 주된 경향은 애가적인 심정의 토로와 일상적인 기쁨과 괴로움의 노래다. 반면 베르아랑 (1855~1916)은—『착란 상태의 들판*Campagnes hallucinées*』과 『사방으로 뻗어가는 도시들 *Villes tentaculaires*』 발표 이후—현대의 생활과 인간들의 어떤 서사시적 전설을 새로운 요소로 제공하는데 이때부터 그의 영향을 받았건 받지 않았건 간에 사회적이고 인도주의적인 경향의 시인들은 그를 중심으로 모이게 된다.

끝으로 프랑시스 잠과 더불어, 그리고 이따금씩 폴 포르와 비엘레-그리팽과 더불어, 신선한 육감과 사물에 대한 인상주의적 비전으로 다시 젊어진 자연의 시가 출현한다. 그런데 이 "본연주의적"인 시는 실제로 1890년대의 탐미주의와 인공적 낙원의 예찬에 대하여 우리가 상상할 수 있는 가장 분명한 항의라고 볼 수 있다.

이 세 가지의 주된 흐름들 중에서 그 첫 번째 것은, 그 역시 고답파에서 흘러나와서 역사와 신화 속에서 테마를 얻어내기를 즐기는 어떤 상징주의적 전통의 연장에 지나지 않는다. 예를 들어서 레니에(1864~1936)의 시는, 흘러간 시간과 전설—그것이 켈트적인 것이건 헬레니즘이건—에 의하여 이미 시적인 요소를 띠게 된 과거를 향하여 그리고 어떤 몽상에서 솟아난 꿈 같은 과거를 향하여 의식적으로 관심을 돌림으로써 시인의 상상력을 사로잡는 격세유전적인 추억들이 마치 "그것들 자체의 상응"인 듯이 비쳐지도록 만든다. 여기서 우리는 상징주의적 나르시스가 즐겨 취하곤 하던 태도를 엿볼 수 있다. 물론 『날개달린 샌들 La Sandale ailée』이나 『시간의 거울 Le Miroir des Heures』 속에서 자연이 베일을 벗어버리기도 하고 절대적인 사랑의 신이 비극적인 모습으로 홀로 우뚝 일어서기도 하는 것은 사실이지만 너무나도 빈번히 고답파적이거나 고전주의적인 엄격성을 띤 겉모습 때문에 『시골의 신성한 유희 Jeux rustiques et divine』[3]가 지닌 음악성과 조화 있는 균형이 아쉽다는 느낌을 준다. 1900년 이후의 레니에의 작품은 그의 가장 품위 있는 시편들을 두고 볼 때 그의 초기 작품이 가지고 있었던 매우 고대적인 교양의 섬세한 산물로서의 성격을 그대로 간직하고 있다. 그의 커다란 매혹의 힘은 바로 거기에 있는 것이지만 그것은 동시에 그의 약점이기도 하다. 즉 여기서 찾아볼 수 있는 몽상은 오로지 탐미적인 형식의 조작에 지나지 않으며 몽상 자체에 안주함으로써 경화되거나, 이미 예상했던 리듬에 쉽게 딸려 넘어가거나, 또는 자아의 구체적이고 화려한 복수체로서 꾸며놓은 무대 장치 속에 스스로 갇혀버릴 위험이 있다. 많은 모방자들이 여기서 오로지 자기들이 활용할 수 있는 좋은 모방 대상만을 보게 되는 것은 더욱 당연한 일이다.

비엘레-그리팽(1864~1937)의 극적인 시와 가벼운 서사시들로 말하

---

3) 1897년에 발표된 레니에의 시집—옮긴이주.

자면, 20세기 초기에 있어서 사람들은 무엇보다도 그 시가 지닌 역동성과 조화 있는 율동과 자유로운 시연(詩聯)의 기교를 애호했던 것 같다. 그 같은 특성을 통해서 따로 떨어진 시행은 그 개개의 독자성을 버리고 마치 인간의 몸짓이나 자연스러운 목소리의 억양을 세련시킨 것 같은 보다 광범한 어떤 운동을 살리는 데 기여한다. 이 시는 단순히 심리적이고 시각적일 뿐만 아니라 구어적이며 따라서 반(反)고답파적인 시이기도 하다.

『프랑스의 발라드Ballades françaises』[4]가 지닌 민중적이고 중세기적인 영감의 가장 가까운 원천이 어떤 것인가를 점검해보기 위해서라면 베를렌, 코르비에르, 라포르그, 메테를링크에까지—네르발과 알루아지우스 베르트랑은 차치하고라도—거슬러 올라가보는 것은 손쉬운 일일 터이다. 낭만주의자들에 뒤이어 소위 원시적이라고 하는 예술 형태에 관심을 가졌다든가 또 민속의 창조정신을 부활시키려고 노력했다는 점은 과연 "영혼의 시인들"이라는 상징주의자들이 지닌 장점들 중 하나이다. 유산과 애가, "역사적인 노래", 그리고 연애담(그리고 음담)의 몽상 속에 비용풍의 광기가 섞인 서민적인 서정성을 특징으로 하는 이 흐름은 폴 포르, 비엘레-그리팽, 그리고 팰리시앵 파귀스Félicien Fagus, 트리스탕 클랭소르Tristan Klingsor에 의하여 그 명맥이 이어져 마침내 기욤 아폴리네르에까지 이르게 된다. 본연주의자들이 시인과 삶 사이의 화해를 부르짖기 전에 오직 폴 포르만이 그의 시를 대낮의 햇빛 속에 개화시킨다. 좀 막연한 범신론에 의존하면서 생명적 도취감에 사로잡힌 그는 입담 좋은 이야기꾼의 재능을 발휘하여 인간의 모든 희로애락에 대하여 즉흥적인 노래를 지어내게 된다.

그러나 특히 인간 정신과 사물들 사이의 새로운 결합을 촉진시킨 것은

---

4) 1894~1896년에 발표된 폴 포르의 유명한 연작 발라드집—옮긴이주.

상징주의의 직후에 등장한 잠과 베르아랑이다. 과연 1900년을 전후한 대부분의 시도 속에서 문제의 초점은 바로 그 같은 새로운 결합이었던 것이다. 사람들은 보들레르나 말라르메 같은 시인이 꿈꾸었던 "내면적인 고향", 랭보의 "다른 세계"로 가는 길이 어떤 것이었던가를 잊어버렸거나 혹은 잊어버린 척했거나 혹은 그것이 자칫 잘못하면 생명을 잃기 쉬운 미끄럽고 위험한 길로 생각하여 경계를 했다. 그런데 아주 가까운 곳에 눈에 똑똑히 보이고 신선하며 뜨거운 고향이, 육체를 가진 존재들이 오가는 고향이 존재하는 것이다. 거기서는 그늘까지도 빛을 발한다. 사람들은 그 속에 들어 살고 어떤 사람들은 그것에 대하여 어떤 "행복의 소명"을 느끼는 듯하다. 보들레르와 말라르메의 제자들이 쓴 시는 지각 가능한 세계에 초연한 채 몽상만을 탐구한 나머지 마침내 빈혈증에 빠진 것만 같았다. 그런데 바야흐로 프랑시스 잠은 그것에 새로운 수액을 투입시키고 베르아랑은 피처럼 붉은 포도주를 부어주게 된 것이다.

잠의 복안은 단순한 사물들과 감정들의 세계 속으로 "이상성"과 의식의 어둠침침한 내밀성이 역류처럼 밀려들도록 하는 데 있었던 것 같다. 그의 맑은 시선 앞에서 상징이니 알레고리니 하는 것들은 힘을 잃고 만다. 물체들은 시인의 사상과는 아랑곳하지 않고 그 자체로서 다시 살아 존재하기 시작한다. 그와 동시에 자연주의 소설가들이 부여했던 모질고 메마르고 쓸쓸한 요소들도 마찬가지로 제거된다. 새로운 봄이 싹을 움트게 하고 신선함과 순수함이 이슬처럼 자연 속에 깃든다. 이 역시 자연주의임에는 틀림없지만 시를 배제하지 않는 자연주의, 아니 반대로 가장 보잘것없는 광경이나 가장 빈곤한 존재로부터 어디서나 시가 분출되게 하는 자연주의라 하겠다. 따라서 이제 다시금 모든 것이 묘사되고 노래해볼 만한 것으로 변한다. 1897년에서 1917년 사이에 알랭-푸르니에 Alain-Fournier처럼 다음과 같이 고백할 수 있었던 젊은 작가는 한둘이 아니었다. "나는 프랑시스 잠 덕분에 전 같으면 감히 입 밖에 낼 엄두도

못 냈을 많은 것들을 말할 수 있게 되었다."[5] 반드시 가장 내면적인 것만
이 아니라 오히려 가장 평범하거나 평범한 것이라고 여겨져온 것들을 말
할 수 있게 된 것이다. 시행이 감각을 따라가도록 하라. 이제부터 시행은
베를렌에게처럼 "우연히 가져다주는 멋진 모험"이 되게 해보라. 그 나머
지는 중요한 것이 못 된다.

  그러면 이제 베르아랑을 보자. 그는 도덕적인 측면에서 긍정으로부터
부정으로 옮아간 시인이며 그가 신경 쇠약의 유혹을 물리치고 난 이래,
자신의 내부에서 신의 업적을 더이상 알아볼 수 없게 된 후부터 그가 증
오해 마지않았던 이 현대 세계의 한가운데서 차츰차츰 자신을 길들이는
것이 자기의 사명이라고 여겼던 시인이라는 사실을 주목해야 한다.[6]

  "가치 혁신transmutation des valeurs"의 시도와 고통으로부터 기쁨을
용솟음치게 하려는 이처럼 꾸밈없는 의지는 그 유례가 드문 것이다. 베
르아랑은 이제부터 존재하는 것이면 그 어느 것 하나 물리치지 않으려는
태도를 취하는데 이는 그것을 초월하여 한 걸음 앞으로 나아가기 위함이
요 "불처럼 뜨겁고 모순투성이의 삶"을 힘껏 껴안기 위함이다. 그러나
특히 주목해야 할 것은 이 같은 거대한 삼출(滲出) 운동은 상징주의 시대
에서 제1차 세계대전까지 인간 정신의 전반적인 진화와 일치한다는 사
실이다. "베르아랑에게서 누구나 강하게 느끼지 않을 수 없는 것은 정열

---

5) 『자크 리비에르와 알랭-푸르니에의 서한집Correspondance de Jacques Rivière et d'
Alain-Fournier』(N.R.F., 제1권, p.145, 1905).
6) 베르아랑은 30대 중반에 매우 심각한 정신적 위기를 거치게 된다. 그 위기란 단순한 권태가
아니라 철저한 자기 부정으로 인하여 광기와 자살 직전에까지 이른다. 이때 발표된 『저녁』
(1887), 『와해』(1888), 『검은 횃불』(1890) 등은 그의 내면적 광란을 증언하는 것이지만 동시에
시작은 유일한 치유 수단이기도 했다. 악의 프리즘을 통해서 사물을 보는 그의 비전은 비극적
투시자의 경지에 이른다. 1891년에 발표된 「나의 길 위에 나타난 것들」은 이 위기로부터의 점
차적인 회복을 보여준다. "그 속에서는 위안의 새벽빛이 솟아오른다. 그것은 어떤 죽은 여자
의 추억이며, 또한 죽었다가 소생한 어느 여인의 현존이다. 그의 시 속에서는 이리하여 두 가
지 얼굴이 한데 섞이면서 검은 빛에서 흰 빛에로의 변화를 추진시킨다"고 비엘레-그리팽은
말했다. 고통을 거쳐 새로운 "미래의 시인"이 태어난 것이다—옮긴이주.

이다"라고 1904년에 마리우스-아리 르블롱Marius-Ary Leblond은 말했다.[7] 『소용돌이치는 힘 *Forces tumultueuses*』과 『수많은 광휘 *Multiple Splendeur*』의 작가가 불러일으키는 그토록 폭넓은 호응, 그리고 프랑스의 안과 밖에서 점차로 퍼져가는 그 숱한 메아리는 오로지 그 작품이 지닌 몇 가지 미적인 장점만을 통해서 설명하기는 어려운 것이다. 20세기 유럽인들이 대재난의 전야에 경험하고 있는 저 오만한 도취감, 인간의 영광, 또 인간이 물질과 맺고 있는 동맹관계, 베르아랑이 소리 높여 외치는 것은 무엇보다도 바로 이런 것이다.

실제로 보다 젊은 잠과 포르, 그리고 그 세대의 모든 사람들 중에서 아마도 유일하게 자기 혁신에 성공한 사람이라고 할 수 있을 베르아랑을 예외로 한다면, 상징주의 직후의 대부분 시인들은 1900년경에 있어서 그보다 10년 혹은 15년 전만 해도 그들이 소수의 제한된 대중, 이를테면 자기들과 공모관계에 있는 대중만을 위하여 가꾸어왔던 다소 사교적인 시를 인간화하고 정상화하는—좀 더 노골적으로 말해서 통속화하는—것이 스스로의 소임이라고 생각하게 된 듯하다. 예를 들어서 사맹의 경우 이런 경향은 명백하다. 물론 『공주의 정원 *Jardin de l'Infante*』을 쓴 이 시인은 초장부터 애가적인 낭만주의의 기타 소리를 끊임없이 그리워했던 상상력들을 매혹시키기에 꼭 알맞은 복합적인 어떤 스타일의 우아함과 장점을 매우 재치 있게 결합시키는 특징을 지니고 있었던 것이지만 그러나 다른 시인들의 경우에도 역시 복합적인 기교가 우세를 보이면서 사화집을 만드는 사람들이나 대다수의 독자들을 만족시켰다. 이 기교는 여전히 상징주의의 기치 아래 고답파 또는 심지어 화사하거나 감상적인 낭만주의로부터 유산으로 받은 요소들과 특징들이 적당히 혼합된 기교였다.

---

7) 《메르퀴르 드 프랑스*Mercure de France*》지에서.

2

20세기 벽두에 창간되는 잡지들의 프로그램과 선언문들을 읽어보거나 거기서 프랑스 및 라틴적인 가치를 규명하기 위하여, 또 고전주의적이라든가 또는 고전주의라는 말을 각종의 방향으로 뒤집어가며 해석하기 위하여 바치는 각종의 배려들을 눈여겨보건대, 이 무렵에는 지적·문학적인 민족주의가 때를 만난 듯 풍미하고 있다는 것을 알 수 있다.[8] 그러나 이제 막 생긴 시인들의 유파들은 삶, 자연, 현실, 인간성 등 르 블롱과 그의 친구들이 제창한 공식을 기꺼이 자신들의 목표로 삼는다. "우리는 인간적인 삶을 원한다"고 휴머니즘의 사도인 페르낭 그레그Fernand Gregh는 선언한다. 그는 이미 『인간적인 광명』(1804)에 붙인 머리말에서 이렇게 노래한 바 있다.

> 그러나 이번에는 내가 인생의 뜨거운 맛을 맛보았으면 싶어라
> 눈부신 작은 순간인 내 눈동자 속에
> 비추어보았으면 싶어라
> 영원의 거대한 빛을,
> 그러나 나라면 성대하고 신성한 만찬의 자리에서 나의 기쁨을 마
> 시고 싶어라

---

8) 예를 들어서 1901년 12월에는 아드리앵 미투아르Adrien Mithouard가 가장 먼저 『서양』이라는 별책을 내어 로망파의 이론과 동시에 "낭만주의자들의 자연주의적이고 감상적인 과도함"에 대립하고 기독교적 색채가 짙은 서양적 고전주의의 기본 노선을 정한다. 명백하게 보수적인 성격을 띤 《미네르바Minerva》지는 1902년 봄 창간 즉시 모라스와 방빌을 맞아들인다. 《라틴의 르네상스Renaissance Latine》지(1902년 5월 15일 창간)는 시에 대하여 별로 관심이 없지만 지중해적인 것이면 무엇이나 아낌없이 찬양한다. 1903년에 위젠 드 몽포르는 「여백Les Marges」을 쓰기 시작한다. 거기서 "본연주의"는 모라스에게서 차용해온 보다 확고한 견해들과 잘 어울리고 있다. 이렇게 하여 모라스의 독트린은 곧 "악시옹·프랑세즈"의 독트린이 되어 대부분의 민족주의적, 미학적 보수주의 시도들을 다소간 직접적으로 뒷받침해주게 되고 마침내 1908년에는 문학 및 정치의 차원에서 《사상 및 서적 비평Revue Critique des Idées et des Livers》의 창간까지 유도하는 역할을 맡는다.

내 더이상 무엇을 바랄 것인가?

나라면 실컷 살고

죽고 싶어라

Mais à mon tour j'aurai connu le goût chaud de la vie;

J' aurai miré dans ma prunelle

Petite minute éblouie,

La grande lumière éternelle;

Mais j' aurai bu ma joie au grand festin sacré;

Que voudrais-je de plus?

J' aurai vécu.

Et je mourrai.[9]

상징주의 직후에(상징주의에 대항하여) 태어난 두 가지 흐름은 여전히 지적 생활의 바탕이 되어 자양분을 공급하면서도 서로의 체질을 탈바꿈시킨다. 즉 현실과 인간 경험을 수용하고자 하는 깊은 욕구에서 출발한 본연주의는 무한한 탈바꿈을 거쳐 마침내는 단순한 삶의 낙관론으로 변한다. 반대로 로만주의는 구체화되고 집약되어 어떤 형태의 신고전주의로 정화된다.

얼른 보기에는 1905년경에 20세와 30세 사이에 이른 새로운 세대 사람들의 시만큼 각양각색인 것도 없을 것이다. 물론 어떤 사람들은 상징주의 대시인들이 개척한 길로 전진하려고 노력한다. 『이브의 노래 *La Chanson d'Eve*』(1904)는 그들의 노력을 정당화해주는 작품이라 하겠다. 라파엘전파적인 가락 속에 망설이는 듯한 광채가 간간이 스치는가

---

9) 페르낭 그레그Fernand Gregh, 『인간적인 광명*Clarté humaines*』.

하면 곧 창백한 안개 속에 젖어버리는 반 레르베르그Van Lerberghe의 시는 신비스러운 이브가 꿈의 물결 같은 세계를 차츰차츰 사로잡아가는 모습을 노래한다. 그러나 앙리 드 레니에와 잠의 최근 작품, 사맹의 최근 시편들, 샤를 드 게랭Charles de Guérin, 드 노아이유 부인의 시는 오히려 젊은 시인들에게 일체의 무작정한 시도를 포기하고 라마르틴에서 위고, 코페에서 베를렌에 이르는 감상적 낭만주의의 다양한 전통들을 종합하도록 종용했다. 1885년에서 1895년에 이르는 시기에 솟구쳐 올랐던 충동이 가라앉고 나자 일종의 썰물이 보들레르와 랭보 이전의 사상적 바탕으로 시를 환원시키는 경향을 보였다. 이러한 바탕에서 만들어지는 작품들이 기껏해야 상징주의로부터 얻은 문체와 "기법techniques"을 간접적으로 이용한 정도에 그친다 해도 어쩔 수 없다는 태도였다. 대다수의 새로운 시인들에게 있어서 중요한 것은 어떤 깊이 있는 독창성을 통해서, 혹은 단순히 강한 기질이 엿보이는 표현을 통해서 재능을 과시하는 것보다 차분하게 프랑스적 언어 의식을 자신의 내면에서 가꾸고 이미 실험을 거친 민족정신의 여러 가지 표현 형식 속에 자신을 용해시키는 일이었다. 이와 같이 하여 여러 가지의 전통들이 교차하는 지점에서 실속 있는 중간 경향들이 태어나게 되었다. 더군다나 이런 류의 시 속에는 흔히 "어디서 이미 본 일이 있는 것 같다"라는 느낌을 주는 요소들이 없지 않지만 그 때문에 그 시가 지닌 매력, 그리고 아직 뚜렷한 자신을 갖지는 못한 채 낭만주의의 유산인 "세기말적" 우수와 저 스스로의 대담성에 깜짝 놀란 듯한 삶에의 의지 사이에서 주저하고 있는 영혼의 움직임이나 "솔직한" 희망을 간과해서는 안 된다.

전혀 장래성을 기대하지 못한 것도 섞인 이런 여러 가지 시도들 가운데서 선택은 쉽지 않다. 소박하고 맑은 시인인 루이 메르시에Louis Mercier 같은 이는 가톨릭적 낭만주의의 라마르틴 쪽으로 기운다. 처음에는 베를렌풍의 시들을 썼던 페르낭 그레그 같은 이는 나중에는 위고

쪽으로, 특히 1830년에서 1840년에 걸친 웅변적인 명상 시집들 쪽으로 되돌아온다. 짐작컨대 프랑수아 포르세François Porché 역시 낭만주의적 경향이 더해간다고 말해도 무리가 없을 것 같고 『타고난 수액Sèves originaires』(1908)의 작자인 로제 프렌Roger Frêne은 본연주의의 가장 재능 있는 가인들 중 한 사람으로 통할 수 있다. 레오 라르기에Léo Larguier의 시는 굳세고 절도 있으며 호머, 버질에서 롱사르, 위고에 이르는 "스승들"에 의하여 성장했고 그 표현 수단의 질로 볼 때 근본적으로 "모자랄 데 없는" 시다. 그러나 새로운 세기의 시인들 중에서 가장 흥미 있는 사람들, 저 자신과 에펠탑의 찬미 속에 송두리째 빠져버린 것은 아닌 한 시대의 약간 베일에 가려진, 그리고 향수어린(그러면서도 실은 좀 시골풍의) 내면의 목소리를 들려준 시인들이 무슨 작당이나 한 듯이 한꺼번에 자질구레하고 애가적인 서정주의를 향하여 나아간 것은 분명히 아니다.

에밀 데팍스Émile Despax, 샤를 데렌Charles Dérennes, 아벨 보나르Abel Bonnard, 레오 라르기에 자신(다만 몇 사람의 이름만 들어보더라도)의 작품 속을 관류하는 애가적 맥락은 내면시 전통, 『명상 시집Méditations』, 『프랑스의 시신Muse francise』, 그리고 마르슬린 데보르드-발모로부터 흘러나온 것이다. 더 멀리로는 파르니Parny, 레오나르Léonard, 셰니에Chénier, 그리고 18세기 말엽의 황금 시대에 관한 몽상에까지, 또 다른 길을 따라서 페늘롱Fénelon과 라신에까지 거슬러 올라갈 수도 있을 것이다. 1825년 이후 이 흐름은 생트-뵈브의 우수와 모리스 드 게랭Maurice de Guérin의 정다움을 자극하고 『밤Les Nuits』의 애수와 조르주 상드의 영광을 선동하는가 하면 『그라지엘라Graziella』와 『라파엘Raphaël』 같은 작품에 와서는 김이 빠져버린다. 그리고 나서 그 흐름은 자디잘게 갈라지는데 그것이 『좋은 노래Bonne Chanson』 속에, 또 베를렌의 종교적 탄식이나 사랑의 애가 속에 다시 나타나지 않았더라면 아주 사라져버렸다고 여겨질 뻔했다.

그런데 1900년이 되기 얼마 전에 사맹, 잠, 그리고 샤를 게랭처럼 여러 가지로 다른 점이 많은 시인들을 서로 접근시킨 것은 바로 그들의 애가적 감수성이었다. 기도의 경지에까지 승화하는 완만하고 빛나는 시를 쓴 확고한 기독교인인 루이 르 카르도넬Louis Le Cardonnel, 그리고 심지어 그와는 달리 스러질 듯한 그림자와 더듬거리는 말로 가득 찬 늦가을의 안개 속에 아직도 지체하고 있는 앙리 바타이유Henri Bataille도 이 그룹에 끼워넣을 수 있을 것이다. 상당히 중요한 애가시인이라 할 수 있겠지만 그것만으로 그쳐버린 것은 아닌 샤를 게랭은 한동안 젊은 작가들 사이에서 선배로서 그리고, 선구자로서의 지위를 누렸다. 사실 그는 뮈세, 비니, 보들레르에게서 유산으로 받은 절망감 속에 안주한 바 없지 않다. 그렇지만 그가 만약 자아의 깊숙한 밑바닥에서 참다운 고통에 찢기는 맛을 보지 않았던들 그의 시를 특징짓는 정열적인 명상의 톤을 유지할 수 없었을 것이다. 삶을 위하여 모든 노력을 다 바쳤음에도 결국 그는 고독의 사슬에서 벗어나는 데 실패하고 말았다. 도대체 고통스런 육체를 휩쓰는 이 낭만주의적 불안은 상징주의자들까지는 아니라 하더라도 데카당 시인들이 경험했고 아꼈던 감정인데 현실을 포괄적으로 껴안으려 한 본연주의자들의 낙관적인 의지까지도 그것을 씻어내는 데는 성공하지 못했던 것이다. 예를 들어서 "깨어져버린 것들" 속에서 "무한한 부드러움"을 발견한다는 사맹 같은 시인은 이 세기병, 세기 종말, 세기의 운명 전야에서 그 어느 때보다도 더 큰 쾌락을 맛보는 것이었다.

어느 고독한 목소리가 솟아오르며
아름다운 바이올린처럼 저녁 속에 진동하는 것이 내 귓전에 들려왔다.
엘로아와 엘비르의 과거가 떠도는

고아한 살롱에서 몸을 약간 숙인 채
나는 보았다. 가물거리는 촛불 빛에.
무거운 띠를 두른 대리석의 얼굴을
불꽃에 눈물이 빛나는 커다란 두 눈을.
초조한 마음으로 나는 귀를 기울였다……

J'entendis s'élever une voix solitaire
Qui vibrait dans le soir comme un beau violon
Et me penchant un peu, dans un noble salon
Où flottait un passé d'Eloas et d'Elvires.
Je vis, à la lueur vacillante des cires.
Un visage de marbre avec de lourds bandeaux,
Et de grands yeux brillants de larmes aux flambeaux.
Anxieux, j'écoutai……[10]

　침묵, 어둠 속의 음악, 자기의 마음속을 굽어보며 질문하듯 그림자를
응시하는 시인, 나오지 않는 대답, 신비와 슬픔에 대하여 연인 사이처럼
느껴지는 공모의 감정, 눈물이 나오도록 계속되는 기다림—청소년기가
끝나갈 무렵의 "울먹이는 가슴"이 불러일으키는 이런 모든 분위기는 시
「글리신의 집」 속에서 약간 변모했을까, 약간 더 명랑해졌을까 싶을 정
도의 모습으로 다시 나타난다.

　그림자가 그윽하게 열리면서 서막의 노래.
　잔의 얼굴이 창백해진다. 나는 그의 두 손을 바라보며 전율한다.

---

10) 『황금의 수레Le Chariot d'or』(d. du Mercure de France), p.16.

오늘 저녁 우리는 신에 더 가까운가, 인간에 더 가까운 것인가?

오직 베토벤만이 하늘에서 그것을 알고 있다. 오 고독이여

땅에는 저 목소리…… 다른 곳에는 어디나 어둠……

꿈에 잠긴 온 대양과 빛나는 온 하늘

조화롭게 황홀을 뿌리는 연인들의 손가락들이여,

그대들의 손놀림은 한 마디 말에도 끊어져버릴

감미로운 매듭으로 우리 영혼을 맺어주나니

어느 천사가 몸을 수그리며, 아름다운 손가락들이여, 그대들에게

키스했네

잠시 그대들은 천사의 금빛 머리타래를 쓰다듬었지.

침묵…… 그러나 저 바람, 저 바다, 저 수런거림……

오! 존중하라, 광란하는 바람이여, 존중하라, 깊은 바다여,

극락세계의 밤을 그리고 죽어가는 저 노래를……

L' ombre suavement s'ouvre au chant qui prélude.

Jeanne pâlit. Je tremble en regardant ses mains.

Sommes-nous plus divins, ce soir, ou plus humains?

Seul, Beethoven le sait au ciel. O solitude.

Sur terre, cette voix…… ailleurs partout, la nuit……

Tout l'Océan qui songe et tout l'azur qui luit.

Harmonieux semeurs d'extase, doigts des femmes,

Comme vous enchaînez, en vous jouant, nos âmes

De lien délicieux gu'un seul mot doit briser

Un ange, en se penchant, beaux doigts, vous a baisés;

Un instant vous avez touché ses boucles blondes.

Silence…… Mais ces vents, cette mer, ces rumeurs……

Oh! respecte, vents fous, respecte, mer profonde,

La nuit élyséenne et ce chant qui se meurt······[11]

이 같은 감정 토로의 전개 과정은 사맹과 계랭에서와 같이 처절하면서도 음악적인 어떤 표현 욕구에 따른 것이다. 그러나 데팍스는 아마도 잠에게서 시법을 익힌 듯 시의 운동을 더욱 짧게 토막내어 하나의 시행 내부에 여러 개의 휴지에 늘임 부호들을 배치시킴으로써 감정이 사방으로 발산하게 하고 시가 웅변술적인 박자의 규칙성에서 벗어나도록 만든다. 한편 감상적인 테마는 1900년대라는 시대와 애가적 그리고—지방적—시 전체의 특징을 이루는 것이어서 레오 라르기에의 「심야*Minuit*」라는 제목의 작품 속에서도 또다시 나타난다.

내가 잠자는 동안, 그대가 흐느껴 울지 않았던가?

나의 가슴이여, 왜 그러는가? 이제 여름밤인데······

먼 곳의 바이올린이 나른한 탄식으로

고요를 찢는다. 오! 저 기이하고

괴롭고 집요하며 언제나 상처받은 목소리!

나는 돌연 숲 속에서 울고 싶어라

벗은 이마로 거대한 오솔길을 걷고 싶어라······

나는 전율하며 자리에서 일어난다······

Pendant que je dormais, n'as-tu pas sangloté,

Mon coeur? Que veux-tu donc? voici la nuit d'été······

---

11) 에밀 데팍스Émile Despax, 『글리신의 집*La Maison des Glycines*』(d. du Mercure de France, 1905), p.213.

Un lointain violon, d' une plainte lassée,

Déchire le silence. Oh! cette étrange voix

Douloureuse, obstinée et tcujours offensée!

J' ai soudain le désir de pleurer dans le bois,

De marcher le front nu dans une immense allée······

Je me léve en tremblant······[12]

이 '격조높은' 어조, "심장에 붕대를 감아 어깨걸이를 하고 다니는" 태도, 상징주의자들처럼 이미지라는 수단을 통하여 그 본질을 암시하는 것이 아니라 감정과 인상에 이름을 붙이고 묘사하여—어쩌면 분석하고 라고 말하고 싶은 기분이지만—표현하는 방식, 나아가서는 이 시구들 속에서 떨리는 바이올린의 애절한 가락에 이르기까지 여기서 느껴지는 모든 것이 『프랑스의 시신』과 아름다운 감상적 내밀성의 시대의 살롱으로 그리고 애가적 낭만주의의 음악적 샘으로 점점 더 가까이 거슬러 올라가게 만든다.

*

그러나 20세기의 처음 몇 해는 또한 모라스의 용어를 빌어 말하건대 "여성적 낭만주의"의 시대이기도 했다.[13] 르네 비비앵René Vivien, 뤼시 들라뤼-마르드뤼스 부인Mme Lucie Delarue-Mardrus, 제라르 두빌 부인Mme Gérard d'Houville, 드 노아이유 백작 부인, 마리 도게Marie

---

Dauguet, 그리고 나중에, 또 보다 낮은 정도로는 세실 소바주Cécile Sauvage, 그리고 지난 시대의 여류 시인들 중 몇몇은 "자기 자신이 된다는 마력"을 경험했고 단조보다는 장조로, 또 그 이전에는 유례를 찾아보기 어려울 정도로 솔직하게 자신들의 가장 은밀하고 여성적인 몫을 노래하는 새로운 쾌락을 맛보았다. 물론 그 속에서도 서로 다른 뉘앙스를 구별할 줄 알아야 할 것이다. 육감적이라기보다는 감상적이라 할 수 있는 여러 시인들의 경우, 특히 뤼시 들라뤼-마르드뤼스 부인의 경우에는 상당히 그늘에 덮인 수줍음이 눈에 띈다. 에레디아Hérédia의 딸이며 동시에 피에르 루이스Pierre Louÿs의 처형이고 또 『진흙으로 만든 메달Medailles d'argile』을 쓴 시인의 아내이기도 했던 제라르 두빌 부인은 휴머니스트적 영감을 띤 일종의 장식적 상징주의를 가문의 어떤 전통처럼 물려받고 있었다. 과연 모라스 자신도 샤롱과 스틱스에 관한 한 줄의 시행을 대하면서 그가 주창하는 이론에 따른다면 당연히 그 시를 가차 없이 공격해야 마땅할 것임에도 불구하고 그러기를 망설였다. 제라르 두빌 부인이 빚어 만든 저 유연한 타나그라 조상(彫像)들은 어디로 보나 지극히 알렉산드리아적인 모습임에도 불구하고 사람들은 그 연약함을 훌륭하게 생각할 것이다. 그뿐만 아니라 이 여류 시인은 그의 번뇌와 이루지 못한 희망들에 대하여, 또 자기 발견을 꿈꾸었던 한 여자가 자신의 깊은 마음속에서 언제나 만나게 되는 꼬집어 잡을 수 없고 낯설은 그 무엇에 대하여 보다 더 자연스럽게 인간적이고 어쩌면 낭만적인, 그러면서도 소박하고 가벼운 시를 지었다.

> 깊은 숲 속에 잠들고 싶어라, 바람이
> 이따금씩 움직이는 나뭇잎을 떨게 하고
> 내 무덤 위로 머리털처럼 잎을 흩날리도록,
> 어둡고 밝은 시간에 따라, 나뭇잎

그림자가 그 위에다가 연하고 검게
차례로, 내 마음처럼 변화무쌍한
지고의 아라베스크 묘비명을
날빛의 신비한 언어로 써주리니.

Je veux dormir au fond des bois, pour que le vent

Fasse parfois frémir le feuillage mouvant

Et l'agite dans l'air comme une chevelure

Au-dessus de ma tombe, et selon l'heure obscure

Ou claire, l'ombre des feuilles avec le jour,

Y tracera, légère et noire, et tour à tour

En mots mystérieux, arabesque suprême,

Une épitaphe aussi changeante que moi-meme.[14]

　　그러나 그 그룹 전체 중에서도 그 힘과 작품의 양, 그리고 작품이 불러
일으키는 수많은 반향으로 보아 가장 뛰어난 시인은 드 노아이유 백작
부인이다. 그런데 그녀가 뜨겁고 비장한 내면의 드라마를 경험했고 그로
인하여 마침내는 만년에 발표한 시집들에서 볼 수 있는 성난 듯한 반항
에까지—오늘날에 와서 생각하면 죽음에까지라고 말할 수도 있을 것이
다—이르게 된 것은 사실이지만 그의 동시대인들에게 충격적인 감동을
준 것은 그의 초기 시편들, 자신의 감각들의 무게에 짓눌린 어떤 기질이
거리낌 없이 쏟아부어진 열광적인 시라고 할 수 있다. 그가 끼친 영향이
잠의 영향과 잘 조화될 수 있으리라는 것은 충분히 짐작할 수 있는 일이
다. 그렇지만 그 두 사람 사이에는 얼마나 큰 거리가 있는가! 잠은 절대

---

14) 「묘비명 *Epitaphe*」, 『시집 *Poésies*』(Grasset)의 마지막 시.

로 자신의 감각에 휘말리는 일이 없다. 그는 감각들에 대하여 예술가다운 거리를 유지하며 마치 극동의 시인들 같은 가벼운 터치로 자기가 받은 여러 가지 인상들의 아라베스크를 그릴 수 있다. 반대로 드 노아이유 백작 부인은 세계에 의하여 항상 송두리째 감동되어버리며 마치 사랑에 빠지듯이 그 감동에 휘말려든다. 어떤 범신록적 소명이 그 여자의 마음을 뒤흔들어놓았다. 그녀는 자칫하면 매우 깊은 우주적 체험의 막다른 지점에까지 갈 수 있는 체질이다. 그러나 아마도 그녀에게는 상상력이, 정신적 삶에 대한 충분히 예리한 센스가 결여되어 있었던 것 같다. 육감의 격앙에서 생겨나는 폭풍 같은 감정을 제어할 수 있는 높이에 오랫동안 버티고 서 있기가 그녀에게는 힘이 든다. 그녀의 시의 숙명은, 아니 그녀 자신의 숙명은 육체적인 땅 가까이에 남아 있도록 마련된 것이다. 때때로 그녀는 항상 더 많이 느끼고자 하는 영웅적 결의로 우주와 겨루고 우주의 공격에 대항하는 데 성공하기도 한다.

흐릿한 아침, 벽처럼
어둡고 단단한 하늘의 혼돈!
거품 끼고 생기 없는 풍경이
퍼런 얼굴의 군대처럼
......
내 눈길 아래서 튀어오른다.

Glauque matin, chaos d' azur
Opaque et dense comme un mur!
L' écumeux et mol paysage,
Comme une armée au bleu visage
......

Bondit sous mon regard.[15]

　이럴 때면, 즉 웅변의 유혹, 혹은 애교의 본능 때문에 혼란을 일으키지 않을 때면, 드 노아이유 백작 부인은 어휘들의 강도를 알맞게 측정하고 그 어휘들을 잘 결합시켜 갖가지 감각들의 저 어렴풋한 언어가 그 속에 번역되도록 만들 줄 안다. 그리하여 그는 종합적인 이미지들을 창안해냄으로써 모든 감각 기관으로 다 느낄 수 있는 언어를 사용하려는 랭보의 야심을 상기시키는 면모를 보여준다. 물론 빅토르 위고는 그의 낭만적 스승들 중에서도 으뜸가는 스승, 그녀가 기꺼이 그 모범으로 삼는 스승이지만 그가 현대의 인상주의에서 입은 영향을 고려하고 그를 보들레르의 계보 속에, 인간의 육체에 끼친 사물의 직접적인 영향을 표현하는 것을 사명으로 삼았던 시인들 가운데 놓고 생각하는 것은 중요한 일이다. 이와 같이 하여 그는 식물적 자연과 친화하는 것처럼 보이는 시를, 자양분이 풍부한 액체같이 들끓어 넘치는 시를 자기의 것으로 만들 수 있었던 것이다.

　이러한 시적 세대에 속하는 대다수의 여성들—산문의 영역에서라면 콜레트를 생각할 수도 있을 터이다—은 자신의 본성과 그들의 타고난 감각적 현실을 받아들이고 "자신들의 근본적인 차이점 속에 자리잡고 들어앉으며" 남자가 그들 속에서 보지 못한 것을 털어놓겠다는 의지로 인하여 특별히 두드러져 보인다. 그들은 또한 그에 못지않게 "여성적"인 스타일, 애무하는 듯한 문장 속으로 어휘들을 유인해 들이는 거의 간사스러움에 가까운 기교에 의하여 눈에 띄게 된다. 필요한 경우에는 어떤 안이한 헬레니즘이 그들에게 손쉬운 알리바이를 제공해주기도 한다. 드 노아이유 백작 부인과 제라르 두빌 부인의 경우가 그렇다. 그 전에는 목

---

15) 『눈부심Eblouissements』(C. Lévy), p.159.

적은 달랐지만 자신의 동성애적인 몽상을 메우고자 했던 르네 비비앵의 경우가 그러했었다. 대부분의 경우 그 여자들은 이 세계 "안"의(「여행 *voyage*」의 시인의 경우처럼 세계의 "밖"에서가 아니라) 어디에서건 자신들의 "관능적·신비적·투시적" 광란 상태를 유지, 보존할 수 있는 것으로 만족한다. 이 같은 여성적 서정주의 속에 남자 사랑, 그리고 사랑을 충동하는 남성 따위는 비교적 대단치 않은 위치를 차지할 뿐이라는 것은 명백하다. 인간 존재의 이미지를 가지고서는 결코 오랫동안 잡아둘 수 없는 내면의 시선을 이끌고 고정시킬 수 있는 것은 사물과 감각의 세계요 '자아'의 감미로운 맛이다. 까다로운 요구가 많고 이기적인 천성은 항상 저 자신의 세력을 더욱 멀리 확장하고자 하며 까무라칠 정도에까지 자아의 쾌락을 맛보고자 한다. 그것은 저 자신과 대지의 위력을 한덩어리로 합쳐주는 결혼을 꿈꾼다. 이야말로 "바카스신의 여제관Bacchantes이 과연 있어야 마땅할지" 알고 싶은 의문을 제기하는 독신 행위라고 모라스는 말한다. 그러나 어쩌면 천재와 개인적 악마에게도 어떤 자유를 남겨주는 것이 옳을지도 모른다. 의심할 여지없이 드 노아이유 백작 부인도 그런 천재나 악마를 지녔던 모양으로, 그로 인하여 그녀는 곧 『무수한 가슴 *Coeur innombrable*』의 범신론적 흥분으로부터 벗어나서 모라스가 여성적 낭만주의의 모럴을 규정했던 시기가 지나자 새로운 하늘과 새로운 지옥을 엿볼 수 있게 되었던 것이다. 즉 삶에 대한 정열에 덧붙여서 사랑의 정열이, 그리고 대낮의 저 그늘 속에서 죽음이 첨가된 것이다. 아마 그녀는 장 콕토Jean Cocteau의 의미 깊은 말처럼 "죽음을 위하여 태어난 여자", 오직 절대를 소유함으로써만 비로소 가득 채울 수 있는 가슴의 공허를 느끼지 않기 위하여 삶이라는 활을 끊어지라고 팽팽하게 잡아당겼던 여자였던 것 같다.

여자가 아무런 독신(瀆神)의 잘못도 저지르지 않고 또 정신이 메말라버리지도 않은 채 자신의 가장 내밀한 몫을 노래하려면 몰아의 뜨거운 욕구와 필요성이 마음속에 스며들도록 그 내밀한 세계 속에 침잠해야만 되는 것이 아닐까? 그럴 때는 세실 소바주의 경우처럼 일체의 과시 욕구가 제거된 가장 직접적인 고백이 그 본성 속에 담겨 있게 된다.

> 나는 그대 곁에서 우유빛 씨앗이 담긴
> 저의 보석상자를 닫는 푸른 아망드 열매 같아라
> 어리고 비단 같은 씨앗을 덮고 있는
> 솜같이 주름진 연한 콩꼬투리 같아라.
>
> 내 눈에 괴는 눈물을 그대는 알지
> 그대 입술에 닿으면 내 피의 깊은 맛이 나는 그 눈물을.
> ……
> 아직 내 말이 들리는 지금, 그대는 귀를 기울여보라
> 내 젖가슴에 그대 어린 입술을 찍어다오.

> Je suis autour de tio comme l' amande verte
> Qui ferme son écrin sur l' amandon laiteux,
> Comme la cosse molle aux replis cotonneux
> Dont la granine enfantine et soyeuse est couverte.
>
> La larme qui me monte aux yeux, tu la connais,
> Ell a le goût profond de mon sang sur tes lèvres.
> ……
> Ecoute, maintenant que tu m'entends encor,
> Imprime dans mon sein ta bouche puérile…….[16]

그 어떤 사고보다도 더 깊이 있는 중얼거림인 모성적이며 어린 이 시에서는 사랑의 현실이 육체의 현실보다 우세하다.

그러나 나는 카트린 포지Catherine Pozzi[17]가 남긴 몇몇 시편들, 무엇보다 먼저 범상치 않은 고귀함이 엿보이는 "매우 드높은 사랑"의 찬가로서 불꽃의 뜨거움과 순결한 광휘를 담고 있는 「아베Ave」라는 제목의 시가 그에 합당한 지위, 즉 두드러진 지위를 차지할 수 있게 되기를 바란다.

*

새로운 세기의 이 젊은 시인들은 과연 낭만주의의 위대한 모험과 정열을 자기들 나름으로 다시 체험하게 될 것인가? 그러자면 착란 상태와도 같은 고통, 절망, 감옥 속에서 서성거리고 날뛰는 정신의 슬픔—요컨대 뮈세의 시와 같은 랩소디가 뿜어나오게 한 원천들—을 배양해낼 만한 것을 자기의 내부로부터 이끌어내든가 아니면 어떤 탈출구를 찾고 순수한 인간성이 초월되는 지점에 도달하고 드높은 시의 비상을 자극하는 신비주의 직전의 상태에까지 나아갔어야 마땅했을 것이다. 오직 드 노아이유 백작 부인만이 어떤 영웅적인 삶의 윤곽이나마 그려 보일 만한 것을 그의 내부에 지니고 있었다. 다른 한편 폴 드루오Paul Drouot는 미완성인 산문시 단편들에서 때때로 그러한 고독의 문을 열어 보인다. 그 밖의 시인들—대개 가장 교양 있는 사람들—은 저절로 비극적인 것을 멀리하게 되었고 시는 무엇보다 그들의 쾌락을 증대시키거나 삶을 섬세하게 장식하는 것이 됨으로써 너무 위험스럽게 깊이를 드러내 보이는 일이 없기를 바랐던 것이다. 요컨대 1900년대의 신낭만주의는 애가에서 성공을

---

16) 세실 소바주C. Savage의 『작품집*Oeuvres*』(Mercure de France), p.46.
17) 《므쥐르*Mesures*》지가 편집한 『시집*Poèmes*』 참조.

거두었다. 왜냐하면 아름다운 문학적 추억에 물들고 율동성이 있는 감미로운 감상은 자연히 내밀성이 짙고 감동적이며 음악적인 시 속에서 표현되기 때문이다. 더군다나 신낭만주의는 감각성이 짙은 여성적 서정주의가 촉진되도록 하는 데 도움을 주었다.

"분노를 자극하기에는 중간적인 톤을 너무 잘 따른 시"라고 1905년 예리한 관찰자이지만 실은 악의를 갖고 있었던 레미 드 구르몽Rémy de Gourmont은 말했다.[18] 탐미주의로부터 해방되고 군소 상징주의자들의 유행과 스타일을 경계할 줄 알았던 애가시인들은 "시적 분위기"와 막연한 감정의 그 몽롱함을 즐겼지만 보들레르에 그 기원을 둔 형이상학적 서정성의 열쇠를 잃어버렸다. 감각 시인들의 경우, 그들의 눈에는 세계가 어떤 '자극incitamentum', 정신을 위한 어떤 침과 같은 것으로 남아 있는 게 아니라 빈번히 그들을 호수 속으로 유인하여 새잡는 사람처럼 그들을 꼼짝 못하게 잡아두며 손으로 만질 수 있는 물체나 일상생활로부터 몸을 빼낼 수 없게 만드는 것이었다. 그러는 동안에도 다른 사람들은 드높은 낭만주의의 문학 전통을 복원시키려고 노력하여 다소 성과를 거두기도 했다.

---

18) 《메르퀴르 드 프랑스》지 1905, p.46 참조.

제4장
남프랑스 시의 깨어남

남프랑스계의 시인이─운문으로 시를 쓴 사람들을 두고 하는 말이지만─과거의 프랑스 문학 속에 그다지 흔하지 않다는 사실은 여러 차례 지적된 바 있다. 랑그 도크 지역[1]에서 태어난 위대한 작가가 출현하는 것을 목격하기 위해서는 16세기, 그리고 클레망 마로 Clément Marot(1469~1544)를 기다리지 않으면 안 되었다. 나중에 가령 셰니에, 르콩트 드 릴르 Leconte de Lisle, 에레디아 그리고 최근으로는 모레아스 같이 인문주의적이며 지중해적인 사상을 빛내었던 인물들은 열대 지방이나 에게해 근처에서 태어났다. 고티에의 경우는 예외에 속하지만 위대한 낭만주의자들은 중부와 북부 출신들이며 상징주의의 기원은 파리와 플랑드르(아메리카의 피도 약간 섞여 있지만)로서 의식적으로 켈트적인 북서부와 게르만적인 동부 쪽으로 시선을 돌리고 있으며 스칸디나비아와 러시아 평원 쪽으로 연장된다. 『저쪽 La-bas』 속에서 J. K. 위스망스 J. K. Huysmans(1848~1907)가 얼마나 멸시적인 태도로 랑그 도크어 지역을 프랑스 밖으로 치부하고 있었던가를 우리는 잘 기억한다.

1905년 로베르 드 수자 Robert de Souza가 한 다음과 같은 말 역시 별로 호의적인 것은 못 된다. "상징주의는 어느 면으로 보자면 남방의 저 한심한 간섭에 대항하여 참다운 북방의 프랑스 문학이 깨어 일어나는 현상이라고 할 수 있다."[2] 여기서 드 수자가 비난하고자 하는 것은 아마도

---

1) 랑그 도크 Langue d'oc : 프랑스 남부 귀엔에서 루시용에 이르는 지방을 '랑그 도크' 라 부르는데 그 이름은 바로 이 지방의 고유하고 단일한 언어인 '랑그 도크' 에서 온 말이다. 이 지방은 13세기에 프랑스에 합병되었지만 그 고유한 풍속과 긍지를 간직하고 있다─옮긴이 주.

고답파의 영감과 미학일 터이다.

하여간 랑그 도크의 전 지역, 특히 프로방스 지방은 1900년을 전후하여 여러 해 동안 상당히 빠른 속도로 어떤 특질의 서정주의가 발흥하도록 선택받은 땅처럼 되어 우리는 에마뉘엘 시뇨레에서 죠아심 가스케, 리오넬 데 리외에 및 마르크 라파르그, 혹은 피에르 카모에서 페르낭 마자드에 이르는 "참다운 남프랑스 문학의 각성"을 목격할 수 있었다. 그리고 여기에는 또한 루아예르, 툴레, 드렘, 베란, 알리베르 나아가서는 랑그 도크 출신인 발레리, 데팍스, 데렌 그리고 세벤 출신인 레오 라르기에를 손꼽아야 한다(북방 사람이면서 지중해 문학에 교화된 폴 카스티오, 테오 바를레 등을 빼놓더라도). 그러나 여기서 어떤 새로운 "풍토이론"을 엄격하게 적용한다는 것은 우스꽝스럽고 역설적인 일일 것이다. 양식과 사실을 존중한다면 오직 그 지역의 풍토에 의하여 깊은 영향을 받고 그 같은 정신적 유산의 계승을 공공연히 선언하는 시만을 그것을 태어나게 한 자연과 그 자연(이 경우에는 남프랑스의 땅)의 정신에 결부시켜 생각하는 것이 마땅할 것이다.

그 같은 운동의 출발점은 모레아스나 그가 이끌었던 파리의 "로만파"보다는 미스트랄[3]과 펠리브리지Félibrige파의 시라고 보아야 한다. 랑그 도크 지방에서 발생한 일종의 새로운 민족 의식이 시인으로 하여금 행복한 그 고장의 풍습과 인간들과 형상들, 그리고 지중해적인 사고 방식과 세계를 느끼는 양식에다가 사람을 연결시켜주는 모든 것에 대한 감정 속에서 지극히 신선한 힘을 찾아내도록 만들었다. 그러나 먼저 지적해두어야 할 사실은, 한 문명의 환경과 역사적 과거에 대한 이 같은 정신적 동

---

2) 『우리의 위치Où nous en sommes』, 「운문과 산문Verse et Prose』의 첫 번째 별책 참조.

3) 프레데릭 미스트랄Frédéric Mistral(1830~1914) : 남프랑스 마이양 출신 시인. 『미레이유Mireille』(1859), 『칼랑달Calendal』, 『황금의 성Iles d' or』 등의 작품을 발표했으며 프로방스어를 문학 언어로 승화·복원시키려는 목적으로 1854년 소위 펠리브리지파 운동을 전개하여 그 그룹의 대표적인 지도자가 되었다. 1904년 노벨 문학상 수상—옮긴이주.

조의 태도라면 모리스 르 블롱 역시 자아와 외부 세계 사이의 타협에 필요한 조건을 제시하면서 이와 크게 다를 바 없는 형태로 "본연주의자"들에게 그것을 요구한 바 있었다는 사실이다. 게다가 그런 조건들과 서로 통하는 지방적 원천, 라틴적인, 나아가서는 헬레니즘적인 원천으로 다시 돌아간다는 것은 필연적으로 모라스가 부르짖는 것보다는 보다 광범한 것이기는 하지만 그 원칙에 있어서는 그와 상당히 가까운 어떤 고전주의에 이르지 않을 수 없는 길을 따라가는 것이라고 볼 수 있다. 이리하여 "자연"으로 돌아가고 인문주의적인 전통으로 복귀한다는 이 두 가지의 사상은 프랑스 남부 지방에서 그에 알맞은 풍토를 발견하게 되었고 그 풍토 속에서 서로 접목되어 성과를 거둔다. 그와 때를 같이하여 한편에서는 미스트랄과 그의 유파가 보여준 모범이 광범위한 문학적 지방 분권을 상정하도록 유도했고 그에 힘입어, 플레야드파가 그들의 고장인 방돔이나 앙주 지방에 애착을 느꼈듯이, 파리의 유행이나 오염으로부터 멀리 떨어져 살면서 자기의 고향에 대하여 애착을 지니고 있는 "지방주의적" 시인들은 프랑스 여러 지방들이 이루는 어떤 교향악 속에서 각자 자기들 나름의 몫을 다하게 된다. 이것은 한갓 몽상이라고 볼 수도 있지만 그러나 바레스가 식자층의 부르주아지에게 대지와 죽음의 시학을 선보이던 그 시대에 있어서는 매혹적인 요소가 상당히 내포된 몽상이라고 하겠다.

*

마르크 라파르그Marc Lafargue와 피에르 카모Pierre Camo는 바로 "툴루즈파"—1900년경에 사람들은 《에포르*Effort*》지에 기고하는 문인들을 웃으면서 이렇게 불렀다—출신이다. 근본에 있어서는 서로 상당히 다른 점이 있는 이 두 사람은 다 같이 쉽고 풍부하여 다소 맥빠진 느낌을 주는

시로—본연주의의 재미있는 변주—데뷔했다. 그 다음에는 『시절
Stances』[4]과 신고전주의의 영향을 받아 소위 "로만풍"이라고 평가되는
경향, 즉 라파르그의 경우에는 롱사르와 셰니에,[5] 카모의 경우에는 말레
르브와 트리스탕—하기야 카모는 오늘날에 와서는 보다 복잡한, 말라르
메풍이면서 동시에 "발레리풍"인 시를 쓰고 있는 터이지만[6]—의 영향
쪽으로 기울어지게 된다. 이는 모범적인 가치를 지닌 흥미있는 변화이
다. 라파르그는 아마도 빛과 그늘에 잠긴 채 관능적이고 섬세한 기쁨의
세계를 환기시킨 한 다감한 에피큐리언으로서 기억될 것이다.

　　그대의 아름다운 팔로 나를 안아다오, 오 그대 젊은 여인아……

　　Enlace-moi de tes beaux bras, ô jeune amie……

　이것은 마리 드 부르게유에게 쾌락을 권유하는 롱사르를 상기시킨다.
이미 딴 데서 본 적이 있는 것이 아닌 것은 하나도 없지만 젊음이란 봄이
돌아오면 새로이 태어나는 법이고 라파르그의 가장 훌륭한 시편들은 바
로 그 젊음의 감동적인 우아함을 지니고 있는 것이다.

　　삶의 모든 값은 관능 속에 있나니,

　　Tout le prix de la vie est dans la volupté,

---

4) 『시절*Stances*』은 장 모레아스의 대표적 시집—옮긴이주.
5) 특히 1908년에 쓴 시집 『아름다운 하루*La Belle Journée*』(Librairie de France)와 사후에 출
판된 시집 『쾌락과 회한*Les Plaisire et les Regrets*』(Garnier, 1928) 참조.
6) 『아름다운 날들*Les Beaux Jours*』(Ed. du Mercure de France, 1913)과 『회한의 서*Le Livre
des Regrets*』(Garnier, 1920), 그리고 『박자*Cadences*』(Garnier, 1925) 참조.

라고 피에르 카모 또한 선언한다. 그러나 그가 좋아하는 관능을 보다 은은하고 이국 정서의 향기가 깃든 것이며 회교도적인 나른함으로 물든 것이다. 마다가스카르에 살고 있는 카모는 프랑스 출신의 카탈로니아인이다. 그의 뜨거운 열정에는 삭막하고 오만한 요소, 일종의 스페인 기질이 섞여 있다. 그의 꿈은 무역풍이 부는 따뜻한 바닷가와 푸른 창공의 눈덮인 산봉우리 아래 쌀쌀하고 헐벗은 피레네 협곡의 바위들 사이를 오간다.

*

모라스가 그의 가냘픈 여신을 깎아내기 위하여 사용했던 재료를 써서 힘이 넘치는 고전주의를 성숙시킬 수 있었던 것은 다름아닌 프로방스의 하늘이다. 그러나 그 같은 힘을 그 정도의 노련한 실천으로 옮길 수 있도록 타고난 것이 분명한 듯 보이는 시인은 1900년 겨울 "가난과 어둠에 질식당하여" 20세에 사망했다. 거의 사도적이라 할 만한 순진함에 젖어 있는—인간은 "이른바 악이라는 것이 더이상 필요하지 않을 정도로 충분히 산전수전 다 겪은 존재가 아니던가?"—소년 시인인 에마뉘엘 시뇨레Emmanuel Signoret는 순수한 미의 신비주의자인 동시에 아마도 프랑스 문학사상 모든 시인들 가운데서 유일하게 펭다르적인 숭고함을 자기 영혼의 낯익은 풍토로 만들어 가진 시인이었을 것이다. 그토록 숱한 의사고전주의자들을 사로잡아 마침내는 심연으로—다시 말해서 수사학자들의 가장 요란하고 가장 비통한 심연으로—인도해갔던 "광란"을 그는 죽기 직전에 다스리는 데 성공했고 그 광란과 우정 관계를 맺는 데 이르렀다. 처음에는 고답파에게서, 또 방빌Banville에게서 빌려왔던 그리하여 그의 초기 작품들을 거추장스레 장식했던 액세서리들을 하나씩 하나씩 털어버리고, 그의 기억 속에 무겁게 실려 있던 예술적 원칙들이며 추억들을 차츰 잊어버리게 됨에 따라 그는 마침내 자기 나름의 운동, 즉 저

높은 곳을 향한 끊임없는 도약을 발견해냈다.

심연을 굽어보는 거울인 눈[雪] 속에
어느 불모의 님프가 그의 긴 눈[眼]을 비추어보았네!
순결하고 말없는 산들의 슬픈 여왕이여
그대는 내 멸망할 품속으로 내려와 안기기를 두려워하는 것인가?
영원한 절망이 그대 눈길을 그리도 정답게 만드나니!
……
내가 태어난 곳, 그대도 알 수 있는 기슭에서
바람의 맑은 흐느낌이 그대 목소리에 생명을 주리라.
도금양과 월계수가 그곳에 숲을 이루네.
어느 아내가 거기서 내 세월의 꽃을 따고 있네.
내 아이들이 그곳에서 자랄 것이며 시신들이 거기서 태어났네!

내게 가슴으로 말을 건네던 산의 주민이여
낙엽송과 너울을 쓴 검은 회양목의 이마를 가진 여왕이여
그대의 고운 입술이 나의 입술과 하나가 되기에
그대의 모든 절망이 내 흐느끼는 시행 속에서 떨리고 있기에!
나의 아내여!…… 나의 아들들이여!…… 오 슬픈 대화여!……
시냇물가에서 눈물 흘리자!…… 나의 눈물을 그대의 눈물과 섞어
다오!……
우리의 사랑은 어느 젊은 조화를 잉태하리니,
오 내 고통과 영원히 하나가 된 님프여.

Dans les neiges, miroirs courbés sur les abîmes,
Une stérile nymphe a miré ses longe yeux!

Triste reine des monts purs et silencieux

Contre mon sein mortel craindrais-tu de descendre?

L'éternel désespoir fait ton regard si tendre!

......

Aux bords où je naquis et que tu peux connaître

Les purs sanglots des vents animeront ta voix;

Le myrte et les lauriers y composent des bois;

Une épouse y cueillit la fleur de mes années;

Mes fils y grandiront; Les Muses y sont nées!

Habitante des monts dont le coeur m' a parlé,

Reine au front de mélèze et de buis noir voilé,

Puisque ta belle lèvre á ma lèvre s'assemble,

Qu'en mes vers gémissants tout ton désespoir tremble!

Mon épouse!······ Mes fils!······ O tristes entretiens!······

Pleurons près des torrents!······ Mêle mes pleurs aux tiens!

Notre amour concevra quelque jeune harmonie

O Nymphe pour jamais à ma douleur unie.[7]

　시뇨레는 광란하는 듯한 말의 홍수 속에 빠져들기를 좋아하며, 때로는 전혀 쓸데없어 보이고 또 투명한 수증기의 배경과 연결된 듯한 불연속적인 긍정문을 나열하기를 좋아한다. 그 같은 시구 속에서는 프로방스의 바다가 뒤척이며 내는 소리나 에테르가 진동하는 소리가 들린다. 번쩍거리는 빛으로 이루어진 이런 신비, 낭독법의 박자를 무시한 채 높아졌다

---

7) 『시전집 *Poésies complètes*』(Ed du Mercure de France, 1908), p.275.

가 부서져버리는 이 서정적 아라베스크는 발레리를 예고하고 있다. 이때 시뇨레와 발레리의 관계는 자연 발생적이며 자신의 직관의 노예가 된 채 고독한 도취감에 빠져 있는 가수와 형이상학적이고 지극히 의식적인 가수와의 관계에 비유될 만한 것이다.

시뇨레는 이 같은 서정성을 오직 전격적인 방식으로밖에 실현하지 못했다. 그의 제자인 죠아심 가스케Joachim Gasquet는 일생을 두고 그 서정성을 모색했는데 그것을 발견해내는 일이 더러 있기는 했지만 그것은 항상 폭포처럼 쏟아지는 웅변의 끝에 가서야 겨우 얻어지는 것이었다.

> 어느날 저녁 햇빛 내리는 호수 위에서
> 노니는 거룩한 그림자를 응시하면서
> 어두운 매혹의 정복자인 양 나는 자신도 모르게
> 내 피의 샘이 고동치는 단 하나의 가슴에서 물 마셨노라.
> ......
> 오, 사랑의 감미로움이여, 그 후부터 그대는 나를 괴롭히누나
> 나는 시냇물의 샘에서 내 생명의 부풀어 오름을 보도다.
> 소나무들이 허리 부러져 폭풍우 속에서 쓰러지는데
> 바로 그 손들이 바람 속에서 나를 붙잡는구나.
>
> 들판이 불타오르고 그 순수한 광채에
> 새들이 이끌려 모이는 하늘 세계인 양
> 지평선가에서 먼 바다가 빛나고
> 내 피는 물 위의 공기처럼 내 속에서 불탄다.
> ......
> 바위, 꽃, 물의 진이 내 속에서 넘친다.
> 내 머리털은 숲 향기에 젖어 있고

씨앗의 파닥거림은 나를 쳐들어 올리고
우주의 사냥꾼은 내 몸에 무수한 화살을 꽂는다.

Un soir, en contemplant le jeu divin des ombres

Sur la face des lacs où le soleil descend.

Sans le savoir, j'ai bu, vainqueur des charmes sombres,

Au coeur unique où bat la source de mon sang.

......

O, douceur de l'Amour, depuis tu me tourmentes!

Je vois gonfler ma vie aux sources des torrents.

Les pins, les flancs ouverts, tombent dans les tourmentes.

Et moi, let mêmes mains m'enlacent dans les vents.

Comme un monde céleste où s'enflamment les plaines

Et dont le pur éclat attire les oiseaux.

Au bord de l'horizon luisent les mers lointaines,

Et mon sang brûle en moi comme l'air sur les eaux.

......

Des rocs, des fleurs, des eaux ruisselle en moi la séve

Mes cheveux sont trempés de l'encens des forêts.

La palpitation des germes me soulève,

L'Universel Chasseur me crible de ses traits.[8]

이 찬가 속에서 메아리치는 호소의 목소리는 모리스 드 게랭의 시 「상

---

8) 「황금빛 노래*Chant doré*」, 『신칠성파 사화집*L' Anthologie de la Nouvelle Pléiad*』(Librairie
de Franu, 1921)에 재수록.

토르*Centaure*」의 그것인가 아니면 위고의 시 「사티르*Satyre*」(혹은 랭보의 초기 시)의 그것인가? 실제로 가스케의 시는 낭만주의 대시인들의 범신론적인 시와 일맥상통한다. 대부분의 경우 그의 시는 인간적이고 비장하며 기쁨과 고통의 울타리 속에 갇힌 시다. 그야말로 낭만주의적인 혈통을(감정적인 차원 및 현란한 수사법의 차원에서 볼 때) 의심할 여지가 없는 남프랑스의 고전주의 시인이라고 하겠다. 그러나 고전주의라는 말은 낭만주의라는 말 못지않게 불분명한 의미를 갖기 쉬운 표현이다. 넓은 의미에서 고전주의는 인간이 오직 무질서 속에 빠지기 쉬운 경향이라든지 비현실적인 힘에 자신을 맡겨버리고 싶어하는 은밀한 욕구를 버리도록 요구하는 것 이외에는 인간 자신의 그 어떤 것도 희생시키기를 강요하지 않는 예술관이며 윤리관을 가리킨다. 죠아심 가스케는 바로 1903년에 펴낸 그의 시집 『해묵은 노래들*Chants séculaires*』의 서두에 루이 베르트랑Louis Bertrand의 서문을 받아 실었는데 그 서문 역시 희랍-라틴적 사상에 바탕을 두면서도 모라스의 사상보다는 더 융통성이 있는 지중해적이며 고전주의적인 시학을 옹호하는 선언문이다. 1921년에는 또다시 단명한 한 집단인 새로운 '칠성파*Pléiade*' 그룹을 기념하기 위하여 펴낸 어떤 사화집[9]의 첫머리에 기조적인 담화라고 할 수 있는 글을 쓰면서 가스케는 자연과 인생을 최대한으로 수용하고 자신의 모든 열광을 잘 살려나가겠다는 의지를 뒷받침했는데, 그 같은 태도에 있어서 단 하나의 조건이 있다면 그것은 그 같은 과잉 상태를 잘 정리하여 그것을 아름다운 형식 속에 편입시키는 것이라고 말했다.

실제에 있어서 대부분의 남방 시인들은 모라스(그는 그 시인들 중 많은 사람들, 특히 가스케의 친구이자 스승이었다)가 엄격한 이미지로 그 윤곽을 설정해놓은 신고전주의 틀 속에서 만족을 느낄 수가 없었다. 그

---

9) 위의 책.

들 중 몇 사람이 모라스의 주의에 찬동하게 된 역사는 흔히 오해의 역사였다. 그들의 기질, 라틴적인 자연의 모방copia에 대한 그들의 취미, 그들을 육체적인 본성에로 연결시켜주는 모든 것, 혹은 강한 햇빛에 불타서 삭막해진 대기가 프로방스의 하늘 아래서 인간에게 속삭이는 죽음과 와해에의 권유 등 다양한 유혹들 때문에 그들은 정신적인 면에서나 실제에 있어서나 모라스가 제안하는 아테네적인 우아한 표현을 찬양할 수가 없었다. 아니 적어도 때때로 그들의 이성이 인정하는 것도 그들이 쓴 작품에 의하여 부인되고 말았다고 할 수 있다. 이와 같이 하여 가스케 및 그의 몇몇 친구들의 낭만적 고전주의는 발전되었다. 이때 우선 생각나는 사람은 그 자비에 드 마갈롱Xavier de Magallon[10]인데 엄격한 형식, 고전적인 의도, 그러나 빅토르 위고의 계보를 부인할 수 없는 경향을 지닌 이 시인에게서 오늘날 앞서 말한 여러 경향들이 구체적으로 표현되고 있다.

더군다나 이 시인들이 내놓고 인정하는 과거의 스승이 있다면 그는 라신이나 라 퐁텐, 혹은 말레르브가 아니라 롱사르다. 즉 사람들이 그의 작품 속에서 특별히 주목한 면이 어떤 것인가에 따라 세 번에 걸쳐서, 그리고 그때마다 다른 방향으로 우리 시대의 시에 영향을 끼친 롱사르 말이다. 1894년의 "로만파" 시인들은 특히 그에게서 "전원시인mâche-laurier"으로서의 면모에 주목했고 라파르그, 가스케, 피즈 류의 남프랑스 서정시인들은 르네상스 시인으로서의 롱사르를 따랐으며 앙드레 마리에서 페르낭 플뢰레에 이르는 "신로만파" 혹은 "프랑스 독립파gallicans"는 풍자시인으로서의 롱사르에 심취했다.

---

10) 특히 『어둠의 사자*Le Lion des Ombres*』(Les Editions Nationales, 1935) 참조.

미스트랄과 펠리브리지 시인들이 프로방스어로 쓴 작품의 프랑스어판이라고도 볼 수 있을 이러한 남프랑스의 위대한 서정시 정신에서 오늘날까지 남아 있는 것은 어떤 미완성의 윤곽들과 산만한 단편들밖에 없다. 더군다나 펠리브리지의 시는 그 기원부터 민중의 문학이며 뿌리 깊은 토착성을 가진 것인데 비하여 프랑스 말로 글을 쓴 대다수의 지중해 시인들의 작품은 세련된 지적 문화와 잡다한 기원에서 탄생한 산물인 것이다. 확연하게 도시적인 영감을 받아서 글을 쓴 우리들 동시대 문인들의 다양한 서사시적 시도들은 미스트랄이 아니라 졸라, 베르아랑, 휘트먼 등의 영향을 입고 태어났다는 사실 또한 지적해둘 필요가 있다. 그렇기는 하지만 목가églogue의 범위 안에서 볼 때, 보다 광범위하게 말해서 전원시의 영역에서 볼 때, 루이 피즈Louis Pize의 한두 작품, 그리고 특히 F. -P. 알리베르F. -P. Alibert가 쓴 목가들 속에 나오는 몇 편은 풍요하고 잔잔한 비르길리우스풍의 아름다움이라는 느낌을 준다. 이 같은 '젖이 흐르는 풍요lactea ubertas' 속에는 롱사르, 셰니에 혹은 라마르틴—『조화Harmonies』를 쓴 라마르틴, 죠아심 가스케가 그의 친구들을 대표하여 "그는 일종의 숭고한 직관을 통하여 우리들이 꿈꾸고 있는 모든 것을 예감했다"고 말한 바 있었던(아마도 그는 무엇보다 먼저 「포도밭과 집La Vigne et la Maison」 같은 시를 생각하면서 그렇게 말했을 것이다) 라마르틴—에게서 온 요소들이 거의 눈에 띄지 않을 만큼 완벽하게 동화된 상태로 들어와 있다.

빛보다도 신비스러운 것은 없다는 말을 우리는 들은 바 있다. 남부의 인간은 그 "황금의 암흑", 발레리의 『젊은 파르크』가 눈을 감는 즉시 곧 자기를 휩싸는 것을 느낀다고 한 그 황금의 암흑 속에서 기쁨을 느낀다. 랑그 도크 땅에서 태어난 여러 시인들이 모라스나 모레아스의 교훈에 귀를 기울였다고 한다면 또 다른 시인들은 말라르메 시학에 경도되었다. 말라르메는 테오도르 오바넬Théodore Aubanel[11]을 만나게 됨으로써 이를테면 북프랑스와 남프랑스를 결합시킬 수 있는 가능성을 엿보게 되었고 시 「목신의 오후 *Après-midi d'un faune*」는 그 같은 결합이 어떤 방향으로 모색되어야 할 것인가를 스스로 보여준 것이다. 이미 1894년에 레몽 드 라 타이예드는 현대시에 있어서 남방 시인들에게 어울리는 목가적 서정시 정신의 첫번째 예라고 볼 수 있는 「샘의 변용 *Métamorphose des fontaine*」에서 로만주의와 말라르메 시학을 결합시키려고 노력했다. 그 다음으로 나타난 사람이 액상 프로방스 시인인 장 루아예르Jean Royère인데 그는 곧 자기가 주관하는 잡지 《팔랑주 *Phalange*》를 발판으로 규합된 시인군 속에서 일종의 합창대장 같은 지위를 확보한다. 끝으로 등장한 인물로 F. ‑P. 알리베르가 있는데 그는 지중해 지방 시인으로서는 말라르메 시학을 가장 높은 경지에까지 끌어올렸다. 그러나 우리는 또한, 헬레니즘을 숭상하면서 거의 고답파라고 할 수도 있을 페르낭 마자드Fernand Mazade가 "한동안은 난해한 암호 쪽으로 우회하는 맛도 알아야 한다"고 실토하고 「악몽과 어둠 *La Chimère et les Ombres*」이라는 시에서 미락(媚樂)과 마술의 시에 잘 어울리는 암시적인 기법을 채택하는 것도 볼 수 있다. 이와 같이하여 멀지 않아 "남프랑스의 참다운 문학"은 몇몇 가장 탁월한 대변자들을 통하여 어떤 정통적인 신고전주의자가 그들에게 부과한 사명을 배반해버리게 되는데 이것은 아마도 우리 시대에 와서 보면 그 사명을 보다 더 잘 성취하기 위한 노력이었다고 볼 수 있을 것이다.

　반면 마치 어떤 보람 있는 상호 교환을 실현하려는 듯 그 남프랑스 문학으로부터 어떤 순수하게 지중해적인 정신이 발산되어 프랑스 문학 전

---

11) 오바넬Théodor Aubanel(1829~1886) : 아비뇽에서 태어난 프로방스 시인. 프레데릭 미스트랄의 친구로서 펠리브리지 운동에 참여했다—옮긴이주.

체에 퍼지게 되었다. 그 정신이 어떤 것인지는 뚜렷하게 정의하기 어렵지만 그것은 인간이 참여하고 있는 어떤 우주적인 힘으로서 체험된 자연에 대한 드높은 감정을 특징으로 한다고 말할 수는 있을 것이다. 때로는 활기를 주고 행동을 고무하며 또 때로는 무 그 자체처럼 우리를 짓누르면서 유혹하는 자연에 대한 드높은 감정 말이다. 어느 경우나 한결같이 자연은 말이 없으며 거역할 길 없고 준엄하며 그 뜻을 짐작할 수 없는 존재—어떤 비극적인 "필연성Ananké"의 숙명적인 이미지이다. 이미 "동방의 부름" 소리가 들리는 듯한 어느 장소에서 체험된 이 같은 경험은 수동적인 법열과 신비주의적인 일체감으로 인도할 수도 있다. 그러나 이 경험이 다만 그 어렴풋한 윤곽만을 갖춘 채 이성에 의하여 극복되고 비르길리우스, 루크레티우스, 롱사르, 미스트랄의 명상에 의하여 훈련될 경우에는 일종의 사실주의이기도 한 어떤 "대지의 형이상학"을 낳을 수가 있다. 그럴 경우 미적인 면에서 볼때 그 자연은—특히 끊임없이 우리의 관조하는 눈앞에 자연이 제공하는 시프레나무, 떡갈나무, 플라타너스, 올리브나무 요컨대 실현된 모든 생명의 상징인 나무의 이미지는—항상 유기체적인 문학의 창조에 대한 생각을 더욱 강력하게 암시하게 된다. 외면에 나타난 정돈된 문학적 창조라기보다는 "세계의 깊숙한 뱃속에까지, 높이에 걸맞을 만큼 깊은 물"을 길어내는 여러 세포 조직들로 일사불란하게 뭉쳐진 한 민족의 얼 속에 깊이 잠긴 문학적 창조 말이다. 이는 아마도 고전주의적인 교훈이라 할 수도 있겠지만 그러나 이때의 고전주의는 영원한 고전주의 바로 그것이다.

제5장
투구를 쓴 미네르바의 기치 아래

1

금세기 처음 몇 년은 교양 있는 부르주아 속에서 민족주의가 부활한 점이 특징이다. 이 부르주아 계층은 일종의 보수적 본능에 사로잡혀 있다. 여러 사상가들이 그들에게 사상적 바탕을 제공한다. 이 계층이 이 같은 축제의 분위기 속으로 빠져들게 된 것은 매우 오랜만의 일이다. 새로운 잡지들의 프로그램이나 선언문들 속에서 프랑스 특유의 제반 가치들이 규정되고 고전적인 문학의 형성이 제창된다. 장 모레아스의 점증하는 인기, 특히 샤를 모라스가 구상해낸 "반동적"(정치적인 면에서나 문학적인 면에서나) 독트린에 대한 호응을 고려해넣지 않고서는 지중해적인 서정주의가 지닌 근본적인 몇 가지 특성을 설명할 수도 없을 것이고 1905년 전후 수많은 시인들의 절도 있는 낭만주의에 대해서 이해하기 어려울 것이다. 1890년대의 절충적인 낭만주의의 자리는 차츰 완전한 전통주의로 대치된다. 그러나 모레아스는 독립적인 외톨이다. 그때의 상황에 의하여 그의 활동이 정치인들의 활동과 일치하기는 했지만 그가 지닌 단 한 가지 참다운 즐거움은 "자기의 열 손가락으로 아폴로 신을 움켜잡은" 일이었다.

『에논Enone』, 『에리필르Eriphyle』, 『실브Les Sylves』 같은 작품들은 1893년과 1894년의 것으로 원시적 낭만주의 선언들 직후에 나오기는 했지만 그것을 훑어보기만 해도 우리는 곧 프랑스 음유시인들의 찬미자이며 칠성파 시인들의 모방자였던 그가 은연중에 롱사르로부터 라 퐁텐과 셰니에 쪽으로 나아가고 있다는 것을 알아차릴 수 있다. 「야니스의 탄식 La Plainte d'Hyagnis」의 첫머리와 끝을 읽어보기로 하자.

제신의 어머니의 실체인, 오 나뭇가지들아, 잎새들아,

야생 밤꾀꼬리들이 깃드는 공중의 둥지들아,

꺾어져버린 그대들 정점에 어느덧 그늘은 여위어지고

그대 지쳐 늘어지니 푸르르던 빛 간데없다.

나는 그대를 닮아 가을 빛 천성(天性),

찬기운이 찾아들 우수의 숲이로다.

……

그러나 내 친구 나이아드도 내가 피해가는 저의 기슭에서

이제 다시는 내 발자국을 구경하지 못하는 것은

내 얼굴이 창백한 회양목과

비단향꽃무우의 저 쓸쓸한 노란 꽃을 닮아가는 탓이라.

내 입 가득 불던 그리운 피리여, 갈대여,

내 손가락의 감미로운 즐거움이여, 나의 힘이여, 나의 유쾌함이여,

이제 그대는 수액이 떠나버린 무용한 잔가지를

흔드는 바람에 탄식하누나

Substance de Cybèle, ô branches, ô feuillages,

Aériens berceaux des rossignols sauvages,

L'ombre est déjà menus à vos faîtes rompus,

Languissnats vous pendez et votre vert n'est plus.

Et moi je te ressemble, automnale nature,

Mélancolique bois où viendra la froidure.

……

Mais la Naïade amie, à ses bords que j'évite,

Hélas! ne trouve plus l'empreinte de mes pieds,

Car c'est le pâle buids que mon visage imite,

Et cette triste fleur des jaunes violiers.

Chère flûte, roseaux où je gonflais ma joue,

Délices de mes doigts, ma force et ma gaîté,

Maintenant tu te plains: au vent qui le secoue

Inutile rameau que la séve a quitté.[1]

서두의 호소는 「가틴 숲 속의 나무꾼들에게 *Aux bûcherons de la Forêt de Gâtine*」 바치는 비가를 연상시킨다. 회양목 나무와 비단향꽃무우의 비유는 그것이 담고 있는 오비드풍의 우아함과 더불어 카상드르의 엘렌을 사랑했던 시인(롱사드—옮긴이주)의 탄식을 연상시키는 데가 있다. 그러나 그토록이나 유연하게 지적, 음향적 에센스로 환원된 그 측량할 길 없는 어휘들의 가벼움이 우리에게 상기시키는 것은 라 퐁텐 쪽이다. 이는 다소 가냘픈 음조를 띤 페달 없는 피아노 소리 같고 우수의 은근한 매혹 같은 느낌을 준다. 더군다나

나는 그대를 닮아 가을 빛 천성(天性)……

Et moi je te ressemble, automnale nature……

같은 시구를 읽을 때 어찌 만년의 모레아스를 미리부터 예감하며 갈채를 보내지 않을 수 있겠는가?

---

1) 「시론과 라틴어 선집 *Poémes et Sylves*」 참조.

『시절Stances』 속에는 "아무것도 없어서 좋다". 모레아스는 아마도 이 말을 통해서 어떤 특별한 주제를 다루지 않으려는 자신의 뜻을 명백히 한 것으로 보인다. 그러나 제대로 귀를 기울일 줄 아는 사람이라면 그의 노래가 영혼을 표현하고 있다는 것을 알 수 있다. 사실 어떤 이상한 광신에 사로잡히지 않고서는 이 시집을 결함이 하나도 없는 걸작이라고 높이 평가할 수 없을 것이다. 그 시집 속에서 시신(詩神)은 빈번히 비틀거리고 박자는 귀에 거슬리고 서투름으로 인하여 모양이 일그러지지 않은 시는 그다지 많지 않다. 그렇지만 이따금씩 볼 수 있는 바와 같이 『시절』이 그저 하나의 모작이나 단순한 문학적 습작이라고 생각한다면 큰 잘못이다. 시인이 자신의 정신적 도정과 시가 일반적으로 공유하는 몇몇 위대한 지점들을 일치시킬 수 있는 가능성을 발견하게 된 것은 착실한 자기 탐구를 통해서였다. 그는 자신의 삶을 정돈하고 또 그 삶을 평가함으로써 윤리적인 면에서는 스토아 철학자를, 문학적인 면에서는 고전주의자를 특징지어주는 실천 방식을 자기 것으로 만들 수 있었다.[2]

『시절』은 무엇보다도 회환과 고독의 시다. 고향을 떠난 자로서의 향수가 끊임없이 모레아스의 회의적인 비전을 뒷받침해준다. 그가 무슨 일을 하건, 그의 주위에 어떤 소리가 나건, 단 하나의 리듬, "잘 어울리고 어둡고 짝을 잃은 그의 큰 가슴"의 리듬이 그의 삶을 가득 채운다. 대낮의 마지막 불꽃, 밤의 어둠, 새의 우짖는 소리, 파리의 포도 위에 울리는 그의 발자국 소리 등 모든 것이 한결같이 그가 메마른 땅 위에 홀로 서 있음을 일깨워준다. 그리하여 그는 자기 존재에 대한 증언들인 양 사물들과 여러 가지 힘들을 부르며 말을 건넨다.

그러나 자연은 인간화해서 노래한다고 해서 그가 낭만주의자들처럼 그 자연 속에 용해되어버릴 정도가 되는 것은 아니다. 반대로 그는 자기

---

2) 『시절Stances』이 메아리처럼 환기시켜주는 지속력 있는 명상들에 대하여 우리를 주목하게 한 사람은 내가 알기로는 에밀 고드프루아Émile Godefroy가 처음이었던 것 같다.

존재의 가장 높은 정점에 자리를 잡고서 자신의 운명과 고독에 대한 감정을 가장 첨예화된 의식에까지 이끌어 올림으로써 페트라르카와 롱사르를 연상케 하는 고귀한 친밀감을 가지고 동등한 자격으로 자연을 대할 필요가 있는 것이다.

이 두 가지 힘 사이의 대결을 위하여 인간은 전체 속에 흡수되기는커녕 그가 지닌 가장 인간적인 면을 고양시키는 것이어서 그의 시는 다른 그 어떤 것의 방해도 받지 않을 때면 마치 순수한 전라(全裸)의 노래처럼 솟아오른다. 이처럼 단단한 긍지와는 별도로 그는 자기 삶의 가장 훌륭한 상징인 것처럼 시든 잎새와 시든 꽃잎을 응시하기도 한다. 그는 죽음을 두려워하기는 하지만 "그러나 죽음에 대한 생각 앞에서 결코 꺾이는 법은 없다". 세상에 배반당하고 상처입은 그러나 금욕적인 자기의 온 영혼의 운명을 거부하지 않고 받아들인다. 여기서 윤리와 시의 경계선이 지어진다. 모레아스는 자기 정복의 길로 전진해감에 따라 말을 보다 더 잘 다스릴 수 있게 된다. 완벽한 하나의 시구를 짓는다는 것은 모레아스에게 있어서 내면적인 완벽에 이르려고 노력한다는 것을 의미한다. 마침내 '자아'에서 일체의 찌꺼기들을 제거하고 자아를 어떤 기본적이고 고대적인 단순성으로 환원시키고 나자 그는 자신의 감정 생활의 가장 깊은 곳에 뿌리박고 있는 두세 가지의 생각에 대하여 끊임없이 명상하고 그 생각을 시 속에다가 끝없이 표현할 수밖에 없는 형편이 된다. 이리하여 보편적인 내용이 그에게는 불가피한 필연성으로 부과된다.

그런데 그 보편 진부한 내용은 휴머니즘의 내용이라기보다는 낭만주의의 내용이라 할 수 있다. 이미 1899년에 샤를 모라스는 『시절』 속에 보면 우리 시의 고전적인 요소에 낭만주의적 영혼이, "백년 동안의 열광과 향수와 우수……"[3]가 송두리째 편입되어 있음을 알 수 있다고 했다. 그

---

3) 《르뷔 앙시클로페디크*Revue Encyclopédique*》지, p.1037.

절망한 영혼의 고백은 아마 그 어디서보다도 제6권의 제2 시편 속에 가장 고상하게 표현되어 있다고 볼 수 있을 것이다.

기쁨이 버리고 간 열기 없는 하늘 아래
고독하게 생각에 잠긴 채 나는 길을 가리라.
가슴에 사랑을 가득히 안고 나는
미루나무 아래서 가을 잎새를 손에 쥐리라.

서늘바람 부는 소리에, 어느새 밤이 내리는 들판을 거슬러
날아가는 새들의 지저귐에 귀를 기울이리라.
음산한 벌판에서, 쓸쓸한 물가에서
오래오래 인생과 무덤을 몽상하고 싶어라.

싸늘한 대기가 얼어붙은 구름을 멈추게 하고
석양은 안개 속으로 슬그머니 죽어가리니
그때, 걷기에 지쳐서 어느 길가에 앉아
조용히 나는 쓰디쓴 빵을 베어 먹으리라.

Solitaire et pensif j'irai sur les chemins,
Sous le ciel sans chaleur que le joie abandonne,
Et le coeur plein d'amour, je prendrai dans mes mains
Au pied des peupliers les feuilles de l'automne.

J'écouterai la brise et le cri des oiseaux
Qui volent par les champs où déjà la nuit tombe.
Dans la morne prairie, au bord des tristes eaux,

Longtemps je veux songer à la vie, à la tombe.

L'air glacé fixera les nuages transis
Et le couchant mourra doucement dans la brume.
Alors, las de marcher, sur quelque borne assis,
Tranquille, je romprai le pain de l'amertume.

　모레아스가 『시절』의 몇몇 시편 속에서 성공할 수 있었던 가장 독창적인 것은 바로 이와 같은 것이다. 서정적인 분위기에서 비극적인 분위기로 옮아가는 것이라든지 개인적인 것과 내면적인 낭만주의를 승화시킴으로써 시의 소재를 변질시키고 그 소재에 고전주의적 조명을 가하는 효과를 거두는 것이 그러하다.[4] 그리고 결국 그가 삶을 견뎌낼 수 있었던 것은 바로 그가 온 힘을 다 바쳤던 이 같은 작업 덕분이었고 시인으로서의 탁월한 긍지에 대하여 그가 지니고 있었던 감정 덕분이었다. 시인의 눈에는 세계란 오로지 "그의 노래를 위한 구실로 사용되기 위해서" 존재하는 것일 뿐이다. 이는 참으로 펭다르적인 오만으로서 모레아스가 허무에 대항하여 구축할 수 있었던 유일한 방벽이었음이 분명하다.

　『시절』은 순수한 언어와 스타일의 모범을 보여주었다(그렇다고 순수주의자들이 지닌 모든 과민한 면들을 정당화해주는 것은 아니었지만). 일세기 동안이나 몇몇 이름난 본보기들에 의하여 무절제하고 장황한 최악의 언어 관습이 당연한 듯 여겨져온 시기에 이어 등장한 모레아스는

---

4) 주지하다시피 바레스가 고전주의자들에게 "전쟁의 명예"를 갖추라고 요구하자 「스파르타의 여행Le Voyage de Sparte」 속에서 모레아스는 그에게 이렇게 대답했다. "우리는 모두 다 다소간 낭만주의자들이다. 군기(軍旗)는 그대로 지니고 있다! 그러나 아테네의 숨결은 뉘앙스와 그 나름의 양식을 가질 수 있는 '단 하나의 리듬'에 따라 그 기복을 갖추는 것이 마땅하다"(1920년 3월 25일 《사상 및 서적 비평》지에 실린 「모레아스에 대한 경우」 속에서 에밀 앙리오가 인용한 말).

다시금 말을 적절하게 선택하는 기능을 특히 중요시하고 말을 그 충만한 의미에서 사용하며 적게 말함으로써 더 많은 뜻을 전달함과 동시에 그것을 느끼도록 만들기에 이르렀다. 이는 현대의 수많은 작품들 속에서 찾아볼 수 있는 "표현력" 위주의 편향으로 인하여 불가피하게 야기되는 문학 언어의 마모 현상을 방지하는 훌륭한 수단이다. 더군다나 이는 장황하게 늘어놓는 말과 수사학에 기울어지는 라틴적인 경향에 대한 "헬레니즘적" 항거라고도 볼 수 있다.[5] 그러나 이 같은 작업에 손을 대는 것이 처음인 까닭에 메마르고 빈약하다는 인상을 줄 위험을 각오해야 하는 사람에게 있어서 이 일은 손쉬운 것이 못 된다. 그의 간결한 스타일을 옹호하기 위하여 사람들이 무어라고 말하건 간에 모레아스가 그런 위험을 모면하게 된 것은 예외적인 경우라고 보아야 마땅하다.

모라스의 규범과 일치하는 『시절』의 특유한 아름다움은 그것이 지닌 기교와 구문과 해조(諧調), 다시 말해서 사고의 운동, 그리고 시인이 그 같은 요소들을 서로 연결시켜주는 관계에 있다. 낭만주의와 상징주의 전통에 따르는 시인들이 이미지란 결국 시가 육화되는 "영광스런 몸뚱이"가 되게 마련이라고 생각하여 새로운 이미지들을 창출해내는 데 재능을 발휘했던 것과는 달리 모레아스는 적절하면서도 뜻밖의 놀라움이나 "경악하게 하는" 점이라고는 하나도 없는 이미지들을 사용한다. 그는 자기가 보기에 모든 참다운 미의 기준이라고 여겨지는 "배열disposition"에 모든 노력을 기울인다. 다른 한편 그는 참을성 있게 작품을 다듬어 만들게 되면 그 작품은 고도로 이해 가능한 것이 될 수 있다고 생각한다. 어렴풋한 감각들·욕망·정념·고통 등 삶의 모든 "주어진 여건"은 거의 추상적인 것에 가까운 윤곽을 띤 상징적 도식을 위하여 작품 속에서 제거되지 않으면 안 된다. 이와 같이 하여 현실보다 판단이 우위를 점해야

---

5) 이 문제에 대해서는 1920년 3월 25일 《사상 및 서적 비평》지에 실린 앙드레 테리브André Thérive의 논문을 참조할 것.

한다는 생각이 굳어진다. 이는 물론 지적인 면이나 윤리적인 면에서 주목할 만한 이득이 될 수 있겠지만 이런 방식으로 다루어질 경우 시는 공식이나 격언, 금언적인 장르로 변질되어갈 위험이 있지 않을까? 무엇보다도 지적인 면을 먼저 만족시키려 하다가 보면 시는 그만큼 상상력을 자극하는 힘을 잃어버리게 되고 독자에 대한 영향력을 상실하여 오직 독자가 지닌 감수성 가운데서 세련된 부분밖에는 만족시키지 못하고 만다. 솔직히 말해서 모레아스의 그 온건한 노래는 무엇보다도 그것이 그 앞서 존재했던, 그리고 그 노래에 가장 핵심적인 의미와 인간적인 맛을 부여하는 혼란을 엿볼 수 있게 해준다는 점에서 우리를 감동시키는 것이다.

2

이러는 동안 모라스의 제반 사상은 정치의 영향을 받아 결정적으로 정돈되어갔다. "악시옹 프랑세즈Action française" 집단의 이론가들이 볼 때 실제로 문학이나 시 같은 것은 부차적인 활동에 지나지 않는다. 그런 것이 제아무리 고상하고 드높은 것이라 할지라도 그 최종적인 존재 이유는 개인을 사회적 집단 속에 통합하는 데 기여하는 "제도적 세력"이 되는 데 있다. 그리고 또 고전주의적 부활을 위하여 일한다고 자처했던 《사상 및 서적 비평Revue Critique des Idées et des Livres》지에 협력한 상당수의 인물들은 애초부터 모라스의 정치적 주장에 매혹되었다가 문학으로 넘어온 사람들이었다는 것은 부인할 수 없다.

그런데 신고전주 독트린의 바탕은—하나의 "조직 능력을 보유한 경험주의로" 규정되는 사고 방식과 결부된 것이지만—매우 좁은 것이다. 그것은 "올바른 점juste point"이라는 개념을 기초로 하는 있는데 이것은 그리스 역사 속에, 아주 잠시 동안 아테네에, 그리고 프랑스 역사 속에서는 루이 14세를 중심으로 이삼십 년 동안 존재했던 것으로 추정되는 야만성과 퇴폐 사이의 어떤 균형 상태의 개념이다.[6] 이처럼 그 본질로 환원시키고 역사적 현실로 좁혀서 생각해본 고전주의 사상의 "신화적" 국면은 곧 분명해진다. 디오니소스가 전혀 무시되고 심지어 아폴로까지도 투구를 쓴 미네르바에 밀려나는 식의 헬레니즘 개념에 이르게 되자면 아주 능란한 "재단découpage"의 재간을 발휘하지 않고서는 안 되었을 것이다. 또 17세기에 관해 말해보더라도 사람들은 위대한 고전주의의 성공이 개인들에 의하여 이루어졌다는 사실을 너무나 잘 잊어버리는 경향이 있다. 더구나 완벽성이라고 하는 그 개념은 인간에 대한 어떤 관념과 결부되어 있다. 그 '고전적인 인간homo classicus'을 다시 소생시키고자 열망하는 것인가? 사실 여기서 문제가 된 것은 분명 그것이니까 말이다. 현대 작가들에게 요구되고 있는 것은 자기 존재의 전반적인 변신이요 자아에 대한 끊임없는 노력이요 매 순간 정신을 긴장시키는 일이다. 우리들 시대에 있어서 그런 고전적 인간은 더이상 사물의 본성과 직접적인 관계를 가질 수 없게 되어 그는 오로지 그 본성의 밖에, 그리고 그 본성과 대립적으로 존재할 수밖에 없도록 되어 있으므로 그 같은 일은 필요 불가결한 작업이라 하겠다. 그와 같은 내면적 "재창조"는 아마도 비평가나 식자나 지식인처럼 무엇보다도 지(知)를 통해서 살아가는 사람들에게만 예외적으로 가능한 일인 듯하다. 그러나 시인의 경우에는 정상적으로는 본능과 감수성이, 그리고 아무리 비싼 대가를 치른다 할지라도 의지와 취향이 비평적 의식보다 우선해야 마땅하다. 예술 작품들을 생산해내는 원동력으로서 신고전주의가 지닌 숨은 맹점은 바로 여기에 있다.

---

6) 알베르 티보데A. Thilbaudet가 쓴 『샤를 모라스의 사상Les Idées de Charles Maurras』의 한 장과 같은 저자가 쓴 『세 가지 전통의 미학L' Esthétique des trois traditions』(1913년 1월~3월 《N.R.F.》)을 참조할 것.

사실 이 독트린이 만족시켜주는 것은 사회적 범주, 혹은 윤리적, 지적 범주의 어떤 욕구다. 유럽의 낭만주의가 폭발적으로 전파시킨 사상, 감정, 꿈의 거센 물결 앞에서 많은 프랑스 사람들은 길을 잃은 느낌이 된 나머지[7] 자기들의 내면과 주위에서 위협받고 있는 균형을 회복하는 유일한 방법은 이런 종류의 재료와 생명의 물결을 물리쳐버리고 전통에 의하여 이미 사유되고 분류된 바 있는 프랑스 특유의, 혹은 수세기 전부터 프랑스화되어 있는 제반 요소들을 엄격하게 추려내어 잘 정돈하는 정도에 그치는 일이라는 생각을 하게 된 것이다. 옛날의 질서를 되찾기 위하여 이미 저장되어 있는 유산 쪽으로 퇴각하는 현상은 "그들이 고전적이라고 말할 때는 모방을 의미하는 것이며 그들은 또 그 점을 조금도 이상하게 생각하지 않는다"[8]라고 한 앙드레 쉬아레스André Suarès의 말을 잘 설명해준다. 과거로, 미리부터 판단이 내려진 건전하고 순수한 과거로 되돌아가는 것이야말로 모라스를 따르는 대부분의 젊은 사람들이 겉으로 내놓고 말하지는 않지만 안타깝게 원하고 있는 욕구다. 그들 생각으로는 고전주의란 "고전적이었던 과거를 가지는 어떤 한 방식"[9]이었고 그 방식은 그것이 지닌 우아함과 그로 인하여 생기는 절묘한 세련미로 인하여 매력을 발하며 그것은 또한 예술적 창조에 있어서 가장 어려운 점인 '감각으로 체험된' 삶을 '표현된' 삶으로 옮기는 과정을 교묘하게 피할 수 있도록 해주는 것이었다. 사실 그들이 이 같은 일종의 포기 행위를 받아들이는 것은 대개 그들 내면에 말로 표현되고 '싶어하는' 것이 별로 없기 때문이다.

　　이리하여 모라스의 의도와는 달리 또 하나 새로운 유형의 알렉산드리

---

7) 《N.R.F.》의 첫 별책(1909년 2월)에 수록된 슐룅베르제Schlumberger의 「몇 가지 고찰 Considerations」을 볼 것.

8) 『시와 산문Vers et Prose』(1913)의 제24권 『고전적인 것에 관하여De Classique』를 볼 것.

9) 페르낭데즈Fernandez의 공식 (《N.R.F.》, 1929년 1월호).

아주의가(사실 그 형식들은 매우 확연한 것이었지만), 그리고 그와 더불어 진정한 고전주의와 꼭 닮은 아카데미즘이 새로이 태어나게 되었다. 리오넬 데 리외Lionel des Rieux는 1896년 이렇게 잘라 말한 바 있다. "우리들의 여러 가지 사상은 그것이 지닌 질서만이 우리의 것일 뿐 그 사상을 구성하는 요소들은 그렇지 못하다. 창조한다는 것은 결코 여러 가지 요소들을 그냥 잘 꿰어 맞추는 것을 의미하지 않는다. 우리는 모방을 안 할 수가 없다. 프랑스 시인은 프랑스 문학을 최고의 완벽한 경지로 이끌어 올린 바 있는 작가들 중에서 자기의 모범을 골라잡는 것이 원생 동물적인 사상에다가 미개인의 구문으로 옷을 입히는 데 버릇이 된 작가들로 전락하는 것보다 낫다고 여긴다고 내가 말한다면 반대할 사람이 없으리라고 생각된다."[10] 그럴지도 모른다. 그러나 그것은 별로 받아들이고 싶지 않은 전제다. 시 속에서 오직 "사상"만을 고려하고 창조를 여러 가지 사상들의 조립으로 생각하는 것은 시적 체험 그 자체를 부정하는 것이기 때문이다.

3

하나의 미학적 독트린의 무게를 송두리째 걸머진 채 그 독트린에 살고 그 독트린에 죽는 사람들은 호의적인 추종자들이며 상투어clichés들을 반성 없이 배열해놓는 사람들이다. "베르사이유궁에 대한 경배"나 "해맑은 눈동자의 처녀", 팔라스-아테네에 대한 기도 따위의 유행이 사라진 지는 아직 얼마 안 된다. 다행스럽게도 참다운 시인은 항상 시를 다시 찾아내게 마련이다. 특수한 경우에는 심지어 여러 사람들에게 해를 끼치는 그 독트린이 오히려 한두 사람의 작가들에게, 세기에 도전하고 성공 따

---

10) 『레르미타주L' Ermitage』 p.391.

위를 무시한 채 일종의 도리아적인 아름다움과 어떤 형식의 시적, 윤리적 영웅주의에 접근하는 수단을 제공하는 일도 있다.

그러나 전통주의적인 시인의 무리는 많지만 어느 정도 가치가 있는 작품을 내놓은 정통적 신고전주의자들은 결코 많지 않다. 프레데릭 플레시스 Frédéric Plessis, 피에르 드 놀락Pierre de Nolhac 그리고 프랑스적 페트라르카주의를 주장했어도 괜찮았을 오귀스트 앙즐리에Auguste Angelier, 심지어 로만어로 귀화한 켈트인으로서 모라스가 "불안정한 사물들에게 정확한 목소리를, 고전적이고 라틴적인 목소리를 부여했다"고 칭찬을 한 바 있는 샤를 르 고픽Charles Le Goffic 같은 인문주의자들도 그 같은 정통적 신고전주의자로 손꼽히지는 않을 것이다. 옛날에 모레아스와 같은 길을 갔던 시인들 자신도 모레아스가 열어놓은 방향으로 한 걸음 더 나아가기는 했지만 아무런 독립의 의사나 혹은 보다 최근의 전통과의 타협이 없는 순수한 고전주의에 국한되는 것이 자기들의 소임이라고 생각하지는 않았다. 바로 이 같은 사정으로 인하여 에른스트 레노는 곡절이 많은 길을 따라 갔고, 또 레몽 드 라 타이에드는 르브렁-펭다르Lebrun-Pindare의 망혼들을 위하여 몸 바친 다음 낭만주의의 몇 가지 국면들에 대하여 열광하게 된 나머지 차츰차츰 절충주의에 빠져들었고 그로 인하여 아마도 본의는 아닌 듯하지만 고답파와 가까운 경향을 띠게 되었다. 헬레니즘에 대한 숭상과 조형적 형식에 대한 관심이 이 같은 변화를 조장했던 것이다.

그래도 역시 모레아스와 더불의 이 시파의 최대의 시인은 모리스 뒤 플레시스Maurice Du Plessys라는 데는 이론의 여지가 없다. 귀족 의식이 골수에 박히고 "흠잡을 데 없는 투구를 간직하려는" 생각에 여념이 없는 뒤 플레시스는 비니의 추억을 상기시키는 불행한 운명을 타고난 인물로 순수한 "로만파"를, 아니 나아가서는 중세 연구가를 대표한다. 랑그 도일 langue d'oil의 모든 시대들과 모든 방언에 대하여 완벽한 지식과 소양을 갖춘 그는 장 드 묑Jean de Meung, 외스타슈 데샹Eustache Deschamps 혹은 프랑수아 비용풍으로, 『롤랑의 노래』의 관용어를 사용하여 자유자재로 글을 쓸 능력을 갖고 있었다. 먹을 것도 제대로 없으면서 시에 대한 숭상을 신비주의에 이를 만큼 강렬하게 밀고 나갔던 그에게 있어서 이같은 것이야말로 기막히고도 비이성적인 유희였다. 가엾게도 뒤 플레시스는 흔히들 생각하는 것과는 달리 베를렌의 저 유명한 "저주받은 시인들"과 그다지 거리가 멀지 않다. 그러나 때때로 희랍어·라틴어 혹은 로망스 프랑스어를 사용했던 그 의고 취향의 시인 말고도 그의 내면에는 고전적인 비가시인이 잠재해 있었다. 그가 쓴 "현대적" 시들 중 가장 뛰어난 명편들은 지적 충일감에다가 세련된 음악성을 결합시키고 있다. 1896년에 이미 『서정적 연습곡Etudes Lyriques』에서 알캉드르는 카리니스에게 이렇게 간절히 물었다.

그토록 큰 행운이 결국 어두운 얼굴을 남겨놓게 되었단 말인가?
말해다오, 내 사랑아, 그 무슨 까닭으로
밤이 내릴 때 나무 밑에서 떨고 있는 그림자처럼
그대 영혼은 두 눈 속에서 어둠이 짙어지는 것인가를.

비둘기여, 그대 아픔은 자연의 모습을 슬프게 만들어놓는도다.
내게 말해주오 그대 두 눈의 근심스러운 생각을
오라, 와서 우리의 두 이마가 머리칼을 한데 섞도록 하라.
하여 내 목소리가 상처받은 어느 영혼에게 기쁨을 준다고 말해다오!

Se peut-il que tant d'heur laisse en sorte un front sombre?
Dis-le-moi, mon amour, et saché-je à quoi tient
Que ton âme à tes yeus s'épaissit comme l'ombre

Qui tremble au pied de l'arbre à l'heure où la nuit vient.

Votre peine, colombe, attriste la nature.

Dites-moi de tes yeux l' Inquiète pensée:

Viens, consens que nos fronts mêlent leurs chevelures,

Et dis-moi que ma voix charme une âme blessée![11]

일상적으로 볼 수 있는 정황과는 너무나도 거리가 먼 시의 이와 같은 억양은 말레르브, 메나르, 트리스탕, 라신 그리고 『목동의 집Maison de Berger』의 마지막 시절(詩節)들 가운데의 어느 하늘나라에나 속할 만한 것이다. 그러나 뒤 플레시스는 그의 마음을 떠받쳐주고 있는 불타는 확신과 언어에 대한 지식으로 인하여 남의 작품을 모방한다는 비난을 피할 수가 있다. 그가 도달한 고전주의는(모레아스의 고전주의와 마찬가지로) 일체의 저속함을 벗어나고 완벽성에 대한 신념을 통하여 자신의 내면에 영웅적인 삶을 창조하고자 하는 집요한 노력의 결실이다.

그러나 유감스럽게도 그의 작품 속에서 성공한 부분은 매우 드물다. 뒤 플레시스는 인내와 규율을 존중할 수 있을 정도로 드높은 영감을 지닌 시인이다. 그리하여 그의 그룹에 속하는 숱한 다른 사람의 경우에서 볼 수 있는 바와 같이 시신이 자기를 버리게 되면 수사학의 모든 자원을 맹렬하게 개척 활용하기에 이른다. 이럴 경우 우리가 만나게 되는 것은 참다운 시적 광기가 아니라 싸늘한 광기와 격정의 장치들에 지나지 않는데 이것은 18세기 서정시인들의 조심스러운 감흥을 연상시킨다.

샤를 모라스로 말해보자면—비평가나 산문가로서가 아니라 시인으로서 모라스를 두고 하는 말이지만—그를 찬미하는 사람들은 그를 어마어

---

11) 『성스러운 불Le Feu Sacré』(Garnier) p.84.

마한 거장의 열에까지 받들어 올리고 싶은 충동을 억제하지 못한다. 이 같은 사정으로 인하여 우리는 마른의 전투에 관한 「역사적 서정단시」처럼 지나친 영예를 입을 가치가 없는 작품들이 격찬을 받는 경우를 볼 수 있게 된다. 미완 상태로 남겨진 거대하고 무거운 짜임새의 이 작품에서는 유격대원의 정열에 찬 정직성이 최악의 인위적 기교로 인하여 제 꾀에 빠지는 모습을 볼 수 있다. 알렉상드르 구격(句格)을 갖춘 시의 좋은 모범이라 할 수 있는 『율리시즈의 신비 Le Mystère d'Ulysse』는 시와 무녀의 교훈성을 서로 조화 있게 결합시키려는 칭찬할 만한 의도를 드러내 보여준다. 모라스에게 매우 풍부한 시적 감수성, 내면적인 여러 가지 목소리의 대협주, 그리고 수런거리는 빛과 역사하는 벌떼 소리 속에서 유일하게 삶에 질서를 부여할 수 있는 리드미컬한 아름다움에의 동경이 내재한다는 사실은 의심할 여지가 없다. 그러나 항상 절제된 이 같은 서정성은 그의 작품 속에 매우 드물게 나타난다. 그런 드문 예 중에서도 특히 시 「발견 Découverte」은 마치 고백처럼, 심각하고 처절한 고해처럼 진동한다.

삶이 송두리째 내게 보였네.
그 모진 데와 쓰디쓴 맛이
그리고 어디로 달려가나
삶을 향기롭게 하는 저 감미로움이.

너무나 생기에 넘치는 어린 아이,
갖가지 불행으로 모질어진 소년,
마침내 나의 가을, 이제 나는
내 가슴을 찢는 이 감미로움을 느끼네.

사람들의 가슴이 진정되는
항구에 이를 때가 다 되어가는 지금
나는 이제 이 가련한 죽은 자들이
우리보다 더 행운아라고 믿지 않네.

나는 후회도, 욕망도, 선망조차도
내 무덤으로 싣고 가지는 아니하네
그러나 거기서 나는 채우지 못한
어느 희망의 횃불을 쓰러뜨리네.

La vie entière m'apparut,
Sa dureté, son amertume
Et, quelque lieu qu'on ait couru,
Cette douceur qui la parfume.

Enfant trop vif, adolescent
Que les disgrâces endurcient,
A mon automne enfin je sens
Cette douceur qui me déchire.

Presque à la veille d'être au port
Où s'apaise le coeur des hommes
Je ne crois plus les pauvres morts
Mieux partagés que nous ne sommes.

Je ne conduis vers mon tombeau

Regret, désir, ni même envie,

Mais j'y renverse le flambeau

D'une espérence inassouvie.[12]

그러나 모라스의 위대한 시를 위해서라면 그보다는 역시 『앙티네아 *Anthinéa*』의 산문이나 『내면의 음악 *Musique intérieure*』의 산문 속에서 그것을 찾아보아야 할 것으로 여겨진다.[13]

모레아스가 중세기 음유시인들 시대로부터 말레르브와 라신에 이르는 프랑스 시의 여러 도정들을 머리 속에서 차례로 더듬어가고 있을 때, 1900년대에서 1910년경까지의 신고전주의가 자리잡아가고 있을 때, 원시적 낭만주의 정신은 소위 신로만파, 혹은 프랑스 교회 독립주의자라고 하는 몇몇 시민들을 매혹하게 되어 이들은 1891년 시파의 독트린에 새로운 바람을 불어넣고 그 내용을 풍부하게 하며 그 독트린을 과학으로— 철학적 · 역사적 · 민속학적 과학으로—정립하고자 노력했다.

그들이 다루는 영역은 전설적인 중세 기사도 시대에서 비용, 롱사르, 레니에, 전기 고전주의 시대에 걸친다. 우리는 그들이 테오필Théophile에 뒤이어 "말레르브(또는 모레아스)는 매우 훌륭한 일을 했지만 그것은 자기를 위해 한 것"이라고 말하는 것을 상상해볼 수 있다. 이 신로만파는 명백한 골족이다. 방돔 사람 롱사르를 매혹했고 기꺼이 익살스럽고

---

12) 『내면의 음악 *Musique intérieure*』(Grasset, 1924).
13) 『유리디체의 시 4편 *Quatra poemes d'Eurydice*』을 읽을 수 있게 된 오늘날에 와서 생각해볼 때 이 같은 판단은 좀 지나치게 반박의 여지가 있는 것 같다. 모라스가 이 시에서처럼 지혜로운 문체를 구사한 적이 없었고 운문에 있어서 이보다 더 순수한 딕션diction을 구사한 적이 없었다. 일종의 필연성에 의하여 '발견'의 테마가 가장 아름다운 시편인 『*Reliquiae Foci*』에 다시 나타난다. "몰락의 바람에 불려 우리의 재가/행복한 소용돌이 되어 사랑하는 하늘을 향해 솟구쳐 오를 때/가슴에는 불꽃이 붙었으나 소진하지 못한/욕망과 꿈들이 흩뿌려져 덮이네Lorsqu'au vent du déclin nos cendres se soulèvent,/En heureux tourbillons vers les cieux bine-aimés,/Le coeur reste jonché de désirs et de rêves,/Que la Flamme a mordus et n'a pas consumés."

해학적이며 불평 많은 것이 되고자 했던 "소굴들과 샘플"을 그들은 사랑한다. 만약 그들이 루이 14세 시대에 살았더라면 베르사이유 궁전보다는 시골의 귀족 저택에서 즐거운 생활을 하면서 니콜라스 부알로Nicolas Boileau가 모르게 『익살 모음Folâtries』이나 그 밖에 칠성파 시대에 나온 "음담집gaités"을 읽고 지냈을 것이다. 요컨대 옛날식으로 자유 사상가들인 그들은 매우 의식적으로 불과 몇 사람만이 즐길 수 있는 귀족적인 작품들을 짓는다.

더군다나 그들이 고전적인 언어보다는 "골족의" 언어를 더 아낀 데는 그럴 만한 이유가 있다. 즉 그 언어에는 단물기가 가득한 단어들이 훨씬 더 풍부하기 때문이다. 그 언어 속에서는 마치 "맑은 바닷물 속의 진주나 산호처럼 희랍어·라틴어 혹은 스페인어의 멋들어진 어원들이 송두리째" 담겨 있다는 것을 알 수 있는 것이다.[14] 그 언어 표현의 수많은 무리들 속에는 이미 사라지고 없는 관습들과 전설들의 정신이 잔존해 있다. 그리고 끝으로 그 언어 구문은 현대 프랑스어보다 더 자유스럽다. 게다가 루이 13세 시대의 서정시인들은 말레르브의 주장에도 불구하고 칠성파의 구문을 그대로 간직하여 쓰여졌다는 사실을 역사는 증명한다. 라퐁텐은 마로Marot식으로 글을 쓰고 라신은 현학주의자들에 대항하여 자신의 복고적인 문체를 옹호한다. 페늘롱, 라 브뤼예르는 노골적으로 르네상스 시대 프랑스어의 자유스러움이 아쉽다고 실토한다. 가장 위대한 시인들, 심지어 셰니에, 나아가서는 생트 뵈브 같은 수많은 시인들이 미적인 필요 때문에 자기 시대의 관례보다 더 오래된 단어들과 구문들을 사용하게 되었던 것으로 추측된다.[15]

---

14) 『문학과 철학의 혼합Littérature et Philosophie mêlées』의 서문에서 빅토르 위고가 이렇게 말했다.
15) 앙드레 테리브는 수차에 걸쳐 이 점을 강조했다. 특히 『낭만주의 세기에 대하여Du Siécle romantique』(Ed de la Nouvelle Revue Critique, p.160)를 참조할 것.

그들의 모범에 따라서 오늘날의 로만파 시인들은 고풍스러운 표현들을 즐겨 쓰면서, 순수한 프랑스어였지만 잊혀졌거나 사용 빈도가 낮은 단어들이 이제부터는 그것에 유리한 조명을 받을 경우 다른 대부분의 사람들에게는 일상적인 관례에 의하여 잃어버려진 것같이 여겨졌던 젊음과 시적인 암시력을 발휘할 수 있다고 굳게 믿는다. 혹자는 이런 언어는 시대적인 한계를 넘어서 만들어낸 것이므로 인공적이라고 비판할 것이다. 그것은 사실이다. 그러나 모든 문학적 언어는, 특히 모든 시어는 언제나 다소간 인공적인 면이 있게 마련인데 이 언어는 적어도 신조어를 포함하고 있지 않다는 점과 소위 "학술적"이라고 부르는 최소의 어휘들이 내포되어 있다는 점, 그리고 그 언어의 "고상한 면"은 무엇보다도 "통속적" 어휘들의 수가 많다는 데 있다는 점을 고려할 때 적어도 자연스러운 언어라고 말할 수 있다. 이 말은 물론 앙드레 마리André Mary가 다듬어보려고 애쓰고 있는 이른바 "고상한 프랑스어", 즉 그 발상법에 있어서 "장사 흥정이나 정치용"[16]으로 방치되어 흔히 쓰이는 "저속한 프랑스어"와는 보다 확실히 구별되어야 마땅하다는 일종의 사어(死語)인 코아네 프랑스어Le Koiné(희랍, 로마 시대 그리스에서 말하고 쓰던 공용어—옮긴이주)의 장래가 어떻게 되리라는 것에 대한 편견과는 아무 상관없이 하는 말이다. 이런 경우라면 그것은 기껏해야 고립된 성공이나 유식한 시인들의 변덕에 불과할 것이다.

한편 쾌활하고 빛나는 언어를 구사하는 해학적 시인인 페르낭 플뢰레Fernand Fleuret는 마치 비용과 롱사르를 그 선구자로 하는 그리고 여러 가지 이유로 인하여 17세기에 그 모든 성과를 다 부여하지 못한 어떤 프랑스 독립 교회파풍의 서정성을 실현해보겠다는 듯 레니에, 테오필과 동시대 시인답게 되었다. 모레아스와 모리스 뒤 플레시스의 제자인 앙드레

---

16) 앙드레 마리André Mary 『시집*Poèmes*』(Firmin-Didot, 1928)의 서문 참조.

마리는 지극히 독창적이지만 현대적인 구석은 전혀 없다. 반면 문법학자인 이 박식한 시인의 입을 통해서는 사물의 항구성과 그들 존재의 신비를 말해주는 일체의 것에 경건한 태도로 집착하는 정신이 속속들이 배어 있는 자연이—매우 오래된 브르고뉴 지방의 전원적이며 숲이 무성한 자연이—말을 하는 듯하다. 앙드레 마리의 가장 완성된 시편들은 "발로아 시대의 수사법을 갱신한" 그의 시집 『롱도 *Rondeaux*』 가운데서 찾아보아야 할지 모른다. 거기에서는 개인적인 감정들이 언어의 음악으로 구현되어 있는데 그것이 낡아보이는 것은 다만 겉모습의 인상에 지나지 않는다.

등나무, 월하향 끝없이 불타며 뻗어가는
기나긴 날들의 불등걸 속에서 고통하는 우수가
괴로운 감옥에 갇혀 외로이 살며 창살을 통하여 내다보고,
탐욕스런 태양이 그네 흐름을 영원하게 만드는 모습을
겁에 질린 눈으로 바라보누나.

그러나 호두가 장대에 맞아 떨어질 때면
그대는 주름 깊이나 슬픔이 가신 이마를 들고
그대 어두운 도시들에게 감옥을 남겨두나니
　　　　　　우수여.

뜨락에 소리내어 떨어지는 우박을 거쳐
돌풍과 된서리와 카타르성 안개를 뚫고
시월 비바람에 줄무늬 진 외투 속으로
재에 덮인 불등걸을 돋구는 아궁이 속으로
그대 빌도르 같은 발걸음으로 정답게
나를 찾아오도다

우수여.

Mélancolie en peine en l' ardeur des longs jours,

Ou vont brûlant sans fin glycine et tubéreuse,

Vit seulette, recluse en chartre douloureuse,

Et voit parmi sa grille et regarde peureuse

Les soleils dévorants éterniser leur cours.

Mais quand vient que la noix est gaulée, au rebours,

Levant ton front moins triste où la ride se creuse,

Pour les moires cités tu laisses ta chartreuse,

        Mélancolie.

Par la grêle qui sonne et bondit dans les cours,

Par bourrasques, frimas et brume catarrheuse,

Sous le manteau rayé de la pluie octobreuse,

Dans l'âtre où je tisonne une bûche cendreuse,

Tu viens me visiter, douce, à pas de velours.

        Mélancolie.[17]

이야말로 정형적인 한 장르가 전혀 예기치 못했던 놀라운 성과를 거둔 예라 하겠다. 과연 말라르메라면 "과장법 hyperbole"이라고 불렀을 법한 시구다. 이것은 다음과 같은 「데 제생트를 위한 산문 *Prose pour des Esseintes*」

---

17) 「이 땅 위 어느 곳에서, 우리 주님 찾아오신 MCMXXIV년」(F. Didot 식자)라는 제목으로 발표되고 대부분 「시집 *Poèmes*」에 전재되었음.

(말라르메의 시—옮긴이주)의 기억을 불러일으킨다.

　나는 지혜를 통해서
　정신적 가슴의 찬가를
　내 인내의 작품으로 차려놓기에……

　Car, j'installe, par la science,
　L'hymne des cœurs spirituels
　En l'œuvere de ma patience……[18]

　그러나 앙드레 마리와 페르낭 플뢰레에 의하여 고풍스러운 시법이 옹호되고 실천된 결과가 헛되지는 않았다. 사실 옛날 말의 몇몇 자원들을 자기 나름으로 이용함으로써 자기를 표현하고 때로는 우리 시대의 정신을 표현하겠다는 생각을 품은 인문주의적 교양을 갖춘 시인들은 상당한 수에 이른다. 뱅상 뮈젤리Vincent Muselli, 레옹 베란Léon Vérane, 샤를-테오필 페레Charles-Théophile Féret(여기서는 제자로서보다는 선구자로서) 등의 일부 작품은 이 같은 의고적 계보에 속한다. 페르낭 플뢰레를 뒤따라 여러 해학적인 시인들이 익살적인 독설의 시를 쓴다. 심지어 이미 그 나름의 규칙과 주제를 갖추고 있는 "야유조의raillard"—칠성파의 용어를 빌건대—장르까지 발전된다. 이 장르는 고전주의 세기들에 있어서 오랫동안 생명을 유지했던 마로풍의 시법marotisme과 비견할 만한 것으로서 그 시법이 오랜 명맥을 유지했던 이유는 "로만성romanité"이라는 나무에 접목된 시들 중에서 상당히 흥미있는 그런 비시사적인 시가 오늘날 성공을 거두고 있는 이유와 매우 흡사한 것이다.

---

18) 『시집Poèmes』, p.177.

*

이 모든 신고전주의가 교조적인 비평—모라스, 피에르 라세르Pierre Lasserre, 앙리 마시스Henri Massis의 비평—을 위해서는 유익했지만, 그 자체만으로써는 하나의 생명 있는 문학의 탄생을 예비할 능력이 없었다는 점에 대해서는 오늘날 재론의 여지가 없다. 질서란 그것이 매우 다루기 어려운 재료를 지배함으로써 전취된 것일 때, 그리고 내면적인 성숙의 완만한 작업의 끝에 얻은 성과일 때 비로소 가치가 있는 것이다. 자신의 능력이 부족하기 때문에 질서를 작품의 원칙 자체로 삼음으로써 정통적 신고전주의자들은 시를 참되게 "체험vécue"하지 못한 채 시를 "짓는faire" 사람이 될 수밖에 없었고 시의 창조를 고등한 수사학의 연습 정도로 간주하는 처지가 되고 말았다. 겨우 한두 사람의 시인들만이 자기들이 하는 유희 속에 그들의 혼을 불어넣을 수 있었을 뿐이었다. 대부분의 사람들은 희랍·로마적인 예술이나 라신적 예술 쪽으로 전진하기는커녕 고답파의 희미한 그림자들이나 아카데미즘의 유령들을 새삼스럽게 일깨워놓거나 아니면 순전히 인공적인 사이비 고전주의의 길로 나아가 보려고 영웅적이라 할 만한 고집을 부리면서 J.-B. 루소J.-B. Rousseau와 르프랑 드 퐁피냥Lefrance de Pompignan의 웅변을 아쉬워하는 지경에 이르렀다.

제1차 세계대전 직전까지의 시대에 신고전주의가 성공을 거두게 된 것은 문인들의 머리 속에서 "시에 대한 센스"가 다소 무디어지면서 프랑스 17세기와 18세기를 풍미하는 윤리적·이성적 아름다움에 대한 파악 능력이 되살아난 것과 때를 같이한다고 해도 별로 틀린 말은 아닐 것이다. 이 같은 지적은 이 모든 문학적 "반동"의 운동이 끼친 명백한 이점을 강조해준다. 교수들의 선의가 너무나 빈번히 실패하고 마는 분야에서 이 운동은 성공을 거둔 셈이다. 즉 이 운동 덕분에 고전적인 아름다움과 그에 앞서 그 아름다움을 가능하게 만들어준 바 있는 중세에서 르네상스에 이르는 아름다움들이 작가들의 바로 눈앞에서 다시금 충분한 조명을 받게 된 것이다. 19세기 이전의 걸작들과 보다 덜 피상적으로 접촉(그러니까 고등학교나 대학교 교실에서 접촉해보는 것 이상의)함으로써 우리 시대 사람들이 받을 수 있었던 것은 다름이 아니라 가장 고상한 의미에서의 어떤 문체론 강의였다고 할 수 있다. 문체론 강의와 동시에 얻은 것은 소박한 것을 높이 평가하는 취향과 티 없이 맑은 표현에 대한 애착, 그리고 현대 문학이 생산해놓은 작품의 도처에서 그 피해를 목도할 수 있는 바, 낭만주의나 인상주의의 몇몇 경향들이 낳은 표현들의 저 과잉현상에 대한 혐오 등이다.

그러나 구태여 고전주의적이라고 불러야 한다면 그럴 수도 있을 이 같은 장점들은 보들레르, 말라르메, 가장 훌륭한 상징주의 시인들―심지어 여러 낭만주의 시인들과도 무관하지 않다는 것은 굳이 강조할 필요가 없으리라. 이러한 바탕에서 고대 미학과 새로운 미학, 특히 보들레르와 말라르메 예술 전통을 대변하는 미학의 보람 있는 만남이 이루어지게 될 것이었다.

제2부
새로운 프랑스적 질서를 찾아서

제6장 ㅣ 신상징주의의 만남

제7장 ㅣ 신구미학의 만남

제8장 ㅣ 상징주의의 고전, 폴 발레리

제9장 ㅣ 총체적 세계를 노래하는 폴 클로델

제10장 ㅣ 선의의 사람들의 시

제6장
신상징주의의 만남

1

이제는 아무도 보들레르를 등에 업고 나오지 않으며 말라르메의 경우는 그보다 더 인기가 없고 랭보는 이해되지 못하고 클로델을 아직 거의 알려지지 않았던 때인 1905년에 에드몽 잘루Edmond Jaloux는 스튀아르 메릴에게 "누가 아직도 상징주의자인가?"하고 물었던 적이 있다.[1] 그러나 시계추가 사점에 이르게 되면 다시 본래의 자리로 돌아가게 마련이다. 실제로 19세기 후반의 대서정시인들의 영향은 여전히 한 구석에서 계속하여 느껴지고 있었다. 1900년경 시작(詩作)을 하기 시작한 사람들 가운데 몇몇 젊은 시인들—가령 레옹 되벨Léon Deubel—은 "저주받은 시인들"의 감정과 야망을 배양했다. 그 무렵에 갓 창간된 가장 진지한 잡지들이 대체로 라틴 정신과 고전주의 쪽으로 관심을 돌리고, 《메르퀴르 드 프랑스Mercure de France》지가 매우 다양한 작품들을 받아들이며 한편 《레르미타주L'Ermitage》지가 갖가지 골짜기들을 향하여 문을 열고 있었을 때 대개 단명하기 일쑤였던 군소 잡지들은 여러 갈래의 상징주의 전통들 중 그 어느 하나와 다시 손잡아보려고 애를 썼다. 바로 이 같은 사정에 의하여 기욤 아폴리네르, 앙드레 살몽André Salmon, 앙리 에르츠Henri

---

1) 스튀아르 메릴에 관하여 쓴 마르조리 앙리Marjorie Henry의 연구서 참조. 1908년 스튀아르 메릴은 앙드레 퐁테나스에게 다음과 같은 편지를 쓴다. "그렇습니다. 분명 상징주의는 대중의 무관심 못지않게 그것을 지지하는 여러 시인들의 배반으로 인하여 유명무실해진 듯합니다."

Hertz, 막스 자콥Max Jacob 등이 모여 펴내는 《이솝의 만찬Festin d' Esope》(1903)지는 알프레드 자리Alfred Jarry를, 그리고 여러 말썽 많은 제신들 가운데서도 최상과 최하를 생산해낼 수 있는 지적, 감성적 무질서를, 꿈과 신비에 대한 기묘한 취향을 정도 이상으로 받들어 모셨다. 다른 한편 르네 길René Ghil은 언어의 도구화와 과학적 시에 대한 그의 복안을 고집스레 밀고 나가면서 자기 주위에 몇몇 신봉자들을 끌어모으고 있었다.

『운문과 산문Vers at Prose』(1905)의 제1권에서 로베르 드 수자Robert de Souza는 당시 유일하게 생명력을 가지고 있는 시파는—남을 매도하기 좋아하는 "무덤 파는 사람들"이 이에 대항하여 덤벼들어보아야 헛수고였다—상징주의로서, 베르아랑, 비엘레-그리팽, 잠, 지드, 샤를 게랭, 모레아스, 폴 포르 등의 최신작들은 바로 그 상징주의의 완전한 개화를 대변한다는 사실을 증명할 필요가 있다고 역설했다. 서정주의의 여러 가지 극한적인 면들과 특징들 자체가 바로 상징주의라고 받아들인다면 모르되, 이야말로 가지각색의 시인들을 기묘하게 한데 긁어모아놓은 형상이었다.[2] 도대체 처음 생겨날 때부터 여러 이질적인 요소들의 집합이었던 상징주의는 20년 후 완전히 모양이 다른 것으로 변해버렸다. 1905년경에는 기분 내키는 대로 아무 데서나 상징주의를 알아보거나 상찬할 수 있었고, 혹은 그 반대로 그 상징주의를 밀어내고 그 자리에 대신 들어앉은 수많은 운동과 "유파"들을 쉽사리 헤아릴 수 있었다. 그러나 어떤 신상징주의를 운위할 수 있게 되자면 《라 팔랑주La Phalange》(1906년 7월)지가 창간되기를 기다리지 않으면 안 된다.

---

2) 『운문과 산문Vers at Prose』 총서(1905~1914)를 대충 훑어보기만 해도 이 점은 충분히 알 수가 있다. 이 총서는 상징주의 시인들의 모든 힘을 규합하자는 애초의 의도와는 달리 곧 시의 모든 면모들이 다 반영된 하나의 앤솔러지로 변모하고 말았다.

이 말은 《라 팔랑주》지가 그 지면에 작품을 발표하는 시인들에게 엄격한 정통성을 강요하는 순전히 전투적인 잡지였다는 뜻은 아니다. 그렇지만 1914년까지 이 잡지의 편집 책임자였던 장 루아예르Jean Royère의 신념은 너무나도 확고한 것이어서 그가 생명을 바쳐 옹호해온 이념이 의혹을 살 경우 그는 적당히 얼버무린 절충주의로 의혹을 무마할 수는 없었다. 그의 독트린은 시간이 지남에 따라 변할 수도 있었고 철학적인 공식들로 무거워질 수도 있었고 불투명한 요소들과 뒤섞일 수도 있었지만 그래도 역시 그의 비평의 주된 테마들은 보들레르가 포오에게서 차용해 왔고 말라르메가—그리고 최근에는 발레리가—그 구체적인 실천을 보여준 바 있는 미적 "실재들" 중의 몇 가지를 다시금 귀중한 위치로 회복시키는 데 기여했다. 소위 순수시의 논쟁이란 것은 《라 팔랑주》지의 운동이 닦아놓은 터전 위에서, 또 이 잡지의 애독자들에게는 이미 낯익은 주장들과 모범에 힘입어 전개되었다는 사실은 의심의 여지가 없다. 순수시라는 표현 그 자체(발레리적인 의미에서)도 장 르와예르의 주변에서 널리 사용되고 있었던 말이다. 그리고 이미 1911년에 다음과 같이 말한 사람은 바로 그가 아니었던가. "열광적인 감정 표현의 방법은 비록 어느 시대에나 유명한 인사들의 옹호를 받아왔지만 시에 있어서는 아무런 가치가 없는 것이다."[3]

그러나 브레몽 신부가 기독교 신비주의 앞에서 시를 욕되게 격하시킬 때 장 루아예르는 시를 하나의 절대로서 확인한다. "상징주의는 시를 그 본질 속으로 침투하여 통찰하겠다는 의지 바로 그것이다."[4]라고 그는 말한다. 그리고 또 그 후에는 이렇게 말했다. "상징주의 세대를 형성하고

---

3) 《라 팔랑주》, 1911, p.48.
4) 같은 책, 1909, p.86.

있었던 시인들은 모두가 다 시를 하나의 '절대absolu'로 간주했
다⋯⋯."[5] 그리고 끝으로 다음의 말은 영국 낭만주의의 그 무엇인가가
되살아나는 듯하며 또 현재 순수시를 주장하는 몇몇 시인들의 명제들을
더할 수 없을 만큼 정확하게 예고해주는 내용이다. "시는 그것 나름대로
드높고 철학적이다. 왜냐하면 시는 사상에서, 그러나 '시적인poétiques'
사상에서, 즉 다시 말해보자면 감각적인 사상에서 자양분을 섭취하기 때
문이다. 끝으로 시는 종교적이다. 시의 본질적인 '난해성obscurité'은
시가 어떤 영혼의 이야기라는 점, 그리고 시가 그 영혼의 신비를 존중하
고자 한다는 데에서 생겨나는 것이다. 그러나 그 난해성은 빛나는 난해
성이다⋯⋯."[6] 난해성과 시가 당연히 지니게 되는 신비성을 옹호하는 데
있어서 이보다 더 적절하게 표현하기는 어려울 것이다. 그의 작품은 그
난해성과 신비성의 감각적 표현이다.

> 빛의 파성추(破城槌)에 맞아
> 허물어진 교회당 지하실의 무게에 짓눌리면서—그와 더불어
> 내 욕망은 마침내 암흑의 영묘(靈廟)에 구멍을 뚫으니—
> 나는 홀로 포착하는 꿈을 꾼다
> 본질을⋯⋯.

> Seule en l'accablement de la Crypte écroulée
> Soue le bélier de la lumière—moon désir
> Parallèle trouant enfin le mausolée
> Des ténèbres—je fais le rêve de saisir
> L'Essence⋯⋯.[7]

---

5) 같은 책, 1910, p.610.
6) 같은 책, 1909, p.380.

그러나 오늘날 장 루아예르가 '음악주의Musicisme'라고 지칭하는 이 독트린은 비록 흥미로운 것이긴 하지만 유감스럽게도 시인들에게 언어적, 형식적 탐구 속에만 몰입하기를 권유하는 것을 그 특징으로 삼고 있다. 사실 보들레르, 말라르메의 작업도 이 같은 단계에 이르기는 했었지만 그 출발점은 이와는 달리 저 "내면적인 경험", 즉 "의식의 시적이고 순수한 세계"의 심장부에까지 밀고 나간, 그리고 그 성질 자체로 볼 때 직접적인 전달이 불가능한 "내면적인 경험"이었다. 장 루아예르처럼 "시는 언어적 창조 이외의 아무것도 아니다"라든가 "오늘날에 있어서 우리는 바로 언어의 장인artiste이라는 점에서 시인이다"[8]라고 단언하는 것은 여러 가지 오해를 불러일으킬 가능성이 있다. 문체론적인 기교라든가 문채figures는 우리가 그것들에 대하여 아무리 신통한 위력을 부여하여 생각하든 간에 그것들을 의식적으로 추구하려 할 경우 시라는 초인간적 질서보다는 수사학이라는 인간적 질서에 속하는 방법에 지나지 않는다. 장 루아예르 및 그의 그룹 문인들의 시편들은 그 섬세한 소재나 그 줄기찬 주술적 억양에도 불구하고 언어의 절묘한 맛을 헤아려내는 데만 솜씨를 발휘하는 기교라는 인상을 준다. 루이 드 공자그 프리크Louis de Gonzague Frick의 다음과 같은 아담한 4행시를 보자.

적의 비행기가 명중된 듯

선회한다. 추락하는 것인가, 오 주사위 놀음이여

신기루여, 저 신경질적인 눈사태여,

그러나 창천(蒼天)은 그것으로 오직 하나의 하얀 샌들을 만들

뿐……

---

7) 같은 책, 1909, p.473.
8) 같은 책, 1909, p.365, 1912, p.192.

L'Avion ennemi semble touché

Et gire, est-ce la chute, ô coupe de dé.

Mirage, cette nerveuse avalanche,

L'azur n'en Fait qu'une sandale blanche······[9]

그리고 말의 겉치레가 더욱 두드러진 가스파르-미셸Gaspard-Michel
의 3행시를 보자.

드높은 창유리를 통하여
넘치는 붉은 물결이 불그레해져간다
앵초꽃 향기로 장식한 골고다 언덕의 황혼······

Le flux rouge à flots rougeoie à travers le verre

Du vitrail haut, crépuscule sur le calvaire

Enguirlandé des parfumes de la primevère······[10]

이 같은 경향은 마침내 앙드레 브르통의 다음과 같은 시에까지 이르게
된다.

초록빛 황금의 무르익은 포도송이와 내 덧없는 소원은
놀랍도록 감미로운 광채로 부푼다.
오직 단조로운 창천(蒼天)만을 부러워하는 보다 고운 그대,
그대 머리털에 왕관을 씌우는 소박한 황홀감에 취하여,

---

9) 《포에티카Poetica》(Ed. de l' Epi, 1929)에 발표.
10) 《라 팔랑쥐》 1911, p.481.

162

땅바닥 그대 발 아래, 선녀의 터무니없는 외투의 위력이

불안한 나는 그대에게 호소한다

구태여 살얼음판에 몸을 맡기기보다는

어쩌면 다소 슬프고 오히려 반항적인 그대를.

D'or vert les raisins mûrs et mes futiles vœux

Se gorgent de clarté si douce qu'on s'étonne.

Au délice ingénu de ceindre tes cheveux

Plus belle, à n'envier que l'azur monotone.

Je t'invoque, inquiet d'un pouvoir de manteau

Chimérique de fée à tes pas sur la terre,

Un peu triste peut-être te rebelle plutôt

Que toute abandonnée au glacis volontaire.[11]

오늘날에 와서 초현실주의자가 된 이 시인이 볼 때 이 같은 말라르메 풍의 시는 아마도 젊은 날의 타작으로, 하여간 탐미주의적인 결점이 있는 것으로 여겨질지도 모른다. 오로지 형식미만을 숭상하는 태도와 말에 대한 애착은 이미 1885년의 상징주의자들에게도 해독을 끼친 바 있었다. 그만큼 시는 언어에 대한 명상보다는 삶에 대한 명상에서 훨씬 더 귀중한 자양분을 얻는다는 것이 사실인 것이다. 그렇지만 언어에 대한 명상은 필요한 것이며 장 루아예르 및 그의 동료들이 이룩한 탐구를 과소평가한다면 그것은 그릇된 일일 것이다. 만약 《라 팔랑주》지가 1914년 이후까지 계속하여 나왔더라면 발레리의 시 『젊은 파르크 *La jeune*

---

11) 같은 책, 1914. 『전당포 *Mont-de-piété*』에 재수록.

Parque』에 믿을 만한 요람의 구실을 했을지도 모른다.[12]

*

《라 팔랑주》지는 그 밖에도 베를렌, 잠, 또 때로는 라포르그, 앙리 바타이유에게서 흘러나온 신인상주의를 옹호하는 데도 기여했다. 그러나 이 신인상주의는 여러 가지 감동이라는 인간적 세계보다는 공간과 바다의 수평선이 지닌 신비 쪽에 적용되었다. 『그림엽서*Cartes postales*』의 작자인 앙리 르베Henry Levet의 시를 읽어보자

> 아르망 베익호(메사즈리 마리팀 여객선 회사의)는
> 인도양 위를 14노트의 속도로 달린다
> 해는 마치 손으로 눌러놓은 듯 고요한 저 바다 속으로
> 범죄의 반죽처럼 가라앉는다.……

> L'Armand Béhic(des Messageries maritimes)
> File quatorze nœuds sur l'Océan Indien……
> Le soleil se couche en des confitures de crimes.
> Dans cette mer plate comme avec la main.[13]

그리고 또 존-앙투안 노John-Antoine Nau의 시를, 한정된 삶의 틀을 벗어나고 싶은 욕구와 향수로 가득 찬, 대양과 난바다 같은 대지의 시를

---

12) 티보데는 말라르메에 관한 그의 연구서를 1912년에 펴냈다. 그런데 1926년판 서문에서 저자는 "이 책의 첫 아이디어는 1910년경 《라 팔랑주》지의 분위기 속에서 생겨난 것이다"라고 말하고 있다.
13) 『시집*Poèmes*』(La Maison des, Amis des Lives, 1921). 르베는 1906년에 사망했다.

읽어보라.

> 뱃머리에서—소금기 먹은 서늘한 공기를 마시며—
> 대양의 감미로움을 두 눈에 가득 담은 채 서서
> 나는 그대가 유백색의 수증기 되어 다가오는 모습을 본다.
> 어렴풋이 알 뿐인 그대 모습은
> 거의 친근하게 거의 신비롭게 드러난다.

> Debout au bossoir—buvant la fraîcheur saline—
> Toute la douceur de l'océan dans mes yeux,
> Je te vois approcher en vapeur opaline
> Et ta forme, vaguement connue, se dessine
> Presque familière et presque mystérieuse.[14]

　너무나도 부드럽게 감겼다 풀렸다 하는 이 유연한 시구(이 시구들은 정말 12음절 시일까?)들을 읽고서 발레리 라르보Valéry Larbaud는 "현대의 지리적 감정"의 표현이라고 매우 정확하게 지적한 바 있다. 사실 시인으로 발레리 라르보, 혹은 정확하게 말해서 대서양 저쪽 출신인 그의 주인공 A.-O. 바르나부스A.-O. Barnabooth는 바로 르베와 존-앙투안 노의 가까운 이웃으로 놓고 보아야 한다. 바르나부스는 휘트먼의 후예이지만 매우 오래된 문화의 에피큐리즘에 의하여 인간화되고 프랑스화되고 아이러니컬하며 세련된 인물이며 그리고 또 백만장자이다.

　비르발렌과 프스코브 중간 지점쯤, 노르 엑스프레스호의 어느 선

---

14) 『푸른 지난날들Hiers bleus』(Vanier, 1904), p.28.

실에서

나는 처음으로 삶의 모든 감미로움을 맛보았네

초원들을 지나 우리는 달리고 있었지

거기에는 언덕과도 같은 나무숲 아래

목동들이 거칠고 더러운 양가죽을 걸치고 있었네……

(가을날 아침 여덟 시, 보랏빛 눈을 가진

아름다운 여가수가 옆 선실에서 노래 부르고 있었네)

J'ai senti pour la première fois toute la douceur de vivre,

Dans une cabine du Nord-Express, entre Wirballen et Pskow.

On glissait à travers des prairies où des bergers,

Au pied de groupes de grands arbres pareils à des collines,

Etaient vêtus de peaux de moutons crues et sales······

(Huit heures du matin en automne, et la belle cantatrice

Aux yeux violets chantaient dans la cabine à côté)[15]

랭보에서 『지상의 양식』에 이르기까지 이 시 속에서 소화되어 새로운 피로 소생하지 않은 현대의 영향이란 거의 없다. 표현이 고르고 간지러울 만큼 부드러운 이 유연한 문장들은 일순간의 인상들을 포착하는 기술을 보여준다. 미끄러져가는 호화 열차, 여객선의 고동 소리, 문득 마주친 상점의 여점원, 마르라마해에 내리는 따뜻한 비, 이 모든 것들 중 어느 하나도 안이한 눈요깃거리나 이국 풍정의 자료로 격하되는 일 없이 모두가 삶의 향기 그 자체인 본질을 내포하고 있으며 시적 즐거움의 재료가 된다. 그러나 이 같은 책은—전쟁 중에 폴 모랑Paul Mornad은 여기에서

---

15) 『A.-O. 바르나부스의 시집Les Poésies de A.-O. Barnabooth』(Ed. de la N.R.F.) p.16. 초판은 1913년.

출발하여 『밤Nuits』의 서곡에 해당하는 시편들을 지었다—오늘날 이 지구 위에 살고 있는 인간의 생존 조건에 대한 의식이라고 불러 마땅할 그 무엇을 심화시킨다는 또 하나의 장점을 지니고 있다. "현대의 지리적 감정"에 중요한 몫을 차지하는 이 의식이 없다면 "야외"의 시, 우주 공간의 시는 아무래도 그 비장함과 철학적인 울림을 상실하게 될 것이다.

존-앙투안 노는(비엘레-그리팽과 마찬가지로) 그의 해방된 시, 혹은 자유시 속에 무성음을 백분 활용하고 있으며 그로 인하여 매우 특이한 종류의 경쾌함과 조심스러운 부드러움을 얻어낸다. 이 독창적인 운율법은 여러 시인들의 주목을 끌었다. 아마 발레리 라르보의 경우가 그러했을 터이고 기 라보Guy Lavaud 경우는 확실하다. 기 라보는 그 역시 바다와 하늘의 시인이지만 그의 시들은 말라르메적 상징주의와 《라 팔랑주》지를 밑받침해주었던 인상주의가 합류한 지점에서 태어난 것으로 보인다. 사실 기 라보는 무엇보다도 프랑시스 잠을 찬미하는 비가시인이다. 그는 초기 시집의 감상적 비가로부터 대양적 천문학적 비가로 옮겨간다. 다만 그의 이미지들은 일견 외부 세계로부터 빌어온 듯한 인상을 주지만 그의 시는 오히려 섬세하게 교직된 영혼의 풍경을 환기시키면서 그 겉모습에는 매듭이 풀린 듯하고 꼬집어 말하기 어려운 그 무엇이 간직되어 있다. 그 시는 마치 대기의 구성 요소나 빗방울로 영글려고 하는 찰나의 구름, 이제 막 맺히는 빗방울, 거품, 눈 같은 성질을 띠고 있는 것 같은 인상을 준다.

어느 흰구름 속에 묻힌 저 별,
저 푸른 빛, 저 황홀한 비상,
마치 장미꽃처럼 떨어져 있는 저 창백한 빛,
저것은 꽃도 아니고 날아가는 천사도 아니라네.
저것은 정열과 불의 은밀한 번뇌

(신기한 눈으로 보면 어느 가슴이 지니고 있을 듯한),

저것은 불타는, 고통하는, 수축하는 한떨기 별,

고개 숙여 생각에 잠긴 밤은 바라보고 있네

오랜 옛날부터 피어오른 저 모든 붉은 화재가

내리는 어둠 속에서 기진하고 순화되는 모습을,

우리들 핏속에서 우리의 사랑들이 자지러져

마침내 몽상과 한숨, 그리고 애무로 변하듯,

다시금 흰구름 속에 묻혀서

저 푸른 빛과 저 황홀한 비상이 되어가는 모습을.

Cette étoile perdue dans un nuage blanc,

Cette lumière bleue et ce vol ravissant.

Ces pâleurs détachées on dirait d'une rose.

Ce ne sont ni des fleurs ni des anges qui volent

C'est le secret tourment des feux

(Comme un coeur aurait pour des yeux merveilleux)

C'est un astre qui brûle et souffre et se contracte,

Et la Nuit, inclinée et pensive, regarde

Tout cet incendie rouge, éclos depuis des ans ,

S'épuiser, s'epurer dans l'ombre qui descend.

Et comme nos amours, dans notre sang, s'apaisent

Jusqu'à n'etre que songe et soupir, et caresse,

Redevenir, perdu dans un nuage blanc,

Cette lumière bleue et ce vol ravissant.[16]

이 시에 있어서 아쉬운 점이 있다면 그것은 이 시가 다만 어렴풋하게 예감될 뿐인 우주적 아름다움의 초입에 머물고 말았기 때문에 그 아름다움을 "영감"을 받은 경지로 끌어올리지 못했다는 점이다. 기 라보는 지나치게 논리에 얽매여서 대칭적인 평형이라든가 또는 숱한 프랑스 시인들의 모범생 같은 미의식을 만족시켜주는 자질구레한 재주를 포기하지 못하고 있다. 그러나 마치 우아한 소일거리를 매만지듯이 자신의 시를 구성하는 가벼운 올실들을 참을성 있게 짜나감으로써 자신의 마음속에 잠겨 있는 '은밀한 번뇌'를 은폐할 줄 알았다는 점은 높이 살 필요가 있다. 말라르메보다는 늦게, 장 콕토와 몇몇 "입체파" 시인들보다는 더 일찍 보여준 그의 시도는 섬세하면서도 현실을 솜씨 있게 다룰 줄 아는 한 지성이 감각적 여건들을 옮겨다가 상호관계 및 상응관계의 체계 속에 편입시킬 때, 그 감각적 여건에서 얻어낼 수 있는 효과가 어떤 것인가를 잘 보여준다.

2

『현대 서정시의 태도*Attitude du lyrisme contemporain*』[17]에 관한 베르그송적 입장의 연구에서 탕크레드 드 비장Tancrède de Visan은 시를 일종의 비정규적 형이상학으로 취급하고 이미지의 근본적인 역할은 시간 속에서 전개·발전되는 "영혼의 상태"를 구체적 방법으로 상징·육화는 것이라고 규정하기에 이른다. 시인은 자신과 자신의 내면 속에 잠재하는 참다운 현실 사이를 갈라놓게 될 언어적 장막을 장식하겠다는 의향을 가져서는 안 된다. 그의 유일하고 합당한 의도는 그 현실의 심장부에까지 꿰뚫고 들어가겠다는 데 있어야 마땅하다. 시인은 그의 노력에도 불구하고 실패할 수 밖에 없다 하더라도, 그에게 제공되는 이미지들이

---

16) 『하늘의 시학*Poétique du Ciel*』(Emile-Paul, 1930), p.51.
17) 메르퀴르 드 프랑스사에서 1911년에 출판된 책.

궁극적으로 상징—즉 존재 그 자체가 아닌 그 무엇, 그렇지만 단순한 표지나 기호 이상이며 존재가 참여하는 그 무엇—일 수밖에 없다 하더라도, 여전히 그 형언할 수 없는 현실을 최대한 직접적으로 표현하는 데 전력을 다해야 한다. 그리고 탕크레드 드 비장은 이렇게 결론을 맺는다. 얼른 보기에는 패러독스로 여겨질지 모르지만 상징주의 미학은 "상징을 필요로 하지 않는다고 자처하는 미학"이다. 이 말은 물론 상징주의 미학이 간접적인, 그리고 의식적으로 다듬어진 상징을 거부함으로써 시인으로 하여금 적나라한 자연에 다가가게 하고 숱한 이미지들의 밀물 속으로 이끌리도록 권한다는 뜻으로 이해해야 한다. 시의 구체적인 언어는 우리에게 현실에 대한 밀도 있는 감정을 전달하면서 궁극적으로는 그 현실에 대한 '지connaissance'를 우리에게 가져다주는데, 그 지(知)는 진실성이라는 면에서 볼 때 그 어떤 개념의 발생 과정이 우리의 내면에서 만들어내는 지보다도 우월한 것이다라고 그는 잘라 말한다. 이미 베르그송은 이렇게 말한 바 있다. "그 어떤 이미지도 경험적 시간durée의 직관을 대신할 수는 없을 것이다. 그러나 매우 서로 다른 사물의 주범들에서 빌어온 많은 다양한 이미지들은 어떤 합치점을 향하여 작용할 경우, 포착해야 할 어떤 직관이 위치한 바로 그 정확한 지점으로 의식을 유도할 수 있다. 가능한 한 서로 이질적인 이미지들을 선택함으로써 우리는 그 이미지들 중 어떤 한 가지 이미지가 직관의 자리를 부당하게 가로채어 가지는 것을 막을 수 있다(그때 그 한 가지 이미지의 역할이란 직관을 촉발시키는 일뿐인 것이다). 왜냐하면 이 경우 그 한 가지의 이미지는 또 다른 수많은 경쟁 상대인 이미지들에 의해서 즉시 밀려날 것이기 때문이다."[18] 이렇게 하여 어떤 철학적 인식 방법, 즉 베르그송이 상징하는 인식 방법과 어떤 질의 시적 경험은 묘하게 닮은 데가 있게 된다. "베르그송이 선

---

18) 『형이상학입문Introuduction à la Métaphystique』.

구자인 것은 그가 주관적인 것 속에서 절대를 인정했기 때문이다"라고 장 플로랑스Jean Florence는 《라 팔랑주》지에 썼다.[19] 베르그송이 선구자인 동시에 계승자이기도 한 이 기나긴 전통 속에는 수많은 철학자들과 나란히 모든 신비주의자들이 열거된다(앞서 인용한 베르그송의 글은 확실히 우리가 이 책의 서문 속에서 언급한 바 있는 주소Suso의 글을 상기시켜준다).

그러나 절대에 대한 직관을 갖는다는 것은 신 그 자체, 혹은 생 그 자체, 총체적인 우주에 대한 의식, 가장 기본적이면서도 가장 불확정적인 의미에서의 생존에 대한 감정을 체험한다는 의미가 된다. 여기서 우리는 신비주의의 대로와 동시에 내면적 낭만주의의 대로와 합류하게 된다. 탕크레드 드 비장은 1885년에서 자기 시대에 이르기까지의 상징주의 시가 지닌 특징을 규명했다기보다는 사실 시적 경험의 몇 가지 조건들을 확정시켰다고 볼 수 있다. 과연 그 자신도 자기가 생각하는 시와 가령 독일 낭만주의자들의 시 사이의 여러 가지 관계를 아주 분명히 간파했다. 다만 그는 자기 동시대 시인들 중에서 가장 젊은 사람들, 가령 클로델, 생-폴-루, 아폴리네르, 파르그, 밀로즈 등의 작품들이 따지고 보면 그의 이론을 가장 훌륭하게 정당화해줄 수 있는 것이었는데도 불구하고 레니에, 비엘라-그리팽, 폴 포르 등을 참조했다는 점에서 비판의 대상이 될 수 있다.

*

내면적 지속 시간, 생존(전체 속에 빠져 있는 생존이 아니라 그 번민과 작은 움직임까지 우리가 감지할 수 있는 영혼 속에 제한되고 집약된 생존)의 감정, 바로 이것이 레옹-폴 파르그Léon-Paul Fargue(1876~1947)

---

19) 1912년.

의 젊은 시절의 시가 지닌 매력이다. 그에 못지않게 깊고 진동하는 음악이 O.-V. de L. 밀로슈O.-V. de L. Milosz(리투아니아 출신의 프랑스 시인. 1877~1939—옮긴이주)의 시에 깃들어 있다. 삶 그 자체에서 스며나오는 가장 단순하고 가장 정확한 기나긴 문장에서 약간 상궤를 벗어나면서도 필연성이 있는 이미지에 이르기까지, 이리하여 영혼은 잿빛 새벽 속에 그 모습을 드러낸다.

수많은 사원을 통하여 정신은 정화되고
육신을 통하여 생각이 이제 겨우 가다듬어지려는데, 벌써
벌써 삶의 저 늙고 둔탁한 겨울의 소리가
대지의 싸늘한 심장으로부터 솟아오른다, 내 가슴으로 솟아오른다.

저것은 아침의 첫 번째 사형수 호송차이니, 아침의 첫 번째
사형수 호송차이니, 그 차는 길모퉁이를 돌고 내 의식 속에서는
헌 누더기 입은 새벽의 아들, 저 늙은 청소부의 기침 소리가
열쇠처럼 내 대낮의 문을 연다.

그리고 이것은 그대, 이것은 나, 또다시 그대와 나, 나의 삶.
그리고 내 다시 보고 싶지 않은 사물들 위에
아침 먼지의 병든 두 손을 얹고
나는 일어나서 묻는다.
저 먼 곳 강 위에서 뱃고동이 소리친다, 소리치고 또 소리친다.

L'esprit purifié par les nombres du temple,
La pensée ressaisie à peine par la chair, déjà,
Déjà ce vieux bruit sourd, hivernal de la vie

De cœur froid de la terre monte, monte vers le mien.

C'est le premier bombereau du matin, le premier tombereau

Du matin. Il tourne le coin de la rue et dans ma conscience

La toux du vieux boueur, fils de l'aube déguenillée

M'ouvre comme une clef la porte de mon jour.

Et c'est vous et c'est moi. Vous et moi de nouveau, ma vie.

Et je me lève et j'interroge

Les mains d'hôptial de la poussière du matin

Sur Les choses que je ne vulais pas revoir.

Ls sirène au loin crie, crie et crie sur le fleuve.

그리고 좀 더 뒤에, 이어서

그대 어린 시절의 친구여, 그대가 왔군! 그토록 맑은 깨끗한 말 울
음 소리!

아! 비를 맞는 첫 번째 말[馬]의 한심하고 성스러운 목소리!

내 형제의 저 기막힌 발소리도 들린다.

어깨에 연장을 메고 빵을 옆구리에 낀 저이는 형제다.

저이는 사람이다! 그는 일어났다! 영원한 의무가

굳은살 박인 손으로 그를 움켜잡았으니 그는 저의 날을 마중하러 간
다.

Te voici donc, ami d'enfance! Premier hennissement si pur.

Si clair! Ah, pauvre et sainte voix du premier cheval sous la pluie!

J'entends aussi le pas merveilleux de mon frère;

Les outils sur l'épaule et le pain sous le bras,

C'est lui, C'est l'homme! Il s'est levé! Et l'éternel devoir

L'ayant pris par la main calleuse. il va au devant de son jour……

이 시 속에서는 인간의 운명이 오랜 세월의 깊이로부터 말을 하고 있다. 여기서 아름다움의 위용 따위는 하잘것없는 것이다. 이 문장들의 순수함은 알랭-푸르니에의 귓전에 유혹처럼 들려왔던 저 "이름 모를 고장"으로부터 곧바로 온 것이기에 그 무엇도 더럽힐 수 없는 솟구치는 샘물의 선물과도 같은 것이다.

어떤 초월의 세계라기보다는 일체의 사고의 내면, 감정들이 거리낌 없이 개화하고, 삶의 반성의 필요로 인한 일체의 구속을 받지도 않은 채 그 곡선을 그려가는 내면의 세계다. 또한 바로 이 내면의 고향 속에서 몽상과 우화와 전설, 즉 독일 시인들이 "이야기Märchen"라고 부르는 것이 태어난다. 노발리스는 그것이 "마치 흩어져 있는 꿈, 신기한 사물들의 총체, 어떤 음악적 판타지 같은 것이며, 그 아이올로스(그리스 신화에서 바람의 신―옮긴이주)의 하프 소리이며 자연 자체"[20]라고 말했다. 인간이 저 자신을 되찾고 모든 인간들을 되찾게 되는 곳인 자연 말이다. 낭만주의는 여기서 그의 향수를 만족시키는 동시에 계속 유지할 수 있을 만한 그 무엇을 얻어냈다.

밀로슈가 우리들을 떠난 지는 아직 얼마 되지 않는다. 그의 위대함을, 그리고 참으로 무한한 저 내면의 침묵을, 그의 몇몇 시편들이 그 존재를 지각 가능하게 만들어주는 그 내면의 침묵을 우리는 헤아릴 줄 알아야 한다. 때때로 릴케가 그렇게 노래했던 것처럼 그가 노래했다는 것에 대

20) 탕크레드 드 비장의 저서 참조, p.418.

해서, 각 나라의 문학이 지닌 은밀한 영역들 사이에는, 언어의 장벽에도 불구하고, 깊이 사랑하고 오래 인내하면 유럽적 감수성의 가장 심원한 곳으로 찾아 들어갈 수 있는 이해의 통로가 존재한다는 사실을 증명해주었다는 것에 대해서 우리는 그에게 감사하지 않으면 안 된다.

*

20세기 초에 베를렌, 초기의 모레아스, 라포그르, 메테를링크, 폴 포르의 모범을 따라 그러한 음악적 고독을 향하여 나아간 사람은 한 사람뿐만 아니라. 트리스탕 클렝소르Tristan Klingsor와 파귀스Fagus가 그러하다. 전자는 궁중 기사도 연애담이나 골족 전통의 에로틱한 사랑의 테마를 희롱한다. 보다 더 큰 시인이며 그 정신에 있어서는(실제로는 비록 현대적이라 할지라도) 비용, 중세 시대의 서정시인들, 소티Sotie(중세 풍자적 희극—옮긴이주)와 신비극의 작자들과 형제라고 할 수 있는 종교적 신비주의자이며 동시에 육체의 신비주의자인 후자는 온갖 죄악들에 차례로 빠져들어가면서도 끊임없이 가장 드높은 쪽을 동경한다.

그대는 무엇보다도
오만과 불충을 미워하네
그대는 신이 내려와 쉬는 백합꽃:
그대는 희고 주홍빛 나는
장미를 피우는 장미나무
아! 맑고 순결한 부인이여!
모든 여인네는 그대 모습을 위해
사랑에 빠져야 하리.

Tu hais orgueil et félonie

    Sur toute chose.

Tu es le lis où Dieu repose:

Tu es rosier qui porte rose

    Blanche et vermeille······

Ha! Dame vierge nette et pure!

Toutes femmes, pour ta figure.

    Doit-on aimer.

이 시구는 파귀스의 것이 아니라 뤼트뵈프Rutebuef(떠돌이 광대로 비참한 일생을 보낸 13세기 음유시인—옮긴이주)의 것이다. 7세기가 지난 후 파귀스는 그에게 화답한다.

우리의 불면 속에 뜬 커다란 달이여

천사들의 요정이여, 마리아 여왕이여

알몸의 아기예수처럼

내 이제 그대 품을 찾아왔나니

기약된 구세주께서 얼마나

연약하고 유순했던가를 보라

그분처럼 우리에게 인자해지시라

그러면 그분도 우리를 해방시켜주시리니

꽃핀 부활절, 꽃핀 부활절!

Lune immense en nos insomnies,

Fée des anges, reine Marie,

Vers vos bras me voici venu,

Tel que Jésus enfanst et nu:

Voyez comme faible et soumis

S'est voulu le Sauveur promis:

Comme lui, soyez-nous propice,

Qu'en retour il nous affranchisse,

Pâques fleuries, Pâques fleuries![21]

클렝소르와 파귀스의 경우 환락의 왕국의 문은 겨우 조금 열린 것에 지나지 않는다. 이 기막힌 꿈의 비전을 소유한 인물이 자기의 시와 제대로 짝 맞추어지려면 그보다 더 기교라든가 배워서 알게 된 일체의 문학적 형식, 세계, 그리고 자기 자신으로부터 거리를 좀 유지할 필요가 있었다. "멀리서 들리는 피리의 노래", 항상 들리다가 끊어지고 다시 시작하며 그 멜로디가 매우 불가사의한 과거로부터 찾아오는 듯한 그 노래에 귀를 기울일 줄 알았다는 것이 바로 새로운 네르발이라고 할 수 있는 아폴리네르의 장점이다.

*

탕크레드 드 비장이 그 이론을 모색하고자 했던 바와 같은 종류의 주관적 서정시가 그런 투의 낭만주의나 상징주의 전통으로 복귀하는 식과는 다르게 발전해 나가기 위해서는 시적 상상력의 새로운 부활이 필요했다. 보들레르의 말처럼 자연이 형상들의 사전, 즉 상징의 숲으로 변하는 것이 중요했다. 일종의 민감한 신경들과도 같이 눈에 보이지 않는 끈이 이미지들을 '자아moi'의 초점, 혹은 중심점과 이어줄 수 있도록 우주가 송두리

---

21) 『신부를 위한 꽃장식La Guirlande à l' epousée』(Malfere, 1921), p.104.

째 시인의 심장 속에 뿌리를 내리는 것이 무엇보다도 중요했다.

특별한 예를 제외한다면 전통주의적인 시인들은 문학의 호적부에 등재 되어 있는 이미지와 메타포들, 즉 온건한 사람들이 어떤 얼굴에다가 "이름을 붙이는 것이" 재미있어서 높이 평가하는 터인 이미지와 메타포들을 사용했다. 그들이 쓴 시 속에서는 거의 모든 요소가 어디선가 본 적이 있는 것이기 때문에 좋아서 또다시 쓴 것들이다. 그들은 참으로 낯설은 세계 속에 가득 차 있을 듯한 집도 절도 없는 존재들을 시 속에 끌어들일 생각이 전혀 없었다. 그런 세계 속에서 그들은 정상적인 외관이나 어디서 읽은 적이 있다는 기억을 찾아낼 수 없을 것이기 때문이었다. 그러나 다른 사람들은 그늘에서 이미지들을 수확하는 데 골몰하고 있었다. '화려한 자le Magnifique' 생-폴 루Saint-Pol Roux는 언어를 통하여 계속 자유롭게 이미지들을 사용했고 지칠 줄 모르고 불꽃같이 현란한 메타포들을 만들어냈다. 그는 자기가 전문으로 하는 그 숨가쁜 언어 구사의 모형을 이미 1886년부터 우리에게 보여준 바 있다.

사막은 우물 둘레 돌의 항아리 속에서 무아지경이 되었네
비둘기는 아침 황금빛을 가르며 노를 젓고 있었네
에프라임의 언덕들은 먼 곳에서 울음 소리를 내고
어떤 낙원이 영양들의 똥에서 솟아오르고 있었네

Le désert s'oubliait dans l'urne des margelles;
La palombe ramait par les ors du matin;
Les coteaux d'Epraïm bêlaient dans le lointain;
Un paaradis montait des fientes de gazelles.[22]

---

22) 시집 『속죄양Le Bouc émissaire』, 1886년 참조.

그는 이처럼 라블레, 위고, 랭보의 자연적인 즙을 오랜 동안에 걸쳐 삭여서 그것을 말라르메와 같은 방식으로 걸러내는 것이었다. 이와 똑같은 영향들(특히 랭보와 말라르메의 영향)은 1900년부터 『동방의 인식*Connaissance de L'Est*』(클로델의 산문시집―옮긴이주) 속에 와서 영감에 찬 시인의 숨결과 한데 용해되는 수단을 발견하게 된다. 그러나 저 시간을 초월하는 시가 모습을 드러내게 된 것은(1905년부터) 클로델의 대찬가grandes odes (『대찬가』의 첫 시 「*Les Muses*」의 발행은 1905년―옮긴이주) 덕분이었다. 그 시는 상징주의, 본연주의와도 잘 조화를 이루면서도, 원소들에게서 그 힘의 열쇠를, 그리고 변용하는 가운데서 거품이 일고 빛을 발하는 이미지들의 열쇠를 얻고 있는 듯한 어떤 물결 속에서 소용돌이치는 시였다. 그 속에서는 감각적인 것과 정신적인 것이 한데 섞여 항상 새로운 종합을 이루는 것이었다.

그런데 이 이미지들은―이야말로, 지난날 보들레르의 열망이 그러했듯이, 이러한 열망들이 새로이 깨어 일어나는 현상 중에서도 가장 중요한 사실이지만―그 어떤 눈속임이나, 혹은 거짓된 것을 좋아하는 독자를 호리는 데 안성맞춤인 그 어떤 환각의 영역을 환기시키는 것을 목적으로 하지 않는다. 어떤 "가짜 세계"의 효과를 만들어내는 것은 오히려 이른바 현실이라고 부르는 세계이다. "내가 보기에 인간은 오직 막연한 실마리들이나, 무게가 없는 구실들이나 시답잖은 도발이나 먼 친화 관계나 수수께끼 같은 것들로 이루어진 꿈나라에 살고 있을 뿐인 것 같다"고 생-폴 루는 말한다.[23] 그러나 시인은 근원적인 것 속으로 뚫고 들어가서 그것을 판독해내는 사람이다. 외관의 베일―정상적인 자각, 너무나 안이하게 규정되는 감정, 분명한 생각 따위―이 가리고 있는 그 불가사의

---

23) 『운문과 산문*Vers et Prose*』 제10권(1907년 6~7월호).

한 현실을 섬광과도 같은 빛 속에 드러내어 마음으로 감지할 수 있도록 만드는 것이야말로 이미지들의 할 일이다. 클로델은 그의 "창조하고 형상화하는 정신"을 신에게 얻은 것이라고 생각한다. 시극 『도시La Ville』 속에 나오는 그의 대변자 쾨브르Cœuvre는 "어떤 강을 다시 건너갔던" 사람, 그리하여 "저편 기슭에서 자기 눈으로 보고 온 것을 모두 다 이야기하는" 그 사람처럼 "애매한" 인물이다.[24]

하여간 여기서 우리는 다만 하나의 방향을 제시해 보이는 것으로 그치고자 한다. 가장 중요한 점은 여러 그룹의 시인들 속에서 신비에 대한 매혹이 증대되고, 이런 면에서 시적인 체험이 특별한 효력을 가진 것이라고 믿는 경향이 널리 퍼진다는 사실이다. 바로 이와 같은 사정으로 인하여 쥘 로맹Jules Romains(1885~1972)—상징주의자들과 지나치게 가깝다고 의심받지는 않는 터인—은 1909년 가을 국전Salon d'automne에서 "직접적인 시poésie immédiate"("상징을 필요로 하지 않는", 그리고 현실을 포착하는 것을 목표로 하는 시라는 뜻으로 이해할 일이다)에 관한 강연을 하면서 "지하의 샘sources souterraines"을, "정신적 깊이 profondeurs spirituelles"를 발견해내고자 하는 의지야말로 현대인들이 지닌 가장 으뜸가는 의도라고 말했다. 미지의 세계가 우리를 에워싸고 있으며 그것은 마침내 우리들 영혼의 가장 밝게 비추어진 네거리에까지 침투하고 있다는 생각이 일반화된다. 시를 인식의 한 수단으로 삼는다는 것, 바로 이것이 보들레르, 말라르메, 랭보의 교훈이 일깨우고 있는 바인 것이다.

---

24) 『시극집Théâtre』 제2권, p.222(메르퀴르 드 프랑스 간행).

제7장
신구미학의 만남

1

상징주의에서 내려온 전통들 중 몇 가지와 모라스에 의하여 복원되고 『시절*Stances*』에 의하여 그 모범이 제시된 바 있는 고전적 가치들 사이에는 중간적인 사조들의 형성을 허용해주게 될 어떤 합치의 가능성이 있었다. 과연 말라르메가 살아 있을 당시에 이미 드 라 타이예드라든가 시뇨레 같은 사람들이—피에르 루이스의 시편들이나 젊은 폴 발레리의 소네트는 논외로 치더라도—낭만주의와 말라르메 시풍(때로는 고답파)이 서로 만나는 한계점 쪽으로 길을 모색하는 것을 볼 수 있지 않았던가? 그후 얼마 지나지 않아서 자신이 내는 잡지 《서양*Occident*》에 가장 먼저 밀로즈, 혹은 알리베르의 작품들을 실은 바 있는 아드리앵 미투아르 Adrien Mithouard는 새로운 프랑스적 질서라는 목표를 변호했다. 그는 요컨대 《누벨 르뷔 프랑세스*Nouvelle Revue française*》지가 그 초기에 (1909) 앙드레 지드의 권고에 따라 취하게 될 태도를 미리부터 예고한 셈이었다. 그는 피에르 라세르에 맞서서 이렇게 말했다. 체계적인 원리를 존중하려다가 소위 낭만적이라고 하는 일체의 감정을 포기해서도 안 되고 "19세기 말이 우리에게 물려준 강력하고 품위 있는 모든 것"[1]을 위험하다고 생각해서 버려도 안 된다. 어떤 현대적인 고전주의, 다시 말해서 새로운 통합의 노력, 새로운 종합이 필요하다는 것이 그의 주장이었

---

1) 《*N.R.F.*》의 첫호에 실린 장 슐룅베르제Jean Schlumberger의 글을 참조할 것.

다.

　말라르메적인 모습을 띤 순수시의 미학과 프레시오지테préciosité로 기울어지는 어떤 고전주의 미학 사이에 타협이 이루어진 것은 특히 흥미 있는 일이었다. 라신과 라 퐁텐은 기교 면에서 볼 때(영감의 면에서는 아니라 하더라도) 아마도 프레시오지테에서 생각보다는 그렇게 거리가 먼 것이 아니었다. 말라르메는 그저 미소를 머금고 약간의 유희 기분만 되면 벌써 프레시오지테에 가까워진다(그의 「시사적 시편Vers de circonstances」의 경우가 그렇다). 그리고 이미 시 「쓸데없는 청원서Placet futiles」의 경우를 보라. 여기서도 여전히 주안점은 일체의 웅변적인 과장을 버리고 언어적 장치를 복잡한 구조로 만들면서 그 의미의 무게를 덜어주고, 단어의 암시적이고 비유적인 힘을 높이자는 데 있다. 말라르메의 이단성―순수주의자들이 볼 때는 야만성―은 정규적인 구문을 파괴해버리고 새로운 구문들을 독자적으로 다듬어 만들었다는 데 있다. 오늘 그의 "로만파" 문하생들은 담론과 산문으로부터 해방되기 위하여 고어투(혹은 라틴어투나 희랍어투)에 기꺼이 의존하는데 그것은 논리적인 엄격성 때문에 흔히 빈약해지기 쉬운 현대어의 용법이 허용해주는 것보다 더 자유롭고 더 다양한 방식으로 프랑스어를 사용하는(실제에 있어서나 원칙에 있어서) 수단을 제공한다. 그 두 가지 경우에 있어서 다같이 우리는 공용어의 테두리 밖에서 순전히 시적인(어휘면 못지않게 통사면에서도) 어떤 방언을, 과거에 롱사르가 그의 서정 단시들을 위해서 창조하고자 했던 그 "별도의 스타일"과 어느 정도 맞먹는 방언을 고안해내려는 의도를 확인해볼 수 있다. 이 미학의 가장 탁월한 이론가인 앙드레 테리브André Thérive는 그것을 "반산문의 문체론stylistique de l'antiprose"이라고 이름붙였는데[2] 이 미학은 사실과 개념의 진술, 그리고 교육적 어투 못지않게 문자 그대로의 묘사를 금기로 여기게 된다.

　더군다나 고전주의적 대가들(그리고 모레아스)의 경우와 마찬가지로 말라르메의 경우 소재는 사라져버리고 정신은 감각을 사로잡아 구상과 추상의 중간 지점에 그 감각을 투영시키는 것이다. 이리하여 적어도 말라르메의 경우에 있어서는, 가장 폭넓은 인상주의가 정신적 시를 지배하게 되는데 그 시의 구성 요소들은 하나의 동일한 사고의 분위기 속에 젖게 되고, 동일한 평면—웅변적 논리에서 벗어나게 해주는 것은 불연속성이므로 아마도 단절이 전혀 없는 평면은 아니겠지만 위고 시파의 낭만주의자들이 자신들의 작품 속에 도입했다고 자부했던 톤의 돌연한 변화는 전혀 없는 평면—위에 배열된다. 아마도 어떤 주제든간에 하나같이 이런 시에 잘 어울린다고 볼 수는 없겠지만 이런 시는 그 어떤 주제건 미리부터 무조건 배제하는 일이란 없으며, 그 시가 희귀한 감동과 현대적 성격을 지닌 것이라고 해서, 솜씨 좋은 시인이 어떤 기교적 가치면에서 효과적인 언어로 그 소재를 표현하지 못하라는 법은 없다. 이러고 보면 이런 시는 인간에 대한 어떤 관념을 전제로 하는 모라스풍의 고전주의와는 상당히 거리가 있다는 것을 알 수 있다.

사실, 이런 종류의 시에 있어서 고전적인 교훈과 말라르메나 보들레르의 교훈 사이에 가장 탄탄한 다리를 놓아주고 있는 표현의 문제는 각별한 중요성을 띠게 된다. 삶에 활력을 부여하는 운동에 송두리째 마음을 맡김으로써 삶을 외화하고 토로하는 것이 목적이 아니라 생존의 직접적인 여건들을 거두어들여서 그것이 쓸모 있는 것이 되도록 하고 작품을 구현하는 지적·감성적 힘에 그것을 순응시키자는 데 목적이 있는 것이다. 현명하고 귀족적인 이 기예 속에서 우리는 때때로 프레시오지테와 고전 형식 옹호파의 몇몇 특성을 알아볼 수도 있을 것이다.

---

2) 《사상 및 책에 관한 비평》(1913년 2월), 『죽은 언어, 프랑스어*Le français, langue morte*』(Plon, 1923), p.191 이후, 그리고 「생트-뵈브에서 말라르메까지*De Sainte-Beuve à Mallarmé*」라는 제목의 흥미로운 논문이 실린 『낭만주의의 세기*Du siècle romanique*』(Ed. de la Nouvelle Critque)를 참조할 것.

다만 고전주의와 상징주의의 이 같은 만남이 유독 형식 미학의 분야에서만 이루어졌다는 사실에 유의할 필요가 있다. 이 같은 타협의 시도가 제아무리 신중한 것이라 할지라도 그 속에 "규칙 지상주의적 인간 homo classicus"이라는 모라스의 이념이 당연하게 전제되어 있는 것은 아니다. 다른 한편, 이 시는 보들레르를 기원으로 하는 두 가지 전통 즉 극단적으로 의식화된 시인이며 뚜렷한 의지를 가진 시인으로서의 보들레르 전통(에드거 포에서 내려온)과 신비적 시인으로서의 보들레르 전통(신비학자들occultistes의, 자신이 그런 줄 의식조차 못하고 있는, 독립적 제자인 보들레르) 양자 중 오로지 전자와만 관계가 있다는 점 또한 잊어서는 안 된다. 의식이 뚜렷하고 기교주의적인 이 시인들에게 시라는 수단을 통해서 "미지에 도달"하겠다거나 랭보가 주장했던 것처럼 시의 힘을 빌어서 결국 형이상학적 범주의 목표를 달성해보겠다는 야심은 없다. 그와 마찬가지로 그들이 삶에 대하여 제아무리 자유로운 태도를 취한다 할지라도, 랭보처럼 "모든 감각들을 교란시켜"본다는 것은 자신들의 감정·감각, 그리고 작품을 의식적으로 통어하겠다는 그들의 의도에 어긋나는 결과가 될 것이다. 알리베르Alibert, 뮈젤리Muselli, 툴레Toulet, 드렘Derême 같은, 또 그 밖의 시인들은 아마도 그 본질에 있어서는 가볍게든 심각하게든 역시 회의주의자들sceptiques이라고 볼 수 있다. 그렇지 않다면 그들이 가톨릭교의 확신에 동조하는 것으로 생각할 수도 있겠다. 이는 아마도 그들의 회의주의, 다시 말해서 신의 은총 없이 인간 혼자 힘으로, 때때로 악마의 그림자가 어른거리는 저 위험한 길을 통하여, 인간 혼자서 어떤 절대에 도달할 수 있다고는 믿지 못하는 그들의 태도가 이르게 되는 당연한 귀결일 것이다.

폴 발레리의 작품은 말할 것도 없이 바로 이 같은 말라르메적 고전주의와 관련을 맺고 있다. 프랑수아 폴 알리베르의 작품은 그 시의 지중해적, 나아가서는 버질적 국면을 대표한다.[3] 그가 쓴 작품의 여러 대목에서 장점이 되고 있는 라틴적 풍부함은 때때로 그의 약점이 되기도 한다. 문장은 끝없이 길어지고 무거워지면서 너무나 오랫동안 멈출 줄을 모른다. 겉보기와는 달리(알리베르의 시들은 흔히 기원이나 연설문체이다) 이 같은 풍부함은 결국 따지고 보면 단단히 밀착되고 잘 섞여 있어서 매우 견고하게 마련인 웅변적 넉넉함과는 매우 다른 것이다. 좀 더 심하게 말한다면 그 시의 풍부함은 여러 대목에서 발견할 수 있듯이 무엇보다 수다스러움으로 이루어진 밀도나 화려함일 뿐이라고 할 수 있다.

하기야 알리베르가 무엇보다도 미사 여구만 늘어놓는 시인이라고 생각하는 것은 큰 잘못이리라. 그에게는 '시적 활력vis poetica'이라 할, 자연적이고 천성적인 마력이 작용하고 있어서 저 알 수 없는 본능에서 우러나는 어떤 까닭 모를 위력이나 신이 내리는 분노와도 같이 힘이 그의 영혼의 심장부에서 불타오르면서 그를 송두리째 사로잡는 것이다. 그러나 이성이 그것을 감시하고 있다. 이때의 이성이란 양식이나 사람이 살지 않는 고장의 여왕을 닮은 이성은 아니다. 그 이성은 스스로 삶을 지배하는 주인이나 필연을 지배한다고 믿는 이성이 아니라 다만 뜨거운 용암이 흘러들도록 쇠기둥을 만들어 박는 정리역을 맡은 이성이다. 알리베

---

3) 전전에 나온 시집들 중에서 특히 『떨기나무 불꽃*Le Buisson ardent*』(L' Occident)을 참조할 것. 1920년 이후에 나온 수많은 단행본과 소책자들 중, 특히 『단시집*Odes*』(Ed. de la N.R.F., 1922), 『로마의 비가*Elégies romaines*』(Ed. de la N.R.F., 1924), 『목가*Eglogues*』, 『서정적 꽃장식*La Guirlanre lyrique*』(Garnier) 등을 참조. 갈리 출판사는 1929년 앙드레 테리브의 서문이 붙은 『F.-P. 알리베르의 걸작집*Les plus beaux poèmes de F.-P. Alibert*』을 한 권으로 낸 바 있다.

르의 특성은 이렇게 하여 자신의 정념을 약화시키지는 않으면서도 강하게 단련된 고상한 언어 속에 표현하여 그 정념을 승화시킴으로써 성공적으로 전달하는 데 있다.

> 형언할 수 없는 모습을 지닌
> 밤의 아름다움이여,
> 우리의 과묵한 사랑의 비밀을
> 그리도 잘 간직할 수 있는 그대,
>
> 내 이토록 말없이 억제함에도
> 그 무슨 악마가 찾아와
> 끝내 그대를 패배시키고
> 결국 그대를 포기시키는 것인가?
>
> 내 곁에서 물결치듯
> 날개를 펼치며 미끄러지는
> 부드럽고 어여쁜 백조처럼
> 그토록 친근한 우아함으로써,
>
> 이제 남은 것은, 어두운 신비의
> 밤이 문득 그대의
> 외로운 몸을, 그리고 그 흰 빛을
> 더욱 더 조그맣게 만들어놓았을 때,
>
> 오직 그대의 무심뿐이던가
> ......

그의 상반된 욕망과,
백 번이나 버렸다가 다시 붙잡는
뜨거운 쾌락의 열정으로
산산이 부서지는 내 심장의 소리를 들으라.

그 무슨 거짓말인가
그대의 느릿느릿한 몸짓으로
그토록 드문 고통을 연장해본다는 것이
무슨 소용인들 있으랴?

말 없고 어두컴컴한 살,
저것이 그대인가? 아니 나는
어떤 그림자의 유령에게
팔을 뻗치는 것은 아닐까?
아! 첫날 저녁처럼
내 가증스러운 희망에 대한
성스러운 공포에 떨며
넋과 입술을 조인 채

나는 기다리며 소진되어간다……

Toi qui peux, beauté nocturne

Aux insaisissables traits

Si bien garder les secrets

De notre amour taciturne

Saurai-je ici quel démon,

Sous ma contrainte muette

Vient consommer ta défatite

Et ton suprême abandon?

De tant de grâce complice

D'un cygne mol et charmant

Dont l'aile onduleusement

Près de moi s'étire et glisse

Il ne reste, quand la nuit

A son opaque mystère

Soudain ton corps solitaire

Et sa blancheur a réduit

Que ta seule indifférence

....

Entends mon cœur qui se brise

De son contraire désir

Et d'une ardeur à plaisir

Cent fois quittée et reprise.

De quoi sert-il seulement

Que ta lenteur me prolonge

Par je ne sais quel mensonge,

Un aussi rare tourment?

Chair silencieuse et sombre,
Est-ce toi? Ne vais-je pas
Plutôt avancer mes bras
Vers le fantôme d'une ombre?
Hélas! comme au premier soir,
L'âme et la bouche serrée
Par l'épouvante sacrée
De mon exécrable espoir
J'attends et je me consume······[4]

시인이 근원적 운동의 묘사에 깊이를 더해가면 갈수록 그의 문체는 어떤 고귀한 수줍음 같은 것으로 인하여 추상에 가까워진다. 이토록 밀도 있는 서정성이 매우 좁은 바탕 위에서 잘 전개되고 또 엄격한 시적 율격에 적응하고 있는 것은 매우 놀라운 일이다. 작시법의 여러 규칙들, 톤의 요건 등 시를 지을 때 요구되는 모든 사항들은 자유롭게 선택은 하면서도 반드시 준수해야 되는 구속들인데, 여기서 그것은 작품의 성장을 방해하기는커녕 오히려 작품이 할애받은 공간을 꽉 채우고 하나의 동질적인 총체로 정돈되도록 만들어주고 있다.

알리베르의 시 속에서는 모든 것 하나하나가—그 시가 성숙의 경지에 도달한 경우에는—다 다른 모든 것들과 관련을 맺고 있다. 바다 근처의 강물처럼, 혹은 시인 자신의 친숙하며 그의 운명의 이미지를 표현해주고 있는 남프랑스 지방의 나무들처럼 "조화 있고 완만한" 리듬이 시의 진전

---

4) 『서정적 꽃장식』 중에서 「야상곡Nocturne」.(p.116 『걸작집』 속에 재수록).

을 리드하고 있다. 알리베르의 시는 "도망가자, 저쪽으로 도망가자"[5]고 소리치고 싶은 유형수의 시가 아니니까 말이다. 그의 비관적 감성과 비장한 정일감은 지중해인의 것이며 루크레티우스Lucrèce와 비르길리우스Virgile에서 영향받은 "고대인"의 것이다. 그의 범신론적 정열, 그리고 사물들과 일체가 될 수 있는 능력은 여러 가지 점에서 볼 때 전통적인 형식 속에서 그 표현 수단을 찾아내지만 그 주술적인 아름다움은 극도로 현대적인 시개념에 부응하는 것이다.

*

상징주의와 고전주의를 결합시킴으로써, 사상과 시가 어떤 순수한 언어로 한데 녹아 드높은 이성의 불빛을 발산하도록 만들고자 하는 의도는 오늘날 신로만파의 여러 시편들, 특히 자크 레노Jacques Reynaud와 앙리 샤르팡티에Henri Charpentier의 작품 속에서 찾아볼 수 있다. 전자는 거의 말레르브풍의 시인이고(흔히 신고전주의자로 분류하는 뤼시앵 뒤베크Lucien Dubech와 마찬가지로), 후자는 격언적 서정주의의 관념에 사로잡혀 있지만 문채의 우화로 표현하기를 즐기며 도처에서 절묘한 언어적 창의를 번뜩이는 보다 말라르메적(혹은 발레리적)인 시인이다. 알리베르의 경우나 마찬가지로 이들의 경우 시가 회의주의적 지성의 유희와는 다른 그 무엇으로 변하는 것을 우리는 알 수 있다. "시는 그것이 목표를 달성할 수 있을 경우 완전한 의식과 같은 것이 될 것이다. 시는 직관, 논리적 구축물, 꿈, 이성, 그리고 세계와 인간의 수수께끼와 심층을 멀리까지 비춰주는 섬광, 그 모든 것이 동시에 될 것이다"라고 앙리 샤

---

5) 그가 몇몇 작품 속에서 때로는 직접적으로 모방하는 스승 말라르메가 그러하듯이 특히 「정오Midi」(《N.R.F.》, 1926년 7월 1일자에 발표), 「나이아드Naiades」(《N.R.F.》, 1927년 12월 1일자에 발표), 「세멜레Sémélé」(《N.R.F.》, 1929년 8월 1일자에 발표)를 참조할 것.

르팡티에는 최근에 쓴 바 있다.[6] 펭다르적 자부심으로 격을 더하고 있는 저속하지 않은 이 야심은 드높은 곳으로 치솟아 제신과 친숙한 경지에서 노닐고자 하는 시에 활력을 불어넣는다.

> 지고한 이데아는 어디로 갈 것인가?
> 그토록 초조하고 미묘한 사랑이 잉태한
> 시대의 황금빛 횃불을
> 마지막 인간은 뉘게 전할 것인가?
> 오, 오랜 노력이여! 오 덧없는 지혜여!
> 그대는 이제 아무것도 아니로다! 거대한 원초적 밤이
> 그대 덧없는 정신을 소멸시켰도다.
>
> 완전히 파멸한, 내 사랑하는 그대!
> 아직도 전율하는 정다운 이브여,
> 그대 몸에 매달린 내 온 넋이 무슨 소용이런가?
> 삶에 부여된 테두리를 우리가
> 훌쩍 건너뛴다 한들 헛수고로다.
> 욕망을 못다 채운 자연이여, 그대는
> 오직 죽어가는 존재를 지었을 뿐이기에 멸망하리니.

> Où s'en iront les suprêmes Idées?
> Le dernier homme, à qui laissera-t-il
> Le flambeau d'or des ères fecondées
> Par tant d'amour anxieux et subtil?

---

6) 《라틴성 *Latinité*》지 1호에 발표된 「선언문」 중에서(1929년 1월).

O long effort! O savoir ephémere,

Tu n'es plus rien! La grande nuit primaire

A résobé ton esprit volatil.

Et toi que j'aime, absolument perdue!

Douce Eve, encor frissonnante, à quoi bon

Toute mon âme à ta chair suspendue?

C'est vainement que nous aurons, d'un bond

Franchi la borne assignée à la vie :

Tu vas périr, Nature, inassouvie,

N'ayant conçu que l'être moribond.[7]

2

《시와 산문》지가 1913년 10월에 펴낸 "공상파fantaisistes" 시 사화집의 서문에서 프랑시스 카르코Francis Carco는 폴 포르에게 경의를 표한 다음 그의 동료들과 자신의 입장은 앙드레 살몽, 아폴리네르, 막스 자콥, 앙리 에르츠의 오른쪽, 그리고 "공상에 보다 덜 산만한 성격을 부여한 바 있는" 툴레, 트리스탕 클렝소르의 근처쯤 된다고 규정했다. 아폴리네르의 그룹은 보다 앞서서 전진하는 그룹이므로 별도로 생각해야 한다. 이 그룹은 어떤 문학적 입체파 쪽으로 시를 유도해나갔고 입체파는 전후의 각종 선언들을 준비했다. 반면 《시와 산문》 속에 공상파로 소개되었던 장-마르크 베르나르Jean-Marc Bernard는 신고전주의자로 간주되었다. 그리고 뱅상 뮈젤리와 레옹 베란은 신로만파로 보아 무방할 것

---

7) 『서정 단시와 시편Odes et Pèmes』(Crès, 1932), p. 163.

이다. 그러므로 이 시운동은 매우 폭넓은 전선에 걸쳐 확대되어 있다. 이 그룹의 시인들이 제1차 세계대전 휴전 조인 이후 몇 계절 동안 한데 모인 것은 바로 P.-J. 툴레를 중심으로, 아니 더 정확히 말하자면 이 시인을 추모하여 그 뜻을 간직한다는 뜻에서였다.

공상파 시인들은 그들이 선택한 스승이 누구건, 그들 시의 다양한 원천이 무엇이건, 그 정신에 있어서는 현대적 시인들이다. 그들은 전설들과는 결별했다. 그들의 삶의 회한과 기쁨과 슬픔을 어떻게 망각할 수 있겠는가? 그들의 꿈은 날개를 펴고 날아오르려 하자마자 곧 혼란의 분위기 속으로, 우리들 시대의 풍경 저 위에 쌓여 있는 씁쓸하고 강한 냄새 속으로 빠져들게 된다. 이 20세기의 삶을 있는 그대로 받아들이지 않으면 안 된다. 시가 자양분을 얻을 수 있는 곳이란 진정한 감각과 감동이 아니고 무엇이겠는가? 이런 점에서 인상파라고 할 수 있을 시인들은 잠, 베를렌, 라포르그, 코르비에르Corbière 그리고 초기 시의 랭보와 맥을 같이한다. 이들은 상징주의자에 가깝다기보다는 오히려 데카당에 가깝다.

그들은 현대적 무위bohème의 자유사상가들이다. 오직 시만을 사랑할 뿐 직업을 갖는 것은 무엇보다도 싫어하는 청년 관리들이나 병정들이 한심한 축제 속에서 따분해하고 있는 시골의 무위, 그렇지 않으면 몽마르트르에 있는 라팽 아질Lapin agile 주변에 흔히 모이곤 하다가 1910년 경에는 몽마르트르를 무대로 하여 한데 모이던 파리의 무위 말이다.[8] 현실주의와 악몽 사이를 오가는 그 기이한 시신 "공상Fantaisie"은 백야 속에서, 혹은 보들레르가 노래하여 불멸의 것이 된 저 어슴프레한 새벽의 불그레하고 회색이 감도는 빛 속에서 잠이 깨었다. 이 현대의 보헤미안은 여러 가지 점에서 보들레르, 방빌, 혹은 쥔-프랑스Jeune-France의 보헤미안을 연상시킨다. 그러나 오늘날의 공상파 속에 낭만적인 감상의

---

8) 프랑시스 카르코의 『몽마르트르에서 카르티에 라탱까지De Montmartre au Quartier latin』 참조.

잔영이 깃들어 있다고는 하나 그들은 환상을 갖지 않는다. 그들은 인간이 선량하지 않다는 것을 알고 있다. 그들은 예술의 특권, 혹은 정념이나 정의의 특권을 자기들에게 이롭게 이용하겠다고 주장할 생각이 없다. 사랑을 믿지도 않고 행복을 믿지도 않으면서도 옛 시대의 수줍음과 눈물의 추억을 즐기는 그들은 자기 자신에 대하여 어떤 거리를 유지하며 냉정을 잃지 않는 기질인지라 자신의 마음을 토로하는 경우에도 거기에는 항상 아이러니가 섞여 있게 마련이다.

자연스럽다기보다는 오히려 의식적인, 혹은 오로지 고의적으로 택한 어떤 습관의 결과로 자연스럽게 느껴질 뿐인 이런 유머는 잠시 동안 시인으로 하여금 삶의 무게에서 벗어나고, 삶의 헛된 환상을 꿰뚫어보며, 그것을 판단하고, 억압적인 현실의 여백에서 유희와 자유의 가능성을 되찾을 수 있는 수단을 제공하게 되는데, 그 유머가 바로 사실 그 매우 상이한 정신의 소유자들에 공통된 특성이라고 할 수 있다. 이 같은 "구경할 만한" 태도의 본보기를 제공한 것은 그 누구보다도 라포르그라 하겠다. 그러나 그런 아이러니를 독일 낭만주의자들의 아이러니와 비슷한 것으로 생각해서는 안 될 것이다. 이들의 아이러니는 자아에서 탈피하고 감각적 현실로부터 벗어나서 모든 것을 오로지 변용되고 이상화된 것으로만 지각하는 저 드높은 경지에까지 이르지는 못한다. 상상의 권유에 응한다는 것은 그들의 경우에도 역시, 평범한 의미에서 착각에 잠긴다는 것을 뜻한다(더군다나 그들에게는 그렇게 엄청난 상상의 여로에 오를 만한 밑천이 없는 것이다). 그들의 허용 받은, 그리고 그들이 요구하는 단 한 가지가 있다면 그것은 그저 그들을 현실의 삶에 비끌어매놓고 있는 밧줄의 길이를 다소 연장하고 표면의 가벼운 진동으로 심장의 고동 소리를 어렴풋이 감지할 수 있도록 해주는 것이 고작인 그들의 얼굴과 시를 만들어볼 수 있는 가능성이라고 할 수 있다.

그러나 이 같은 자기 통제는 자유분방한 문학 형식을 기꺼이 받아들이지 못한다. 무질서 속에서까지도 자아를 감시하지 않으면 안 되는 것이다. 삶에 대한 태도로 인하여 이 시인들은 고전주의적 독트린까지는 아니라 하더라도 적어도 엄하고 때로는 현학적인 통사라든가 딱부러진 스타일과 정형적인 운율—혹은 조화를 이룬 비정형성—을 채택하게 되었었다.

베를렌, 말라르메의 영향이건 아니면 모레아스의 영향이건, 단시와 짧은 리듬에 대한 그들의 편향은 완벽하고 폐쇄된 종합의 시를 짓고자 하는 욕구를 드러내는 것이다. 이러한 미학적 편향은 왜 공상파 시인들이 19세기 말의 "저주받은" 시인들을 넘어서, 상징주의 시인들과 방빌과 네르발을 넘어서 윤리적 비순응주의 · 회의주의 아이러니 등에 있어서 그들과 유사한 프랑스의 자유사상가 시인들에까지 거슬러 올라가서 그들의 정신적 조상을 찾는가를 설명해준다. 비용에서 마로, 메나르Maynard, 부아튀르Voilture, 라 퐁텐, 볼테르, 숄리외Chaulieu, 그리고 파르니에 이르기까지, 고답파의 중간적, 혹은 낮은 지역을 통과하는 길은 다소간 공인받은, 그러나 사람을 호리게 하는 듯한 그 무엇을 지닌 프랑스적 매력의 경쾌한 아름다움으로 장식되어 있다. 상상력은 규율이 있고, 또 천진난만한 데라고는 없는 이 옛 시인들은 동시에 기지에 찬 인물들이었는데 그들의 시는 지성의 거품과도 같은 것이었다. 별로 기독교적이지 못하며 에피큐리즘의 색채가 깃든 그들의 "철학"은 그래도 "민족적"인 것이라 할 수 있다.

이와 같이 하여 툴레, 로제 알라르Roger Allard, 펠르랭Pellerin, 카르코 같은 시인들은 낭만주의 이전의 문학적 과거 쪽으로 관심을 돌림으로써 거기서 자기들의 규격에 걸맞는 스승들을, 사상과 글의 스승들을 발견했다. 이 스승들이 가르쳐주는 문체의 교훈은 보들레르와 말라르메라고 하는 정수 추출적 현대 시인들의 교훈과 상치되지 않는 것이었다. 그러나 이러한 시인 · 예술가의 삶 속에는 형이상학도 신비주의도, 잘 완성된 작품을 만들어낸다는 것 이외의 다른 어떤 야망도 찾아볼 수 없다는 것을 알 수 있다. 예술을 하나의 유희로 간주하고 시인은 무용한 "구주희(九柱戱) 놀이꾼joueur de quilles"쯤으로 여긴다는 것은 또 다른 하나의 길을 통하여 고전주의로 되돌아가려는 방도를 모색하는 것이 아니겠는가?

*

내가 아는 바로는 P.-J. 툴레[9]는 부알로의 말을 충족시킬 만한 소네트는 아무것도 남긴 것이 없지만, 10행시, 4행시, (흠잡을 데 없는) 2행시, 그리고 어긋난 운을 가진 교차 4행 시구들(10음구와 6음구)로 구성된 역운contrerimes들을 남겼다.[10] 매우 섬세하게 짜여진 시들이다. 그 모두가 대단치 않은 것들을 정교하게 결합시켜 만들어 놓은 것들이다.

오 님프들이여; 갖가지 추억들을 다시 부풀어 오르게 하자

O nymphes; regonflons des souvenirs divers……

고 말라르메의 목신은 말한다. 그와 마찬가지로 툴레 역시 대개는 추억에 대한 주제들을 다룬다. 가장 희미하고 가장 먼 추억이 가장 확실하게 마술적 효과를 거두게 해준다. 그때의 마술적인 힘은 정념의 방해를 받는 일 없이 발휘되고 그리하여 시절은 마치 바람에 불려 흩어지는 무지개빛 비누방울이나 거품처럼 하늘과 땅 사이에 가만히 떠 있게 된다. 그

---

9) 앙리 마르티노Henri Martineau의 『P.-J. 툴레의 생애*La vie de P. J. Toulet*』(Le Divan) 및 자크 디소르Jecques Dyssord의 『P.-J. 툴레의 모험*L' Aventure de P. J. Toulet*』 참조.
10) 『역운집*Les Contrerimes*』(Ed. du Divna, 1921 및 E. Paul).

러나 이 시 속에 생명이 물러가버린 고답파의 다이아몬드 같은 보석을
연상시키는 것이라고는 전혀 없다.

> 내 영혼이 태어난 정다운 해변;
> > 그리고 대양이 눈물로 적시고
> 태양이 불꽃으로 뒤덮는
> > 그대, 꽃핀 대초원이여
>
> 산비둘기들에 정답고 애인들에게 정다워라,
> > 가지의 그늘과 속삭임과
> 비둘기 우는 소리로 우리들을
> > 매혹하였던 그대여;
>
> 바닷물은 멀리서 산호초 위로
> > 웃음 소리를 내고 있었는데
> 나는 아직도 그 속에서 어느 부드럽고
> > 자랑스런 고백의 떨리는 소리에 귀 기울이네.

> Douce plage où naquit mon âme;
> > Et toi, savane en fleurs
> Que l'océan trempe de pleurs
> > Et le soleil de flamme;
>
> Douce aux ramiers, douce aux amants
> > Toi de qui la ramure
> Nous charmait d'ombre et de murmure.

Et de roucoulements;

Où j'écoute frémir encore

Un aveu tender et fier

Tandis qu'au loin riait la mer

Sur le corail sonore.[11]

　조개껍질에 귀를 갖다대듯이 가까이 귀를 기울이기만 해도 그리움과
향수의 속삭임 소리가 들린다.

　툴레의 모든 시행들은, 심지어—특히—가장 아이러니컬한 시행들까
지도, 단조로 끝을 맺으면서 삶이 쓰디쓰고 헛된 것임을 말해주고 있다.
그러나 그의 영혼이 갈구하는 것은 오직 "몽상과 꽃들"[12]뿐임을 그는 확
실하게 보여준다. 그의 우아한 다다이즘, 그의 당돌하고 환멸감 깃든 거
동 속에서 알프레드 드 뮈세 같은 그 무엇이 섬광처럼 빛나고 있었다. 그
는 또한 사랑하지 못함으로 인하여 찢어지는 듯한 가슴으로 나직하게 울
고 있는 세기아(世紀兒)의 쓰라린 아픔을 마음속 깊이 간직하고 있었다.
방탕, 회의주의, 아이러니, 극단적인 섬세함에 이른 교양이 그의 젊은 시
절을 짓부수어놓은 것이었다. 그러나 그에게는 새로운 세기가 도래하지
않았다. 구세기는 연장되어 권태와 이룰 수 없는 꿈속에서 서서히 숨을
거두어 갔다. 툴레의 바탕은 서정적 절망감이라고 사람들은 지적한 바
있다.[13] 그의 시들은 알렉상드리아 학파 풍자시나 셰니에가 '콰드리
quadri'라고 명명했던 것이나 일본의 '하이쿠(俳句)'나 매우 오래된 향
료가 고스란히 간직되어 있는 어떤 그윽한 제품을 연상시킨다.

---

11) 위의 책, p.58.
12) 위의 책, p.119.
13) 피에르 리에브르Pierre Lièvre가 「르 디방Le Divan」에 발표한 한 중요한 연구.

하얀 여름 어느 날이 생각나누나, 말없는

시간도, 시프레 나무들도…… 그러나 그대는 말하네: 문득

두 눈을 감은 채 정원 저쪽에서 약간 목쉰 목소리로

울고 있는 소리가 들리는

어느 샘을 꿈에 보노라고.

Je me rappelle un jour de l'été blanc, et l'heure

Muette, et les cyprès…… Mais tu parles: soudain

Je rêve, les yeux clos, à travers le jardin.

D'une source un peu rauque et qu'on entend qui pleure.[14]

여기에 단 한 마디만 덧붙였더라도, 단 한 마디만 부족했더라도, 모든 것이 산산조각났을 것이다. 감수성의 가장 숨겨진 버릇들과 기억의 꼬불 꼬불한 길들이 여기에 와서 노출되면서 다 함께 착잡하게 얽힌 아름다움 의 이미지를 형성한다. 형태이며 동시에 음악인 이 전체를 다른 말로 옮 겨 설명하기란 물론 불가능하다. 더군다나 틀레의 예술은 데카당적인 것 이 아니라 프레시오지테 쪽 경향이 있는 고전주의적인 시인의 것이다.[15] 그의 시에는 기교주의적인 구석은 전혀 없으며 우아한 연약함도 없다. 있 다면 윤곽의 명료함, 그리고 팽팽하게 당겨진 활이 놓이면서 날아가는 화 살처럼 시가 출발할 때 볼 수 있는 통사적 유연성이 있다고 하겠다. 그 속 에 선택된 몇몇 표시들은 시간의 흐름으로부터 해방되어 침묵의 바탕 위 에 두드러지게 드러나는 어떤 영혼의 상태를 환기시킨다. 속을 털어내 보 이기를 싫어하는 마음의 침묵, 고독한 가운데서 언어의 마술사가 그를 위

---

14) 『역운집』, p.126.

15) R. 알라르R. Allard는 1921년 4월 1일 《N.R.F.》지에 발표한 노트에서 그를 생–즐레Saint-Gelays, 부아튀르Voiture와 비교했는데 잘못되지 않은 견해다.

하여 마련해준 절묘한 향기에 도취하는 마음의 침묵 위에 말이다. 한편 생명이니 기쁨이니 하는 것은 그냥 관심 밖의 것으로 두어두는 것이다.

> 쾌활함이란 어느 것이나 결점이 있어
> 저절로 부서지고 마는 법
> 내가 그대를 사랑하기를 바란다면
> 너무 크게 소리내어 웃질랑 마세요.

> 재에 덮인 불처럼 저절로 사그라지며
> 노래하는 이 가슴을
> 겨울의 잿더미 속에서 호려내는 건
> 오직 나직한 목소리뿐.

> Toute allégresse a son défaut
> Et se brise elle-même.
> Si vous voulz que je vous aime,
> Ne riez pas trop haut.

> C'est à voix basse qu'on enchante
> Sous la cendre d'hiver
> Ce cœur, pareil au feu couvert,
> Qui se consume et chante.[16]

툴레의 영향이(말라르메와 모레아스의 영향을 연장시키면서) 제1차

---

16) 『역운집』, p.75.

세계대전의 휴전 이후 수년 동안 발레리의 활동과 병행하여—다다와 초현실주의에 저항하면서—지탱시켜온 "기교art"의 전통과 형식의 숭상은, 오늘날 공상파적이며 고어 취미가 농후하고 그들 나름으로 프레시오지테 편향을 보이며 보들레르적인, 그러나 명백하고 강렬한 독창성을 지닌 뱅상 뮈젤리나 로제 알라르 같은 시인들에 의하여 그 전 못지않을 만큼 탁월하게 대표되고 있다. 이들은 현명한 식자들로서 샤를 도를레앙Charles d'Orléns에서 메나르, 트리스탕Tristan, 말라르메에 이르는 문학이 그들에게 제공해준 모든 '프랑스어'의 수단들을 터득하고 있고, 일체의 과장된 어투를 혐오하며 암시적인 문장들과 굴곡이 심한 표현들, 숨겨지고 오의가 담긴 완벽함을 즐기는 시인들인데 자기들의 감동으로부터 가장 희귀한 묘약을 추출해내기 위하여 열심히 노력하고 있다.

엄숙한 성격의 시인으로서, 상징주의 이전에는 별로 유례를 찾아보기 힘든 드높은 문학의 "매력"을 가장 순수한 전통적 금속으로 주조할 수 있었던 사람으로는 아마도 뱅상 뮈젤리를 가장 먼저 꼽을 수 있을 것이다.

그가 쓴 시절(詩節)들의 내적 구조보다 더 복잡하고 미묘한 것은 어디에도 없다. 거기에는 서로 뒤얽힌 제반 요소들 사이에, 강세와 약세 사이에, 의미와 음향의 관계들이 무수히 교차하며, 또 단어들 상호간의 관계는 요지부동일 만큼 필연적인 동시에 종잡을 수 없을 만큼 무상적인 성격을 띠고 있어서 옛미학의 질서 정연한 특징과 현대 시인들이 모색하는 예기치 않은 놀라움의 힘을 한데 합쳐놓은 것 같은 느낌을 준다.

> 온통 오케스트라를 이루고 있는 깃발들,
> 그리고 여왕처럼 치장한 배!
> 꽃들, 피리들, 횃불들,
> 그리고 휘날리는 리본들의 줄!
> 포도주와 환희 : 숨이 막히도록

터뜨리며 웃는 웃음이 희희낙락 춤을 춘다.
그러나 저 불빛을 낮추어라
즐거운 노젓는 사람들아, 목소리를 낮추어 노래불러라
세월따라 강물은 흘러가느니!

가장 아름다운 날들을 어찌하였느냐,
양떼들아, 그대들 양털을 어찌하였느냐!
조각난 이 가슴은 무슨 짓을 했던가
내 고통은 갈대들에게 눈물짓는다!
샘물과 주일은 어디로 갔나?
사랑이여, 헬렌과 그들의 미끼들은?
마지막 남은 한 시간이 지나가면
다시 돌아오지 않을 쾌락이여!
세월따라 강물은 흘러가느니.

새로운 내일들이 무슨 소용이랴
끊임없이 나를 싣고 가는 물결이요
낮에 베어져버릴 오만한 순간들이요
어둠의 세계로 삼켜질 번개인 것을!
달려간들 무엇하랴 무상한 경주인 것을!
어느새 바다, 슬프도다, 그대로다!
벌써 귀에 익은 그대 목소리
그 무슨 조종(弔鍾)을 울리나 이스의 종이여!
세월따라 강물은 흘러가느니

跋句

공주여, 이것은 기도인가,
우리를 전투에서 이끌어내며
시간과 공간의 풍토를 살풀이하는
유일하고 완전한 기도인가!
세월따라 강물은 흘러가느니.

Tout un orchestre de drapeaux.

Et la barque parée en reine!

Des fleurs, des flûtes, dex flambeaux,

Et de rubans flottante chaîne!

Vin et liesse: à pleine haleine

Le rire danse en dex ébats.

Mais apaisez cette lumière,

Joyeux rameurs, chantez plus bas,

Au fil de l'an fuit la rivière!

Qu'as-tu fait des jours les plus beaux,

Mouton, qu'as-tu fait de ta laine!

Qu'a-t-il fait ce cœur en lambeaux:

A tels roseaux pleure ma peine!

Où vont la source et la semaine?

Amour, Hélène et leurs appas?

Une heure encore et la dernière.

Plaisirs qui ne reviendrez pas!

Au fil de l' an fuit la rivière.

Qu' importent les demains nouveaux,

Onde, incessament, qui m'entraîne

Fiers instants promis à la faux,

Éclairs sombrés au noir domaine!

Si court-on que la course est vaine!

C'est la mer et c'est vous, hélas!

Vortre voix, dèjà coutumière,

Cloches d'Ys qui sonnez quel glas!

Au fil de l'an fuit la rivièrs.

Envoi

Princesse, est-il une prière

Qui, nous tirant de ces combats,

Exorcise, unique et plénière

Le temps, l'espace et les climats!

Au fil de l'an fuit la rivière.[17]

이 「모순의 발라드 *Ballade de Contradiction*」는 "지난 시절에 내린 눈은 다 어디로 갔나?" 하는 옛 서정시인의 질문에 화답하는 듯 "세월 따라 강물은 흘러가느니"라는 후렴으로 강조 발전되어가는 테마가 그 형식 못지않게 비용 Villon 적인 면을 보여주고 있다는 사실을 사람들은 주목해보았는가? 여기서 거만하고 음울한 기분을 노출시키는 것은 어휘와 이미지들보다는 어조이며 서슬푸르고 조급한 몇몇 시행들("낫에 베어져

---

17) 1931년 9월 5일 『신문학 *Les Nouvells Litteraires*』에 발표된 시.

버릴 오만한 순간들!")이다. 그저 가진 것이라곤 손재간뿐인 사람이라면 이 같은 장인적인 능숙함을 목적 그 자체로 생각할 위험이 있을 것이다. 그러나 이 같은 시인이 유행의 첨단에 설까봐 걱정할 것인가! 불행하게도 이토록 힘든 기교를 구사하기까지에 끝없는 수업이 필요한 것인데도 오늘날에는 그런 것에 관심을 기울이는 시인이란 거의 없다. 일단 시도해본 것을 다시 반복하는 재미는 정당한 것인데도 불구하고, 뱅상 뮈젤리는 매우 다양한 장르와 스타일을 다루었다. 대전 전에 부아튀르나 말빌Malleville을 말라르메와 결합하라고 미리부터 점지받은 듯한 로제 알라르에 대해서도 거의 마찬가지로 말할 수 있을 것이다. 너울거리며 날아가는 리본을 따라가며 묘사하기라면 그의 시선만큼 재치 있는 것도 없을 것이다.

가장 아름다운 기슭에서 죽어가는
거품 이는 레이스들의
그리 깊지 않은 소용돌이……

……en le peu profond
Remous d' écumeuses dentelles
Mourant aux rives les plus belles.[18]

그러나 이렇게 재치있고 엉큼한 호기심 덕분에 그는 무슨 새로운 「쥘리의 꽃장식 Guirlande je Juile」(쥘리라는 여인—즉 프레시오지테 시인들의 찬미의 대상—을 위해서 쓴 가볍고 연습적 성격이 농후한 시편들)

18) 『가벼운 시Poèmes Légères』. 1911~1927(Ed. de la N.R.F.), p.12(「사랑의 숲Bocage amoureux」. 1911년 발표에서 발췌).

의 양떼들이나 모는 목동의 꼴이 되지는 않게 된다. 오히려 그는 방종에 흐를 우려가 있었다. 매우 치밀하게 계산된 방종이기는 하지만

> 매력을 믿고 매력을 확인하는
> 너 환장한 바람둥이 계집아.

> Foelle coquette qui te fies
> Aux charmes que tu vérifies.[19]

조숙한 바람둥이 여자를 위해서 쓴 이 경구는 바로 그 시에 대한 비판적 의미로 적용될 수도 있을 것이다.

그 다음에는, 메나르Maynard가 그에게 보다 직접적인 표현의 값을 느낄 수 있게 해준 것 같다. 그의 시절들은 보다 확연하게 부각되거나, 그렇지 않을 때는 무용수가 그려 보이는 생략법과 같은 방식으로 차례차례 연결된다. 각 시절은 유연한 기구처럼 우수에 찬 하늘로 솟아오른다.

> 안녕히, 소리 잘 나는 라케트여
> 영국식 비명이여, 하얀 몸짓들이여!
> 이 노란 10월의 유일한 놀이는
> 벤치 위에서 키스하는 일
> ......
> 코오 지방의 들판이
> 한 발의 총성으로 꽃피는 것 보이네
> 어느 서녁 바람이 싸움을 거는

---

19) 위의 책, p.13.

창백한 꽃다발은 반쯤 얼어버렸네:

이것은 들판의 밀렵자인가
아니면 베르테르의 권총인가?
내 가슴은 그의 고통에 취했고
내 입에서는 겨울의 맛이 느껴지네.

Adieu, la raquette sonore.
Les cris anglais, les gestes blancs!
Le seul jeu de ce jaune octobre
Est de s'embrasser sur les bancs.
......

Je vois la campagne cauchoise
Se fleurir d'un coup de fusil.
Bouquet pâle auquel cherche noise
Un Zéphir a demi transi:

Est-ce un braconnier dans la plaine
Ou le pistolet de Werther?
Mon cœur est ivre de sa peine,
Ma bouche a le goût de l'hiver[20]

    매우 관능적인 시이지만, 어휘들을 리듬의 음향적 트랙 위로 제때에 내보내는 재간을 가진 적절한 재치에 의해서 다스려지고 있다. 이 정도의

---

20) 「처녀들의 아파트L' Appartement des jeunes filles」(위에 인용한 시집, p.83)의 「아델라이드Adélaïde」.

아름다움이면, 비록 대단찮은 범주의 것이라고는 하나, 그래도 탁월하다고 보아야 한다. 그러나 사실 여기서는 진지한 것과 가벼운 것 사이의 전통적인 구별은 더이상의 의미가 없어진다. 빛나는 물살을 뒤에 남기며 달리는 단 하나의 이미지를 사용하여 꿈의 문을 열어 보이고, "천상에까지 기어올라가는 일"이 없이도 우리들의 발 아래다가 한 송이 비극적 시의 꽃을 피우는 것이야말로 툴레, 뮈젤리, 알라르, 공상파 중에서 가장 탁월한 시인들, 혹은 공상파로 자처하는 시인들의 고유한 특성이다. 알라르는 「용감한 비가 Elegies martiales」에서 사랑을 약속받았다가 죽음이 앗아가버린 어느 청춘의 모습을 섬세한 필치로 그려 보았다. "그 어느 것 하나 지속되는 것 없는" 세상, 피할 수 없는 악들 가운데서 전쟁도 한 자리를 차지하는 세상에서 죽음이 앗아간 청춘의 얼굴을.

전쟁이 우리를 묶어놓는 모든 곳에서
그대 손에 애무받던 젊은 육신들이
햇빛에 비에 썩어가는 것을 나는 본다.

그들의 상복을 잣는 여인들아, 이제는 더이상 실을 잣지 말라,
그대들의 아름다운 연인들과 정다운 약혼자들은
이제 햇빛과 나뭇잎에 덮여 있으니.

멋지게 죽는 것이 얼마나 대단찮은 것인가를 나는 보았다
어느 것 하나 욕망 저 너머까지 지속하지 못함을
끝없는 고통이란 있지 않음을;

저의 생명보다 행운을 더 사랑하였다면
여름과 더불어 지나가는 자도

아름다움을 저의 피 속에 다시 처박는 자도 행복하여라!

En tous lieux où la guerre nous lie,

Je vois pourrir au soleil, à la pluie,

Les jeunes corps par vos mains caressés:

Ne filez plus, fileuses de leurs deuils,

Ils sont vêtus de rayons et de feuilles

Vos beaux amants et vos doux fiancés.

J'ai vu le peu que c'est de bien mourir.

Que rien ne dure au-dulà du désir

Et qu'il n'est pas d'angoisses infinies;

Heureux celui qui passe avec l'Été

Et dans son sang retrempe sa beauté,

S'il aima mieux sa chance que sa vie![21]

이것은 장-마르크 베르나르의 「전사의 비극적 신음*De Profundis du Combattant*」에서 볼 수 있는 가슴 아픈 고통이 아니다. 이것은 산탄에 맞아 쓰러져 진흙 속에 묻히게 될 인간의 마지막 절규가 아니다. 여기서는 정신이 육체로부터 나와 대살육의 광경을 응시하면서 인간 조건에 대하여 몽상하고 있는 것이다.

---

21) 「전쟁, 기타의 상처*Blessures de guerre et d' ailleurs*」(「용감한 비가」, Ed. de la N.R.F.).

*

　금세기 초의 전형적인 보헤미안 시인은 프랑시스 카르코였다. 베를렌, 잠의 경우가 흔히 그러했듯이 그의 작품 속에는 스타일이 거의 존재하지 않는 듯한 인상을 준다. 마치 사물들 그 자체—어떤 얼굴의 그림자, 신음하는 바람 소리, 술집의 등불이 시 속에서 그냥 우연히 한데 모아져 있는 것만 같아 보인다. 그러나 이것은 표면적인 인상일 뿐 그 뒤에는 선택, 단절된 조화나 끊어진 운동 효과의 면에서 매우 확고한 솜씨가 숨겨져 있다. 내면적 낭만주의 전통은 숱한 곡절을 겪은 끝에 이 감동적인 시에서 다시 그 명맥을 잇게 된다. 이 시 속에서 안개와 비는 영원의 힘을 발휘한다. 이 시는 나른한 통찰력에 힘입어 여유가 생길 때마다 몽롱한 비가로 발전한다.

　제1차 세계대전 휴전 직후, 툴레, 장 펠르랭을 모범삼아, 그리고 제도를 이탈한 시대의 영향을 받아, 공상파 시는 보다 빠르고 보다 거친 리듬을 취했다. 감상적 성향을 더욱 억제하고 뾰족한 필치를 짧게짧게 끊어가면서, 이 시는 한두 번 매우 충격적인 방식으로 "현대 정신"을 표현하기도 했다. 아폴리네르의 제자들이 그들의 시 속에 포착하고자 했던 "무선전신(無線電信)" 같은 현대 정신을 말이다. 특히 장 펠르랭은 「귀환의 로망스*La Romance du Retour*」의 8음절 10행시들 속에서 그 전후 공상파의 주된 요소라고 할 수 있는 것, 즉 독자에게 현대 문명과 생활의 근본적인 지리멸렬함을 암시해주는 끊임없는 놀라움을 부각시켰다. 동일한 시절(詩節) 속에 이질적인 표현들이 기묘하게 뒤얽혀 마치 영화 필름 속에서처럼 연속되면서도, 그 서로 다른 수많은 터치들에서 어떤 단순한 심리적 음조가 드러나는 법은 없다. 그러나 이 이미지의 소용돌이로부터 강렬한 시의 오아시스인 양 몇 가지의 비장한 고백이 솟아오르기도 하지만 그것은 이내 다시 나타난 아이러니에 의하여 중지되어버린다.

나는 창백한 밤이면 눈물 흘렸고

무더운 밤들도 나를 위해 울었네.

아끼던 이름을 영원히 잃어버린

사람들을 위하여 나는 눈물 흘렸네.

무엇보다도 지우지 못할 싸늘한 공포여!

대지는 그의 무심히 길게 늘어진

머리카락을 쓸어올리고,

우리의 낡은 세계는 고집 세게 남아 있다.

작은 한 잔에 12전이라!

큰 한 잔에는 얼마를 내야 하나?

J'ai pleuré par les nuits livides

Et de chaudes nuits m'ont pleuré.

J'ai pleuré sur des hommes vides

A jamais d'un nom préféré.

Froides horreurs que rien n'efface!

La terre écarte de sa face

Ses longs cheveux indifférents,

Notre vieux monde persévère.

Douze sous pour un petit verre!

Combien va-t-on payer les grands?[22]

    장 펠르랭이 묘사에 재미를 붙이면 어디로 보나 새로운 것이 분명한 광경을 골라내게 된다.

---

22) 『무용한 꽃다발*Le Bouquet inutile*』(Ed. de la N.R.F., 1923), p.159.

재채기를 하는 40마력,

정지. 운전사는 떠나기 전에

스페어 타이어를

실으려 한다. 러시아 귀족인가

교황의 시종인가, 어떤 고귀한 이방인이

승차한다. 겁 많은 밸브가

헐떡헐떡 소리친다

그의 누이들은 다 같이 노래하지만

타원형의 실린더 위에서

밸브는 걱정하고 고함치고 떤다.

Quarante-chevaux qui s'ébroue,

Arrêt. Le chauffeur va charger

Avant de partir une roue

Amovible. Un noble étranger,

Boyard ou camérier du Pape,

Monte. La craintive soupape

Elève un murmure brisé;

Ses sœurs chantent avec ensemble,

Mais elle, doute, appelle, tremble

Sur un cylindre ovalisé. [23]

　놀라운 것은 여기에서 시도되고 있는 시의 속도와 현대적인 오브제의 결합이다. 기계 앞에서는 서정적인 심정의 토로나 격정적인 서정시가 이

---

23) 위의 책, p.162.

처럼 빈틈 없는 소묘보다는 더 많은 사람에게 쉽게 이해될 수 있을 것이다. 그러나 공상파의 방식은 그들의 기묘한 느낌과 대담성에 있어서도 전통적인 틀을 벗어나지는 않는다.

펠르랭은 이런 점에서 카르코, 나아가서는 툴레와 일맥상통하고 이 같은 시도는 하나의 유행을 이룬다. 오늘날에는 하나의 정형시가 존재하는 셈인데 그 구문과 운율법은 물질적 혼란과 정신적 혼란을 암시하는 데 그 목적이 있다. 길바닥의 구경거리, 창녀들, 술집, 장터, 그곳에서 볼 수 있는 우스꽝스러운 인물들은 그 불안한 이미지들을 제공한다. 사실 이런 점에서 볼 때 방빌, 그리고 보들레르는 그 선구자들이었다. 『줄타기 곡예사의 단시*Odes funambulesques*』에서 가령 다음과 같은 레옹 베란의 소서정시에 이르기까지 그 같은 관련성은 명백하다.

샤바넥스여, 기억하는가
몽파르나스의 싸구려 식당을,
앙주산 포도주병들을,
그 살찌고 못생긴 여자를……

Chabaneix, vous souvenez-vous
De la gargote à Montparnasse,
De ces flacons de vins d'Anjou,
De cette maritorne grasse……[24]

이 바카스풍의 단시는 요컨대, 공상파 중에서도 가장 유식한 시인들이 "영원한" 감정들과 가장 산문적이고(외관상으로는) 가장 덧없는 현대의

---

24) 『소일거리의 책*Le Livre des passe-temps*』(E. Pau., 1930) 속의 「몽파르나스의 어느 저녁 *D'un soir à Montparnasse*」.

무대 장치의 대조를 부각시킴으로써 인간성의 자질구레한 테마들을 갱신시켜보고자 하는 의도를 상당히 잘 드러내 보여준다. "과거 지향성 passéisme"과 현대성이 기꺼이, 또 때로는 대단한 매력을 발하며, 서로 합쳐지는 이 중간적 영역에서는 눈여겨볼 만한 각종의 흥미로운 일치와 타협들이 있을 것이며 추적해볼 만한 각종의 경로들이 있을 것이다. 마르셀 오르무아Marcel Ormoy는 비가시인으로서 롱사르적 경향을 띤다. 필립 샤바넥스Philippe Chabaneix 같은 시인은 10년 전부터 그의 "정다운 여자 친구들"에게 장미꽃과 키스 사이로 난 길을 걸어가는 어느 프랑스 기사의 초상화를 나누어주고 있으며, 한편 조르주 가보리Georges Gabory, 자크 디소르Jacques Dyssord나 르네 샬륍트René Chalupt는 시절에 울긋불긋한 광대차림을 시켜가지고 숱한 생략법과 아라베스크를 그려 보인 끝에, 단 한 편의 시 속에다가 전위 화가의 아틀리에나 로코코식 규방의 각종 악세사리들을 늘어놓는 데 능한 일뤼져니스트illusionniste 예술에 이르게 된다. 그의 선구자나 그에 비길 만한 예술가라면 툴레, 펠르랭 못지않게 앙드레 살몽, 아폴리네르, 피카소Picasso, 마리 로랑생Marie Laurencin 등 오늘날의 큐비스트 혹은 유사 큐비스트 시인 · 화가 들에게서 찾아보아야 마땅할 것이다.

아비뇽의 아가씨들은

쪽진 머리에 장미꽃을 꽂고

어여쁜 발에는

촘촘히 짠 비단 양말을 신고 있네.

......

강물 속 요정들의

몸부림치는 모습을 흉내내고 싶을 때는

빌뇌브에서 돌아오는 길에

새 옷을 벗어버리고,

발가벗은 그네들을 훔쳐보려고
녹음 속에 숨어 있는
화가 파블로 피카소의 화필에
감미로운 먹이가 되어주네.

Les demoiselles d'Avignon

Ont une rose à leur chignon

Et des bas de soie à fines mailles

A leurs pieds mignons.

......

En revenant de Villeneuve

Elles quittent leur robe neuve

S'il leur plâit de feindre l'ébat

Des naïsdes du fleuve.

Offrant douce proie au pinceau

Du peintre Pablo Picasso

Qui s'est, pour les surprendre nues,

Caché sous un arceau.[25]

반면 트리스탕 드렘Tristan Derême은 그 반대되는 경향을 보이면서
점점 더 옛 거장들에 접근하는 것을 알 수 있다. 그의 본성의 바탕은 비

---

25) 르네 샬륍트René Chalupt의 「아비뇽의 아가씨들Les Demoiselles d' Avignon」(『Onchets』
에 발표, 1926년).

가적 감상주의로서 우수에 찬 그 젊음에 있어서는 프랑시스 잠 같은 시인의 감동받은 낭만주의와 그다지 다를 것이 없다. 그러나 잠 자신은(라포르그 또한 그렇지만) 그가 악몽 같은 환영들을 억누르면서 얼굴에 유머의 마스크를 쓰도록 도와주었다. 그는 이리하여 그 가면을 오랫동안 쓰고 있게 된다. 이미 어디서 보고 느낀 바 있는 것에 대한 감정, 기계적인 동작과 끊임없이 되풀이되는 말(이것은 우리가 흔히 우리의 인물 됨됨이라고 생각하는 바를 구성하는 것이지만)에 대한 그의 의식 등은 초기시 때부터 나타났던 그의 캐리커처와 가볍게 받아 넘기고 딴전 피우는 취향을 더욱 강화시켰다. 그러나 이미 어떤 의식적인 진부함이 지배하는 특성들 사이사이에서는 참다운 감동이 스며나오기도 했다.

> 우울하고 텅빈 호텔 방. 패랭이꽃 한 송이가 고개 숙이고
> 네가 드러난 목덜미를 비춰보던
> 쓸쓸한 거울을 건드린다. "온수-냉수. 숙박객 여러분은
> 매주 일요일에 객실료를 결재해주시기 바랍니다"
>
> 오늘은 일요일. 이 마음의 요금을 결재하자
> 노란색과 검은색의 커튼, 음산한 무대 장치로다!
>
> 너는 가고 없다. 나는 '전화번호부'에서
> 델리유 항목을 읽었다. 생각하지 않으려고,
> 너의 흐느끼는 소리를……

> Chambre d'hôtel morose et vide. Un oeillet penche
> Et touche le miroir triste où tu contemplas
> Ta gorge nue. *Eau chaude —Eau froide. MM. les*

Clients sont priés de régler chaque dimanche.

C'est dimanche. Réglons les comptes de ce cœur.
Rideaux jaunes et noirs, quel funèbre décor!

Tu n'es plus là. J'ai lu Delille et *l'Annuaire*
des Téléphones, pour ne plus songer à tes
Sanglots······[26]

그러나 트리스탕 드렘은 몇 년 전부터 현대적 테마를 제쳐놓고 비가
(가고 없는 클리멘을 위하여)를 짓고 있다. 그 비가의 꽃 만발한 우아함
과 줄기찬 스타일은 이따금 보Vaux의 님프들을 노래하던 시인이 또 다
른 클리멘을 위해 지었던 비가들의 추억을 상기시킨다.

초원의 가장자리에 고개 숙인 딱총나무 위에
암탉들이 잠자려고 부리를 날개 밑에 파묻는다
저녁빛이 꽃핀 풀잎을 흔들어 재운다
　　풍향기를, 숲 궁륭을,
사월의 장미꽃을 흔들어준다.
　　그들 사화집은 그대의 형용사를 가르쳐주는데
그대는 그늘 속에서 한사코
　　비가만 짓는다.

굴뚝들 사이로 새로운 달이

---

26) 『황금빛 초목*La Verdure dorée*』(E. Paul, 1922), p.239.

부드럽게 떠올라 쥐똥나무 가지들 사이로 미끄러진다.

고요한 샘물 속에 창백한 하늘이 웃음지을 때

또다시 머나먼 기슭들을 꿈꾸고

그대 가슴에 시들은 꽃장식을 달아 무엇하리?

이제는 잎새들에서 새 한 마리 날아오르지 않네.

플라타나스가 그 서늘한 어둠 속에서 그들을 가두어두고 있으니

　　　그러나 그대가 품은 몽상이

　　　뜨거운 화살에 날개를 달아주니

그대는 숱한 새들을 만들고 새들은 벗은 여인들을 향하여

황금빛 깃털의 거센 충동으로 날아가다가

알지 못할 유리 하늘에 부딪쳐

찢어진 날개로 그대 가슴 위에 다시 떨어진다.

Sur le sureau qui penche au bord de la paririe,

Les poules pour dormir poussent leur bec sous l'aile;

La lumière du soir berce l'herbe fleurie,

　　　Les girouettes, la tonnelle

Et les roses d'avril dont les anthologies

　　　T'enseigneront les épithètes,

Et cependant, seul et dans l'ombre, tu t'entêtes

　　　A composer des élégies.

Une lune nouvelle entre les cheminées

S'élève, douce, et glisse aux branches des troènes;

Pourquoi rêver enore à des rives lointaines

Et nouer à ton cœur des guirlandes fanées

Quand rit un pâle azur au calme des fontaines?

Il n'est plus un oiseau qui jaillisse des feuilles;

Le platane les garde en ses ténèbres fraîches;

    Mais des songes que tu recueilles

    Empennant de brûlantes flèches

Tu fais autant d'oiseaux qui tendent vers les nues

Le furieux élan de leurs plumes dorées,

Et qui heurtant au ciel des vitres inconnues

Retombent sur ton cœur, les ailes déchirées.[27]

다시 한번, 베를렌과 상징주의 시인들에 의하여 연장된 감상적 낭만주의와 모레아스 및 그의 시파의 보다 엄격한 교훈 사이에 화합이 이루어진다. 오늘날 트리스탕 드렘의 환상은 조절되고 숙련된 유희로 가다듬어져서 시인은 그 덕택에 결코 자기를 드러내거나 "어떤 한 주제를 다루어야 한다는" 구속을 받지 않고, 시를 포착하기 위하여 자유 자재로 모든 고전적 수단들을 사용할 수 있을 만큼 되었다. 연습 같은 것은 별로 중요한 것이 아님을 보여주려는 듯 그가 구사하는 우아함과 은근한 아이러니는 그가 힘 안 들이고 전개시켜가는 그리고 그의 시간을 메워주고 그의 생각을 채워준다는 장점이 있는 가벼운 수(繡) 장식에 또 하나의 매력을 덧보탠다.

그러나 시대와 사건에 대한 그 같은 무관심은 대다수의 경우 "시사적시" 시를 짓는 데 골몰한 시인들에게 있어서는 상당히 예외적인 것으로 지적된다. 알리베르는 말라르메 시풍 쪽으로 기울어지면서 지중해적 영감이 깃든 서정시, 즉 앙리 샤르팡티에와 그의 친구들 그리고 어쩌면 음

---

27) 『클레멘의 서Le Livre de Clymène』(Le Divan, 1927), p.62. 『비둘기들의 시Les Poèmes des Colombes』(E. paul), 1922에 재수록.

울한 심각성과 영웅주의로 가득찬 뱅상 뮈젤리의 서정시가 극단에 이른 경향을 대표하는데, 그를 논외로 한다면 시사적 시인들은 어떤 "깊이"를 추구하는 것을 탐탁치 않게 생각한다. "깊이"란 적어도 거의 대부분의 낭만주의 시인들이나 상징주의 시인들에게는 영혼의 중심적인 자리로서 바로 거기로부터 우주가 올바르고 필수적인 조망 속에 나타나 보이는 것으로 여겨졌었다. 그들이 상징주의자들에게서 빌어온 것은 신비주의나 정통적 미학이라기보다는 스타일의 방법과 짧은 시편을 어떤 음악적 후광 속에서 떨게 하고 반짝거리게 만드는 특수한 방식이다. 그들은 매우 솔직한 고통들과 삶의 자질구레한 기쁨들을 바탕으로 사랑의 시나 정신적인 시행을 써보는 가볍고 사교계풍이며 비정규적인 시인들의 후계자들—그들이 반드시 그 사실을 의식하지 못하고 있는 것은 아니다—이라고 보아도 무방하다. 기교tour, 경구적 악센트, 불꽃처럼 의외이며 전격적인 비교나 톡 쏘는 맛을 내는 재간이야말로 고전주의 세기를 갱신한 현대 공상파 시인들의 주된 장점이다. 스펙터클은 변했으며 사람들의 마음도 백여 년 동안의 욕망과 꿈에서 완전히 벗어나지는 못했지만 달라졌다. 그러나 감수성과 지성intelligence의 경계선에서 뿜어나오는 예민하고 명철한 정신은 아직도 광적 흥분을 거부하는 시인에게 믿을 만한 무기를 마련해주기에 알맞은 것이다.

제8장
상징주의의 고전, 폴 발레리

폴 발레리가 추구하려는 것은 초의지적hyperconscient인 시인, 그리고 시의 '장인fabricateur'으로서의 시인 전통이다. 그는 디오니소스를 배격하고 아폴로를 선택했다. 그는 자기 눈에는 '정신의 인간homme de l'esprit'의 두 가지 모습을 대변한다고 여겨지는 레오나르도 다 빈치와 에드몽 테스트Edmond Teste를 선택한 것이다. 이 두 가지 모습은 그 자신의 이룰 수 없는 쌍곡선적 이미지, 언젠가는 그렇게 되고자 꿈꾸었던 모습, 혹은 "인간 정신의 지고한 가능성"에 대하여 명상하고 "이를테면 어떤 천재의 추상적인 장소"[1]를 상상해볼 수 있는 구실로서의 모습이 아니고 무엇이겠는가? 발레리는 레오나르도에 대하여 다음과 같이 말한 바 있었으니 말이다. "그는 인식의 작업과 예술의 조작을 다 같이 가능하게 해주는 바탕으로서의 중심적 태도를 발견했다고 나는 느낄 수 있었다."[2] 이리하여 그의 사고의 지평에는 전능의 신기루가 섬광처럼 빛나게 된다. "단 한 번도 제신을 닮아보고자 기도해본 적이 없는 인간은 인간으로서의 자격이 없다."[3]

발레리로 볼 때 정신적 인간의 고유한 목표는 '자아' 속에서 순수한 의식이 아닌 일체의 것과 구별되는 일이다. 하나의 사고란, 어떤 유별난 감정이란, 사라져버리지 않고 연장되는 어떤 감각, 혹은 어떤 욕망이란, 또 '내면적인' 삶의 모든 현상들이란 정신의 눈으로 바라본다면 그 역시

---

1) 티보데가 그의 「발레리론」에서 사용한 표현(Coll. des Cahiers Verts, Grasset 사).
2) 「레오나르도 다 빈치의 방법론 서설Introduction `à la méthode de Léonard da Vinci」(『노트와 여담Note et digressions』 N.R.F. 간행).
3) 『논리Moralités』(N.R.F. 간행).

외면적 사상들이 아니고 무엇이겠는가. 그것 또한 태어나고 죽고 변용하며 서로서로 대치되는 사상들에 불과한 것으로서 정신은 어떤 끊임없는 "배출 작업exhaustion"을 통하여 그런 것들과 분리될 필요가 있다. 정신은 그 자체에 대한 의식으로서 항구적이고 똑같은 모습으로 남아 있기 위하여 그런 사상들을 불순하고 유동적인 것으로 간주하여 배격할 필요가 있다. 이렇게 될 때까지 남는 것은 오로지 어떤 "닫혀진 거울들의 궁전"이나 고독한 등불뿐이다.[4] "나는 여기 있으면서 나 자신을 바라보며, 존재한다. 나를 바라보고 나는 나를 바라보는 나를 바라보며…… 등등." 이것은 테스트의 공식이다. 무한히 계속되는 거울 조작의 이미지.

이 정신이 볼 때는 따라서 모든 것이 다 객체(대상)가 될 수 있다. 예를 들어서 낭만주의자들이 개인의 최고선이라고, 전형적인 주체[5]라고 여겼던 우리들의 인격조차도 객체가 될 수 있다. 이렇게 볼 때 인격은 기껏해야 하나의 '사상chose'이며 "세상의 다른 모든 우발적인 사상들과 마찬가지로 취급되어야 마땅한" 하나의 우발적 사건이며 어떤 "자연의 유희, 사랑과 우연의 유희"[6]에 지나지 않는다. 그렇다면 자연이 우리들 마음속에서 불러일으키는 그 숱한 욕망과 움직임들 중에서도 꼬집어 포착할 길 없는 우리의 영혼, 혹은 사람들이 영혼이라 이름붙여 부르는 그것을 어디에서 포착할 것인가? 그리고 우리는 과연 그 영혼을 숱한 허구들 중 어느 허구 이상의 것으로 간주할 수 있을 것인가?

이 같은 지적 금욕의 끝에 이르면 순수한 자아는 하나의 우주적 점으로, 개체로서의 버팀대를 상실한 하나의 이름 없는 힘으로 변하고 만다. 그 사실을 뒷받침하려는 듯이 발레리는 이렇게 말한다. 정신의 인간은 "마침내 그 무엇으로도 되지 않으려는 무한한 거부 그 자체로 집약되려

---

4) 「레오나르도 다 빈치의 방법론 서설」 참조.
5) 이 문제 및 그 밖의 것에 관해서는 프란츠 로위Franz Rauhu의 『폴 발레리*Paul Valéry*』(Max Hueber, Nunich, 1930) 참조.
6) 위의 책.

고 고의적으로 노력하지 않으면 안 된다". 이리하여 자기에 대한 절대 의식에 도달하기 위해서는 천성의 삶에서 떨어져나오고 끊임없이 자신의 내면에서 그 천성과 삶을 부정하는 일이 필수적이다. 이런 각도에서 볼때 우리는 발레리가 일체의 감상적이고 정신적인 삶(평범한 의미에서)으로부터 벗어나는 일에 무한한 주의를 기울이는 기이한 종류의 신비주의자, 그러나 "얼굴이 없는 존재의 자식"인 자아 의식의 신비주의자라고 규정할 수밖에 없을 것이다.

> 오직 한줄기 한숨이 요약하는 시간의 신전
> 그 순수한 점으로 나는 올라가 익숙해지네,
> 내 바다 같은 시선에 둘러싸인 채
> 그리하여 제신에게 바치는 내 지고의 제물인 양
> 잔잔한 반짝임이 저 드높은 곳에
> 도도한 경멸을 뿌린다.

> Temple du Temps, qu'un seul soupir résume,
> A ce point pur je monte et m'accoutume,
> Tout entouré de mon regard marin;
> Et comme aux dieux mon offrande suprême,
> La scintillation sereine sème
> Sur l'altitude un dédain souverain.[7]

그러나 이 같은 황홀경 속에 계속 몸담고 있기란 어려운 노릇이다! 실제로 세계는 끊임없이 인간 정신 속으로 밀고 들어온다. 지각·감정

---

7) 「해변의 묘지*Le Cimetière marin*」.

사 · 쾌락과 고통, 안과 밖의 사상들은 다 같이 우리들 내부에 "낯익은 혼돈"을, 그러면서도 끔찍할 만큼 낯선 혼돈을 형성한다. 영혼 속에서, 자아 속에서, 그 어느 것 하나 분명한 것은 없으며 또 정신은 한 번도 대상의 내면에까지 침투해 들어가본 적은 없는 채 그저 이미 본 적이 있다. 느낀 적이 있었으니까 기껏해야 면식이 있는 정도인 대상을 참으로 인식했다고 착각하면서 타성에 의하여 미리 닦여져 있는 길로 미끌어져 들어간다.[8] 의식은 기껏 간헐적으로 깨어날 뿐이다. 의식이 돌아오게 하려면 어떤 충격이 필요하고 어떤 알 수 없는 침입이 필요하다. 그러나 바로 세계의 이같이 항상 새롭게 되풀이되는 공격은 정신을 위기 속으로 몰아넣음으로써 정신에 구원의 수단을 제공하며 졸음에서 깨어나 소생하고 어느 순간에 일체의 운동이나 일체의 형태들과 동등한 경지에 이르며, 정신이 그 운동 형태의 자취를 찍어 간직하면서도 나중에는 그것들과 구별되고 격리될 수 있는 수단을 제공하는 것이다.

다음은 극장에서의 테스트의 모습이다.

그는 오로지 객석만을 바라보고 있었다. 그는 구멍의 가장자리에서 뜨거운 입김을 깊이 들이마셨다. 그는 얼굴이 뻘겋게 달아올랐다.

구리로 된 거대한 여자 하나가 눈부신 빛 저 너머에서 웅성거리는 무리들과 우리를 갈라놓고 있었다. 김이 자욱 서린 저 안쪽에서 조약돌처럼 부드러운 여자의 벌거벗은 몸 한쪽이 빛나고 있었다. 숱한 저마다의 부채들이 저 높은 천장의 불에까지 거품을 일으키며 어둡고 밝은 세계 위에서 살아 움직이고 있었다.[9]

---

8) "대부분의 사람들은 눈을 통해서 본다기보다는 훨씬 더 빈번히 지능을 통해서 본다. 그들은 오색영롱한 공간을 인식하는 것이 아니라 개념들을 인식한다. 그들의 눈에는 저 위에 희끄무레하고 유리가 반사하는 구멍들이 뚫린 입방체를 보게 되면 즉각적으로 그것은 '집이다!' 하고 생각하는 것이다." (「레오나르도 다 빈치의 방법론 서설」)
9) 「테스트 씨와 보낸 저녁나절La Soirée avec M. Teste」(N.R.F. 간행).

모든 것이 인광 속에서 스러지기 전에 가장 적극적인 응시 행위가 계속된다. 그러나 마침내 정신이 회복되어 정신 그 자체를 거부하게 된다 해도 그것은 오직 대상(객체)들이 지닌 가장 개별적이고 특수한 것에 대한 의식을 극단에까지 밀고 나가본 뒤의 일이다. 정신은 객체들을 저 좋을 대로 다룰 수 있게 되어 그 총체를 배열 조립해보기도 하고 허물어뜨리기도 하면서 아날로지를 알아차리게 된다.

　실제로 발레리는 자신의 정신이 자연의 몇 가지 특권을 흡수하게 만들고 싶어한다. 자동화 현상이 염려스럽기도 하고 또 보다 높은 자유를 누릴 수 있기 위해서, 그는 스스로 자연을 대신하려고 노력하며 자연의 우연성을 호기로 탈바꿈시키고자 한다. 영감과 은밀한 힘에 몸을 맡긴다는 것은 기적적인 낚시질을 하는 것이나 마찬가지다. 명명백백한 가운데 이로운 조우를 준비하는 것이 유리하고 또 경제적이지 않겠는가?

　이런 면에서 이 오만한 시인은 환상에 빠진다. 사람이 자연을 대신할수는 없는 법이다. 우리는 기껏 '자아'의 빛나는 핵의 범위를 확대하고 광속선을 더 먼 곳에까지 던져볼 수 있을 뿐이다. 그러나 여전히 어둠은 남게 마련이다. 모든 것을 사고로 환원하겠다고 자처하는 것은 헛된 꿈이다. 발레리의 가장 신랄한 역설로도 그것을 어떻게 할 수는 없는 것이다. 우리는 발레리에게서 오로지 자기 자신의 가능에만 모든 관심을 집중하기로 결심한 인간과 대면한다. 그러나 "그가 부재하는 것으로 제시하는 것은 바로 그가 미리부터 바라보기를 거부하는 그것이다."[10] 게다가 발레리는 자명한 사실 앞에서 수긍을 하는 경우도 있는데 이는 과연 여러 가지 교훈들로 가득 찬 모순이다. "탐구하는 것은 결국 어떤 우연한 사고나 어떤 졸음을 통해서 '발견 능력을 지니는' 상태에 놓여지는 것에 지나지 않는다. 그것은 다행스러운 섬광의 장을 준비한다는 의미이다."

---

10) 장 폴랑Jean Paulhan 「관객의 노트Carnet du spectateur」(《N.R.F.》 1929년 3월).

이만하면 모든 것을 새삼스럽게 다시 문제삼기에 충분한 것이다. 그러니까 우리에게 미리부터 부여된 것이 있다는 얘기가 된다. 아니 어쩌면 그것을 부여한 것은 우리들 자신일지도 모르지만, 다만 우리는 그런 줄도 모른 채, 그 지하에 깊숙이 묻힌 원천이 무엇인지 알아차리지 못한 채, 그것을 부여하는 것이리라.

그 정도의 설명으로는 부족하다. 발레리가 아무리 항상 어떤 상황에나 응할 수 있는 태세를 갖추고자 하더라도, 순수한 정신이 아닌 것이면 그 어느 것에든 관여하지 않고자 하더라도, 그 역시 자기의 영혼과 육체의 매혹에 불가피하게 영향을 받지 않고 배길 수는 없다. 우리들 인간의 사고는 적어도 겉보기에는 그것이 자연 발생적이고 자유로운 것이라는 면에서 생각할 때 어쩌면 거의 단절이 없는 하나의 꿈에 지나지 않으며 우리의 내적 외적 감각들의 해석과도 같은 허구의 연속에 지나지 않는 것이다. 자신의 영혼과 육체에 감미로운 기분으로 매여 있으며 나르시스가 물 속에 비친 제 그림자에 이끌리듯 그 영혼과 육체에 매혹되고, 낯설고 그리고 불가해한 삶에 유혹을 받고 삶이 인식의 황혼녘에 투사하는 저 영롱한 색채들, 어디서 오는 것인지 알 수 없는 색채들에 마음이 끌리고 마침내 그 삶에 매혹된 채 그 약점 속에서 쾌락을 맛보는—물론 드높은 곳, 절대적 경멸의 "순수점point pur", 그리고 삶을 거부하는 의식의 완벽한 공의 상태에 대하여 그리움과 욕망이 없지야 않겠지만—존재, 우리에게 보이는 발레리는 이러하다. 이 양면이 존재의 두 가지 상태인지, 비존재의 두 가지 상태인지, 우리로서는 잘 알 수 없다. 왜냐하면 그 두 가지는 서로를 조건 지어주는 것이니까. 두 가지의 서로 상반된 상태가 그를 충동한다. 단순하고 안정성 있고 비시간적인 한 상태가 있는가 하면 다양하고 변화무쌍하고 지속적인 사상들의 상태가 정신을 포위하고 있다. 그가 쓴 거의 전 작품이 그와 같이 이쪽이냐 저쪽이냐의 흔들림을 증언하고 있다. 스스로 저 자신의 주인이라 믿고 있는 분명한 사고의 밑바닥에는 무의식과 우연이 도사리고 있듯이, 삶에 대하여 초연하고자 하는 의지 밑바닥에는 살겠다는 의지와 필연성이 도사리고 있다. '자아'가 그의 모든 감각들을 의식하려고 노력하는 것은 단순히 정신의 수련만을 위해서가 아니다. "어떤 인간들은 대상들의 개체성이 지닌 관능을 유별나게 섬세한 느낌으로 감지한다"[11]고 발레리는 말한다. 정신이 그의 영혼을, 나아가서는 그의 인격을, 객체로 간주하려 애써보아야 소용이 없고 그가 다음과 같이 선언해보아야 소용이 없다.[12] "나는 어떤 사람도 아니고 다른 어떤 사람도 아니다. 망각은 '내가 그 누구도 아니라는 것'을 보여준다." 그러나 다음과 같은 절규, 정념에 넘치는 질문에 미리부터 속 시원한 응답을 해줄 만한 것은 하나도 없었다. "오 어떻게 하여 '나의 인격ma personne'이 생존을 꿰뚫고 송두리째 보존되었는지를, 그리고 그 무엇이 무기력하나 생명이 넘치며 정신으로 가득 찬 나를 허무의 이쪽 기슭에서 저쪽 기슭으로 실어갔는지를 그 누가 나에게 말해주랴."[13]

*

타고난 시인Nascitur poète. 폴 발레리는 시인이다. 모순으로 가득 찬 그 숱한 기도들, 그리고 그가 스물두 살이 되었을 때부터 이미 그의 마음속에 끓어올랐던 저 "무모한 앎에의 욕구"에도 불구하고 그의 내부에 시의 천재가 살아남게 되자면 그는 타고난 시인이어야만 했다. 그리고 발레리가 시적 유희에 몸을 던지기로 마음먹었던 것은, 아니 시를 위하여 자기의 모든 힘을 다 바치려고까지 한 것은 거기에 그만 한 이득이 있기 때문이다. 그가 즐겨 사용하는 표현대로 그 "연습"은 자신에게 힘이 있

---

11) 「레오나르도 다 빈치의 방법론 서설」(1894년판 텍스트).
12) 『선집Analecta』, cxix.
13) 「A.B.C」(《코메르스》지, 1925년 발표).

다는 느낌을 주었다. "유희는 유희이지만 엄숙하고 절도 있고 의미심장한 유희. 평상시의 자기와는 다른 자신의 이미지……."[14] 한 편의 시를 건축한다는 것은 자기를 형성한다는 것을 뜻한다. 시의 예는 시를 태어나게 만드는 여러 가지 행위라는 수단을 통하여 자신을 완성하는 예와 쌍을 이룬다. "저 낯익은 혼돈"(심리학적 삶의 무질서)을 극복하고 "본질적으로 형태와 스타일이 결핍되어 있는 것"[15] 즉 사고에 형태와 스타일을 부여하는 예 말이다.

그러나 이런 연습은 그것이 어려운 것일 때에만 비로소 효력이 있는 것이다(작자와 관계시켜볼 때). 한 개인의 미학과 윤리가 일치한다는 사실을 확신하는 발레리는 매우 많은 구체적이고 복잡한 조건들—우선 전통적인 작시법의 규율부터 포함하여—에 고의적으로 순응하는 것은 아름다운 작품이 태어나게 하는 데 도움이 된다고 판단한다. 그런 조건들은 기껏해야 관습으로서의 가치밖에 없었지만 정신으로 하여금 그와 대립되는 장애물에 부딪치면서 최선을 다하게 만들며, 사용 불가능한 "기발한 착상"을 희생시키고, 긴장과 내적 응결의 고급한 상태를 유지하도록 만들어준다. 유희의 규칙이 비록 자의적인 것이라 할지라도 그것을 준수함으로써 그리고 시를 사고의 체계, 서로 끊을 수 없을 만큼 얽힌 동질적 음향의 체계로 만듦으로써 심리학적 힘들의 만연을 방지할 수 있고, 그와 동시에 작품을 성공으로 이끌 기회를 증대시킬 수 있는 것이다.

그런데 혹시 그 많은 노력과 의식으로 받아들인 구속에도 불구하고 최상의 시적 결실을 거두지 못한다면 어떻게 될 것인가! 발레리는 감히 이렇게 대답한다. "나는 어떤 신들린 듯한 경지에 빠진 채 내 정신이 아닌 상태에서 가장 아름다운 걸작을 낳는 것보다는 뚜렷한 의식으로 완전한

---

14) 『문학*Littérature*』.
15) 이 점에 대해서는 클로드 에스테브Claude Estève의 글 (《Revue de Métaphysique et de Morale》지, 1928년 1월, 3월호)을 참조할 것.

맑은 정신 상태에서 허약한 어떤 것을 써내는 쪽을 훨씬 더 원하는 편이다."[16] 이는 아마도 시에 대한 근본적인 죄악일지도 모른다. 시인은 오만과 비합리에 대한 혐오 때문에 그의 명징하고 고고한 사고가 그 위력을 행사하지 못하는 어떤 세계에서 오는 풍부함을 받아들이기를 거부한다. 그는 천부의 재능에 대한 책임을 지는 데 동의하지 않는다. 그렇지만 자연은 그를 위해서 그동안에도 일을 해준다. 그것은 합당한 일이고 어떤 때에는 그 자신도 그 사실을 안다. 그는 자연에 도전하고, 역설을 통해서 그 손아귀에서 벗어나는 것이 유쾌하다. 그러나 헛수고다. 브레몽 신부가 한 말은 의미 심장하다. 즉 발레리에게는 "그 자신의 뜻을 거슬러 된 시인"의 그 어떤 면이 있다는 것이다. 사실 가장 심각한 것은 우리가 앞에서 인용한 시인의 실토가 존재 전체의 어떤 결과를 드러내 보인다는 점이다. 다만 발레리는 절대적 명증성에 대한 그의 원초적 집착 때문에 자신의 "총체적 기능fonctionnement d'ensemble"에 대해서는 지극히 불완전하게 드러내 보여주고 있다는 사실 또한 우리는 인정해야만 한다. "우리가 생각하고 있는 내용은 우리의 실제 됨됨이를 가리워놓는다"고 그 자신 지적한 바 있다.

이 정도에까지 이른 주지주의적 태도 때문에 그는 시인이 사상idées을 표현해야 마땅하다고 생각하는 것일까? 극단의 의식적 의지와 더불어 그의 내면에 어떤 깊은 성향들이 공존하고 있는가를 망각한다면 그런 우려도 가질 만할 것이다. 포Poe와 보들레르와 말라르메의 제자인 그는 시의 목표가 타인에게 논리적 개념들을 전달하는 데 있다거나 온갖 형태의 교육성didactisme이 산문의 영역 아닌 다른 어떤 영역에 속한다고 생각할 수는 없을 것이다. 말라르메와 마찬가지로 발레리도 말을 사고의 전달에 적합한 의사 교환의 도구로—일단 그 기능을 완수하면 소멸해버리

---

16) 『바리에테 2』(「말라르메에 관한 편지Lettre sur Mallarmé」).

는 도구로─사용하는 것이 아니라, 말들을 암시력과 심리적 창조력에 따라 결합시켜 사용한다. 독자의 총체적 자아에 영향력을 행사하고 그의 내면에 자연보다 더 강력하게 비범한 활력과 감동을 촉발시키는 데 시인의 사명이 있기 때문이다. 합리적인 노래이기는커녕 삶에서 이끌어낸 것이고 항상 삶 그 자체처럼 애매한 것인 시는 여러 가지 분위기가 압력을 행사하는 일종의 초자연(어느 의미에서 보면 비신비주의적인)을 형상화한다. 더군다나 발레리가 스스로 시에 대하여 정의를 내리도록 가만 놓아두어보면 그는 어느새 주지주의의 반대 극으로 건너가 있는 것을 목격하게 된다. 어느날 그는 이렇게 말했다. "시는 분절된 언어를 수단으로 하여, 외침, 눈물, 애무, 키스, 한숨 등이 어렴풋하게 표현하려고 하는 '이 사상들' 혹은 '이 사상'을 재현하거나 복원시키려는 시도이다."[17]

따라서 중요한 것은 원초적인 것, 근원적인 것에까지 길을 트고 삶의 원천에까지 거슬러 올라가서 우리가 생각하는 것 속에 숨은 "우리 자신의 실재"에 도달하는 일이다. 발레리의 회의주의 그 자체, 그리고 유용하기는 하지만 진정한 것이 못 되는 피상적 산물로 간주된 사고에 대한 그의 불신은 그를 합리주의적 시관에서 멀어지게 만든다. 시 「새벽 L'Aurore」을 상기해보라. 사고는 그 시 속에서 '자아'의 암흑 속에 있는 비밀스러운 거미들의 모습으로 그려지고 있다. "바라보라"라고 거미들은 시인에게 말한다.

　　우리가 해놓은 것을 바라보라:
　　우리는 그대의 심연 위에
　　우리의 기본적인 실을 걸어놓았다
　　그리고 떨리는 예비의

---

17) 『문학 Littérature』.

가느다란 실오리 속에

벌거벗은 자연을 잡아놓았다……

Regarde ce que nous fîmes:

Nous avons sur tes abîmes

Tendu nos fils primitifs,

Et pris la nature nue

Dans une trame ténue

De tremblants préparatifs……

그러나 시인은 대답했다.

그들의 정신적 거미줄을

나는 끊어버리고 내 관능적인

숲 속으로 내 노래의 신탁을

찾으러 간다.

존재! 우주적인 귀!

영혼이 송두리째

욕망의 극단을 닮아간다.

Leur toile spirituelle,

Je la brise, et vais cherchant

Dans ma forêt sensuelle

Les oracles de mon chant.

Être! Universelle oreille!

Toute l'âme s'appareille

A l'extrême du désir……[18]

이것은 랭보의 말을 빌건대 "저 혼자서 되풀이하여 증거를 대보이는" 것과는 전혀 다른 일을 하는 정신의 이미지이다. 여기서 정신은 결단코 의식의 저 빛나는 중심을 온 사방으로 둘러싸고 있는 모호한 가장자리 술장식 쪽으로 돌리고 있다. 사상에 대한 그의 비판뿐만 아니라 그의 시관, 그리고 '자아'와 우주의 비합리적 위력이 그의 의사와는 상관 없이 그에게 행사하는 거의 관능적이라 할 만한 매혹 등 모든 것이 합세하여 아폴로적인 시인인 발레리를 존재의 어두운 심연 쪽으로 유도한다. 사람들이 정의했듯이 그가 설혹 인식의 시인이라 하더라도, 그는 그 어느 면으로 보나 공식화되고 규율화된 인식의 시인―사상의 시인―이 아니라, 이제 태동하고 있는 인식, 아직 유충의 상태에 머물고 있는 사상, 의식과 무의식의 모든 중간 상태에 있는 시인임을 알아두어야 할 것이다. 뿌리는 가장 깊은 곳에 박고 있지만 줄기는 아직 눈에 띌까 말까 한 풀들― 그대로 자라도록 버려둔다면 아마도 산문에는 알맞겠지만 시에는 적합하지 못한 분명한 사고가 되어버릴 풀들―위로 발레리는 참을성 있게 그의 그물을 던진다.[19] 그 완만한 상승, 밤에서 낮으로의 그 이동은 그의 시의 주된 테마들 중 하나를 이룬다.

"모래와 하늘" 사이에서 제 스스로가 종려수인 줄도 모르고 있는 종려수를 보라. "엄격성"이 불안감을 감추지 못한 채, 성장하는 것에 대하여 절망하는 경우도 있다. 성장의 법칙을 알 수 없고, 또 성장이 기대에 어긋나기 때문이다.

그 많은 황금과 권위를 준비하는

---

18) 「새벽Aurore」(『매혹Charmes』 중에서).

어느 현자가

인색하다고 욕하지 말라.

엄숙한 수액을 통하여

영원한 어느 희망이

성숙에까지 솟아오르니!

그대에게는 공허하게 보이고

우주를 위하여 잃어버린 듯이 보이는 이 날들은

탐욕스러운 뿌리가 달려

사막에서도 뻗어내린다.

암흑에 의하여 선택된

저 잔털이 자욱 돋은 뿌리는

---

19) 여기서는 『서설』(1919년판 텍스트)에 나오는 다음과 같은 대목을 읽어볼 필요가 있다.
"삶의 분명함과 죽음의 단순함 사이에서 꿈, 불안, 황홀경 등 이를테면 인식의 등식 속에다
가 대략적인 가치들이나 비합리적이거나 초월적인 해답을 끌어들이는 반쯤 터무니없는 이
런 모든 상태들은 이상한 정도(程度)들과 다양성과 말로 표현하기 어려운 국면들을 설명해
놓는다—왜냐하면 이런 것들을 지칭할 수 있는 명칭이 없고, 우리는 그 속에 들어가면 어리
둥절하고 외로워지기 때문이다.
신용할 수 없는 음악이 극단적인 주의력의 연속과 연결을 통해서, 잠들어 있을 때 같은 자유
를 꾸며놓고 일시적으로 친근한 존재들을 종합해 보이듯이, 심리적 균형의 파동은 생존의
엉뚱한 양식들을 알아볼 수 있게 해준다. 성취될 수 없지만 태어날 수 있는 감성의 제형태를
우리는 내부에 지니고 있다. 그것들은 계속적 시간의 가차없는 비판에서 슬며시 벗어난 여
러 순간들이다. 그런 것들은 우리들 존재의 완벽한 기능에 저항하지 못한다. 멸망하든가 아
니면 그것들이 녹아버리게 마련이다. 그러나 이 오성의 괴물들이란 교훈으로 가득 찬 괴물
들이다.
이 지나가는 생태들—계속성·연결, 기지의 가동성 따위가 변질되어버리는 공간. 빛이 고통
과 결합하는 세계. 공포와 유도된 욕망들이 우리에게 기이한 회로를 지정해주는 힘의 장. 시
간으로 만들어진 질료, 문자 그대로 공포나 사랑이나 정일감으로 되어 있는 심연, 기이하게
용접된 듯 그 자체 속에 갇힌 지역들. 운동을 거부하는 비(非)아르키메데스적 영역들. 번개
불 속의 영원한 명소들. 홈이 패여지고 우리들의 구토증과 짝을 이루며 우리의 조그만 의도
에도 굴절하는 표면…… 그런 것들이 실존한다고 말할 수는 없다. 또 실존하지 않는다고 말
할 수도 없다. 그런 곳을 거쳐가본 일이 없는 사람은 자연의 빛과 가장 평범한 환경이 얼마
나 귀중한 것인지 알지 못한다. 존재하느냐 존재하지 않느냐의 양자택일에 비추어 생각하지
않는 사람은 이 세계의 참다운 연약함을 알지 못한다. 그렇지 않다면야 만사가 너무 쉬운 것
이 되고 말 것이다!"

세계의 심장부에 이르도록

정상에서 요구하는

깊은 물을 찾아

끊일 줄 모르고 뻗어간다.

참으라, 참으라

창공에서는 참으라!

침묵의 원소 하나 하나는

성숙한 과일의 기회이니!

다행한 놀라움이 찾아오리라

한 마리 비둘기가, 미풍이,

가장 감미로운 진동이,

몸을 기대는 여인이,

저 비를 내리게 하여

그 비 속에 우리는 몸을 던져 무릎 꿇으리니!

N'accuse pas d'être avare

Une Sage qui prépare

Tant d'or et d'autorité:

Par le sève solennelle

Une espérance éternelle

Monte à la maturité!

Ces jours qui te semblent vides

Et perdus pour l'univers

Ont des racines avides

Qui travaillent les déserts.

La substance chevelue

Par les ténèbres élue

Ne peut s'arrêter jamais

Jusqu'aux entrailles du monde.

De poursuivre l'eau profonde

Que demandent les sommets.

Patience, patience,

Patience dans l'azur!

Chaque atome de silence

Est la chance d'un fruit mûr!

Viendra l'heureuse surprise:

Une colombe, la brise,

L'ébranlement le plus doux,

Une femme qui s'appuie,

Feront tomber cette pluie

Où l'on se jette à genoux![20]

여기서는 절대적인 이론의 힘이 사그러진다. 그리고 이성과 관계없이 이성과 대립적으로, 그늘 속에서 작용해온 힘에 대한 자연과 저절로 된 창조에 대한 감사의 찬가가 솟아오른다. 이것은 귀중한 고백이며 그것을 증거하는 대목은 여러 군데에 나타나 있다. 사실상 발레리는 차례로, 혹은 동시에 두 가지 소명vocation의 부름을 받고 있는 것이다.

---

20) 「종려수Palme」(「매혹Charmes」 중에서).

여러 면에서 볼 때 그의 가장 근본적인 시편들인 『젊은 파르크 *Jeune Parque*』와 『해변의 묘지 *Le Cimetière marin*』[21]에서 똑같은 테마가 되풀이하여 나타나는 것은 아마도 바로 그런 까닭일 것이다. 거기에서는 두 가지 상반되는 태도 사이에 싸움이 벌어지고 있다. 하나는 '순수한 pure' (절대적인 absolue) 태도, 격리된 상태 속에 몸을 감추고 있는 의식의 태도이며, 다른 하나는 삶과 변화와 활동을 수용하는 정신, 즉 그 자체의 완변학 순수성을 포기하고 사상들의 유혹에 이끌려 그 사상들의 변용과 보조를 같이하는 정신의, 앞서와는 반대되는, 혹은 불순한 태도이다. 그리고 또 『매혹 *Charmes*』의 "주제"가 대부분 그러하듯이 『젊은 파르크』의 대다수의 전개는 바로 그와 같은 근본적인 테마와의 관련 속에서 이해될 수 있을 것이다. 심지어 그 전개는 그 테마의 특수한 경우이거나 혹은 그것의 단순한 연장일 때도 있다.

그런데 『젊은 파르크』도 『해변의 묘지』도 둘 다 생명의 승리로 끝난다. 전자에서 우리는 반은 처녀요 반은 여신인 어떤 가공의 존재가 바다로 다시 내려오는 것을 볼 수 있다. "피할 수 없는 별들"이 사라지면서 밤의 유혹에 시달리고 난 새벽의 첫 번째 흰 빛이 그에게는 "어떤 조상 할머니의 고뇌에 빛을 비추어주는" 것처럼 보인다. 한동안 불순한 것들에서 벗어나는 유일한 수단으로서 죽음을 욕구했던 그 여자는 여전히 살아 있게 될까? 그러나 마침내 그는 공중의 가장 세찬 것에 의하여 상처를 입는다. "바다의 부름"이 그의 얼굴에까지 와 닿는다. 물결을 쓸면서 광선이 그의 생각 속 깊숙한 데까지 "싸늘한 불꽃의 눈부심"을 쏟아붓는다. 다시 한번 생명에게 깨물린 그녀는 굴복한다. 그는 이렇게 찬미한다.

나는 그대를 아껴 사랑하노라, 나를 아는 듯하던 광채여,

---

21) 『해변의 묘지』에 관한 귀스타브 코엥 Gustave Cohen의 주해(N.R.F. 간행) 참조.

각종 황금빛 속에서 감사의 젖가슴으로

피묻은 한 처녀가 몸을 일으켜 향하는 불이여. (「바리앙트」에서 인

용. 『전집 1』 p.1605 참조—옮긴이주)

Je te chéris, éclat qui semblait me connaître,

Feu vers qui se soulève une vierge de sang

Sous les espèces d'or d'un sein reconnaissant.

생명의 승리일까? 그보다는, 여전히 덧없는 것인 삶의 수락이리라. 진
정으로 산다는 것은 자기의 욕망 행위 속에 빠져서 길을 잃는 것이며 하
나가 되는 것—그리하여 더이상 자신의 모습을 보지 않게 되는 것일 터
이다. 인간은 의식이 그의 내면에서 깨어났던 그날부터, 이 세계 속에서
모든 것과 떨어져서 격리된 채 유형보낸 자신의 존재를 느끼기 시작했
다. 그의 온몸의 모든 끈과 영혼을 다하여 그 세계에 매달리지만 여전히
세계는 그와 무관한 낯선 상태로 남는다. 의식이 삶 속에 끌어들인 이 일
원론에서 벗어날 수가 없다. 이 세계에 자신을 아낌없이 바칠 수도 없고
세계로부터 빠져나갈 수도 없다. 우회적 수단을 쓰고 타협에 응하고 정
신과 사물 사이의 중간적인 길들을 모색하여 때로는 이쪽, 때로는 저쪽
과 가까이 해보는 것, 이것이 인간의 운명이다.

　『해변의 묘지』에서 바다는 『젊은 파르크』에서와 마찬가지로 움직임,
무의식적이며 창조적인 생명을 상징한다. 그것은 또한 살아 있고 욕구에
차 있으며 수수께끼 같고 형태가 없는 영혼을 상징하기도 한다. 명상이
사점에 이르고, 정신은 도처에서 오로지 환상만을 보는가 하면, 그와 동
시에 바다는 잠들어 있는 육체에까지 그 숨결과 거품을 끼얹음으로써 영
혼을 잠깨우고, 마술적인 우주권 속으로 영혼을 끌어들이고 또 영혼으
로 하여금 육체에 맡기고 잠시 동안 살도록 강요하는 것이다.

아니다, 아니다! 일어서라! …… 계속적인 시대 속에!
내 육체여, 이 사고의 틀을 깨라!
내 젖가슴이여, 바람의 탄생을 마시라!
바다에서 뿜어나오는 서늘함이
내게 나의 혼을 되돌려준다…… 오 짜디짠 힘이여!
파도로 달려가 생생하게 다시 분출함이여!

그렇다! 광란을 타고난 큰 바다여,
표범 가죽이여, 그리고 수많은 태양의 영상들로
구멍 뚫린 희랍 외투여,
침묵과 같은 소용돌이 속에서
너의 반짝거리는 꼬리를 물어뜯는
너의 푸른 살에 도취한 절대의 히드라여,

바람이 인다! …… 살려고 애써야 한다!

Non, non! …… Debout! Dans l'ère successive!

Brisez, mon corps, cette forme pensive!

Buvez, mon sein, la naissance du vent!

Une fraîcheur, de la mer exhalée,

Me rend mon âme…… O puissance salée!

Courons à l'onde en rejaillir vivant!

Oui! Grande mer de délires douée.

Peau de panthère et chlamyde trouée

De mille et mille idoles du soleil,

Hydre absolue, ivre de ta chair bleue.

Qui te remords l'étincelante queue

Dans un tumulte au silence pareil,

Le vent se lève! …… Il faut tenter de vivre!

범상치 않은 운동의 회복! 프랑스어의 10음절 시구가 이 같은 축제를
마련한 일은 전무후무하다. 잠시 동안 이 혼돈에로의 귀환은, 광란과 시
간적 세계에로의 몸맡김은, 얼마나 흐뭇하며 또 얼마나 큰 해방인가! 그
러나 애석하도다, 도취의 순간이 지나고 나면 또다시 문제되는 것은 작
업의 기획이다. "살려고 애써야 한다." 의식이 되돌아오고 의문과 의혹이
되살아난다. 존재할 것인가 존재하지 않을 것인가? 문제는 이렇게 제기
되지 않는다. 불완전하게, 허약하게, 항상 모든 인간적 삶의 조건에 순응
하지 않으면 안 되는 것이다.

*

폴 발레리는 세인들이 그에게 부여해준 시인-철학자poète-philosophe
라는 칭호를 거부한다. 철학은 "그것이 사용하는 도구에 의하여 규정되
는 것이지 그것이 다루는 대상에 의하여 규정되는 것이 아니다"라고 말
하기를 그는 즐겨한다. 순수한 시인의 언어와 철학자의 기술 사이의 양
립 불가능성은 철학적 시라는 생각을 기형적으로 만들어놓기에 충분한
것이다. 그렇지만 과연 발레리의 기준을 받아들여야만 하는 것일까? (현
대의) 철학은 그것이 사용하는 도구appareil에 의하여 규정되는 경향을
띤 것이 사실이지만, 철학이 그것을 자랑으로 생각한다면 잘못이라고 여
겨진다. 우리가 볼 때 『젊은 파르크』의 시인은 그의 가장 우수한 시편에

있어서 "대상"이 부족하지 않은 철학적 시인이다. 그런데 그가 엄밀하게 말해서 형이상학적 범주의 문제들을 다루거나 제기하지 않을지 모른다. 그러나 영혼과 육체, 무의식과 의식 사이의 관계에 대한 어떤 심원한 경험으로 인하여 그는 자신의 어떤 천성적 필요에 따라, 그가 겸손하게 철학적 '색채couleur'라고 부르는 것을 창조하기에 이르는데 이것은 실제에 있어서 그것보다 훨씬 이상의 어떤 분위기 즉 그러한 문제들을 제기하도록 강요하고, 또 문제들의 해결을 긴박하면서도 무한히 요원한 것으로 만드는 심리적인 생명적인 운동들이다. 시는 일체의 교육성과 무관한 것으로서 그 자체의 과육과 떼어낼 수 없는 것이며 '번역되지' 않는 것이다. 시는 끊임없이 이미지들과 음악의 명함 속으로 길을 개척해나가고, 시를 활성화시켜주는 원천과의 접촉을 단절하는 법도 없고, 시를 매달아놓고 있는 저 감미로운 혈연을 끊는 법도 없지만[22] 동시에 시 전체가 철학적 반성을 유도한다. 그러나 여기서 진행되고 있는 드라마는 가장 보편적인 것들에 속한다. 그것은 젊은 파르크의 드라마이며 발레리의 그리고 어느 의미에서 인류의 드라마이다. 자기 자신을 극도로 심화하고 우발적인 사고를 무시한 채 오로지 근본적인 것만을 포착하려 하다 보면 마침내는 개인적인 것, 특수한 것을 초월하여 보편성에 이르게 된다. 낭만적인 '자아'의 시가 이처럼 어떤 정신의 시로 탈바꿈하는 것에 관한 한 말라르메가 이미 그 모범을 보여준 바 있다. 말라르메가 성숙기에 쓴 대부분의 작품들은 서정시와는 다른 차원에 위치하는 것이라 볼 수 있으니까 말이다. 이 점에 있어서 발레리의 우월성은 내가 볼 때, 그의 시가 적어도 가장 성공한 부분에 있어서는 훨씬 더 관능적이라는 사실에 있는 것 같다. '순수한' 태도는 그에게 있어서도 그의 스승 못지않게 마음을 끄는 것이지만, 사물들과 감동이 명백히 말라르메의 경우보다도 더 그를

---

22) "그리고 내 감미로운 관계 속에서, 내 피에 매달린Et dans mes doux liens à mon sang suspendue"이라고 젊은 파르크는 말한다(제3편 끝 부분—옮긴이주).

매혹하고 있는 것이다. 그것들이 그의 내면에 자아내는 관능을 그는 플라톤적인 희미한 초상들, 즉 현존한다기보다는 부재하는 "그윽한 관념 자체idées mêmes et suaves"에다가 관련짓는 것이 아니라 현실적인 대상들과 관련짓는다. 발레리로 하여금 그의 시 속에다가, 심지어는 가장 추상적인 시에 있어서까지, 그 맛과 은밀한 진동을 담을 수 있게 해주는 것은 바로 무게와 색채의 무한할 만큼 미묘한 의미, 그리고 단어의 지성적 힘과 관련을 맺고 있는 심리적 구체성의 감정이다. 그때의 맛과 은밀한 진동이야말로 독자가 미처 의문을 제기할 사이도 없이 직접적인 시적 감흥과 기쁨을 가져다주는 것이다.

이와 같이 해서, 초서정적supra-lyrique이며 "철학적인" 그러면서도 구체적인 이 시 속에는 그 시를 활성화시킬 수 있는 기막힌 의미의 범위가 아무리 광범하다 할지라도—발레리는 그런 광범한 의미에 대해서는 일체의 책임을 지지 않겠다고 말한다("어떤 텍스트의 참다운 의미란 없다")—항상 한 인간이 들어앉아 있다. 그 인간이 제아무리 자신의 영혼의 육체를 밖으로부터 들여다보도록 유의한다 할지라도 말이다. 그의 모든 시 속에는 우리가 조금만 주의하여 보기만 하면 언제나 비슷한 어떤 본질이 잠겨 있다. 발레리는 그 본질을 가리켜 "우리가 귀를 기울이기만 하면 생존의 조건들과 다양함의 모든 복잡성을 억눌러버리는 생존의 심원한 '음조note'"라고 말한다.[23] 그런데 그 심각하고 계속적인 음조는 비록 부드럽고 고상할지는 모르지만 유쾌한 것은 아니다. 그것은 어떤 탄식, 권태, 향수어린 회한의 악센트를 지니고 있다. 그 음조는 고독한 자아의 빗나가버린 희망이 노정되어 있다. 그 고독한 자아는 그가 자신에 대한 사랑에 있어서 얼마간 진전이 있을 때에야 비로소 휴식을 얻을 수 있지만, 자신의 탐구는 끝이 없으며 결국 아무런 성과도 실질적인 보

---

23) 『서설』(「노트와 여담」), Pléiade판 전집 1, p.1228.

상도 얻지 못하리라는 것을 알고 있는 것이다.

그가 모든 것 중에서도 가장 귀중히 아끼는 시 「나르시스Narcisse」의 테마를 보라.[24] 발레리에 따르면 그 테마는 존재와 인식의 대조를 상징한다. 그러나 님프들의 움직임으로 인하여 끊임없이 부서져버리는 영상, 즉 물 위에 그려지는 "욕심나게 하면서도 싸늘한 저 감미로운 악마"는 포착할 수 없는 대상이다. 그렇지 않을 경우에는 정신이 그것을 찾으려 하다가 소진되어버리고 만다.

> 내 느린 두 손을 멋진 황금 속에서,
> 뒤엉킨 나뭇잎들에 붙잡힌 저 포로를 부르다가 지쳐버리고
> 나는 메아리들에게 알 수 없는 신들의 이름을 외친다.

> Mes lentes mains dans l'or adorable se lassent
> D'appeler ce captif que les feuilles enlacent
> Et je crie aux échos les noms des dieux obscurs.[25]

혹은 모든 경계 태세를 갖추고서 보다 더 깊은 곳으로 내려가본 정신은 깊이를 헤아릴 길 없는 공허밖에는 아무것도 알아볼 수 없다고 생각한다. 에밀리 테스트 부인은 자기의 남편인 사람의 명상에 대하여 불안해진다. "골똘한 의지의 극단에서 그는 과연 삶을 찾게 될까 죽음을 찾게 될까?—그것은 신일까 아니면 사고의 가장 깊은 곳에서 기껏 자기 자신의 비참한 질료의 희미한 광채밖에 만날 수 없다는 어떤 끔직한 느낌일까?"[26] 『젊은 파르크 』에 있어서도 마찬가지의 슬픔을 목격할 수 있다.

---

24) 피에르 게강Pierre Guéguen의 『폴 발레리Paul Valéry』(Ed. de la nousvelle Revue Crit) 참조.
25) 「나르시스Narcisse」 최초의 원고.

앞서의 것과 유사한 말들이 같은 성질의 감정을 표현하고 있다.

> 그들의 정념에 찬 바닥들이 메마름으로 어찌나 멀리까지 빛나는지
> 나는 내 생각에 잠긴 지옥의 희망 없는 변경을 보기 위하여
> 앞으로 나아가 변질된다.

> Leurs fonds passionnés brillent de sécheresse
> Si loin que je m'avance et m'altère pour voir
> De mes enfers pensifs les confins sans espoir.

이미, 나르시스는 자아의 심리 속에서 어떤 "무력과 오만의 보물"을, 혹은 "권태"를 발견하고 있었다. 젊은 파르크 역시 권태에 대하여, "맑은 권태"에 대하여 "그의 시선의 포로"가 되어버린 권태에 대하여 말한다. 『영혼과 춤l'Ame et la Danse』 속에서 소크라테스는 삶의 권태를 이렇게 정의한다. "이 완전한 권태, 이 순수한 권태······ 본체라고는 삶 자체밖에 없고 부차적인 목적이라고는 살아 있는 자의 통찰력밖에 없는 이 권태." 『젊은 파르크』의 가장 아름다운 일절에서, 메마르고 가차없기로 이름난 인간인 시인이 눈물이 괴어서 천천히 흐르는 것을 노래하고 있음을 상기시켜봄은 유익할지도 모른다.

> 너는 미로의 오만인 영혼에서 흘러나온다.
> 너는 내 가슴의 이 억누를 길 없는 물방울을 내게 가져온다
> 내 두 눈 위로 찾아와 내 마음의 그늘을 바치고
> 저음의 감미로운 신주(神酒)를 울리는!

---

26) 「에밀리 테스트 부인의 편지Lettre de Mme Emilie Teste」.

내 귀중한 즙에서 증류되어 나오는 물방울을!

……

너는 어디서 태어나는가? 항상 슬프고 새로운 어느 작업이
눈물이여, 너를 뒤늦게야 쓰디쓴 그늘에서 끌어내는 것인가?
고집센 짐이여, 너는 내가 사는 시간 동안 너의 길을 찢으며
내 죽어야 할 여인으로서의 계단과 어머니로서의 계단을 기어오른
다.

너의 느린 움직임이 내 숨을 조인다…… 나는 너의 확실한
걸음을 마시며 입을 다물어버린다……

Tu procèdes de l'âme, orgueil du labyrinthe.

Tu me portes du cœur cette goutte contrainte,

Cette distraction de mon suc précieux

Qui vient sacrifier mes ombres sur mes yeux,

Tendre libation de l'arrière-pensée!

……

D'où nais-tu? Quel travail toujours triste et nouveau

Te tire avec retard, larme, de l'ombre amère?

Tu gravis mes degrés de mortelle et de mère.

Et déchirant ta route, opiniâtre faix,

Dans le temps que je vis, les lenteurs que tu fais

M'étouffent…… Je me tais, buvant ta marche sûre……

매우 인간적인 음악이다. 이 음악 역시 영혼에서 흘러나오는 것이라고
말할 수 있다. 사정이 이러하다면, 발레리가 자기 시의 "주제sujets"에는
관심이 없는 체한다든가 시 자체를 단순한 연습으로 생각하기를 즐겨한

다든가는 별로 중요한 것이 못 된다. 이 시에 담긴 목소리로 보나 "희망 없는" 슬픔으로 보나 그 점은 분명하다. 인간은 확실히 자아의 중심에서, 그가 근거로 삼을 수 있는 참답게 현실적인 것이라고는 아무것도 찾아볼 수 없다는 것 때문에 괴로워하고 있다. 존재는 형상도 없이 닫혀만 있으며 이질적인 것으로서 끊임없이 손아귀에서 빠져나간다. "살려고 애써야 한다." 물론 그럴지도 모른다. 그러나 삶은 일단 절대적인 자기 인식과 자기 통어라는 신기루에 홀려본 사람에게는 마지못한 대안에 지나지 않는다. 「뱀의 초안*L' Ebauche d'un Serpent*」에서 발레리는 태양을 비난하면서 시사적인 말을 분명하게 하고 있다.

비존재의 순수함 속에서
우주는 오직 하나의 결함일 뿐임을
인간의 가슴이 알지 못하도록 너는 막고 있다

Tu gardes le cœurs de connaître
Que l'univers n'est qu'un défaut
Dans la pureté du Non-être.

말라르메도 이미 삶을 과오라고 보지는 않더라도, 적어도 악·불순·타락으로 보았다. 발레리의 "지옥적인infernal" 역설 "존재하지 않는 것만큼 아름다운 것은 아무것도 없다",[27] 비존재의 긍정적인 가치를 부여하고 부재에 현실성을 부여하려고 노력했던 말라르메, "침묵의 음악"인 비실재에 최대한으로 가까운, 질료 없는 시를 꿈꾸었던 말라르메이고 보면 그 역설을 자기 자신의 경우에 적용시킬 법도 했다.

---

27) 「아도니스에 대하여*Au sujet d' Adonis*」(『바리에테 1』 재수록).

의식의 오만은 의식의 재앙을 초래한다. "그 무엇으로건 되는 것"을 다 거부하다 보면 "아무런 참다운 바탕도 없는" 자리바꿈이나 대치의 능력 정도에 그쳐버릴 위험이 있다. 발레리의 운명에 있어서 하나의 비극적인 점이(거기에 그의 시의 운명이 걸려 있다) 있다면 그것은 다음과 같은 것이다. 그는 순수한 정신을, 그리고 그 정신과 대립되는 것(영혼·사물·세계)을 오직 부정의 도식으로서만 상정하는 것 같다. 비록 시인이 세계를 아무리 사랑하고 그 형태들과 얼굴들을 아무리 애무한다 할지라도, 정신은 그 속에서 오로지 배신, 결함, 더럽혀짐밖에 보려 하지 않는 것이다.

그러나 시는, 특히 발레리의 것과 같은 인식의 시는 정신과 사물, 의식과 무의식, 합리와 비합리의 경계, 그들 사이의 접촉점에서밖에 생겨날 수가 없는 것이다. 그런데 "순수한 태도attitude pure"에 대한 발레리의 편향과 완벽한 지적 유동성은 그와 같은 만남을 어렵게 만든다. 그런데도 그 같은 만남이 때때로 이루어지기도 하는 것은 그가 살려고 애쓰고 자신을 잊어버리며 정신을 잃기도 하는 일이 있기 때문이다. 젊은 파르크의 경우가 그러했듯이, 뱀에게 물리기 전의 인간의 경우가 그러했듯이, 그에게도 저 극단의 의식hyperconscience의 세계 속에 갇혀 있지 않는 때가 더러 있었다. 이야말로 다행스러운 포기 행위로서 그 덕분에 그의 시가 마치 한 사상가와 한 시인 사이의 멋지고 역설적인 조화의 결실인 듯 성숙할 수가 있었다. 이때 사상가는 오로지 인식에만 흥미가 있고, 시인은 오로지 시가 처음부터 이해받겠다는 목표를 갖지 않은 채 다만 존재 전체에 도달할 수 있는 음악 속에서만 시를 존중하므로 사상가와 시인은 언제나 동일한 사람은 아니다.

폴 발레리가 어떤 새로운 시를 향한 길을 터놓은 개척자는 아니라는 사실을 새삼스럽게 지적할 필요는 없다. 그의 작품에서 매우 귀중한 스타일상의 교훈들을 이끌어내는 것은 가능하다든가 그의 명상은 무한한 암시력이 있는 반성들을 준비하는 힘을 지니고 있다는 사실을 의심할 여지가 없다. 그러나 그의 입장은 여러 가지 위험에 노출되어 있다. 그런 입장을 다시 찾아보겠다고 나서는 사람이 있다면 그는 불가피하게 "사실 파악에 부족한 상태로" 머물게 되고 자신의 내면에 있는 시의 창조적인 상태를 파괴하게 될 것이다. 그가 걸어나갔던 한계 이상으로 더 나아가는 것은 불가능하다. 정신을 그보다 더 순화하고자 한다는 것은 정신을 볼모로 만드는 짓이다. 그와 친숙한 여러 사람을 포함하는 그보다 더 젊은 사람들이 그가 했던 것과 정확하게 반대되는 것을 해보겠다고까지는 않는다 하더라도 적어도 모든 점에서 그의 것과는 대립되는 수단들을 채택하려 한 것은 아마도 이런 까닭일 것이다. 오늘날의 시에 대한 발레리의 영향은 특히 반동에 의한 영향이라고 할 수 있다. 그런데 근래 몇 년 동안 그가 주지주의적인(미학에 관해서) 언급을 수없이 되풀이한 것은 그 불충한 제자들을 비판하겠다는 속셈에서가 아니었다고 누가 말할 수 있겠는가? 그러나 이 같은 사정 속에서는 양쪽 다 점점 더 깊이 자기 입장만을 내세우게 될 뿐이다.

제9장
총체적 세계를 노래하는 폴 클로델

1

발레리를 떠나서 클로델에게로 옮겨간다는 것은 다른 태양계로 들어가는 것이요, 서열이 뚜렷하게 정해지고 어느 것 하나 가치요 의미가 아닌 것이 없는 어떤 세계를 지배하는 새로운 매력에 사로잡힘을 뜻한다. 그것은 순수 의식의 섬으로부터 전능한 신에 의하여 창조되고 성화된 순수한 "사물들choses"의 단단하고 구체적인 질서로 옮아감이다. 그것은 따라서 고독한 정신의 절대 권위를 이상으로 삼기를 포기함이다. 영혼, 즉 '아니마Anima'는 그의 성(城)을 인격의 최고점에 재통합시킨다. 영혼은 객체나 사건이기를 그치고 외계의 방대한 영역에 소속되기를 그친다. 영혼은 여왕에 틀림없지만 클로델이 「유적의 시편Vers d'exil」에서 말하는 바 "나보다도 더 나 자신인 내 속의 그 누구"에 의하여 소유를 박탈당하기를 염원하는 여왕이다. 그런데 시인이 어떻게 "시계공"이 되며 "조립자"가 되겠는가? 그에게 가장 부족함이 없는 것은 의지, 질료, 그리고 영혼을 질료 속으로 실어다주며 질료에 생명을 불어넣는 숨결 등의 기본적 바탕이다. 그것이야말로 그의 말을 빌건대 존재자L'Être의 원천에서 태어나서 "인지 가능한 폭발explosion intelligible"로 변하는 "검은 아우성clameur noire" 바로 그것이다.[1]

기독교, 낭만주의, 헬레니즘(모라스의 미네르바적 아테네주의와는 최

---

1) 『다섯 편의 대찬가Cinq grandes Odes』(Ed. de la N.R.F.) 중에서 「시의 여신들Les Muses」.

대한으로 다른) 등 동시에 모든 길로 클로델은 어떤 원시성primitivisme
을 찾아서, 어머니들les Mères[2]과 혼연 일체를 갈구하면서, 발을 들여놓
고 있는 것 같다. 그는 잠자고 있는 아기들에게 흡족하게 젖을 먹여주는
밤과 대지에 몸을 맡기고, 전형적인 "원료"에, 모든 싹들이 돋아나는 장
소인 "영원하고 짭짤한 바다, 회색의 거대한 장미꽃"[3]에, 자신의 생명을
위탁하면서 원소들과 동맹했다. 배가 그의 뱃머리로 그 바다를 쟁기로
갈 듯 가는가 하면 그것은 시인에게 대향연의 기쁨을 주며 "오르락내리
락하는 그것" 속에 녹아들고자 하는 욕망을 불러일으킨다…….

　"힘이 드는 것은 오직 첫 번째 한 모금뿐이니……"[4] 그러나 클로델은
오르페에게서—혹은 차라투스트라에게서—나오는 어렴풋한 빛의 조명
을 받고 있는 그 디오니소스적 태도를 약화시키지는 않으면서도 벌써
스무 살 때부터 그것을 물리쳐버릴 수가 있었다. 그 같은 권력 의지가
"개종"을 한 것이다. 그를 "존재의 맥박 그 자체"에까지 인도해줄 수 있
는 여러 길들 가운데서 이 기독교도는 유일한 그 길을 선택했다. 그에게
는 교회 안에서 신을 보게 해주는 그 길만이 확실한 길인 것이다. 다른
모든 것들을 버리고 그가 그 길을 택한 것은 그 길이 그에게 구원만이
아니라 살고, 세계를 믿고, 시인의 일을 할 수 있는 가능성을 부여하기
때문이다. 그것이 바로 가장 중요한 사실이다. "산다는 것은 놀라운 것
이며 힘찬 것이다"라는 거의 기관적인 확신도 그의 여러 작품들, 특히
가장 옛날의 작품들이 증언하고 있는 무에 대한 육체적 공포를 그의 내
면 속에서 감당해줄 수 없는 것으로 판명되었으니 말이다. 바탕도 없이

---

2) 이 점에 관해서는 1929년 5월 1일 《N.R.F.》에 발표된 장 프레보Jean Prévost의 연구 「폴
　클로델에 있어서 극적 요소들Les Eléments du drame chez Paul Claudel」을 참조할 것. 폴
　클로델에 대한 비평문학은 최근 자크 마돌Jacques Madaule의 매우 중요한 두 권의 저서,
　『폴 클로델의 천재Le génie de Paul Claudel』와 『폴 클로델의 극Le Drame de Paul Claudel』
　이 출간됨으로써 더욱 풍부해졌다(Desclée de Bouwer, 1933년과 1936년 간행).
3) 『다섯 편의 대찬가』 중에서 「성령과 물L' Esprit et l' Eau」.
4) 「발라드Ballade」. 『성인집Feuilles de Saints』(Ed. de la N.R.F.)에 재수록.

공허 위에 구축된 세계는 "존재"하기를 그쳐버린다. 그것은 손을 대기만 하면 바스라져버린다. 『황금 머리*Tête d'Or*』의 경우에도 그의 거대한 사업, 엄청난 광기 속에서 찾아볼 수 있는 것은 기껏해야 어떤 심심풀이 divertissement일 뿐인 것 같은 인상을 때때로 받게 된다. "철도를 건설할 수 있도록" 땅덩어리를 부여받은 엔지니어(『도시』에 나오는) 벰 Besme은 결국에 가서는 마치 조종을 울리듯 "아무것도 존재하지 않는다…… 아무것도……"라고 되풀이하여 말하게 된다. 그토록이나 분명한 죽음의 비전은 일체의 삶의 노력을 한갓 환상으로 만들어버린다. 인간에게서 남은 것이라고는 오직 심연 위에서 홀로 불타고 있는 그의 오만뿐이다.

클로델은 그의 청소년 시절 마지막 시기의 정신적 도정에 관한 몇 가지 표시를 남긴 바 있다.[5] 우선 계시—"나는 돌연 신의 무죄와 영원한 어린애다움의 가슴찢는 듯한 감정을 느끼게 되었다"—가 왔고 다음에는 저 참담하면서도 오랫동안 확신이 서지 않는 채인 투쟁이 계속되었다. 그 투쟁의 목표는 신앙과 사고의 일치였고 완전히 동질적인 인격, 동시에 이음새 하나 없는 시인이기도 한 한 인간의 성립이었다. 또 한편, 바로 그때에, 랭보는 『황금 머리』의 저자가 지닌 권력에의 꿈을 북돋워주면서도, 마치 도취하게 하는 냄새와 같은 것을 들이마시게 함으로써 "그의 물질주의적인 감옥에 균열"을 가져왔다. 그 냄새는 영혼의 모든 위력을, 심지어는 초자연의 분위기까지도 영원히 비끄러매어놓는다. 이제부터는

인간은 그의 지고한 사업을 끝마쳤다. 그리하여 그는 사물들을 제자리에 잡아두는 위력을 능가하지는 못한다.[6]

---

5) 특히 1913년 10월 10일 『청년집*La Revue des Jeunes*』에 발표된 글을 참조할 것.

최고의 승리를 맛보기 위해서는 아마도 자기 스스로를 목적으로 삼았던 인간의 지고한 유혹을, 전형적인 죄의 유혹을 경험한 후여야 했을 것이다. 이제부터 신은 시인에게 획득된 존재이며 게다가 삶도 신의 소유가 되었다. 신이 창조한 세계는 여러 가지 현상들의 망, 혹은 무 위에 배열된 복잡한 당구공처럼이 아니라 물리적인 동시에 형이상학적인 현실로서의 영광스러운 우주로서 그에게 주어지는 것이었다. 희생과 자기 포기의 무한한 장이다. 자기를 잊는다는 것은 다른 세계를 얻는 것만이 아니라 신 속에서 원칙과 목적을 찾는다는 점에서의 "다른 세계"를, "참으로 살아 있는" 것이 된 삶을, 그리고 지상적인 단단함과 신적인 본질로 되돌아간 사물들을 얻는 것이다. 그것은 또한 기쁨을 얻음이요, "일종의 태양적 환희"[7]로 폭발하는 클로델 특유의 저 예외적인 기쁨을 얻음이다. 『황금 머리』는 이렇게 말한다.

　　그러나 그 무엇도 내가 죽음의 악으로 인하여 죽는 것을 막지 못하리라, 내가 기쁨을 잡으면 몰라도……
　　하여, 내가 영원한 자양처럼, 이빨 사이에 깨물어 그 즙이 목구멍 깊숙이에까지 쏟아져 들어가는 과실처럼, 그 기쁨을 입 안에 넣는다면 몰라도!……

　　Mais rien n'empechera que je meure du mal de la mort, à moins que je ne saisisse la joie……
　　Et que je la mette dans ma bouche comme une nourriture éternelle, et comme un fruit qu'on serre entre les dents et dont le jus jaillit jusque dans le fond de la gorge!……[8]

---

6) 『황금머리Tête d'Or』의 결론.
7) G. 부누르G. Bounour의 말(《N.R.F.》 1931년 1월).

절대적 확신의 과일, 영원히 새로워지는 기쁨! 두 눈을 뜨고, 아무런 의욕도 없이 보고 깨닫기 위해서는 다만 빛 속으로 한 손을 내밀 뿐이다. 그렇게 되면 모든 것이 간단하다. 웃음이 허용되고 다시 돌아온 농촌의 어린 시절이나 호메로스적인 상상력에 마음을 맡겨도 좋게 된다. 그런 것이 바로 기쁨의 힘이다. 가장 어두운 극인 『교환Echange』이나 『단단한 빵Le pain dur』에 있어서 견딜 수 없는 것은, 영혼과 물건에 물 없는 사막 같은 메마름을 부여하는 것은, 바로 그 기쁨의 부재다. 그러한 면에서 클로델은 낭만주의에서 생겨난 거의 모든 서정성과 대립된다. 그에게서는 그런 감추어진 절망(아니 그런 절망은 제멋에 취하는 것이므로 오히려 겉으로 드러내 보이는 절망이라고 말하는 것이 옳을 테지만)을 상기시키는 것이라고는 전혀 없다. 접근 불가능한 창공의 고정 관념에 사로잡히고 미지의 세계와 신비 속에서 허기를 채울 거리를 찾는 존재의 향수어린 오열 따위는 이제 다 끝나버린 이야기다. 무죄도 구원도 신이 아닌 다른 곳에서는 존재할 수 없다. 고향은 기쁨과 함께 다시 찾았다. 사물들은 속이는 법이 없다. 오직 그 사물들이 의미하는 바가 무엇인가를 아는 일만이 중요한 전부다. 사물들 속에는 정신이 스며 있다. 그것들은 기호 이상이고 그보다 더 훌륭한 것이다. "이 세계와 저 세계 사이에 근본적인 구별은 없다…… 실제로 사물들은 적어도 그것들이 의미하는 것의 일부분이다."[9] 그것을 바라보는 사람에게는 그것들이 존재한다는 감정만으로도 벌써 하나의 계시다.

"천박한 시간에는 우리는 사물들이 존재한다는 그 순수한 사실을 잊고서 그 용도를 위하여 사물들을 사용한다. 그러나 나뭇가지와 가시덤불을 지나 오랜 노동을 끝내고 정오에 숲 속의 빈터 한가운데 역사적으로 뚫고 들어가서 내가 무거운 바위의 뜨거운 엉덩이에 손을 얹을 때면 알

8) 『극Théâtre』(Ed. du Mercure de France), 제1권, p.278.
9) 『입장과 제안Positions et Propostions』(Ed de la N.R.F.), p.174.

렉산더 대왕의 예루살렘 입성은 내가 확인한 엄청남에 비길 만하다."[10] 말라르메가 "보다 순수한 의미*un sens plus pur*"를 부여하고자 꿈꾸었던 종족의 언어에 대하여 한 말을 클로델은 사물들 그 자체에 대하여 했다. 미학적 비전과 신비적 비전은 동일화된다. 그것은 우선 사물들이 신 안에서 절대적인 삶을 살기 때문이며, 그것들이 "신의 부분적이며 인지 가능하고 매우 흥미있는 이미지"[11]이기 때문이며 신은 벌거벗은 현실을 포착하려면 습관과 해묵은 관습의 두꺼운 옷을 벗겨내야 하기 때문이다. 이리하여 클로델은 그의 신앙에 힘입어 자신을 대지에 비끄러매어주고 있는 모든 매듭이 더욱 단단해지도록 두어둘 수가 있었다. 그의 신비주의와 사실주의는 하나의 신비적 사실주의로 용해된다. 그의 방법은 예를 들어서, 잠시 이미지에 발길을 멈추었다가 다시 모든 감지 가능한 것과 더불어 그 이미지를 버리고서 유일하고 경배해 마지않는 빛에 이를 때까지 항상 어둠 속으로 더욱 깊이 전진하는 생 장 드 라 크루아Saint Jean de la Croix의 방법이 아니다. 그렇다고 해서 시인들처럼 반항의 길을 쫓아가는 것도 아니요 랭보를 따라 세계로부터 벗어나려는 의지를 쫓아가는 것도 아니다. 그의 사명은 정신과 세계를 융화시키는 일이다. 그는 어떤 것도, 어떤 이미지도 포기하지 않을 것이다. 그의 사고의 지주가 되기 위해서는 로마 교회의 화려한 의식과 장식적 아름다움을 포함한 신화적 장치가 송두리째 다 필요하다. 그는 즐겨 다음과 같이 적고 있다. "일본에서는 초자연이란 자연 그 자체일 따름이다. 초자연, 즉 날것 그대로의 사실이 의미의 영역으로 옮겨지는 그 고등한 진정성의 지역이 문자 그대로 존재한다."[12]

---

10) 『시학*Art poétique*』.
11) 『입장과 제안』.
12) 「일본적 영혼에 대한 일견*Coup d' œil sur l' âme japonaise*」, 『해뜨는 나라의 검은 새*L' Oiseau noir dans le Soleil Levant*』(Ed. de la N.R.F. 중에서).

그러나 이 같은 선언 자체가 우리들에게 그의 사실주의가 얼마나 초월적인가를 말해준다. 그의 욕망의 대상은 바로 자연의 정신이다. 사실의 의미를 드러내 보이는 생각은 바로 무량한 신이다. "감지 가능한 것 속에 존재하며 감지 가능한 것 속에서 표현되는 선견지명, 그것이 바로 우리가 시라고 이름붙이는 것이다"라고 자크 마리탱Jacques Maritain은 말한다.[13] 그 사물들 가운데서, 사물들의 존재를 구성하며 육체와 정신이 결합된 여러 요소들을 느끼는 데서 그가 아무리 깊은 쾌감을 맛본다 할지라도 그의 내부에서는 "인간의 욕구…… 즉 행복에서 도망치고 싶은 욕구"[14]가 솟아오르는 순간이 찾아오기도 한다. 그렇게 되면 그의 눈에는 모든 것이 바스라져 무너져버릴 수 있는 것으로 보이며 이런 기묘한 투명함으로 인하여 차츰 현실은 그 본체를 상실하게 된다. 그는 마치 바람부는 대로 하늘과 땅 사이에 대롱대롱 매달려 있는 것 같다.

또다시 한번 유형, 또다시 한번 그의 성으로 홀로 다시 올라가는
영혼……

Une fois de plus l'exil, l'âme toute seule une fois de plus qui
remonte à son château……[15]

영혼 속에 어떤 커다란 내면적 공허가 이루어진다.

여기서는 아무 소리도 들리지 않는다. 나는 홀로 있고 오직 흔들리

---

13) 『예술과 스콜라 철학자Art et Scolastique』(Rourat et fils).
14) 『단테 사후 600주년을 위한 대사(大赦)의 시가Ode jubilaire pour le six centième anniversaire de la mort de Dante』(Ed. de la N.R.F.).
15) 『저쪽의 미사La Messe Là—bas』(Ed. de la N.R.F.) 서문.

는 저 종려나무 가지뿐,

　당신의 모습을 본딴 이 신비스러운 정원과 말없이 존재하는 이 사
물들

　Ici, je n'entends plus rien, je suis seul, il n'y a que ces palmes qui
se balancent.
　Ce jardin mystérieux à Votre image et ces choses qui existent en
silence.

　사물들은 먼 곳에 존재할까 말까다. 그리고 침묵이 어찌나 깊은지 오
직 어떤 피안의 목소리만이 그 침묵을 깰 수 있을 것이다. 은총의 물만이
영혼을 흡족하게 하고 행복 이상의 것을 가져다줄 수 있을 것이다. 신앙
과 자아의 희생에 의하여 세계와 삶이 시인에게 주어졌다. 이번에는 세
계와 삶의 희생이 '새로운 삶vita nuova'을 찾아낼 수 있는 열쇠다.

　　　　　　　　　　　　　*

　클로델은 자신의 내면에 신앙을 한 그루의 나무처럼 뿌리박도록 하기
위하여, 그리고 그 나무의 마지막 잔가지에 이르기까지 그 신앙의 발전
을 따라가기 위하여, 4년 혹은 그 이상을 그것도 헛되이 노력한 것은 아
니었다. 그는 언젠가, 사물들 앞에서 이것은 무엇을 의미하는가? 하고
자문했던 말라르메에게 감사했다. 이 우주는 그 전체로서, 그리고 하나
하나의 부분으로서, 무엇을 의미하는 것일까? 인간이 반드시 알아야 할
것은 바로 이것이다. 클로델의 형이상학, 깊이 "느낀" 것이긴 하지만 클
로델 자신의 교회의 도그마틱한[16] 건축물의 그늘 속에 놓아두고자 했던
시인적 형이상학의 큰 줄기들에 대해서는 이미 여러 번 언급된 바 있다.

그 형이상학의 바탕에는 세계의 통일이라는 생각과 보편적인 조응 correspondance 및 모든 존재들과 사물들의 공동 협력이라는 생각이 깔려 있다. 각 구성 요소는 전체와 무한히 복합적인 균형을 유지해야 하고 조화의 항구적인 창조에 기여해야 하므로 그 어느 것도 그 자체에 의하여, 그 자체를 위하여, 존재하지도 않으며 존재하려고 애써도 안 된다— 그렇게 한다는 데에 인간의 죄, 자신을 잊지 않으려 하는 인간의 죄가 있는 것이다. 모든 것은 "서로서로를 대상해준다"고 클로델은 말한다. 어떤 그림 속에서 어떤 색조는 다른 모든 색조들과의 관계에 의해서 비로소 가치가 있듯이 사물들은 다른 모든 것들과의 관계에 의해서 의미를 갖는 것이다. 이것은 어떤 생명체와 동일하게 간주된 그러나 기계적인 것은 아닌 유기체적 우주관이다. 게다가 그 어느 것도 참으로 그대로 반복되는 법은 없다. 결코(같은 원인들이 같은 결과를 만들어내지는 않는다.) 그 까닭은 그 어떤 원인도 다른 모든 원인들에게 분리될 수는 없기 때문이다. "우리가 숨을 쉴 때마다 매번, 이 세상 최초의 인간이 최초로 공기를 들이마셨을 때 못지않게 세계는 새로운 것이다."[17] 이리하여 기적은 한결같고 필연적이다. 기적은 법칙이다. 시인은 그 살아 있는 총체로서, 절대적인 원초성을 회복하여 다시 찾은 그 세계 앞에서 열광한다.

인사를 받으라, 오 내 눈에 새로운 세계여, 이제는 총체적이 된 세계여!
눈에 보이고 눈에 보이지 않는 사물들의 전체적인 크레도여, 나는 그대를 가톨릭의 가슴으로 맞아들이노라

---

16) 특히 자크 리비에르Jacques Rivière의 『연구Etudes』(Ed. de la N.R.F.); G. 뒤아멜G. Duhamel의 『폴 클로델, 비평적 담화P. Claudel, suivi de Propos critiques』(Mercure), J. 르 통케데크J. Le Tonquédec의 『폴 클로델의 작품L' oeuvre de P. Claudel』(Beauchesne, 1917), 그리고 앞에서 이미 인용한 바 있는J. 마돌J. Madaule의 저서들을 참조할 것.
17) 『시학』(Ed. du Mercure de France) : 「시간의 인식」.

내가 어느 쪽으로 머리를 돌리든

나는 천지창조의 거대한 옥타브를 만나도다!

세계가 열린다. 그 열린 크기가 제아무리 넓어도 내 시선을 그 이

끝에서 저 끝까지를 훑어보도다.

나는 억센 두 사람이 긴 막대에 걸어 어깨에 메고 있는 커다란 한

마리 양처럼 태양의 무게를 헤아렸다.

나는 하늘의 대군을 점검하여 그를 확인하였다.

늙은 대양 위로 고개를 숙이고 있는 거대한 형상들에서부터

가장 깊은 심연 속에 묻힌 가장 희귀한 불에 이르기까지……

Salut donc, ô monde nouveau à mes yeux, ô monde maintenant
total!

O crédo entier des choses visibles, et invisible, je vous accepte
avec un cœur catholique.

Où que je tourne la tête

J'envisage l'immense octave de la Création!

Le monde s'ouvre, et si large qu'en soit l'empan, mon regard le
traverse d'un bout à l'autre.

J'ai pesé le soleil anisi qu'un gros mouton que deux hommes
forts suspendent à une perche entre leurs épaules.

J'ai recensé l'armée des Cieux et j'en ai dressé état,

Depuis les grandes Figures qui se penchent sur le vieillard Océan

Jusqu'au feu le plus rare englouti dans le plus profond abîme……[18]

---

18) 『다섯 편의 대찬가』 중에서 「성령과 물L' Esprit et l' Eau」.

이렇게 연극되고 창조되는 드라마에 대해서, 하나로 통일되고 유한한 이 세계 속에서의 사물들의 "의미"에 대해서는 모든 존재들 가운데서도 유일하게 인간만이 의식을 가질 수 있다. 클로델이 다루고 있는 단 하나의 "주제", 실제에 있어서 그의 시의 유일한 "대상"은 바로 그 범세계적인 드라마이다. 그 자체만의 범주를 넘어서지 못하는 개체는 별로 중요하지 않다. 그는 그의 형상과 그가 차지하는 위치, 그가 사는 운명, 그가 의미하는 바에 의하여 가치가 있다. 개체들은 정신적인 것이 육체적인 것을 초월하듯이 그들을 초월하는 방대한 작용 속에 어울리고 있는 것일진대 그 개체들의 특수성과 성격에만 눈길을 멈추는 것은 헛되고 터무니 없는 자기 만족일 뿐이다. 그런 작용에 대해서는 클로델의 극작품들뿐만 아니라 그의 시편들도 증언하고 있다. 그의 시편들은 어떤 갈등의 해소, 서로 대립하여 응답하는 목소리들 사이에 조화를 획득하는 방향으로 발전된다. 그 시들 속에는 드라마의 그 무엇이 담겨 있다. 연극에 있어서 지상적이고 심리적인 본성으로 한계지워진 개인의 표현은 극의 최종적 목표가 아니듯이 여기서도 개인적이고 개체적인 표현은 작품의 충분한 근거로 간주되지 않는다. 여기서도 다시 한번 자아의 낭만주의적인 시는 초월된다.

그 자체만으로 존재하는 객체들이 더이상 정신의 단순한 재현으로 간주되지 않는 이 세계 속에서 개인, 그리고 모든 존재들은 오직 보편적인 것과의 상관 관계하에서만 고려될 수 있을 것이다. 여전히 중요한 것은 장소le lieu와 의미를 인증하고 찾아내는 일이다.

모든 인간들 가운데서도 선택된 인간인 시인의 할 일은 그와 같은 것이다. 그는 신으로부터 모든 문체figures를 "돌보고", "확인하고", "자신의 정신 속에서 그것을 집합하는" 특전을 부여받았다.[19] 클로델은 그의

---

19) 「도시*La Ville*」에 나오는 쾨브르Cœvre의 인물과 말을 보라.

개종의 시절에 대하여 이렇게 말했다. "차츰차츰 나의 내면에서 예술과 시 또한 신적인 것들이라는 생각이 형성되었다." 이를테면 사제인 시인은 그 역시 "견자voyant"(랭보적인 의미에서)인 것이다. 그러나 랭보에 따르건대 "견자"는 악마적인 천사요 "거대한 환자, 거대한 범죄자, 거대한 저주받은 자"인 데 반하여 여기서 그의 사명은 신이 지켜보는 가운데 일하여 자기 작품의 어떤 이미지를 제물처럼 신에게 바치는 예언자의 그것과도 같은 것이다. 더군다나 어떤 신적인 정신이, 말씀verbe의 위력에 가담하는 어떤 위력이, 그의 내면에 잠재하고 있는 것이다. 어떤 대상을 명명함으로써 그는 대상을 환기하고 창조한다…….

"신이여 당신이 혼돈 위에 입김을 불어넣어 홍해 위에 마른 것과 젖은 것을 구별지어놓으시니, 바다는 모세와 아론 앞에서 갈라졌나이다. (……) 당신은 마찬가지로 내 물 또한 거느리시고, 내 콧구멍 속에 같은 창조와 형상의 혼을 불어넣어주었나이다……."[20]

'신과 인간의 중개자Interpres deorum.' 오르페와 시신이 살던 전설적인 시대와도 같다.

이것은 단순한 서정적 과장일까? 그렇지 않다는 표시는 많이 있다. 말의 마술적 위력, 그리고 표현된 생각의 전능에 대한 이 같은 신념은 우리들 각자의 정신적 하부 구조 속에 잔존하는 "원시적 심성" 유산들 중 일부이다. 19세기 전체에 걸쳐서, 과학에도 불구하고 각종의 사교 전통들이 이런 유산을 고스란히 보존해왔고 위대한 서정시인들—그 앞줄에 위고, 보들레르, 랭보를 꼽을 수 있겠지만—이 그것을 전해주었고 그 시인들은 그들 사상의 핵심에서 그 같은 유산이 열매를 맺게 했다. 여기서 근본적인 원칙은—그 원칙이 일반적으로 순수 과학에 의해서 '진리vérité'로 받아들여지지 않는다는 사실은 별로 중요하지 않다—기호signe가 어

---

20) 『다섯 편의 대찬가』 중에서 「성령과 물」.

느 정도 기의(記意, signifié)(이것은 들라크루아의 표현이지만)에 '가담' 할 때만, 상징이 존재에 참여할 때만, 강신évocation이, 따라서 완전한 힘으로서의 시가 이루어질 수 있다는 사실이다. 우리는 테오필 고티에에 관한 연구의 한 엄숙한 발언을 상기한다. "말mot 즉 말씀verbe 속에 성스러운 그 무엇이 있다……."[21] 클로델이 이와 같은 단언에 동조하고 있다는 것은 의심할 여지가 없다. 이는 낭만주의와 후기 낭만주의의 서정 시인들이 품고 있었던 가장 핵심적이며 가장 수수께끼 같은 믿음들이 기독교적인 차원으로 옮겨와서 이를테면 성화된 것이라 볼 수 있다.

*

클로델은 최근 자기가 시적 창조라는 현상을 마음속으로 어떻게 설명하고 있는지 차근차근 말한 바 있다. "시는 우리가 어떤 것에 대하여 지니고 있는 생각을 말을 가지고 만들고, 구체적으로 실현하고자 하는 욕구의 결과다. 그러니까 상상력은 그것이 구현하고자 하는 대상에 대하여 비록 처음에는 당연히 불완전하고 어렴풋하다 하더라도 생생하고 강력한 어떤 생각을 가질 필요가 있다. 한걸음 더 나아가서 우리의 감수성이 그 대상에 대하여 욕망에 불타는 상태에 놓여졌어야 하고 수없이 많은 산재하는 터치들에 의하여 우리의 활동이 촉발되어 이를테면 받아들인 인상impression에 대하여 표현expression으로 응답하도록 채근당했어야 한다."[22] 그때의 표현(시)은 문자 그대로 일종의 분만과도 같은 해방이어야 한다. 그러나 그런 해방은 상상력이 욕망을 충족시켰을 때야 비로소 가능해질 것이다. 이야말로 행복하기 비길 데 없는 카타르시스인

---

21) 『낭만적인 예술』과 이 책의 서문 참조.
22) 「시적 영감에 관하여 브레몽 신부에게 보낸 편지Lettre à l' abbé Bremonod sur l' inspiration poétique」(『입장과 제안Positions et Propositions』에 재수록).

데, 영혼은 그것으로써, 어떤 고유한 내면적 경험을 통해서 저 스스로 그동안 영혼을 압박해왔던 모든 무게에서 마침내 놓여나게 되었음을 알게 된다. 이 정신적 작업에 있어서도 도구로 쓰여지는 것은 바로 말과 리듬이다. "산재하는 터치들"에 의하여 촉발되고 나중에는 현실 감정이라고 할 수 있는 그 무엇에 사로잡히게 된 존재는 오로지 말과 리듬의 어떤 조합 속으로 그의 모든 욕망을 송두리째 다 쏟아부었을 때—그렇게 함으로써 그 욕망을 말과 언어의 조합으로 구현했을 때—비로소 편안해진다. 이것은 곧 "어떤 감명 깊은 광경, 어떤 감동, 심지어는 어떤 추상적인 생각을 가지고 정신 속에 용해될 수 있는 어떤 등가물 혹은 '종espèce'을 구성하는 일"이라고 클로델은 말한다.[23] 바로 이러한 것이 시적 연금술이며 사람들이 그야말로 어떤 "종교적 행위"[24]와도 같은 것으로 여겼던 규정하기 어려운 과정이다. 시라는 종은 정신이 양식으로 삼는 영광스러운 덩어리로서 그렇게 하는 과정에서 정신이 현실을 소유한다는 확신을 정신 속에 주입해주니까 말이다. 그러나 유감스럽게도 이와 같은 종의 변화의 충만한 효력이란 아마도 예외적인 경우에만 가능한 것이라고 해야 할 터이다. 그러니 대부분의 경우에는 다소 해방의 쾌감을 맛보게 해주는 근사치 정도로 만족해야 할 것이다(더군다나 이 문제는 시인이 유도적인 방법으로 마음을 뒤흔들어주어야 할 독자, 현실이 그렇게 하듯이 언어라는 수단을 통해서 움직여주어야 할 독자의 관점에서 고려해볼 필요도 있을 것이다). 그러나 근본적인 사실은, 그 원칙에서 고려해볼 때 시적 창조는 이 경우 본질상 하나의 생명적인 반응으로 보여진다는 점이다.

그렇지만 우리는 클로델을 암흑 속에서 예언을 하는 무의식적인 시인으로 생각해서는 안 되겠다. 보들레르의 예를 지나 다시 프루스트의 예

---

23) 『입장과 제안』, p.11.
24) A. 당디외A. Dandieu의 저서 『마르셀 프루스트Marcel Proust』 참조.

만으로도 우리는 지성이 거의 신비주의적인 예술에 봉사하도록 동원될 수 있다는 사실을 충분히 상기할 수 있다. 깊은 감동의 언어적 상징이 될 노련한 상형문자를 그리자면 얼마나 첨예한 송곳이 필요하겠는가? 클로델은 이렇게 확언한다. "그 욕망 속에 일어나는 숨결(영감) 속에는 벌써 질서가 있으며 벌써 지성이 관심을 보이고 있다."[25] 다른 한편 그에게 있어서 중요한 것은 즉각적인 삶을 그 원천에서 날것 그대로의 물질성을 지닌 채로 포착하자는 것이 아니라, 모든 것을 해명하고 그것들의 진정한 의미를 회복하자는 것이다. 뜻이 그러할진대 시인이 이기적인 카타르시스를 작업의 목표로 삼기란 불가능하다. 카타르시스가 비록 그의 내면에 초인간적인 기쁨을 솟아나게 하는 것이라 하더라도 말이다. 작품 속에서는 모든 것이 소용에 닿는 것이여야 한다. 또 작품 그 자체도 그렇다. 작품 속에서는 모든 것이 마치 우주가 그러하듯 가장 작은 부분에 이르기까지 무엇인가를 "말하고자 한다". 아무 소용에도 닿지 않아 보이는 환상들, 이 가벼운 수 장식들은 그것들을 쫓아가느라고 정신이 없는 작자 자신조차도 어쩌면 알지 못하고 있는 어떤 의미를 가지고 있지 않다고 누가 장담할 수 있겠는가? 이처럼 클로델의 시는 사람들이 그것에 대하여 뭐라고 말하건, 얼른 보기에 어떻게 보이건, 때로는 기이하고 알기 어려운 길을 통해서 어떤 보다 높은 지(知)를 겨냥하고 있는 것이다. 그리고 또 그 시는 느껴지는 것 못지않게 깊이 파악하고 이해되기를 열망한다. 아니, 서로를 연장하고 완성시켜주는 동일한 행위를 통하여 "완전한" 자양이 정신과 영혼에 완전히 흡수되듯이, 느껴지는 동시에 '이해 comprehendere' 되기를 열망한다고 해야 옳을 것이다.

이 같은 시관에 있어서 메타포는 으뜸가는 기능을 갖는다. 메타포는 말장난과는 반대되는 것으로서, 세계를 인식하는 수단이며, 어떤 "제2의

---

25) 「브레몽 신부에게 보낸 편지」, 앞에서 인용.

논리"(제1의 논리의 골자가 삼단논법이라면)에 비추어 생각하는 그 인식을 겉으로 공표하는 방식이다. "우연이라고는 말하지 말라. 파르테논 신전이나 보석 세공인이 늙도록 깎는 다이아몬드가 우연의 결과가 아니듯이 이 소나무숲, 이 산의 형상 역시 우연의 결과가 아니다……."[26] 시인은 눈을 들고 본다. 그는 덧없는 윤곽을 눈앞에 그려보이는 이 물건과 다른 모든 것들 사이에 얼마나 "무한한 관계"가 있는 것인가를 보고 느낀다. 그는 말한다. "그 어느 것도 이제는 홀로 있지는 않게 된다. 나는 마음속에서 그것을 다른 것과 결합시킨다."[27] 그 결과 메타포의 주된 임무는 매순간 세계의 총체성과 세계의 항구적인 원초성을 확인하는 일이 된다. 『다섯 편의 대찬가』, 『세 가지 목소리의 칸타타Cantate à trois voix』는 극시의 서정적인 대목들과 마찬가지로, 클로델이 그의 가장 아름다운 찬가들의 소재로 삼은 바 있으며 고산의 수많은 얼음덩어리들이 녹아서 이루어진 원천에서 흘러내려오는 저 론 강에 비길 만한 것들이다.

오 내 시편들 속의 문법학자여! 길을 찾지 말고 중심을 찾으라! 이 고독한 불들 사이에 담긴 공간을 측정하고 이해하라!
……
내가 웅성거리는 찬가를 통하여 무거운 별처럼 내 무게를 지탱하도록!

O grammairien dans mes vers! Ne cherche point le chemin, cherche le centre! mesure, comprends l'espace compris entre ces feux solitaires
……

---

26) 『시학L' Art poétique』, 「시간의 인식Connaissance du Temps」.
27) 『다섯 편의 대찬가』, 「정신과 물L' Esprit et l' Eau」.

Que je maintienne mon poids comme une lourde étoile à travers l'hymne fourmillante![28]

이처럼 우주는 이론의 여지가 없는 모습으로 끊임없이 환기되어 현전한다. 이 메타포의 언어 그 자체 속에서 마치 물이 작은 구멍 많은 어떤 물질 속으로 은밀히 스며들 듯이 정신적인 것이 육체적인 것과 뒤섞인다. "영혼에서 육체로의 계속처럼 그는 계속성이기를 그치지 않도다."[29] 가시적인 것과 불가시적인 것은 서로서로를 보증해주며 물질성의 현실은 영혼의 현실을 증언한다.

감각에 인지되는 정신! 그리고 정신에게도 통하고 투명해진 그대 감각들이여!

Esprit perceptible aux sens! et vous, ô sens à l'esprit devenus perméables et transparents![30]

바로 시인이 그의 내면의 시선을 돌리는 이 신비스러운 영역 속에서 볼 수 있는 정신과 감각의 공모 관계, 이리하여 향기로운 꽃이나, "베어낸 풀잎"에서 나는 "방향(芳香)"을 통해서 영혼은 때때로 "영혼에게 인지되는" 상태로 변할 수 있다. 여기서 우리는 "사물들의 광대하고 심원한 통일성" 속에 기초를 둔 상징 아날로지 공감각의 숲으로 뚫고 들어가게 된다. 클로델은 그의 시편들의 그 "지고한 오케스트라" 속에서 바로 이 세계 안의 "조응correspondances"의 노래에 대한 메아리를 만들어내

---

28) 위의 책, 「시의 여신들Les Muses」.
29) 위의 책, 「정신과 물」.
30) 「향기의 찬가Cantique des parfums」(「세 가지 목소리의 칸타나」 중에서 (Ed de la N.R.F.).

고자 하는 것이다.

그러나 모두가 한덩어리를 이루고 있는 이 신비적인 리얼리즘에서 특수한 운율학이 요구된다. 여전히 문제는 가장 잘 다듬어진 언어 구성 속에서까지도 시적 조작의 근원인 생명적이고 자연 발생적인 반동의 그 무엇을, 아니 가능하다면 그 핵심을 그대로 간직하도록 노력하는 데 있다. "우리는 계속성 있는 방식으로 사고하지 않는다"는 사실, "우리의 사고 장치는…… 섬광처럼, 진동하듯이, 수많은 서로 이어지지 않는 생각 영상 추억들을 공급한다"[31]는 사실에서 출발하여, 클로델은 "자연스러운" 시를 "여백에 의하여 격리된 하나의 생각" 즉 어떤 심리적 전승을 싣고 있는 말의 집단으로 정의한다. 그 결과 "일체의 구어는 날것 그대로의 시행들로 이루어지게" 되며 시는 그 정의나 전통에 따라 생각되는 시와는 거리가 먼 것으로 된다. 예술의 산물은 오히려 그 본질상 정신에서 분출되는 어떤 단순한 요소이다.[32]

이 같은 단언의 역설적인 겉인상은 특히 클로델이 구어적인 산문의 분리된 부분들에 시라는 이름(관습적으로 그와는 다른 것에 쓰도록 되어 있는)을 부여한 데서 생기는 것이다.[33] 그러나 오늘날에 피위스 세르비앵 Pius Servien 같은 미학 이론가는 그와 매우 근사한 결론에 도달하는 것을 우리는 목격할 수 있다. "시행이란 하나의 자연스러운 구분에서 다음 구분으로 옮겨가는, 리듬이 있는(반드시 운문화된 것은 아닌) 어떤 텍스트의 일부분이다. 그것은 두 가지 침묵 사이에 담겨 있는 음절들의 총체다(음절은 그 내부에는 아주 약간밖에는 침묵을 지니고 있지 않으니까)"

---

31) 「프랑스 운문에 관한 고찰*Réflexion sur le vers français*」(『입장과 제안』에 수록).
32) 「도시*La Ville*」에 나오는 쾨브르의 말을 들어보라. "나는 내 마음속 은밀한 곳에서 저 이중적이고 상호적인 기능을 시라고 정의했다. 그 기능을 통해 인간은 삶을 흡수하며 숨을 내쉬는 궁극적 행위 속에서 이해 가능한 말을 회복시킨다."
33) 피위스 세르비앵Pius Servien, 『미학의 물리적 입문으로서의 리듬*Les Rythmes comme introductions physique à l'esthétique*』(Boivin, 1930), p.78.

라고 그는 말한다. 또 프랑스 문장은 한결같이 "일련의 장단격iambes"으로 이루어져 있으며 "그 장부분은 음운의 마지막 음절이며 단부분은 그 옆의 오는 부정수의…… 중성적인 음절들이다"[34]라고 생각한 점에서도 두 사람의 의견은 일치한다. 다만 클로델은 가장 여리게 악센트가 들어가 있고 가장 비장한 면이 적은 구어에서 시를 느끼는 반면 세르비앵은 고등한 긴장 상태(서정적 상태)에 도달한 정신이 제 스스로의 움직임에 의하여 떠받들려서 리듬 구조가 저절로 분명하게 표시되는 문장들로 자연스럽게 표현되는 순간에야 비로소 시가 될 수 있다고 생각한다.

하여간 클로델의 운율학은 구어체 시와 사고의 자연스런 몸짓이라는 개념에 그 바탕을 두고 있다.[35] 정신의 역동성을 표현하기 위하여 매번의 줄바꿈은 다른 사상적 리듬적 단위를 이루게 될 것이다. 자크 리비에르는 『황금머리』 처음에 나오는 세베스의 첫 마디 말들을 인용하면서 이것은 바그너의 서곡의 라이트모티프leitmotiv와 비길 수 있을 만큼 그 막 전체의 설명이며 살아 있는 사고의 진정한 형상화로서 처음에는 가장 깊은 것과 결부되어 충동적으로 파열하다가 나중에는 보다 풀어진 리듬에 따라 차츰차츰 긴장이 완화된다고 했다.

> 나 여기 있어,
> 어리석고 무지하여,
> 미지의 사물을 앞에 둔 새로운 인간,
> 하여 나는 일년과 비오는 방주 쪽으로 얼굴을 돌리니 내 가슴엔 권
> 태가 가득하도다!

---

34) P. 클로델P. Claudel, 『프랑스 운문에 관한 고찰』.
35) 사실에 있어서는 다 그렇지 못하다 해도 원칙적으로는 그렇다. 클로델은 정형시를 썼으며(『유적의 시편Vers d' exil』 참조) 또 주로 종교시 · 예배시(禮拜詩)의 경우이지만 운을 맞추거나 혹은 반해음으로 된, 길이가 다양하고 거의 언제나 십이음절 이상인 시절(詩節), 또는 이행구(二行句)들을 씀으로써 어떤 타협점을 얻어보려고 애썼다는 것을 우리는 알고 있다.

Me voici,

Imbécile, ignorant,

Homme nouveau devant les choses inconnues,

Et je tourne ma face vers l'Année et l'arche pluvieuse, j'ai plein
mon cœur d'ennui!

  그러나 날이 갈수록, 습관 즉 문화의 전통이라는 제2의 천성이 닦아놓
은 길을 벗어나서 전진하는 사람은 자연을 배반한다는 비난을 받는 것을
볼 수 있다. 클로델의 스타일이 어떤 이들의 눈에는 거의 송두리째 인공
적인 창조로 보였다. 그러나 미리부터 뒤틀어졌다거나 프랑스의 지적 전
통과 무관하다고 판단하기 쉬운 그의 대부분의 문장들은 최초의 심리적
결정의 기복을 그대로 표현하는 경향을 띠고 있는 한편 정서는 그 자연
발생적인 발현들의 흐름을 조절해주고 있다. 메타포의 밀도, 통사의 조
직 그리고 문법에 위배되는 표현, 클로델 특유의 어법을 우리들이 누구
나 쓰는 프랑스어, 혹은 아카데믹한 프랑스어와 구별지어주는 모든 것은
대부분의 경우가 자기가 표현하고자 마음먹고 있는 총체적 현실을 위하
여 언어와 시의 모든 자산을 총동원하려는 시인의 의지로 설명될 수 있
다.

  그렇지만 문제를 지나치게 단순화하는 것은 금물이다. 오직 그 같은
의도만을 염두에 둔다면 우리는 예컨대 『대찬가Grandes Odes』나 『세 가
지 목소리의 칸타타』 스타일을 자의적이고 매우 불완전한 방식으로 이
해하게 될 것이다. 클로델은 펭다르나 비르길리우스에서 "아무런 논리
적 관계가 없는 말들"[36] 이 "감미롭게" 병치된 것을 보면서 유별난 쾌감
을 맛본다. 그에게 끼쳐진 고대 시인들 그리고 말라르메 및 앵글로 색슨

---

36) 『입장과 제안』, p.65.

계 서정시인들의 영향은 직접성에 대한 그의 충실한 태도를 버리도록 만든 것이 아니라 오히려 그것에 정당성을 부여했고 어쩌면 어떤 경우에 있어서는 날것 그대로의 요소들이 세련된 조화의 작업을 통해서 그 진정성을 전혀 상실하지 않으면서도 그 요소들의 모습을 변화시켜서 그 위에 가장 드높은 시의 고색과 무지개색을 뿌려주는 어떤 빛으로까지 승격되는 방식으로 그의 태도를 수정시켜주었다. 그때에야 비로소 내가 『세 가지 목소리의 칸타타』 속에서 거의 우연히 만나게 되어 골라본 다음과 같은 시가 가능해진다.

나는 기억하네! 오늘과 같은 어느 밤이었지,

유럽의 중부 어디쯤, 어느 왕궁의 뜰안, 보리수나무 아래

거기 우리는 열두엇이서 이제 막 헤어질 양으로 몇 개의 잔을 앞에 놓고 있었지.

그리고 어둠 속에서 오직 두세 사람의 입술에 물린 담배의 붉은 반점만이 보였지

(모두들 죽었다)

그런데 물질이 아닌 듯한 물에서 얻어 온 굵은 물방울인 양 자욱한 검은 머리털 밑에

돌연 작은 귀에서 다이아몬드의 섬광이 드러난 아름다운 목을 비치며

그리고 드넓은 대로에는 행차의 차마(車馬)가 굴러가는 나직한 소리뿐,

그리고 뜰의 양 끝에 마주하고 있는 오케스트라의 머나먼 대화만이 들렸을 뿐,

이상하게도 여린 바람이 그 구리 소리들을 차례로 합쳤다 갈라놓았다 하였네.

Je me souviens! c'est une nuit comme celle-ci,

Quelque part au centre de l'Europe, dans un vieux parc royal,

sous le tilleul bohème.

Nous étions là devant quelques coupes, une douzaine prêts à

nous séparer.

Et l' on ne voyait dans la nuit que le point rouge d'une cigarette

aux lèvers de deux ou trois.

(Tous sont morts)

Et éclairant le beau col nu à la petite oreille soudain l'éclair d'un

diamant

Comme une grosse goutte sous d'épais cheveux noirs empruntée

à des eaux immatérielles.

Et l' on n' entendait rien que dans les avenues immenses le

roulement sourd d'un équipage,

Et le dialogue bien loin, aux deux extrémités de ce jardin, d'

orchestres opposés.

Dont le vent faible étrangement tour à tour unissait et divisait les

cuivres.

그러나 여기에는 순수한 음악 이외에 다른 무엇이 있다. 아니면 그 음악이 어떤 공중 건축의 선을 따라 배열되어 있다고나 말할까. 클로델에 있어서는 거의 언제나 이런 식이다. 겉보기에 가장 통제가 덜 된 듯한 감정의 토로, 가장 자유 분방한 환상들을 마치 본능처럼 내면적인 혼돈, 원초적 생명의 모든 물결을 비켜나서 어떤 질서의 초벌 윤곽 같은 것들을 만들어낸다. 그가 규정하는 바의 천지 창조 속에서는 모든 것이 행동을 지향하고 존재를 지향하며 제형태의 성숙과 물질 및 정신의 개화를 열망한다. 마찬가지로 "예술의 목표는 총체들의 탐구다". 이 수런거리는 음악, 또 다른 곳에서는 전원의 싱싱함과 힘으로 가득 찬 언어의 저 몸짓들, 그 모두가 어떤 기념비적인 조직 속에 편입되어야 하고 밀도 있게 다져지고 유연해지면 사색을 가득 담아가지고 예언적인 담화, 극적인 기도, 개별적인 것, 장소 및 시간에서 추출되어 교차하면서 여러 가지 목소리들의 화음을 구성해야만 하는 것이다. 프랑스 농촌의 대성당 같은 이미지는 저절로 나타나게 된다. 대지에서 태어났고 아직도 대지에 뿌리를 박고 있어서 대지의 그 굳건함을 지니고 있는 대성당이지만 그 거대한 경지에 있어서는 가장 장식이 적은 삼각면의 보잘것없는 작은 조각상에 이르기까지 어느 것 하나 어떤 의도를 표현하지 않은 것이 없고, 그 나름으로 뒤에 오는 세기의 사람들에게 하나의 "진리"를 가르쳐주고 선포하지 않는 것이 없다. 그 대성당 속에서는 하늘에 의하여 떠받쳐 있는 듯한 종탑들이 서 있는 용마루에 이르기까지 모든 것이 첨두홍예의 곡선들에 이끌리듯 우뚝 일어서 위로 치솟고 있다. 클로델의 작품 중에서도 역시 몇몇 근본적인 부분들은 그것들이 지닌 드높은 정신성으로 인하여 각별히 두드러져 보인다. 어떤 계속적인 점진적 상승 작용에 의하여, 어떤 점진적인 경사 작용에 의하여 알지 못하는 사이에 우리는 육체적인 것, 자연적인 것으로부터 초자연적인 것으로 옮아가게 된다. 그러나 샤를 페기 Charles Péguy가 말하듯이 "초자연적인 것은 그 자체가 현실적인 것이다". 마찬가지로 여기서 영원은 우리가 숨쉬고 살 수 있는 세계가 된다. 진흙이 투명해지고 서정적인 변모 작용이 은총의 활동으로 변한다. 이때 생각나는 것은 무엇보다 먼저 『마리아에의 수태고지 l' Annonce faite à Marie』를 마무리짓는 승천 장면이다. 이 대목에 있어서 그리고 다른 몇몇 대목들에 있어서, 클로델의 장점은 내가 보기에는 그가 이 지상적인 우발성과 현실성의 그 어떤 것 하나도 비전 속에서 희생시키지 않은 채 어떤 축복받은 분위기와 광명 속에 버티는 데 성공하고 있다는 사실이다. 빅토르 위고가 「잠든 보즈*Booz endormi*」의 마지막 시행들에서 밤하늘 속에 영원한 여름의 황금낫을 환기시킴으로써 도달한 바 있는 그 숭고함을 클로델의 기독교적 천재는 다시 창조해낼 수 있었을 뿐만 아니라 그것을 심화하고 당당하고 노련하게 그 세계 속에 노닐 수 있었다. 아마도 이처럼 진귀한 성질의 아름다움을 생각할 때 우리는 그가 어느날 단테에 대하여 했던 말을 클로델 자신에 적용하여 말할 수도 있을 것 같다. "모든 시인들 가운데서도 오직 단테만이 객관의 시점에서가 아니라 조물주의 시점에 서서 그리고 사물과 영혼을 결국 '어떻게'의 테두리가 아니라 '왜'의 테두리 속에 위치시켜보려고 노력함으로써 또 그것들을 그들의 최종적인 목적들과 관련하여서 판별, 아니 판결함으로써 사물과 영혼의 세계를 그려 보여주었다."[37] 클로델의 작품 속에는 모든 이미지들과 모든 얼굴들이 똑같은 욕망에 의하여 자석처럼 긴장되어 똑같은 방향, 즉 궁극적 목적의 방향을 향해가고 있는 몇 페이지들이 포함되어 있다는 것은 잘 알려진 사실이다.

*

클로델은 어느날 말하기를 자기는 "모든 이미지들을 한데 모아야" 하며, 자신이 "하나님의 땅의 집합자"가 되어야 한다고 했다.[38] 이른바 "순수" 시인들이 폴 발레리의 입을 통하여 "시로 다 말할 필요가 있는 것을 잘 말하기란 거의 불가능하다"고 공언하던 바로 그때에 그는, 시인이란 옛날이나 오늘날이나 마찬가지로 모든 것 내지 거의 모든 것을, 무엇보다 먼저 필요한 것을 포기한다는 것은 못난 일임을 증명하는 것이 자기의 사명이라고 여겼던 것 같다.

---

37) 「단테의 한 시편 해설*Introduction `à un poème sur Dante*」(『입장과 제안』).
38) 『다섯 편의 대찬가』, pp.140, 158.

그의 작품은 송두리째, 그 표현 수단의 다양함(이것은 흔히 산문시보다는 산문에 속하는 것이지만)으로 보나 서로 뒤섞어서 사용하고 있는 다양한 장르 및 톤으로 보나, 이 우주를 구성하는 요소면 무엇 하나 버리지 않으려 하고 "주체" 전체로부터, 사물 전체로부터 시가 용솟음쳐 나오도록 하려는 그의 뜻으로 보나, 하나의 방대한 종합의 시도라고 하겠다. 클로델은 때때로 무질서한 창조자로 간주되기도 했지만, 그에게는 어떤 화해자의 기질이 있다. 궁극적으로 그의 천성 중에서 인상적인 것은 바로 균형이다. 서로 대립하는 충돌들 위에 통찰력 있게 군림하는 지배력으로부터 생겨난 살아 있는 균형. 서로 다른 문학 전통들을 화합시켜보려는 시도. 서로 상반된 것들을 초월하여, 그러면서도 그것들 각자가 지닌 장점들을 잃어버리지 않은 채로, 어떤 새로운 것을 모색하는 방식, 이것이 바로 고전주의자의 이미지일까? 어느 의미에서는 그러할 테지만 거기에는, 적어도 프랑스 문학 전통을 놓고 생각해본다면, 전혀 역사적인 관련은 없다. 왜냐하면 클로델의 시의 원천을 찾아야 할 곳은 루이 14세 시대도 아니고 그가 스스로 선택한 본보기들도 아니기 때문이다. 그의 시가 보여주고 있는 사고 및 삶의 방식, 그의 신비주의적 리얼리즘, 불꽃같이 타오르는 그의 가톨릭 신앙, 극적인 감각, 심지어 서정적이기도 한 그의 창작들의 연극적(대개의 경우 고상하게 연극적이지만) 국면, 그를 불타게 하는 정념과 긴장 등 모든 것이 그를 여러 가지 사조들로부터 자양을 얻고 프랑스식으로 조화를 이룬 위대한 바로크 시인으로 만드는 데 기여한다. 『비단구두*Soulier de satin*』에서 읽어볼 수 있는 바, 루벤스Rubens를 찬양하는 격정적 서정시는 무시할 수 없는 하나의 증거라고 볼 수 있다.

이를테면 현대의 폴 클로델은 칼데론이 실제의 스페인에서 차지하고 있었던 지위를 1600년대의 가상적인 프랑스에서 이상적으로 차지하고 있다고 말할 수 있을 것이다. 중세 후기적이며[39] 전기 고전주의적이며 특히 전기 데카르트적인—그의 존재는 송두리째 순수한 정신의 철학에 대하여 혐오감을 느끼고 있으니까—그는 르네상스에도 불구하고 운명이 스페인에게, 그리고 또 다른 차원에서 볼 때는 엘리자베드조의 영국에 주었던 바와 같이 적절한 시기에 그에게 부여하지 못했던 것을 오늘날 프랑스 문학에 가져다주는 것 같다.

이처럼 범우주적인 시인이 개인적인 서정성에서 발길을 멈추지 않는 것은, 멈추더라도 오직 한 순간밖에 멈추지 않는 것은 주목할 만한 일면이다. 그가 그려 보이는 여러 "시대", 세계의 모든 무대들 위에서 일어나며 그의 모든 사상을 담고 있는 거대한 "행동"은 특정된 심리적 삶보다 훨씬 더 광대한 벽화 위에 그려지고 있다. 그로 하여금 객관적인 것을 지향하게 하고, 그의 '자아'를 떠나 산물과 여러 운명의 총체적이며 시간을 초월한 어떤 비전에 이를 만큼 드높이 솟아오르게 만드는 그 한결같은 움직임을 통하여 그는 극적인 것과 동시에 서사시적인 것을 향하여 전진한다. 그런 작품들 속에서 근본적인 것은 신적이거나 혹은 악마적인 힘에 대한 노래다. 그러나 그림과 무대의 전면에서는 어느 것 하나 그러한 조명의 변화와 중력 중심으로부터의 멀어짐으로 인하여 손상당하는 법이라곤 없다. 그의 종교로 인하여 클로델이 그의 존재의 어떤 부분을 훼손하지 않으면 안 되는 일이란 없듯이 그가 종교 때문에 그 어느 것이건 존재하는 것을 외면해야 하는 경우란 없다. 그의 반(反)장새니슴 Jansénisme적인 태도는 자연의 세계와 은총의 세계 사이에 어떤 뛰어넘을 수 없는 심연을 설정하는 것을 막는다. 무한한 공간의 침묵에 대한 파스칼의 말도 클로델에게서는 아무런 반향도 불러일으키지 못한다.

이리하여 하늘이 비록 제아무리 멀리 펼쳐져 있다 하더라도

---

39) Fr. 르페브르Fr. Lefèvre, 『폴 클로델의 원천*Les Sources de Paul Claudel*』(1917).

당신의 척도가 없는 것이 아님을 알기에, 하늘은 우리에게 이제는
공포가 아니로다……

Ainsi le ciel n'a plus pour nous de terreur, sachant que si loin
qu' il s'étend

Votre mesure n'est pas absente. Votre bonté n'est pas
absente……[40]

더군다나 그 공간은 무한한 것이 아니며 신은 도처에 있다. 예술가 특
유의 어떤 불편부당함으로 인하여, 생명에의 사랑에서 샘솟는 가능성에
대한 매운 인간적인 감정으로 인하여, 클로델은 인간의 추악함을 익살꾼
이나 무자격자를 그릴 때와 마찬가지로 그려 보인다.[41] 그가 창조한 이런
모든 부분이 신의 허락에 의하여 서식하고 잔존하는 곳은 바로 은총의
그늘 아래이다.

어느 것 하나 무용한 것은 없나니 이는 그것이 낙원을 설명하는 데
소용이 되기 때문이다……

Nulle chose n'est inutile puisqu' elle sert à expliquer le
Paradis……

기이하고 고귀한 너그러움이다.

내 생각으로 우리는 클로델을 빅토르 위고 이래 프랑스가 얻은 가장
힘찬 시인으로 간주할 근거가 충분히 있다고 여겨진다. 그의 작품은 그

---

40) 『다섯 편의 대찬가』 중에서 「문 닫힌 집 *La Maison fermée*」.
41) M. G. 부누르M. G. Bounour의 『비단구두』에 관한 노트(《*N. R. F.*》 1931년 1월호) 참조.

것이 지닌 근본적인 몇 가지 특성들로 인하여 금세기 정신과는 대립되는 것이다. 그러고 보면 지금까지 그의 영향이 전쟁 직전에 추정되었던 것만큼 효과적이지 못하다는 것은 놀라울 바 없다. 그러나 지금 성장하고 있는 세대가 구체적인 사고에 대한 취향을 지니고 있으며 정신주의적 리얼리즘 쪽으로 나아가고 있는 것이 사실이라면 시인의 뜻이 또다시 여러 번 더 실현될 것이라고 믿어도 좋을 듯하다.

내가 고독한 씨뿌리는 자같이 되고
내 말을 듣는 이가 불안하고 무거운 마음으로 제집에 돌아가게 하소서

Faites que je sois comme un semeur de solitude et que celui qui entend ma parole
Rentre chez lui inquiet et lourd.

2

클로델의 작품이 그 본래의 영감으로 인하여 우리들 시대와 대립하여 맞서는 것이라면 샤를 페기의 시편들은 보다 더 근본적으로 비시대적이고 시대 착오적인 것이다. 그의 작품들을 읽다 보면 우리는 상징주의 고답파, 심지어 낭만주의 같은 것이 존재했었다는 사실을 잊어버릴 지경이다. 여기서 문학은 기독교적인 신학과 신비론과 대면하면서 아주 유쾌하고 단순해진 심정으로 굴욕을 감수한다. 시를 순수한 에센스로서 추출해 내고자 노력하는 현대의 그것과는 정면으로 대립되는 욕구로 인하여 페기는 시를 사물들 속에 잡아둠으로써 시가 윤리적·종교적 가치로부터 분리되어 나오는 것을 막는다. 어느 경우에 있어서건 그의 주된 의도는

가능한 최대한의 요소들을 신성 속에 포함시키는 것이며, 그의 존재 전체에 사고와 행동의 완벽한 통일성을 실현하되 특수한 일들에 골몰하느라고 중력 중심으로부터 이탈되는 일이 절대로 없게 되도록 하는 것이다. 그에게 산문가와 풍자적 단문작가로서의 시인을 구별하기 어려운 것은 바로 그 때문이며, 고해와 신앙 행위로써 써가지고 1914년에서 1910년 사이에 발표한 여러 가지 『미스테르*Mystères*』들을 별도의 것으로 간주하기 어려운 것 역시 바로 그 때문이다.

하나의 사상—"그리고 사상만큼 심각하고 진지한 것이란 아무것도 없다"—기독교적 삶의 문제, 은총의 문제, 무죄, 충만한 순수, 근원적 젊음—루소나 랭보식으로 자연에 따르는 무죄나 "태양의 아들의 상태"와 같은 지복이 아니라 어떤 신적인 무죄, "최초의 땅과 최초의 진흙"의 무죄—등의 매우 적은 수의 문제들을 중심으로 하여 돌아가고 있는 사상이란 우리 시대에 있어서 참으로 예외적인 광경이 아닐 수 없다. 오직 그러한 점에서 볼 때, 19세기의 시가 우리들의 세기에, 주세페 웅가레티 Giuseppe Ungaretti의 표현을 빌어, 어떤 "다 채우지 못한 무죄에의 희망"을 물려주었다는 것이 사실이라면, 페기는 그의 시대의 지하에 잠재하는 삶에 가담하고 있다고 말할 수 있을 것이다. 이 세계의 비참과 노후함에 대하여 그는 심한 괴로움을 느낀다. 그래서 그 역시 어떤 낙원적 삶에의 꿈에 형상과 살을 부여하려고 노력하는 것이다. 그러나 그의 투쟁과 모험은 기독교적인 것이다. 그는 성인의 경지가 바로 그것인 저 초인간적인 가벼움과 경쾌함을 되찾기 위하여 "늙음vieillissement"에, "경화 durcissement"에(그의 스승인 베르그송이라면 습관에라고 말했겠지만) 저항하는 데 모든 힘을 바쳤다. 그는 쥬느비에브에게 말을 걸 때면 그의 문장은 원죄의 모든 무게로부터 해방되어 공기처럼 날아오른다.

　　　매일 저녁이면 양떼들을 모두 다 양우리 속으로

데려오시던 부지런한 목녀이신 성녀시여

이 세상과 파리의 임대 기간이 끝날 때가 오면

당신은 굳건한 발걸음으로, 가벼운 손길로,

마지막 대문을 지나 궁륭을 지나, 그리고 두 쪽 여닫이 문을 지나

마지막 뜰 안에 있는 하나님 아버지의 오른쪽 옆으로

모든 양떼들을 데려다주소서.

Sainte qui rameniez tous les soirs au bercail

Le troupeau tout entier, diligente bergère,

Quand le monde et Paris viendront à fin de bail,

Puissez-vous d'un pas ferme et d'une main légère

Dans la dernière cour par le dernier portail

Ramener par la voûte et le double vantail

Le toupeau tout entier à la droite du Père.[42]

이 신비주의자는 동시에 리얼리스트이며 육적인 시인이기도 하다. 일어난 이 기적들, 이 숨겨진 신비들, 우리들 감각의 테두리를 초월하는 이 모든 것을 손에 만질 수 있는 현전의 것으로 만드느라고 그는 휴식을 모른다(그는 언어에 휴식을 허락하지 않는다). 다만 그는 클로델 같은 시인이 실천하는 시적 연금술의 비법을 알지 못하고 현실의 전기 그 자체인 양 단번에 존재를 뒤흔들어놓은 어휘들의 전격적인 마주침을 알지 못한다. 아마도 이는 그가 그러한 요술의 "백색 상태"와 순진함을 경계하는 때문인지도 모른다. 그는 보다 더 먼 길을 택할 필요가 있는 것이다. 우리는 그의 주인공들이 옛날에 한 번 존재했었던 것을 재창조하고, 마침

---

42) 『성녀 쥬느비에브의 타피스리La Tapisserie de Sainte-Geneviève』(페기의 전집은 N.R.F. 에서 출간되었음).

내 어떤 영혼과 육체 속에서 진리를 소유하기 위하여 수많은 부차적 사실들을 명시하고 물질적인 디테일들을 나열하는 것을 볼 수 있다. 이때 그 글의 가치를 판단하는 사람들에게 표현이 장황하게 느껴지는 것에 대해서 그 주인공들은 전혀 아랑곳하지 않는다.

초자연적인 것은 그 자체가 살로 된 것이고
은총의 나무는 깊이 뿌리박아
땅 속으로 뻗고 밑바닥까지 찾아가고
종족의 나무는 그 자체가 영원한 것이니.

Car le surnature est lui-même charnel
Et l'arbre de la grâce est raciné profond
Et plonge dans le sol et cherche jusqu'au fond
Et l'arbre de la race est lui-même éternel.[43]

"그는 영혼에서부터 육체에까지 계속성이기를 그치지 않는다"고 클로델은 말했다. 그는 가장 낮은 것에서 가장 높은 곳에까지, 땅에서 하늘에까지도 계속성이기를 그치지 않는다. 그리고 지적인 방식 그 자체에 있어서 여하한 불연속성도 존재해서는 안 된다. 그는 시인들의 일뤼져니스트illusionniste적 기교에 대하여 경계하지만 또한 사람들이 오로지 그 마지막 항만을 유의할 뿐인, 논리적 연쇄들을 수단으로 하여 추론하는 데카르트적 기예 또한 혐오한다. 그가 자기의 생각을 "믿고", 그것을 참답게 자기의 것으로 삼으며, 그 생각이 그의 내부에서 성숙되도록 하자면, 그 생각의 모든 요소들을 찢을 수 없는 교직으로 서로 엮고 그 생각의 명

---

43) 「이브, 이종의 뿌리박기Ève, la double racination」.

제들을 다 함께 모아 짜놓음으로써 그것들이 그의 심층적인 생명 속에 편입되어 베르그송적인 의미에서 "지속적 시간의 토막tranche de durée"을 구성하게 될 필요가 있다. 「잔 다르크의 애덕의 미스테르 *Mystère de la Charité de Jeanne d'Arc*」나 「무죄한 성자들의 미스테르 *Mystère des saints innocents*」에서 뽑아낸 짤막한 인용 하나로써는 그 자체의 성취에만 송두리째 골몰하고 있는 이 사상의 답보 · 지체 · 발전을 느끼게 하는 데 별로 도움이 되지 못할 것이다. 근본적으로 척도를 초월하며, 아무런 형식도 우아함도 갖추지 못했으며 아무런 "품위 distinction"도 없이 이런 식으로 산출된 텍스트들은 우리에게 날것 그대로이며 매듭과 공이 투성이인, 그러나 그 곁에 견주어보면 "예술적인 산물"들이 몇 번씩이나 조작된 것같이 보이는 그런 아름다움을 느끼게 한다. 이처럼 호되고 힘차며 어떤 초자연적인 피안에서 태어난 것 같은 숨결로 생명을 얻고 있는 시라면 C. F. 라뮈즈C. F. Ramuz의 서정적이며 서사적인 소설들 속에서나 그 또 다른 예들을 찾아볼 수가 있을 것이다. 그 두 사람에게서 다 같이 우리가 높이 평가할 수 있는 것은 원초적인 것에로의 회귀, 클로델이 이미 그의 작품 속에서 그토록 넓은 자리를 할애한 바 있는 저 구체적이고 구어적인 시에로의 회귀이다.

그러나 낯익으면서도 간결하고 지상적이며 가장 드높은 정신성에 도달하고 있는 어떤 숭고함이란 아마도 페기 이외의 그 어느 곳에서도 찾아보기 어려울 것이다. 페기가 그의 친구에게 하는 말을 들어보자. "나는 샤르트르로 순례 여행을 했소. 나는 보스 사람이오. 샤르트르 대사원은 나의 대사원이지요. 나는 아무런 훈련도 한 일이 없었오. 나는 144킬로미터를 도보로 사흘 동안에 걸어갔소. 아! 여보슈, 십자군 원정이란 쉬운 것입디다! 우리 같은 사람들은 아마 예루살렘으로 가장 먼저 떠났을 사람들이란 것은 분명하오, 도랑 구석에 빠져 죽은 것쯤은 아무것도 아니라오. 정말 그런 것쯤은 아무것도 아니란 걸 난 느꼈소. 우리는 그보다 더 어려운 그 무엇인가를 하고 있는 거요. 들판의 약 17킬로미터쯤 되는 곳에 샤르트르 대사원의 종탑이 보이는 거예요. 때때로 그것은 물결치는 그 무엇, 어떤 숲의 선 뒤로 사라지지요. 나는 그것을 보자마자 그야말로 황홀경 그대로였소. 피곤이고 내 발이고 뭐고 아무것도 더이상 느껴지지가 않았어요. 나의 모든 불순한 것들이 단번에 떨어져나가는 거였소."

다시 한번 페기의 말에, 그날의 추억에서 생겨난 시[44]에 귀를 기울여보자.

바다의 별이여, 여기 무거운 식탁보가 있다
그리고 깊은 물결과 밀의 대양이,
그리고 움직이는 거품과 우리의 가득 찬 곡간들이
여기 이 광대한 제복 위에 던지는 당신의 눈길이 있다.
......

아침의 별이여, 손에 닿지 않는 여왕이여
여기 우리는 당신의 이름 높은 궁궐을 향하여 걸어간다
그리고 여기 우리들 가난한 사랑의 쟁반이 있다.
그리고 여기 우리의 엄청난 고통의 대양이 있다.
......

이천 년의 노역이 이 땅을
새로운 세월을 위한 끝없는 저장고로 만들었다.
당신의 천 년 은총이 이 노동을
고독한 영혼을 위한 끝없는 제단으로 만들었다.

Etoile de la mer, voici la lourde nappe

---

44) 『샤르트르의 노트르담 사원에 보스 지방을 소개하다*Présentation de la Beauce à Notre-Dame de Chartres*』.

Et la profonde houle et l'océan des blés,

Et la mouvante écume et nos greniers comblés,

Voici votre regard sur cette immense chape.

......

Etoile du matin, inaccessible reine,

Voici que nous marchons vers votre illustre cour,

Et voici le plateau de notre pauvre amour,

Et Voici l'océan de notre immense peine.

......

Deux mille ans de labeur ont fait de cette terre

Un réservoir sans fin pour les âges nouveaux.

Mille ans de votre grâce ont fait de ces travaux

Un reposoir sans fin pour l'âme solitaire

옛적의 기독교적 정신과 시가 단 하나의 샘물로 솟아나고 있다. 여기
서는 클로델의 커다란 오르간 소리와 닮은 것이라고는 하나도 없다. 어
떤 목소리 하나가 땅에서 바싹 가까운 곳에서 들린다. 그 소리는 어느 밭
고랑에서 나오는 것이지만 마치 종달새처럼 곧장 위로 솟구쳐 오른다.

제10장
선의의 사람들의 시

1

1900년이 조금 지난 뒤부터 시를 쓰기 시작했던 이 선의의 사람들은 위나니미스트Unanimistes, 휘트먼파 시인들, 수도원의 시인들 등으로 다양하게 불리워진다. 그러나 이 각각의 명칭은 다만 두세 사람의 시인 들에게나 적용될 수 있는 것이다.[1] 그 중 대다수는 크레테유 수도원에 자주 출입해본 일이 없다. 그 중 몇 사람들만이 쥘 로맹Jules Romains을 따랐으며 또 쥘 로맹 자신은 휘트먼에게선 거의 영향받은 바 없다. 이 운 동은 전쟁으로 인하여 기세가 꺾이게 되었지만, 전쟁 전 그 초기에 《팔 랑주》지의 신고전주의 및 신상징주의와 나란히 발전할 당시, 이 운동은 한편으로는 베르아랑, 폴 포르, 프랑시스 잠(그리고 메테를링크)의 영향 하에 들어 있었고, 다른 한편으로는 민주주의적이며 사회주의적인 이념 에 깊은 영향을 받은, 일종의 후기 본연주의로서 나타난다.

상당히 산만한 이런 경향들을 하나로 묶어 생각하는 것은 어려운 일이 다. 그러나 이 모든 시인들은 다소간 고의적으로 상징주의와 주지주의에 서 고개를 돌렸다. 세상을 거부할 능력이 없고, 인공낙원의 매혹에 넘어 갈 수는 없으며, 어떤 전설적인 과거를 소생시키는 것으로 낙을 삼지도

---

1) 크리스티앙 세네샬Christian Sénéchal의 『크레테유 수도원*L' Abbaye de Créteil*』 (Delpeuch, 1930); M-L 비달M-L Bidal의 『수도원의 작가들*Les écrivains de l' Abbaye*』 (Boivin, 1938), 그리고 질베르 기장Gilbert Guisan의 『시와 집단*Poésie et Collectivité*』 (1890~1914);『위나니미슴과 수도원파 시작품의 사회적 메시지*Le Message social des oeuvres poétiques de l' unanimisme et de l' Abbaye*』(Lausanne et Paris, 1938) 참조.

못하는 그들로 볼 때, 현재와 현실은 마음을 흡족하게 해주는 감지 가능한 자명함이다. 1890년대 시인들에게 있어서는, 너무나도 빈번히 상징이란 바로 간접적 표현 양식이었는데, 그런 것에 대하여 그 시인들이 반감을 갖는 것은 바로 거기서 연유하는 것이다. 1912년경 앙드레 지드는 샤를-루이 필립의 서한집에서 다음과 같은 신랄한 표현을 인용한 적이 있었는데[2] 그 말이 이 시인들 사이에서 호응을 얻은 것도 거기에서 연유하는 것이다. "감미로운 것과 딜레탕티슴의 시대는 갔다. 이제 필요한 것은 야성적인 사람들이다." 그리고 지드는 이렇게 덧붙였다. "기이한 점은 샤를-루이 필립이 그런 감정의 '떳떳함légitimité'을 의식한 것이 바로 교양을 통해서였다는 사실이다." 조르주 뒤아멜Georges Duhamel[3] 그리고 또 나중에 르네 아르코스René Arcos[4]가 다음과 같이 주석을 붙였다. "그가 말하고자 한 바는 책에서 그 영감을 얻어온 기교를 버리고 우리 자신의 경험을 이야기해야 한다는 뜻이다."

윌리엄 제임스의 개념과 상당히 가까운 이러한 경험의 개념은 여기서 매우 중요한 것이다. 이것은 바로 존재 전체 속에 깊숙이 침투하여, 계시와 맞먹을 만큼 존재를 뒤흔드는 감정을 두고 하는 말이다. 인간에게 세계를 열어 보이고 인간이 세계를 "소유하고" 있다고 확신시켜주는 희열의 상태 말이다. 그러나 현실을 바로보는 습관과 실용주의적인 관습에서 벗어나고, "감각과 지각을 구별지워주는 저 잠재적인 심연"을 심화할 줄 아는 사람들만이 그러한 경지에 도달할 수 있다.[5] 참을성 있고 점진적인 탈지성화 작업을 통하여 야성적이 된다는 것은 무엇보다 먼저 자신의 감

---

2) E. Figuère사에서 1911년에 출간된 그의 강연.
3) 『폴 클로델, 비평적 담론*Peul Claudel suivi de Propos critiques*』(Ed. du Mercure de France), p.22.
4) 《메르퀴르 드 프랑스》지 105권 (1913년).
5) 뒤아멜의 『시인들과 시*Les poètes et la poésie*』(Ed du Mercure de France), p.28. 같은 책 속에서 시적 인식에 관한 언급들도 참조할 것.

각들을 논리적인 틀 속에 정리해두거나 그 감각들을 유발시킨 대상물에 얽매이지 말고 어느 정도 여유를 남겨둔 채 그 감각들을 받아들이는 것을 뜻한다. 이는 문명된 사람이 유산받은 형태로부터 거리를 유지하고, 보다 큰 조형성을 되찾고 사물들의 흔적에 스스로를 몰입시키는 한 방식이다. 이 문제는 결국 베르그송이 예술에 관한 고찰 속에서 접근했던 문제와 같은 범주의 것이다.[6] 뒤아멜과 그의 친구들의 경우, 사실 클로델의 경우와 마찬가지로, 시는 꿈 속이나 어렴풋한 것이나 상상의 것 속에 있는 것이 아니라 현실 속에 있다. 그러나 단순화되고 관습적인 현실 속이 아니라 자신의 내부에서 참답게 체험된 현실 속에 있다. 어려운 점은 그러니까 자신의 경험을 "가능한 한 직접적으로 표현하되 거기에 수사학의 구속을 강요하지도 않고 더군다나 그 경험을 멜로디의 장식들로 가리지도 않는 일"이다.[7] 뒤아멜은 여기서 분명히 낭만주의적인 웅변과 상징주의자들이 그토록 즐겨했던 언어의 음악성을 다 같이 배격하고 있다. 이와 같은 미학이 예고하는 것은 어떤 질박하고 꾸밈 없는 시이다.

그러나 1905년에는 이미 상징주의자들의 나르시스가 타자의 존재에 대하여 의혹을 품게 하던 시대는 지나간 뒤였다. 모든 현존(존재) 가운데서도 가장 감동적인 것인 인간의 현존이 이 시에 독창적인 색채를 부여하게 되었다. 내 생각으로는, 아마도 빌드락Vildrac 같은 사람도 인간들

---

6) 예를 들어서 그의 책 『웃음Le Rire』(pp.155 이하) 참조. "내가 외부 세계에 대하여 보고 듣는 것은 단순히 나의 감각들이 나의 행동을 밝혀주기 위하여 거기에서 추출해내는 것에 지나지 않는다…… 감각들이 사물과 나 자신에 대하여 내게 전해주는 비전 속에서, 인간에게 불필요한 차이들은 지워져버리고 인간에게서 유용한 유사성들만이 강조되며, 나의 행동이 개입하게 될 길들이 미리부터 지시되어 있다. 그 길들은 인류가 나보다 먼저 지나갔던 길들이다. 사물들은 내가 그것에서 얻어낼 수 있는 편의를 목적으로 하여 분류되었다. 내가 인지하는 것은 사물들의 색깔과 형태라기보다는 바로 그 분류다……" 그리고 좀 뒤에 보면 이런 말이 나온다. "예술은 실제로 유용한 상징들, 관습적·사회적으로 용인된 일반적인 것, 요컨대 현실을 가리어 놓고 있는 모든 것을 제거하는 외에 다른 목적은 없다. 사실주의와 이상주의 사이의 토론은 이 점에 대한 오해에 기인한다."
7) 『시인들과 시』, p.213.

상호간에는 발레리의 말을 빌건대 "천성적인 절대 감정"이 존재한다는 것을 부정하지는 않겠지만, 인간들 상호간의 우정 역시 천성적인 것이며, 마음 깊은 곳에서는 만족하고 싶어하는 심정의 토로와 신뢰에의 욕구가 존재한다고 여겨진다. 그런 점에서 크레테유 수도원에서 공동 생활을 해보는 경험 혹은 "비에트의 백포도주"에 대하여 가식 없는 호감을 갖는 것이 인간적으로 이롭다는 것이 드러난다. 우정어린 낙관주의는 세계에 대한 판단의 오류에서가 아니다 "성스러운 두세 가지 일들"에 대한 생생한 신뢰에서 우러나오게 된다. 그 낙관주의의 밑거름이 "진보"에 대한 예찬도 아니고, 인간이 창조한 것들에 대한 유치한 찬미도 아니고 다만 인간의 기쁨과 고통과 인내에 대한 수줍은 정성이다. "만약 문명이 인간의 마음속에 있지 않다면 그것은 그 어느 곳에도 없다"라고 뒤아멜은 그의 책 『문명Civilisation』의 끝부분에서 말했고, 쥘 로맹은(이미 1910년) 이렇게 말했다. "예술가의 제작 조수praticiens들이 구사하는 창의력에 놀라워할 것은 없다. 그들의 기계들을 그대로 이용은 하되 그들과 그들의 기계를 편안한 마음으로 우습게 여기라…… 중요한 것은 오직 영혼일 따름이다."[8]

이 종교적인 정신의 소유자들에게 있어서—비록 그들은 일체의 도그마를 멀리하지만—삶은 몇몇 유별난 상태들의 주변으로 정돈된다. 거기서 영혼의 여러 가지 힘들이 어떤 예외적일 정도의 짜임새에 도달하게 되며, 우주가 그 참다운 윤곽들을 드러내 보이면서 "말을 건네고"(보들레르) 가장 희미한 삶의 우연적 사건들이 어떤 형이상학적 색채로 물들게 된다. 이는 고대 로마인들의 말을 빌면 "삶에 대한 시적인 감정"이고, 뒤아멜에게는 "서정적인 삶"이고, 행복한 카타르시스를, 인간적 고통의 정화와 경감을 동반하는 은총의 상태다. 그렇다면 시란 스스로를 격앙시

---

8) 『신격화 개론*Manuel de déification*』(Sansot).

키고 자신에게 "시복을 선언하는béatifier" 일이 아니고 무엇이겠는가? 이렇게 되면 시의 목적은 시의 밖에 있게 되며, 시의 목표하는 바는 "저마다 자기의 삶을 사랑하고 삶 속으로 침투하여 삶을 증대시키도록 만드는 데" 있게 된다.[9]

이것은 생-시몽 시대의 것을 갱신한 실용 예술이라고 말하는 이도 있을 것이다. 그러나 오해가 있어서는 안 되겠다. 분명히 대부분의 수도원파 시인들 및 그들의 친구들의 경우에 있어서, 우리는 지난 세기의 사회적 시인들을 열광시켰던 사도적인 욕구와 대등한 무엇을 찾아볼 수 있다. 그러나 그들의 목표는 아름답게 장식된 언어를 매개로 하여 기분 좋은 것과 실용적인 것을 한데 합쳐놓음으로써 "진실을 통속화하는"[10] 데 있는 것도 아니고 샤테르통Chatterton의 경우처럼 손가락으로 별들을 가리켜 보이는 것도 아니다. 그들은 기쁨을 찾으려 하는 것일 뿐이다.

"사랑만 충분히 있다면" 무성하게 자란 한 묶음의 풀잎이나 새들이 우짖는 소리만으로도 보잘것없는 풍경을 딴 모습만으로 바꾸어놓을 수 있다고 빌드락은 노래한다.[11] 모든 것이 영혼을 위한 자양을 숨겨 지니고 있으며 겉보기에는 가장 보잘것없는 존재도 그 나름의 은밀한 고귀함을 지니고 있다고 단언하는 것이야말로 수도원과 시인들이 믿는 강령의 근본적인 항목이다. 외곬으로 믿는 신념과 가치는 곧 믿는 사람의 가치이며 작품의 가치이기도 하다. 빌드락의 『사랑의 책Livre d'amour』의 가장 값진 페이지들은 아마도 그것에 힘입은 것일 터이며, 뒤아멜도 거기에 힘입어 그의 시편들의 가장 감동적인 여러 대목들(가령 『세계의 소유 Possession du Monde』)을 쓸 수 있었다. 이러한 믿음의 기원으로 말해보자면, 우리는 메테를링크에게서(『미천한 사람들의 보물Trésor des

---

9) 뒤아멜의 『폴 클로델, 그리고 비평적 담론Paul Cleaudel, suivi de Propos critiques』.
10) 라마르틴Lamartine의 『죠스렝Jocelyn』 서문.
11) 『사랑의 책Livre d' amour』(Ed. de la N.R.F.) 중에서 「풍경Paysage」.

Humbles』 속에서), 혹은 러시아의 대시인들에 의하여 서구에 널리 알려진 슬라브적 감상주의 속에서 그것을 찾아볼 수 있다.

고답파 시대에 이미 코페Coppée나 마뉘엘Manuel 같은 이들은 일상적 생활과 인간에 대한 따뜻한 연민에서 시적 요소들을 끌어냄으로써 내면적인 서정주의의 전통을 갱신하려고 노력하였다. 다른 한편으로 로맹, 셰느비에르Chennevière, 심지어 빌드락 같은 시인들로부터 베르아랑에 이르는 계보는 확연하다. 그러나 베르아랑은 위고의 후계자이며 또한 위고의 제자들 중에서 코페, 마뉘엘이 포함되어 있다. 한편으로는 감상적이고 대중적인 서정주의, 다른 한편으로는 현대적이고 인간애 넘치는 서사시, 이 두 가지의 흐름이 1910년대 위나니미스트 및 휘트먼파의 시를 관류하고 있는데, 이 두 가지가 다 아마도 『명상시집*Contemplations*』과 『세기의 전설*Légende des siècles*』, 특히 『가난한 사람들*Pauvres gens*』과 같은 현대적 주제를 다루고 있는 연극들을 그 공통된 기원으로 삼고 있는 것 같다.[12] 그 밖에도 졸라의 몇몇 소설들이 위고—무엇보다 『레 미제라블*Les Misérables*』을 쓴 위고—와 쥘 로맹 사이에서 매개적 위치를 차지한다. 얼른 보기에는 서로 상당히 거리가 있는 것같이 여겨지는 이 사람들 사이의 계속성과 유사성을 간과해선 안 된다. 이런 계통성은 특히 스타일의 차이 때문에 가려져 눈에 잘 띄지를 않았다. 위고의 계승자들인 이들 시인들은 웅변적인 과장을 경계하여 단순하고 간결한 언어를 사용하였으므로 상징주의자들의 음악에 길이 든 귀에는 빈약하고 조화가 없는 것처럼 보였던 것이다. 그 까닭은 이런 점에 있어서 휘트먼의 영향이 여러 차례 걸쳐서 위고의 영향을 대신했기 때문이며, 사람들

---

12) 뒤아멜의 『비행적 담론』 중에는 다음과 같은 말이 있다. "한 시인이 말을 한다. 그는 자신에 대하여 말한다. 들어보라. 그는 당신을 위하여 말하고 있다. 가까이 다가가보라. 그는 당신에 대하여 말하고 있다." 그런데 『명상시집』의 서문에 보면 이렇게 씌어 있다. "내가 나에 대하여 말할 때 나는 당신에 대하여 말하고 있는 것이다. 당신이 어찌 그것을 느끼지 않을 수 있겠는가? 아! 내가 바로 당신이 아니라고 믿는다는 것이야말로 당치 않은 일이로다!"

은 의식적으로 그의 "심정 토로의 스타일style de l'effusion"을, 구어의 리듬을 버리지 않았지만 그렇다고 말에 비장한 악센트를 넣는 것을 그만두지도 않은 채 독백을 하는 그의 방식을 모방했기 때문이다. 이렇게 하여 시인과 그의 독자 사이에는 일종의 우정어린 마음의 일치 현상이 일어난다.

시를 억누를 수 없는 속내 이야기로, 즉 오랜 동안 격정을 억눌러온 끝에 마침내는 타인에게, 마주치게 된 아무나에게, 자신의 넘치도록 가득하면서도 지금까지 그 진가를 인정받지 못했던 삶을 털어놓지 않을 수 없게 된 한 인간의 속내 이야기로 변한다. 미국의 그 서정시인의 영향에 관해서라면 할 말이 너무나도 많을 것이다.[13] 휘트먼이 말하는 '자아'에 관한 새로운 시 즉 "한구석에 토라져 있거나 혹은 몸조심하거나 자신의 편집벽을 키우거나 자화자찬에 빠지기를 그치고 다른 자아들과 집단 속에서 접촉하는" '자아'[14]에 관한 새로운 시를 검토해보라. 또는 시인이 우주에 대하여 느끼는 예외적인 친밀감이라든가 삶의 희열에 언제나 흡족해하는 존재의 고양, 혹은 병치라든가, 숨찬 호흡의 리듬과 한덩어리가 되는 열거를 통한 그의 전개 방법 등 그 어느 것 하나도 뒤아멜, 빌드락, 뒤르탱Durtain(심지어 앙드레 스피르André Spire나 발레리 라르보까지도) 같은 사람의 관심을 끌지 않은 것이 없다는 것을 우리는 알 수 있다. 이 시인들은 각기 자기 나름의 방식으로 말의 특권 같은 것은 밀쳐놓고 베일을 찢고서 우주와 인간들의 한가운데서 어떤 새로운 행복을 찾아내기를 꿈꾸었다.

---

13) 레옹 바잘제트Léon Bazalgett의 책은 1908년 메르퀴르사에서 출간되었고 그가 시집 『풀잎Feuilles』을 번역한 것은 그 이듬해다. 그러나 그 당시 휘트먼의 작품은 이미 오래전부터 알려져 있었다.
14) 1914년 N.R.F.사에서 펴낸 『W. 휘트먼 선집Oeuvres choisis de W. Whitman』에 붙인 발레리 라르보의 서문에서.

나로서는 기적 이외에는 아무것도 알지 못하네.

내가 맨하튼 거리를 산책하건

혹은 지붕들 저 너머 하늘로 눈길을 던지건

혹은 모래톱에 쓸리는 파도에 맨발을 적시며 해변을 거닐건……

……

내게는 매순간의 빛과 어둠이 기적이라네……

Je ne connais, quant à moi, rien autre chose que des miracles.

Que je me promène dans les rues de Manhattann,

Ou darde ma vue par-dessus les toits des maisons vers le ciel,

Ou marche le long de la plage, baignant mes pieds nus dans la

frange des vagues……

……

Pour moi chaque heure de la lumière et des ténèbres est un

miracle……[15]

이야말로 세계에 바치는 젊음의 목욕이며 미래의 인간들을 맞아들이
는 시원스러운 몸짓이다.

2

"중요한 것은 오로지 영혼뿐이다." 그러나 우리는 그 영혼의 위력에
대해서는 거의 아무것도 알지 못한다. 오직 우리가 우리의 지성과 육체
를 가꾸듯이 영혼을 가꾸고 영혼을 참으로 "정신적인" 모험 속으로 투사

---

15) 푸아티에 지방의 잡지(J.-R. Bloch)인 《노력*Effort*》지에 1912년에 발표된 「사화집」에서 인
용한 휘트먼의 텍스트.

할 수만 있다면, 하고 쥘 로맹은 생각한다. 어느 모로 보나 정신이란 밖으로 확산되어나가는 것이라고 여겨진다. 이러한 가정을 수긍하지 않는 사람에게 위나니미스트의 독트린은 순전한 환상에 불과하다. 눈에 보이지 않는 세계 속에서는 망설이고 더듬거리는 어림짐작의 접촉들이 일어날 수 있다. 서로 사랑하는 한 남자와 한 여자는 그들 스스로 어떤 새로운 심리적 힘든 순간을 창출해낼 수 있게 되는데 이 순간, 즉 그들의 사랑은 대부분 무의식적인 상태로 남아 있다. 한 가족, 한 사회 계층의 분위기, 어떤 군중의 영혼은 어떤 조건하에서는 이미지 이상의 표현이 될 수 있다. 그러나 그렇게 되기 위해서는 그 집단의 모든 구성원들이 다 같이 똑같은 것을 원하고 믿고 있어야 한다. 정신으로부터 생겨나는 이 영혼들, 전체의 혼연 일치 상태가 사라지면 곧 와해되고 바스라져버리며 개개인들 속으로 소멸해버리는 이 영혼들은 쥘 로맹은 "제신dieux"이라고 이름붙인다. 왜냐하면 "우리는 오직 우리 자신보다 더 젊은 신만을 사랑할 수 있으며 그 신이 우리를 창조한 것이 아니라 우리가 신을 창조하며, 그 신은 우리의 아버지가 아니라 우리들의 아들이기 때문"이라고 그는 말한다.[16] 또 한편 현대의 프래그머티즘은 가르쳐주기를, 인간은 그의 내면 속에 "신적인 것"을 만들어낼 능력이 있다고 했다. 위나니미스트의 독트린이 장-가브리엘 드 타르드Jean-Gabriel de Tarde와 특히 에밀 뒤르켐Émile Durkheim으로부터 무슨 영향을 받았는가라는 문제를 따져보려면, 쥘 로맹이 처음으로 일련의 "계시들Visions"을 받은 것이 암스테르담가에 살던 열여섯 살 적의 어느 저녁—그가 현대 사회학에 대해서는 아무것도 알지 못하고 있었던 그때—이었다고 한 점을 상기할 필요가 있다. 더군다나 종교적이었던 그의 젊은 시절은 최근 그의 활동 및 심령 과학의 여러 문제들에 대한 그의 관심과 마찬가지로 그의 내면에

---

16) 『신격화 개론』.

과학자적인 면 이외에 신비주의자적 성향이 있음을 말해준다. 다만 교수로서, 철학자로서, 그 시인은 도그마를 정립하고 정신 수련의 어떤 교과서나 기도서들을 써서 발표하고 『걸어가고 있는 어떤 존재*Un être en marche*』 같은 유의 몇 가지 질서 정연한 증명들을 작성해두는 것이 유익하다고 생각했던 것이다. 이는 비판과 웃음거리가 될 위험을 무릅쓴 용감한 도전이었다. 어쩌면 그는 전투적인 교회를 설립하고 그의 모든 직관들을 가지고 사상으로 삼는 일은 그만두는 것이 바람직했을 것 같다.

"언젠가는 결국 각자가 인류가 되는 것이 꼭 필요할 것이다!"[17] 이런 것이 위나니미슴의 최종 목표로서 이는 장래성이 있는 일이다. 그러나 그 같은 총체적 인류의 개념과 결부된 것으로 몇 편의 아름답고 정열적인 시들, 가령 죽어가는 사람들과의 어떤 생생한 연대 의식을 느끼기에는 너무나 나약한 인간의 반항에 대하여 "어떤 전쟁 중에Pendant une guerre"[18](러일전쟁) 씌어진 시—그리고 《유럽》지의 한 단편이 있다.

*

쥘 로맹은 클로델, 페기와 마찬가지로 시란 우리가 오로지 몽유병 환자처럼 미끌려져 들어가 보게 되는 머나먼 땅에 살고 있다고 생각하지도 않고, 시가 어떤 주문, 즉 현실의 균열된 틈으로 우리에게까지 번져오는 "어떤 다른 세상"의 목소리라고 생각하지도 않는다. 그의 생각으로는 무엇이나 다 시로 표현하기에 알맞은 것이라고 여겨진다. 어떤 감각이든, 감정이든, 생각이든, 어떤 '사실fait'이든 일단 시점과 적당한 톤만 찾아내고 나면 시적이 될 가능성을 갖지 않은 것이라고는 없으며, 필요하다

---

17) 『만인합일의 삶*La Vie unanime*』의 끝부분.
18) 『만인합일의 삶』(Ed. du Mercure de France)에 수록.

면 수많은 증거의 행렬을 거느리고, 그 윤곽을 명백한 빛 속에 규명하는 데 필요한 언어적 장치를 갖춘 채 떳떳이 나타나는 일은 어느 것 하나 부끄러워해야 할 것이라고는 없다(그리고 신비 그 자체도 그 합당한 자리에 놓이게 될 것이다). 그러나 쥘 로맹은 루크레티우스 같은 사람이 아니다. 어떤 거칠은 시행을 선보일 때 그의 압도적인 태도며 자음들의 험한 음감이며 그의 어두운 이미지들은 오늘날의 취향에는 너무나도 충격적인 것이어서 그가 대단한 저항에 부딪쳤다는 사실은 놀라울 것이 못 된다. 이제 사람들은 교훈성으로 가득 차 있고 그것이 어떤 방식으로 씌어졌는지가 훤히 들여다보이는 시를 좋아하지 않는다. 그렇지만 그런 시는 뚜렷하게 존재할 가치가 충분히 있다. 설사 우리가 그런 시를 부정하고자 해도, 그 시는 오랜 동안 수많은 프랑스 시를 돋보이게 만들었던 단단함과 뼈대를 갖추고서, 잘 조직되어 오래 견디는 현실 속의 어떤 물건처럼 버티고 있는 것이다.

그 시 속에는 어떤 타고난 서사적 정신이 잠재한다. 그 시는 기꺼이 서술적이고자 한다. 이미 25년 전의 것인 『만인합일의 삶*La Vie unanime*』에는 『하얀 사람*Homme blanc*』 속에서와 마찬가지로 어떤 일이 일어난다. 어떤 사건이—투쟁과 승리, 고통과 패배, 환영, 기적—일어났다. 외적 혹은 내적인 사건, 사물에서 혹은 직접 영혼에서 유래하는, 그러나 심저에까지 뒤흔들어놓는 심리적 사건으로 경험되는 사건들 말이다. 바로 거기서, 인간들 전체의 어떤 자연 발생적인 직관으로 환원된 위나니미슴의 서사적인 특성이 드러난다. 쥘 로맹에게는 모두가 눈에 보이지 않는 존재들이며 은밀한 운동이며 깊이 숨은 자력이며 무형 속에서 윤곽을 갖추기 시작하는 형상이며 심리적 환초(環礁)들의 집합이다. 그에게 제기되는 문학적 문제는 그 손으로 만질 수 없는 것을 구체적인 것으로 만드는 일이다. 그 문제에 대처하기 위하여 그는 특수한 어휘집을 만들었다. 그 속에서는 위고의 경우와 마찬가지로 수많은 추상적 단어들이 질료와 영혼의 변신을 표현한다. 그런데 그 밀도 있는 역동성은 하나의 서사적 요소다. 마찬가지로 도시·군중·행렬·공장 등 원초적인 삶을 살고 있는 허구적 대존재들의 신화적 비전도 서사적 요소다. 옛 서사시들에 나오는 신기한 사건들은 과학에 의해서 날개가 잘려버렸지만, 그것 역시, 정신 세계는 참다운 "기적"이 일어나는 장소라고 여기는 어떤 시인에게서 숨결을 보급받아서 다시 비약하게 된다. 호머, 비르길리우스 그리고 그들을 모방한 숱한 시인들의 작품 속에 빈번히 등장하는 여행의 테마에 이르기까지 『유럽 *Europe*』, 『연인들의 여행 *Voyage des Amants*』 속에 나타나지 않는 것이란 없다. 그리고 또 『하얀 사람』의 경우를 봐도 그것은 "우울한 서풍"과 서쪽 지평선 전체를 뒤덮는 "금빛 나는 것들의 무더기"를 향해 항상 더 먼 곳으로 나가는 아시아 종족들의 이동이란 테마를 바탕으로 구축된 것이다.

이렇게 하여 그에게 암호로 말을 건네는 하늘 아래서, 과거와 미래가 한데 합쳐지고 여러 나라들이 서로 닿을 듯 가까워지고 대지가 한데 뭉쳐진다. 쥘 로맹은 억센 엄지손가락으로 살아 있는 덩어리들을 이쪽 저쪽으로 짓이겨 반죽하여 방대한 도덕적 세계를 만들어내는데 그 한가운데는 강력하고 영웅적인 행복에 취한 인간이 지주처럼 버티고 있다.

오스팡탈이여!
　철판처럼
　　내 젊음에
매달린 오 찌르릉거리는 주일이여!
징과 종처럼 만들어진
오 검은 쇠붙이의 밤이여!
내가 누웠던 곳은 침상이 아니다
내가 잠자던 곳은 방안이 아니다

판자들과 서까래들을 맞추어놓은 곳이 아니다.

나는 내 모든 키와
내 모든 기쁨으로
　　뢰스 강의 물결 소리 위에 누웠었다.

내가 그 이야기를 하게 해다오. 사랑하는 동지여,
그대는 거기에
　　그대 몸과 나의 몸이 더불어 있었지
멍하니 가없는 수런거림이 놀이를 하고 있었지
날들의 규모나 뛰어남도 그만 못지 않았지.
태양에서 시냇물의 서늘함이 오고 있었지
정오는 맑다 못해 대지를 괴롭혔지
발을 담그면 몸이 떨리던 그 빛이,
덩어리진 하늘이 용해되면서, 우리들 위로 흘러내렸지.

Hospenthal!
　　O semaine sonore,
　　　　qui pends
A ma jeunesse comme une plaque de fer!
O nuits en métal noir
Qui étiez faites comme les gongs et les cloches!
Ce n'est pas sur un lit que j'étais étendu,
Ce n'est pas dans une chambre que je dormais,
Dans un agencement de planches et de poutres.

J'étais couché de tout mon long,

De toute ma joie

   Sur la rumeur de la Reuess.

Laisse-moi t'en parler, camarde chérie

Tu étais là,

   Avec ton corps, avec le mien

Jouait distraitement une rumeur sans bords.

Les jours n'avaient pas moins d'ampleur ni d'excellence.

Il venait du soleil des fraîcheurs du torrent.

Midi gênait la terre à force d'être pur;

Et sa lumière, ou l'on frissonnait de tremper.

Coulait sur nous par la fonte d'un bloc de ciel.[19]

여기서 시는 우주에 대한 "시적 인식" 행위다. 이 인식은 그 자체가 "절대적"인 것으로 믿어질 필요가 있다. "우리는 때때로 신비스러울 만큼 구체적인 방식으로 인식한다. 우리의 변화무쌍한 한계들에 통로가 나고 어떤 물체 혹은 어떤 존재가 거의 물질적으로 우리 자신의 내밀한 속으로 뚫고 들어온다. 그때 사물들은 더이상 단순하지 않으며, 윤곽에 의하여 다른 모든 사물들과 구별되거나 인간의 사고의 노쇠가 세계 속에 나타나게 만들었던 주름살처럼 지울 수 없는 것이기를 그치고서, 그 본래의 모습, 즉 심원하고 난폭하고 형언할 수 없으며 배꼽이 서로 이어진 상태로 되돌아가거나 아니면 되돌아가기를 열망하게 된다"라고 뤼크 뒤르탱Luc Durtain은 말한다. 이야말로 현실적이면서도 비합리적이며 직

---

19) 『유럽』(Ed. de la N.R.F.), 1919, p.29.

접적으로 느낀 어떤 세계의 심원한 직관, 아니면 적어도 그런 직관에 가까워지려는 희망이라고 하겠다.

*

위에서 인용한 시 속에서 위나니미스트 특유의 어떤 공식들을 찾아보려고 해보아야 헛일일 것이다. 쥘 로맹의 작품 속에는 일체의 체계에 얽매이지 않고 밖으로 뛰쳐나가려는 어떤 서정성의 혈맥이 깃들어 있다. 만약 시인의 자아가 메시지와 호소들로 인하여 그 가장 은밀한 곳에까지 뒤흔들리면서 충동받지만 않았던들, 우리는 그 서정성을 내밀한 장르와 가까운 것으로 간주할 수도 있을 것이다. 좀 단순화시켜본다면, 서사적 경향을 지닌 시는 의지와 정복욕이 강한 정신적 태도에 부응하는 반면, 서정적인 시는 일반적으로 수동적인 상태를, 나아가서는 허약한 상태로 되돌아간 나머지 정신을 창조해낼 능력이 없는 자아의 실패와 고통을 표현한다고 말할 수 있을 것이다. 『서정단가집Les Odes』, 『사랑, 파리의 색채Amour, couleur de Paris』라는 제목이 붙은 자그마한 책은 이런 종류의 작품들을 포함하고 있는데 최상급의 성공적인 시편들이다. 이 짤막한 시들을 분석해보면 여러 가지의 고전적인 면모가 드러나는데, 겉보기에는 전혀 장식이 없이 밋밋한 그 시 속에는 영혼 깊숙이까지 가장 큰 메아리를 불러일으킬 수 있는 최대 음역의 말을 찾아내려는 시인의 인내력 있는 탐구가 깃들어 있다는 것을 어렵게나마 짐작할 수 있다. 그러나 예컨대 모레아스의 경우에 볼 수 있는 바와는 달리, 로맹의 경우 문학적으로 꾸며서 옮겨놓은 내용은 최소한으로 제한되어 있다. 여기서는 송두리째 정신 그 자체가 그 수수께끼와도 같은 정신의 위력이, 살덩어리와 피 그 자체가 직접 불안을 경험하며 수런거리는 것이다. 인간에 대한 고전적인 관념이라든가 전통의 문화에 의하여 세련된 자아에 대하여, 있는 그대로의 총체적 자아가 대립되고 있다. 어느 의미에서 볼 때 이보다 더 사실주의적이고 이보다 더 상상력의 산물과 상치되는 시도 없을 것이다. 이 시의 샘물은 삶에서 직접 분출되어 흐릿한 빛 속에서 나직한 발걸음으로 갖가지 변모의 길을 더듬어간다. 존재의 이 같은 변모는 일상 생활의 언어가 도달하지 못하는 지대 속으로 계속되어간다.

세계는 아마도
잠자는 사람의 문에서 기다리고 있었다;
몽상을 위한 은총도 없고
숨겨진 출구도 없다!

그러나 보라, 어떤 주인이
나타나기는커녕,
안개가 밤중에 준비해둔
기이한 해방이 그대를 맞아준다.

일체의 한계는 수증기요
일체의 감옥은 연기로다
거처와 길은
어느 새벽의 손아귀에 들어 있다.

그대가 의심하는 심연으로부터
어떤 한 인간이 그대 쪽으로 떠밀려나온다
그대들은 도망치는 두 개의 별처럼
미끌어지며 서로 부딪친다.

하여 그대 고독의 기슭에서
운동들이 물결치며
새로운 피조물들이 맛보는
기쁨이 넘친다.

그러나 그대가 그들을
그대 유적의 동지라고 명명하기도 전에
그들은 나른하게 뛰어 일어나
영원한 진흙 속으로 다시 빠져든다.

Le monde attendait peut-être
A la porte du dormeur;
Pas de grâce pour les songes
Ni de sortie dérobée!

Mais voilà qu'au lieu d'un maître
T'accueille une délivrance
Etrange, que le brouillard
A nuitamment préparée.

Toute limite est vapeur,
Toute prison est fumée;
La demeure et le chemin
Sont au pouvoir d'une aurore.

Par l'abîme dont tu doutes

Un homme est poussé vers toi;

Vous glissez l'un contre l'autre

Comme deux astres fuyards,

Et des mouvements ondoient

Au bord de ta solitude,

Ruisselant de cette joie

Qu'ont les créatures neuves.

Mais avant que tu les nommes

Compagnons de ton exil,

Ils replongent d'un bond mol

Dans le limon éternel.[20]

‘자아’는 그 자체를 무한히 초월하는 여러 가지 힘들의 망 속에 한데 얽혀 있다. 자아의 직관들 중 그 어느 것 하나 심리학적인 것에서 형이상학적인 것으로 인도해가지 않는 것이 없다. 만약 “모든 것이 다 함께 하나의 배꼽으로 연결되어 있다”면 인간 정신의 뿌리들은 인간의 밖에 있는 것이다.

“시인은 철학자보다도 사물의 비밀 속으로 덜 깊이 파고 들어야 한다고 우리는 생각하지 않았다.” 이것은 『만인합일의 삶』의 작자가 그의 젊은 시절의 야심을 규정하여 한 말이다.[21] 따라서 그의 시도는 현대적 흐름의 중심에 위치한다. 랭보의 교훈과 쥘 로맹의 교훈 사이에 어떤 일치가 이루어진다고 보는 것도 불가능하지는 않다. 왜냐하면 두 사람이 다 같이 정신의 위력에 대한 생생하고 전투적인 신뢰, 그리고 시인은 자신

---

20) 『사랑, 파리의 색채』(N.R.F.)에 발표된 시 「가을L' Automne」.
21) G. 셰느비에르의 『시작집 Oeuvres poétiques』(N.R.F.)에 붙인 서문에서.

의 영혼을 가꿈으로써 시적인 감각을 탐구와 정복의 도구로 만들게 된다는 생각에 바탕을 두고 있기 때문이다. 다만 로맹은 자기 나름으로 실증주의자여서 조종간에서 손을 떼지 못한 채 오로지 신중하게 한걸음, 한걸음, 이리저리 따져보면서, 전진할 수밖에 없는 시인이다. 황홀한 심리상태에 마음을 맡기기를 거부하는 그의 태도는 그의 작품에 어떤 자명한 특성과 특수한 "능률efficience"을 거부하는데 그것만으로도 그를 랭보의 제자들과 분간하기에는 충분하다.

최근에 와서 그 스스로도 초현실주의자나 발레리와는 멀찍이 거리를 유지하면서 자기의 특수한 지위와 자신의 "교훈"의 의미를 굳히려고 노력했다. 이 점과 관련하여 생각나는 것은 『하얀 사람』[22]의 서문인데 거기서 그는 무엇이든지 다 말할 수 있는 웅변적이고 살찐 야외(野外)의 시를 매우 명석하게 주창하고 있다. 이는 "비순수impur"의 시인 위고의 전통과 재결합하는 태도이다. 다만 유감스러운 것은 『하얀 사람』의 시인이 항상 그 같은 의도에 걸맞은 경지에까지 도달하지는 못한다는 점과 십여년 전부터 여기저기에 발표한 단장들을 통하여 기대하게 만들었던 희망을 불충분하게밖에 만족시켜주지 못하고 있다는 점이다. 나로서는 현대의 한 시기가 범세계적인 공화국을 부르짖고 마을의 교사를 드높이 칭송하는 노래로 완료되는 것이 나쁘지는 않다. 그러나 그 같은 상상력이 빅토르 위고의 정신 속에라면 태어나도록 만들 수도 있었을 신화와 시를 어찌 꿈꾸어보지 않을 수 있겠는가? 예언이 감동적이 되려면 날개를 달고 있어야 하는 것이다.

---

22) Flammarion사 간행, 1937년.

3

본인이 원하건 않건간에 대중의 눈에 쥘 로맹은 오늘날 소설가이자 극작가의 모습으로 돋보인다. 뒤아멜은 휘트먼을 뒤따라갔다가, 그 다음에는 그의 『비가*Elégies*』 속에서 더욱 내면적인 아름다움을 찾아 전진해 간 후, 마침내 산문가로서의 자신의 운명을 받아들인 듯하다. 빌드락 자신도 연극인임이 판명되었다. 가장 넓은 의미의 위나니미슴은, 혹은 더 정확히 말해서 수도원의 동지들 및 그들의 친구들에게 활력을 공급했던 그 우정어린 시의 정신은, 스며나오는 샘물처럼 그 형태상으로 볼 때 비시적인 작품들 속으로 넓게 흘러 퍼졌다. 바로 이와 같이 하여 어떤 인간성의 메시지가 차츰차츰 매우 광범위한 대중의 호응을 얻게 되었다.

그러나 운문에서 산문(소설, 희곡)으로의 이 같은 변화는 우연이나 그 무슨 출세의 욕구 때문에 이루어진 것은 아니다. 그 변화는 전혀 예기치 못했던 것이었다. 아마도 근본적인 시적 사실은 여러 가지의 결합을 가능하게도 하는 것이고 또 서로 다르지만 유사한 활동들과의 혼합을 이루기도 하는 것일 터이므로 나로서는 사회적이고 인류애적인 시를 무조건 나쁘다고 말할 생각은 없다. 그렇기는 하지만 다른 모든 감정이나 마찬가지로 인간에 대한 사랑이 반드시 시가 되라는 법은 없다는 사실 또한 분명하다. 이 그룹에 속하는 문인들의 경우, "선의"라는 것은 무엇보다 먼저 윤리적 범주에 속하는 열망이었다.

오직 조르주 셰느비에르George Chennevière만이 요절할 때까지 (1927) 거의 예외 없이 시인으로 남아 있었던 유일한 사람이다. 무사무욕함과 겸손 때문에 아마도 그의 명성은 억울하게도 그늘 속에 반쯤 가려져 있었던 것 같다. 더군다나 그에게는 자기 나름의 "양식"도 "특기"도 없었다. 그의 시의 매력은 그가 지닌 다양한 재능들간의 균형에서 생겨나는 것이며, 훌륭한 언어를 무한히 자신만만하게 구사하는 감각을 갖추고서 정확하게 표현하려 하는 그의 정신적 태도로 인하여 그는 일체의 과도한 표현을 삼가했다. 한걸음 더 나아가서 우리는 그가 우리 시대에 전혀 교과서적인 면이 없이 천성과 기교를 완벽하게 일치시킨 타고난 고전적 정신을 소유한 매우 보기 드문 시인(아마도 폴 포르, 그리고 때로는 프랑시스 잠과 더불어)이라고 볼 수도 있을 것이다. 셰느비에르의 시는 온통 인간적인 시다. 위나니미슴 그 자체도 그에 의하여 일단 수용되고 나면 그 본래의 영웅주의나 엄격함을 잃는다. 영혼은 비자아의 변경에서 망설이고 의혹과 불안과 기쁨 사이에서 떠돈다.

오 채우지 못한 가련한 가슴이여
혼란의 인간이여, 그대의 행복을 위하여
필요한 것은 무엇일까?

O pauvre coeur insatisfait,
Homme trouble, que faudrait-il
A ton bonheur?

우리는 이 질문이 마치 눈꺼풀 아래 괴어 있는 눈물처럼 이 시의 단어들 저 뒤에 기다리고 있음을 느낄 수 있다. "영원에의 향수"[23]와 덧없이 지나가는 것에 대한 이 애착이 바로 단순한 이미지들과 한데 통일된 문장들이 암시하는 영혼의 그 어떤 비장함을 구성하고 있다. 말들은 주름살 하나 없는 수면처럼 고요하게 정지된다. 모두가 투명해진다.

시간이 존재의 깊숙한 바닥에서 졸고

---

23) 《유럽》지(1927)에 실린 크리스티앙 세네샬Christian Sénéchal의 논문, 「G. 셰느비에르, 혹은 영원에 대한 향수Chenneviève, ou la nostalgie de l' éternel」.

순간들이 거품처럼 솟아오른다.

구름들이 미끄러져 간다.

거리에 차 한 대가

어찌나 부드러운 소리로 지나가는지 눈을 들어 바라본다.

하루 낮이 평화롭게 타고 있다.

Le Temps sommeille au fond de l'être

Et les instants montent en bulles.

Les nuages glissent.

Une voiture dans la rue

Fait un bruit si doux qu'on regarde.

Le jour brûle en paix.[24]

「일일 왕 전설La légende du roi d'un jour」과 같은 "전원시idylles"에서는 민요의 리듬을 따라 자연과 신비스러움이 한데 결합되어 있는데 그런 시를 쓰려고 한 셰느비에르의 뜻은 불가능한 행복에 대한 이와 같은 욕구로 설명될 수 있다.

*

대전과 그리고 전후의 격동과 실망도 사람들을 변하게 만들지는 않았다. 실제 사실들이 "호소력을 갖고" 사건들이 그 무엇인가 교훈을 주는 일이란 상당히 희귀한 법이다. "역사의 교훈"이라는 것은 역사가들이, 특히 문사들이 지어낸 것일 뿐이다. 겉보기와는 달리, 남의 대리권을 위

---

24) 「낮은 목소리의 노래Chant à voix basse」 : 1911~1918년 《포엠Poèmes》에 발표되었다가 (p.82) 『시작집』(N.R.F.에서 발간된 사화집)에 재수록.

임받아서 사고하지는 않는 사람들 가운데서 전쟁으로 인하여 생각이 바뀌어진(어떤 방향으로건간에) 경우는 거의 없었다. 가장 상이한 독트린들이 어떤 가장된 이유로 해서 전쟁에 의하여 정당화된 것으로 자처할 수는 있었다. 이 경우, 1914년에 시작된 공포의 시대는 인간적인 선의의 확신과 공고함이 얼마 만한 깊이를 가진 것인가를 실험하는 시금석 역할을 했다. 그 시인들은 광란의 돌풍에 감히 맞서서 버티었다. 그들은 자기들이 주장했던 바의 그 어느 것 하나 부인하지 않았다. 그들은 적을 저주하기를 거부했다. 피에르-장 주브Pierre-Jean Jouve의 『유럽』에서부터 『비극시*Tragiques*』에 이르기까지, 빌드락의 『절망한 자의 노래*Chants du désespéré*』, 뒤아멜의 『비가*Elégies*』에 이르기까지, 치유할 길 없는 고통과 끝없는 절망의 고백 혹은 범죄를 용납할 수 없는 자의 반항의 숨결을 우리에게 전해줌으로써 전쟁에 대하여, 전쟁에 반대하여, 씌어진 시는 많이 있다. 안이한 추측과는 달리, 서사시적인 영감은 비참한 시절의 노래에 그친 이들 상황시들 속에서 그다지 흔하지 않다. 도대체 전쟁에서 얻어진 시적 산물들 전체를 훑어보고 난 결과 그 도전적인 시들이나 거룩한 장광설 중에서 우스꽝스러운 꼴로 변하거나 호언장담으로 전락하지 않은 경우는 손가락으로 셀 수 있을 정도뿐이다. 그런 경우에도 가장 치열할 솔직성이 겨우 부자연스럽고 과장된 언어로밖에 표현되지 못하고 있다. 가장 성공을 거둔 작품들은 단순히 인간적이고 고통에 찬 것, 혹은 꿈 같고 환상 같은 것(특히 기욤 아폴리네르의 경우)이다. 일체의 정념이 배제된 것들이나 전투적인 훈련, "속보pas redoublé"의 가락은 시로 표현되지 않는 모양이다. 불행은 오히려 인간으로 하여금 자신의 내면 속으로 움츠러들고, 불투명한 세상 속에서 자신의 생명을 한심한 불꽃인 양 보호하도록 권하고 있다.

아비뇽의 어느 무화과나무 아래에서는

행복에 도취한

한 개 무화과의 눈물로 인하여

초록빛 그늘에 단물이 들었었네.

내 눈에는 과일들이 보이지 않았고

내 귀에는 벌들의 우짖는 소리 들리지 않았고

론강은 헛되이 노래하고 있었네

우리들에 대한 불멸의 멸시를

나는 하늘 속으로

고향에서 쫓겨난 한 마리 큰 새처럼

평화가 사납게 날개치며

멀어져가는 모습을 바라보고 있었네.

마을 안쪽에서는 북소리가 울리고

침묵은 그 소리에 영원히 깨어진 듯;

오 먼지 속에 까무러친 석류들이여

새롭고 야만적인 소란이 그대의 꽃들을 모욕하고 있었네.

나는 그런 것들을 느끼지도 못하였네

수천 가지 치욕에 목을 축인

미래의 모든 세월을

껴안은 것만도 벅찼다네.

깊이를 헤아릴 길 없는 슬픔 속에

파묻힌 한 세계 위에

절망의 시선들을

던지는 것만도 벅찼다네

그대 잎새들 아래서

오, 아비뇽의 무화과나무여

극단한 고독들을

허무라고 부르는 것만도 벅찼다네.

Sous un figuier d'Avignon

L'ombre verte était sucrée

Par les larmes d'une figue

Ivre de béatitude

Je ne voyais point les fruits,

Je n'entendais plus les guêpes

Et le Rhône en vain chantait

L'immortel mépris de nous.

Je regardais dans le ciel!

S'éloigner d'un vol farouche

La paix, comme un grand oiseau

Chassé du canton natal.

Un tambour bourdonnait dans le fond d'un village.

Le silence en semblait à jamais offensé;

Une rumeur nouvelle et barbare insultait

Vos fleurs, ô grenadiers pâmés dans la poussière.

Je n'éprouvais pas ces choses:
C'était assez que d'étreindre
Toutes les années futures
Abreuvées de mille hontes.

C'était assez que d'ouvrir
Des regards désespérés
Sur un monde enseveli
Dans l'insondable tristesse.

C'était assez, sous vos feuilles,
O beau figuier d'Avignon
Que d'appeler le néant
Des suprêmes solitudes.[25]

　훌륭한 시이지만 벌써 그 표현은 산문의 경향을 띠고 있다. 이때는
『순교자들의 삶Vie des Martyrs』과 『세계의 소유Possession du Monde』가
숱한 사람들의 영혼을 감동시킨 직후였고 제1차 세계대전 휴전이 조인
된 후 유럽이 가장 큰 희망으로 술렁거릴 때였다. 그러나 그때부터 불의
는 정착된 무질서의 흔히 볼 수 있는 국면이 되어버렸다.

---

25) 조르주 뒤아멜, 『비가Elégies』(Merecure de France), p.47.

전후에는 오직 쥘 로맹만이 시의 영역에서 자신의 영향력이 증대되는
것을 목격할 수 있었던 유일한 시인이었다. 피에르-장 주브와 쥘 쉬페르
비엘처럼 그 영향을 깊이 받았던 시인들도 오늘에 와서는 별로 그를 닮
은 데가 없다. 그러나 로맹은 셰느비에르와 더불어 참다운 시적 교육의
기반을 조성함으로써[26] 문학적 무정부 상태에 대처하고 "화음을 맞춘 무
운시vers blanc accrodé"의 용법을 널리 보급하며[27] 수많은 프랑스 시작
품들의 존재와 지속적 생명을 보장해온 질서의 제원칙들을 다시 실천에
옮기기 위하여 노력했다.

그들의 호소에 응하여 몇몇 젊은 시인들은 어떤 "현대적 고전주의"[28]
의 기틀을 마련하고 "정신적 본질을 지닌 객관적 시"를 창출하는 데 헌
신하고자 했다. 특히 기억되는 시인은 자크 포르타유Jacques Portail로
서, 낭만주의 이래 사회적으로 위나니미스트적인 경향을 띤 시의 문자
그대로 "집대성somme"이라고 할 수 있는 그의 시집 『앙드롤리트
Androlite』[29]는 한 특정 장소에서 어떤 문명이 탄생하여 살다가 멸망한
서사적 이야기 바로 그것이다. 더군다나 쥘 로맹 자신이 『제노아의 서정
단시L'ode genoise』 이후 『하얀 사람』의 시를 지음으로써 그들에게 보여
준 모범에 힘을 얻은 이 시인들은 대개의 경우 바로 현대적인 삶과 인간
의 서사적이고 전설적인 표현의 탐구를 위하여 매진한 것이었다. 그러나

---

26) 비유 콜롱비의 극장에서.
27) 다시 말해서, 시행에 통일성을 주고 긴 독백에 특수한 음악적 톤을 부여하는 데 도움이 되
는 소리를 여러 차례 되풀이하여 사용한다는 뜻(1923년 N.R.F.에서 로맹과 셰느비에르에 의
하여 간행된 『시작법 소론*Petit traité de versification*』을 참조할 것). 이런 운율법은 로맹의 기
질에 아주 잘 어울리고 어떤 장르의 시들에 적당하다—내가 볼 때 문자 그대로 시의 리듬 요
소는 지나치게 무시되고 있는 것이 사실이지만, 그러나 일단 이것이 교과서적인 공식으로 정
착되고 나면 유연성이 없는 약호로 변해버리고 만다.
28) 특히 《백양*Le Mouton Blanc*》지에 실린 장 이티에Jean Hytier의 논문들을 참조할 것.
29) La Charmile 출판사에서 1922년에 출간된 두 권.

그들은 여러 가지의 다양한 영향을 받았다. 위나니미슴의 이 마지막 자손들 중 몇몇은 드리외 라 로셸Drieu La Rochelle, 몽테를랑Montherlant 의 시, 블레즈 상드라르Blaise Cendrars의 소위 입체파적 작품들과 관련이 있는 어떤 "표현주의"와 가까워지면서, 쥘 로맹의 젊은 문하생들이며 《의도Intentions》, 《백양Mouton blanc》, 혹은 《은선Navire d'Argent》의 동인들이었던 시인들이 1925년 이전에 자양을 공급했던 숱한 고전적 의도들과는 거리를 멀리한다. 사실은 이런 모험적인 이정들 그 자체도 가령 뤼크 뒤르탱Luc Durtain 같은 독립적 시인이 그 이전에 밟아간 발전 과정에 의하여 미리부터 예시되어 있었다.

뒤르탱의 경우, 우리는 사물들 속에, 다시 말해서 우리의 내면적 삶의 심리학적, 내부 감각적cénesthésique 밑바닥 깊숙이 잠겨서 혼연 일체가 된 감각에까지 단순한 지각으로부터 거슬러 올라가려는, 쥘 로맹과 그의 친구들에게 공통된 의도를 다시 찾아볼 수 있다. 숨겨진 의도──숨겨진 희망──는 완전한 희열에 이르기까지 최대한으로 느끼고, 또 가능한 직접적으로 표현력을 지닌 언어를 수단으로 하여 현실에 대한 감정을 옮겨놓자는 데 있다. 그러나 언어란, 특히 프랑스어란, 그것을 그 본래의 원천으로 환원시키고 변형시키고 으깨고 용해시킴으로써 더이상 배반하지 못하도록 만들려고 제아무리 노력을 해보아도 아무런 저항 없이 주물러지지는 않는 법이다. 그 저항을 극복하려 하다가 작가는 발작적이며 동시에 도식적인 어떤 표현, 일종의 역세련에 도달할 위험에 직면하게 된다. 이야말로 이 그룹의 여러 시인들, 그리고 쥘 로맹 자신(적어도 초기의)을 위협하는 유혹이다. 감각을 있는 그대로 고스란히 번역하기 위하여("순수성"과 나아가서는 문법적 "수정"까지도 무시한 채) 말의 가치를 문제삼기로 결정한 사람의 경우 언어를 강제하고 어휘들을 그것의 충격적인 위력을 위하여 이용한다는 위험이 큰 것이다. 이미 베르아랑은 이같은 표현성의 탐구가 얼마나 큰 뉘앙스 부재를 낳게 되는가를 보여준

바 있다. 뤼크 뒤르탱의 경우 그토록 집요한 엄격성을 발휘한 결과 존재
와 사물들이 놀라울 만큼 구체적으로 현존하는 몇 편의 시를 창출해내게
되었다.

벽 저쪽에서는 벽시계의 똑딱거리는 소리와
잠깰 때마다 똑같은 본분을 맡은 부부를 감싸고 있는
침상의 느린 숨소리가 밤의 휴식을 재고 있었다.
우리에서는 암소가 벌써 씹은 모진 여물을 사슬처럼 이리저리 빻
으며
공허하고 부드러운 숨을 내쉬고 있었다.
그리고는 시간의 소리들이, 또 그리고는 마침내 시간 자체가 없어
져버렸다.
영혼도, 꿈도, 짐승도, 돌로 다듬은 뼈대도
숱한 기와장들도, 골짜기도, 하늘도 어둠 속에 녹아 이제는 존재하
지 않았다.
밤. 침묵. 연기처럼 떠돌며 광대한 무밖에는 찾지 못하는
오, 매일의 끝이여, 절대적—최후의 심판이여……

De l'autre côté du mur, le tic-tac de l'horloge à poids
Et l'haleine lente du lit qui enclôt les époux changés
Chaque éveil d' un devoir égal, mesuraient le répit nocturne;
Dans l'étable, la vache, de droite à gauche broyant comme une
chaîne
L'herbe dure déjà machée, soufflait un souffle creux et doux.
Puis les bruits du temps, puis le temps lui-même enfin s'
abolirent,

310

Et rien ne fut plus, dissous dans l'obscur, âmes, rêves, brutes, charpentes

Maçonnées de pierre, ni le nombre des tuiles, ni le val ni le ciel.

Nuit, Silence. O fin de chaque jour, Jugement dernier-absolu

Qui ne trouve plus qu'un néant vaste, flottant comme une fumée……[30]

그러나 이 분야에서는 뤼크 뒤르탱 못지않게 독자적인 또 한 사람의 시인인 앙드레 스피르Andre Spire가 루슬로 신부에서 마르셀 주스 Marcel Jousse에 이르는 현대 음성학자들의 도움을 받아서, 보다 유연하고 "시인이 다른 사람들을 소유할 수" 있도록 해주는 어떤 '음성적 vocal' 시를 다듬어내는 데에 성공했다고 생각할 수 있다. 그 목표는 여전히 정서적 상태들을, 그리고 또한 그것의 기체substratum를 구성하는 심리적 반응들을 타인의 마음속에다가 전달하고 유발시키는 데 있다. 앙드레 스피르는 이렇게 말한다. "기쁨, 거북스러움, 부드러움, 그윽함, 혐오 등의 감정이 수반된 의식적, 혹은 부지 불식간의 움직임, 그러면서도 우리의 얼굴 표정에 의하여, 우리의 몸짓에 의하여 번역되는 움직임. 그런데 또 다른 움직임, 즉 단어들, 단어들이 만들어내는 소리만이 아니라 허파, 후두, 성문, 인두, 코, 입천장, 혀, 뺨, 입술…… 등 발음 기관의 모든 내적 외적 움직임들은 그것들의 살아 있는 이미지이다. 그 움직임들에 의해서, 감동을 느낀 우리의 모든 내면적 움직임들이 외면으로 옮겨지며, 실제로 발음되었거나 아니면 내면적인 상태(무언의 흉내)의 언어 조작을 통하여 그 움직임을 읽거나 듣는 사람의 내면으로 옮겨지는데 이는 전염, 방사, 참다운 일체화(이야말로 현실적으로 현실적인 현재이다)

---

30) 『리즈Lise』(Ed. G. Gres), p.25.

라고 하겠다……."[31] 이렇게 되면 예술은 말과 리듬을 통하여 깊이 잠긴 기관적인 생각을 표현하는 것인데 이때 그 기관적 생각은 흉내와 몸짓의 생각, "감지 가능한 형상화"로 변한다.[32] 시는 격정적 외침의 근본적 위력과 진가를, 아직 분절되지 않은 언어의 근본적 위력과 진가를 그대로 보유하고자 한다. "원시적" 인간은 바로 그런 분절되지 않은 언어를 통하여 "하나의 기관이 다른 기관에 영향을 끼치듯" 타자에게 생각을 전달했던 것이다.

> 정오가 그대를 땅바닥에 드러눕힐 때
> 라벤더와 퉁퉁 부어오른 용설란을 짓밟는
> 벌떼들 한가운데서
> 개미들과 솔잎과
> 송진과 고무와 농축된 즙과 크게 벌린 꽃들의 한가운데서
> 그대가 땀을 흘리며
> 소란스러운 소리를 들을 때
> 그리고 그대 발밑에서는 얼이 빠진 바다가
> 붉은 바위들 사이에 잠들어 있을 때……

---

31) 《유럽》지, 1927년 2월 15일(「로베르 드 수자의 순수시*Robert de Souza et la poésie pure*」 관한 글), 그리고 앙드레 스피르의 『시의 쾌락, 근육의 쾌락*Plaisir poétique, plaisir musculaire*』(José Corti).

32) 조르주 뒤마G. Dumas의 『심리학 개론*Traité de psychologie*』에서 발췌한 들라크루아의 말. 또 한편 피에르 자네는 이렇게 쓰고 있다. "우리가 생각이라고 부르는 것은 그 어떤 특수한 기관의 기능도 아니다…… 두뇌는 여러 발신기들의 총체에 지나지 않는다……우리는 두뇌와 마찬가지로 손을 가지고도 생각하고, 위장으로도 생각하고, 모든 것으로 생각한다…… 심리학은 인간 전체에 대한 과학이다." 이것은 「심리학의 선구자 마르셀 주스*Un initiateur en Psychologie : Marcel Jousse*」(《*Les Cahiers du Sud*》지, 1927, p.269)라는 논문에서 A. 라퐁이 이미 인용한 바 있다.

정오가 그대를 땅바닥에 붙여놓고

목이 푹 파묻힌 말없는 새들 한가운데

그대의 옷이 렌즈의 초점처럼 뜨거워지고

목이 칼칼해지며 입에 침이 마르고

목은 자지러지고 눈은 멀고

정신은 공허해질 때,

아는가, 그대의 하나님을 아는가?

Quand midi t' allonge à terre

Suant

Les oreilles bruissantes,

Au milieu des abeilles trépignant le lavandes

Et, les agaves turgescents,

Au milieu des fourmis, des aiguilles de pins,

Des résines des gommes, des sèves condensées, des fleurs
écarquillées.

Et, qu' à tes pieds, la mer

Dort abrutie entre les rochers rouges……

Quand midi te colle à terre,

Au milieu des oiseaux engoncés, muets,

Ton linge brûlant ta peau comme le foyer d' une lentille,

La gorge sèche, la bouche sans salive,

La nuque éteinte, les yeux aveugles.

L'esprit vide,

Connais, connais ton Dieu?[33]

*

　요컨대 전전의 위나니미스트 및 휘트먼파의 시정신은 출처가 다양한 여러 요소들과 한데 섞여가지고, 오늘에 와서는 다음과 같은 두 가지 방향의 흐름에 활력을 공급하고 있다 하겠다. 1) 사회적 · 인도적이며 기꺼이 풍자적이 되고 전투적이며 혁명적인 시를 지향하는 흐름으로 여기에서는 낭만주의의 분노와 웅변적 충동들이 연장되고 있는 듯하다.[34] 2) 우리가 앞에서 지적한 바와 같이 현실을 총체적으로 표현해보려는 쪽을 지향하는 흐름으로 로맹, 뒤르탱, 스피르, 주브(특히 1920년 이전에 씌어진 그의 시들을 염두에 두고 하는 말이지만), 그리고 나아가서는 조제프 델테유Joseph Delteil가 여기서 합류한다. 이 두 가지 경우가 다 같이 문학 외적인 목표, 즉 윤리적이며 무엇으로 보나 "생명적인vitales" 목표를 가진 것으로 그 결과 어떤 서사적 서정주의의 탄생을 돕는 방향의 작업이다.

　이 시인들 중에서 우리가 표현주의적(그 이름으로 불리워지는 독일작가들에다가 그들을 비교할 생각은 없었지만)이라고 불렀던 사람들은 얼른 생각될 수 있는 것과는 달리 클로델, 페기, 그리고 라뮈즈 같은 산문가와 그리 거리가 멀지 않은 현대의 문학 풍경 속에 위치한다. 그들 모두가 육적이며 자신의 몸으로 사고하며, 정신으로 하여금 꿈과 무한 속으로 자취를 감추는 것이 아니라 현실에 참여하도록 강요하는 시인들이다.

---

33) 스피르의 『유혹Tentations』에 실린 시 「정오Midi」(Mercure de France).
34) 예를 들어서 1926년 8월 1일 《N.R.F.》지에 처음 실렸던 G. 셰느비에르의 최근작 중 하나인 훌륭한 시 「파미르Pamir」를 보라. 이 작품은 여러 가지 면에서 매우 드높고 매우 의미심장한 스타일의 시도라고 여겨진다.

클로델로 말해보건대, 로맹, 뒤르탱, 뒤아멜 같은 사람들이 그의 영향을 입었다는 점은 부인할 수 없는 사실이다. 그러나 그들의 정신주의, 그리고 그들 후계자들의 정신주의는 초월적인 것이 아니라 내재적인 것이다. 그들이 볼 때 정신이란 주인이 따로 있는 것이 아니라, 다만 비합리적이고 어쩌면 근본적으로 혼란 속으로 빠져버리게 마련인 한 세계 속에서 정신을 포착하고 그 위력을 이용하는 사람 마음대로 되는 것이라고 여겨진다. 제신 역시 인간과 똑같은 질료로 이루어져 있다고 여기는 이 정신주의와 총체Tout에 대한 어떤 "유물론적"이며 일원론적인 관념 사이에 일치의 가능성을 헤아려보기란 쉬운 일이다. 현실에서 그 꽃만이 아니라 심원한 수액, 무성한 수풀, 그리고 뒤얽힌 뿌리들까지도 취하고자 애쓰는 이런 종류의 시보다도 더 발레리적인 의미에서 "순수성"이 적은 것은 어디에도 없을 것이다.

제3부
모험冒險과 반항

제11장 ┃ 새로운 시의 여러 기원

제12장 ┃ 현대적 활동과 삶의 시를 향하여

제13장 ┃ 자유로운 정신의 유희

제14장 ┃ 다다

제15장 ┃ 초현실주의

제16장 ┃ 초현실주의 시인들

제17장 ┃ Ⅰ. 초현실주의의 주변 / Ⅱ. 시의 현대적 신화

제11장
새로운 시의 여러 기원
―기욤 아폴리네르

1

현재를 받아들이고 현대 세계의 여러 가지 리듬에 순응하고 그 새로움을 깨달으며 "기계" 문명에 호응한다는 것, 이것이 바로 베르아랑 같은 시인의 주된 야심이었다. 그러나 위나니미스트들―본연주의자들과 인간주의자들, 그리고 프랑시스 잠 다음에 나타난―은 어떠하며 클로델은 어떠한가. 그들 모두의 의도는 다 같은 한 점에서 서로 만나는 것으로, 어떤 생명적인 힘이 그 의도들을 구체적인 사물들의 중심으로 끌어들이고 있다. 히스테리를 방불케 하는 예언자적인 태도가 엿보이는 필리포 톰마소 에밀리오 마리네티Filippo Tommaso Emilio Marinetti의 여러 가지 선언들은 "미래여, 그대는 지난날 나의 신이 그러하였듯이 나를 열광케 한다!"고 한 베르아랑의 크레도를 무질서하게 반향하는 메아리 같아 보인다. 과연 1909년 2월 20일자 《르 피가로》지도 그 같은 경향을 확인시켜주고 있다. 그 신문에 따르면 미래의 시인은 오로지 "현대의 대도시에서 일어나고 있는 저 갖가지 목소리의 오색찬란한 혁명의 물결, 거센 전깃불 달빛 아래 병기창과 조선소에서 들려오는 저 야밤의 진동, 연기를 뿜어대는 뱀들을 삼키기 위하여 입을 벌리고 있는 저 게걸스러운 철도역, 연기의 밧줄로 구름에 매달린 저 공장……"만을 노래하게 되리라고 썼다(하기야 휘트먼은 마리네티보다 훨씬 먼저 이미 그의 어떤 시 속에서 기관차를 주인공으로 노래한 바 있었다).

사실상 대전 전야에 나타난 미래파 시인들의 그 무질서한 광란의 외침은 낭만주의를 기점으로 하여 시작된 한 전통이 변신한 최근의 모습에 지나지 않는 것이며 당연한 하나의 의지, 즉 물질에 끼쳐지는 인간의 위력(그리고 인간에 끼쳐지는 물질의 위력)이 날이 갈수록 증대되는 한 세계에 적응하고자 하는 의지의 순진하면서도 거칠은 결과에 지나지 않는 것이었다. 그에 따라 문제의 핵심은 감정의 일방 통행식 압력, "마음속의 욕구", "영혼의 동경" 따위와는 이제 끝장을 내버리자는 데 있고 낡아빠지고 따분한 매력이 고작인 자연 같은 것은 마침내 잊어버리겠다는 데 있게 된다. "저 석양은 얼마나 실패작인가!"라고 이미 판타지오 Fantasio(뮈세가 쓴 같은 이름의 시에 나오는 주인공—옮긴이주)는 외치고 있었다. 이제부터는 오직 단 하나의 모험만이 중요하게 될 것이니 그것은 바로 자기가 만든 기계들의 노예이며 왕인 20세기 인간의 모험이다.

마리네티가 의도했던 바의 미래주의는 프랑스에서 지지부진인 상태였지만 전혀 영향이 없는 것은 아니었다. 그것은 현대시의 과장된 이미지를 대표한다. 이는 어느 의미에서 "물질주의적"인 시라 하겠는데, 아무런 스타일도 정해진 것이 없고 날것 그대로의 감각을 바탕으로 사물 그 자체의 틀에서 찍어낸 시였다. 역동적이며, 행동에 리듬을 부여하고 또 행동에 의하여 리듬을 부여받는, 어떤 에너지 다발의 전개 같은 것이었다. 끝으로 이 시는 그 최상의 상태에서 보면 서사시적 성격을 띤 것이었다(이따금씩 비인간적인 세계로 도피하고자 하는 태도 속에 은밀한 절망감이 감추어져 있었는데 그것이 짐작할 수 있을 것만큼 늘 확실하게 은폐되지를 못했다). 그러나 프랑스 젊은 시인들 사이에 미래와 기계를 찬양하는 이런 유행은 오래 지속되지 않았지만 반면에 이 시대의 삶에 자신의 삶을 연결시키고 "범세계적인 불안의 분위기"[1]를 흡수함으로써 마치 운명을 감수하듯이 자기 시대에 몸을 던진 사람들의 수가 무릇 얼마

이던가. 바로 그렇게 함으로써 그들은 때때로 참다운 시를 만날 수 있었던 것이다. 왜냐하면 그들이 즐겨하는 이 위대한 저녁의 분위기 속에는 기이한 마력의 씨앗을 간직한 어떤 꼬집어 잡기 어려운 먼지 같은 것이 떠 있기 때문이다. 도시 세계의 심장부에서 시인은 자신의 내면에 어떤 새로운 감수성과 경이에 대한 새로운 갈증이 태동하는 것을 느끼게 된다. 인간이 그의 삶 속에 거추장스럽게 끌어들인 이 인공적인 물건들 가운데서 그는 그의 꿈 속을 자욱하게 메우는 물신들을 발견하게 된다. 다시 한번 안과 밖, '자아'와 저 사물(흔히들 외면적인 것이라 일컫는)들 사이의 경계가 지워지게 된다.

*

이런 정복의 시도들에 비해서 상징주의에 그 기원을 둔 여러 가지 흐름들은 대립을 이룬다고 생각하는 것이 마땅하다. 신말라르메주의와 《팔랑주》지의 신인상주의 외에도, "저주받은" 삶과 윤리적·지적 비순응주의, 그리고 괴상한 것이나 예외적인 것 등에 대한 취향은 여전히 남아 있었다. 혹자는 이런 후기 낭만주의적이고 퇴폐적인 전통과 상당수의 환상파 시인poète fantaisiste의 감수성을 결부시켜 생각한 바 있다. 그런데 제1차 세계대전과 대전 후 수년간에 걸쳐 시의 방향을 수립하는 데 누구보다 많이 기여한 세 사람, 앙드레 살몽André Salmon, 막스 자콥Max Jacob, 기욤 아폴리네르Guillaume Apollinaire는 바로 그 "환상파fantaisisme"의 전위 자리에 위치한다.

감동과 아이러니, 향수와 시니시즘, 가장된 순진성과 죄에의 영합이 한데 섞여서 살몽의 초기 시편들의 애매한 매력을 형성한다.

---

1) 앙드레 살몽의 표현.

로망스라! 이제 우리에게는 로망스 따위는 문제가 아니지
웃을 테면 웃어라 플루트여, 기침할 테면 기침하라 북이여,
외설스러운 광기여, 내 가슴은
모든 변두리 동네마다에서 눈물 흘렸네.

Romance! On n'est pas plus Romance.

Raillez, flutes: toussez, tambours,

Mon coeur, Crapuleuse démence,

A pleuré dans tous les faubourgs.[2]

그의 모든 시편들은 사회와 현대 생활에 대한 시인의 적응 불능을 말해주고 있으며 불타는 열쇠를 탈취하여 마법 세계의 문을 열고자 하는 시인의 열에 들뜬 듯 성급한 마음을 증언하고 있다.[3] 막스 자콥은 애당초부터 자기 자신에게서 도망치고 싶은 욕망, '침착한 태도를 벗어던지고 싶은décontenancer' 욕망에 기꺼이 굴복해버렸다. 그에 못지않을 만큼 대담하게 아폴리네르는 가장 기이한 사고의 영역 쪽으로 나아간다. 단숨에 비현실의 울타리를 뛰어넘은 그는 꿈의 내용이 되는 소재들을 가지고 그의 시를 다듬어내게 된다.

섬 사람들은 나를 그네들의 과수원으로 데리고 가서 여자들을 닮은 과일들을 따게 했네. 하여 섬이 표류하다가 어떤 만에 가서 땅을 메우자 곧 모래에서 붉은 나무들이 돋아났지, 하얀 털에 덮인 생기 없는 짐승 한 마리가 이루 형언할 수 없는 노래를 불러대자 주민들이

---

2) 「믿음Créances」[이 시는 1910년 『(긴) 담뱃대Le Calumet』, (N.R.F. 간행) p.175에 발표되었다).

3) 살몽의 시집 『불타는 열쇠Les Clés ardentes』(1905)와 『마법의 나라Les Féeries』(1908).

모두들 지칠 줄 모른 채 그를 찬양했네…….[4]

「오렐리아Aurélia」에서 초현실주의의 텍스트들로 이어지는 우회로에 자리잡는 이 산문은 참다운 것다운 표시와 "자연의 모방" 중에서도 가장 충실한 모방의 일면을 함께 지니고 있다. 다른 작품들도 이에 못지않게 기이한 것들이지만, 그 중에서 골라 여기 인용한 예의 장점은 군소 낭만주의와 상징주의에서 물려받은 저 몽환적인 경향을 생생한 빛으로 조명해주고 있다는 점인데, 그 몽환적 경향은 그후 점차로 더욱 뚜렷해져갈 것이고 약 15년 후에는 "꿈의 물결"[5]로 탈바꿈하게 될 참이다.

또 자크 리비에르는 랭보에 관한 연구의 전문가가 되기에 앞서, 같은 시기에(1908) 「꿈의 형이상학 서론Introduction à la métaphysique du rêve」[6]를 썼다. 너무나 알려지지 않은 이 글은 그 이후의 문학이 전개되어간 양상을 생각해볼 때 거의 예언적인 성격을 띤 것이었다. 이 글 속에는 무의식의 탐구가 작가의 목표로 제시되어 있으며, 참다운 현실, "저 어린 시절의 현기증나는 현실"은 바로 "꿈의 거대하고 조용한 소용돌이" 속에서, "사물들이 생명 있는 존재로 변하는 저 어둡고 마술적인 소용돌이" 속에서 찾아야 한다는 생각이 나타나 있는 것을 볼 수 있다. 그리하여 리비에르는 이렇게 결론짓는다. "나는 꿈의 램프에 불을 켜리라. 나는 심연 속으로 내려가리라……."

아폴리네르나 그의 친구들이 쓴 대다수의 글 속에 은근히 함축되어 있었던 정신적 무질서와 모험을 두둔하는 이 같은 변호는 나중에 앙드레 지드의 숱한 교란적 성격을 띤 말 속에 보다 암시적 형태로 다시 나타나

---

4) 「해몽Onirocritique」. 이 시는 「일리아Il y a」(Messein, 《팔랑주》의 총서, 1925)에 수록되어 있는 1908년 작의 산문이다.
5) 《코메르스Commerce》지 제2호(1925)에 실린 루이 아라공Louis Aragon의 선언문 제목.
6) 1909년 11월 1일자 《N.R.F.》지에 발표.

게 된다. 지드가 구현하겠다고 나선 현대의 고전주의와 병행하여 『지상의 양식』에서는 "도덕을 교란시키는" 어떤 윤리가 드러나기 시작하고 있었다. 자기 자신을 여러 존재들 가운데서도 다른 것과 바꿀 수 없는 존재로 만든다는 것은 따지고 보면 절대로 남과 같아지지 않으려는 노력이며 적어도 몇몇 사람들의 경우에는 자기 자신과도 닮지 않으려는 노력이다. 묘하게도 매혹적인 시도라 하겠다. 겉으로 드러나 보이지는 않으나 밑바닥에 깔려 있는 어떤 정신이 인간으로 하여금 '자아' 변용의 가능성과 자아 형성 능력을 극한에까지 실험해보도록 강요한다. 이성과 습관의 저항을 밀어제치고, 물려받은 준수 규칙을 무시해버림으로써, 이미 닦여진 길 저 너머 미지의 세계 속으로 상상력을 도약시킴으로써, 인간은 그만큼 자신의 본성을 풍부하게 하고 자신의 총체적 존재에 대하여 새로운 의식을 갖기에 이르지 않을까? 인간에 대한 전통적인 개념을 파괴할 각오를, 우선 자기의 존재 자체를 파괴하고, 그 존재가 "어두운 원시림 속으로" 빠져들어가 길을 잃게 될 각오를 한다면 말이다. 그리하여 시는 이 같은 유희를 통해서 얻은 바가 있을 것이며 어쩌면 새로운, 그리고 풍부한 재료를 구하게 될지도 모른다. 아니 그 정도가 아니다. 그 같은 유희 그 자체, 그 정신적 단백질 섭취 작업, 그처럼 살고 자신의 삶을 항상 새롭게 하는 방식 그것이 바로 시인 것이다.

그러나 니체에 뒤이어 지드가 옹호하는 이 같은 변용에의 의지는 삶과 사고의 운용에 있어서 끊임없이 증대되어가는 주도권을 무의식과 꿈에 넘겨 주도록 유도해갔다. 이렇게 되자, 네르발의 비극적인 모험이 또한 그러하였듯이, 랭보가 살아간 경력, 장소와 공식에 대한 그의 끈질긴 탐구가 뒤늦게—명확하게 밝혀지지는 못했다 하더라도—조명을 받게 되었다. 같은 무렵에 그와는 다른 또 하나의 길이 랭보 쪽으로 인도해갔다. 「지옥에서의 한철Une Saison en Enfer」에 사람들이 여하한 의의를 부여하든간에 그의 『전집Oeuvres complètes』(1912년에 재발간)에 붙인 클로델의 서문은 그 소박함에 있어서 지금까지 랭보의 시에 대하여 내린 가장 드높은 해석들 중 하나로 남는다. 바로 그 서문, 그리고 그 시인은 "때묻지 않은 야생 상태의 신비주의자"였다는 생각에서 출발하여, 자크 리비에르는 『계시Illuminations』가 우리에게 어떤 다른 세계에 대한, 아니 "저 다른 세계가 해체시켜 보여주는" 이 세계에 대한[7], 객관적 비전을 제공한다는 생각을 논증하고자 노력했다. 이리하여 시작 행위는 어떤 초자연에 대한 밀교적 인식의 한 수단이라는 생각이 대전 직전에 와서 랭보를 그 기원으로 하는 어떤 신비주의와 반항 정신을 통하여 한층 더 알찬 것이 되어갔다.

*

여기서 우리는 서로 반대되는 방향의 두 가지 흐름을 목격하게 되는 듯하다. 한편으로는 우리 시대의 실제적 현실, "기계적" 세계에 적응하려는 시도가 그것이며 다른 한편으로는 자아의 울타리 속에, 즉 꿈의 세계 속에 웅크리고 들어앉으려는 욕망이 그것이다. 그러나 미리 지적해두어야 할 것은 인간은 자기 안이건 자기 밖이건 어디로나 "도망쳐나가"거나 "숨어 들어앉을" 수가 있다는 점이다. 두 가지 운동은 경우에 따라서 정복의 도정도 될 수 있고 도피의 도정도 될 수 있다. 더군다나, 이 점이야말로 가장 중요한 사실이지만, 우리 시대의 숱한 현상 체계들에 의거해볼 때 현상과 상상, 경험적인 것과 비합리적인 것, 삶과 꿈 사이의 화해가 폭넓게 인정될 수 있으며 우리가 앞에서 정의한 두 가지 태도는 오직 추상적인 차원에서 볼 때만 대립적으로 생각될 뿐인 것이다.

현대 시인들의 탐구 방식과 부합되는 이 사실들은 곧 인식의 조건과

---

7) 1914년의 《N.R.F.》에 실린 논문과 1930년 Kra 출판사가 내놓은 「랭보」 편을 참조할 것.

한계에 관한 인식론자들의 명제이며, 그것은 또 무의식, 혹은 잠재 의식에 관한 심리적 이론인 동시에 인간의 안과 밖에 어떤 알지 못할 힘들이 존재하며, 거기에 인간이 영향을 미칠 수 있기를 바라는 비교적 일반화된 믿음 내지는 추측이기도 하다. 과학은 인간 중심적일 수밖에 없다. 그것은 언제나 어떤 세계관의 형태로 나타나며 언제나 선험적인 범주와 공리들 위에 바탕을 두고 있다. 가장 실용주의적 색채가 적은 사람들은, 발레리처럼 항상 성과를 거두게 되어 있는 처방들의 총체가 바로 과학이라고 정의하기도 한다. 이것은 암중모색과 실패의 숱한 실험들을 통해서 서서히 다듬어지는 전문화된 능력인 듯하다. 베르그송이나 그의 제자들처럼 이성이란 송두리째 행동과 실용성만을 지향한다고 믿지는 않더라도, 우리는 이제 더이상 이성이 현실의 총체적 인식을 제공해줄 수 있다고는 감히 생각하지 못하게 되었다. 그 결과 현실이라는 개념 자체도 실증주의 시대에 흔히 생각했던 비교적 단순한 의미만을 가질 수는 없다.[8] 현실은 다시 한번 우리의 손아귀에서 벗어나고, 비합리적인 요소들이 그 속으로 깊숙이 침투한다. 현실은 우리가 그것에 대해서 지니고 있는 지식의 테두리 밖 사방으로 넘쳐난다. '즉자적en soi' 세계는 우리의 손 밖으로 벗어난다. 반주지주의자들에 따르건대, 우리가 분명한 개념으로 이 세계를 표현하려 하면 할수록 그 세계의 본질 파악은 더욱 더 어려워지고 만다는 것이다.

이리하여 마침내 시인들은 영감이라고 하는 불확실한 불빛에 신뢰를 바쳐도 좋다는 허가를 받은 셈이다. 아마도 이런 식의 인식도 다른 인식 못지않은 가치가 있는 것이리라. 이제 시인들은 '자아'의 현실이건, '비자아non-moi'의 현실이건, 현실 그 자체 속에서 이상한 것, 환상적인 것, 신비로운 것을 알아보도록 노력하라고 권유받는다. 다행스럽게도

---

8) 앙드레 베르주André Berge가 그의 저서 『현대 문학의 정신L' Esprit de la littérature contemporaine』(Plon사 간행, 1929)에서 밝혀준 바도 바로 이 점이다.

변덕과 자의성과 암흑의 세계가 합법적 정당성을 얻은 것이다. 철학자들이 시인들에게 찾아와서 이렇게 말하지 않는가. "당신의 감정은 틀림이 없어요. 당신들이 본능적으로 이성에 맞서서 대항하는 것은 옳아요. 이성의 권력 남용은 헤아릴 수도 없이 빈번하고 이성의 왕국은 오직 폭력으로 얻은 것에 지나지 않아요." 낭만주의 이래 이상과 삶, 꿈과 삶 사이의 전통적 대립이 이제는 더이상 똑같은 형태로 계속될 수는 없을 것이다. "인생에 있어서 실제적인 것은 모두 나쁘고, 좋은 것은 모두 상징의 것이다"라고 샤를 노디에Charles Nodier는 썼었다. 이는 지나치게 단순한 구분이다. 가장 확고한 생각들은 모래 위에 세운 우상들에 지나지 않는다. 흔히 현실과 비현실, 선과 악이라고 이름 붙여놓은 것은 세계와 인간에 대한 지극히 상대적인 관점들이다. 그 너머에, 자명한 것에 반기를 들고 일어서는 자유로운 정신의 왕국이 열리고 있다. 이미 도스토예프스키는 『지하 생활자의 수기』와 다른 위대한 소설들에서, 흔해빠진 상식에 머무는 단어들에 맞서서 "아마도……" 하고 추측할 수 있는 것 중에서 가장 대담한 발언을 한 바 있다. "둘에 둘을 곱하면 넷이 된다는 것은 훌륭하다고 나도 인정한다. 그러나 뭐든지 다 칭찬해야 할 바에는 둘에 둘을 곱하면 다섯이 된다는 것도 매혹적이라고 말하고 싶다." 그러니 우리들의 과학도 어쩌면 무지일 것이고 우리들의 삶은 죽음일 것이다. 어쩌면 우리의 눈꺼풀은 무의미한 형태들을 향하여 열려진 채, 우리는 현실과 아무런 고통도 없이 우리들 자신 밖에서 포로가 되어 깨어 있는 상태에서 잠들어 있는 것이리라.

다시 한번, 사물들 서로간에 일종의 신비주의적 혈연관계가 드러난다. 모든 것이 서로 뒤섞이려고 하는 경향을 보인다. 시인은 감각의 세계가 그의 눈앞에 펼쳐 보이는 그림들을 더이상 "알아보지reconnaître" 못한다. 그 그림들이 그에게는 가장 이상한 환등 그림만큼이나 낯설고 비정상적으로 보인다. 그 반면, 시인의 내부에서 엮어지는 사건들은 어떤 구체적인 힘으로 그의 내면적인 시선을 압도해오는 것이어서 시인은 이따금 그 밖의 것에 대해서는 모두 의혹을 품지 않을 수 없게 된다. "흔히들 상상의 것"이라고 하는 이것들이야말로 참답고 자명한 것이 아니겠는가? 독일 낭만주의자들의 공식에 따른다면 "세계는 하나의 꿈이며 꿈은 하나의 세계다". 내면적 삶의 사실들과 외면적 삶의 사실들 사이에 만남이 이루어진 것이다. 안과 밖 사이에 어떤 조화가 드러나고 신호들이 신호들에 응답한다. 모든 대상들과 모든 존재들이 소멸되는 세계인 어떤 숨겨진 통일성이 감각을 자극하는 제현상과 꿈을 구성하는 이미지들을 초월하여 서서히 포착되기 시작한다. 두 세계 사이에 매달린 채 반 황홀의 상태에서 시인은 현실의 중심을 향해 전진하리라. 그 방면에 있어서 19세기 후반기의 위대한 서정시인들이 이미 예감하거나 실험하지 않은 것이라고는 하나도 없다. 그러나 당시에는 앞질러가는 시가 철학에 힌트를 주는 사정이었다. 삶과 꿈 사이의 저 낡은 대립관계는 문학의 상투적인 주체로서 보편적 양식을 완전히 만족시키는 것이었다. 반면, 우리 시대의 시 운동이 증언하는 수정 작업과 그것이 암시하는 논리적인 동시에 어처구니없는 해결책들은 이른바 현실 개념의 위기라는 것과 직결되어 있다.[9]

2

예술의 영역에서 이 같은 정신 상태가 빚어낸 결과들을 일일이 열거하기란 불가능하다. 그러나 수많은 시인 예술가들이 감각으로 파악할 수 있는 겉모습에 대하여 점점 더 크게 멸시의 태도를 보였다는 사실은 강조할 필요가 있다. 그들의 생각으로는 이제까지 현실이라는 이름으로 부

---

9) 앙드레 베르주의 저서들을 참조할 것.

르는 데 이의가 없었던 것을 충실하게 재생시킨다는 것은 헛수고라는 것이다! 감각이 우리에게 대면시켜주는 저 모든 사물들, 일상적으로 실용 위주의 저 모든 생각들은 결국 장식이나 겉치레, 삶을 포기하는 한 방식 이상 아무것도 아닌 것이다. 감각 세계는 이리하여 송두리째 광범한 불신 속으로 무너져내린다. 최근의 수많은 걸작들 속에 활기를 불어넣고 있는 유머의 특이한 성격을 이해하자면 바로 그 같은 배경에서부터 출발해야 마땅하다. 이미 플로베르는 인생을 "불길한 어릿광대짓"이라고 생각했었다. 모든 것의 상대적 성격과 절대적 무의미의 감정을 뼈저리게 느끼는 비관론자라면 사물과 사고에 어떤 효능이나 가치를 부여하는 지적·사회적 코메디가 기막힌 신비화의 모습을 띠고 있다는 것을 어렵지 않게 간파할 수 있을 것이다.

> 잠시 헤어졌던 가까운 사람들과 이야기를 나누고 싶을 때, 약간의 적선으로 담배장사—하지만 몹시 기분 나쁜—를 도와주고 그 대가로 경건하게 그 뒷면에다가 입을 맞추도록 되어 있는 작은 축복의 그림들을 얻어 가진 다음, 자기의 사랑의 말을 써서 수캣구멍과 흡사한, 안성맞춤으로 생긴 수문 속으로 던지는 것은 인간들이 가진 미신들 중의 하나다. 이런 짓의 이치에 어긋남을 비판할 자리가 아니긴 하지만……. [10]

단어 몇 개만 딴 것으로 바꾸어놓고 정의에 맞도록 되어 있는 수식어 몇 개만 자리를 옮겨놓아도, 곧 가장 평범하고 이치에 어긋나는 바가 가장 적은 "짓"이 터무니없는 것이 되어버리고 만다. 겉보기에는 하나도

---

10) 알프레드의 자리Alfred Jarry. 『초물리학자 포스트롤 박사의 거동과 견해Gestes et opinions du Dr. Faustroll, pataphysicien』(1911년 Charpentier사 간행의 신과학 소설로 『사변Spéculation』과 한 책으로 묶여 있다). 『사변』의 첫머리 참조(포스트롤Faustroll은 포스트 Faust와 트롤Troll을 합성한 이름——옮긴이주).

변한 것이 없는데 실제로는 모두가 다 웃기는 세계 속으로 굴러 떨어져 버린 것이다.

이런 신비화와 밀교적 아이러니 정신에서는 『위뷔 왕*Ubu roi*』의 저자가 현대 상징주의에서 신상징주의에 걸치는 기간 동안 가장 전형적인 대표자였다. 사실 그는 끊임없이 위뷔Ubu의 역할을 해왔다. 그의 한마디 한마디 말 속에 담겨 있는 꼴불견이고 과장된 현학 취미는 무엇보다 먼저 자기 주인공의 것이었다.[11] 무슨 이야기를 할 때나 그가 늘 되풀이하던 말, "그건 문학처럼 멋있는 것이 아니었겠어?"는 그의 생애의 모든 사건들이 그가 볼 때는 문학적 추억과 마찬가지로 현실과 비현실의 중간에 위치한다는 사실을 충분히 말해준다. 더군다나 그의 또 다른 주인공인 포스트롤 박사가 창안해낸 거창한 과학인 초물리학pataphysique은 바로 "예외적인 것들을 지배하는 법칙들을 연구하고 이 세계와 보완적인 관계에 있는 세계를 설명하는 것"을 그 과제로 삼는 것이다. "보다 야심을 적게 가지고서 그 과학은 우리가 전통적인 우주 대신에 볼 수 있는, 또 보아야만 할 어떤 우주를 그려 보이게 된다⋯⋯." 다시 한번 신비화 그 자체에 무엇인가가 우리에게 가르쳐주는 바가 들어 있다. 여전히 문제의 핵심은 사물의 "전통적" 비전에서 벗어나서, 그것들이 우리 눈에 낯설고 엉뚱해보이는 저 정신적 영역에 들어가 살자는 데 있다. 그러나 자리의 삶 그 자체가 모든 사회적 테두리 밖에서 전개되었으므로 그것만으로도 환상적이고 어릿광대 같은 면의 무궁무진한 샘이었다. 살몽, 자콥, 아폴리네르는 거기서 많은 것을 얻어냈다.

---

11) 앙리 에르츠Henri Hertz의 글 「알프레드 자리, 위뷔 왕-그리고 교수들*Alfred Jarry, Ubu Roi et les professeurs*」(《*N.R.F.*》 1924년 9월 1일자)과 자리에 관한 라쉴드 부인Mme Rachilde 의 저서를 보라.

앞서의 것과 직접적인 관련을 가진 또 다른 결과로 인하여, 이미지는 새로운 삶을 시작하게 된다. 아니 적어도 이미지는 그것을 사물에 비끄러매놓고 있었던 끈을 거의 끊어질 정도로 길게 잡아당기게 된다. 이미지는 사물을 보고 느낄 수 있게 해준다는 본래의 사명대로 사물에 비끄러매여 있는 것이 아니라, 허공 속으로 도약하기 위한 발판으로 사물을 이용한다. 이미지는 그것 본래의 기원을 잊어버리고 그 자체가 사물이 되어버릴 정도로 점점 더 해방될 필요를 느끼는 것이다.

"전위적"인 어느 작품집에서나(벌써 보들레르에서, 특히 랭보에서) 우리는 그 수많은 예를 만나볼 수 있으리라. 나는 자리에게서 한 가지 예를 빌어와보겠다. 거기서 우리는 이미지가 그 본래의 지시적 기능을 벗어나서 완전한 독자성을 획득하는 것을 볼 수 있다.

강과 초원

강은 노로 따귀를 때리기에 알맞게 말랑말랑하고 통통한 얼굴에 주름살이 많은 목, 초록색 잔털이 난 푸른 피부를 가지고 있다. 가슴 위 두 팔 사이에 강은 번데기 모양의 섬을 안고 있다. 초록색 옷을 입은 초원은 강의 어깨와 목덜미 사이에 머리를 묻고 잠을 잔다.

Le Fleuve et la Prairie

Le fleuve a une grosse face molle, pour les gifles des rames, un cou a nombreux plis, la peau bleue au duvet vert. Entre ses bras, sur son coeur, il tient la petite île en forme de chrysalide. La prairie à la robe verte s'endort, la tête au creux de son épaule et de sa nuque.[12]

이런 이미지들은 분명 "실제로 있는" 초원과 강에 주의를 끌기 위한 "수단"으로 간주될 수는 없을 것이다. 감각에 의하여 알아볼 수 있는 세계는 이제 구실이나 출발점이나 재료 이상의 것이 되지 못한다. 목적은 인간적인 것과 비인간적인 것 중간쯤에 있는 조형적 존재들을 환기하는데 있다. 이것이 바로 주관주의의 종국적 결과라고 말하는 사람도 있을 것이다. 그러나 문제는 겉보기보다는 더 복잡하다. 어떤 사람들은 상황을 불투명하게 만들고, 심심풀이로 앞뒤가 안 맞는 것을 만들어낼 생각만 하는 반면, 또 다른 사람들은 어디에도 부합되지 않는 이미지들이 무상의 창안이라고 여기기를 거부하며 혹은 그런 이미지가 세계와 시인—어떤 특이한 감수성에 의하여 변용된 감각, 자기 자신에게만 의미가 있는 감각을 언어의 스크린 위에 투사하는 것에 그치는 시인—사이의 협력에 의한 결과라고 생각하기를 거부한다. 전자에 속하는 사람들에게는 그런 이미지들이 어떤 내재적 가치를 가지고 있으며 무엇인가를 의미하며 그런 이미지들은 곧 지표이며 기호며 어떤 절대적 현실이라는 믿음이 뿌리내린다. 사실 최근에 등장한 시인들은, 그들의 '자아'의 여건들은 엄밀하게 자기들 자신에 속하지 않으며 어떤 범우주적인 정신이 그 여건들을 통해서 겉으로 나타난다는 것을 원칙으로 제기하고 있음을 우리는 알고 있다. 그러나 이미 여러 시인들, 여러 그룹에서 눈에 띄었던 이 같은 구상이 오늘날에 와서야 비로소 분명히 나타난 것은 입체파 화가들이 시인들에게 귀중한 도움을 주었기 때문이다.

피카소, 브라크, 드랭Derain, 그리고 그들의 경쟁자들과 더불어 회화는 이제 자연을 변형시켜서 재현하는 것으로는 만족할 수 없게 되어, 어떤 대상을 '모방'해야 한다는 필요성으로부터 단숨에 벗어나려고 노력한다. 감각 세계는 속인들이 유일한 진실이라고 여기는 질서로 재료들을

---

12) 『포스트롤 박사의 사변Spéculations du Dr. Faustroll』에서 발췌.

화가에게 제공한다. 화가는 조물주처럼 어떤 다른 세계를 창조하기 위하여 그것을 사용하고자 한다. 이것은 금방 우리가 그 분석을 시도했던 그것과 아주 정확하게 일치하는 방식이다. 여기서도 역시 형태와 색채가 독자적인 삶을 영위하고 뜻하지 않은 법칙에 따라 정돈된다. 그리고 분명 순전히 조형적인 이 세계 속에서 예술적인 거짓이나 아무런 의미도 없는 장식과는 전혀 다른 그 무엇을 볼 수 있다고 여기는 화가는 한두 사람이 아니었다. 기욤 아폴리네르는 1912년에 "화가는 형이상학적 형태들의 위대함을 표현하고자 한다"고 말했다.[13] 4차원에 대한 구구한 담론들은, 화가가 사물들의 초인적인 관조의 경지에까지 도달하게 되고 그리하여 예술가의 자아와는 오직 우연적인 관계밖에 없으며 절대적인 생존력을 가진 일종의 플라톤적 세계의 문턱에 이르게 된다는 생각에서 파생된 것이다.[14]

앙드레 살몽, 막스 자콥, 그리고 누구보다도 아폴리네르는 입체파의 탐구, 특히 피카소의 탐구에 대하여 열심히 해석을 내렸다. 피카소는 피에르 르베르디Pierre Reverdy와 장 콕토의 친구가 되기에 앞서 이미 1905년부터 그들의 친구였다. 한편 어떤 본질적인 점에서 회화적 입체파의 가르침이 보들레르의 가르침, 아니 그 이상으로 랭보의 가르침과 일치하는 것이었다는 사실은 거의 강조할 필요조차 없을 정도이다. 이들 시인·화가 등의 예술가들은 서로 가까워지게 하는 원칙과 직관, 이성 위주의 전체적인 남용에 대하여 저항하는 방식, 세계와 "현실"에 대한 전통적이고 "정상적"인 시각에 대한 반항, 인간은 그의 운명보다 우월하

---

13) 『일리아*Il y a*』, p. 140 참조.
14) 예컨대 아폴리네르는 이렇게 쓰고 있다. "희랍 미술은 미에 대하여 순전히 인간적인 개념을 가지고 있었다. 즉 인간이 완전히 척도라고 여긴 것이다. 새로운 예술은 무한한 우주를 이상으로 삼는다. 예술가 자기의 대상을 희망하는 수준의 조형성에까지 끌어올리기 위하여 그 수준에 어울리는 비율은 그 대상에 부여하고자 할 때, 그것을 가능하게 해주는 새로운 완전성의 척도는 오로지 4차원에서만 얻어질 수 있다."(『일리아*Il y a*』).

며 우주는 양식과 상식으로 생각하는 것보다 더 심원하다는 몇몇 사람들의 확신, 혹은 막연한 믿음 등이 이제부터는 어느 정도 들여다보이기 시작한다. 아마 새로운 시인들 중에서도 가장 우수한 사람들은 단 한 가지만의 중요성을 믿는다. 그들은 그러한 계시, 아니 적어도 이 세상의 그 무엇보다도 감동적이고 결정적인, 막연하고 예고적인 그 표지들이 삶과 시의 저 변경에 도래하기를 기다린다. 또 다른 사람들은 보다 냉정하게 낯설음을 느끼는 방법을 찾는다. 그러나 대부분의 시인들은 정신이 사물과 접촉하여 딱딱하게 응고되어버리는 것을 막고 정신의 총체적인 확산 능력을 회복하기 위하여 언어를 택한 것으로 여겨진다.

3

1905년경에서 1920년 사이에 프랑스 예술이 열어놓은 모든 길에는 기욤 아폴리네르의 그림자가 서려 있다는 사실을 우리는 알 수 있다. 또 그가 쓴 시 한편 한편 속에는 어떤 새로운 시인이 발견되는 느낌이라 해도 과언이 아니다. 그렇다면 어디에서 그의 진면목을 포착하는 것이 옳을까? 그 사상의 영역을 밝혀보려고 하면 이내 그 위에는 온갖 구름들이 잔뜩 뒤덮여버리고 만다. 그의 내밀한 편향이 무엇이며 자기의 시도에 어떤 가치를 부여하는가에 대해 우리는 기껏 어림짐작을 할 수 있을 뿐이다. 또 실제로 그의 게으름과 인내심 부족 때문에 우리는 그의 의도에 대하여 의혹을 갖게 된다. 솔직한 사람은 오직 나밖에 없다고 그는 늘상 말하기는 했지만 속임수를 써서 일을 불분명하게 만들고자 하는 그의 성향도 계산에 넣어 생각하지 않으면 안 된다. 그는 무엇보다도 사상의 모험가였다. 이 말이 내포한 모든 의미에서 이해되어야 한다. 그는 자유와 위험과 모험 등의 개념들을 가지고 실제적이며 자극적이고 위험천만한 것들을 만들어냈다. 그러나 일단 광맥이 발견되고 나면 그는 그것을 개발하는 수고는 다른 사람들에게 맡겨버리곤 했다. "그가 단 한 편의 시를 쓰기만 하면 다른 여러 시편들이 뒤따라 태어났고 『알코올*Alcools*』 같은 시집 한 권을 펴내기만 하면 그 시대의 모든 시의 방향이 송두리째 발견되어버리는 것이었다"[15]고 필립 수포Philippe Soupault는 썼다. 아폴리네르 자신도 어느 날인가 "나는 씨를 뿌리듯이 내 노래를 뿌린다"고 호기 좋게 말했다.

그가 쓴 모든 글 속에서는 아니라 해도 적어도 그의 전 생애를 통해서 항상 변함없이 들렸던 하나의 곡조가 있다면 그것은 감미롭고 우수에 찬 감상의 곡조이겠는데 때로는 네르발을, 때로는 베를렌을, 때로는 하이네를 연상시키는 이 곡조는 민요에 그 뿌리를 둔 것이다. 단가lai, 애가complainte, 발라드와 로망스가 그의 기억에서 떠나지를 않고 있었다. 그런 옛가락은 경이의 향기가 깃들여 있는 "추억의 저 거역할 길 없는 기습"을 동반한다. 가장 가벼운 신호만 있어도 그의 과거가 송두리째 깨어난다. 사랑받지 못한 자, 길 잃은 아이, 추방당한 자, 나그네 그 모두는 바로 그 자신이다.

> 나의 아름다운 선박이여 오 나의 기억이여
> 마시지도 못할 물결 속을
> 우리는 이만하면 다 떠돌았는가
> 아름다운 새벽부터 슬픈 저녁까지
> 우리는 이만하면 다 노닥거렸는가.

---

15) 『기욤 아폴리네르, 또는 화재의 반사*Guillaume Apollinaire ou Les Reflets de L' incendie*』 (Ed. des Cahiers du Sud, 1927), 앙드레 비이André Billy의 저서 『살아 있는 아폴리네르 *Apollinaire Vivant*』(La Sirène. 1923)와 H. 파뷔로H. Fabureau의 저서 『기욤 아폴리네르 *Guillaume Apollinaire*』(Ed. de la Nouvelle Revue Critique, 1932) 참조.

Mon beau navire ô ma mémoire

Avons-nous assez navigué

Dans une onde mauvaise à boire

Avons-nous assez divagué

De la belle aube au triste soir.[16]

그러나 그의 이야기들은 이내 황혼의 보랏빛 안개 속으로 자취를 감춘다. 몇 개의 이미지들이 그 위로 떠오르고 모든 것이 음악의 숨결로 용해되어버린다.

추억은 사냥의 뿔피리
그 피리 소리는 바람 속으로 잦아든다.

Les souvenire sont cors de chasse
Dont meurt le bruit parmi le vent.[17]

바로 여기에서 아폴리네르의 마력적인 매혹이 힘을 발휘한다. 가장 단순한 단어 두 개만으로도 충분히 어떤 분위기가 창조된다. 일상적인 것, 평범한 것, 닳아빠진 주제가 모습을 바꾸고 나타난다. 우리들 모르게 그런 것들 속에 잠겨 있던 신비가 생명을 가지고 살아난다. 그리고는 그 모두가 침묵 속으로 멀어져가서 거기에 홀로 도사려 앉는다. 그렇지만 그것들이 지닌 비장한 맛은 흩어져버리기는커녕 한결 더 압축되어 더욱 인간적인 것이 된다. 너무나 허약해서 영원한 후대 인류를 위하여 발설된

---

16) 「사랑받지 못한 자의 노래La Chanson du mal-aimé」(시집 『알코올Alcools』 Ed. de La N.R.F.). 이 시는 이미 1903년에 씌어졌다.
17) 「사냥의 뿔피리Cors de Chasse」(『알코올』).

것이라고 여겨지지 않는다 싶은 문장이란 하나도 없다. 「나그네*Le voyageur*」라는 제목의 탁월한 시에서는 누구나 그 운율을 식별할 수 있는 감상적이고 개인적인 낭만성이 보편화되고 순화되어서 마침내 하나의 운명이 송두리째 표현된 무한의 노래를 형성하기에 이른다.

교외들과 탄식하는 풍경들의 무리를 기억하는가
시프레나무들이 달빛 아래 그림자를 던지고 있었지
여름도 저물어가던 그날 밤
생기 없고 항상 진정하지 못하는 새와
드넓고 어두운 어느 강의 영원한 소리에 나는 귀 기울이고 있었지

Te souviens-tu des banlieues et du troupeau plaintif des paysages
Les cyprès projetaient sous la lune leurs ombres
J'écoutais cette nuit au déclin de l'été
Un oiseau langoureux et toujours irrité
Et le bruit éternel d'un fleuve large et sombre.[18]

자연스럽고 타고난 그대로이며, 영혼의 어떤 분위기에서 자유롭게 배어나온 시적 순수의 본보기가 바로 이것이다. 우리는 아폴리네르가 남의 책을 읽고서 시적 영감을 찾아낸다고 하는 말을 흔히 들어왔다. 독서에서 얻은 영감 때문에 그가 이따금 혼란을 일으킨 것도 사실이다. 또 사람들은 아폴리네르가 남에게서 받은 영향들을 낱낱이 열거해보이기도 했다. 그러나 어떤 타고난 재능이, 어떤 매력이 그의 내면에 들어 있었다. 삶에서 얻은 모든 것을 가지고 그는 타고난 자기의 별들이 점지하는 대

---

18) 『알코올』에 실린 시 「나그네」.

로 꿈의 나라를 창조했다.

참호 속에 엎드려 싸우면서도 그는 꿈속에서처럼 전쟁을 우주적인 마력의 매혹으로 체험했다. 어린 아이는 바로 이처럼 원인과 결과에 아랑곳하지 않고 세계를 감탄의 눈으로 바라보는 것이다. 저 폭격의 밤은 곧 하나의 "축제"다. 총탄이 별들같이 반짝이는 하늘, "부드러운 밤의 향기"를 애무하며 서로 스쳐 지나가며 우짖는 "달빛" 같은 포탄, 이 모든 묵시론적 이미지들이 그의 마음을 사로잡는다.

사랑에 빠진 병사라는 해묵은 테마에 이르기까지 모든 것이 그의 손에 의해서 "무장을 해체시키는 위력을 가진" 어떤 자연스러움과 더불어 새로운 생명을 얻게 된다.

> 병정이었던 시절에
> 말타고 달리던 기를 아는가……

> As-tu connu Guy au galop
> Du temps qu' il était militaire……[19]

포탄이 그의 이마를 후려치던 날도 아폴리네르는 그의 어여쁜 여인들을 위하여 반지들을 닦으며 미소짓고 한숨쉬고 있었다. 두개골 수술을 받고도 살아남았다가 마침내 독감으로 세상을 떠날 때까지의 몇 달은 그의 가장 행복한 세월은 아니었다. 그 자신이 무어라 말했건 그의 "축복받은 시절"은 전쟁 직전의 시절이었다.

---

19) 「계절들Les Saisons」(『상형시집Calligrammes』에 수록).

아폴리네르의 작품들 중에서도 가장 큰 부분을 점하고 있으며 1900년 이전에 시작된 시편들은 지난 세기말의 상징주의로부터 생겨난 것이다. 『동물시집*Bestiaire*』의 사행시들, 『상형시집*Calligrammes*』의 재미있고 향수어린 그림들은 가장 무상한 문학적 유희의 예에 속한다. 이들 시에 대해서는[20] 순수시의 아카데믹한 전통이라는 이야기도 있었고 그 어떤 대상의 이미지건 마음만 먹으면 자유자재로 환기시키곤 했던 지난날의 "묘사적 시인들descripteurs", 즉 시사적 시인들poètes du circonstance 의 전통이라는 말도 있었다. 『소전집*Petits airs*』과 『우편놀이*Loisirs de la poste*』를 쓴 말라르메가 아마도 이 방면에 있어서는 아폴리네르의 가장 직접적인 선배들 중 한 사람이라고 하겠다. 자연을 부정하지는 않지만 자연에 대하여 가장 거리낌없이 자유스럽게 다루는 이 유쾌한 환상은 제 1차 세계대전 직후에 환상파 중에서도 "가장 앞선" 시인들, 특히 장 콕 토를 매혹하게 된다.

시집 『알코올』 속에는 「좀도둑*Le Larron*」이나 「은자*L' Ermite*」와 같이 보다 야심적인 상징주의 시편들이 들어 있는데 이런 시들은 정형에 가까 운 형식으로 되어 있고 현란하기 이를 데 없고 낭랑한 울림을 지닌 희귀 한 어휘들이 잔뜩 동원되고 있다. 이 12음절 시인들은 고답파풍의 과장 으로 부풀어 있다.

두 줄기의 불꽃을 이마에 달고 있는 말더듬이 사내 하나가

매일같이 메추리와 만나를 먹는다고 뽐내려고

눈이 뜨이듯이 바다가 열리는 걸 보았다고 자랑하려고

---

19) 「계절들*Les Saisons*」(『상형시집*Calligrammes*』에 수록).
20) 1925년 10월 1일 《*N.R.F.*》지 별책에 발표된 장 카슈Jean Cassou의 글.

불구의 백성들을 이끌고 지나갔다.

질병과 액운을 막는 검고 흰
띠를 머리에 둘러대고 텁석부리 물 긷는 사람들이
유프라테스에서 돌아오고 있었고, 때때로 올빼미 눈이
보석 찾는 자들을 호리기도 하였다……

Un homme bègue ayant au front deux jets de flammes
Passa menant un peuple infirme pour l'orgueil
De manger chaque jour les cailles et la manne
Et d'avoir vu la mer ouverte comme un œil

Les puiseurs d'eau barbus coiffés de bandelettes
Noires et blanches contre les maux et les sorts
Revenaient de l'Euphrate et les yeux des chouettes
Attiraient quelquefois les chercheurs de trésors……

그러나 이 시는 어떤 무질서의 원칙으로 인하여 속속들이 침식당하고
있다. 고상한 어조, 광채나는 이미지 들은 실없는 미끼에 불과하다. 어떤
숨겨진 도취감으로 인하여 서술이 지리멸렬해져 우스꽝스럽다고 여겨질
정도에 이른다. 「취한 배Bateau ivre」에서 랭보가 『모래시계 : 노트풍
Minutes de sable : mémorial』의 몇몇 시편에서 자리가 이미 이런 식으
로 시의 신전 속으로 숨어 들어가 그 기둥 뿌리를 흔들고 남몰래 그곳의
헌물들을 더럽힌 바 있었다. 문장이 내면적이거나 혹은 외면적인 어떤
모델에 따르는 것이 아니라 저 혼자서 만들어지는 것같이 보이는 때가
많고 어떤 운율적이고 음악적인 도식이 문장을 이끌어가며 그 문장의 과

거가 문장에 무게를 가하는데, 한편 가벼운 충동에 이끌리어 문장은 여러 가지 가능성 중에서 선택을 하도록 유도된다. 그러나 현악기의 활줄을 한번만 휘둘러도 충분히 "모든 소리를 털어버리고 새로운 하모니를 시작할" 수가 있는 것이다.[21] 눈에 보이지 않게 선동하는 어떤 힘이 돌쩌귀를 돌리듯 시의 방향을 송두리째 돌려놓고 만화경을 뒤엎는다. 극단적인 경우, 시인은 자기가 쓴 것에 대하여 더이상 아무 책임을 느끼지 않게 되고 시가 저절로 지어지고 있다는 착각을 하게 될 것이다.

물론 아폴리네르는 「좀도둑」과 「은자」에서 이 같은 유희를 극단에까지 밀고 나가진 않는다. 그는 손수 개입하여 고삐를 잡고 이끄는데 그렇다고 12음절이나 압운의 구속(이것은 흔히 해음assonance으로 대치된다) 때문에 어려움을 겪지는 않는다. 왜냐하면 이런 거추장스런 구속은 시절이나 시행 이전의 어떤 "소재matière"를 정확하게 표현해야 할 필요가 있을 때는 그만큼 더 심한 압박이 되기 때문이다. 모든 것이 즉석의 순간성 속에 흡수되게 마련인 이런 시에서는 그러한 거추장스러운 구속이 의외의 것과 우연을 창조해내는 데 기여한다. 그런데 아폴리네르는 말라르메처럼 그 우연을 없애버리고자 하기는커녕 오히려 그것에 대하여 감탄을 금치 못한다. 그는 사고와 언어 사이에 존재하는 신비로운 친화력을 드러낼 필요가 있고 비록 인위적인 수단을 써서라도 그것들 상호 간의 교류를 장려할 필요가 있는 것이다. 요컨대 시학이란 본질적으로 자의성이며 예견할 수 없는 것이며 어떤 추론을 통해서도 생겨나게 만들 수 없는 자유 연상이며, 우연한 발견이며 도취한 새가 부리로 물어다주는 순결하고 아름다운 이미지이므로 그는 우연을 실험해볼 필요가 있는 것이다. 미학자로서의 보들레르는, 스스로 결정한 것을 정확하게 완성해낼 수 있는 시인을 찬양했다. 그러나 시인은 결국 선택과 결정을 포기

---

21) 랭보, 「어느 이성에게A une raison」(『일뤼미나시옹·Illuminations』에 수록).

하게 되고 말 것이다. 아마도 시인 자신도 모르는 사이에 그의 시행들은 무엇인가를 의미하게 되고 말 것이다.

이것이야말로 발레리가 구상하는 것과는 아주 다른 어떤 새로운 시적 순수라고 하겠다. 이와 마찬가지 경우로 아무런 대상도 재현해보이지 않는 어떤 그림에 대하여 그 그림이야말로 그것의 조형적 사명을 보다 완벽하게 다했다고 말하고 표현적이기를 그쳐버린 음악, 모든 구실들로부터 해방된 음악을 놓고서 그 음악이야말로 순수하다고 말하는 주장이 이미 있었다. 이제 남은 것은 이토록 희박해질 대로 희박해진 대기 속에서 과연 살아남아서 명맥을 유지할 예술이 있을까라는 점이다. 현대 예술이 일반적으로 제기한 가장 매혹적인 질문들 중 하나가 바로 이것이다. 아폴리네르 이후 보다 급진적인 개혁자들은 우리들에게 이 논쟁의 범주가 어떤 것인가 보여주게 될 것이다.

*

이 시인의 생애 중 어느 한 순간부터는 그에게 낭만주의와 상징주의의 유산이 죽은 시체처럼 무겁게만 느껴지게 된다. 실제로 그는 애초부터 "낡은 시놀음"[22]의 규칙들을 그다지 존중하지 않았었다. 그러나 이제 그는 완전히 거기서 벗어날 필요가 있었고, 자기 시대의 새롭고 불타는 듯한 삶에 꿋꿋이 발딛고 서는 데 방해가 되는 문학을 거부하고, 그의 마음속에 남아 있는 과거와 추억과 꿈들을 버릴 필요가 있었다.

---

22) 나의 무지를 용서하오.
　　낡은 시놀음을 더이상 알지 못함을 용서하오.
　　Pardonnez-moi mon ignorance
　　Pardonnez-moi de ne plus connaître l'ancien jeu des vers……
　　(시 「약혼Fiançailles」. 시집 『알코올』에 수록).

마침내 너는 이 낡은 세계에 싫증이 나버렸다.

목녀여 오 에펠탑이여 오늘 아침 저 다리들의 양떼가 우짖는다

너는 이 그리스 로마의 고대 속에서 사는 것에 신물이 나버렸다.

……

너는 드높은 목소리로 노래하는 광고와 카탈로그와 포스터를 읽는
다

그것이 바로 오늘 아침에는 시다 그리고 산문이 필요하면 여기 신
문이 있다.

단돈 25상팀으로 탐정물들을 가득 담고 배달되어왔다……

A la fin tu es las de ce monde ancien

Bergère ô tour Eiffel le troupeau des ponts bêle ce matin

Tu en as assez de vivre dans l'antiquité grecque et romaine

……

Tu lis les prospectus les catalogues les affiches qui chantent tout
haut

Voilà la poésie ce matin et pour la prose il y a les journaux

Il y a les livraisons à 25 centimes pleines d'aventures
policières……

시 「지대Zone」[23]의 첫 몇 행들은 이러한 해방의 노력을 증언한다. 꿈
에서 자양을 얻어 자란 시 대신에 이제부터는 "어떤 형태건 관계 없이
삶을 예찬하는 것"[24]이 목적인 현대주의의 시가 점차로 자리를 잡게 된

---

23) 「알코올」의 첫 번째 시.
24) 1918년 12월 1일자 《메르퀴르 드 프랑스》지에 발표된 아폴리네르의 선언문 「새로운 정신
L' Esprit Nouveau」. 참조.

다. 여기에서 우리는 아폴리네르의 휘트먼적이며 미래주의적이며 예언적인 일면을 보게 된다. 1913년의 유럽에서 그는 신뢰감과 순진한 마음으로 미래를 영접한다. 이제 그는 언어의 연금술에 호소하여 기적을 실현해주기를 바라지 않는다. 어휘들을 한데 모아 조립함으로써 생겨날 수 있는 음악성을 그는 무시한다. 그는 전설 따위도 무시한다. 신기한 일이 끊임없이 솟아나와야 할 곳은 사물들 그 자체요 사건들 쪽이다. 물론 사물과 사건들을 어떤 각도에서 빗겨볼 수 있어야 그렇게 되는 것이긴 하지만, 여기서 중요한 것은 무관심indifférence이 아니라 차라리 어떤 정신적 초연함désintéressement이며 대상의 주위를 맴돌고 예외적인 것에 어떤 의미를 부여하며 그 예외적인 것에서 출발하여 알프레드 자리가 원했던 바와 같이 "이 세계를 보완해주는" 무슨 또 하나의 세계를 만들어내는 어떤 기이한 방식이다.

시 「지대」는 이른바 입체파적인 작품, 합성적 혹은 "동시대파simultanéiste" 작품 계열에 속한다. 그런 계열의 작품들에서는 감각, 판단, 추억 등 이질적인 여러 가지 요소들이 아무런 원근법적 질서도 없이 밑도끝도 없이 그리고 흔히 겉으로 드러난 논리적 관계도 없이 동일한 평면상에 병치된 채 심리적 삶의 소용돌이 속에서 뒤섞이고 있다. 그러나 오해를 피하기 위하여 미리 지적해두어야 할 것이 있다. 즉 화가는 자연의 질서와는 다른 어떤 질서를 갖추고자 하는 구조물을 화폭 위에다가 구성하는 데 반해서 지금 여기서 말하는 심리적 필름들의 구성은 대체로 매우 자연스러운 것이라는 사실 말이다. 회화에서 입체파가 인상파의 비교적 피동적인 태도에 반대하는 입장에서 보여주는 지적 노력과 맞먹는 그 무엇을 시인에게서 찾아볼 수 있는 경우란 희귀하다. 화가 앙드레 로트André Lhote는 어느날인가 "벼락의 조형적 활용"을 운위한 적이 있다. 아폴리네르나 그의 계승자들인 대다수의 "입체파" 시인들의 경우 이러한 의도적인 "활용"은 극히 미미한 결과에 그치고 만다. 하지만 시인이 자기가 외화하고자 하는 자신의 여러 부분들을 다소간 의식적으로 선택한다는 의미에서 예술적 의도 자체는 여전히 살아남는다. 뭐니뭐니 해도 어떤 생각 혹은 어떤 이미지로 주의를 유도하는 어떤 조합 행위가 계속 이루어지는 것이다. 예를 들어서 「지대」의 경우, 시와 반시, 음악적이고 운율적인 문장들을 제시하는 꿈에로의 경도와 현실 그대로의 삶을 표현하고자 하는 "새로운 정신l' esprit nouveau" 사이의 갈등은 명백하다. 따라서 이런 입체파 작품들에는 거의 필연적으로 어떤 타협적인 성격이 있다. 결국 이런 작품들은 여전히 예술 작품들이라는 말이 된다. 제 모습을 가면 속에 숨기고 있는 이런 예술은 몇 가지 잔손질로 그쳐버릴 수도 있지만, 또한 가장 교묘한 기교로 무장을 하고서 극단적인 세련에 이를 수도 있다. 실제로 지성이란 쉽사리 추방되는 것이 아니어서 어떤 가장이든 대수롭지 않게 해내는 것이다. 여러 가지 면에서 입체파의 선구자인—그의 시집 『마지막 시편Derniers Vers』에 실린 시 「겨울은 오고L' Hiver qui vient」를 보라—라포르그는 이미 필요하기만 하다면 지성이 어떻게 자연 발생적인 삶을 대신하는가를 보여주었다. 저 아름다운 무질서를 가꾸어 키우려는 욕망이 다시금 살아나게 되리라.

*

그러나 자유로운 영감이라는 원칙은 아폴리네르를 또 다른 모험으로 인도했다. 우리는 「창Les Fenêtres」[25]이라는 제목의 시를 기억한다.

빨강에서 초록까지 노랑이 모두 죽는다
그때 금강잉꼬들은 고향의 숲에서 노래한다

---

25) 『상형시집』에 수록.

비익(比翼)의 내장 고기

날개가 하나뿐인 새에 대하여 시 한 편을 써야겠다

그 시를 전화로 불러주리라

엄청난 충격

눈을 흐리게 한다

토리노의 젊은 여자들 중에 예쁜 처녀가 있구나

가련한 청년은 하얀 넥타이에 코를 풀고 있었다

너는 커튼을 걷으렴

자 이제 창문이 열린다

Du Rouge au vert tout le jaune se meurt

Quand Chantent les aras dans les forêts natales

Abatis de pihis

Il y a un poème à faire sur l' oiseau qui n' a qu'une aile

Nous l'enverrons en message téléphonique

Traumatisme géant

Il fait couler les yeux

Voilà une joile fille parmi les jeunes Turinaises

Le pauvre jeune homme se mouchait dans sa cravate blanche

Tu soulèveras le rideau

Et maintenant voilà que s' ouvre la fenêtre

마지막 몇 행을 더 인용해보겠다.

오 파리여

빨강에서 초록까지 노랑이 모두 죽는다

파리 뱅쿠버 이예르 맹트농 뉴욕 그리고 앤틸리즈 제도

창문이 오렌지처럼 열린다

빛의 아름다운 과일

O Paris

Du rouge au vert tout le jaune se meurt

Paris Vancouver Hyères Maintenon New-York et les Antilles

La fenêtre s'ouvre comme une orange

Le beau fruit de la lumière

이건 세상 사람들을 조롱하는 짓이 아니냐고 반문하는 사람도 있을 것이다. 과연 그럴지도 모른다.[26] 이 시에서 시인의 의도는 '이 세상le monde'(이 말이 뜻하는 모든 의미에서)과 자기 자신을 지극히 특수한 어떤 조롱의 구실로 여기겠다는 것이 아닐까? 플로베르는 이렇게 잘라 말했다. "이 세상의 우발적인 사건들은 일단 감지되는 순간부터 곧 묘사해야 할 어떤 환상으로 사용되도록 바뀌어지고 마는 것 같아 보인다. 우리들의 존재까지도 포함하여 모든 것들이 거기에밖에는 아무런 쓸모도 없다 싶을 정도로."[27] 그러나 현실이 환상으로 변한다면 그 환상은 하나의 현실로 느껴진다. 환상은 현상fait을 창조한다. 아니 적어도 시인에게는 환상이 순전한 조작이나 허위의 환상과는 다른 어떤 힘을 가지고 다가온다. 환상이 전개되는 곳은 각성의 차원과 꿈의 차원 사이의 중간적

---

26) 앙드레 비이에 따른다면 아폴리네르는 카페에 앉아서 옆자리 앉아 있던 사람들과 합작으로 이 시를 썼다고 한다 (『살아 있는 아폴리네르Apollinaire vivant』). "빨강에서 초록까지 노랑이 모두 다 죽는다"라는 첫 줄은 "염치 없이 철철 부어 마시는" 술을 연상시키는 것이라고 한다.

27) 루이 부이예Louis Bouilhet의 『마지막 노래Dernières Chansons』에 붙인 플로베르의 서문.

차원이다. 이제 시인은 환상에 빠져들 수도 없고 그렇다고 환상에서 깨어나 정신을 차릴 수도 없게 된 채 어떤 모험에 휩쓸려들고 이제부터는 그 모험을 몸소 살지 않을 수 없게 된다. 이는 과연 매우 특수한 행위인데 우리는 이 행위의 심리를 면밀히 검토해볼 필요가 있다. 보들레르는 이런 신화화의 원동력이 "권태와 몽상에서 분출하는 일종의 에너지"[28]에 있다고, 다시 말해서 주의력이 현재에서 이탈하는 순간 무의식 속에 축적되어 있던 힘이 솟아올라서 삶 속으로 밀려들면서 어떠어떠한 부조리하고 금지된 말, 비이성적이고 위험한 행동을 명령하는 순간에 있다고 보았다. 이런 신화화 행위에 몰두하는 사람이 어렴풋하게나마 찾고 있는 것은 어떤 새롭고 비정상적이며 자의적인 현상의 탄생이다. 삶에 대한 어떤 직접적인 도전만이 그것을 만족시킬 수 있을 것이다. 결과를 예측할 수 없는 어떤 "우발적인 것"으로 인하여 삶이 불가피하게 어떤 반응을 보이지 않을 수 없도록 강제하는 것, 이것이 바로 신화화 행위에 관심을 둔 시인에게 필요한 바인 것이다. 그 자신도 자기의 '자아', 자기의 과거로부터 탈출하는 듯하고 자신의 삶의 "맥락을 잃어버리"는 듯한 인상을 받으며, 마치 말라르메의 광대pitre처럼 "텐트의 벽에 창문을 뚫는" 듯한 느낌을 갖게 될 것이다. "정신"이 "메말라"버렸을 때는 아무거나 쓸 것, 아무 문장이나 쓰기 시작해가지고 곧장 계속해나가 볼 것[29]을 아폴리네르는 그의 친구들에게 권했다. 여전히 여기서도 문제는 무의식과 우연을 강요하여 자신과 합작하지 않을 수 없도록 만들자는 데 있는 것이다.

우리는 여기서 미학과 윤리가, 삶과 시가 거의 구별할 수 없는 상태에 있다는 것을 알 수 있다. 자기 친구를 어둠 속으로 밀어 던지는 라프카디오의 행동으로 상징된 지드의 무상 행위에서부터 현대인들의 "무상한",

---

28) 「못된 유리장수Le Mauvais vitrier」(산문시집에 수록) 참조.
29) 앙드레 비이의 상기서 참조.

그러나 불가피한 이미지들에 이르기까지의 거리는 우리가 짐작하는 것만큼 먼 것이 아니다. 두 경우 모두 인간은 정상적인 자아 밖에 있는 어떤 악마의 도움을 청하고 그와 손을 잡고서 그 유혹에 몸을 맡기는 것이다. 왜냐하면 신화화에 열중한 자는 누구보다 먼저 자기가 신화화의 최면에 걸리고 싶어하기 때문이다. "놀라움을 느끼는 쾌감을 제외한다면 남을 놀라게 하는 것 이상의 쾌감이란 없는 법"이라고 보들레르는 말했다.[30] 이 말은 곧 가장 생생한 기쁨은 놀라움을 당하는 데 있다는 뜻이 된다. 아폴리네르에게 있어서 이질적인 요소들, 이를테면 비개성적 요소들로 이루어진 시들, 그 자신이 명명한 바와 같이 이 대화시들은 자기 자신을 놀라게 하고 스스로에게 속임수를 쓰는 수단을 제공해준 것으로 여겨지는 것이다. 새로운 것은 모두 뜻하지 않은 놀라움 속에 있다. 놀라움속에 존재하는 가장 새롭고 가장 생생한 점은 바로 그것이다[31]라고 아폴리네르는 주장했다. 그는 어떤 시에서 이렇게 말했다.

이 세상의 어느 부분을 잊어버리게 해줄 자 도대체 누구인가
한 대륙을 잊게 해줄 크리스토퍼 콜럼버스는 어디 있는가
잃어버리라
그러나 새로운 발견의 여지를 남기기 위하여
참으로 잃어버리라……

Qui donc saura nous faire oublier telle ou telle partie du
monde
Où est le Christophe Colomb à qui l'on devra l'oubli d'un
continent

---

30) 보들레르의 「위조 화폐*La fausse monnaie*」(산문시집에 수록).
31) 「새로운 정신*L'esprit Nouveau*」(《메르퀴르 드 프랑스》지, 1918년 12월 1일).

Perdre

Mais perdre vraiment

Pour laisser place à la trouvaille……[32]

그러나 모든 것이 다 끊임없이 발견해야 할 대상이 아닐까? 그러기 위해서는 우선 아무것도 알지 말아야 하고 참으로 잃어버려야 하는 것일까? 이 "혁명적인" 정신 속에는 젊음보다는 늙음이, "낡은 세계에 대한" 지겨움이, 영혼의 메마름이, 더 많이 깃들어 있는 것일까? 겉보기에 가장 평범한 현재의 삶 속에서 그것이 내포하고 있는 미지와 신비를 발견해낼 능력이 없음일까? 낯설음에의 욕망으로 가득한 아폴리네르는 어느 정도 상상력의 빈곤 때문에 고통을 겪었는지도 모른다. 분명히 그는 몇 개 안 되는 주제에 매혹되고 매번 똑같은 이미지들로 되돌아온다. 그런데 자의성과 놀라움을 표방하는 그의 시학이라든가 규칙이 정해진 유희의 가능성들을 파괴하고 나서 행운을 시험해보기 위하여 거듭거듭 주사위를 던지고자 하는 그의 의지 같은 모든 것은 파산지경을 피하고자 고심하는 시인의 경우에는 어떤 풍부한 상상력을 필요불가결한 요소로 요구하게 된다. 그리고 또 그 상상력은 섬세해야 하고 사물로부터 해방될 힘이 있으면서도 사물과 가까워야 하며 또 사물들의 모습을 재현시킴으로써 온갖 종류의 괴물들과 공상적인 형상들을 만들어낼 수 있는 것이어야 한다. 결국—이 점은 바로 이 시인이 우리에게 제시하는 수수께끼의 가장 매혹적인 일면이지만—아폴리네르가 과연 우리가 상상하게 되는 그러한 위대한 시인일 수 있었는지 아니면 반대로 그의 시가 지닌 모호하고 암시적인 매력 때문에 우리가 그에 대하여 후한 생각을 품게 되는 것인지는 말하기 어려운 일이라고 하겠다.

---

32) 「언제나 *Toujours*」 (『상형시집』에 수록).

하여간 이 혁명가는 그냥 순전한 부정의 시인은 아니었다. 그에게는 예언자다운 면, "견자voyant"다운 면이 있었다. 그가 "무모하다 싶기까지 한 문학적 실험들"을 주창한 것은 그 실험들이 어떤 "새로운 사실주의"—그는 이것을, 아마도 가장 먼저 "초현실주의"[33]라고 불렀다—를 위한 재료들을 제공해줄 것으로 여겨졌기 때문이다. 그는 또한 이제 더이상 예술 작품을 의식적으로 조립하는 짓은 않겠다고 생각한 점에 있어서도 최초의 시인이었다고 믿어진다. "그는 이 세상 최후의 시인이었다"고 앙드레 브르통은 썼다. 그러나 여전히 시는 존재한다.

죽음이 찾아오기 얼마 전부터 아폴리네르는 그러나 그 어느 때보다도 자기를 불쌍히 여겨달라고 애원하고 있었다.

> 도처에서 모험을 찾아 헤매는 우리
> 우리는 그대들의 적이 아니다
> 우리는 넓고 낯설은 영지를 그대들에게 주고 싶다
> 꺾고 싶은 자라면 누구에게나 활짝 꽃핀 신비가 가득한 땅을
>
> 그곳에서는 한 번도 본 일이 없는 색깔의 새로운 불이 타고 있다
> 이루 헤아릴 수도 없는 그 숱한 환각들
> 그것에 현실성을 부여해야 한다
> ......
> 무한과 미래의
> 전선에서 날마다 투쟁하는 우리들을 불쌍히 여기라
> 우리의 실수를 불쌍히 여기라 우리의 죄를 불쌍히 여기라

---

33) 자신의 희곡 『티레시아스의 유방Les mamelles de Tirésias』(1918)에 대하여 말하면서 사용했던 명칭.

Nous qui quêtons partout l'aventure

Nons ne sommes pas vos ennemis

Nous voulons vous donner de vastes et d'étranges domaines

Où le mystère en fleurs s'offre à qui veut le cueillir

Il y a là des feux nouveaux des couleurs jamais vues

Mille phantasmes impondérables

Auxquels il faut donner de la réalité

......

Pitié pour nous qui combattons boujours aux frontières

De l' illimité et de l'avenir

Pitié pour nos erreurs pitié pour nos péchés[34]

---

34) 「빨강 머리 예쁜 여자La joile Rousse」(『상형시집 』의 마지막 시).

제12장
현대적 활동과 삶의 시를 향하여

1

질풍 노도Sturm und Drang의 시대가 열린 것은 1909년이다. 이는 베르아랑에 의하여, 휘트먼에 의하여, 그리고 억센 위대함이나 혹은 "두번 다시는 보지 못하게 될 것"의 덧없는 매혹에 도취한 한세기의 운동 전체에 의하여 예비된 시대다. 그 해에 『만인합일의 삶La Vie Unanime』이 나왔다. 그러나 쥘 로맹은 그의 노래에 어떤 질서를 부과하고자 했고 그의 의도는 실제에 있어서 정신주의적인 것이었다. 그와는 반대로 마리네티는 완전한 미래주의를 주창했는데, 만약 1912년에서 1914년에 이르는 시기에 아폴리네르, 특히 블레즈 상드라르Blasise Cendrare가 그 시 속에 담겨 있는 위력을 가능한 한 포착하고 유도함으로써 그 시에 일종의 생존 조건을 부여하려고 노력하지 않았더라면 그 미래주의는 기껏해야 유기적인 조직이 결여된 "작품"들을 생산하는 것이 고작이었을 것이다. 『시베리아 횡단의 산문Prose du transsibérien』, 『파나마Panama』 같은 작품들과 제1차 세계대전 직전에 여기저기에 발표한 "탄력적인 시편 poèmes élastiques" 중 몇몇은 향후 10년 동안을 위한 모델을 제시했다. 상드라르는 베를린에서 간행되는 잡지 《질풍Der Sturm》에 시 「탑Tour」을 발표했다.

오 에펠탑이여!
나는 너에게 황금의 신을 신기지 않았다.

나는 너를 수정의 포석 위에서 춤추게 하지 않았다.

나는 너를 카르타고의 처녀처럼 괴사(怪蛇)에게 던져주지 않았다.

나는 너에게 거추장스러운 희랍의 페플룸 옷을 입히지 않았다.

나는 너를 다비드의 막대라고도, 십자가의 나무라고도 명명하지
않았다

십자가 모습이여

오 에펠탑이여!

O tour Eiffel!

Je ne t'ai pas chaussée d'or

Je ne t'ai pas fait danser sur les dalles de cristal

Je ne t'ai pas vouée au Python comme une vierge de Carthage

Je ne t'ai pas revêtue du péplum de la Grèce

Je ne t'ai pas nommée Tige de David ni Bois de la Croix

Lignum Crucis

O tour Eiffel![1]

그러나 옛 세계와의 단절, 한 세기 동안 답습되어온 사고 방식과의 단
절을 불러일으킨 것은 대전이다. 추상적인 상태로 변한 채 죽음에 휘말
린 풍경, 쇠붙이와 무쇠의 난무, 과도한 생산에만 온힘을 기울여, 국제적
인 모습으로 되어버린 도시들, 군사적인 면 못지않은 "기계적" 승리 등,
이 모든 예외적인 것들로 인하여 어떤 사람들은 과거만을 신뢰하는 쪽으
로 기울어져서 오직 과거의 테두리 속에서만 프랑스적 지성이 견디고 살
수 있다고 여김으로써 그에 복종했다. 같은 시기에 또 다른 사람들은 돌

---

1) 『19편의 탄력적 시*Dix-neuf poèmes élastiques*』(Au Sans Pareil 간행, 1919).

연 성년에 이르러 그들이 지니고 있던 과거와의 인연이 하나씩 떨어져나가는 것을 느꼈다. 그들의 두 눈은 그들이 저 무명의 표정을 해독하고자 꿈꾸어 마지않던 하나의 문명 쪽으로 열리고 있었다. 새로운 신화들은 그들의 사고 속에서, 당시의 사건들로 인하여 속깊은 곳까지 뒤흔들리고 뒤집혀진 하나의 새로운 경작지를 발견해냈다. 전쟁 · 혁명 · 기계 · 속도, 인간과 물질과의 결속, 스포츠 등의 신화, 그리고 무엇보다도 현실 속에서의 행동에 대한 집념이 바로 그것이었다. 아직 설익은 "파시스트"적 민족주의의 개가로 인하여 충동받은 니체주의에서 자양을 받아 이루어진 이 현대적 이데올로기에 대해서 드리외 라 로셀의 『질문 *Interrogation*』 같은 책이 생생하게 증언해주고 있다.

그리하여 자유를 쟁취하자 사람들은 여행을 시작했다. 프랑스 사람들은 유럽, 아메리카, 아시아를 두루 다녀보았다. 그들은 이 세계의 크기와 그 저항을 헤아려보았고 위험을 막아주는 난간이 무너지고 옛 윤리가 소멸되어가고 있는 유럽과 인간 세계의 경련과 거북스러움과 심리적 유행병들을 알게 되었다. 그러나 도대체 "언제쯤이면 우리는 낡은 사원들이 무너진 것에 대하여 눈물 흘리기를 그칠 것인가?"라고 드리외 라 로셀은 탄식했다.

여기서 우리는 다다이스트의 위기를 계산에 넣어야 할 것이다. 1913년에서 1927년 사이에 있어서 여러 가지 영향들이 어찌나 서로 얽히고 설켜 있는지 그 어느 것도 곱게 분리하여 생각할 수는 없는 일이다. 아마 다다이즘은 그것 자체만 따로 떼어놓고 생각해본다면 전혀 다른 측면에서 전개된 것이며 전혀 다른 시로 인도하는 것이겠지만 과거를 전면적으로 청산하려는 그들의 노력은 프랑스의 미래파 시인들 가운데서도 가장 담대한 사람들의 욕구에 너무나도 정확하게 부응하는 것이어서 그 시인들이, 잡지 《시크*Sic*》에서 막스 자콥, 피에르-알베르 비로Pierre-Albert Birot에 의하여, 그리고 1919년 봄부터는 《문학*Littérature*》지의 젊은 동인들에 의하여 추진되었던 언어학적 연습과 실험에 깊은 인상을 받지 않았다고는 생각할 수 없는 일이다. 제1차 세계대전 전에 이미 마리네티는 구문의 해체와 어휘의 해방을 요구한 바 있었다. 다다이스트들 이전에 아폴리네르는 그의 『상형시집』에서 백지 위에다가 단어들을 가장 기발한 방식으로 배열해놓은 바 있고 또 피에르-알베르 비로는 "고함치고 춤출 시poème à hurler et à danser"를 지은 바 있다. 이미 1917년에 폴 데르메Paul Dermée는 남북 철도를 찬미하는 다음과 같은 시를 발표했는데 이 시가 사람들의 눈에 대담하게 보인 것은 잠시 동안뿐이었다.

> 몽마르트에서 몽파르나스까지
> 평화와 전쟁을 위한
> 트로이의 목마
> 그대는 가고 온다
> 남북 철도
> 불빛을 흔들고 가는 역마
> 예배당의 궁륭
> 메마른 동굴
> 금속판 위로 기름이 흐르는 공장
> 촛불의 불꽃 피어오르는 사자들의 방
> 역들
> 하늘의 아름다움을 막아주는 은신처

> De Montmarte à Montparnasse
> cheval de Troie
> pour la paix et la guerre
> Tu vas et viens

Nord-Sud

Coursier sonnaillant de lumières

Voûte de chapelle

gratte aride

Usine où l' huile coule sur les pièces d' acier

Chambre des morts aux flammes de cierges

Gares

refuges contre la beauté du ciel[2]

이런 시가 지향하는 방향이 어느 쪽인지는 알 만하다. 엄밀한 의미에서의 운율이나 미터법은 이 시와 아무런 상관이 없다. 문장의 구문은 몇 가지 단순한 연결에 그치고 심지어 단어들조차 분리되어 사용되고 있다. 가장 빈번히 사용되는 표현 기술은 쌍서법syllepse과 생략법이다. "옛날" 같았으면 모두가 장차 완성할 시 한 편을 위한 노트 구실을 했을 법한 이런 요소들을 시인은 하나의 사고 체계 속에 통합하기를 포기한다. 그것을 가지고 한 편의 시를 만드는 일을 포기하는 것이다. 사실 시란 오로지 의식과 무의식의 자연 발생적인 반응 속에서만 존재하는 것일 뿐 다른 어디에도 존재할 수 없는 것이라면, 시는 "사고의 질서와 운동" 속에, 무엇보다도 정신이 원하여 실현한 어떤 질서 속에 존재하는 것이 아니라 오로지 이미지들의 자유로운 결합 속에만 존재하는 것이라면, 무엇 때문에 갈라진 틈새에다가 밀초를 녹여 부음으로써 그 시를 약화할 것이며 무엇 때문에 논리적인 틀 위에다가 시의 이음새를 다듬어가지고 조립할 필요가 있을 것인가? 이 논리 역시 다른 많은 논리들이나 마찬가지로 성립 가능하다. 그렇다고 해서 리듬의 귀중한 도움을 저버리는 것이 옳

---

2) 『나선형Spirales』(Birault 간행, 1917).

을까? 반드시 그렇지는 않다. 이 시는 창자처럼 고동치는 것이 아니라 박절기metronome처럼 고동치는 것이다. 글이 적혀 있는 부분을 에워싸고 있는 여백은 집약되고 응결될 때의 사고의 여백을 보여주고 있다. 오직 심리적인 절정들만이 종이 위로 모여드는 것이다.

그러나 우리는 여기서 때가 오면 미래파의 영향에, 특히, 『상형시집』의 영향에, 말라르메의 영향이, 더 정확이 말해서 시 「주사위 던지기 Coup de Dés」의 영향이 대치되리라는 것을 예측할 수 있다. 폴 발레리는 우리에게 이렇게 가르쳐주고 있다. "말라르메는 (심지어 포스터, 신문에 있어서까지도) 백색과 흑색의 여러 가지 배열 효과, 그리고 여러 가지 활자들의 비교에서 오는 밀도 등을 매우 섬세하게 연구했다. 그의 체계 속에서 책의 페이지는, 독서에 선행하고 독서 대상 전체를 한꺼번에 부감하는 시선을 겨냥하여, 작품을 구성하는 제요소들을 '전체에 편입시켜야intimer' 마땅한 것이다. 일종의 물질적 직관을 통해서, 우리의 다양한 지각 방식들간의, 혹은 우리 감각의 서로 다른 작용 방식들 différence de marche간의 조화를 통해서 지능에 일어나게 될 것이 무엇인가를 예감하게 하는 것이다. 그는 표면적superficielle 독서를 도입하여 그것을 선조적linéaire 독서와 결합시킨다."[3] 전후에 있어서 광고의 놀라운 발전, 그리고 영화의 왕성한 보급은 백지 표면에 드러나는 시 작법의 아이디어를 암시하는 데 더욱 많은 영향을 끼쳤다. 시는 그 심리적 통일성이 와해됨에 따라 시각적인 통일 원칙에 일치하고자 하는 욕구를 느끼게 되었다는 듯한 인상을 준다. 다만 말라르메의 시 「주사위 던지기」가 보여주는 것은 깊이 천착하여 다듬은, 그리고 수미일관한cohérent 어떤 사고의 형상이며 그 점만 보아도 말라르메의 시도는 현대의 사이비 미래주의자들의 시도와는 확연히 구별된다는 것을 알 수 있다. 이 시인들은

---

3) 「주사위 던지기Le Coup de Dés」, 『바리에테 2』에 수록 (N.R.F. 간행).

순수한 사고가 그려 보이는 내면적 찬란함의 질서를 외면한 채 오브제의 자취에만 심취하며 외부의 조그만 움직임만 보아도 거기에 쏠려가지고 그 권유에 따라 어떤 이름 없는 플라즈마를 제시해 보이는 것이다. 더군 다나 그들은 어떤 힘에 홀린 듯—시인들이 너무나도 끈질기게 사랑하거 나 혐오한 나머지 마침내 "시인들의 자신의 상응"이 되고, 그들의 영혼 이 되어버린 저 자연에보다는—오히려 인간에 의해 조립된 물건들에, 삶의 가장 인위적인 양식에, 우리를 에워싸고 짓누르거나 혹은 반자연적 으로서 우리를 흥분시키는 타르와 역청빛의 하늘에 더 많은 애착을 갖는 다.

*

기술적인 용어, 속어, 대중적인 표현, 신조어가 풍부한 만큼이나 구문 에 있어서는 빈약하기 짝이 없는 그런 시에는 시각적인 이미지와 동력적 이미지가 많이 나온다. 시각적 이미지들은 대체로 착란과 환각을 자아내 는 것이다. 그것은 어떤 고정 관념적인 디테일을 고착시킨다. 그것은 흔 히 과도한 근사법으로 몸짓을 기계적인 모습으로 보이도록 만들고 시각 적 광경을 회화같이 보이게 만든다. 폴 모랑Paul Morand의 「아크 등 Lampes à arc」과 「체온표Feuilles de température」를 생각해보라. 그러나 많은 시각적 이미지들은 동시에 동력적 이미지들이다. 그 까닭은 대부분 의 경우, 핑계나 그때그때의 사정을 제외하고는, 에너지들의 갈등이나 전개를 환기하자는 데 목적이 있는 작품들이기 때문이다. 그래서 이들 시에 있어서 리듬은 모질고 거칠며 성급하다. 드리외 라 로셀은 「자동차 Auto」라는 시에서 이렇게 쓰고 있다.

포옹처럼 맞추어진 이중의 박동.

나의 동맥 속에서 피는 고동.

실린더 속에는 가스의 고동.

내 발은 페달에 근육을 접붙인다.

내 손은 핸들에 감긴 칡넝쿨

자동차는 땅바닥에 뜨거운 배를 깔고 엎드린다.

Double pulsation accordée comme une étreinte.

Le bond du sang dans mes artères,

Le bond des gaz dans le cylindre.

Mon pied greffe un muscle à la pédale.

Ma main est au volant une liane.

L'auto allonge son ventre chaud au ras de la terre.[4]

이런 연속적인 말들의 배출에 의해서 존재가 송두리째 해방되며 이렇게 쏟아져나오는 말들은 인간과 기계의 깊은 일치의 감정을 암시하는데 이때 인간의 육체는 기계에 생명을 불어넣으면서 기계 속으로 연장된다.

다른 한편, 이런 이미지들의 상당수는 "전도된" 이미지들이다. 다시 말해서 대상을 미지에서 기지 쪽으로 환원함으로써 그것에 조명을 가하는 데에 본래의 사명이 있는 비유의 항이 자연 속에서 취해지는 것이 아니라 반자연, 인간이 산업 활동에 의해 만들어놓은 것 속에서 취해지고 있다는 말이다. 이탈리아의 미래파 시인들이 하나의 체계로 삼고자 했던 어떤 방법에 따라, 시인은 인위적인 것, 가장 가까이에 있는 범상한 것을 비유의 대상으로 삼는다. 이렇게 하여 자아와 풍경을 결합시키던 옛날식의 방법에 새로운 결합 방식이 대치되는 경향을 보인다. 이 새로운 결합

---

4) 『주보(酒保) 안에서 Fond de Cantine』(N.R.F. 간행, 1920).

에 의하여 인간은 대지의 헐벗은 살을 차츰 뒤덮는 기계들 속에서 제 모
습을 찾게 된다. 블레즈 상드라르는 이렇게 쓴다.

> 내가 만난 모든 여인들은 지평선 위에서
> 비에 젖는 신호등의 처량한 몸짓과 쓸쓸한 눈길로 서 있다.

> Toutes les femmes que j'ai rencontrées se dressent aux horizons
> Avec les gestes piteux et les regards tristes des sémaphores sous
> la pluie······[5]

폴 모랑의 작품 속에서는 어디에서나 다음과 같은 종류의 필치들을 만
나게 될 것이다.

> 타원형의 달이 벌써 자리잡고 있는
> 포도 위에는
> 마디진 파이프들과 셀룰로이드 나무들 가운데
> 마젠타색 하늘이 복사되어 있다.

> Sur les pavés
> Où déjà s'établit une lune ovoïde.
> Un ciel Magenta demeure décalqué parmi
> Les tuyaux articulés et les arbres en celluloïd.[6]

이 시의 본질과 장래의 운에 관한 한 우리는 여기서 가장 근본적인 국

---

5) 『전세계De Monde entier』(N.R.F. 간행, 1929).
6) 『시집Poèmes』1914~1924 (Au Sans Pareil 간행, 1924), p.92.

면에 이른 것인지도 모른다. 중요한 것은 인간 정신이 인간에 의하여 변모된 한 세계, 기계적인 세계 속에 어느 정도까지에 침투하고 그것을 동화하는 데 성공하느냐에 있다. 이는 곧 하나의 기계가 과연 가을 잎새의 저 금갈색 빛이나 파도가 밀려와 부서지는 기슭이 그렇게 하듯이 우리에게 "말을 건넬 수" 있는가를 알아보는 일이다. "거의 초자연적인 어떤 정신 상태에서는, 비록 매우 평범한 것이라 하더라도 우리의 눈앞에 보이는 스펙터클 속에 인생의 깊이가 송두리째 다 드러나게 된다. 그 스펙타클은 인생의 깊이의 상징되는 것이다"라고 보들레르는 말했다.[7] 굴뚝과 드높은 용광로 같은 것 속에서도 시인은 어떤 계시의 재료를 발견해낼 수 있다는 것을 우리는 잘 알고 있다. 마찬가지로 우리의 방안을 가득채우는 꽃병, 램프, 어떤 자질구레한 물건, 수정으로 된 서진("침묵의 회전목마carrousel"라고 콕토는 말한다) 등은 이미 오래 전부터 시적 감동의 압축기였다. 하나의 형태, 어떤 물건이나 기계가 언젠가는 마법의 경쟁에 들어갈 수 있다는 가능성을 무조건 부정해야 할 까닭이야 있겠는가? 그것은 우리의 꿈 속으로 밀려들어와서 때때로 우리를 격렬하게 감동시키지 않았던가? 그 격렬함은 그것이 바로 우리의 내면 생활의 일부라는 충분한 증거가 아닌가? 불행하게도 그런 감동들은 별로 다양하지 못하다. 기계가 등장하는 대부분의 시에서 기계가 상징하는 것은 오로지 힘뿐이다. 이 같은 정서적 반응들이 단조로운 것은 아마도 단순히 인간의 무의식이 새로운 어떤 '존재être'를 제것으로 만들어가지자면 시간이 걸린다는 사실을 의미하는 것이리라. 우선은 두려움, 놀라움이 앞선다. 차츰차츰 동화가 이루어지고 그 다음에 안과 밖 사이에 정신적 아날로지의 보다 긴밀한 망이 짜여진다. 다만 그 같은 "결합"은 항상 불완전한 상태로 남아 있게 마련이지나 않을까 하는 걱정이 있다. 왜냐하면 엄밀히

---

7) 「화전Fusées」.

말해서 인간은 무의식의 작업을 서둘러 재촉할 수는 없는 노릇이고 또한편 기계라는 것은 점점 구식이 되어버리기 때문이다. 기계는 다른 것으로 대치되고 보다 완벽해지기 위해서만 존재하는 창조의 질서에 속한다. 우리들의 삶의 운동은 모두가 가속화하지만 우리들의 내면적 삶의 리듬은 그렇게 가속화하지 못하는 것이어서 결국 기계의 시적 "생산성"은 항상 열세를 면치 못할 것이다. 물론 쟁기와 낫은 무한하게 꿈의 소재가 될 수 있다. 왜 내일, 혹은 그후 언젠가에는 발전기의 차례가 되지 않겠는가? 왜냐하면 발전기는 없어지거나 이미 알아볼 수 없는 모습으로 변해버릴 터이기 때문이다. 물질적인 발전 속도가 늦춰진다면 모르지만……

  분명히 시적이 될 가능성이 없는 것이란 거의 없다. '이런 특이한 상황에서라면' 모든 것이 다 시적이 될 수 있다고 쉽사리 주장할 수도 있다. 그리고 시인이 지니고 있는 암시와 서정적 변용의 능력을 매우 중시해야 한다. 그런데 어떤 새로운 변화가 오지 않는 한 현대의 미래파 시인들의 약점은 바로 거기에 있다. 보들레르가 말하는 계시는 오직 "거의 초자연적인 어떤 정신 상태 속"에서만 나타나는 것이다. 그런데 블레즈 상드라르와 그의 모방자들이 그들의 모든 감각을 곤두세우고서는 우리에게 제공하는 어떤 '자아'의 이미지를 보면 그것의 힘은 외부에서 오는 신호들에 의해서 고정된 듯하고 그 자아의 주의(注意)는 육체적인 제반 감각의 면에 집중되어 있고, 또 그 자아는 그 내부에서 정신적인 경사작용décantation 및 성숙 작업이 계속적으로 이루어지도록 두어둘 방도로 의욕도 갖고 있지 않은 듯하다. 현실은 그런 작업에 의해서 정화됨으로써 시로 변용되는 것이다. 회화 · 영화 및 경험에 의하여 배운 바 많은 오늘날의 숱한 시인들의 눈은 놀라울 정도로 기민하게 외적 정경의 가장 미세한 변화까지도 추적할 능력이 있는 고도로 발달한 도구가 되었다. 신경 조직의 연마로 인하여 그들의 몸뚱이는 지극히 강렬한 울림틀이 되어 있다. 그러나 그들의 상상력은 감각 세계와 너무나도 자주 접촉한 나머지 집중을 하거나, 장신 속에 어떤 경사와 심연을 굴착하고 그 속으로 침잠하는 일에 있어서는 어려움을 느낀다. "영혼, 마음 등의 제거……혹은 절대적으로 불가피한 경우에는 그저 용인함"이라고 막스 자콥은 말한다.[8] 이런 기획에는 위험이 없지 않다. 따지고 보면 여기서 걱정스러운 것은(그것이 겉보기에 제아무리 혁명적이고 야성적인 것이라 할지라도) 시가 다루는 주제보다는 시의 원천의 고갈이라고 하겠다. 인간이 사물에 의해서, 무엇보다도 먼저 인간 자신이 만들어놓은 것들에 의해서 짓눌려버릴 것인가, 아니면 그것들을 지배하는 데 성공할 것인가 하는 문제는 시인에게도 제기되는 문제다.

2

그렇지만 건설적인 의도가 드러나 보이는 작자의 작품도 더러 있다. 사실상 제1차 세계대전 직후 《에스프리 누보Esprit Nouveau》 같은 잡지가 지향하고자 하는 바도 그런 방향이다. 그 잡지에서는 입체파 화가들의 공식들, 그리고 아폴리네르의 공식들이 몇몇 건축가들의 제안과 어깨를 나란히하고 표현되어 있었다. "공시성synchronisme"의 시인들인 마르셀로 파브리Marcello Fabri와 니콜라 보댕Nicola Bauduin, 혹은 이미 1912년에 마르탱 바르정Martin Barzun이 그 기본 원리들을 정립한 바 있는 "동시성simultanéisme"을 특히 애호하는 페르낭 디부아르Fernand Divoire 등은 바로 그러한 혼합적 미학의 조명하에 연구해보는 것이 좋을 것이다. 그러나 유행의 첨단을 가는 것은 블레즈 상드라르의 시도들이다. 『시베리아 횡단의 산문』이나 『파나마』 같은 작품에서는 어떤 숨가

---

8) 『시학Art poétique』(E. Paul 간행, 1922).

뻔 시가 날것 그대로의 사실과 인간을 뒤흔들어놓는 사건이나 심리적인 반사작용, 매순간 자아를 변모시키는 뜻밖의 결합 등을 분출시키고 있다. "그의 당나귀 같은 귀를 잡아당기는 부조리한 삶이 있을 뿐 다른 진리란 없다. 그 삶을 기다리라, 그 삶을 유심히 지켜보라, 그 삶을 죽여라."[9] 기껏해야 행동의 서정성이 개화하도록 하는 데 도움이 되는 것이 고작인, 좀 단순한 철학이긴 하지만 별로 씩씩하지 못한 사람들에게는 물질과 직접적으로 거침없이 접촉한다는 환상을 주기에 적합한 것이다. 상드라르의 시를 보면 우리는 일종의 육탄전에 돌입하듯이 거칠은 현실을 부둥켜안는 것 같은 느낌이 든다. 랭보는 성인이 되어서 그 거칠은 현실을 발견하지만 그것을 발견하고 나서는 죽고 말았다. 그렇지만 상드라르 역시 날것 그대로의 그 덩어리들에 균형을 부여하고, 마치 추상 회화 속에서처럼 단순한 심리적 현실들을 정돈해보려고 애쓴다. 그의 '자아'란 이 세상 모든 절규들이 서로 부딪치고 더욱 확대하는 어떤 유별난 환경, 도처에서 오는 여러 가지 메시지들을 수신하는 모르스 전신기 같은 것에 지나지 않는 것 같아 보인다.

이것은 바로 현대의 삶, 어떤 유의 현대적 삶, 즉 세계의 바깥 대기를 호흡하는 여행자나 모험가의 삶을 노래한 어떤 서사시의 첫 윤곽이다. 그러나 이때의 모험가는 여전히 인간적이어서 현대성의 테마에다가 연인들의 여행과 회향병의 테마를 혼합할 줄 안다. 이 인간에게 있어서는 실용성 위주의 의지로 인하여 어떤 대재난에 대한 불안한 공포와 은밀한 유혹이 완전히 은폐되지는 않고 있다. 가장 다행한 상황들이 서로 결합될 경우, 몸과 마음을 다 바친 이 유희로부터 태어나는 것은 바로 우주적인 폭풍의 분위기를 자아내는 비극적 시다. 마지막이며 또한 유일한 모험은 곧 무시무시한 팽이처럼 허공 속에서 돌아가는 인류의 모험이다.

---

9) 『위험한 삶의 찬미*Eloge de la vie dangereuse*』(Aux écrivains réunis 간행, 1926).

서사시로 인도하는 이 길 위에서 우리는 앙드레 살몽을, 그리고 전후에 창작한 그의 작품들을, 특히 「프리카즈*Prikaz*」와 「인간의 시대*L'Age de L'Humanité*」를 만나게 된다.[10] 그의 목표는 "비개성적인 것에 감동을 회복시켜주는" 일이며, 러시아 혁명이건 그 시대 프랑스인들의 불안이건간에 일어나는 사건 속에서 그 안에 담긴 내재적인 모든 시를 이끌어내는 일이다. 이렇게 되고 보면 중지해야 할 것은 바로 비평적·윤리적 판단이다. "용서하고 찬양하고 단죄하는 일체의 의도를 고의적으로 배척한다. 즉 신기하고 놀라운 것이라는 측면에서 사실을 받아들인다"라고 살몽은 말한다.[11] 날것 그대로의 사실이 지배하는 상드라르의 시와 삶은 꿈을 향한 출범이라고 보는 아폴리네르의 시 중간 지점에서 살몽의 시는 끊임없이 어떤 일상적인 현실에 관심을 갖는다. 그 속에서는 가장 작은 잡사도 묵시록적인 빛으로 조명되거나 신비스러운 후광에 둘러싸인다. 말라르메나 발레리는 모든 사건이 산문적이라고 보았는데 그들이 생각하는 순수시와는 모든 점에서 반대가 되는 사건의 시가 바로 살몽의 시라고 가브리엘 부누르는 지적한 바 있다.[12] 절대에는 눈도 돌리지 않고 특수한 것에만 관심을 두며, 접근도 할 수 없고 믿을 수 없는 미학적 완벽성은 바라지도 않는 명목론적인 시가 자신의 시라고 살몽은 못박아 말했다. "오로지 그때그때의 사정과 관련된 문제들." 이는 상당히 감동적인 겸허함이라 하겠다. 그의 사랑과 그의 연민, 그리고 시 「결정의 시간 *L'heure H*」의 숙명과 인간적 비극성에 대해서 전쟁이 그의 마음속에 굳혀놓은 감정 등과 같이, 앙드레 살몽에게 있어서 인간적인 것에 대한 감각은 더욱 더 감동적인 겸허함을 보여주고 있다.

---

10) 「격자무늬*Carreux*」(N.R.F.) 참조. 「프리카즈」는 먼저 Edition de la Sirène에 발표되었음. 「인간성의 시대」는 1922년 《N.R.F.》에 발표.
11) 「프리카즈」의 「일러두는 말」.
12) 1929년 12월 1일자 《N.R.F.》지.

한여름에 전쟁터로 떠나서,

참을성 있게도 본체만체하던 낡은 세계 위로

수천 수만 톤의

폭약을 쏟아붓고 나서 비틀거리며

저무는 가을에 승자가 된

너는 이제 마흔 살이 되려 한다

너는 전쟁을 했다

너는 이제 지난날의 인간이 아니다

네 나이 때 네 아버지 같은 인간이 다시는 되지 못하리라.

너는 너의 단검으로

어둠에 젖어 흐물거리는 밤에

하늘은 오직 소모되어가는 대지를 음울하게 토해내고만 있을 때

……

시간의 처절한 날개를 그루터기까지 잘라버렸다.

너의 시간은 결정의 시간……

Parti en guerre au coeur de l'été

Vainqueur au déclin de l'automne

Titubant d'avoir culbuté des tonnes

Et des tonnes

D'explosifs sur le vieil univers patiemment saboté.

Tu vas avoir quarante ans,

Tu as fait la guerre,

Tu n'es plus l'homme de naguère

Et tu ne seras jamais l'homme que fut à ton âge ton père.

Tu as avec ton couteau de tranchée

Une nuit molle d' ombres

Quand le ciel n' etait que le vomissement fuligineux de la terre se

consumant

......

Coupé jusqu' au moignon les ailes pathétiques du temps.

Ton heure c' est l' heure H......[13]

이 같이 준열한 호소 속에서는 휘트먼식보다는 낭만성이 가신 웅변이 솟구쳐 오른다. 이제 예술의 시대는 지났기 때문이다. 이제는 모든 말 한마디 한마디 속에 침이 박혀 있어야 하고, 현실의 수위를 맴돌 때 언어 속에 사무쳐오던 열기가 아직도 그 속에 펄떡펄떡 뛰고 있어야 하는 것이다. 자기 시대에 대한 시적 의식화를 통해서 앙드레 살몽은 시간의 역사(役事)보다, 추억에 의하여 이루어지는 변모보다 앞질러 가는 데 성공했고 현재 속에서, 가장 "역사적"인 현재 속에서, 시적인, 혹은 신기하고 놀라운 요소들이 자외선이나 적외선처럼 스며나오도록 만드는 데 성공했다. 그 신기함은 지난 시대의 시인들의 그것과는 다르다. 그것은 이 세계의 심장 속에 있는 것이며 악몽처럼 혼란에 찬 것이다. 대전 전에 A, O. 바르나부드가 여기저기에서 꽃처럼 꺾어들이던 삶의 그윽한 맛은 끝났다. 그러나 이번에는 삶의 폭력성 역시 몇 년 전부터는 젊은 작가들을 더이상 열광시키지 못한다. 적어도 상당수의 시인들의 경우 기계 문명의 위대한 모험을 수용하고자 하는 그들의 의지는 한풀 꺾여버렸다. 사물들의 세계 속으로 도피해보려는 몇몇 시도들은 별 성과를 얻지 못했고 물질적인 진보의 개념에 바탕을 둔 이데올로기들은 그 취약성을 드러냈고

---

13) 「인간의 시대*L' Age de l' Humanité*」 첫머리.

인간의 산업 활동에 의하여 창조된 물건들의 세계, 산업에 의해 좌지우지되는 물건들의 세계 속에서 인간의 위력이라는 환상은 사라져버렸다. 반아메리카주의—철학적인 의미에서—의 물결은 현대시 속에서 현대주의적 · 미래주의적 영감의 퇴조와 거의 때를 같이한다. 다른 한편, 1924년 이후, 다다이즘의 뒤를 이른 초현실주의 《철학*Philsosphie*》지 같은 운동, 그리고 그 밖에 보다 최근의 다른 운동들은 인간 정신을 꿈 쪽으로, 구체적인 사고 쪽으로, 새로운 신비주의 쪽으로 유도했고 문명의 서구적 관념에 대한 불신을 조장하게 되었다. 시의 진화는 어느 정도까지는 세기의 운명에 의해서 지배받는 것이다. 이미 1920년부터 드리외 라 로셀 같은 사람은 사실 프래그머티즘의 치졸함과 빈약함을 확신하게 된다. 기계는 인간을 배반하는 탐욕스러운 노예다. 이 우주는 "인간의 방대한 식욕에 맞설 수 있는 것이 못 된다". 우주는 더이상 인간을 만족시키지 못할 것이고 날이 갈수록 만족시켜주는 정도는 줄어들 것이다. 왜냐하면 "마지막 날이 되어야 비로소 대지는 거대한 것이" 되기 때문이다. 인간은 모든 것을 다 탐사하고 휩쓸고 하늘의 끝에, 한계에 도달하고 나서 마침내는 그의 옛 꿈, 아틀란티스섬Atlantide(이상향—옮긴이주)의 꿈, 전리품을 소유한다는 행복 이외의 다른 행복에 대한 갈망과 더불어 홀로 남게 될 것이다.

그는 땅덩어리의 주위를 돌면서 머리가 어지러워진다.

윤무

황홀한 춤 · 빙빙 돌아가는 땅덩어리는 승려의 제복처럼 부풀어 오른다.

온 사방의 원.

저 운명 속에 갇힌 원.

너의 운명은 어떤 원형의 닫혀진 획에 흘러버렸다.

너는 닫혀진 형상 속에 등록되었다.

Il tourne autour de la terre et la tête lui tourne.

La ronde

Danse extatique. La terre tournoyant gonfle comme la robe du
derviche.

Le cercle de toutes parts.

Le cercle emprisonné dans son sort.

Ta destinée est envoûtée par le trait fermé d' un dessin.

Tu es inscrit dans une figure close.[14]

인간의 욕망을 위해 남은 것이라고는 오로지 "15억여 명의 승객을 실
은……" 땅덩어리뿐이다.

*

1924년에는 벌써 한풀 꺾인 이 조류는 탁월한 작품들을 생산해내지
못했다. 반쯤은 실패라고 볼 수도 있겠는데 그것은 순전히 외적인 여건
탓으로만 돌릴 성질은 아니다. 어떤 시는 하나의 형태를, "그 자체의" 형
태를, 시와 동질적인 어떤 내밀한 질서를 찾아낼 수 있을 때만 생명을 부
지할 수 있다. 그런데 바로 그 질서가 존재한다고 느낄 수 있는 경우는
드물다. 인상에 충실하다는 핑계로 너무나도 수동적이 된 이 시인들은
마침내 그들의 "작품"들 속에 날것 그대로의 재료들이 그저 나란히 병치
되어 있도록 버려두고 말았다. 여백이 갖는 힘과 조판의 인위적 기교에

---

14) 「둥근 모양Rondeur」(「궤짝의 밑바닥」).

대한 그들의 신뢰가 조금만 상실되고 독자들이 자신의 작품을 읽어주었으면 하는 욕구가 일어나기만 하면 그들은 기꺼이 시적 요소들이 다소 곁들여진 얌전하고 연속적인 산문으로 글을 쓰게 되고 마는 것이다. 이것이 바로 드리외 라 로셸의 이야기이고 폴 모랑의 이야기이며 블레즈 상드라르와 그 밖의 여러 시인들의 이야기다. 그러나 그런 시의 체질적 취약점은 아마도 그 시가 거의 언제나 감각, 다시 말해서 외적 현실의 노예가 되어 있는 데서 기인한다는 점을 분명히 알아두어야 한다. 그 시를 이루는 불꽃들의 분출은 바로 외부적 자극과 몇몇 이미지들의 우연한 결합에 의해서 야기되는 것이다. 의미깊은 시는 자아 전체 속에 뿌리를 박고서 뻗어오르는 식물과도 같은 생명체다. 가장 가벼운 공기적 환상도 그런 생명체를 낳을 수 있다. 꿈속에서도 그런 것이 꽃을 피울 수가 있다. 그러나 의식적이건 아니건간에 항상 어떤 성숙과 정신적 긴장이 선행되어 그 탄생을 준비하는 법이다.

외부 세계의 그런 이미지들이 이제는 정신의 내면 깊숙이 전진했으면 싶은 마음 간절하다. 우리는 그 이미지들이 변용되는 순간, 그 이미지들이 (마치 겨울나무 가지 위에 섬세한 서리의 수정들이 맺히듯) 상징으로 변하여 그 본래의 덧없는 기이함을 잃지 않은 채 영원한 인간성의 운동을 구현하게 되는 순간을 기다리며 지켜보고 싶어진다. 어쩌면 내일에는 어떤 위대한 시인이, 새로운 베르아랑이—먼저의 베르아랑과는 닮지도 않은—나타나서 이미 개척된 땅 위로 전진하면서 서사적인 양식으로 현대의 삶과 세계를 노래하게 되리라.

제13장
자유로운 정신의 유희

1

의사 미래주의자들이 발벗고 나서서 수용하고자 했던 현대의 세계와 문명에 대하여 제1차 세계대전의 휴전 직후 다다Dada는 강력한 의의를 제기했고 1924년의 초현실주의자들은 만인 공유의 평범한 현실에 대한 가차 없는 거부를 바탕으로 하여 정신의 절대적 실체에 대한 그들의 믿음을 공고히했다. 이렇게 강력한 반작용, 이처럼 새로운 도피의 시도는 아폴리네르라는 모범이 없었더라면 아마도 그렇게 대단한 것이 되지 못했을지도 모른다. 우리 시대에 있어서 가장 급진적인 시 운동이 19세기 후반기의 후기 낭만주의를 본받으면서 자리잡게 된 것은 아폴리네르(그리고 자리) 덕분이었고 랭보와 로트레아몽Lautréamont의 뒤를 따라 전진하고자 하는 그의 의식적인 의지에 의한 것이었다. 그러나 아폴리네르를 에워싼 주변에는 그 역시 감각적인 것과 일체의 인간적인 유산에 대한 경계심으로 가득 찬, 매우 자유스러운 태도를 갖춘 하나의 시가 발전하고 있었는데 그 역할은 삶과 꿈 사이에서 어떤 중간적인 길을 모색하고, 그렇게 하여 대전의 시대에 있어서 1914년의 아방가르드와 1919년의 아방가르드 사이에 연결을 맺어보려는 데 있었던 것 같다. 그러나 그 같은 사명을 다하고 나자 그 시는 그 좌익에서 다다이스트들에게 추월당하고 말았다. 초현실주의 첫 충동은 그 시를 과거 속으로 처넣어버린 것이다. 오늘날에는 막스 자콥, 장 콕토, 피에르 르베르디Pierre Reverdy와 같이 따로 독립된 시인들이 남아 있다. 우리는 르베르디를 전기 다다이스트로 간주할 수 있겠는데, 그는 최근에 와서 자기 자신이 옛날에 첫 발동을 거는 데 기여했던 그 운동들에 거꾸로 충격을 받은 바 있다.

이와 같은 분류에는 필연적으로 무리가 있는 것은 당연한 일이다. 왜냐하면 이런 시 경향들은 항상 저마다 특수한 이정을 밟아가는 개인들에 의하여 구현되는 것이고, 흔히 입체파라는 이름으로 지칭되었던—가령 피카소 같은 화가의 회화와의 친화력을 지니고 있다는 점을 분명히 표시하기 위하여—이 시의 특징이 변화무쌍한 외양을 지니고 있으며 꼬집어 이해하기 어려운 것이기 때문이다. 기껏 할 수 있는 일이 있다면 그것은 이들 유사 입체파의 몇몇 국면을 밝혀보고 그들이 새로운 젊은 세대의 비등하는 활동에 열어준 두세 가지의 길을 지적해보는 일일 것이다.

*

실증적인 세계를 무시해버리고 싶은 욕구란 언제나 느껴지게 마련이다. 아직은 정신이 사물 세계에 대하여 완전히 무관심하도록 만들자는 데까지는 이르지 않았다. 그와는 반대로 사람들은 물세계와 긴밀한 접촉을 갖는 기회를 증가시키고자 했다. 그러나 그들은 자기들이 느끼는 감각들을 다소 악마적인 유희 속으로 몰아넣으려고 애를 쓴다. 바로 그러한 데서 보다 큰 자유의 감정이 싹튼다. 시인은 자기의 내면을 텅 비게 만들고 스스로를 당황하게 만듦으로써 그러한 자유를 가꾼다고 여긴다. 이러한 유희는 종국에 가서는 외관을 말살시키는 유희와 닮아가게 된다. 그는 오로지 악의만을 품고서, 즉 결국에 가서는 근원적인 무질서가 모습을 나타내는 것을 보겠다는 희망만을 품고서, 풍경 속을 거닐고 있는 것이다. 이리하여 그는 어쩌면 섬광 같은 불빛 속에서 여러 가지 형태들의 떼거리가 보여주는 어처구니없는 무도를 엿볼 수 있을지도 모른다. 그런 광경을 목격하고 나면 그의 마음속에서 형이상학적 고뇌와도 흡사한 어떤 규정할 수 없는 고통이 남게 될 것이다.

현실적인 것으로부터 해방된다고 하는 것은 바로 아폴리네르가, 또 그에 못지않게 "기묘한 인간"이며 예외적인 이야기꾼 허풍선이 신비주의자인 막스 자콥이 동시에 시도했던 바로 그것이다. 비순응주의는 막스 자콥과 더불어 그 종국적인 결과에 이른다. 즉 인간은 바로 자신의 '자아' 내부에서 스스로를 인정하기를 거부한 것이다. "개성une personnalité이란 집요하게 남아 있는 하나의 오류에 지나지 않는다."[1] 매일매일 그에게 감옥으로부터 나가기 위한 열쇠를 제공해주는 것은 아이러니이다. "겉으로 드러나 보이기도 하고 드러나 보이지 않기도 하는 아이러니, 그 아이러니가 작품에다가 거리를 부여하는데 그 거리가 없이는 창조란 있을 수 없다."[2] 그러나 바야흐로 애매함은 그 절정에 이른다. 자리의 경우에는 유머가 부조리 속에서도 어떤 논리를 지니고 있었고 "교수 같은" 계속성을 갖추고 있었다. 그런데 자콥의 경우에는 유머가 너무나도 애매한 겉모습을 띠고 너무나도 숱한 그림자로 뒤덮여 있어서 시인이 아이러니를 구사하고 있는 현장을 목격하거나 작품에 대한 그의 태도를 확실히 파악하거나 작품 자체가 처해 있는 상황을 규명하기가 지극히 어렵다. 어느 한 순간에는 "연출자"의 미소가 어떤 어두컴컴한 구석에서 피어올라 점차로 시 전체를 조명해주려는 것 같아 보이다가도 돌연 모든 것이 뒤죽박죽이 되어 분간하기 어려워져버린다. 비에 젖은 새벽빛 속에서 빛을 발하며 춤추던 아리엘Ariel이 돌연 얼굴을 찌푸린 악마로 둔갑하여 자신을 조롱하고 자신이 만든 작품을 파괴해버린다. 또 어떤 때는 막스 자콥은 일뤼져니스트적인 도구를 파괴해버린다. 또 어떤 때는 막스 자콥은 일뤼져니스트적인 도구를 사용하여 거울의 효과를 냄으로써 그 자신이 어디에 숨어 있는지 알 수 없게 만든다.

1) 『시학Art poétique』(Emile. Paul 간행, 1922).
2) 위의 책

나팔을 불다

욕실에서 늦은 시간에
나팔을 부는 세 부인들의
주인은 아침에야 거기에 오는
어떤 쌍놈이라네.

여러 마리의 게를, 손으로
게를 잡는 금발의 아이는
한마디 말도 않네
간통으로 얻은 아이라네

그 대머리 아이에게 어머니가 셋이라
어머니는 하나면 충분할 텐데
아버지는 부호지만 가난하다네.
그는 아이를 개처럼 다루네
    (서명)
    시신(詩神)의 가슴이여, 그대는 내 눈을 멀게 하네
    일요일날 이에나 다리 위에서
    게시판을 팔소매에 걸고
    나팔 부는 자는 바로 나라네

JOUER DU BUGLE

Les trois dames qui jouent du bugle

Tard dans leur salle de bains

Ont pour maître un certain mufle

Qui n' est là que le matin

L'enfant blond qui prend les crabes

Des crabes avec la main

Ne dit pas une syllabe.

C'est un fils adultérin.

Trois mères pour cet enfant chauve

Une seule suffirait bien

Le père est nabab, mais pauvre.

Il le traite comme un Chien

    (Signature)

    Coeur des Muses, tu m' aveugles

    C' est moi qu' on voit jouer du bugle

    Au pont d' Iéna, le dimanche

    Un écriteau sur la manche.[3]

이 시를 통해서 우리는 인간과 사물들의 부조리, 일반화된 부조리를 마치 다정한 잉크로 소묘된 듯이 읽을 수 있다.

자콥에게서는 거의 언제나 신비화하고자 하는 어떤 의도, 즉 현실에 근거를 둔 바 없이, 혹은 (더 많은 경우) 가짜 미끼에 지나지 않는 피상적 사실성만을 갖추고서 목적도 없이 날조하고자 하는 의도를 발견할 수 있다. 그래서 완성된 시는 실망을 안겨주게 "마련이다". 왜냐하면 그 시는 문학적으로나 윤리적으로나 겉으로 보았던 바의 것은 아니기 때문이다. 그렇다면 그 시는 도대체 무엇일까? "우리는 이름이 붙여지지 않은, 그리고 괴물 같고 악마적인 어떤 생명을 가진 오브제를 손에 들고 있다."[4]

---

3) 『중앙실험실 Le Laboratoire Central』(Ed. du Sans Pareil)에서.

우리는 여전히 그 해답을 얻지 못했다. 아마도 시인 자신도 그의 "정체 identité"를, 그것이 무엇을 나타내는지를 알지 못할 것이다. 우주도 마찬가지로 우리에게 실망을 준다. 우리는 결코 "그것이 의미하는 것"을 알 수가 없다. 아이러니는 여기서 그 어떤 것에도 믿음을 추가하기를 거부하는, "그 어떤 것으로도" 되기를 거부하는 정신의 자기 방어적인 반작용과 같은 것이다. 이것은 현대 시인들 중 여러 사람, 특히 누구보다도 폴 발레리에게서 찾아볼 수 있는 은둔과 소진의 움직임이다. 세상을 거부하고자 하는 욕구는 우리 시대의 가장 근본적인 본능의 하나인 것이 사실이지만 그토록 거리가 먼 두 인간의 이러한 일치는 기이한 일이다. 『중앙실험실Le Laboratoire Central』과 『시네마토마Cinématoma』의 작가가 부르주아적인 양식의 몸짓을 흉내내고, 모방하기 어려운 목소리로 "기성 관념"이나 진부한 감상이 깃든 내용을 반복하기를 즐긴다는 것 역시 우연은 아니다. 그렇게 함으로써 그는 자신의 마음을 정화시키고 잡념을 쫓으며, 한편으로는 그가 귀중하게 여기는 무념의 상태를 마음속에 실현하는 데 방해가 되어온 옹이들을 제거하는 것이다.

　더군다나 막스 자콥이 열중하고 있는 그러한 비슷한 것이 역사상 없었던 것은 아니다. 그가 뒤범벅의 장르를 갱신했다든가 횡설수설과 중세 시대의 풍자시 스타일을 새롭게 사용했다고 생각하는 사람도 있었다. 그 자신은 자기가 쓴 시들 중 많은 부분에 익살시poèmes burlesques라는 이름을 붙이고 있다. 그런데 17세기에 있어서 우스꽝스럽게 개작하는 데 선수였던 익살극(희가극les burlesques)은 우화 · 이미지 감정적인 테마, 그리고 롱사르에서 테오필5)에 이르는 그 이전 세대의 시인들이 사용

---

4) 장 카수Jean Cassou (1928년 4월 1일자 《N.R.F.》)

5) 퐁트넬Fontenelle은 『사자들의 대화Nouveaux Dialogue des Morts』에서 스카롱의 입을 통하여 (스카롱에게) 이렇게 말한다. "오! 당신은 농담의 완벽함을 이해하지 못한 모양이구려. 온 갖 지혜가 다 그 속에 담겨 있소. 별의별 것에서 다 우스꽝스러움을 끌어낼 수가 있소. 당신의

하고 또 남용해왔던 은유적 장치 전체를 서정시에서 희극으로 옮겨 사용하고 해학적인 의도를 가지고 풀이함으로써 그러한 장르들을 "끝장내버렸었다".

막스 자콥은 그보다 더 재치 있게 그와 유사한 종류의 작업에 다소 의식적으로 몰두했다고 볼 수도 있다. 위대한 시의 세기가 지난 다음에 등장하여, 이미 여러 차례에 걸쳐서 잘 만들어진 바 있었던 것을 새삼스럽게 다시 해보려고 하지는 않겠다고 굳게 결심한 그는 신문기자 스타일을 패러디화하듯이 "참다운" 시들을 패러디화하는데, 사실 대부분의 경우 그런 패러디의 모델이 무엇이었는지를 알아낼 수 없을 정도이다.

그러나 그 시인은 천사들의 세계 속에서 노니는 존재가 되었다. "프로타고라스여, 재주를 넘지 말라. 그대 속으로 침묵이 들어왔도다!" 그는 신비적인 시들을 지어낸다. 이제 그의 얼굴에는 입을 비죽거리며 비웃는 표정이라고는 찾아볼 수 없고 평온과 난데없는 순진함만이 엿보인다.

> 나는 그대의 비옥한 들에서 밤의 평화를 기다리는가,
> 오를레앙 고장이여? 들판에 잊고 간 낫과 같은
> 루아르 강은 아담의 고달픈 역사의 영원한 징표이니
> 오 머나먼 곳의 머나먼 것들이여? 섬들처럼 거뭇거뭇한 청회색
> 교회당들이 거뭇거뭇 점 찍혀 있나? 밀밭의 연약한 대양 위에 멀리
> 머나먼 나무들의 잠든 마을들,

작품에서도 원하기만 한다면 쉽사리 그것을 끌어낼 수 있소. 그것은 즉 우스꽝스러움이란 어디에서나 다 군림하고 있으며 이 세상의 만물이 다 진지하게 취급되라고 만들어져 있지 않다는 뜻이 아니겠소? 나는 당신의 버질이 쓴 신성한 『에네이드 *Enéide*』를 익살시로 옮겨보았소. 그렇게 함으로써 가장 훌륭한 면과 가장 우스꽝스러운 면은 너무나도 흡사한 것이어서 결국은 똑같은 것이라 여겨질 수 있을 정도라는 것을 무엇보다도 잘 이해시킬 수 있을 것이요, 모든 것은 여기저기에 흩어져 있는 형상들이 어떤 각도에서 보면 하나로 합쳐져서 어떤 황제의 모습으로 보이게 되는 투시도법적 작품과 흡사한 것이요. 바라보는 각도를 바꿔보시오. 그러면 그 형상들이 이번에는 비렁뱅이의 모습으로 보이게 될 것이요."

하나님이 축복하는 보드라운 희망,

J' attends la paix du soir dans tes plaines fertiles.

Orléanais? faucille oubliée sur les champs,

La Loire est l' éternel emblème des durs travaux d' Adm.

O lointains du lointain? gris bleu pommelé d'îles,

D' églises pommelé? villages endormis,

Lointin d' arbres lointains sur l' océan fragile

Des blés, soyeux espoir que Dieu bénit.[6]

막스 자콥은 참으로 그의 은총의 항구를 찾은 것일까? 어려운 점은 항상 도피하겠다고 자처해놓고서 아낌없이 자기를 바치는 일이다. "정신의 자유"는 어떤 무력의 숨은 이면에 지나지 않는 것일 수 있고, 어느 것 하나 소유하지 못하고 어느 것 하나 자기 스스로의 실체를 가지고 창조하지 못하는 무능력의 결과에 지나지 않을 수도 있다. 그렇게 될 경우 무한정한 탈바꿈의 기능에서 벗어나기가 불가능해진다. 이런 관점에서 볼 때 막스 자콥의 모험은 전형적인 의미를 갖게 될 것이다. 결정의 거부와 어떤 형태를(잠정적으로) 채택하기를 거부한다는 것은 존재être의 거부와 맞먹는 것인데 그것은 곧 그의 내면적인 약점을 송두리째 드러내는 것이 될 것이다. 그러나 일체의 예측을 불러일으켰다가는 곧 번복하기를 그치지 않았던 하나의 지성을 금을 그은 듯이 한정된 하나의 숙명 속에 못박는 것은 삼가야 한다. 그 지성은 최근에 모르방 르 가엘뤽이라는 브르타뉴의 민중 음유시인의 인물 속에 구현되어 특이한 성과를 거두었다. 그러나 그 음유시인은 자기의 기쁨이나 괴로움을 노래하지 않는다. 그는

---

6) 『핑크빛 속옷을 걸친 속죄자들Les Pénitents en maillots roses』(Kra, 1925) 중에서 「여행 Voyages」.

암퇘지 가죽 벗기는 사람에게, 제1공화국에 충성을 맹세한 신부에게, 자기의 모자를, 자기의 그 멋진 주정뱅이 모자를 잃어버린 주정뱅이에게, 목소리를 빌려준다. 이 점이야말로 가장 중요한 사실이다. 즉 막스 자콥에게는 다듬어 만들어야 할 하나의 대상이, 생명을 부여해야 할 하나의 존재, 그 자신이 아닌 어떤 존재가 필요하다는 사실 말이다. 그 존재가 브르타뉴의 황야에 부는 바람이나 밤에 늑대로 둔갑해서 돌아다니는 요술쟁이를 닮은 데가 있으면 있을수록 그는 더 훌륭한 성공을 거두게 될 것이다.

2

디테일과 우발적인 사고들이 한결같이 가치를 상실한 하나의 세계 앞에서 그 정도까지 초연한 한 시인이, 자신의 감각과 상상력과 꿈이 그에게 가져다주는 것을 본능적으로 받아들인다는 것은 당연한 일이다. 어떤 자명한 사실주의가—지난 세기 이래의 전통적인 의미에서—이 새로운 환상파 시를 특징지어주고 있다. 이 시 속에서는 잡동사니 가게의 진열장이나 신문의 광고면에서처럼 모든 것이 다 수용되고 모든 것이 함께 어울린다. 아폴리네르는 1918년의 「선언문」 속에서 이와 유사한 방식으로 유명해졌다. 오래 전부터 추악하기로 이름난 이미지들을—가장 현대적인 추악함은 미래파 시인들의 열광을 자아냈었다—소화하려고 노력해온 시가 천박한 것과 우스꽝스러운 것에는 언제나 혐오감을 나타냈다는 사실을 생각해본다면 막스 자콥은 그보다도 한발 더 나아가고 있다고 볼 수 있겠다. 그러나 우스꽝스러움이라는 개념 자체는 이 시인들의 노력에 의하여 변형되는 경향을 보인다. 어떤 일반화된 아이러니가 그 한계를 무한하게 넓혀가거나 아니면 이미 역사적인 것이 된 어떤 우스꽝스러움, 예를 들어서 제1차 세계대전 전 파리 교외의 우스꽝스러움이 그 속에서 "의심할 여지가 없는 깊이를" 드러내 보이는 것이다. 중요한 것은 바로 사건이나 겉보기에는 가장 무의미한 작은 일이 나타나 보일 때의 시각이다. 모든 것은 마치 사물들이 순전하게 시적인, 다시 말해서 완전히 자의적이고 새로운 국면을 드러내 보이는 어떤 정신의 자리가 따로 있다는 듯이 진행된다. 그러나 그 정신의 자리에서 계속하여 버티면서 남아 있다는 일만큼 어려운 일은 없다. 또 독자로 하여금 자신의 마음속에서 그 자리를 발견하도록 유도하고 빈틈없으며 문제성 있는 수단을 통해서 격동을(시는 그 격동 없이는 아무런 생명도 갖지 못한다) 실감하게 한다는 것만큼 어려운 일도 없다. 그 결과 그 시의 충분한 효력은 객관적으로 증명할 수 없는 것이 되고 오직 체험을 통해서만, 즉 개인적인 체험을 통해서만 드러날 수 있게 된다. 아마 모든 참다운 시가 다 그러하겠지만 이 경우 독자에게 요구되는 공모 관계는 특이한 종류의 것이다. 즉 독자는 시 속에 찍혀 있는 문양에 예외적일 만큼 조형적인, 그리고 한 시대의 분위기가 가득 배어 있는 감수성을, 쏟아붓지 않으면 안 된다. 이런 점에서 볼 때 말라르메의 작품을 이해하는 데 요구되는 점진적인 침투 작업에 비견할 만한 것은 아무것도 없다. 자콥, 콕토, 아폴리네르 그리고 그들을 추종했던 대다수 시인들의 시는 감동을 불러일으키거나 않거나 둘 중의 하나이다. 그 시는 엄밀하게 말해서 아무런 비밀도 숨기고 있지 않으며 난해한 것이라고 평가될 수도 없다. 그 시는 돌연 한 대 얻어 맞은 듯한 감동의 힘에 의해서 사랑받고자 하는 야심을 갖고 있지만 그것이 직면한 위험은—수년간의 시간적 거리로 인하여 그 위험은 이제 분명해졌다—바로, 미래에 가서 그 시에 담겨 있던 전압의 전달에 필요한 조건들을 더이상 다시 찾아낼 수 없게 된다는 데에 있다. 그가 기대할 수 있는 최고의 행운은 시인 자신의 감각과 맥락을 같이하는 "신비의 감각" (콕토가 말했듯이)을 갖춘 어떤 독자를 만나는 일이다.

그런데 그러한 신비는 정확하게 말해서 영혼의 상태 속에 존재하는 것이 아닌 것이다. 그것은 오히려 예외적인 상황들 속에서 나타난다. 겉보기에 서로 아무런 관련도 없는 사건들 사이의 불가해한 관계라든가 겉으로 표현할 수 없는 상황들의 연속이라든가 일체의 이성을 초월해서 어떤 아날로지의 마술에 의하여 촉발된 이미지들의 결합 같은 것 말이다. 시는 그 형상들이 출발점으로 환원시키는 춤추는 사람의 동심원들을 그려 보이는 것이 아니다. 어떤 내적 역동성이 시에 활기를 불어넣고 있으며 시는 행위와 사실들을 제시한다. 다만 시가 움직이고 있는 차원은 일상적 삶의 차원도 아니고 꿈의 차원도 아니다. 시가 발딛고 선 곳은 현실과 비현실(혹은 사람들이 그렇게 일컫는 것) 사이의 중간적 지역으로서, 황홀, 어떤 신비화의 형태들, 그리고 현대적 환상성 같은 것의 땅이다. 비록 환각을 자아낸 감각과 시각적 오류가 쉽사리 분간된다 할지라도 여기서 문제되는 것은 여전히 심리적인 '모험'이라고 할 수 있다. 이는 마치 시인의 임무란 자신의 삶을 연속적인 모험과 각오해야 할 위험, 그리고 시인에게 이 세계의 영원할 낯설음을 설득시키기 위하여 만들어진 상황들로 변모시키는 데 있다는 듯한 느낌을 준다. 이는 어떤 의미에서 보면 "자신의 영혼을 가꾸는" 방식이며 여러 가지 발견과 갖가지 인공적 기교로 인도해줄 수 있는 신비스러운 뜻밖의 일의 집요한 탐구인 것이다. 다음은 「천사의 등*Dos d'ange*」이라는 제목이 붙은 장 콕토의 어떤 시 속에 나타난 그 일상적 환상성의 몇 가지 이미지들이다.

꿈속의 어느 가짜 길과
저 비현실적 피스톤은
하늘에서 온 어느 천사가
들추어내는 거짓들.

그것이 꿈이든 아니든

그것을 위에서 보고 있노라면

거짓을 발견하게 된다

천사들은 곱추이니까.

적어도 그들의 그림자는

내 방의 벽에 기대고 있는 꼽추.

Une fausse rue en rêve

Et ce piston irréel

Sont mensonges que soulève

Un ange venu du ciel

Que ce soit songe ou pas songe,

En le voyant par-dessus

On découvre le mensonge.

Car les anges sont bossus.

Du moins bossue est leur ombre

Contre le mur de ma chambre.[7]

피에르 마크 오를랑Pierre Mac Orlan은 「몽마르트르의 시몬Simone de Montmartre」의 두 번째 노래를 또 다른 어조로 시작하고 있다.

애꾸눈의 작은 숲 입구

---

7) 『시Poésie 1916~1923』(Ed. de la N.R.F. 1924).

어느 나무 뒤에서 까마귀가
혼자서 에이스 포카 놀이를 한다.
그는 엉큼한 한쪽 눈으로
길과, 들판과 강물을 감시한다.
이렇게 시몬의 애인인 조르주는
창백한 코끝을 '엘렉트릭 바'의 창문에 납작하게 눌러대며
왼쪽 손에 주사위를 살살 굴리고
슬픈 표정으로 입모양이 일그러진다
그 역시 단순한 얼굴의 양털 허수아비처럼
전차와 택시들 사이를 뚫고 지나가는
측량할 길 없는 우연을 감시하고 있다.

Le corbeau, derrière un arbre
à l'entrée d'un boqueteau borgne
joue seul un poker d'as
Il surveille d'un oeil vicieux
la route, les champ et la rivière.
Ainsi Georges, l'amant de Simone,
le bout du nez livide, écrasé sur les vitres de 'l'Electric-Bar'
remue faiblement les dès dans sa main gauche
et se déforme la bouche avec mélancolie.
Lui aussi surveille le hasard inestimable
qui se faufile entre les trames et les taxis
comme un pantin de laine au visage simple.[8]

---

8) 『시전집 Oeuvres poétique complètes』(Ed. du Capitole, 1929).

가장 바람직한 경우를 보면, 신비와 환상의 느낌은, 시인이 그런 느낌을 자아내기 위하여 억지로 재주를 부리지 않고도 삶에서 자연발생적으로 분출한 것 같아 보인다. 바로 이렇게 해서 막스 자콥의 산문시들 속에서는 때때로 예외적인 것이 더할 수 없을 만큼 간단히 설득력을 발휘하게 되는 것이다. 특히 전쟁(1909년작)·혁명·범세계적인 재난에 대한 그의 비전이 그러한데 이는 몽상의 범주에 속하는 어떤 활동의 성과일 가능성이 짙다. 작자는 예언자적인 태도로 이렇게 말한다.

밤에 외곽의 거리들에는 눈이 가득하다. 강도들은 병정들이다. 웃음과 칼로 사람들이 나를 공격하여 주머니를 턴다. 나는 도망을 가지만 또 다른 사각형 속에 빠진다. 이것은 어떤 병영의 뜰일까 아니면 주막집 마당일까? 웬 칼들이 저리도 많을까! 웬 창기병들이 저리도 많을까! 눈이 내린다! 주사기로 누가 나를 찌른다. 나를 죽이려고 독을 넣는 것이다. 상포(喪布)를 쓴 해골의 머리가 내 손가락을 깨문다. 몽롱한 가로등들이 눈 위에다가 내 죽음의 빛을 던진다.

Les boulevards extérieurs, la nuit, sont pleins de neige; les bandits sont des soldats; on m'attaque avec des rires et des sabres, on me dépouille: je me sauve pour retomber dans un autre carré. Est-ce une cour de caserne, ou celle d'une auberge? que de sabres! que de lanciers! il neige! on me pique avec une seringue: c'est un poison pour me tuer; une tête de squelette voilée de crêpe me mord le doigt. De vagues réverbères jettent sur la neige la lumière de ma mort.[9]

---

9) 막스 자콥의 『주사위 통 *Le Cornet à Dés*』(Stock).

우리는 이런 텍스트들, 특히 마지막으로 인용한 것 속에서 시의 어휘와 리듬(마크 오를랑의 자유시들은 산문에 지나지 않는 것이다)과 어떤 '연금술'이 제거되지 않고 남아 있다는 것을 알 수 있다. 이미지는 빈번히 직접적인 지적으로 대치되어 있다. 언어는 구어적 바탕 위에 자리잡고 있으며 더욱 빈번히는 구어 문장의 범주를 넘어서지 않는다. 신문 기사 스타일의 모든 클리셰들을 한데 모음으로써 막스 자콥은 일체의 언어적 창조에의 고심 따위를 축출해버리겠다는 그 자신의, 그리고 그의 그룹에 속하는 여러 다른 시인들의 의지를 충분히 입증해 보이고 있다. 또한편 여기서는 감각적인 것과 정신적인 것 사이에 은유와 상응의 망을 짜놓음으로써 '자아'의 내면적 상태나 어떤 서정적 몽상의 색채를 환기시킨다는 것은 점점 문제 밖의 것이 되어간다. 중요한 것은 현실의 바로 한복판에 어떤 비현실적인 요소가, 불안한 '후광aura'이, 나아가서는 자리가 초물리학pataphysique의 연구 대상으로 삼고자 한 바, 과학적 세계에 대한 "보완적" 세계가 존재한다는 사실을 단번에 암시하기에 충분할 만큼 깊이 뿌리박혀 있으며[10] 충분한 여백으로 둘러싸인 어떤 심리적 '사건들 événements'을 한자리에 모으는 일이다.

그 같은 유체fluide의 존재가 시행 밖으로, 시 밖으로 나타나 보일 수 있다는 것은 확실하다. 콩트와 소설이 자콥, 콕토, 오를랑, 조제프 델테유 등 수많은 시인들의 관심을 끌었다. 콕토 자신이 "연극의 시poésie de théâtre"라고 이름붙였던 작품들뿐만 아니라, 1920년 이후 그의 작품의 대부분은 마그네시움의 빛을 받아 멀리서도 볼 수 있도록 범상하지 않은 방식들과 기이한 계시들의 집단을 투영해 보인 것과 같은데, 그것들은 서로 획이 뒤얽힌 암호들을 형성하여 시의 광채나고 수수께끼 같은 모습 그 자체가 되어 있다.

---

10) 『주사위 통』의 서문 참조.

3

아폴리네르가 선언했고, 또 그 자신과 막스 자콥이 전쟁 발발 몇 해 전에 그 결말을 대부분 눈치채고 있었던, 영감의 절대적 자유라는 원칙은 마침내 아무런 통제도 받지 않는 창조, 고삐 풀린 사고의 분출을 정당화시키게 된다. 제 스스로에만 몰두해 있는 정신을 이처럼 신뢰하는 태도는 다 알다시피 초현실주의자들의 '강령crédo' 속에서도 가장 떠받들어 모셔지는 자리를 차지하게 될 것이다. 그렇게 멀리까지 가지 않더라도, 막스 자콥 같은 시인은(블레즈 상드라르를 포함하는 후기 미래파가 그 뒤를 따랐지만) 반향 언어écholalie나 동음이의의 말 장난calembour이 없어지지 않은 상태의, 때때로 구어의 독백을 그대로 옮겨놓은 것 같은 "시"들을 발표했다. 이 같은 경험에서 어떤 종류의 이득을 얻을 수 있을지는 짐작할 수 있다. 말을 뱉아내는 데 있어서 속도를 증가시킬 수 있고 사고와 그 표현 사이의 거리(혹은 변형)가 더욱 더 줄여지는 것 같은 느낌, 그리고 언어의 참다운 맛이 그만큼 더 증가되는 것 같은 느낌을 줄 수 있으며 무상적인 듯 보이는 움직임이 스쳐 지나가도록 함으로써 자신의 모습을 예기치 않은 순간에 훔쳐볼 수 있는 가능성이 생기며 끝으로 "현실" 세계의 존재 조건을 초월하여 행사되는 어떤 힘이 자신 속에 깃들어 있는 것 같은 인상을 받을 수 있다는 사실이 바로 그런 이득이다.

그렇지만 그 어느 "입체파" 시인도 그런 성질, 즉흥성만으로 책 한 권을 가득 채우겠다고 자처할 수는 없었다. 그 어느 누구도 구성을 하고 기교에 의존하는 일을 완전히 포기하지는 못했다. 반대로 막스 자콥은 "선택된 수단에 의하여 자신의 밖으로 표현하겠다"는 복안을 못박아 말했다. 자유 연상에 따라 단순히 자신을 맡겨두는 태도를 방법으로 채택하기 이전에 아직도 한 걸음 더 건너뛰지 않으면 안 되며 그래야만 창조자와 그의 작품 사이의 관계에 있어서 충격적인 변화가 생겨날 수 있다는 사실을 그는 느꼈던 것이다. 이런 유보적인 태도를 설명하자면 여러 가지 영향들을 지적해야 하고, 입체파 화가들의 조립적 의도들이라든가 상당수 "앞서 있는" 문학 세계에 속해 있던 수많은 사람들이 분명한 형태, 이음새가 드러나 보이지 않는 획, 소박하고 암시적인 표현을 높이 평가하는 데 의견이 일치하고 있었다는 사실을 상기해보는 것이 마땅할 것이다. 아폴리네르의 『동물시집Bestiaires』에서 중국과 일본의 (프랑스에서는 일본의 하이쿠를 모방했다) 단가 및 쥘 로맹의 단시들—지드의 교훈, 발레리, 툴레의 모범, 여전히 살아 있는 말라르메에 대한 숭배는 차치하더라도—에 이르기까지, 다른 지평들로부터 유래한 일련의 작품들(그리고 계명들)이 콕토가 말한 바 "최소한의 미학' esthétique de minimum"을 어느 정도 알맞게 설득시켰고, 수단을 최대한 아껴 사용함으로써 매우 효과 높은 시적 성과를 거둘 수 있는 닫혀진 시의 제작을 유도했던 것이다. 바로 이렇게 되어서 막스 자콥은 『주사위 통Cornet à Dés』의 서문에서 산문시의 '법'을 입안하고 『시학Art poétique』를 썼으며 「포토마크 Potomak」에서 그 우여곡절이 설명되어 있는 '변모(變貌)'를 거쳐서 대체로 정형적인 운율법을 지키게 되었다. 기이한 점은, 여기서 옛 프랑스적 특징들(갱신된 것은 사실이지만)과 대개의 경우 매력 있는 취향이, 적어도 겉보기에는 최대한으로 전통성이 배제된 기교의 요구에 순응하고 있다는 사실이다.

*

샹젤리제 거리의 무례한 시종이며 새로운 정신의 위대한 제단사인 장 콕토는 저 입체파적 "환상주의"의 방빌격이었으며 (그의 말을 빌자면) 저 "고전적 좌파"의 전형적 대표자였다. 콕토에게는 미학자적인 면이, 오스카 와일드, 말라르메, 보들레르에게서 자양을 섭취한 미학자적인 면이 있었다. 지난 75년간의 모든 프랑스 예술 전통들이 그들에게 와서 합류하여 기막히게 즉각적이고 약간 메마르고 파리적인(그런 것이 만약 존재한다면) 지성을 탄생시키고 있는데, 이것은 마치 18세기에 볼테르의 기치 아래 태어난 것만 같은 느낌을 주는 것이다. 그러나 그는 그 전통들을 넘어서서 탕아놀이를 할 만큼 자기가 풍요로운 인물이라고 여긴다.

그의 시는 곡예사의 기예처럼 자족하는 경향을 보이면서 이름을 가진 사물들이나 몸뚱어리를 가진 생명체와는 유리된 간지럽고 외따로 떨어진 그림자들의 덩어리를 이룬다. "한 편의 시는 그것의 동기가 되는 것에 그 시를 붙들어매고 있는 모든 끈을 하나하나 잃어버려야 한다. 그 줄을 하나씩 끊을 때마다 그의 가슴은 뛴다. 마지막 줄이 끊어지면, 시는 풍선처럼 그 자체로서 아름답게, 땅바닥과는 아무런 연결 없이, 혼자서 떨어져나가서 위로 떠오른다……."[11] 피카소의 예술 속에서 콕토는 그것 자체의 본질을 찾아 떠오르는 오브제들의 플라톤적인 상승을 알아볼 수가 있다고 믿는다. 그와 비슷한 생각에 사로잡혀 있었던 사람들로는 그의 친구 음악가들, 특히 프랑시스 풀랑크Francis Poulenc와 조르주 오릭 Georges Auric이 있다. 그러나 여기서 드러나는 것은 의식적이든 아니든간에 이 시인이 지니고 있는 말라르메주의다. 작품이란 최소한의 물질적 재료로써 버티고 서 있을 수 있는 카드로 만든 성과 같은 것이고, 송두리째 무의미로 전락해버릴 위험이 크면 클수록 그 긴장이 극도에 달하는 것이라니까 말이다. 다른 한편 동적인 상태에서 잽싸게 포착한 날것 그대로의 감각은 오로지 그것이 지닌 지표로서의 가치 때문에 취해진 것이다. 모든 스펙타클, 모든 사건들 중에서 만반의 준비를 갖춘 정신, 다시 말해서 항상 자기 자신의 모습을 드러내 보일 능력이 있는 정신은 새

---

11) 『작업상의 비밀Le Secret Professionnel』(Stock).

로운 관계에 의하여 정돈되는 기호들을 본능적으로 추출해낸다. 깊이를 헤아릴 길 없는 것이면서도 동시에 진짜 자연보다도 더 진실한 형태들 앞에서 "실제로 존재하는 것"과의 관계는 거의 완전히 지워져버린다.

이 같은 마력은 극도로 민감한 어떤 신경 조직에 지배를 받는 무한히 섬세한 아날로지 감각에 바탕을 두고 있다. "내면적 침묵의 초원" 속에서 시인은 해저의 식물과 동물이 꽃 피어나는 것을 보며, 자신의 피가 고동치는 리듬과 일치되는 별들의 음악을 듣고, 그 심연 속에서 현실의 사물들이 암시하는 어떤 미지 세계의 태동을 알아본다. "나는 인간인 것이 괴롭다……"라는 말을 우리는 "희망봉Cap de Bonne Espérance" 속에서 읽을 수 있다. 삶과 죽음에 대한 감정, 가능할지도 모르는 해방에의 어렴풋한 희망, 이것이 바로 콕토의 가장 탁월한 시가 분출되어 나오는 원천이다. 그리하여 인간적인 (그리고 가장 유기적인) 감각들이 마음속의 사막 속 깊숙이에까지 반향해온다. 그곳에서는 말라르메의 백조의 목소리가 들리는 것만 같다.

깃발로 후려치는 따귀에 맡겨진
얼굴 한복판에 얼어붙은 비둘기떼의 싸움

장갑을 끼워주는 결빙
　　대양의 수족관
기름을 뒤집어쓴 나는
콧구멍 속으로 흘러드는
바다 목욕에 숨이 막힌다
바닷물의
싸늘한 풍요

추락의 위험

......

볕에 마르고

적셔진

내 속의 몸은

심장 주위로 움츠러든다

끝없는 비탈

골짜기들이 패이고, 물결, 우리는 뒤로 물러난다

오리나무의 왕은

두 손바닥으로

내 심장을 맛사지하며 쓰다듬는다

말없는 인어들이

　　　선장의 가슴 속에서

　　　그들의 날카로운 노래를 소리높여 부른다

　　　오로지 내장들만이

　　　기별해주는 불어나는 비상

　　　기계는 높이의 웅덩이를 통해

　　　무를 향하여

솟구친다.

Un combat de pigeons glacés en pleine figure

offerte à vos gifles drapeaux

Le gel qui gante

    Aquarium océanique

Aspergé d' huile je suffoque

au bain marin

qui s' engouffre dans les narines

froide opulence

d' eau de mer

Péril de chute

......

hâlé

humé

mon corps interne se pelotonne

autour du coeur

Pente infinie

Vallonnements Houle on recule

Un roi des aulnes

entre ses paumes

il masse, il caresse mon coeur

Les sirènes silencieuses

    dans la poirtrine du pilote

    enflent leur chanson aiguë

Le vol croissant signalé

par les seuls viscères

l' appareil se hissait

à rien

par flaques de hauteur.[12]

　이 같은 「죽음에의 초대*Invitation à la Mort*」 속에서는 원래 생리적이고 내장에 뿌리를 둔 시가 차츰차츰 현실의 손아귀에서 벗어나면서, 마침내는 말라르메가 그의 최후의 주사위를 던지던 내면적인 하늘 속에 그 맥박 소리가 들리도록 한다.

*

　그러나 제 자신의 모습에 도취한 나르시스는 먹이를 버리고 그림자를 쫓는다. 콕토에게는 그가 스무다섯 살 무렵에 엄격히 지켰던 극기가 자취를 감추고 그 자리에 예쁜 것과 그림엽서에 대한 애호, 지나치게 문명된 태도 등 사교계 냄새가 풍기는 유산이 살아남게 된다. 그의 꿈속에서 잠을 깨어 일어나는 "천사의 모습을 포착하는" 대신, 그는 안이한 과시와 리본 장식도 화려한 아라베스크로 만족해버리는 경우도 생긴다. 이 "고전적 좌파"를 위협하는 유혹들 중 하나는 프레시오지테Préciosité의 위협이다. 이것은 사실상 매력적인 프레시오지테라고 여길 만한 것으로, 그 무슨 순수주의를 내세워 미리부터 이것을 매도하는 것은 잘못일 터이다. "야수파와 입체파 사이의 덫에 걸린" 마리 로랑생Marie

---

12) 「희망봉」 『시집*Poèmes*』에 재수록 (Ed. de la N.R.F.), p.106.

Laurencin의 이름은 이 같은 경향을 충분히 상징해주는 것이 될 것이다.[13] 여기서 중요한 것은 처음으로 나온 나비를 잡듯이 이미지들을 잡아가지고 최소한의 어휘들로 그 이미지들을 '돋보이게 하고' 가급적 색채를 적게 사용하며 우아함과 방탕함을 쌀가루의 구름 속에 결합시키는 일이다. 『육체의 악마Diable au corps』를 쓰기 전에 레몽 라디게Raymond Radiguet는 그런 종류의 훈련에 탁월한 솜씨를 보였다.

가을

너는 알지, 너를 꺾는 손가락에게는

뜨거운 불등걸처럼 흉내도 낼 수 없는 산딸기여:

야외의 수업과 웃음은

청해서 얻어지는 것이 아님을.

산딸기 뺨에 단 사냥꾼에게서

가을은 가장 젊은 달들이 우리의 가슴 속에 넣어준

흥분을 불러일으킨다 여기는 것일까?

자연이여, 죽도록 상처입고서,

수줍음이 아니라 잼으로 화장한

어린 이브의 뺨인 양

아직도 흉내를 내면서,

너의 잘 익은 무모함은

순결한 포도잎새같이

되려고 애쓰는구나

---

13) 장 콕토가 그렇게 말했다(『시집』, p.239).

AUTOMNE

Te le sais, inimitable fraise des bois

Comme un charbon ardente aux doigts de qui te cueille:

Leçons et rires buissonniers

Ne se commandent pas.

Chez le chasseur qui la met en joue

L' automne pense-t-elle susciter l' émoi

Que nous mettent au coeur les plus jeunes mois?

Blessée à mort, Nature,

Et feignant encore

D' une Êve enfantine la joue

Que fardent non la pudeur mais les confitures,

Ta mûre témérité

S' efforce de mériter

La feuille de vigne vierge.[14]

사실 이 씁쓸한 목가는 마음도 영혼도 감동시키지 못한다. 그 매력은 다른 곳에서, 흔히들 재치라고 부르는 것의 원천이기도 한 감수성의 영역에서 힘을 발휘한다. 재치란 무엇인가? 하고 볼테르는 자문한다. "때로는 새로운 비유요 때로는 섬세한 암시. 여기서는 이런 의미로 소개하고 저기서는 또 다른 의미로 암시하는 어떤 말의 남용. 또 어떤 때는 별로 공통되지 않는 두 가지 생각 사이의 미묘한 관계. 그것은 특이한 은유

---

14) 『불타는 뺨*Les joues en feu*』(Grasset).

다. 그것은 하나의 오브제가 처음부터 나타내주는 바가 아니라 그것 속에 실제로 있는 바의 탐구다. 그것은 거리가 먼 두 가지의 통합이다……등등."[15] 라디게가 그의 스승 중에 말레르브, 라 퐁텐, 트리스탕 레르미트를 손꼽는 것을 보고 사람들은 의외라고 생각하지 않았다. 어떤 시는 (물론 형편없지만은 않은) 무한하게 섬세하고 아이러니컬한 지성의 예기치 않은 놀라움과 우회의 콕 찌르는 맛에서 생겨난다는 사실은 구체제 Ancien Régime의 문학이 충분히 증명해주는 바이다. 라디게, 파스칼 피아Pascal Pia, 르네 샬륍트René Chalupt, 그 밖의 다른 사람들은 "신비"와 "환상le fantastique" 대신에 사물에 대한 "재치 있고spirituel" 엉뚱한 관점으로 만족한다. 그들은 막스 자콥의 흉내를 내고 아폴리네르의 인어의 노래에 귀를 기울이면서도 장 펠르랭Jean Pellerin, 조르주 가보리 Georges Gabory, 그리고 툴레Toulet의 마지막 추종자들과 합류하고, 또 전후 환상파 운동의 첨단에서 대담하고 시원스러운 발레의 형상을 그려낸다.

바로 이렇게 되어서, 그 문학적 "입체파"의 중요한 한 부분은 비록 그 원칙에 있어서는 혁명적이라 할 수 있으면서도 무의식과 우연에 골몰하는 체한 다음, 가장 섬세한 프랑스적 지성의 길과 합류하게 되는 것이다. 그것은 심지어 전통적 군소시(群少詩)의 상쾌한 결점에 빠져들기도 한다. 아마도 툴레, 발레리의 모험, 그리고 다다이스트들의 허무주의와 구별되고자 하는 욕구 때문에 이 시인들은 고의적으로 받아들인 구속의 유리한 가능성을 선택하게 되었을 것이다.

하여간 17세기의 프레시오지테 시인들과, 다른 한편 "사상"과 감정을 무시하는 예술지상주의의 "곡예사들", 그리고 아라베스크와 콘체티 Concetti(기상奇想)에서 생기는 특수한 종류의 이런 순수시를 지향하는

---

15) 『철학사전Dictionnaire philosophique』에서 '재치esprit'의 항목.

오늘날의 대표적 시인들 사이에 있어서의 계통적 맥락은 부정할 수 없는 것이다. 이번에도 역시 우리는, 대부분의 경우 "기교의 효과임"에 틀림 없는 어떤 "멋진 무질서"를 높이 평가하도록 권유받는 것이다. 그러나 이 기교는 섬세한 애교를 통해서, 위장하는 재치와 겉모양은 전혀 그렇 지 않은 척하는 재간이 있어서 많은 발전을 보였다. 아폴리네르의 반항 이 인도해간 곳은 반드시 그런 문학 쪽이 아니다.

제14장
다다

1

"삶을 변화시킨다"는 랭보의 의지가 일종의 열광을 불러일으키려면, 그리고 도덕·문학, 당연하다고 여겨지던 사실들, 일상사의 습관적 흐름 등에 도전하는 반항만이 젊은이들에게 있어서 유일하게 받아들일 수 있는 태도라고 여겨지려면, 대전이라는 엄청난 사건이 아마도 필요했을 것이다. 다다의 운동을 난폭하고 익살맞은 방식으로 일어난 파리풍의 어떤 스캔들에 지나지 않는다고 여긴다면 1920년대의 정신적 위기, 무정부적인 개인주의 경향, 그리고 그 숱한 전통적 규범과 지난 시대의 믿음들을 뒤집어엎어놓은 거부 태도를 전혀 이해하지 못하게 되고 만다.

"사태를 바늘과 실 사이의 관계처럼 결부시켜 이야기할" 생각은 없지만 다다이즘은 적어도 세 가지 원천에서 유래한 것이라는 점은 지적해두기로 하겠다.[1] 세 가지 원천이란 즉 마르셀 뒤샹Marcel Duchamp과 프랑시스 피카비아Francis Picabia와 관련되어 있는 미국이 그 중 하나요 트리스탄 차라Tristan Tzara가 1916년에 스스로 다다(이것은 정확하게 아무런 의미도 지니지 않은 말이다)라는 이름을 붙여서 어떤 모임을 만들었던 취리히가 또 하나이고, 끝으로 이 사람들이 1919년 중에 파리에서 몇몇 젊은 작가들과 관계를 맺게 된 것이 그 하나이다. 이 젊은 작가

---

1) G. 리브몽—데세뉴G. Ribemont-Dessaignes가 《N.R.F.》지 1931년 6, 7월호에 발표한 「다다의 역사Histoire de Dada」와 E. 부비에E. Bouvier의 「오늘의 문학입문Initiation à la littérature d' aujourd' hui」(La Renaissance du Livre, 1928)을 참조할 것.

들은 모든 것에 비하여 전반적으로 의혹을 제기하는 태도로 인하여 앞에 말한 작가들과 이미 가까워져 있었는데 그해 3월에는 반어적 의미에서 《문학*Littérature*》이라고 이름을 붙인 잡지의 창간호를 막 내놓은 바 있었다. 트리스탄 차라 및 그의 동지들의 목표는 우선 "어이없는" 기만적 사건을 꾸며보자는 데 있었던 것 같다. 그 기만 행위적 사건은 과거, 현재, 미래의 문학 유파들을 표적으로 삼은 것인데 거기에서는 현대의 광고가 지닌 기능들이 한결같이 부정적이고 "위브 왕을 연상시키"는 의도를 가진 어떤 유파를 옹호하는 데 동원되고 있는 것을 볼 수 있다. 그러나 그 시대의 정신 병리학적 상황으로 인하여 그 같은 음모 속에는 독일의 손길이 개입되어 있음이 느껴지기는 해도, "다다"의 생각과 감정들은—그렇다고 해서 "트리스탄 차라의 저 경탄할 만한 반항 정신"[2]을 무시하자는 것은 아니지만—프랑스적 기원을 가진 것이라고 볼 수 있다.

《문학》지의 동인들은—적어도 가장 젊은 축이 그러했고 또 그 잡지에는 처음에 발레리, 지드 등도 참가했었다—프랑스에서 전란 중의 가장 어두웠던 해인 1917년에 평균 20세였다. 인생은 그들의 마음속에서 "현실" 세계에 대한 일체의 환상을 파괴하는 역할을 했다. 부대 편성식이 된 윤리, 타락한 종교, 탄도학에서나 위력을 떨치는 과학, 인류가 한번도 목격한 일이 없었던 유례 없는 "성직자들의 배반", 그런 것들만으로도 충분했다. 한편 문학은 종군 기자들의 손아귀 속에 들어 있었다. "문명을 옹호하는 우리 쪽은 우리가 불멸의 존재가 아님을 알고 있다"고 멀지 않아 발레리는 말하게 된다.[3] 그렇다면 다다이즘은 파괴의 기도일까? 앙드레 브르통, 루이 아라공Louis Aragon, 필립 수포Philippe Soupault가 볼 때 모든 것은 땅에 떨어져 있는 것으로 여겨졌다. 기껏해야 폐허의 목록이었고 문명의 실패, 나아가서는 사망의 확인이었다.

---

2) 「시크 록투스 에스트*Sic locutus est*」, 앙드레 브르통.
3) 「정신의 위기*La Crise de L' Esprit*」에서.

그러므로 다다는 집요하고 조직적인 비관론의 모습으로 나타났고 곧 전반적인 부정으로 인도되었다. 인간은 무였다. "영원이라는 척도로 재어볼 때 일체의 행위란 것은 헛된 것이다"라고 차라는 말한다.[4] 브르통은 이렇게 못박는다. "한 인간이 땅 위를 거쳐간 자취를 남긴다는 것은 있을 수 없는 일이다." 이리하여 모든 것의 가치가 더 나을 것도 더 못할 것도 없이 똑같으며, 동시에 가치 있는 것이란 아무것도 없게 된다. "미란 무엇인가? 추한 것은 무엇인가? 위대한 것은, 강한 것은, 약한 것은 무엇인가? 카르팡티에Carpentier는, 르낭Renan은, 포슈Foch는 무엇이란 말인가? 나는 모르겠다. 나란 무엇인가? 모르겠다. 모르겠다. 모르겠다." 조르주 리브몽-데세뉴Georges Ribemont-Dessaignes의 이 같은 말 속에서 브르통은 기꺼이 극단적인 겸손의 표명을 찾아볼 수 있다고 여긴다.[5] 어떤 판단을 내리고 진(眞)과 위(僞)를 분간하고자 한다는 것이야말로 우스꽝스러운 교만을 나타내는 것이다. 왜냐하면 모순이란 있을 수 없기 때문이다. 바로 그때의 아인슈타인Einstein은 모두가 상황과 인간에 따라서 상대적이며 이 세상의 그 어느 것이건 조금도 중요성을 갖고 있지 않다고 생각하도록 권하고 있었다.

유치하고 당치도 않은 패러독스! 이 비인간적인 부정의 태도를 개탄하려면 개탄해도 좋다. 그러나 어느 시점에 있어서는 그런 부정이 철학적으로 논리에 맞고 정당한 것임을 깨달아야 한다. 이런 견해들은 더군다나 자리파(派)의 해학적 시인들의 유희와 잘 어울리는 것이었다. 1916년에 앙드레 브르통이 낭트에서 만났고 다다의 운명에 은밀한 영향력을 끼친 것으로 여겨지는 자크 바셰Jacques Vaché의 경우가 그렇다. 바셰는 유머를 "알고 보면 모든 것이 연극적이고 즐거운 것이 없이 무용하다는

---

4) 「일곱 개의 다다 선언VII Manifestes Dada」(Ed. Jehan Budry)과 앙드레 브르통의 『사라진 발자국Les Pas perdus』(Ed. N.R.F.) 참조.
5) 『사라진 발자국』, p.93.

것을 느끼는 센스"라고 정의했다. 대부분의 경우, 어디에서나 어김없이 마주치게 되는 무한성만을 생각하거나 관습, 자의성 따위가 우리의 모든 행동 방식을 지배하고 있다는 사실을 굳게 믿다가 보면, 결과적으로 인간 스스로의 눈으로 보기에도 인간과 그의 삶은 부조리 속에 빠져드는 것으로 여겨지게 된다.

문학을 도마 위에 올려놓고 부정적으로 바라보는 일은 다다이스트들의 근본적인 관심거리들 중의 하나였다. 가장 훌륭한 문학은 항상 모방이다. 인간이, 생각하는 인간이 존재해온 이래 가장 솔직한 인간은 언제나 타인의 영향에서 벗어나지 못하고 있으며 게다가 전횡적인 전통의 노예, 무엇보다도 이성의 노예가 되어 있다. 여기서 폴 발레리의 아포리즘은 젊은 사람들에게 귀중한 도움을 가져다주었다. 불순과 지적 빈곤의 시절에 『젊은 파르크』의 시인을 찬양하여 마지않았고 심지어는 한동안 이 시인의 단골 손님이었던 바로 그 젊은이들에게 말이다. 발레리는 이렇게 말했다. "하나의 작품이란 항상 모조품이다(다시 말해서 어떤 단일한 동작으로 행동하는 한 작가의 것이라고 간주할 수 없는 제품이라는 뜻이다). 그 작품은 매우 잡다한 상태들이 합작하여 만들어낸 결실인 것이다."[6] 또 이렇게 말했다. "조금만 삭제해도 그것은 자연 발생적인 것을 침해하는 것이 된다." 이에 대해 이 배은망덕한 제자들은 곧 이렇게 대답하게 된다. "그러니까 자연 발생적인 것을, 진정한 것을, 선택하기로 하자. 단일한 동작으로 행동하기로 하자. '작품'을 쓰는 것을 포기하게 되는 일이 있더라도……." 지금 당장으로서는 다다는 다음과 같은 선언들에 동의하는 정도로 만족한다. "리듬과 박자와 압운과 첩운을 갖춘 언어를 위한 노력은 사고의 도식과는 전혀 무관한 조건들과 충돌하게 된다."[7]

---

6) 『프레데릭 르페브르와의 회견*Etretiens avec Fr. Lefèvre*』(Le Livre. 1926), p.107.
7) 위의 책, p.60.

그러나 모든 작품이 하나의 '모조품'인 까닭은 제작하는 한 인간에게 솔직하라고 요구할 수 없기 때문만은 아니다. 예술 창작의 구속력과는 별도로 우리가 공통적으로 사용하는 언어 자체가 이미 "관습들 가운데서도 최악의 관습"이다. 왜냐하면 그 언어는 우리들에게 우리와 아무 상관이 없는 언어적 공식과 결합 형태를 사용하도록 강요하기 때문이다. 그런 언어적 공식과 결합 형태 속에서 우리는 우리의 참다운 본성이라고는 거의 아무것도 찾아볼 수 없다. 단어들의 의미 자체는 집단이 월권적으로 강요하는 그러한 '변함없고' 고정된 값을 지니고 있지 않다. "우리는 안녕하십니까Bonjour라는 말을 알고 있으면서도 1년 동안 못 만났다가 다시 만난 여자에게 충분히 안녕히 가십시오Adieu"라고 말할 수 있다.[8] "부적절"한 어떤 말이 말하는 사람에게는 아주 만족스러운 어떤 감정을 표현할 수도 있다. 게다가 그 말이 자연 발생적으로 입에서 새어나왔다는 것만으로도 그런 용법은 충분히 정당화된다. 장 폴랑Jean Paulhan은 전전에 이미 그의 잡지 《관객Le spectateur》지에 그런 종류의 언급들을 한 적이 있다. 이제 문제는 원칙들로부터 결론을 이끌어내는 일이다. 이해를 위해서는 그것은 그리 중요하지 않다. 글을 쓴다는 것은 사적 행위다. 그런데 왜 글을 쓰는가? 이것이 《문학》지의 편집자들이 그의 동시대인들에게 제기하는 질문이다. 엄숙하거나 감동적인 대답은 우롱당한다. 가장 겸손하고 가장 아이러니컬한 대답들, "나는 마음 약해서 글을 쓴다"는 발레리의 대답이나 혹은 "나는 시간을 줄이기 위해 글을 쓴다"는 크누트 함순Knut Hamsun의 대답이 인정을 받는다.

---

8) 앙드레 브르통, 『사라진 발자국』 p.77.

물론 이런 모든 것에 대하여 대중은 전혀 이해하지 못했다. 그들은 예술적인 것을, 가장 현대적인 것을 요구하고 있었다. 그들은 몸짓들을 구경했고, 이해도 할 수 없으며 욕설로 가득 차고 신성 모독적인 말들을 들었다. 가장 진지한 사람은 미친 짓들이라고 손가락질을 했고 가장 너그러운 사람은 젊은 혈기에 탈선을 하게 된 청년들을 부드럽게 나무랐고, 한편 죄인들은 "불쾌감을 주는 귀족적인 쾌락"에 잠겨 있었다. 그러나 그 쾌락도, 동지 의식과 파리 문단 생활의 떠들썩한 다툼에서 맛보는 모든 쾌락들에도 불구하고 어떤 쓰디쓴 기쁨의 맛, 절망과 분간하기 어려운 그런 즐거움의 맛을 감출 수가 없었다. 다시 말해서, 만인에게 해로울 뿐인 방식으로 인간을 짓누르고 있는 한 사회, 전쟁으로 인하여 그 비참한 구석이 곪아터져버린 한 문명, 그리고 끝으로 지체 없이 그 무의미와 무효를 선언해야 마땅할 의사 현실을 매도하는 즐거움 말이다. "내게 주어진 운명을 절대로 체념하고 받아들일 수 없으며, 내가 볼 때는 결코 원죄라는 것으로 변명할 수는 없다고 여겨지는 재판 거부에 의하여 나의 가장 고귀한 양심에 상처를 받은 나는 이 세상과 그 어떤 삶의 덧없는 조건에도 나의 삶을 적응시키기를 거부한다……." 앙드레 브르통의 「멸시에 찬 고해Confession dédaigneuse」는 이처럼 오만한 신념 선언으로 시작된다.[9] 1919년 이후 문학이 이러한 주제와 수사를—유행과 속물 근성은 그것을 가로채어 터무니없이 더럽히고 그릇되게 팔았다—어떻게 다루었건간에 이러한 비극적 고뇌를 간과해서는 안 된다. 다다이스트의 시가 비록 송두리째 망각 속으로 침몰해버렸다 치더라도, 몇몇 구절들은 난파로부터 건져질 만한 가치가 있다고 여겨진다. 그 구절들은 인간 조

---

9) 위의 책.

건의 덧없음과 자신의 운명을 받아들일 수 없는 길 잃은 인간의 고뇌를
말하기 위하여 씌어진 가장 생생한 글들에 속한다.

　과연 《문학》 그룹의 작가들은 심지어 그들의 "시" 속에서까지도, 자신
을 담백하게 표현한 경우들이 있다. 예컨대 루이 아라공은 「시대의 공기
Air du temps」를 이렇게 혼자서 중얼거리듯 노래한다.

　　　그대에겐 진부한 양식도 없는가
　　　모두들 웃지도 않고 그대를 바라본다
　　　그들은 유리눈을 하고 있다
　　　그대는 지나간다, 시간을 허송한다, 그대는 지나간다
　　　그대는 백까지 세고 또 십 초를 더 보내려고 속임수를 쓴다
　　　그대는 죽으려고 돌연 팔을 벌린다
　　　두려워 말라
　　　어느 날엔가는 결국
　　　하루밖에, 또 하루밖에 남지 않으리니
　　　그리고는 옳지
　　　그들이 이따금씩 쓰다듬는
　　　하나님에게서 이젠 인간들도 짐승들도 찾아볼 필요가 없어진다
　　　굴뚝의 앓는 소리를 듣지 않으려고 밤중에 혼자서 말을 할 필요가
　　없어진다
　　　내 눈까풀을 떠들어 올릴 필요도
　　　내 피를 원반처럼 던질 필요도
　　　마음에 없으면서 숨을 쉴 필요도 없어진다
　　　그러나 나는 죽고 싶지 않다
　　　내 가슴의 종은 나직하게 매우 오래 묵은 희망을 노래한다
　　　그 음악은 나도 잘 알지만 그러나 가사는

가사는 도대체 무슨 말을 하고 있었는지

바보천치야

Est-ce que tu n'as pas assez de lieux communs

Les gens te regardent sans rire

Ils ont des yeux de verre

Tu passes, tu perds ton temps, tu passes

Tu comptes jusqu'à cent et tu triches pour tuer dix secondes

encore

Tu étends le bras brusquement pour mourir

N'aies pas peur

Un jour ou l'autre

Il n'y aura plus qu'un jour et puis un jour

Et puis ça y est

Plus besoin de voir les hommes ni les bêtes à bon Dieu

Qu'ils caressent de temps en temps

Plus besoin de parler tout seul la nuit pour ne pas entendre

La plainte de la cheminée

Plus besoin de soulever mes paupières

Ni de lancer mon sang comme un disque

Ni de respirer malgré moi

Pourtant je ne désire pas mourir

La cloche de mon coeur chante à voix basse un espoir très

ancien

Cette musique Je sais bien Mais les paroles

Que disaient au juste les paroles

Imbécile[10]

그렇다면 침묵을, 모든 문학에의 포기를 역설해야 할 것인가? 랭보가 가르친 바는 바로 그것이다. 그러한 희생에 대한 착상은 마음을 끄는 데가 있기는 하지만 착상을 행동으로 옮겨서 항의를 중지하고 붓을 꺾어버린다는 것은 어려운 일이다. 그리고 또 다다 운동에는 철저한 부정 이외에도 그 무엇인가가 더 있었는데 그 점이 차츰차츰 겉으로 나타났다. 남김 없이 쓸어낸 자리에 어떤 현실이 잔존하고 있었다. 물론 그것은 이성도 지성도 감정도 아니었다. 그것은 존재에 자양분을 공급하며 우리의 가장 고상한 행동 방식에 이르기까지 정신을 지배하는 무의식의 저 헤아리기 어려운 원천이다.

최초의 암호들에 곧 정신의 독재라는 공식이 첨가되었다. 다다가 탄생한 취리히는 뵐러Beuler, 융Jung 등 프로이트와 관계가 깊은 정신 의학자들의 도시이고 루이 아라공과 브르통은 정신 분석의 방법들을 실험할 기회를 가진 바 있었다. 여기서 관심의 대상은 성의 만능론these de pansexualité이 아니라 우리의 의식적 활동들은 대개의 경우 우리들 자신도 모르는 사이에 무의식적 힘이(자아의 올실과 날실을 짜는 것은 바로 이 힘이다) 이끄는 대로 따르는 피상적인 활동에 지나지 않는다고 믿는 이론(피에르 자네Pierre Janet 같은 사람들이 이미 주장했던 이론)이다. 프로이트는 자크 리비에르의 표현을 빌건대 "의식 특유의 위선"을 강조했으며, "우리들 스스로에게 우리의 모습을 은폐하고" 우리의 행동과 말에 그럴싸한 이유를 붙여주고 항상 우리의 모순을 미화하거나 적어도 "적당한 얼버무리기" 위하여 잔꾀를 부리려는 의식의 일반적인 경향을 강조했다.[11] 이처럼 철저하게 경계하는 태도는 기이하게도 문학에 있

---

10) 시집 『영원한 운동Le Mouvement perpétuel』, 1920~1924(Ed. N.R.F.), p.26.
11) 1924년 《녹색판Le Disque vert》지에 발표한 강연초.

어서의 "모조품"적 성격과 솔직해짐의 불가능에 관한 발레리의 말을 확인해주고 있다. 다다 운동에 끼친 이러한 프로이트의 영향은 때때로 부인되기도 했다. 따지고 보면 그 영향이 별것 아닐지도 모른지만 그래도 시인들과 빈의 그 철학자 사이의 만남은 시사하는 바 없지 않다.

우리는 이제부터 《문학》지의 시인들에게 예술의 문제가, 아니 더 정확하게 말해서 표현의 문제가 어떤 방식으로 제기되는지를 짐작할 수 있게 되었다. 즉 그들은 속임수를 쓰지 않는 것은 오로지 무의식뿐이며 오로지 무의식만이 표현될 가치가 있다고 믿는 것이다. 의식적이고 명백한 의지에 따르는 노력이라든가 구성(작가)이라든가 논리라는 것은 헛된 것이다. 저 유명한 프랑스적 명철성lucidité française이라는 것도 서푼짜리 초롱불에 불과하다. 기껏 "시인"이 할 수 있는 일이 있다면 그것은 환자를 상대하는 의사처럼, 뜻밖에 덮쳐서 꾸밈없는 무의식의 진상을 포착하고 그것이 교묘한 속임수를 쓰지 못하도록 하기 위하여 덫을 놓는 일뿐이다. 자크 리비에르는 바로 그 목표를 분명히 지적했다. "존재가 양립가능성compatibilité을 허용해버리기 전에 존재를 포착할 것. 앞뒤가 서로 들어 맞지 않는 상태에서, 아니 그것의 원초적인 수미 일관성 속에서, 즉 모순이라는 개념이 나타나서 존재를 강제로 축소시켜 하나의 틀로 구성하기 전에 존재를 포착할 것, 뒤늦게 습득된 것이게 마련인 그것의 논리적 통일성에다가 단 하나뿐의 원초적인 부조리의 통일성을 대치시킬 것."[12] 한편 예술성(기교성art)은 이제 더이상 관심의 대상이 되지 못한다. 적어도 어떤 작품을 연상시키는 그 무엇(그것이 제아무리 자유 분방한 것이라 하더라도)을 다듬어 만드는 데 목표를 둔 어떤 활동은 더이상 관심의 대상이 되지 못한다. 이것은 바로 저 거창한 낭만주의적 모험이 도달한 귀착점을 의미하는 것일까? 이성 · 사회 · 문명 · 현실을 부정하

---

12) 「다다에 감사를 표함Reconnaissance à Dada」(1920년 8월 1일 N.R.F.).

는 하나의 적이, 원시성을 옹호하는 하나의 사도가 "완전하고 충만한" 행복이란 인적 미답의 "순진무구한" 상태로 남겨진 정신의 지대들 속으로 흡수되는 데 있다는 사실을 증언했던 막을 연 저 거창한 낭만적 모험이 귀착한 곳은 바로 여기일까?

2

방금 우리가 말한 것은 다소 다다이스트 시에 대하여(다 함께 소리높여 부르짖은 말들을 한데 묶어보기 위하여) 정리한 어떤 이론이나 되는 것 같은 인상을 준다. 그런데 실제에 있어서 그런 깃발을 단 배에 실린 상품들은 매우 다양하다. 앙드레 브르통 주변에는 아폴리네르, 자콥, 상드라르, 르베르디의 영향을 받고 있는 젊은 시인들이 모여들었다. 1919년에 문학에 대하여 반항한다는 것은 벌써 숙명적으로 어떤 전통과 결부됨을 의미하는 것이었다. 그런 까닭으로 우리가, 예를 들어서 《문학》지의 별책들을 들춰보노라면 여러 개의 서로 다른 길들이 서로 만나는 것을 보게 되는 것이다.

이 선구적인 시인들 가운데서도 전쟁 중에 《시크Sic》지와 《남북Nord Sud》지에 작품을 발표했던 피에르 르베르디에게는 중요한 자리를 할애해야 마땅하다. 다행히도 그는 이해하기 쉽지 않은 시에 대하여 간결하게 말한 사람이다. 시인이 처해 있는 입장은 어렵고 또 흔히 위험한 것이다. 그는 꿈의 측면과 현실의 측면이라는 두 가지 면이 서로 만나는 잔혹할 정도로 날카로운 칼날 위에 서 있는 것이다. 겉모습 세계의 수인이 되어, 이 세상(사실 상식적인 감각으로 보면 만족스러운 이 세상은 사실상 순전히 가상적인 것일 뿐이다) 속에 옹색하게 갇혀 있는 시인은 이 세상의 장애물을 넘어서서 절대와 현실성에 도달하고자 한다. 거기에서 그의 정신은 자유 자재로 움직이게 된다. 우리는 그곳으로 시인을 따라가야 한다. 왜냐하면 참으로 존재하는 것은 우리가 길거리에서 무심코 마주치는 저 정체 불명의 어색하고 멸시받는 것(육체는 다른 모든 것과 마찬가지로 덧없이 지나가버리는 것이다)이 아니라 책이라는 형태를 초월한 저 시들이며 정신과 현실 사이의 저 열화 같은 접촉을 거쳐 쌓여진 저 수정들이기 때문이다.[13] 그 같은 접촉으로 인도해주는 것은 오직 "모든 감각들의 오랜, 엄청난, 그리고 세심하게 계획된 교란"뿐이다. 랭보와 마찬가지로 르베르디도 미지에, 다시 말해서 참다운 현실성에 도달하겠다고 나선다. 그는 꿈과 생시의 협소한 지역으로 잠수부처럼 깊숙이 내려가서는 세계의 심장부에서 마치 몽유병처럼 자유 자재로 돌아다닌다. 갖가지 기적들이 거기서 그를 기다린다. 태양이 어떤 집 주위를 배회하고, 고요해지는 종소리가 있고 말이 발설되고 한 마리 새가 오고 바람이 오고 어떤 손이 오고 또 다른 손은 눈[雪]을 움켜쥔다. 반면 사람들이 갖은 노력을 다해서 갖고 싶어하는 물건들은 무로 무너져내린다.

이렇게 하여 르베르디가 조형적이라고 부르는 하나의 시가 형성된다. 눈요깃거리도 아니고 우연적 현실의 재현도 아닌, 순전히 마음속의 것을 표현하는 조형성, 즉 사지가 절단된 여러 가지 감각들, 일체의 논리성이나 일체의 인간적 가치가 배제된 관계들의 총체, 존재들과 운동들의 '의미sens'는 결코 겉으로 드러나지 않는다. 모든 것이 무명의 상태에 머문다. 르베르디는 자기와 닮은(그리고 클로델의 시극 『도시』에 등장하는 쾨브르와도 닮은) 어떤 인물에 대하여 이렇게 말한다. "그는 자기가 여행한 얘기를 늘어놓지 않는다. 그는 자기가 본 고장들의 모습을 그려보일 줄을 모른다. 아마 그는 아무것도 본 것이 없는지도 모른다. 사람들이 그를 쳐다보면 질문이라도 할까봐 그는 눈을 밑으로 내리깔거나 하늘을 쳐다본다."[14] 그의 각 시편은 기이한 고뇌가 감도는 어떤 정물화를 조각

---

13) 『피부 마찰용 장갑*Le Gant de crin*』(Plon, 1926), p.15.

조각 맞추어 재구성하고 있다.

모두가 사그라졌다
바람이 노래하며 지나가고
나무들이 떨린다

짐승들은 죽었다
이제는 아무도 없다
　　보라

별들은 반짝이기를 그쳤다
　　지구는 이제 더이상 돌지 않는다
어떤 머리가 옆으로 기울어졌다
　　머리카락들이 어둠을 쓸어낸다
마지막 종탑이 남아 서 있다

　　자정을 알리는 종소리

Tout s' est éteint

Le vent passe en chantant

Et les arbres frissonnent

Les animaux sont morts

Il n' y a plus personne

---

14) 피에르 르베르디Pierre Reverdy, 『하늘의 표류물Les Épaves du ciel』(Ed. N.R.F. 1924),
p.23.

Regarde

Les étoiles ont cessé de briller

La terre ne tourne plus

Une tête s' est inclinée

Les cheveux balayent la nuit

Le dernier clocher resté debout

Sonne minuit.[15]

모든 것이 어떤 형이상학적 사건의 임박한 위협을 예감케 한다. 마침내 사람들은 솜뭉치 속에 묻힌 듯 단조롭기만 한 대기에 구멍을 뚫어줄 어떤 인간적인 맥박을, 어떤 인간적인 절규를 소리쳐 부르기에 이른다. 이보다도 더 간결하고, 이보다도 더 말의 특권이니 이미지의 우아함이니 하는 것에 아랑곳하지 않은 채 씌어진 시를 상상한다는 것은 불가능하다. 여기에는 상징주의, 또 그것에서 생겨난 스타일, 그리고 랭보가 벗어나고자 갈망했던 "시적 고리타분함" 따위의 자취란 거의 찾아볼 수가 없다. 이는 마치 문학의 모든 표현 수단들과 방법들, 그 중에서도 가장 흔해빠진 것들을 청산해버리고자 함으로써 말하는 법을 다시 배우는 사람의 손에 의해 씌어진 듯한 시다. "피카소는 그가 습득한 지식과 경험의 엄청난 덩어리를 무효라고 간주하기로 결심하고서 모든 것을 배울 수 있게 되었다. 다시 말해서 모든 것은 다시 시작할 수 있게 된 것이다"[16]라고 피에르 르베르디는 말한다. 모든 것을 다시 시작한다는 것이야말로 젊은 시인들과 절망의 모럴리스트들의 유일한 희망이다. 그들에게 기쁨

---

15) 위의 책, p.99.
16) 르베르디의 『피카소*Picasso*』(stock)

을 주기 위하여 《문학》지의 창간호에 『지상의 양식』의 한 단편을 발표한 앙드레 지드는 그 사실을 잘 알고 있었다. "싹 쓸어낼 것, 나는 모든 것을 쓸어내버렸다. 나는 처녀지 위에서 다시 가득 채워야 할 하늘을 앞에 두고 전라로 우뚝 선다." 그리고 좀 더 아래에는 다음과 같은 질문. "아! 그 누가 논리의 무거운 사슬로부터 우리들의 정신을 해방시켜줄 것인가?" 1917년에서 1919년 사이의 어느 한 순간 피에르 르베르디는 아폴리네르와 막스 자콥보다도, 장 콕토보다도 더 훌륭하게 입체파 화가들의 그것과 유사한 그 미학적·윤리적 급진주의, 그 심원한 천진함을 구현해 보이는 듯했다. 그의 영향은 루이 아라공에 대해서보다도 앙드레 브르통과 자크 수포에 대해서 더욱 큰 것이었다. 그의 영향은 블레즈 상드라르와 후기 미래파 시인들의 영향 그리고 현대 광고의 영향과 합류했다. 휴전이 된 파리에서는 광고와 전광 선전판의 언어가 새로운 환각을 창조했다. 좋지 못한 바람이, 시대의 공기가 모든 것들을 제자리에서 뿌리뽑아 어떤 소용돌이 속으로 몰아가고 있었다. 그러나 르베르디의 행동과 후기 미래파의 행동은 같은 방향으로 추진되어가고 있는 것은 아니었다. 전자는 그 어떤 제2의 시선을 통해서 지극히 내면적인 현실과의 접촉을 모색하면서 하나의 직관적인 예술의 본보기를 제시했다. 후자는 시인으로 하여금 현대 세계를 향하여 눈을 돌리고 그 세계의 감각들을 통하여 다듬어지도록 권유했다.

내향성과 외향성이라고 말한다면 너무나 단순한 표현이 될 것이다. 왜냐하면 그런 표현은 어떤 절대적인 대립 관계의 개념을 암시하게 되기 때문이다. 실제에 있어서 폴 데르메Paul Dermée, 피에르 알베르 비로 Pierre-Albert Birot 등의 미래파적인 발성을 가진 시와 르베르디의 시 사이에는 커다란 거리가 있는 것이 아니다. 모두들에게 다 같이 사고가 절정에 이른 순간만을 기록하고, 페이지 위에 심리적인 섬[島]들을, 시의 반점 같은 것들을 배열해놓아야 한다는 생각이 지배적이고 또 상당수의 현대파 시인들의 경우 외곽에서 온 감각들은 오직 존재의 "중앙실험실"을 통과한 후에야 비로소 노출되는 것이다. 그렇지만 이론적인 측면에서 볼 때 두 가지의 태도, 즉 시대의 지배를 받는 감각성의 시와, 시대를 초월하여 몽상적 경향을 띤 정신의 시 사이에는 대립적 성격이 드러나며 1915년에서 1925년에 이르는 문학의 실제적 진화 과정은 이러한 구별을 정당화시켜준다.

*

'절대적' 다다 시와 관련하여 말해볼 때, 그것이 앞뒤가 안 맞는 듯한 인상을 강력하게 풍긴다는 사실은 분명하다. "고삐 풀린 언어", 누더기처럼 갈기갈기 찢어진 문장들, 해체된 구문, 그리고 때로는 현대의 광고에서 차용해온 선언들이 그것이다. 그것은 무의식의 목소리인가? "신문을 한 장 집어들고, 가위를 집어들고, 그 중 하나의 기사를 골라 오려내고 한마디 한마디 어휘를 오려내서 그것들을 자루 속에 넣어 흔들어 섞어라……"[17] 하는 식으로 차라가 구상했던 방법을 적용한 것인가? 대답은 망설여진다. 다다이스트들 역시 신비와 속임수, "모든 것이 걸려 있는 문제다"라는 주장과 가장한 장난 취미, 무의식의 명령에 고분고분 복종하는 태도와 외부 세력의 우연적 사건들 및 언어적 만남에 대한 호소라는 두 가지의 길을 앞에 두고 망설였다. 하기야 이 두 가지 길이 대부분 한데 합쳐져서 알 수 없는 장광설의 행렬을 보여주는 것이 사실이고 특수한 예외가 있을지는 모르겠지만 오직 정신 분석학자나 거기서 어떤 즐거움을 찾아볼 수 있을 것이다.

그러나 다다이스트라는 딱지가 붙었지만 어떤 분위기가 송두리째 압

---

17) 「일곱 개의 다다 선언 Ⅶ *Manifestes Dada*」 참조.

축되어 있는 짧은 시편들도 있다.

비행기가 전선들을 짜고
샘물도 같은 노래를 부른다
마부들이 만날 때 식전주(食前酒)는 오렌지 맛이 나지만
기관사들은 기절했다.
부인은 숲속에서 미소를 잃어버렸다

L'avion tisse les fils télégraphiques
et la source chante la même chanson
Au rendez-vous des cochers l'apéritif est orangé
mais les mécaniciens des locomotives ont les yeux blancs
la dame a perdu son sourire dans les bois.

필립 수포가 쓴 이 몇 행의 시에서[18] 우리는 파리의 변두리에 봄날 아침의 신선한 공기가 숨결처럼 지나가는 것을 느낀다. 트리스탄 차라는 한동안 실언lapsus과 익살스러운 특징들이 산재하는 노작들을 전문으로 삼았다.

어느 고통스러운 절규의 수정을 장기판 위에 던진다. 가을을. 제발 내 반쪽 언어의 동그란 모습을 건드리지 마시오. 무척추 동물이여. 어느 고요한 저녁 아름다움. 물을 뿌리다가 늪으로 가려진 길을 모양 바꾸어놓은 어느 처녀.
......

---

18) 『나침반Rose des vents』(Au Sans Pareil, 1920).

여우들이 그네들의 내장을 파먹고 뜯어내도록 스파르타 사람들이
그들의 언어를 언덕 위에 얹어놓고 있었다. 어느 사진사가 지나갔다.
문장 전용의 들판 위로 당신이 어떻게 감히 말을 달리시오? 하고 그
이가 내게 말한다. 언어는 15층으로 되어 있으니 그건 마신루(摩神
樓)요? 하고 그이가 내게 말한다. 사실 그랬다. 사진사는 가려움증 공
사의 기생충에 지나지 않으니까.

Un cristal de cri angoissant jette sur l' échiquier que l' automne.

Ne dérangez pas je vous prie la rondeur de mon demi-langage.

Invertébré.

Un soir de calme la beauté. Une jeune fille que l' arrosage
transforma la route voilée du marécage.

……

Les Spartiates mettaient leurs paroles sur la colline pour que les
renards rongent et arrachent leurs entrailles. Un photographe passa.
Comment, me dit-il, osez-vous galoper sur les champs réservés à la
syntaxe? La parole, lui dis-je, a cinquante étages, c' ést un gratte-
Dieu. C' etait vrai, car le photographe n' était qu' un parasite de la
compagnie générale des démangeaisons.[19]

그냥 호기심거리(?)일 뿐 이렇다 할 효과는 없다.
반면 폴 엘뤼아르Paul Eluard는 초장부터 언어를 엉뚱한 방식으로 사
용했다. 우격다짐으로가 아니라 자연스럽고 소박하게 그는 단어들을 그
것이 흔히 지시하던 것들과는 다른 방향으로 돌려 사용했다. 가장 낮익

---

19) 『앙티테트L' Antitête』(Ed. des Cahiers Libres, 1933) p.46. 다다 시대에 쓴 텍스트.

은 말들이 무슨 모험에로건 내달을 채비를 갖춘 채 순진무구한 상태로 되돌아가서 다시 태어나는 광경을 보는 것만 같다. 단어들이 암시하는 다양한 가능성들과, 그것을 에워싼 것들과의 결합 하나하나의 범위를 벗어나서 위로 솟아오르는 의혹은 일체의 실용성이라는 죄를 씻어내준다. 다음과 같은 언어로 된 소묘에는 「살롱 *Salon*」이라는 제목이 붙어 있다.

태양의

레몬의

가벼운 미모사의

허락된 환상의 사랑

사용된 수단들의 광채

밝은 창유리

인내

그리고 뚫고 들어가야 할 꽃병

태양, 레몬, 가벼운 미모사

덩어리 덩어리진 이 황금을

굴러가는 이 황금을

담고 있는 유리의

가장 깨지기 쉬운 고비

Amour des fantaisies permises

Du soleil

Des citrons

Du mimosa léger.

Clarté des moyens employés

Vitre claire

Patience

Et vase à transpercer.

Du soleil, des citrons, du mimosa léger

Au fort de la fragilité

Du verre qui contient

Cet or en boules

Cet or qui roule.[20]

물론 여기서도 주제에 해당하는 그 무엇을 알아차릴 수는 있다. 그러
나 이때 주제란 기대하지도 않았을 때 끼어드는 존재로서 외부의 현실에
대한 일체의 관념은 그 태양에 그림자를 던지고 그 꽃병을, 그 유리를,
가벼운 황금을 깨어버리게 된다. 선택되고 순화된 언어와 독자의 감수성
사이에 교환이 이루어진다. 이 점에 대해서 엘뤼아르가 자신의 생각을
설명한 몇 마디는 간결하기 때문에 호감이 가는 동시에 또 그렇게 때문
에 아쉽다. "아름다우냐 추하냐 하는 것은 필요 없는 것 같아 보인다. 우
리는 항상 힘찬 것인가, 우아한 것인가, 부드러운 것인가, 난폭한 것인
가, 단순한 것인가, 복잡한 것인가에 유별난 관심을 기울였다."[21] 이에
덧붙여 다음과 같은 신념의 표현 또한 강조해둘 필요가 있다. "어려운
일이기는 하지만 절대적으로 순수하게 남아 있으려고 노력하자. 그렇게
할 때 우리는 우리를 연결지워주는 모든 것을 알아차릴 수 있게 된다. 수
다스러운 사람들에게는 흡족한 것일 불쾌한 언어를 매력 있고 참다운 언

---

20) 《문학Littérature》지 제6호에 발표.
21) 위의 잡지.

어로 환원하고 변모시키자…….” 시인이 도달하고자 노력하는 그 같은 순수함과 완벽한 비어 있음의 상태에서는 언어가 표현을 중계하는 직무를 포기하고 어떤 독자적인 생존을 갈구하게 될 것이고, 어렴풋하며 비논리적인 쾌감을, 무거움에서 벗어나는 듯한 미묘한 감각을 자아내게 될 것이다. 그 무렵에 지드는 이렇게 썼다.[22] “나는 새로운 조화를 꿈꾼다. 보다 섬세하고 보다 솔직한 언어 예술을, 수사적인 데가 없으며 그 무엇도 증명하려고 애쓰지 않는 예술을.” 그리고 앙드레 브르통은 말했다. “어떤 끔찍스러운 착오로 인하여 사람들은 언어가 자신들 상호간의 관계를 편하게 하기 위하여 생겨났다고 믿게 되었다.”

*

아마도 우리는 이러한 언어적 결합들이 가져다주는 무사무욕한 만족감을 위해서, 그것이 우리들에게 자신을 즐기고 자신의 꿈의 위력을 확장하도록 권유하면서 머리 속에 형성시켜주는 심리적 앙금을 위해서 이 시를 아낄 권리가 있다. 그러나 어떤 억누를 수 없는 경향이 마치 무슨 시금석을 태어나게 만드는 도가니 위를 굽어보듯이 언어적 연금술에 관심을 갖지 않을 수 없도록 강요하고 있었다. “이제 우리는 시가 어디엔가로 인도해가는 것이 되어야 함을 알고 있다”고 앙드레 브르통은 이때부터 이미 선언했다.[23] 요컨대, 개개의 특수한 경우에 있어서 언제나 문제는 어떤 기존하는 모델을 재생시키거나 어떤 감정을 표현한다는 것 따위엔 아랑곳하지 않은 채 전통적인 언어 결합을 깨뜨릴 때마다 생겨나게 되는 언어적 사고들이 아무런 효과도 거두지 못하는 유희에 불과한 것인가 아니면 그것이 어떤 생활에서는 거의 우리들 자신도 알아차리지 못하

---

22) 『새로운 양식*Nouvelles Nourritures*』에서 인용한 단장.
23) 『말도로르의 노래*Les Chants de Maldoror*』에 관한 노트 『사라진 발자국』.

는 사이에 그 무엇인가 진정하게 존재하는 것과 상응할 수 있는가를 알아내자는 데 있다. 우리가 눈으로 볼 수 있는 현실 속에는, 그리고 논리가 묶어두고 있는 사고 속에는 이 같은 발견의 가치를 보증해줄 수 있는 것이라곤 아무것도 없다는 구실로, 우리는 과연 그 발견들을 무시해도 좋을 것인가? 그보다는 오히려 우리는 그 같은 발견을, 마치 모든 존재들이 참여하고 있는 어떤 정신 세계의 간헐적인 맥박과 마찬가지로 우리가 의식하지 못하고 있거나 어렴풋하게만 의식하고 있는 어떤 현실의 노출로서, 신호로서 간주하는 것이 마땅하지 않을까? 상대적인 것의 세계에서 결정적으로 벗어나서 우리는 시에 힘입어, 즉 언어에 힘입어, "어머니Mères"의 신비스러운 영지에 다가갈 수 있는 가능성을 생각해볼 수는 없을까? 바로 이와 같은 방식으로 다다이즘은 하나의 순전한 주관주의가 되는 것을 막을 수 있었다. 그러나 이 같은 주된 관심은 초기의 요란스러운 부정들과는 매우 거리가 먼 곳으로 우리를 인도해간다. 이토록 대단한 신비주의는 다다의 죽음을 초래하는 데 한 몫을 담당한 후—다다는 그것 자체의 뜻에 따라 죽어버린 것이지만—다다의 변신과 소생을 가능한 것으로 만들어가고 있었다.

제15장
초현실주의

1

"최근 수년 동안 나는 모종의 지적 허무주의가 끼친 해독들을 확인해 볼 수 있었는데 그것은 매사에 있어서 가장 전반적이고 가장 무용한 신뢰의 문제를 제기하는 악의에 찬 것이었다." 앙드레 브르통은 1924년에 바로 이런 식으로[1] 자신의 과거, 그리고 다다이즘과 결별했다. 그런 뜻은 그러니까 어떤 새로운 공세적 물결에 길을 터주자는 데 있었던 것이다. 그 물결은 꿈의 물결이요, 신기함과 온전한 시에의 욕구요, 존재하는 것에 반항하여 일어나는 증오의 절규요, 정신의 전적인 자유에 대한 갈망이었는데, 그 모든 것이 한데 뒤엉킨 채 명령적인가 하면 또 향수에 찬 것이기도 한 "선언" 속에 소용돌이쳤다.[2] 그때 이후, 그가 멀리서나 가까이에서 차례로 이끌었거나 혹은 "입김을 불어넣은" 여러 잡지들(『《초현실주의 혁명Révolution Surréaliste》, 《혁명에 봉사하는 초현실주의 Surréalisme au service de la Révolution》, 《바리에테 Variétés》, 《문헌 Documents》, 《미노토르Minotaure》 등)에서 앙드레 브르통은 자기 자신이 볼 때 유일하게 "순수하다"고 여겨지는 하나의 태도를 규정하는 데 골몰했다. 어떤 사람들은 반겨 맞아들이고 또 다른 사람들에게는 파문의 벌을 내리는 그야말로 초현실주의의 생-쥐스트격인 그는 자신의 그룹

---

1) 『초현실주의 선언Révolution surréaliste』의 제2호에서.
2) 만약 우리가 역사를 기술할 의도였더라면, 초현실주의 운동은—앙드레 브르통의 충동에 따르기 전에—여러 장소에 태동했었다는 사실, 그리고 여기서 이방 골Ivan Goll의 역할을 언급했을 것이다.

을—그 그룹 안에는 초기의 선택받은 두세 사람의 시인들밖에 남아 있지 않지만—무정부주의적인 주관주의로부터 "동방의 숭배"로, 신비술 occulitisme이 곁들여진 일종의 악마주의로, 변증법적 유물론으로 그리고 마침내는 정신의 내면적 세계와 오브제의 세계를 골고루 다 고려하고자 하는 하나의 독트린으로 이끌어갔다.

이것은 적어도 첫눈에 보기에는 상당히 어리둥절한 도정이라고 여겨질 만한 것이다. 마르크스는 『공산당 선언』의 저 유명한 한 대목에서, 사람들이 너무나도 오랫동안 아무 성과도 없이 설명하려고만 애썼던 하나의 세계를 지금이야말로 변모시키려고 노력해야 할 때라고 주장했는데 브르통과 그의 친구들 역시 그 주장을 지지한다. 그러나 그들은 이 세계를 변모시키려는 의지가 이 세계를 인식하려는 의지에 해를 끼친다고 보지는 않는다.[3] 그들은 그 두 가지 활동이 서로 분기되는 용마루 위에 자리잡아 몸을 가누고서 버티고 서려고 노력한다. 한걸음 더 나아가서 그들은 그렇게 함으로써 정신Esprit의 위력과 기회를 증대시키는 데 진력할 수 있기를 바라는 것이다. 1925년경 그들 중의 몇몇은 그 정신의 도래를 위하여 모든 것을 희생시키고자 했다. 사실상 초현실주의를 개괄하자면 마땅히 이단과 이단자들도 고려해야 한다. 시적인 혁명이건 다른 혁명이건간에 혁명의 진중에서는 항상 비순응주의자들이 가장 흥미없는 존재는 아닌 법이다.

*

좁은 의미에서 초현실주의는 하나의 글쓰는 방식을 뜻하며 넓은 의미에서는 하나의 철학적 태도인 동시에 어떤 신비주의(혹은 과거에 그랬던

---

3) 『연통관*Les Vases communicants*』(Ed. des Cahiers Libres. 1932년 참조).

것), 어떤 시학, 어떤 정치학을 뜻한다. 전자에 대해서는 1924년의 「선언」 속에 나오는 다음과 같은 정의가 있다. "말로나 글로나 혹은 다른 방법으로 생각의 실제적인 기능을 표현하는 방편으로서의 심리적 자동성, 이성에 의한 일체의 통제를 배제한 가운데 일체의 미적 · 도덕적 관심 밖에서 생각을 그대로 받아쓰는 일." 물론 이러한 받아쓰기—글 쓰는 사람은 오직 "목소리la voix"의 명령에 복종할 따름이니까—는 순조로운 조건 속에서만 이루어질 수 있는 것이다. 글 쓰는 사람은 일체의 주위 분위기로부터 독립되어야 하고 가능한 외부 세계 속으로 열린 문들(감각들)을 꼭 닫아놓고서 꿈꾸는 것과 유사한 상태 속에 잠겨 있도록 자신의 이성을 잠재우고 나서 생각의 가속적인 흐름에 따라 귀를 기울이고(그러나 고의적으로 노력은 하지 말고) 글을 쓰고 또 써야 한다. 이때 위험한 것은 순간적으로 그 암흑 세계를 벗어나서 빛이 스며드는 곳으로 나와 다시 또렷한 의식을 되찾게 되어버리는 일이다. 여러 시인들이 각별하게 조건이 좋은 순간에 맹목적으로 자신의 생각에 고분고분 복종하고 있다는 느낌을 경험해보았다는 사실은 의심할 여지가 없다. 그러나 이것은 끝내 계속하기가 어려운 내기다. 더군다나 초현실주의의 표현 방식이 모두 다 자동 기술법이라고 여긴다든가 아무런 통제 없이 생각의 흐름을 받아쓴 텍스트들만이 진짜라고 생각하는 것은 잘못이다. "우리는 단 한 번도 어떤 초현실주의적 텍스트가 언어적 자동성의 완벽한 범례라고 자처한 일은 없다. 심지어 '의식적으로 유도되지 않은' 가장 좋은 예의 경우에도 솔직히 말해서 어딘가 의식이 스쳐간 흔적 같은 것이 있다. 의식이 개입한 최소한의 흔적이 여전히 남아 있는데, 대개는 시로 다듬는다 arrangement en poème는 의미에서 그렇다"라고 앙드레 브르통은 1932년에 털어놓았다.[4] 이처럼 온전한 시poésie intégrale라는 것도 발레리의

---

4) 롤랑 드 르네빌Rolland de Réneville에게 보낸 편지(《N.R.F.》지 1932년 5월 1일자, 『동틀 때 Point du jour』 (Gallimard), 1934년에 재수록).

순수시와 마찬가지로 말라르메의 말을 빌건대 하나의 과장hyperbole이다.

앙드레 브르통과 필립 수포는 자기들 기분에 맞게 초현실주의라는 이름에 버금가는 작품들 중 처음 것에 『자장Les Champs magnétiques』이라는 제목을 붙였다.[5] 다음은 감동적이고 아름다우며 주로 서정적인 그 첫머리다. "오늘 저녁 우리는 둘이서 우리들의 절망이 넘쳐나는 강물을 앞에 두고 있다…… 우리는 술집의 불빛들을, 우리가 날빛을 남겨두고 온 저 허물어진 집의 끔찍스러운 무도회를 생각한다. 그러나 새벽 다섯시 지붕들 위로 부드럽게 흐르는 저 빛보다 더 참담한 것은 없다. 골목길들은 말없이 서로 헤어지고 대로들에는 활기가 넘친다. 남아 있는 산책자가 우리들 곁에서 미소짓는다. 그는 어지러움으로 가득 찬 우리의 눈을 보지 못한 채 지나간다. 우리의 마비 상태를 날려보낸 것은 우유 배달차 소리다. 새들은 어느 신성한 자양을 찾아 하늘로 날아오른다……." 보다시피 낭만적 보헤미안의 하늘을 물들이는 아침의 박명. 여기서 터무니없이 비논리적인 것이라고는 극히 적다. 그러나 『자장』 속에서 실린 대부분의 글들은 전혀 다른 결을 지니고 있다. 구문들은 제대로 되어 있지만 글줄마다 말뜻이 서로 맞지 않는 것을 분명히 알 수 있다. 글을 읽어나가는 동안에 생각과 형태가 갖추어지는가 싶으면 벌써 비논리적인 쪽으로 키가 돌아가면서 생각과 형태가 파괴되고 부정된다. "만만찮은 갱내 가스 폭발이 준비되고 한편으로는 코끼리들이 머리를 숙인 채 대지의 중심으로 여행을 떠난다. 누군가 그들에게 땅속에 묻힌 태양 얘기를 한 것이다. 거대한 한 조각의 공간이 만들어져 극지를 향해 전속력으로 사라진다. 흰 곰들의 팔목시계가 무도회의 시간을 가리킨다……." 혹은 "암홍색 액체가 가득한 유리 잔 속이 맹렬하게 끓어오르더니 흰 봉화불

---

5) Sans Parei사에서 출간.

이 만들어져 안개의 장막이 되어 다시 떨어진다. 눈먼 사람들이 다가와서 경제적인 주민들의 반투명 유리 속에서 그들의 운명을 읽고 있었다⋯⋯."

"'초현실주의'라고 불리우는 못된 버릇은 대경실색할 이미지의 무질서하고 정열적인 사용이다"라고 루이 아라공은 말했다.[6] 초현실주의 텍스트들 중 대부분에 있어서 그것이 어떤 종류의 것이건간에 양식에 도전한다는 공통점을 가진 이미지들이 거의 끊이지 않고 밀어닥친다는 것은 주지하는 바이다. 그러나 오래전에 이미 보들레르는 대학이나 아카데미의 비평 쪽에서 볼 때—브륀티에르Bruntière를 생각해보라—언어도단이다 싶을 정도로 시에는 알맞은 "부적절한 표현impropriété d'expression"을 일삼아왔다. 시 「머리털La Chevelure」을 다시 읽어보자.

억센 머리채여, 나를 앗아가는 물결이 되어다오⋯⋯

Fortes tresses, soyez la houle qui m' enlève⋯⋯

여기서 압축은 매우 강력하다.

푸른 머리털이여, 펼쳐놓은 암흑의 막사여
⋯⋯
뒤틀린 그대 머리칼의 잔털 자욱한 기슭에서
나는 뒤섞인 향기들에 뜨겁게 취한다.

Cheveux bleus, pavillon de ténèbres tendues

---

6) 『파리의 농부La Paysan de Paris』(N.R.F. 간행 1926). p.81.

‥‥‥‥

Sur les bords duvetés de vos mèches tordues

Je m'enivre ardemment des senteurs confondues‥‥‥

「그러나 흡족치 않다Sed non Satiate」에 보면

정절보다, 아편보다, 밤보다 차라리

사랑이 으스대는 그대 입술의 묘약이 나는 더 좋아라.

내 욕망들이 너를 향해 행렬지어 떠날 때

너의 두 눈은 내 권태가 목을 축이는 저수통이어라.

Je préfère au constance, à l'opium, aux nuits,

L' élixir de ta bouche où l'amour se pavane;

Quand vers toi mes désirs partent en caravane,

Tes yeux sont la citerne où boivent mes ennuis.

서정적 변형은 오로지 논리적 불일치와 비교항의 모순을 각오할 때만
얻어지는 것이다. 이런 현상이 보들레르에 와서 처음으로 출현한 것은
물론 아니다. 모든 메타포 속에는 어떤 난유catachrèse가 잠재하고 있다.
어느 시대나 시의 신기한 힘은 무엇보다도 단어들을 엉뚱하면서도 유연
하고 암시적인 방식으로 대비시킨 데서 생겨나는 법이다. 고전주의 시대
에 있어서 프랑스나 외국의 프레시외 시인들, 특히 공고라Gongora에게
서 그러한 예를 수없이 만날 수가 있다. 그러나 랭보가 말했듯이 "최초
의 견자"인 보들레르와 더불어 상상력은 그것이 지닌 조물주적 기능을
의식하기 시작한다. "범우주적인 조응correspondance universelle"이라
는 신비주의적 감각과 접목된 상상력은, "기이한" 이미지들을 통해서 만

물간의 근원적 혈연 관계를 드러내 보이고 사물과 영혼이 잠겨 있는 정신 세계와 일체의 "유현하고 깊은 통일성"에 만물이 참가하고 있음을 드러내 보여야 한다는 엄청난 사명을 의식하게 된다. 보들레르의 대다수 후계자들은 이 같은 형이상학을 수용할 입장이 못 되겠지만, 지난 1870~80년간의 이미지들만을 고려해본다면 초현실주의의 난유들은 아주 명백한 어떤 진화의 귀결이라는 사실을 인정하지 않을 수 없고 그 진화의 여러 과정들을 헤아려보기란 어려운 일이 아니다. 랭보와 말라르메의 곁에다가 우리는 로트레아몽, 자리, 생-폴 루, 혹은 한동안 물적인 것과 심리적인 것(「겸손의 목서초」, 「내 욕망의 완만한 종려나뭇가지」, 「부재의 보랏빛 풀」)을 결합시키는 언어적 연상 연구에 몰두했던 메테를링크(전후 시운동의 참다운 선구자인 「따뜻한 온실Serres chaudes」의 작자—옮긴이주) 같은 시인들에게 폭넓은 자리를 할애할 수 있을 것이다.

절대적인 초현실주의자들이 볼 때 이미지의 영역에 있어서는 무엇이든 다 가능해진다. 서로 연관지어진 항들 사이에서 이성적으로 보아도 어느 정도 납득이 가는 어떤 관계를 알아차릴 수 있는 방법이 있을지 어떨지 알고 싶어하는 태도가 바로 그릇된 태도로 간주된다. 초기 낭만주의자들과 그 독자들에게 있어서는 이미지에 의하여 표현된 관계는 근거를 가진 것으로motivé 여겨졌다. 그러다가 차츰차츰 콤파스의 폭이 넓어지고 시인들은 그들의 등가치를 세계의 끝에까지 가서 찾게 되었다. 이미지는 날이 갈수록 점점 더 물건에 적용되는 일이 드물어지면서 감각적인 세계의 그 어느 것도 밝혀주기를 그쳐버렸다. 이성적인 면과 실용적인 면이 더욱 더 줄어들고 그럴수록 독립적이고 낯설어진 이미지는 마침내 내면적인 창조로, 일종의 "계시"로 나타나게 되었다. 1918년 피에르 르베르디가 내린 이미지의 정의는 앙드레 브르통 그룹의 시인들에게 문자 그대로 수용된 듯하다. "이미지는 정신의 순수한 창조다"라고 말한 르베르디는 이렇게 못박았다. "강력한 이미지의 특징은 '오로지 정신에 의해서만' 그 관계가 포착된 매우 거리가 먼 두 가지 현실들이 자연 발생적으로 대비됨으로써 생겨났다는 사실이다." 그리고 그는 다음과 같은 매우 중요한 단서를 달았다. "감각이 이미지를 완전히 인정할 수 있게 되면 감각은 정신 속에서 이미지를 죽이는 결과가 된다." 가장 완강한 초현실주의자들은 그 말을 이렇게 해석했을 법하다. "감각이 이미지를 조금만이라도 인정하게 되면 감각은 그 이미지를 죽이는 결과가 된다."[7] 폴 엘뤼아르는 이렇게 말하게 된다. "이 우주를 탈감각화해야 한다."

발레리는 1919년 그의 첫 번째 『레오나르도 다 빈치 방법서설』에 붙인 주에서, 정신의 특성은 "어떤quelconque" 물체들과 형태들을 서로 접근시키는 데 있는 것이고 보면 모든 것은 서로 대치될 수 있다("모든 것은 등가다")고 잘라 말했다. 초현실주의자들이 볼 때 무의식은 그러한 대치 능력을 자연 발생적으로 행사한다고 생각된다. 그러나 무의식은 추상적인 관계를 만들어내는 데 그치지 않는다. 무의식은 오브제들을 서로서로에 관여하게 만들어서 그것들을 신비스럽게 동화시킨다. 바로 이렇게 하여 꿈에 있어서 모순 원칙의 틀은 부서져버린다. 모든 것은 그것의 구체적인 힘을 조금도 잃지 않고 여전히 존재하면서도 다른 그 어떤 것으로 대치될 가능성을 갖는다. 오브제들 상호간의 상이는 순전히 겉모습일 뿐이고 따지고 보면 이성과 습관의 산물에 지나지 않는 것이리라. "질료의 다양성 속에서 재발견된 정신의 통일성", 이것이 바로 현대시의 어떤 주석가에 따르건대, 이미지의 정의다.[8] 그 주석가는 이렇게 덧붙인다. "이미지란 동일성 원칙의 마법적인 한 형태에 지나지 않는다." 초현실주의 텍스트 하나하나는 혼돈에로의 회귀를 전제로 하고 있다. 그 혼돈 속에서 어떤 모호한 초자연이 그 모습을 갖춘다. 가장 잡다한 단어들 사이의

---

7) 『피부 마찰용 장갑*Le Gant de crin*』, pp. 32, 34.
8) 피에르 게강Pierre Guéguen, 《신문예*Nouvelles Littéraires*》지 1929년 6월 1일자.

"마취제와도 같은stupéfiante" 화학적 결합으로부터 새로운 종합의 가능성들이 돌연 섬광과도 같이 나타난다.

이렇게 하여 고도로 시적인 이미지들이 서로 결합된다. "색채의 유리잔 속에서…… 알코올의 부채가", "내가 잠자코 있을 때 목구멍은 명주망사의 휘장이 달린 반지라네"(폴 엘뤼아르)[9] "다리 위에는 암꿩이 머리를 한 이슬이 흔들리고 있었네", "잠의 어여쁜 목공소"(앙드레 브르통) "수정 손가락이 달린 욕망"(피에르 르베르디) 그리고 그 밖의 숱한 시구들, 논리적인 면에서 정도의 차이는 있으나 터무니없고 그것이 주는 이상한 느낌 때문에 당혹스러운 이 이미지들은 그러나 감각으로 느낄 수 있는 재현감을 자아낸다. 여기서는 폭죽이 터져 솟아오르는가 하면 저기서는 방사광이, 헤르츠파가 어둠 속으로 퍼져나간다. 정신이 홀로 떨어져 있기 위하여 제아무리 세심한 주의를 한다 할지라도 외부 세계로부터 온 요소들에게서 자양분을 섭취하지 않을 수는 없다. 정신은 오로지 형체를 지니고 있으며 이름을 가진 형태들을 빌어서밖에는 저의 이야기를 (그것이 아무리 내면적인 것이더라도) 할 수가 없다. 마찬가지로 가장 통속적인 의미에서 점쟁이도 그 자체로서는 말로 표현할 길이 없는 오묘한 직관을 문장과 우화로 번역(흔히 반역)하지 않을 수 없는 것이다. 그러나 초현실주의의 시인은 여하한 경우에도 자신의 언어를 실제적인 목적에 사용하는 일이 없도록 노력해야 할 것이며, 그러기 위해서는 명백한 생각의 세계와 이미 알려진 현실 속에서 지시물을 찾는다는 것이 헛된 것임을 분명히 할 수 있도록 지적인 자명함이나 감각적인 자명함의 성격이 일체 배제된 표현들을 사용해야 할 것이다. 어려운 점은 바로 다음과 같

---

9) "받아쓰기를 한" 이미지일까? 그럴지도 모른다. 그렇지만 무의식치고는 기억력이 썩 좋다. 『젊은 파르크』의 자장가 끝부분에 보면 이런 구절이 있다. : "낮은 문은 하나의 반지…… 거기로 가스가/지나간다…… 모든 것이 죽고 모든 것이 재잘대는 목구멍 속에서 웃는다. La porte basse, c'est bague…… où la gaz/Passe…… Tout meurt, tout rit dans la gorge qui jase."

은 것이다. 즉 고의적이 아닌 방식으로, 무의식으로, 어떤 제2의 자연의 자명함을, 순전히 심리적인 자명함을 창조하는 것, 아니 그런 것들이 저절로 형성되도록 버려두는 것 말이다. 만약 그런 것이 가능하다면 그 자명함은 우리들의 내면에서 어떤 내적이고 시적인 감각에 호소해오는 것일 터이고 그런 감각은 아마도 우리들의 심층적 삶의 감정과 혼동되는 그런 것이리라.

2

  언어의 이와 같이 교란된 사용에 관해서 심리학자에게 제기되는 질문들에 우리도 답을 하지 않으면 안 될 것 같다. 사람들은 단어의 그러한 내용을 자폐적이고 비논리적이고 특히 비사교적 사고와 비교한 바 있고, 취리히의 뷜러Beuler는 현실에 적응하는 것을 목표로 하는 유도된 사고와 그것을 구별했다. 그러나 자폐성l'autisme은 뷜러의 생각으로는 명백하게 병리학적인 현상으로 도대체 자동성 현상과 혼동될 성질의 것이 못된다. 현대의 정신의학자들이 그들의 환자들로부터 어떤 종류의 자유롭고 앞뒤가 안 맞는 독백을 얻어내려고 애쓰는가에 대해서 사람들은 이야기한 바 있다. 깨어 있는 상태에서 꾸는 꿈에 대해서도 이야기된 바 있다. 의식의 저변에서 비정형의 덧없는 현상들을, 즉 헤아려 짐작할 길 없는 방식으로 그 운명이 자아의 정서적 운동과 관련되어 있는 형상들을 충동시키면서 우리의 내면 속에서 거의 끊일 줄 모르게 느린 만화경처럼 돌아가는 맨 정신의 꿈, 레옹 도데가 저 위대한 미지체라고 일컬은 것에 대해서 말이다.[10] 여기서도 역시 아주 정확하게 짚고 넘어가지 않으면 안 된다. 왜냐하면 이처럼 우리의 정신 속에 그 모습을 갖추어가고 있는 유충기의 심리적 현실들은 대개 언어의 범위 밖에 존재하는 것이기 때문이다. 다른 한편 최근에 폴 엘뤼아르와 앙드레 브르통이 다양한 유형의 정신 질환자들의 언어적 착란을 모방하고자 고심하는 것을 우리는 보아서 알고 있다. 그러나 그들은 "그런 작업을 하는 도중에 그것에 해당되는 의식 상태를 직접 체험하지는 않은 채" 그런 모방을 해보는 것이다.[11] 이 야말로 중요한 실토라고 보아야 하겠다. 마치 사고는 가장 인지하기 어려운 주사에도 반응을 일으켜서 운동을 그려 보이고 어떤 언어를 발음할 수 있는 비개성적 플라즈마와도 같은 것이기나 한 듯이 일은 되어가고 있다. 가령 적당하게 훈련을 시키기만 하면 무슨 일이나 원하는 대로 다 시킬 수 있는 종마를, 그리하여 주문만 하면 즉시 아무리 터무니없는 명령에도 고분고분 순종하는 종마를 상상해보라. "내 생각으로는 가장 강력한 이미지란 자의성의 정도가 가장 높은 이미지라고 여겨진다. 나는 그 생각을 구태여 감출 의도는 없다"라고 앙드레 브르통은 명백하게 말한다.[12] 이러한 태도와 그의 자연 발생적인 언어 생산을 자의성의 방향으로, 그리고 "시로 다듬는" 방향으로—또 어떤 때는 정신 박약 증세나 심한 편집광의 방향으로—유도하는 것 사이는 그리 거리가 멀지 않다.

요컨대 초현실주의 텍스트들을 문학이라는 관점에서 살펴보건, 심리학이라는 관점에서 살펴보건, 결국 우리는 그것을 문화의 산물, 가장 진보된 문화의 산물로 간주하기에 이른다. 즉 만인에게 정도의 차이는 있으나 너그럽게 나누어 주어진 언어적 창안의 능력이 자유롭게 실천된 결

---

10) 「깨어서 꾸는 꿈Le Rêve éveillé」 속에는 이런 구절이 있다. "꿈은 꿈 연구가들이 추측했고 아직도 추측하고 있는 것보다 훨씬 더 한결같고 완벽한 방식으로 우리들의 일상적인 삶, 심지어 깨어 있는 삶과 섞여 있다. 과연 정상인에게 있어서 깨어서 꾸는 꿈(저 위대한 미지체)은 거의 변함없는 상태로 존재한다. 심지어 이웃과 대화를 나누거나 멋진 구경거리를 바라보거나 행동하거나……. 어떤 문제에 대하여 꿈은 마음의 지평 위로 끊임없이 지나가는 추억과 각종 이미지들(그 자체는 또 유전적 인격의 편린들이지만), 무수한 자아의 잡다한 요소들, 그리고 부인할 수 없지만, 그 메커니즘은 전혀 밝혀지지 않은 어떤 현실의 예감·경고 및 전조의 조각조각들로 간주되어야 마땅하다." 장 카조Jean Cazaux의 「초현실주의와 심리학」(Corti사 간행, 1938) 참조.
11) 「무염시태L' Immaculée Conception」의 서론(Ed. Surréalistes, José Corti).
12) 「초현실주의 선언」(Kra. 초판), p.60.

과와는 전혀 다른 그 무엇으로 간주하게 마련인 것이다. 그것은 가능한 한 가장 약하게 의식된 창조라고 볼 수 있다.[13] 그러나 아라공이나 브르통이나 수포나 엘뤼아르 같은 시인의 가장 심원한 기억 속에는 낭만주의와 후기 낭만주의 추억들이 깃들어 있다. 과연 초현실주의자들이 일반적으로 몽환적인 성질을 지닌, 그리고 그 자체에만 골몰한 어떤 자연 발생적인 사고에 대하여 진정한 이미지를 제공했는지는 지극히 의심스러운 바가 있다. 그와는 반대로 그들은 대개의 경우 기껏해야 상당히 피상적인 메커니즘을 작동시켰고 '문학적인', 그리고 언제나 작자 자신의 의도에도 불구하고 "의도적으로 유도된" 사고의 어떤 흐름을 전파했을 뿐이다. "검정색은 그렇게 검지는 않다"고 젊은 파르크는 말한다.

한걸음 더 나가보자. 수년 내에 시리즈로 제작된 몇몇 시들을 읽어볼 것 같으면 무슨 변덕스러운 유희를 구경하고 있는 것 같은 느낌이 든다. 그 유희는 기분 전환을 시켜준다기보다는 오히려 단조롭고, 그저 재미로 혹은 따분해서 제 스스로를 우롱하면서도 깡충거리며 춤추는 자유를 은근히 즐기는 어떤 논리의 변덕스러운 유희인 것이다. 그리고 또 시인 자신의 의식 상태는 조금도 개입되지 않는 저 "흉내 연습"에 대해서는 뭐라고 말하면 좋을까? 시인이 자신의 내면 속에서 경험하는 구체적 현실과 단어 사이의 괴리를 당연한 것으로 받아들인다는 사실만큼 심각한 징표는 다시 없을 것이다. 다다이스트들이 기어이 벗어나고야 말겠다고 다짐했던 예술적 '모조품'들(발레리는 일체의 "작품"이란 것은 다 모조품이라고 했었다)에 단순히 어떤 심리학적 모조품이 대치된 것뿐이다. 우

---

13) 그리하여 1933년 12월에 앙드레 브르통은 그가 처음 선언한 말을 반복했다. "초현실주의의 특성은 의식에 떠오르지 않은 메시지 앞에서 모든 정상인의 완전한 평등을 선언했다는 점, 그 메시지는 각자가 자기의 몫을 요구하기만 하면 되는 공통의 자산임을 끊임없이 주장했다는 점이다. 모든 남자들은, 아니 모든 여자들은 스스로 마음내키는 대로 그 언어를 사용할 수 있는 절대적 가능성을 확신할 자격이 있다. 그 언어는 초자연적인 데라고는 전혀 없고 저마다에게 있어서 계시의 방편 그 자체인 것이다."(「자동 메시지Le message automatique」, 『동틀 때』에 재수록).

리가 볼 때 그런 경험은—『무염시태』속에 수록된 텍스트들이 보여주는 경험—해보았어야 마땅한 경험이며, 그 경험을 통해 우리는 초현실주의자들이 부르짖었던 말에 대해서 왜 그 정도로 사람들이 무관심한 반응을 보이는지를 이해할 수 있게 된다고 여겨진다. 그러한 무관심은 바로 수많은 초현실주의자 그 자신들 탓이라고 생각하지 않을 수 없다. "어떤 작품의 가치는 시인이 자신의 운명에 대하여 갖는 폐부를 찌르는 듯한 접촉과 비례한다"라고 피에르 르베르디는 말했다.[14] 이야말로 적절한 표현으로서 이들 시인들이 직면한 위험, 즉 제 사냥감을 허깨비에게 던져주고 언어에 담긴 그 생명적인 정수를 비워내버리는 위험을 충분히 보여주는 것이다.

그런데 초현실주의자들의 표현 방법과 양식을 무가치한 것으로 간주하고 그것을 무조건 비난하는 것은 아마도 지극히 부당한 일일 것이다. 특히 자동 기술법의 경우 혹은 자동 기술법이라고 자처하는 것의 경우를 놓고 볼 때 그것은 물론 존재가 그 모습을 드러내도록 해줄 수 있는 방법이며 심지어 이론상에 있어서는 그 무엇보다도 먼저 지하에 흐르는 무의식의 맥이 이미지와 상징의 형태로 솟아오르도록 여건을 조성해줄 수 있어야 마땅한 방법이지만 그것이 그 같은 일을 필연적으로 빈틈없이 성취해내는 것은 절대로 불가능하다는 사실을 알아둘 필요가 있다.

3

그러나 초현실주의는 그저 자신의 붓이 달려가는 대로 따라가기만 하는 어떤 하나의 방식 이상의 그 무엇이다. 앙드레 브르통과 그의 친구들은 그들의 연구와 탐색을 다양한 여러 방향으로 추진시켰고 자기들이 하

---

14) 『피부 마찰용 장갑』, p.48.

는 기획에 막대한 역량을 부여하고자 했다. 그들이 볼 때 '기성의reçues' 언어적 결합을 파괴한다는 것은 곧 평범한 것에 대한 형이상학적 확신들에 가하는 위해를 의미하는 것이며 사물에 대한 관습적이고 자의적인 비전에 탈피함을 의미하는 것이다. "우리가 살고 있는 우주의 진부함은 근본적으로 우리가 지닌 언술 능력에 달려 있는 것이 아니겠는가?"[15]

천편일률적인 언어 속에서는 자유의 개입이 한결같이 옹색한 제한을 받게 마련인데 그런 천편일률의 언어는 우리에게 천편일률적이고 경직되고 화석화된, 그리고 그것을 설명하고자 하는 개념들만큼이나 생명력이 없는 어떤 세계의 비전을 강요한다. 자연이란 "하나의 경직되어버린 마술지팡이"라고 보았던 노발리스를 기억해보라. 그리고 만약 우리가 현실이라고 부르는 우주가 사실은 하나의 상상에 지나지 않는다면, 그 열쇠를 분실해버린 어떤 알 수 없는 방식에 의하여 어떤 해묵은 꿈을, 즉 우리가 습관 때문에, 약한 마음 때문에, 용서받을 수 없는 무기력 때문에, 형체를 갖추도록 방치해놓았다가 이제와서는 마치 누에고치처럼 우리를 가두어놓게 된 어떤 해묵은 꿈, 즉 하나의 "성공한" 상상에 지나지 않는다면 어쩔 것인가? 다시 한번 더 우리는 마침내 무한한 자유로 충만한 어떤 세계 속으로 뚫고 들어가게 된다는 희망을 품고서 창문들을 활짝 열어야 할 것이다.

넓은 의미의 초현실주의는 "실제로 존재하는 사물들"과 결별하려는, 그리고 그것들 대신에 생동감 넘치며 소생하고 있는 다른 사물들, 그 동적인 윤곽이 존재의 깊은 바탕 속에 은연히 찍혀 있는 다른 사물들을 대치시키려는 낭만주의의 최근의 기도를 보여주고 있다. 여기서 우리는 앙드레 브르통이 쓴 「선언」의 그토록이나 아름다운 첫 구절을 상기할 필요

---

15) 앙드레 브르통, 「얼마 안 되는 현실성에 관한 담화에 부치는 서론L' Introduction au discours sur le peu de réalité」(Ed. de la N.R.F., 1927).

가 있다.

　삶에 대한 믿음이, 삶이 지닌 가장 덧없는 면(물론 "현실적" 삶을 두고 하는 말이지만)에 대한 믿음이 너무 대단해지다 보면 결국에 가서는 그 믿음이 상실되고 마는 법이다. 저 결정적으로 몽상가인 인간은 날이 갈수록 더욱 자신에게 주어진 운명에 불만을 품게 되어, 그가 사용하게 된 사물들, 그의 나른한 태도, 혹은 그의 노력, 아니 거의 대부분의 경우 그의 노력을 통해서 얻게 된 사물들을 어렵게나마 다시 살펴보게 된다. 그는 일을 하는 데 동의했으니까 적어도 자신의 행운을(그가 자신의 행운이라고 부르는 것을!) 점쳐보는 일을 혐오해보지 않았으니까……

　결정적으로 몽상가라는 인간은 또한 영원한 어린 아이라고도 할 수 있다―"왜냐하면 진정한 삶에 가장 가까이 다가가는 것은 아마도 어린 아이일 테니까." '현실'에 대해 의구심을 갖는 그 같은 경향을 두고 말해본다면, 시인들이 그것을 자기들의 가장 귀중한 기능으로 떠받들어온 지는 벌써 오래 전부터다. 그런데 이제부터는 그런 경향이 절대의 경지에 도달하게 된다. 심리학자가 이런 것을 본다면 객관과 주관의 혼동, 세계를 변화시킬 수 있는 사고의 전능에 대한 "마술적" 확신, 감각적 현실은 정신의 세계만큼 "실존하지" 못한다는, 아니 어쩌면 감각적 현실은 오직 정신의 세계 속에서만, 정신 세계의 지배하에서만(우주적 만물의 중심은 그 나르시스의 혼의 미세한 점이니까) 실존한다라는 감정이라고 비판할 것이다. 그 모든 것은 물론 개념적으로 파악되기보다는 어렴풋하게 예감되는 것이다. 그러함에도 불구하고 여전히 모든 것이 구원될 수 있는 길은 정신의 완전한 자유를 위한 호소이며 삶과 시는 "다른 곳"에 있다는 단언이며, 이 거짓된 세계를 부정하기 위해서, 내기는 아직 끝나지 않았다는 것을 증명하기 위해서, 살과 시를, 그 중 어느 한쪽을 통해서 다른 한쪽을(그 두 가지는 극한점에서 서로 만나 하나가 되는 것이니까) 위험을 무릅쓰고 쟁취해야만 한다는 단언인 것이다. 초현실주의의 메시지가 지닌 핵심은 바로 여기에 있다.

낭만주의가 출현한 후에, 보들레르와 랭보가 나타난 후에, 이제 와서 이렇게 부르짖는다는 것은 별로 새로울 바 없다고 말하는 사람도 있을 것이다. 그들은 이야말로 신비주의적 태도이며 미치광이짓, "자연적인" 미치광이짓이라고 간주하여 이것을 심리학적으로 설명하려 할 것이고 문학사와 인간 정신사 속에 위치시켜보려고 할 것이다. 손쉬운 말로 "원시주의요 유아주의"로 규정된 이 경향은 비평가에게는 편리하게도 과학적 정신과 문명에 대립되는 것으로 여겨질 것이다. 그러나 따지고 보면 그저 운만 맞추어놓고 이것이 시라고 내세우지 않는 사람들, 단순히 어제 오늘만의 시인은 아닌 사람들 가운데 얼마나 많은 시인들이 이 같은 경지에 도달하였던가! 얼마나 많은 사람들이 어느 한순간 메타포 속에 세계를 송두리째 소유한다고 믿었던가! 감탄할 만큼 손쉽게 그들은 모든 논리적 원칙들을 배제해버렸다. 그들은 서로 상반된 요소들을 동일화했다. 그들은 현재 속에서, 혹은 현재로 변한 과거 속에서 영원의 숨결을 호흡했다. 그들은 그것을 경험으로, 구체적이고 부정할 수 없는 경험을 만들었다. 그리하여 그들의 독자들은 어느 한순간 그것이 진실이라고 믿었다. 이것은 부인할 수 없는 사실이다.

초현실주의자들의 고유한 특성은 그들이 기이한 북극광이나 인광이 비치고 무한한 깊이의 심연에서 발해지는 환영들이 빛을 던지는 어떤 밤의 왕국의 왕이 되고자 했다는 점이다. 어떤 깊은 향수가 그들 속에 내재하고 있다. 여러 가지 가능성들이 서로 갈등을 일으키지 않은 채 공존하는 원천에까지, 일찍이 랭보가 자신의 마음속에서 뜨겁게 타오르는 것을 느꼈던 이름도 없고 무한한 중심의 불덩이, 일체의 규정 이전의 혼돈에까지, 조금씩 조금씩 솟아오를 수 없다는 데 대한 절망적인 회한이 그들의 내부에 잠겨 있다. 나는 여기서 앙드레 브르통의 「제2의 선언」에서 단 한 구절만을, 그러나 단호한 한 구절만을 발췌해 보이겠다.[16]

모든 것을 감안하여 보더라도, 삶과 죽음, 현실과 상상, 과거와 미래, 전달 가능한 것과 전달 불가능한 것, 위와 아래가 서로 모순된 것으로 지각되기를 그치는 어떤 정신의 지점이 있다는 것을 믿을 수 있다. 그런데 초현실주의적 활동에서 바로 그 지점을 규명하겠다는 희망 이외에 다른 어떤 동기를 찾으려 한다면 그것은 헛수고일 뿐이다.

이야말로 다다이즘의 원칙이었던 절대적 반항이며 자명한 것들에 대한 거부이며 또한 "이 세상 밖의 그 어디에건" 접근하기를 열망하는 한 인간의 어처구니없는 요구이다. 앙드레 브르통의 목소리를 통해서 초현실주의가 전력을 다해서 규명하겠다고 선언하는 그 정신적 지점은 과연 천지 창조에 대한 신의 가설적인 비전과 크게 다른 것일까?

여기서 반항은 이미 보들레르의 경우나 랭보의 경우, 그리고 특히 로트레아몽의 경우가 그러했듯이 거의 악마적인 성격을 띤다. 말도로르 Maldoror라는 이름을 가지고 1870년 보불전쟁의 문턱에서 태어난 그 괴물에게 사람들이 홀려버리게 되자면 아마도 특수한 정황들과 새로운 살육이 필요했는지도 모른다. 우리는 이 노래들 속에 미치광이 같은 거짓 꾸밈을 훨씬 넘어서는 그 무엇, "이론적 악의méchanceté théorique"와는 전혀 다른 그 무엇, 즉 묵시록의 어둠 속에서 신성 모독의 저주를 퍼붓는 성난 천사장의 불이 담겨 있다고 보아야 마땅할까? 로트레아몽은 단지 심리학적인 한 현상일까? 아니면 형이상학적인 어떤 사건이요 "저

---

16) Kra사 간행(1930년).

주의 희소식Bonne nouvelle de La Damnation"의 예언자일까? 나로 말할 것 같으면 그의 작품의 요체는 그것이 구현하는 이미지의 질, 거기서 생겨나는 유례없는 감동, 그 이미지들이 퍼뜨리는 환상적인 분위기aura에 있다고 믿는 편이다. 로트레아몽은 아무것도 열망하는 바 없고 선과 악을 초월하는 "절대선"을 예감하고 있는 것도 아니므로 그는 메시지를 전달하는 것이 아니다. 『시집Poésies』의 개영시(改詠詩)가 말도로르의 『노래Chants』의 반(半)패러디와 서로 모순을 일으키는 것처럼 보이는 것은 그저 겉모습의 인상일 뿐이다. 사실상 검은 꿈과 언어적 광란의 지옥속으로 빠져들어감으로써 그는 어떤 반천(反天)의 욕구를 충족시키려는 것이다. 그러나 사탄과 동맹 조약을 맺는 것은 쉬운 일이 아니다. 아예 악마를 만나지 말 일이다. 더군다나 여러 사람들의 겨우 반항은 아무런 희망이 없는 것이고 탈출은 불가능하다. "나는 하느님을 믿지 않는다. 그러나 나는 하느님이 무한하다고 느낀다. 그 어느 누구도 나보다 더 종교적인 정신을 가진 이는 없을 것이다. 나는 끊임없이 풀 길 없는 문제들에 부딪친다. 내가 기꺼이 받아들이고자 하는 문제들은 모두 풀 길이 없는 문제들이다"[17]라고 로베르 데스노스Robert Desnos는 말한다. 그는 얼굴을 찡그리고만 있고 눈길 속에서 어떤 형이상학적 불꽃이 작열하고 있다. 그 같은 유혹에 저버린 사람은 한둘이 아니다. 그러나 어떻다는 말인가! 불안과 절망의 스노비즘이란 것이 존재한다고 해서 그러한 반항의 솔직함과 필요성을 부인하는 것은 치졸한 일이다.

*

그렇지만 제아무리 일체의 희망 따위는 갖지 않은 채 "조직적인 실망"

---

17) 『유럽 평론Revue Européenne 』, 1924년 3월 1일자.

을 실천에 옮긴다고 하지만 새로이 등장한 몇몇 사람들은 솔직히 말해서 정신Esprit을 예찬하는 초현실주의 시인에게 주어진 단 하나의 자연스럽고 긍정적인 방식, 즉 신비주의자들의 방식을 구상해보지 않고서는 견디지 못한다. 랭보에 대한 성찰은 『대유희Le Grand Jeu』의 동인들을 다음과 같은 명제들로 인도해간다.

소위 신비주의적인 어떤 방법에 따르건대 한 인간은, 그의 감각으로 약분될 수 없으며 그의 오성으로 환원될 수 없는 어떤 다른 세계의 직접적인 지각에 도달할 수 있다. 그 세계의 인식은 개인적인 의식과 또 다른 의식 사이의 과도적인 단계를 마크한다. 그 단계는 자신의 인생에 있어서 어느 한 시기에 공동으로 타고난 가능성들을 절망적으로 초월하고자 했고 치명적인 출발을 구상했던 모든 사람들에게 공통된 것이다.[18]

그 또 다른 세계, 초개인적 세계란 바로 동방 철학과 비교(秘敎) 과학의 범우주적인 혼이다. 그 치명적인 출발이란 바로 유한한 일체의 사물들에 대한 작별이며 자아의 상실이며 이원론의 결정적인 용해이며 전체 속으로의 혼합이요, 개체성 속으로의 유형을 지나 마침내 신비주의자들의 행복한 통일성에로의 귀의요, 절대적인 선인 동시에 허무의 성격을 지닌 저 절대적 불확정에로의 회귀인 것이다.

모든 철학들 가운데서 여러 세기 동안 한 전통에 의하여 전승되고 윤색되어온 비교 사상은 과연 초현실주의와 합치됨에 있어서 가장 어려움이 적은 사상으로 여겨진다. 그 속에 내적인 것, 외적인 것, 주관과 객관을 다 함께 흡수하게 될 수도 있을 어떤 초현실적인 다른 세계를 예감한

---

18) 『대유희Le Grand Jeu』, 제2집, 1929.

다면, 시간과 공간을 벗어난 곳에서 태어나고 예언적인 표시가 되어 있는 이미지들을 포착하기 위해 "감각적 세계에 대해서는 죽은 것이나 다를 바 없이 되고" 다른 것을 호흡하기 위하여 내면을 텅 비움으로써 그 메시지를 영입할 수 있을 것으로 여겨지는 초현실적인 다른 세계를 감안한다면, 그 예감, 그 믿음이야말로 초현실주의자들의 원초적인 거부와 그들의 잠재적인 신비주의의 가장 정상적인 귀결일 것으로 여겨진다.

그런데 과연 그들이 처음에 전진해간 방향은 바로 그쪽이다. 그들은 자신의 조상을 단순히 낭만주의, 혹은 후기 낭만주의 시인들—합리주의 세기의 참다운 "영감받은" 사람들—가운데서 뿐만 아니라 동시에 예언자들과 계시받은 사람들 가운데서 찾아낸 것이었다. 그들이 볼 때 가톨릭 주석가들에게 잘 이해받는다고 여겨지는 보들레르, 랭보 쪽보다는, 특히 전자 쪽보다—후자로 말해보건대 「취한 배Bateau ivre」가 살롱에서까지도 딱할 정도로 대중적인 인기를 얻은 것을 우리는 목격하지 않았던가?—그들은 스캔들의 취미 때문에 그리고 부르주아적인 찬양을 따돌리기 위하여, 로트레아몽 쪽을 더 좋아한다. 네르발은 모든 프랑스 시인들 중에서 유일하게 치명적인 출발을 "구상하는" 정도로 만족하지 않았던 시인이었으므로 훨씬 더 진지한 모범으로 취급된다. 심지어 빅토르 위고까지도 그가 쓴 작품들의 어느 부분(가장 덜 읽혀진 작품들)에 있어서는 모범이라고 여겨지며 외국의 경우에는 윌리엄 블레이크William Blake, 요한 크리스티안 프리드리히 횔덜린Johann Christian Friedrich Hölderlin 및 노발리스가 그런 경우에 속한다. 노발리스의 「단장 Fragments」 속에 나오는 얼마나 많은 대목들이 돌연 시의 적절한 흥미의 대상이 되었던가! 그러나 그의 시대의 여러 독일 낭만주의자들이 그러했듯이 노발리스는 "오의를 터득한" 시인이었고 그의 마법적인 이상주의는 철학적 비교의 자취를 담고 있다.

그런 반면 정통적 초현실주의자들은 차츰차츰 그러한 정신주의적 입장을 포기해갔다. 그들은 강력한 행동 쪽으로 기울어졌다. "동방의 부름"에 응답하기 위해("동방이여, 동방이여, 오직 상징이란 가치 하나만을 지닌 너"라고 앙드레 브르통은 아주 긴요한 웅변적 효과를 고려하여 이렇게 부르짖었다)[19], 그들의 의견을 같이 했던 《철학Philosophie》지와 《정신Esprit》지의 젊은 작가들에게도 강력한 행동은 영향력을 행사했다. 이리하여 그들은 내분과 분열을 겪으며 변증법적 유물론과 어떤 유의 공산주의 쪽으로 한발 한발 다가갔다. "그 마지막 몇 해 동안에 있어 특징적인 것이라면 지금부터 20년 전의 인간들에게 있어서 근본적으로 중요한 것이었던 개인주의의 종언과 죽음이다"라고 이미 1929년에 루이 아라공은 못박아 말했다. 자아를 포기하는 것보다는 "자아를 은폐하는 것"이 더 쉬운 일이고 또 그토록 오랫동안 낭만파, 상징파 그리고 현대파의 반항과는 분리해서 생각할 수 없을 만큼 근본적 요소였으며 그토록 프랑스 특유의 것인 무정부적 개인주의의 효모들이 몇 년 사이에 소멸할 리도 없는 것이고 보면 교의적인 개인주의의 죽음 정도라고 말하는 것이 어울리겠다. 하여간 1930년경에 우리가 목격한 것은 초현실주의를 합리주의화하려는 시도였다. "그 어느 누구도 나보다 더 종교적인 정신을 가진 이는 없을 것이다"라고 로베르 데스노스는 전에 말한 바 있었다. 그같은 종교적 정신의 소유자들이 그 후 일체의 초자연에 대한 관념이나 초월적 원칙에 대한 생각을 버린 것이다. 그들이 볼 때 정신에 의하여 "삶을 변화시키려는" 의지는 세상 돌아가는 형편을 변화시키려는 실천적 의지가 그에 선행되지 않을 경우 비효과적이라고 여겨진다.

가장 드높은 결의, 즉 인식과 삶의 절대시를 부르짖고자 하는 결의는 이제 폐허처럼 무너져버리는 것일까? 격렬한 말로 떠들썩하게 해놓기는 했지만 결국 이성으로 되돌아오자는 것을 요란하게 표현한 형식에 불과

---

19) 1924년, 『얼마 안 되는 현실성에 관한 담화에 부치는 서론』 말미 부분. 『해뜰 때Point du jour』에 재수록.

한 것일까? 그 점에 대한 분명한 답을 얻기는 어렵다. 한편으로 보면, 혁명적 기회주의와 타협과 공산당의 여러 파벌의 "변수"에 직면하면서 앙드레 브르통은 항상 대원칙들을 찬양했고 기회 있을 때마다 유토피아에 더 가깝고 트로츠키주의와 유사한 어떤 공격적 태도를 옹호했다. 다른 한편 그는 모든 사람들에 대하여, 그리고 모든 사람들에 대항하여, 두 가지의 혁명적 태도를 꿰어 맞추려고 노력했는데 하나는 사회적이요, 다른 하나는 정신적인 그 두 가지 주장의 상호 결합을 결정적으로 실현시키기란 불가능한 일이었다. 그는 그러나 감히 다음과 같이 말했고, 그 점에 있어서는 그에게 감사해야 마땅하다. 즉 그의 생각으로 볼 때 혁명은 '목적'일 수가 없으며, 단 하나 정당한 목적이 있다면 그것은 "인간의 영원한 목적지에 대한 인식"이며, 일단 사회적인 생활이 어느 정도 개선되고 나면 만인은 인간 조건의 실질적인 허약함을 인식할 수 있게 되는 일이 가장 중요하다는 것을 말했던 것이다. 이리하여 적어도 상대성과 절대성의 감각과 아울러 비극성과 절망의 감각은 고이 지켜지는 것이다.

*

초현실주의의 으뜸가는, 그리고 가장 근본적인 태도를 살펴볼 때 우리는 아마도 프랑스 안에 있어서(프랑스 밖에서는 독일 낭만주의 그룹이 있다) 시인들로 이루어진 어떤 유파가 이렇게 아주 의식적으로 시의 문제와 존재의 본질적인 문제를 혼동한 적은 한번도 없었다고 평가할 수 있을 것이다. 그 시가 어느 정도건 범세계적 보편성을 가진 "계시"를 가져다주는가 아닌가 하는 문제는 도대체가 좀 나이브한 문제라고 하겠다. 생각하고, 삶을 영위하는 공통적인 방식과 그토록이나 멀리 떨어져 있으면서 어떻게 "밖에서도" 인정받은 가치를 지닌 성과를 바라겠는가? 랭보는 단 한 가지의 소명감을 일깨우는 일도 지극히 신속히 포기해버리지 않았던가?

그렇다. 그렇게도 부적격한 탐구는 아마도 밖에서 들여다보면 실패로 끝날 수밖에 없다고 생각될 것이다. 그런데 들여다보아도 그런 탐구는 역시 끝맺음이 없을 수밖에 없고, 도무지 포착할 수 없는 "속이 빈 세계 monde en creux" 속에서 정신의 그 지점을, 최후의 결정적인 말을 놓쳐 버리지 않을 수 없는 것으로 여겨진다. 아마도—이 말을 구태여 해야 할 까?—정통파건 아니건 일반적인 초현실주의자들은 인내가 부족했던 것 같다. 그들은 무의식을 강요하고자 했고,[20] 가장 순박한 마음을 지닌 사람들에게라면 보다 거리낌없이 드러나 보일 법한 비밀들을 유린하고자 했다. 기독교적이건 비기독교적이건 참다운 신비주의의 길로 나아가기에는 그들에게 위력이, 다시 말해서 어떤 믿음이, 계속성 있는 의도가, 자아보다 더 내면적인 그 무엇에 대한 헌신이 결여되어 있었다.

브레몽 신부가 지적했듯이 자신의 불완전함(종교적)에서 덕목을 이끌어내는 의사 신비주의자들이었던 시인들은 과거에도 숱하게 많았다고 항변하는 사람도 있을 것이다. 그러나 우리는 대다수의 초현실주의 지지자들이 이것저것과 타협하느라고 주저한다는 점, 말로 하는 것 이외의 다른 방식으로는 감히 예술과 결별하지도 못한 채, 자기들의 추억과 습관과 문사 특유의 거리낌(사실 문제가 없지만은 않은 것이긴 하나 방법론 쪽보다는 어떤 신화를 프로이트에서 차용해서 과학을 위하여 작업한다고 자처하면서도)에서 헤어나지 못한 채, 예술을 조롱한다는 점을 비난할 수도 있을 것이다. 그들이 구사하는 이미지들 그 자체나, 조리 있게 표현하기를 거부하는 태도는 그들이 감각적 세계와 합리적 세계와의 단절, 그리고 부정의 초보적 단계를 넘어서기 어렵다는 사실을 증명해준다. 그들이 내세우는 프로메테우스적 야망과 또 한편 브르통과 그의 동

---

20) 프랑스 엘랑스Franz Hellens는 1925년에 이미 『녹색판Le Disque Vert』에서 "무의식을 강요하지는 못하는 법"이라고 지적했다.

지들이 오랫동안 부르짖어온 바 "시를 실천에 옮기겠다"는 결의, 그리고 그 엄청난 혁명적 충돌들이 낳은 문학적 제스처 및 텍스트들 사이에는 마치 어떤 역설적인 운명으로 인하여 구태여 원하여 초래된 듯한 일종의 불균형 같은 것이 엿보인다. 자기들은 "자리를 잡고 틀어박히지 않는다" 는 것을 확인하려는 듯한 그들의 억지와 독설은 아마도 거기에서 기인하는 것이리라. 자신들은 몸을 바쳐 대가를 치를 각오가 되어 있다는 것을 확인하기 위하여 사회적인 면에서 직접적인 행동에 나서려고 한 것 또한 거기에서 기인하는 것이다. 결국 따지고 보면 여전히 중요한 목표는 어떤 예수 재림에의 다소간 노골적인 탐색임에 틀림없다. 어떤 소명 의식으로 인하여 스스로 제아무리 절망적이고자 할지라도, 또 아라공이 그들의 면전에 대놓고서 "그 어떤 종류의 낙원도 존재하지 않는다"고 못박아 말하기는 했지만 그들은 도피하고자 하는 욕구와 어떤 다른 현실에 접근하고자 하는 욕망에 시달리고 있는 것이다. 우리는 그들이 행동과 시, 정신적 활동과 시간적 세계 속에서의 활동 사이에서 망설이고 있는 것을 알 수 있다. 그러나 그들이 한번쯤은 백일하에 제시하고자 꿈꾸었던 바 예술의 승리자인 총체적 시, 유일한 진실, 신기하고 이를데없이 순수한 꽃이 그 생명과 개화를 보장해줄 수액을 길어낼 수 있는 곳이란 아마도 송두리째 행동과 정신적 현존으로 탈바꿈한 영혼 속일 뿐인 듯하다.

제16장
초현실주의 시인들

1

천만다행으로 초현실주의자들 가운데는 인간들도 있고 시인들도 있다. 물론 고분고분한 나머지 어떤 독트린에 지나치게 복종하는 경향을 띤 작가는 그 독트린으로 인하여 우왕좌왕하게 되고 심지어는 파멸로 치닫게 될 수도 있다. 그러나 그러한 작가들과는 다르고 그보다 더 나은 사람들은 단체를 벗어난 개별주의 주체로서 전진하는 편을 택한다. 그들은 남이 모방할 수 없는 수단들을 통하여 아직 그 이름이 붙지 않은 동떨어진 하나의 왕국을 확보하게 되는데 장차 그 왕국에는 그런 인물의 이름이 붙게 될 것이다. 적절한 시기에 그들이 천지를 뒤흔드는 듯 세상에 내놓는 몇 가지 의견들은 제자들과 공부하는 사람들에게 필요할 때는 안도감을 주기도 하고 불안감을 불러일으키기도 할 것이다.

바로 이와 같이 하여 예외적인 산문가로서의 재능에 힘입어 자기가 원하는 것을 할 수 있는 루이 아라공Louis Aragon은 이미 1928년에 즐겨 이렇게 말할 수 있었다. "만약 당신이 어떤 초현실주의적인 방법에 따라 한심한 바보 수작을 글로 쓴다면 그거야말로 한심한 바보짓이다. 변명할 길도 없는 바보짓이다."[1] 마음만 내키면 명석한 두뇌로 헤아려보기를 즐기는 빈틈없는 논리의 인간인 아라공은 기껏해야 여기로, 그리고 어떻게 되는가를 알아보겠다는 생각에서만 초현실주의자가 되었던 것이 아닐까

---

1) 『문체론Traité du style』(Ed, de le N.R.F., 1928), p.192.

하는 의문을 품어보는 것은 당연한 일이다. 그가 무엇보다도 중요시하는 것은 반항이다. 그는 다다의 반항, 초현실주의자들의 반항, 공산주의자들의 반항에 힘껏 동조했다. 풍자적이고 시니컬하며 도시인이지만 사회를 야유하기 위해서는 사회를 필요로 하는 인간인 그는 볼테르적 전통과 다시 손잡을 수도 있었을 법하다(가령 「아니세 혹은 파노라마*Anicet ou le Panorama*」를 읽어보라). 그는 또 자신의 등 뒤로 어두운 족적처럼 빛나는 절망의 시편들을 남기면서도 그의 공격적이며 침식성이 강한 사고의 흐름을 따라 쉽사리 저 "사람들의 사기를 죽여놓는démoralisateur" 위력을(언젠가 플로베르가 갖고 싶어 꿈꾸었던) 행사했을 법도 하다. 오랜 동안 불가피하게 바보스러움으로 치닫게 마련인 한 세계 속의 어디엔가에, 그 자신이 혐오하는 사람들로부터 다소간 거리를 둔 어딘가에 틀어박혀버리고 말지도 모른다는 두려움, 그리고 또 무질서에 대한 애착, 오로지 혐오와 증오 이외의 그 어느 것에도 흥미를 느끼는 일을 거부하는 태도 등으로 인하여 그는 단조로운 신성 모독과 성난 절규를 일삼는 부류 속에 싸여 지냈다. 추문에 대한 그의 욕구는 성적인 격렬성이라든가 분변담scatologie 따위를 통해서 차례로 만족되었다. 그는 "입에 칼을 물고 있는 인간"의 역을 상당히 잘해냈다. "가장 효과적인 청소는 오물을 가지고 하는 청소라는 것을 아라공은 알아차렸다. 즉 거대한 하수구는 더럽기 짝이 없는 아우게이아스Augias(엘리스의 왕—옮긴이주)의 외양간으로 흘러들도록 해야 청소가 된다는 것이었다"[2]라고 가브리엘 부누르Gabriel Bounour는 말한다. 위험이 있다면 그런 청소를 하고 난 다음에 자신의 몸에 묻은 오물을 어떻게 씻어내겠느냐 하는 점이다. 랭보는 이 문제에 대하여 뭔가 아는 바 있었다.

아라공의 사명은 "문학적인 천재를 가꾸는 일"을 포기하는 것—자신

---

2) 《*N.R.F.*》, 1931년 3월.

의 운명, 미래, 현재의 존재에 전혀 아랑곳하지 않으며 너무나도 자존심이 강한 인물이기에—이며 그가 쓴 『파리의 농부*Paysan de Paris*』는 산문의 범주에 있어서 위대한 본보기로 길이 남을 것이라고 사람들은 생각했다. 이 작품은 뭐니뭐니해도 드높은 풍자요, 일상적인 환영의 구체적인 환기로서 거기에서는 보들레르의 표현을 빌건대 "가장 조악한 사물들이 고상한 격을 갖추게 되고" 비참한 악습들이 "황홀한 기쁨으로 변하게 된다"(반면 『커다란 기쁨*La Grande Gaîté*』이나 『학대받는 학대자 *Persécuteur persécuté*』는 "바야흐로 살인자의 시간이 왔도다!"라고 외친 랭보의 호소에 호응하고 있다).

그러나 공산주의자가 되어버림으로써 아라공이 그의 내면 속에서, 그 것도 자취도 찾아볼 수 없도록 죽여 없앤 것은 바로 시인이다. 자신의 광란하는 힘에 구속복을 입혀 불꽃 같던 아나키스트는 참여문학 속에서 그의 경력을 쌓는다. 절대적인 순응주의와 거의 경직된 주름살마저 엿보이는 시편들인 『우랄의 함성*Hourra d'Oural*』(1934)은 과연 시의 형식을 빈 공산주의 정치 프로파간다가 아니고 무엇이겠는가? "사회주의 리얼리즘"의 독트린을 설명하고 있는 최근의 소설들에 대해서 역시 아쉬운 마음이 없지 않으나, 그리고 심지어 문학적이라고도 할 수 있을 여러 가지 장점들을 부인하지는 않으면서도, 같은 말을 할 수 있다.

*

그와는 반대로 앙드레 브르통은 15년 전부터 자신의 운명과 초현실주의의 운명을 한덩어리라고 생각해왔다. 산문가, 그것도 고전적(학교에 다니면서 수련했고 그것을 기억하고 있는) 산문가로서 변증법적인 표현기법과 명령적인 공식을 아낌없이 동원하는 브르통은 의식의 통제에서 가장 자유롭게 벗어나 있는 시편들에 있어서까지도 오직 산문으로 표현을 할 때만 마음이 편해지는 인물이다. 자기는 아주 자연스럽게 통사 규칙을 준수한다고 그는 어느날 독자들에게 술회한 바 있다. 이 점에 있어서 우리는, 끊임없이 말을 연속시키기를 요구하는 "심리적 자동성"을 따르다 보면 자연히 산문에 이르게 된다는 사실을 지적할 수 있을 것이다. 어떤 절이나 보어나 형용사 다음에 행을 바꾼다는 것은 벌써 "시의 형태가 되도록 배열하여 꾸미려는" 의도를 전제로 하는 것이다.

초현실주의의 실천에 있어서나, 시적 '절대'의 탐구에 있어서나, 브르통은 그의 이론에 있어서 못지않게 양보할 줄 모르는 엄격성을 밀고 나간다. 발에 힘을 빼고서, 마치 유연하고 옹이가 없는 목재처럼 규칙적이고 부드럽고 반들한 단면으로 깎여지는 산문에 거리낌없이 몸을 맡길 준비가 되어 있지 않고서는 브르통을 뒤따를 수가 없다. 그의 영역은 신기한 것들의 세계다. "오직 신기한 것만이 아름답다"고 한 말을 1924년의 「선언」 속에서 우리는 읽어볼 수가 있다. 신기함은 우선 이미지들 속에서 찾아볼 수가 있다. 자외선 같기도 하고 적외선 같기도 한 예사롭지 않은 빛이 감돌며 무게가 가벼워지고 모양이 달라진 대기 속에 신기함이 깃든다. 때로는 고통에 가까운 것으로 변하는 어떤 막연한 불안이 마치 밤의 악마처럼 떠돌고 있다. 우리들을 어떤 다른 세계의 심장부로 인도하는 몇 가지 "진입"들만큼 감동적인 것은 없을 것이다. 그저 몇 마디 말만으로도 우리는 낯설은 세계에 와 있음을 강렬하게 느끼게 된다.

오늘밤엔 하다못해 해라도 비쳤으면……

Si seulement il faisait du soleil cette nuit……

혹은

자정이 되기 잠시 전 선착장 근처에서
머리를 풀어헤친 한 여자가 너를 따라오거든 놀라지 말라
그는 창공이니……

Un peu avant minuit près du débarcadère,
Si une femme échevelée te suit n' y prends pas garde.
C' est l' azur……

혹은

시간의 밤 속에 거대한 흰색의 냉동기가
도시에 서늘한 전율을 흩뿌리며
저 혼자 노래를 부른다
그 노래의 바닥은 밤을 닮았고
밤은 저 할일을 잘도 한다……

Le grand frigorifique blanc dan la nuit des temps
Qui distribue des frissons à la ville
Chante pour lui seul
Et le fond de sa chanson ressemble à la nuit
Qui fait bien ce qu'elle fait……[3]

다음은 「깨지지 않는 새매*Epervier incassable*」의 첫부분이다.

---

3) 『백발(白髮)의 권총*Le Revolver à cheveux blancs*』(Ed. des Cahiers libres, 1932), pp.71, 72, 76.

순찰은 합숙소에서 평상시의 요술을 한다. 밤에 오색찬란한 창문 두 개가 조금 열려 있다. 첫째 창문으로 속눈썹이 까만 악덕이 들어오고 다른 창문으로는 젊은 속죄자들이 다가가서 고개를 숙인다. 그밖에는 예쁘게 짜인 잠을 방해할 것은 하나도 없을 듯하다. 손에는 물로 만든 토시가 끼워 있는 것이 보인다. 텅 비고 커다란 침상 위에는 엉겅퀴들이 뒤엉켜 있고 한편 사실이라기보다는 그렇게 보일 뿐인 침묵 위로 베개들이 떠 있다. 한밤중에……

La ronde accomplit dans les dortoirs ses ordinaires tours de passepasse. La nuit, deux fenêtres multicolores restent entr' ouvertes. Par la première s'introduisent les vices aux noirs sourcils, à l'autre les jeunes pénitentes vont se pencher. Rien ne troublerait autrement la jolie menuiserie du sommeil. On voit des mains se couvrir de manchons d'eau. Sur les grands lits vides s'enchevêtrent des ronces tandis que les oreillers flottent sur des silences plus apparents que réels. A minuit……[4]

거의 언제나 때는 밤이고 찬란하게 빛나는 태양조차도 어둠 속에 찍힌 한갓 반점에 지나지 않는다. 이 시의 약점은 아마도 앞뒤가 잘 맞지 않는다는 점이다. 이 시 속에서 신기함은 거의 언제나 제대로 전개되어볼 시간이 없으며 상징은 계속성이 있는 어떤 심리적 성장이나 우화로 조직될 여유를 갖지 못하고 있다. 그냥 이미지들의 작은 파도들이 밀려왔다가는 여지없이 부서져버리고 만다. 이러할진대 어찌 앙드레 브르통이 어떤 외고집을 밀고 나가고 있다고 여겨지지 않을 수 있겠는가. 즉 그는 꿈 속에

---

4) 위의 책 p.44(처음에는 『토광Clair de terre』에 발표).

서(그러니까 결국 시 속에서) 오직 무질서만을 찾고 있는 것이다. 아마도 그의 생각은 잘못된 것이리라. 만사가 자연스럽게 "잘 풀린다"는 것이 그렇게도 나쁜 일일까? 자연 그 자체에 대항하여, 유기적인 전체를 창조하려는 자연의 성향에 대항하여, 자연을 옹호하는 것이 꼭 필요한 일일까?

단순히 조서일 뿐이고자 하는 아름다운 소설 『나쟈Nadja』, 『연통관 Vases Communicants』의 몇몇 단장, 그리고 『광란하는 사랑Amour fou』 같은 책은 신기함이 현실로 변하는 모습을 보여준다. 한 인간이 자기의 삶을 꿈으로 꾸고 꿈을 현실로 산다. 이성의 눈으로 보면 서로 거리가 가장 먼 사실들이 그에게는 부인할 수 없을 만큼 자명하게 서로 이어진다. 어지러운 소용돌이 속에서 일련의 불확정적인 연관성을 예감하는 정신에게는 충격적인 접촉들이 이루어지는 것으로 여겨진다. 먼 옛날의 고통이 되살아나고 어떤 비극적인 시가 되살아난다. 한순간에 인간의 옹호가 산산조각이 나버리면 기호들의 위협적인 세계가 더이상 은폐되지 못한 채 백일하에 드러난다. 그러나 브르통은 최후의 비약을 하지 않을 것이다. 그는 "치명적인 출발을 그려 보일" 생각도 없고 그렇게 할 능력도 없다. 황홀의 순간은 지나가버리고 그는 탐수 막대기를 손에 든 채 경험적 세계와 마술적 세계가 서로 마주치는 모든 지점들을 유심히 관찰하겠다는 자신의 가설과 의도와 의지를 설명한다.[5]

그는 이 같은 절정 위에서, 심연 쪽으로 눈길을 던진 채, 사랑의 선물인 어떤 제2의 눈을 갖추고 있는 듯, 몸을 지탱하고서 버티려는 것이다. 수수께끼나 비의(秘義)에 대한 감각, 삶의 "결함"(거기에서 "객관적인 우연"이 그 모습을 드러낸다)에 대한 탐색이 정신으로 하여금 따분한 해석 따위에 골몰하도록 만드는 것이 아니라 한걸음 나아가서 정신이 비상하

---

5) 『연통관Les Vases Communicants』, p.171.

게 함으로써 형이상학적 위력을 확보하게 한다는 면에서 볼 때 『광란하는 사랑』을 능가하는 책을 나는 알지 못한다. 이 책에서도 다른 작품에서와 마찬가지로 철학은 흠이 없지 않지만 이 정도의 실존적 충일감에 달할 때의 시는 확고부동하다. "무형의 내면에" 어떤 유연하고 저항력 있는 산문이 스스로 버티고 설 수 있는 기반을 찾아내는 동시에 그것의 거대한 물결을 자유자재로 이용한다. 더욱 더 감동적인 "정신적morale" 밀도를 지닌 채 그 산문이 그려 보이는 것은 한 인간의 모습이다. 초현실주의의 모험은 침묵에 감싸인 문 밖에서 연거푸 문을 두드리는 소리만이 들리는 이 같은 한계점에까지 브르통을 인도해왔다. 「여행자*Voyageur*」[6]의 추억이 되살아난다―"내가 울며 두드리는 이 문을 열어주시오……."

2

언어의 광란이 아마도 그 절정에 달하는 것은 로베르 데스노스Robert Desnos의 몇몇 시편에서인 듯하다. 다다이스트들의 위기가 지난 후에 수년 동안 데스노스는 특히 단순하고 기계적인 방법들을 통해서 언어의 집합체들이 만들어지도록 하는 데 골몰했는데, 그 언어의 집합체들이란 시인 자신이 그것에 대해서 아무런 책임도 느끼지 않는 것이어야 하고 어떤 특정인의 것이 아닌 활동의 결과로 얻어지는 것이어야 하며 오직 그 집합체가 만들어지고 난 후에야 그것의 시적 속성들이 드러나는 것이어야 한다. 이번에야말로 말이 제 스스로 생각을 하도록 방치해두는 작업이었다. 그리고 난 다음에 어떻게 되는가를 보자는 것이었다. 이것은 기적을 낚는 낚시질이다. 그러나 기적이란 드문 법이고 그 방식은 적어도 독자의 입장에서 보면 실망스러운 것으로 나타났다.

---

6) 기욤 아폴리네르, 『알코올』.

그 다음에는 꿈이 데스노스에서 어떤 오브제, 어떤 질료와 동등한 그무엇을 가져다주었다. 비록 덧없이 사라져버리는 것이긴 하지만 그 질료의 존재는 말을 통해서 암시되어야 할 것이다. 몽환적인 시의 아름다운흐름을 지니고 있으며 탁월한 짜임새를 갖춘 「암흑Les Ténèbres」[7]이란제목의 시는 꿈 속에서 사물을 대신하고 사고의 모든 영역을 배회하는저 공상적인 존재들이 강박 관념처럼 실재하고 있음을 환기한다. 그러나데스노스의 경우 자동성의 힘과 자유로워진 어휘의 관성이 초현실주의본래의 "엄청난 자유자재"로 하여금 그 최종적 결과에 이르도록 만든다.12음절시, 그리고 심지어는 각운이나 반해음으로 된 4행시의 표면적인규율 속에서도 어떤 목소리가 기상 천외의 말들을 중얼거리거나 절규한다. 그 말들 속에서는 뮈세, 빅토르 위고에서 아폴리네르에 이르는 낭만주의의 공통된 바탕으로부터 길어낸 이미지들이 기이한 섬들처럼 떠돌고 있다. 최후의 기만! 기지와 미지가 험상궂은 혼돈 속에서 한데 뒤섞인다. 우리는 마치 어떤 집단적 무의식의 환영들이 스며나오는 것을 목격하는 기분이 된다. 정신이 언어와 교섭을 끊어버리고서 온갖 종류의 불규칙한 사랑들에 언어를 방기해버렸으니 어떤 기계가 헛돌고 있는 느낌이다. 그러한 가운데서 영혼도 없이 날조된 어떤 서정적 열광이 생겨나는 듯한 느낌이다. 이런 경험은 과연 기이한 것으로서 한번쯤은 해볼 만한 것이었다. 그러나 그런 경험은 한번으로 족하다.

필립 수포Philippe Soupault의 경우에는 전혀 그런 모습이 없다. 그의시는 순전히 "내면적"이다. 자아 속에 몸을 숨긴 채 마치 자기에게서도부재하는 듯 꼼짝달싹도 않고서 명징한 잠 속에 빨려들어가 있는 시인은 존재의 밑바닥에서 무지갯빛 기포가 솟아오르는 것을 본다. 그 기포들 속에는 이따금씩 그 주위로 말없이 돋아나는 흐릿한 사물들의 그림

---

7) 『육체와 재산Corps et biens』에 발표(Ed. de la N.R.F., 1930).

자가 비친다. 숨이 짧아지면서 꿈을 꾸는 시인의 모습을 보라. 그는 자기가 벌써 "선고를 받은condamné" 것이라고 여긴다.

> 뜨거운 밤 쏟아진 밤
> 잃어버린 시간
> 밤보다 더 멀리
> 이제 마지막 시간이다
> 단 하나 중요한 시간
> 감소된 힘 은밀한 밤
> 그런데 순간이 다가온다
> 마침 또다시
> 저 도도한 어둠을 향하여
> 저 최후를 향하여 저 불을 향하여
> 꺼지는 것을 향하여
> 몸을 수그려야 한다
> 숨결 침묵 형벌
> 잠시 동안만이라도
> 좀 더 용기를
> 그런데 벌써 저 완만함이 끝난다
> 잃어버린 불빛
> 하늘의 바람들아 기다려다오
> 한 마디 말 하나의 몸짓
> 한 번
> 나는 손을 쳐든다.

Nuit chaude nuit tombée

Temps perdu

Plus loin que la nuit

C' est la dernière heure

la seule qui compte

Forces diluées nuit secrète

alors que le moment est proche

et qu' il faut enfin encore

se pencher vers cette ombre

conquérante

Vers cette fin vers ce feu

vers ce qui s' éteint

Souffles silences supplices

Un peu de courage une seconde

seulement

et déjà s' achève cette lenteur

Une lueur perdue

Vents du ciel attendez

Un mot un geste

une fois

Je lève la main.[8]

만약에 시란 바로 일체의 확정된 사실을 벗어나는 것이요, 어떤 음악적 '분위기aura'요, 광채를 발하는 파동의 세계라고 한다면 필립 수포의 몇몇 시편들이야말로 그 불확정적인 이미지들 속에 날아가 없어져버리

---

8) 「선고받은 자Condamné」, 《N.R.F.》, 1930년 10월 1일자에 발표된 시, 『시전집Poésies complètes 1917~1937』(Ed. G.L.M., 1937, p.184).

기 쉬운 정신의 근본적인 그 무엇을 포착해 지니고 있는 듯하다. 그 초현실주의 속에는 일체의 수사학적 흔적이란 없다. 아무런 장식이 없는 시다. 몽뚱어리가 증발해버렸으므로 순결한 시다. 유파의 테크닉 따위에는 아랑곳하지 않는 이런 초현실주의란 바로 정신의 극한적 경계에서 삶의 얼굴을 알아보려는 노력 속에 있는 것이 아니고 무엇이겠는가? 그런 점들 중 어느 것 하나 명실공히 필립 수포의 것이 아닌 게 없으며 인간적인 심오한 음색을, 속으로 억제하는 향수를 연장하고 있지 않은 게 없다. 그런 면에서 오직 이름만이 다다이스트였을 뿐이었던 그 시편들이 이미 1920년대부터 유별나게 돋보였던 것이다. 우리가 지금 섭렵하고 있는 곳은 정통적 초현실주의 전통의 영역이라기보다는 필경 아폴리네르의 영향권이며 피에르 르베르디의 영향권임이 분명하다.

*

한동안 초현실주의는 시로 표현된 에로티즘의 새로운 형태들이 탄생하는 온상이 된 듯한 인상을 주었다. 일찍이 다다이스트들의 노작들도 성적인 상징과 음란성이 현저한 어휘들로 장식되곤 했었다. 그것은 의심할 여지가 없이 무의식, 즉 프로이트에 의해서 이제 막 훈련을 받은 무의식의 요청이었던 것이다. 말도로르의 대장간에서 새어나와 보들레르적인 수증기와 혼합된 어떤 악마주의의 음습한 바람이 대기를 한결 더 무겁게 짓누르면서 사드 백작의 검은 나비들을 도처에 흩어놓았다. 사치와 죽음이 그 매혹과 모질게 물어뜯는 공격성을 뒤섞어 발휘하면서 로제 비트락Roger Vitrac, 루이 아라공, 로베르 데스노스, 조르주 리브몽-데세뉴Georges Ribemont-Dessaignes의 상상력 속에서 서로 몸을 칭칭 감고 있는 두 마리의 뱀처럼 함께 춤을 추고 있었다. 그 밖에 다른 이름들, 즉 초현실주의 화가들의 이름들도 덧붙여 인용하여 세기병의 그 같은 국면이 지닌 특징을 지적해둘 필요도 있을 것이다. 이 현대파 사람들과 플로베르, 고티에, 페트뤼스 보렐Pétrus Borel, 필로테 오네디Philothée O' Neddy 사이에는, 어제의 젊은 프랑스와 지금부터 백년 전의 젊은 프랑스 사이에는, 암암리의 계보가 저절로 형성되어 음산한 낭만주의 전통을 흐릿한 날빛 속에 영원한 것으로 지속시킨다.

삶과 사랑의 유형지인 기민한 육체,
두 거대한 해골이 서로를 부르며
카페와 밤의 수중기 속에서
입술과 입술을 서로 비비고 있었다.

Chair habile Exil de la vie et de l'amour
Deux grands squelettes s'invitaient
et se broyaient bouche à bouche
dans la vapeur de café et de la nuit

또 다른 곳에서는 로제 비트락이 심리적인 삶의 소용돌이치는 샘에서 태어난 이미지들을 어둠으로부터 분출시킨다.

유령처럼 나타난 종(鐘) 황량한 목장
너의 아름다운 두 발에 얼굴을 비춰보는 굶주린 백성들
나는 너의 이마 위에 저 거품의 잎새를 밤새워 지키고
나의 목소리는 네 가슴속에서 어느 피묻은 조상(彫像)에 불을 붙인다.

Les cloches revenates les pâturages désolés

Et le peuple affamé se mirant dans tes beaux pieds

Je veille sur ton front cette feuille d' écume

et ma voix allume une statue de sang dans ton coeur.[9]

그토록 많은 우리 동시대 사람들이 지닌, 정신의 내용을 비워내고자 하는 의도나 지드, 프루스트에게서 읽어볼 수 있는 "모든 것을 다 털어놓고자" 하는 욕구가 여기서 초현실주의자들의 열망과 일치되고 있음은 분명한 사실이다. 제1차 세계대전 후 수년 동안 심리학자들이나 시인들은 자아의 어둠 속에서 가장 멋진 괴물들을 이끌어내겠다는 공통된 의지를 통해서 서로 결속되어 있었다. 그리하여 실제로 모든 것이 '자아'라는 것 속에 뒤섞여 있고 모든 것이 기꺼이 우리들 쪽에서 보고 싶어하는 색깔을 갖는 것이고 보면, 어렴풋이나마 어떤 프로이트적인 작심을 하기만 해도 삶의 내막이 에로티즘으로 물들어 있음을 알 수 있게 되는 것이었다.

그러나 초현실주의적인 영감에서 우러난 새로운 사랑의 시라면 우리는 우선 폴 엘뤼아르의 글들 속에서 그것을 찾아볼 수가 있다. 1924년경부터 엘뤼아르의 시심은 사랑의 현실, 혹은 고독의 현실(이것 역시 한갓 사랑의 부재에 지나지 않는 것이지만) 주변으로 기울어지고 있다. 그의 시심은 육체와 정신, 현실주의와 이상주의가 앙드레 브르통의 말을 빌건대 "서로 모순된 것으로 인식되기를 그치는" 저 포착하기 어려운 지점에 항상 더 가까이, 그리고 더 깊이 밀착되어간다.

그의 시는 사랑을 하나의 우주적인 드라마로 만들고 그 드라마의 종국에 이르면 온 우주가 서로서로에 관심을 갖게 된다는 점에서 형이상학적인 시라고 할 수 있다. 그 드라마는 한결같이 "눈부신 혼동을 향하여 뻗

---

9) 『해학적 시*Humoristiques*』(Ed. de la N.R.F., 1927), pp.41, 45.

어가는 심연의 암흑들ténèbres abyssales toutes tendues vers une confusion éblouissnate"[10] 속에서 벌어지며 우리는 심리학의 방법론이나 공식을 통해서 그 속으로 뚫고 들어가지는 못한 채 그저 그런 것이 있다는 것을 느낄 수 있을 뿐이다.

그 시의 분위기는 순수함이다.

아주 어렸을 때 나는 순수를 향하여 두 팔을 벌렸다. 그것은 기껏 내 영원의 하늘을 향해 날갯짓, 심장의 고동, 정복당한 가슴들 속에 두근거리는 사랑에 젖은 저 심장의 고동이었을 뿐. 나는 이제 아래로 떨어질 수가 없었다.

사랑을 사랑하나니. 사실 나는 빛으로 눈이 부시다. 밤을, 모든 밤을, 모든 밤을 쳐다볼 수 있을 만큼 충분한 그 빛을 나는 내 속에 간직하고 있다.

모든 처녀들은 다 다르다. 나는 언제나 한 처녀를 꿈꾼다.

학교에 가면 그 여자는 검은 앞치마를 입고 내 앞자리 의자에 앉아 있다. 그가 어떤 문제의 답을 물어보려고 내게로 돌아볼 때면 그의 순진한 두 눈에 내가 어찌나 얼이 빠졌는지 그는 내 당황한 모습을 가엾이 여겨 내 목을 팔로 감싸 안는다.

다른 곳에서 그 여자는 나를 떠난다. 그는 어느 배에 오른다. 우리는 서로가 거의 이방인이나 마찬가지다.

Tout jeune, j'ai ouvert mes bras à la pureté. Ce ne fut qu'un battement d'ailes au ciel de mon éternité, qu'un battement de coeur, de ce coeur amoureux qui bat dans les poitrines conquises.

---

10) 『직접적인 삶La Vie immédiate』(Ed. des Cahiers libres, 1932), p.37.

Je ne pouvais plus tomber.

Aimant l'amour. En vérité, la lumière m' éblouit. J'en garde assez
en moi pour regarder la nuit, toute la nuit, touts les nuits.

Toutes les vierges sont différentes. Je rêve toujours d'une vierge.

A l' école, elle est au banc devant moi en tablier noir. Quand elle
se retourne pour me demander la solution d' un problème, l'
innocence de ses yeux me confond à un tel point que, prenant
mon trouble en pitié, elle passe ses bras autour de mon cou.

Ailleurs, elle me quitte. Elle monte sur un bateau. Nous sommes
presque étrangers l'un à l'autre.[11]

순수함에 대한, 그리고 사랑의 절대성에 대한 억제할 길 없고 뜨거운
열망이 엘뤼아르를 사로잡고 있다. 그는 자기가 누구인지, 자기가 어떤
끝을 향하여 가고 있는 것인지, 어떤 계시가 그를 기다리고 있는지―계
시는 여전히 나타나지 않고 있다―알지 못한다. 때때로 『새로운 시편
Nouveaux Poèmes』(1926)에서는 감미로움에 빠져들어 그의 기쁨이 폭
발하고 고요하면서도 빛나는 황홀경으로 연장된다.

한 여자는 내가 사는 세상보다 더 아름다우니
나는 두 눈을 감는다.

Une femme est plus belle que le monde où je vis
Et je ferme les yeux.[12]

---

11) 『어떤 삶의 이면 혹은 인간의 피라미드Les Dessous d' une vie ou la pyramide humaine』
(Ed. des cahiers du sud, 1926), p.17, 「다이아몬드의 퀸La Dame de Carreau」.
12) 『고통의 수도Capitale de la douleur』(Ed. de la N.R.F., 1926), p.97.

그것은 덧없는 평화다. 사랑 속에 편히 자리잡고 들어앉아 있을 수는 없는 법이다. 거기서는 욕망이 절망과 교차하고 존재가 부재와 교차하며, 곧 고독이 지배하는 마음속 세계에서는 정신이 죽음과 같은 침묵의 한가운데서 쳇바퀴를 돈다. "새로운 사랑의 별"은 떠오르지 않을 것이다.

그러나 "여자"는 항상 살아 있는 모습으로 다가오고 멀어져간다. 무엇이건 오로지 "그녀의" 시선 속에서만, 어떤 기나긴 꿈속에서만 존재한다. 밤이 낮과 뒤섞이고 모든 것들이 끊임없이 부서졌다가 암흑 깃든 순진함의 광선 속에서 덧없이 다시 태어나는 기나긴 꿈 속에서만, 영혼의 겸허하고 부드러운 환희가 때때로 멈추게 만들기도 하는 고뇌 속에서만 존재한다. 이것은 기사도적인 사랑(그것이 아무리 드높은 것이라 할지라도)과는 다른, 어떤 도미나domina(연인—옮긴이주)에 대한 우상 숭배식의 복종과는 다른, 그런 것보다 더 심각한 사랑의 방식이다. 여기서 문제가 되고 있는 것은 일종의 홀린 상태, 자기 억제를 불가능하게 만드는, 고독을 언제나 입을 벌리고 있는 심연으로 만드는, 사랑을 삶보다도 더 강력한 유혹으로 만드는, 어떤 "신들림possession"인 것이다. 그런데 이 "고독의 우주univers-solitude" 속에는 그 무엇도 대답해주지 않고 아무런 메아리도 없으며 초월적 피안에서 떨어져내리는 안도감을 주는 목소리 하나 들리지 않는다.

이야말로 장 카수가 아주 잘 지적했듯이 오직 절정의 강세들만으로 이루어진 시다. 한 점에서 다른 점으로 전진하는 것도 아니고 그 무슨 공간을 거쳐가는 것도 아니고 심리적 중심부들을 서로 연결지어주는 것도 아니니 말이다. 마찬가지로 이 시에 있어서 지속적인 시간이란 계산에 들어 있지 않다. 송두리째 현재일 뿐인 이 시는 시간의 표피를 부숴버림으로써 순간 속에 영원을 설정하고자 갈망한다. 그러나 그 영원은 저절로 타버리고, 신기하게도 잘 타는 이 시는 타버리고 난 뒤에 이렇다 할 그루

터기를 조금도 남기지 않는다. 우리는 마치 밖의 사물에는 귀를 막고 장님이 된 또 다른 자기가 시인에게 강요한 어떤 순수하고 '주어진 donnée' 정수를 들이마시는 느낌을 갖게 된다. 사실 외부 세계는 아주 드문드문밖에 비쳐 보이지 않는 이미지들 사이에서 어둠 속의 한가운데로 폴 엘뤼아르를 따라간다는 것은 견디기 어려운 일이다. 어떤 사물의 그림자, 어떤 손의 그림자가 가져다주는 것은 시원한 한줄기 바람이다.

내 앞에 저 손 폭풍우를 허물어뜨리고
굽은 것을 펴고 기어오르는 식물들을 확실하게 꽃피우는 저 손
그것은 너의 손인가 그것은 신호인가
우물 깊숙이 아침 깊숙이 아직도 늪 위로 침묵이 짓누르고 있을 때
한번도 당황하는 법 없고 놀라는 법도 없는 그것은 너의 손인가
손바닥을 태양으로 벌리고 보라는 듯 잎새마다에 맹세하는 손
지나가는 번갯불의 그림자도 없이 작은 소나기도 받아들이고
그 홍수도 받아들이겠다고 맹세하는 것은
너의 손인가
그것은 너의 손인가 햇빛 속에 벼락치는 저 추억은

Devnat moi cette main qui défait les orages
Qui défrise et qui fait fleurir les plants grimpantes
Avec sûreté est-ce la tienne est-ce un signal
Quand le silence pèse encore sur les mares au fond des
        puits tout au fond du matin
Jamais décontenacée jamais surprise est-ce ta main
Qui jure sur chaque feuille la paume au soleil
La prenant à témoin est-ce ta main qui jure

De recevoir la moindre ondée et d'en accepter el déluge

Sans l'ombre d' un éclair passé

Est-ce ta main ce souvenir foudroyant au soleil.[13]

차츰차츰, 포기하는 기색이라고는 조금도 없고 "내면적" 시인으로서의 자기 운명을 버리지도 않은 채, 그러나 더욱 더 꾸밈없이 자기 자신의 모습을 유지하면서, 그리고 시의 기막힌 무질서를 창출하는 데나 꼭 알맞은 초현실주의자들 특유의 방법론 따위에는 아랑곳하지 않을 수 있을 만큼 생명에 넘치며 초현실주의자들과는 완연히 다른 폴 엘뤼아르는 더욱 더 유효적절한 언어를 찾아냈다.

너의 맑은 피가 그리는 감미로운 길들은
피조물들과 만나네.
어둠이 발자취도 수레바퀴 자국도 남기지 못하도록
사막을 뒤덮는 것은 이끼라네.

어디서나 잠자고 매순간 만나 맑은 공기를 꿈꾸기 좋은 이끼
……
서로 껴안은 손들은 너무나도 가벼워라.

Les chemins tendres que trace ton sang clair

Joignent les créatures

C'est de la mousse qui recouvre le désert

Sans que la nuit jamais puisse y laisser d'empreintes ni d' ornières

---

13) 『직접적인 삶』, p.29.

Belle à dormir partout à rêver rencontrée à chaque instant d'air

pur

......

Mains qui s'étreignent ne pèsent rien.

우리는 이 같은 언어의 굴곡을 마음속으로 수없이 재생시켜보아도 싫
증나지 않는다. 그 언어 속에서는 이 세상의 모든 사랑이 한덩어리로 압
축되었다가 다시 용해되고 또 투명하게 증발하는 것 같은 인상을 받는
다.

우리는 맑은 물과 모든 완벽함을
네 몸의 모습과 색깔을 지닌 바다에 실어
대홍수의 여름을 향해 인도한다.
......
오 나의 이유들이여 사랑을 해본다면 몰라도
내가 인생에서 찾을 수 있는 참다운 이유들보다는
다람쥐가 잠자는 데서 찾을 수 있는 이유가 더 많으니

Nous conduisons l'eau pure et toute perfection

Vers l'été diluvien

Sur une mer qui a la forme et la couleur de ton corps

......

O mes raisons le loir en a plus de dormir

Que moi d'en découvrir de valables à la vie

A moins d'aimer.[14]

네르발 이후 오랜 시간이 지난 오늘날에 와서 오직 엘뤼아르만이 모든 프랑스 사람들이 공동으로 사용하는 구어체 속에서 그같이 적절한 표현 방법을 찾아낸 것 같다. 프레시오지테의 흔적이나 따뜻한 온실을 연상시키는 이미지들("웃음의 레이스"라든가 "우수의 향초" 같은—이것 역시 감칠맛 있는 이미지들이다)은 점차 찾아보기가 어려워진다. 마음속에 남는 것은 오직 대낮의 빛과 불꽃의 광채뿐이다. 이제부터 시인은 세계 속에 현존한다. 그는 거리를 두고 떨어져서 어떤 한 장소에 믿을 수 없을 만큼 현존한다. 그 장소에서는 총체적인 자유라는 방향으로 카타르시스가 이루어졌으므로 슬픔과 기쁨이 서로 구별할 수 없는 한덩어리가 되고 고통과 헛된 희망으로부터 남는 찌꺼기라고는 찾아볼 수 없다. 바야흐로 새들의 노래처럼 단순한 말, 세상의 첫날처럼 티 없고 신선한 어휘, 항구적인 기회, 어떤 매혹이 찾아온다. 모든 것을 넘어 여기 「인간*L' Homme*」 이 있다.

　달콤한 생활. 초원의 시냇물, 송이송이 열린 언덕들, 그늘 없는 하늘, 머리털의 꽃병, 마실 물의 거울들, 기슭의 거울들, 태양의 메아리, 새들의 수정, 풍요, 결핍, 껍질에 모세관 구멍이 많은 인간은 시장하고 목마르다. 인간은 죽음의 생각 저 꼭대기에서 다복한 신비를 생각에 잠긴 채 바라본다.

　Delicieux séjour. Ruisseaux de verdure, grappes de collines, cieux sans ombrages, vases de chevelures. miroirs des boissons, miroirs des rivages, échos du soleil, cristal des oiseaux, abondance, privation, l'homme à l' écorce poreuse a faim et soif. L'homme, du

---

14) 「쉬워라*Facile*」(Ed, G.L.M., 1935).

haut de l'idée de sa mort, regarde pensivement les bienfaisants mystères.[15]

시인은 영감을 불어넣어주는 사람이라고 엘뤼아르는 말한다. 그는 말에 영혼을 불어넣는다. 어떤 말들을 여기서 절대적인 힘을 발휘한다. 우아한 말, 자명한 말이 그렇다. 어디로 보나 무엇을 의식적으로 말하려고 하는 법이 없이 오직 그 자체의 충만감을 구현하고자 할 뿐이 이 시를 앞에 놓고 독자들은 구태여 그 시의 조야한 성격에 관하여 운위하고자 한다. 그들이 볼 때는 그토록 애써 소화한 교양이 무용지물이 되어버린다든지 이성이 무장해제를 해야 하는 것이 못마땅한 것이다. 그 빛나는 언어의 승격을 위한 무장해제, 얼마 전부터 스페인 쪽에서(스페인 내란 전쟁─옮긴이주) 오는 것인 듯한 어떤 화재의 불빛이 어른거리는 길 잃은 어린 아이의 깊은 시선이, 수정 덩어리처럼 흠잡을 데 없이 어휘들을 한데 결합시켜주도록 하기 위한 이성의 무장해제 말이다.

무서운 정오의 대양을 나는 기억한다.
황금의 폭풍우 위로 돋아난 납의 솜털 같은 태양으로
재갈이 물린 들판을 나는 기억한다.
......
노랑 머리 회색 눈의 그 아가씨를 나는 기억한다.
초원과 달빛에 젖어 있는 이마, 뺨, 젖가슴을
어둡고 험한 그 골목을 기억한다. 창백한 하늘이
간절한 키스처럼 어렴풋한 길을 열던 그 골목을

---

15) 「정중*Juste Milieu*」에서 발췌(1938). 나중에 『보여주다*Donner à voir*』(Gallimard, 1939)에 수록.

Je me souviens du redoutable océan de midi

Je me souviens de la campagne bâillonnée

Par le soleil duvet de plomb sur un orage d'or

......

Je me souviens de cette fille aux cheveux jaunes aux yeux gris

Le front les joues les seins baignés de verdure et de lune

De cette rue opaque et dure où le ciel pâle

Se creusait un chemin comme on creuse un baiser······[16]

3

그 그룹에 속하는 모든 시인들 가운데서 자신의 진면목을 가장 뒤늦게 서야 드러낸 사람들은 트리스탄 차라이다. 1930년 이후 그는 『개략적 인간L' Homme approximatif』을 내놓았다. 그것은 서사시로서 당연히 초현실주의 계열에 속한다고 간주할 수 있는 유일하게 규모가 큰 시이다. 『늑대들이 물 마시는 곳Où boivent les loups』은 보다 서정적인 성격을 띤 글들을 모은 책이고 『앙티테트Antitête』는 15년여에 걸쳐서 쓴 산문 텍스트들(가장 먼저 쓴 텍스트는 1916년의 것이다)을 묶은 것으로서 "불투명한 현실la réalité brouillée"[17](꿈에 의하여 정복당하기 직전의 불투명한 현실) 속에 몸을 가누고 버티려는 노력에 있어서의 유별난 계속성을 증언해주고 있다. 유머러스한 유희와 가장 당치 않은 무질서에 대한 예찬에만 골몰해 있는 것 같았던 한 시인이 자신의 요구들 가운데 그 어느 한 가지도 포기하지는 않은 채 다만 그 무질서를 심화시켜가면서 엄청난 창조 작업(그 작업의 논리적인 면에서의 지리멸렬함은 물론 어떤

---

16) 『완전한 노래Chanson complète』(Gallimard, 1939)에서 발췌.
17) 『앙티테트L' Antitête』(Ed. des Cahiers libres, 1933), p.185.

내적 질서를 예감하게 한다고까지야 말할 수 없겠지만 어떤 밀도 짙은 역동성을, 어떤 "시적인 힘vis poetica"을 느끼게 하며 "돌풍을 잠재우고자" 고집하고, 이미지들의 불꽃이 튀기는 거대한 언어의 덩어리를 창출해내고자 고집하는 위력을 느끼게 한다)을 향하여 조금씩 조금씩 전진해가는 모습은 과연 신기한 광경이다.

더군다나 트리스탄 차라를 항상 광란하는, 언제나 똑같은 단 하나의 오케스트라 지휘자로 여긴다면 그것은 그에 대한 온당한 대접이 못 될 것이다. 그도 때로는 좀 더 낮은 중간음으로mezzo voce 노래이기도 하다.

물의 가슴속에서
고통으로 인하여 변하는 물의 가슴속에서
노래에서 노래로 아주 조금씩만 걸어가는 미녀는
두 눈을 따라 빤히 쳐다보이는
미녀는 누구인가

섬들을 따라 이성(理性)을 잃은 미녀는……

Quelle es la belle au coeur d'eau
au coeur de l'eau changeant de peines
A peine marchant de chansons en chanson
devisagée le long des yeux

déraisonnée au long des îles……[18]

---

18) 『늑대들이 물 마시는 곳Où boivent les loups』(Ed. des Cahiers libres, 1932), p.69.

그러나 그가 "말랑말랑한 정서"에 빠지는 일이란 드물다. 피, 죽음, "대지의 비아냥거림", "독사 같은" 대지의 비아냥거림, 모든 난폭한 본능, 모든 음산한 바람, 인간의 고통, 그리고 때로는 희망이 바로 비극적인 분위기를 구성하고 있는데 그는 그 비극적 분위기의 밀도를 자신의 살 속 깊숙이까지 체험해보기를 즐긴다.

그들은 죽었다 새들의 피묻은 그늘에서 자라는
별들의 꼬리들이 휩쓸고 간
벌판─우글거리는 암초들 속에 살아 있는 군도
거기서 우리들에게 영원의 담보로 사랑이 주어졌다.

눈이 빛나는 검은 청춘이 예언의 길을 끊어놓았다.
불친절한 문턱에 사슬묶인 나의 청춘
죽은 청춘─형체 없는 무더기를 건너
태양과 더불어 내 속에서 일어나는 것은 멸시이니

혹 어느날 위대함 속에서
빛이 분출하리라
하여 마침내 젖을 빠는 아이처럼 진흙탕에서 이마를 들고
그대는 태고적 백색의 대담성 속으로 떠나리라:

elles sont mortes les étendues balayées par les traînées stellaires
qui grandissent à l'ombre ensanglantée
des oiseaux─îlots vivants dans le grouillement des récifs
où nous était donné l'amour en gage d'éternel

la jeunesse noire aux yeux brillants a coupé la route du présage

ma jeunesse enchaînée aux seuils inhospitaliers

morte—c'est le mépris qui se lève en moi avec le soleil

franchissant des monceaux informes

un jour peut-être jaillira

la lumière dans la grandeur

et le front enfin levé de la boue comme un enfant au sein

tu partiras dans son audace de blancheur immémoriale.[19]

우리는 여기서 랭보의 서정적 산문이 지닌 몇 가지 선율들을 다시 만나는 듯한 느낌을 받는다. 이러한 유사성은 의미심장하다. 차라에게는 반항적 청춘의 충동이라든가 대재난의 고정 관념이 있으며 그의 "담화 discours"는 예언적인 악센트를 지니고 있다. 그러한 조화가 어느 정도까지 의식적으로 다듬어 만들어진 것인지는 말할 수 없지만, 그가 "신비스러운 반해음(半諧音)"의 매혹에 사로잡혀 있으며 그의 운문과 산문에는 끊임없이 어떤 언어적 연금술 같은 것이 작용하는 느낌을 주고 있음을 부정할 수 없는 사실이다. 그 같은 언어의 연금술은 부분적으로 섬세한 억양이나 귀에 거슬리는 자음 및 모음의 불협화음에 바탕을 두고 있다. 그러나 특히 거품을 일으키며 치솟고 소용돌이치는 밀물과도 같은 『개략적 인간』 같은 데서 그것이 지닌 서사적 국면에서 본다면 그의 시는 어딘가 근본적으로 원초적이며 야생적, 근원적인 면에서 두드러져 보인다. 그 시는 무엇보다 먼저 어떤 범상치 않은 언어의 광란으로서 우리 눈에 비쳐든다. "돌 하나하나를 들춰보면 그 속에는 말들이 지어놓은 둥

---

19) 『늑대들이 물 마시는 곳』, p.86.

지가 있다. 세계의 본체는 바로 그들의 빠른 소용돌이로 이루어진 것이다."[20]라고 차라는 말한다. 아무런 저항 없이 그 소용돌이에 마음을 맡기고—"망각 이외에는 그 누구도 감히 발들여놓지 못하는 그곳 자아의 내부에서 길을 잃어본" 다음에—언어가 마치 소용돌이 운동에 의하여 만들어진 분자들처럼 굳어졌다가 자유롭게 풍화되도록 한다는 것은 곧 한 세계의 본체를 형성시키는 것이며 어떤 비극적인 출산이나 고통스러운 봄의 축성식을 통해서 "삶의 피묻은 가설들"을 유도해내는 일이다. 디드로Diderot는 천지 창조란 혼돈을 정복하기 위하여 질료가 부산하게 운동하여 숱한 실패와 헛된 기도들을 거친 끝에 뒤늦게야 우연히 얻은 결실 혹은 요행스러운 주사위놀이라고 생각해보기를 즐겨했다. 『개략적 인간』에서 우리가 목격하는 것은 바로 어떤 혼돈의 꿈이다. 그러나 내면으로부터 갈고 닦은, 그리고 소용돌이치는 힘으로 두드려 만든 그 무정형의 덩어리 위로 알아볼 수 있는 형태들이 하나의 이름을 달고 솟아오른다. 즉 이름 없이 우글거리는 질료로부터 우리의 정신으로 인지할 수 있는 아름다운 시행들이 힘겹게 생겨나는 것이다.

대지는 그의 폭풍우처럼 고통의 손아귀 속에 나를 움켜쥐고 있다……

그리하여 핏줄을 따라 바다의 피리들이 노래하며 흐른다……

La terre me tient serré dans son poing d'orageuse angoisse……
et le long des veines chantent les flûtes marines……[21]

따로 떨어진 시행들만이 길을 트고서 존재의 세계에까지 솟아오르는

---

20) 『앙티테트』, p.183.
21) 『개략적 인간L' Homme approximatif』(Ed. Fourcade, 1930), pp.14, 17.

470

것이 아니라 시절들이 송두리째 분리되어 나와가지고 마치 섬들처럼 떠다니기도 한다. 그리고 시가 발전함에 따라 불 같은 맥박이 사방으로 퍼지고 어떤 요소가 분출하고 불이 붙는다. 불은 억누를 수 없는 힘이 되어 폭발한다.

여러 톤의 바람이 열기의 귀먹은 성채에 쏟아부어졌다
나는 어리둥절한 충동에 휘말리는 용골
나는 입가에 언어의 담뱃대를 물고 위로할 길 없는 출발점으로 돌
아온다
바람은 거칠은 열이 후려치는 한 송이 꽃
편암의 옷에 묻힌 투박한 나는
녹슬은 사막의 고뇌에, 불의 억센 출현에
내 기다림을 바쳤다.

des tonnes de vent se sont déversées dans la sourde citadelle de
fièvre
une quille à la merci d' un élan étourdi que suis-je
une point de départ inconsolé auquel je reviens fumant le mot au
coin de la bouche
une fleur battue par la regueuse fièvre du vent
et rocailleux dans mes vêtement de schiste j' ai voué mon attente
au tourment du désert oxydé
au robuste avènment du feu.[22]

---

22) 위의 책, p.156.

"말만으로도 충분히 볼 수 있다La parole seule suffit pour voir"고 차라는 말했다. 그의 산문시들 중 몇 편에서 마주칠 수 있는 그 귀중한 고백들 중 또 한 군데서는 이렇게 말했다. "그는 의미와 말을 과도한 몸짓의 광채 속에다가 용해시켰다."[23] 그러니까 여기서 목표는 말에다가 어떤 의미 이상의 것, 즉 어떤 실질적인 실존을 부여하자는 데 있는 것이다. 말은 참다운 "세계의 실체"로 환원되는 경향을 보인다. "말씀은 곧 권능이다Nomina, Numina"라고 빅토르 위고는 몇 번이나 말했다. 과연 이 거인적인 혁명들은, 그리고 이름 붙지 않은 그 숱한 것들이 "죽음의 딱딱한 골짜기에서" 절규하고 있는 곳이 저 천지 창조의 쪽 혹은 이면에 대한 그 같은 통찰은, 랭보보다는 위고를 생각하게 한다. 이때 또 생각나는 사람은 기욤-살뤼스트 뒤 바르타스Guillaume-Saluste Du Bartas이다. 그가 쓴 「성주일들Semaines」은 천지 창조를 묘사하고 있으며, 또 전능하고 위안을 주는 하느님으로부터 빛을 받으며 정신의 빈틈없는 질서에 따라 제자리에 정돈된 모든 사물들을 그려 보이고 있다. 사물들, 그리고 삶과 "개략적인" 인간은 거기서 벌거벗은 모습으로 묘사되어 있으며 그것들의 절대적인 무의미로 환원되고, 날것 그대로의 이해할 길 없는 어떤 현실의 인식을 위하여 원초적인 무질서로부터 영원히 상정할 수 없는 질서 쪽으로 그것들을 인도해가는 운동에 휘말린 모습이다.

*

오직 앙드레 브르통으로부터 "출판인가imprimatur"를 받은 작품들에 국한한다 하더라도 초현실주의라는 꼬리표가 달린 작품들을 살펴볼 때 우리는 그 다양성에 놀라지 않을 수 없다. 차라의 투박한 시에서 엘뤼아

---

23) 「앙티테트」, p.158.

르의 투명하고 규명하기 어려운 앙금들에 이르기까지는, 데스노스의 웅변적인 광기에서 앙드레 브르통의 무상적 신기함에 이르기까지는 상당한 거리가 있다. "만인에게 공통된 정신적 실체"를 백일하에 밝혀내는 것이 중요하다지만 아무래도 그것은 어떤 공유 재산과는 다른 것인 듯하다. 저마다의 시인에게는 그의 운명이 있고 그의 형상이 있다. 인간에 대한 그 방대한 조사, "삶의 이면"을 인식하고자 하는 그 의도는 어떤 범세계적인—내 말인즉 이성을 통해서 전달 가능한—가치를 지닌 것에 끝내 도달하지 못한다. 다만, 상징주의가 이미 그 가장 귀중한 양식을 길어낸 바 있는 저 심층의 낭만주의로부터 마지막 도래한 몇몇 시인들만이 남게 된 것이다.

제17장
I. 초현실주의의 주변

1

"하나의 완벽한 문장은 가장 위대한 생명적 경험의 절정에서 태어나는 것이다."[1] 레옹-폴 파르그Leon-Paul Fargue는 이와 같이 선언했는데 피에르-장 주보와 쥘 쉬페르비엘Jules supervielle이라면 틀림없이 이에 동조할 것이다. 초현실주의의 주변에서, 그룹이나 유파들과는 별도로 모두 다 원숙기에 이른 이 시인들, 그리고 생-종 페르스Saint-John Perse를 포함하는 몇몇 다른 시인들은 제1차 세계대전 후의 시에 그 참다운 모습을 부여하게 된다. 그들은 정열과 모험 끝에 마침내는 자기 자신의 힘을 자유자재로 다스릴 수 있게 되고자 하는 욕망과 더불어 마음속의 뜻을 배반하지 않는 말을 찾아내려는 희망을 품은 채 스스로를 개혁하기에 이르렀다. 이 시인들은 하나의 공통된 척도로 재보려고 애쓴다는 것은 별 의미가 없다. 그들에게 서로 유사한 점이 있다면 그것은 그들이 각자 자신의 법칙에 따르고자 애쓴다는 사실이며 또한 스스로의 상상력의 산물들 가운데서 선택하고자 하는 욕구를 보여주고 있다는 점이며 애초에는 고전적 낭만적 전통들과는 별로 관계가 없는 것으로 보이는 시적 흐름 속에다가 어떤 개성적이고 살아 있는 질서를 수립하고자 애쓴다는 사실이다.

앙드레 지드가 『팔뤼드Paludes』(1895)를 쓰고 있을 때는 레옹-폴 파

---

1) 『램프 아래서Sous la lampe』(Ed. de la N.R.F., 1929), p.46.

르그가 이미 『탕크레드Tancréde』를 발표한 뒤였다.

> 싸늘한 다른 한 손을 순결하게
> 덮혀주는 너그러운 손
> 죽어가는 자의 문 앞에서
> 한줌의 햇빛이 입맞추어주는 지푸라기
> 새나 아니면 칼처럼
> 우리가 꼭 껴안지 말고 품는 여자
> 우리가 편안히 죽도록 보살피며
> 멀리서 미소짓는 입……

> Main charitable qui réchauffe
> L'autre main glacée, chastement.
> Paille qu'un peu de soleil baise
> Devant la porte du mourant
> Femme qu'on tient sans la serrer
> Comme l'oiseau ou bien l'épée.
> Bouche souriante de loin
> Qui veille à ce qu'on meure bien……[2]

이것은 「변주Variantes」라는 제목이 붙은, 어딘가 은밀하게 비장한 맛을 풍기는 음계이며 아르페지오이다. 젊은 시절의 파르그에게 있어서 변함없는 점은 필연적인 단 하나의 것을 더듬더듬, 그러나 끈질기게 찾아내려고 하는 노력이다. "어느날 저녁에 나는 행복해지기 위하여 어떤 것

---

2) 『탕크레드Tancréde』, N.R.F.에서 1911년에 재판.

을 찾아냈네—찾아낸 것 같은 느낌이었네."³⁾ 왜냐하면 이 세상에서 감정
보다 더 높이 평가할 만한 것이란 하나도 없기 때문이다.

상징주의가 인간적인 모습으로 탈바꿈하고 자연이 이제 으스스 떨리
는 새벽빛 속에서 다시 그 모습을 드러내기 시작하던 무렵에 파르그는
랭보(「노래Chansons」를 쓴 랭보 말이지만), 베를렌, 라포르그, 자리의
기치 아래 등단했다. 폴 포르, 프랑시스 잠, 앙리 바타유, 샤를-루이 필
리프에 의하여 다시 찾게 된 생명감 속에서는 우울과 향수와 희망의 분
위기가 엿보이고 있었다. 1902년의 것으로 되어 있는 산문시들 속에서
파르그는 음악에서 다시금 유익한 자원을 찾아내고자 시도한다. 그냥 음
악이라기보다는 드뷔시의 음악에서라고, 혹은 「전주곡Préludes」의 황홀
감에서라고 하는 편이 옳을지도 모른다. 그 음악에서 느낄 수 있는 것과
똑같이 깊이 있는 인상주의적 경향이요 똑같이 물 흐르는 듯한 아라베스
크 무늬요 똑같이 정처 없는 영적 상태의 표현이 보여주는 섬세한 세련
미인 것이다. 그리고 언제나 저 "언덕들 뒤에서 떨리는 바이올린" 그리
고 불가능한 행복의 테마.

가등이 켜진다. 물결의 기슭에서 어떤 건반에 불빛이 비친다. 야광
충들이 줄을 지어 기어간다. 모래 속의 벌레들이 천천히 스멀거리며
끓어오르고 새어나오는 소리가 들린다……
짐 가득 실은 나룻배가 어둠 속에 도착하고 거기서 해파리들의 유
리로 입힌 듯한 덮개들이 무더운 밤의 첫 꿈처럼 빗겨 솟아올라 밀려
든다……
이상한 행인들이 심해의 파도처럼, 거의 즉석에서, 알 수 없는 부
드러움으로 솟아오른다. 완만한 형체들이 땅에서 솟아나와 넓은 잎

---

3) 『시집Poéms』, 「음악을 위하여Pour la Musique」와 함께 수록되어 있는 시집(Ed. de la
N.R.F., 1919), p.33.

사귀 달린 식물들처럼 대기를 흔든다. 허약한 어떤 시간의 유령들이 그 높다란 둑 위로 열을 지어 지나가고 세월의 깊은 바닥에서 오는 음악과 생각들이 그곳에 와서 끝난다. 별장 앞 옛날에는 그리도 밝던 검은 정원에서는 아주 귀에 익은 발걸음이 죽은 장미꽃들을 깨운 다……

빛을 향하여 몸무림치기를 그칠 줄 모르는 낡은 희망…… 우리가 감히 그 은신처에서 끌어낼 수 없었을 추억들이 가슴을 찌를 듯한 목소리로 우리를 부른다…… 그들이 커다란 몸짓으로 신호한다. 우리가 모래톱 위를 지나던 어느날 물거품을 피하던 가냘픈 황금발의 부드럽고 하얀 그 새들처럼 그들은 외치고 있다…….

La rampe s'allume. Un clavier s'éclaire au bord des vagues. Les noctiluques font la chaîne. on entend bouillir et filtrer le lent bruissement des bêtes du sable……

Une barque chargée arrive dans l'ombre où les chapes vitrées des méduses montent obilquement et affleurent comme les premiers rêves de la nuit chaude……

De singuliers passants surgissent comme des vagues de fond, presque sur place, avec une douceur obscure. Des formes lentes s'arrachent du sol et déplacent de l'air, comme des plantes aux larges palmes. Les fantômes d'une heure de faiblesse défilent sur cette berge où viennent finir la musique et la pensée qui arrivent du fond des âges. Devant la villa, dans le jardin noir autrefois si clair, un pas bien connu réville les roses mortes……

Un Vieil espoir, qui ne veut pas cesser de se débattre à la lumiére…… Des souvenirs, tels qu'on n'eût pas osé les arracher à leurs retraites, nous hèlent d'une voix pénetrante······ Ils font de grands signes. Ils crient, comme ces oiseaux doux et blancs aux grêles pieds d'or qui fuyaient l'écume un jour que nous passions sur la grève.[4]

약하게 반음을 낮춘 애가적 단조의 톤이 끈질기게 남아 있다. 그와 같은 무렵에 사맹, 게랭, 데팍스는 애가를 짓고 프랑시스 잠은 「앵초들의 상Deuil des Primeveres」을 짓는다. 잠과 함께 파르그는 "살구를 보고도 감동하는" 저 시인의 자질을 똑같이 나눠 지니고 있다.[5] 가장 보잘것없는 사물과 접하기만 해도, 과거의 희미한 회상만으로도, 마음이 진동하는 그 자질 말이다. 그러나 거의 언제나 그러하듯 벌써 그는 무엇보다도 잃어버린 어린 시절 속에서 그의 삶의 얼굴을, 그리고 시를 발견한다. 마치 꿈속에서인 양 기억 속으로부터 어떤 냄새가, 어떤 외침이, 어떤 예인선의 노래가, "불타는 영혼의 서투른 그 무엇"이, 요컨대 참다운 모든 그러한 것들이 넘쳐서 흘러나온다. 이런 면을 생각하여 어떤 사람은 프루스트의 이름을 들먹인 바 있다. 그러나 파르그는 한번도 철저한 분석을 시도해본 적이 없었고 그는 다만 감각의 실체를 소생시키는 합성적인 터치들을 병치시킬 뿐이다. 그리고 그러한 터치들은 하나의 내면 세계를 형성하게 되는데 그 속에 도시적인 자연, 연기에 뒤덮인 잿빛 혹은 불그레한 빛의 도시들, 서민적이며 슬프고도 다감하게 인간적인 파리의 모습이 비쳐 보이게 된다. 미래파 이전에 이미 그는 기차역들에 매혹되었다. 신호등 불빛이 천천히 과일처럼 익어가는 시각에 시커먼 기차들이 그의 마음을 끌었다. 그 기차들의 위력보다는 그 우수가 더욱 감동적이 되고,

---

4) 위의 책, p.80.
5) 나는 지드가 『지상의 양식』에서 이 문장을 쓸 때 프랑시스 잠을 떠올렸을 것이라고 믿어왔다.

그 기차들이 어둠 속으로 떠나면서 등뒤에 놀란 듯한 신음 소리를 남기는 것은 바로 그런 시각이다.

뱃속을 가득 채우고 나면 기차는 낮은 목소리로 수를 세고 한숨과 더불어 작정을 한다. 권투선수 같은 코, 단단한 수염, 시커먼 가슴뼈, 거대한 별들처럼 광채를 발하는 눈, 들끓는 기름으로 가득 찬 젖가슴, 불 켜지는 성상들, 모든 보금자리마다에 불 켜진 등불들, 석탄가루를 피흘리듯 묻힌 사내들과 더불어 기관차는 채색공의 장식 대문자처럼 아름다운 그림이 된다. 기호며 문자들은 모두 창문에 나붙어 있다. 식당차는 아름다운 그림이 된다. 뒷켠의 객차에는 루비로 된 구멍들이 뚫려 있고 결막염과 시커먼 숨결을 갖는다.

줄밥으로 가득 찬 공기의 커다란 부름 소리, 어둠은 죽은 개처럼 다시 쓰러진다. 그는 철길을 따라가다가 죽었다. 그는 어디 있는가? 눈에 보이지 않는 그대는 철도의 자갈 위에 주저앉아도 좋다.

벽돌 저 너머로 이제 도시의 창문들이 눈물 흘리는 모습이 보인다.

Quand le plein est fait, le train compte à voix basse et se décide, sur un soupir. Avec son nez de boxeur, avec sa barbe dure, avec son sternum sombre, avec ses astéries majuscules, avec ses sein pleins d'huile brûlante, avec ses icons qui s'allument, avec ses lampes dans toutes leurs niches, avec ses hommes saignants de houille, la locomotive fait une belle image, comme une lettrine d' enlumineur. Les signes et les lettes sont tous aux fenêtres. Le wagon-bar suit la métaphore. Le wagon-arrière a ses trous en rubis, sa conjonctivite et son souffle noir.

Un grand appel d'air plein de limaille. La nuit retombe comme un chien mort. Il a éte tué le long des rails. Où est-il?

Invisible, tu peux t'asseoir sur le ballast

Par dela les murs, on voit maintenant pleurer les fenêtres de la
ville.[6]

줠 로맹, 루이 아라공, 프랑시스 카르코와 나란히 레옹-폴 파르그는
최후로 등장한 파리 시인들 가운데 손꼽힌다.

그러나 우리가 이제 막 읽은 구절은 최근에 나온 어떤 책에서 뽑은 것
이다. 이것은 음악 못지않게 하나의 회화다. 거의 캐리커처에 가까운 회
화이며 실제로 살아 있는 어떤 존재에 가깝다. 파르그가 젊은 시절에 쓴
시편들에서는 오브제가 멀리 떨어진 곳에 머물러 있었다. 감각을 되찾고
분리해내고 음악적으로 처리함으로써 오브제는 몽상보다 약간 더한 현
실감의 무게를 갖는 것이 고작이었다. 오늘날에 와서 파르그는 오브제를
메타포와 비유와 가설들의 망으로 바짝 죄어 감싼다. 그는 오브제와 만
나려고 내닫고 또 가볍고 메마르고 예리한 말로 오브제에 구멍을 뚫는
다. 이렇게 하여 생겨나는 것은 물론 사물의 어떤 객관적 비전이 아니라
오히려 환각적이고 광채를 발하는 정신과 감각에 고정 관념적 위력을 행
사하는 비전이다.

다른 한편, 시적 변형은 일종의 초월적인 유머에 의하여 지배되는데
이제 그러한 유머는 파르그의 본질적인 국면을 이루고 있다. 이것은 범
신론적인 유혹, 또 필요하다면 줏대를 잃을 만큼 마음이 약해지려는 유
혹에 저항하기 위하여 세계와 자기 사이에 눈에 보이지 않고 가변적이지
만 판단력을 확보하기에 충분한 어떤 거리를 유지하는 한 방법일 터이
다. 이는 또한 오브제를 변형시키고 신이 창조한 세계의 이미지를 구겨

---

6) 『파리에 따라서D' après Paris』(Ed. de la N.R.F., 1932), p.80.

버림으로써(이 모든 것도 사랑의 표현이지만) 세계와 대면하여 "배짱좋게 밀고 나가는" 방법이기도 하다. 파르그가 옛날에 쓴 시는 노래하고 있지만 현재 그의 시는 말을 하고 있다. 왜냐하면 그는 모든 말들, 라블레의 말, 과학의 말, 현대 기술의 말 등 모든 말을 필요로 하기 때문이다. 가브리엘 부누르Gabriel Bounoure는 그에게서 "정신의 명증한 소외감에 사로잡힌 채" 사물들의 분자 운동을 재치 있게 흉내내는 일종의 "라모의 조카"(디드로의 소설 속에 나오는 풍자적 인물—옮긴이주)를 찾아볼 수 있다고 적절하게 지적했다.[7] 『공간Espaces』에 한데 묶은 시들에서는 "초물리학pataphisique"의 공식들이 군데군데 곁들여진 우주론적이면서도 익살맞은 시심이 엿보인다. 우리는 포스트롤Faustroll 박사의 명성이나 알프레드 자리의 위뷔 왕적인 광기를 연상하게 된다. 그러나 여기서 문제가 되는 것은 항상 인간의 위대한 모험의 문제다. 『뷜튀른 Vulturne』의 끝에 가면 최후의 심판이 벌어지는 날 에테르 속으로 사라진 영혼들의 마음속 귀에 신의 목소리가 확성기 속에서 폭발된다.

　그 시는 겉보기에는 즉흥적인 듯 여겨지지만 우연의 변덕에 따라 아무렇게나 씌어진 것과는 거리가 멀다. 파르그는 무질서를 정돈하고 조화를 꾀한다. "그의 생각으로는 시란 그 속에서 절대로 꿈을 꾸고 있어서는 안 되는 유익한 꿈이다."[8] 바로 이 점만 보더라도 그가 초현실주의자들과는 다르다는 것을 충분히 알 수 있다. 신기할 정도로 "우주에 대하여 예민한" 그는 바로 육체와 물질을 통하여 정신을 찾고자 한다. 그의 상상력은 가장 미끄러운 길로 내닫지만, 그는 혹시 발을 헛디딘다 해도 이내 파리의 포도 위에 다시 올라서게 된다. 그는 자신과 마찬가지로 파리 사람들인 저 수많은 감상적이고 아이러니컬하며 지적인 시인들의 후계

---

7) 1929년 7월 1일자 《N.R.F.》에 발표된 글을 보라.
8) 『램프 아래서』, p.63.

자인 것이다.

초기의 실험 때부터 파르그는 벌써 무운시(無韻詩)의 기법을 사용한
다.

옆방에서 들리는 목소리

음악의 마지막 손가락들

길처럼 길고 푸른 음악

그곳에서 그대는 찾아낼 수 있으련가

내 숨은 곳의 통풍구에서 울리는

거대한 눈물을,

내가 매일같이 기다리는 눈물을?

Voix dans la chambre à côté

Derniers doigtes de la musique

Longue et bleue comme une route

Saurez-vous y dépister

L' immense larme qui sonne

A l'évent de ma cachette

Et que j'attends chaque jour?[9]

그는 "12음절이 지배적인"(그리고 10음절이 지배적인이라고 덧붙일
수도 있으리라) 자유시를, 그러나 12음절이나 혹은 10음절과 거리가 멀
어지는 자유시를 짓는다. 이는 마치 우리가 규칙적으로 어떤 중력 중심
으로 되돌아오게 되는 것과도 같다. 그러나 그는 산문에 마음이 끌린다.

---

9) 『공간Espaces』(Ed. de la N.R.F.), p.13.

그 리듬과 소리로 보아 "시적"인 면이 항상 적은 편인 산문에 마음이 끌린다. 1900년 전후의 "시"들은 어쩌면 음악성이 너무 짙은 것 같은 산문으로 씌어졌다. 『두께*Epaisseurs*』, 『빌뛰른』의 시는 보다 허리가 탄탄한 것으로서 이미지들의 거품을 높이 뿜어 올리기 위하여 그 모든 힘을 한데 모은다. 이리하여 그것은 마침내는 환상적 콩트, 파르그의 말을 빌자면 과학적인 아름다운 콩트, 즉 그 주제로 보면 완연히 시적인 것이 될 수 있지만 실제에 있어서는 일련의 사실들과 때로는 판단들의 연속인 산문이 되고 만다. 이러한 글들은 "산문시"로 간주하기는 좀 망설여지는 일이다. 하기야 이런 문제를 놓고 볼 때는 생각이나 용어에 있어서 불확실한 면이 많은 것이 사실이지만 말이다. 이론가들은 최상의 이유들을 대면서 운문vers(그것이 정형적인 것이건 자유시건)과 시poésie를 구별했고 형식, 리듬과 본질essence을 구별해놓았기 때문에 이제 와서는 더 이상 단번에 의견 일치를 보기란 불가능한 형편에 이르고 말았다. 왜냐하면 시냐 시가 아니냐 하는 문제에 있어서 판단을 내릴 수 있는 것은 오직 개개인의 감정뿐이게 되었기 때문이다.

*

파르그에게는 어떤 동화적인 정신이 내재해 있다. 그는 때때로 샤를 페로Charles Perrault(1628~1703. 프랑스의 동화 작가—옮긴이주)와 안데르센을 잠깨워놓기도 하고 비비안의 요정들과 버섯들과 반딧불이들과 대로의 나무 그늘 속으로 남색빛의 괴물들을 불러들이기도 한다.[10] 파르그만큼 적절하지는 못해도 매력이 없지는 않은 프랑시스 드 미요망드르 Francis de Miomandre는 그의 시집 『삼사라*Samsara*』[11]에서 "존재하는

---

10) 『시집』, p.100.
11) Ed. Fourcade, 1931.

것과 존재하지 않는 것의 소용돌이"와 희롱한다. 아마 그가 이처럼 상상력을 고삐풀어 싸다니게 만들도록 격려해준 것은 아마도 초현실주의자들의 실험, 특히 브르통의 실험일 것이다. 그는 식물적 자연, 짐승들, 구름들의 모습, 파르스름한 물 속에 움직이는 빛, 사물의 표면이 보여주는 저 간지러울 정도의 무궁무진한 변모 등에 대하여 매우 인간적인 애정을 품고 있다. 그의 구불구불 뻗어가는 문장들 속에 서로 뒤얽힌 칡넝쿨들은 복잡한 그림들을 이루고 있지만 다소 메마른 획의 분명함을 보여준다. 그의 정원들이 참으로 신비로운 것이 되기에는 햇빛이 너무 많이 비추고 있다. 1900년의 파르그는 「전주곡*Préludes*」의 드뷔시를 연상시켰다. 프랑시스 드 미요망드르의 경우 만약 그의 환상적 요소의 디테일에 있어서 방빌적 냄새가 좀 덜했더라면 그의 시는 라벨Ravel의 음악과 유사한 것이 되었을 것이다.

그 역시 새로운 시인들 가운데 수많은 사람들이 그러했듯이 생-종 페르스가 그의 시집 『아나바즈*Anabase*』에서 그리고 이미—몇 가지 활자 배열들을 그 올바른 중요성에 비추어 생각할 경우—그의 시집 『찬미 *Éloges*』의 대부분에서 그렇게 했듯이, 산문 쪽을 선택했다. 그러나 『아나바즈』의 산문은 규율이 있고 박자를 맞춘 산문으로서 거기서는 모든 수의 마력이 질서정연하게 정돈되어 종속 관계를 맺고 있다. 그 산문은 파르그의 자유시처럼 12음절과 10음절에 의하여 "통제되고" 있다. 생-종 페르스의 담화에 고상한 격과 웅변적 힘을 부여하는 것은 이 안정된, 아니 한걸음 더 나아가서, 사고 및 호흡과 조화를 이루는 미터법mètre이다 (하기야 이 시인은 폴 포르와는 달리 어느 때건 이러한 율격상의 규칙성에서 벗어나는 것을 금기로 삼지는 않는다).

『찬미』(1904년에서 1908년 사이에 씌어진 시집)[12]는 랭보, 폴 클로델,

---

12) N.R.F.에서 1925년에 재판.

말라르메, 『지상의 양식』, 그리고 또 어쩌면 아시아의 서정시인들의 결정적인 영향들이 한데 만나서 태어난 것이다. 그러나 여기에는 일단 그 맛과 위력이 세련을 거침으로써 장차 『아나바즈』에 주어지게 될 중추적인 장점들이 드러나 보인다. 우선 이 지상의 사물들과 먼 바다의 사물들, 구체적이고 성숙한, 은밀하고 육감적이며 무한히 오래 묵었으면서도 새로운 사물들에 대한 저 기이한 우정을 지적해볼 수 있다. 여기서의 목적은 그 사물들과의 순박한 합일의 경지를 체험하는 데 있으며 매일 아침 동이 틀 때 그 사물들이 지닌 흠잡을 데 없는 위대함을 느끼자는 데 있다. 마치 습기찬 대기 속에 잠긴 물과 초원의 선들처럼 그 사물들을 순진함과 목욕물 속에 잠그어서 신선하고 깨끗이 씻긴 어린 시절의 모습으로 간직한다는 것은 "큰딸"인 영혼의 성무라는 것일까?

……그리하여 우리들처럼 뿌리를 먹고 영혼을 섭취하여 자라는 과묵한 큰 짐승들은 고귀해지는 것이었으니
그리고 나자 더 많은 그늘 위로 눈꺼풀들이 더 길게 일어서는 것이었으니……

……alors, de se nourrir comme nous de racines, de grandes bêtes taciturnes s'ennoblissaient;
et plus longues sur plus d'ombre se levaient les paupières……[13]

생-종 페르스의 작품 속에는 그 뜻을 헤아리는 데 관건이 되는 어휘들이 수없이 많다. 아름다운, 큰, 진지한, 맑은, 광활한, 총애, 부드러움, 편안함, 감미로운 등이 그런 것이다. 이 세계는 소금을 되찾았다. 그 소

---

13) 『찬미 Eloges』.

금에 의하여 만물은 그 본질을 갖게 되는 것이다. 그리고 또 언어가 투명하고 맛나는 살을 다시 만들어 가질 필요도 있다. 언어의 영원한 처녀성! 프레시오지테에 이를 만큼 섬세한 기법이(『찬미』의 경우) 거기에다가 문법적 순서를 전도시키거나 추상적인 것을 새롭게 하거나 고갱의 그림에서처럼 생생한 터치들을 한데 묶는 특수한 방식을 갖추고 있다. 사실 언술에 있어서의 그 같은 절묘한 예절, 아시아의 옛 문명이 지닌 그 같은 예절, 그 신중한 "품행들", 그 "형식들"은 시의 내용과 하모니를 이루고 있다. 『아나바즈』[14]에서는 어떤 새로운 절도가 나타난다. 단단한 땅, 이 세계의 척도에 맞춘 궁륭 모양의 하늘, 떠도는 종족들, 무한한 항구성의 세계다. 굴곡이 많은 움직임들과 이리저리 떠도는 부드러움과 서정적인 감정의 토로는 서사적인 목표에 종속된다. 첫 페이지부터 엄청난 규모의 자연이 고독 속에서 굵은 획으로 그려지고, 놀랍고도 간결한 자명함을 특징으로 하는 어떤 담화를 통해서 자신만만한 인간이 꿋꿋이 일어선다.

세 가지의 위대한 계절 위에 영예롭게 터전을 잡고 나는 내가 나의 법에 따라 세운 땅에 대하여 낙관하노라

무기는 아침에 아름답고 바다는. 아몬드가 없는 대지는 말들에게 맡겨지고

우리들에겐 부패를 모르는 저 하늘에 값하도다. 태양은 이름이 없으나 그의 위력은 우리들 가운데 있고

바다는 정신의 추측처럼 아침이로다.

---

14) Ed. de la N.R.F., 1924.

위력이여, 그대는 우리들의 밤의 길들 위에 노래하고 있었다!……
아침의 순결한 사상 앞에서 우리들의 어른됨이여 우리는 몽상에 대
하여 무엇을 아는가?

또다시 한 해 동안 그대들 가운데서! 씨앗의 주인, 소금의 주인, 그
리고 올바른 저울들 위에 놓인 공사!

나는 다른 기슭의 사람들을 소리쳐 부르지 않겠노라. 나는 산호의
설탕으로

비탈 위에 도시의 큰 거리들을 그리지 않겠노라, 그러나 나는 그대
들 가운데서 살 생각이로다.

천막들의 문턱에 온 영광을! 그대들 가운데 나의 힘을! 그리고 소
금처럼 순수한 생각은 날빛 속에 강한 호소력을 갖는다.

Sur trois grandes saisons m'établissant avec honneur, j'augure
bien du sol où j'ai fondé ma loi

Les armes au matin sont belles et la mer. A nos chevaux livrée la
terre sans amandes

Nous vaut ce ciel incorruptible. Et le soleil n'est point nommé
mais sa puissance est parmi nous

et la mer au matin comme une présomption de l'esprit.

Puissance, tu chantais sur nos routes nocturnes!······ Aux idées
pures du matin que savons nous du songe, notre aînesse?

Pour une année encore parmi vous! Maître du grain, maître du
sel, et la chose publique sur des justes balances!

Je ne hélerai point les gens d' une autre rive. Je ne tracerai point
de grands

quartiers de villes sur les pentes avec le sucre des coraux. Mais j'
ai dessein de vivre parmi vous.

Au seuil des tentes toute gloire! ma force parmi vous! et l' idée
pure comme un sel tient ses assises dans le jour.

전쟁 중과 전쟁 후 시들 중에서 규모가 큰 어떤 시가 과연 『아나바즈』
와 『젊은 파르크』의 수준에 놓여질 수 있을 것인지 나는 알지 못한다. 모
든 면에서 전혀 다른 이 두 작품을 이렇게 비교하는 데는 과연 좀 뜻밖인
구석이 없지 않다. 그러나 "작품oeuvre"이라는 이름에 걸맞는다는 유일
한 사실에 비추어본다면······. 오늘날에 와서는 완벽을 추구하는 성향이
거의 완벽 그 자체만큼이나 드물다. 더군다나 발레리와 생-종 페르스에
게 있어서 우리는 상징주의와 고전주의를 종합해보려는 두 가지 시도—
그 결과에 있어서는 매우 다르지만—를 눈여겨볼 수 있다.

2

가장 우수한 형태를 갖춘 피에르-장 주브의 시는 메마른 바위와 땅을 뚫고 나와서 달고 순수한 물을 뿜어내는 분출식 우물을 연상시킨다. 과연 타는 목마름의 화산성 건조함과 다른 한편 천사적인 우아함의 향기가 깃든 열정적 부드러움이라는 두 가지 요소는 시인의 가슴을 가차없이 움켜잡고 죄는 드라마의 지극한 힘들로서 그 시 속에서 서로서로의 뗄 수 없는 상관 조건이 되고 있다.

전쟁 전의 피에르-장 주브는 수도원파 시인들에 속해 있었다. 그들과 마찬가지로 그 역시 전쟁 동안에는 샌들에 묻은 해묵은 먼지를 털고 일어나 정의의 이름으로 단죄하고, 그 역시 "두세 가지의 신성한 것들"[15]을 지키는 초병이 되어 그 엄청난 사건에 반응했다. 그러나 이미 어떤 목소리가 비탈길 위에서 그를 소리쳐 부르고 있었다. 이제 그는 그 비탈길을 혼자서 기어올라가야 할 판이었다. 쥘 로맹이 "합일적unanime"인 각성을 호소하던 유럽의 저 군중들에 대하여 희망을 거는 일을 포기해버린 채 그는 고독의 싸늘한 정상들 위로 전진했고 또 다른 불꽃을 찾아 "영혼의 아침 지구"를 말없는 발걸음으로 건너갔다. 거기서는 극도로 쓰디쓴 경험들과 가슴을 에이는 사랑들이 그를 기다리고 있었지만—그로 인하여 그는 장차 가장 풀 길 없는 고통 속으로 빠지게 된다—그러나 거기에는 해방의 수단과 새로운 '삶vita nuova'의 예감 또한 그를 기다리고 있었다. 한동안 종교적 영감과 시적 영감이 혼연 일체로 뒤섞이면서 피에르-장 주브는 시란 오직 어떤 정식적 수련, 눈깜짝할 사이에 세계를 섬광과도 같은 계시의 빛 속에서 지각할 수 있는 기능, 사랑의 신적 차원에 도달할 수 있는 가능성 그 이상도 그 이하도 아니라고 믿게 되었다.

---

15) 『유럽Europe』에서 쥘 로맹이 그러했듯이.

그 같은 사랑의 신적 경지에서는 이 땅 위의 사물들이 근본적으로 지니고 있는 헛됨 속으로 상극하는 요소들이 지워져 없어지는 것을 보게 된다.

그 여행은 계속되어—도대체 끝이라든가 이제 다 됐다고 하고 안심하는 것 따위와는 거리가 먼 문제이니까, 모든 것이 항상 이제 막 시동되려하고 있거나 혹은 실패로 돌아가려고 하는 참이니까?—주브는 이를테면 존재의, 현존의 신비주의에 이르게 된다. 그러나 그는 그 어떤 체계 속으로도 들어가지 않았다. 그의 신전에는 기둥이 하나도 없다. 신은 그의 구름 뒤에 가려진 채 보이지 않는다. 신은 부재한다. 엘로힘Elohim(야훼—옮긴이주)의 입을 통해서 신이 말을 한다지만 말을 하는 자가 과연 신인지는 확실하지 않다. 신성의 시이지 신의 시가 아니다. 주브는 "가장 알려지지 않은, 가장 겸허하고 가장 겁에 질려 오열하는 종교적 생각"에 몸을 바쳤다. 그에게는 때때로 헐벗은 가지 위에서 흔들리는 비둘기의 희망밖에는 다른 아무런 희망도 남은 것이 없을 때가 있다. "그 나름의 쾌락들을 지닌 이 땅의 감각"이라는 유혹 또한 여기 눈앞에 끔찍하게 실재하는 것이니까 말이다.

그의 시는 거의 전부가 죄의식, 혹은 그 죄의식에서 벗어나려는 희망에서 우러난 것이다. 마치 살아 있는 몸뚱이 속에 혈관이 흐르듯이 어떤 수치스런 고통이 시 속에 흐르는 때도 있다. 자신의 육체와 마음을 혐오감 없이 바라볼 수도 없고, "죄의 세계의 얼굴에서"[16] 눈을 돌릴 수도 없는 시인은 그때 프로이트의 범우주적인 에로스의 매혹에 의탁하게 된다. 선 속에서 악이 그의 상처를 드러내 보인다. 기독교적인 말로 해보자면 사탄은 과일 속에 들어앉듯 신의 창조 속에 들어앉아서 그 과욕을 차지하려고 신과 경쟁을 벌인다. 주브는 사탄이 추락해버리기 전에 "이상한

---

16) 『피땀*Sueur de Sang*』(Ed. Des cahiers libres, 1933)의 머리말을 보라.

땅의 모래톱에" 서 있는 모습을 상상한다.

사탄은 기나긴 젖빛의 바다가
그의 발 아래 부서지는 것을, 기슭이 넓어지는 것을
머리에서 끔찍하게 모발이 빠지듯 헐벗어가는 것을 본다.
불그레하고 몽롱한 태양이 액화하고
하늘의 다른 끝에서 또 하나의 태양이
싸늘한 분노와 못된 운명을 절규하는데
태어나는 자연은 너무나 지친 나머지 신음 소리도 못 낸다
어느 털북숭이의 정조가 에테르 속에 나타난다
짐승인가 아니면 장래의 악마인가
그것은 대낮의 남아 있는 핏빛을
눈물과 울음으로 뒤덮는다.

Satan voit s' écrouler la mer longue et laiteuse

A ses pieds, le rivage grandir, se dénuder

Comme une tête horriblement perd sa chevelure.

Un soleil vague rougeoyant devient liquide

Un autre à l'autre bout du ciel pousse un cri

De rage froide et de mauvais sort et la nature

Naissante est trop fatiguée pour gémir.

Un signe velu se produit dans l' éther

Bête ou démon futur,

Il couvre ce qui reste ensanglanté de jour

Avec des larmes et avec des pleurs.[17]

태양이 사물을 짓누르고 존재들을 파먹어 들어가며 견딜 수 없도록 욕
망을 자극하는 아름다운 날들의 저 무기력이 바로 죄의 풍토다. 사랑의
갖가지 현실들은 돌연 칼날처럼 발가벗은 모습으로 변한다.

그렇다 나는 한번도 기도해본 일이 없다.
라고 키 크고 건장하고 부드러운 여인이 말한다.
그러나 그에게 내 젖과 배와 청춘을 주라
그는 만족해하리니.

C'est vrai je n'ai jamais jamais prié
Dit la femme grande et douce de taille,
Mais donne-lui mon sein, mon ventre et ma jeunesse
il sera satisfait.[18]

그리하여 남자는 그의 마음속에 잠재해 있는 수치스러운 욕구에 지고
만다. 자기를 포기하고 침묵하고 고행을 함으로써만 치유가 가능해진
다. 육체로부터, "헐벗은 세계"로부터 헤어나야만 하는 것이다. 너무 많
은 말이란 잿더미 속의 잿가루에 지나지 않는 것. 이리하여 남성의 상징
인 나무는 잎이 떨어져 앙상하게 되어 죽음으로써 다시 태어난다.

더욱 어두운 밤이 두 눈도 버리고
세상의 무용한 하인인 두 손도 버리고
저 피끓는 가슴도 버리고
아름다움이 찢어져 피 흘리는 상처인 입도 버리고

---

17) 『실락원 La Paradis perdu』(Grasset), p.42.
18) 『시전집 Oeuvres poétiques』(Ed. de la N.R.F., 1930).

492

마력도 영원성도 지니지 못한 말도 버리고

나무는 잎새들을 떨군 채 구원된다.

Ayant renoncé aux yeux, nuit plus qu'obscure,

Aux mains ces vaines employées du monde,

au coeur ce sang,

Et a la bouche coupure saignante de la beauté

Et aux mots qui n' ont plus la magie ni l' éternité

L' arbre se sauve en laissant tomber ses feuilles.[19]

정화만이 유일한 길이다. 그때서야 비로소 사물들의 "더욱 어두운 밤"
에 대해서도 시인이 눈멀어질 때 무죄의 감정이 바람결처럼 그의 피부
위로 스칠 것이며 "원초의 이슬"이 그의 입술을 적실 것이며 또

이 세상보다

열 배나 더 빛나고 더 진실한 세계……

Un monde plus vrai, de dix tons plus brillant

Que le monde……

가 그를 위하여 눈부신 창공 속에서 찬란히 빛날 것이다. 우리들이 살고
있는 세계, 그러나 그와는 다른 순결하고 본질적이고 무한히 인간적이면
서도 신성한 세계, 존재의 우발성들이 존재 그 자체로 대치되는 세계 말

---

19) 위의 책, p.92.

이다. 그때 신은 바람 속에서 말을 하고 영혼은 연기처럼 상승한다.

그러나 "보다 더 진실한" 그 세계란 참다운 신비주의자에게는 말로 표현할 수 없는 것이다. 피에르-장 주브가 그 신비주의적 시인인 한, 그는 이미지들과는 거리를 유지해야 한다. 아니 적어도 그는 자신의 작품 속에서 그 이미지들을 표현할 때 그 섬세함과 겸허함과 주저하는 태도를 갖추지 않을 수 없다. 그의 경우 그러한 태도야말로 감동적이다. 그렇게 함으로써 이미지들이 침투력을 갖게 되고 투명해지고 때로는 번역의 말처럼 낯설어 보인다. 그러한 면을 약점으로 여길 것은 아니다. 그것이야 말로 번역인 것이다. 영혼의 언어를 프랑스 말로 번역한 것이다. 우리의 감각을 무한히 초월하는 것을, 형태를 갖지 않은 것을 환기시키자는 데 그 번역의 목적이 있다. 일상적으로 쓰는 말들, 흔한 사물과 생각으로 우리를 인도해가기 십상인 말들을 따로 분리시켜서 그것을 곰곰이 따져보고 낯선 것으로 만들고 그들끼리 서로서로를 쫓아내게 만들 필요가 있다. 바로 그 같은 작업 속에서 시인이 자신의 생각 속에 잠겨 있는 기묘한 존재들을 '제대로' 표현하고자 애쓰는 모습이 드러나게 된다. 그때서야 비로소 시인은 회화와 음악에서 본받은 저 탁월한 융합에 차츰 도달한다. 인간적인 의미와 동시에 신비적 의미의 은총이 이 같은 빛의 운동에 생명을 불어넣고 그 운동은 마음의 하늘 속에서 새들의 노랫소리처럼 조화를 이룬다. 「모차르트Mozart」라는 제목을 붙인 시의 서두는 이 같은 부드러움이 어떤 것인가를 짐작케 한다.

    내가 너의 여름 무지개에 귀를 기울일 때 너에게
    행복은 거기 공중의 중간 높이에서 시작하네.
    슬픔의 칼날들은
    구름과 새들의 숱한 흐름에 묻혔고
    초원엔 매발톱꽃 한 송이가 날빛에 기쁨을 바치려고

낮에 베이지 않고 잊혀져 남아 있네
해방된 향수여 그리도 쓰디쓴 정감이여
여름날 여섯시의 잘츠부르크를 아는
으스스 떨림이여 쾌락이여
해는 져서 구름이 마셔버렸네.

A Toi quand j' écoutais ton arc-en-ciel d' été

Le bonheur y commence à mi-hauteur des airs

Les glaives du chagrin

Sont recouverts par mille effusions de nuages et d'oiseaux.

Une ancolie dans la prairie pour plaire au jour

A été oubliee par la faux,

Nostalgie délivrée tendresse si amère

Connaissez-vous Salzburg à six heures l' été

Frissonnement plaisir le soleil est couché est bu par un nuage.[20]

잠시 동안 고통은 씻어지고 초원과 음악의 오아시스에서 짐은 가벼워
진다. 그러나 행복은 여전히 떨고 있다. 눈길은 한번 던지기만 해도 피가
흐르기 시작한다. 삶은 또다시 인간의 옆구리에 벌겋게 달군 쇠꼬챙이를
들이댄다. 최근 몇 년 동안 『피땀Sueur de Sang』, 『하늘의 질료Matière
céleste』를 읽어보노라면 프로이트의 명상에 의하여 길러진 성적 고정 관
념이 주부의 시를 지옥의 도가니 속으로 끌어들인 것이나 아닌지 우려된
다. 기나긴 악몽 속에 사슴의 모습이 가끔 단조로운 백색의 반점을 찍어
놓은 것이 고작이다. 그곳에 나타나는 신의 아들은 피를 흘리는 어머니

---

20) 위의 책, p.24.

의 아들 모습을 띤 채 너무나 사랑을 받아 십자가에 못박힌 꼴로 나타날 뿐이다. 시인이 거의 근친 상간적인 이 같은 광경으로부터 헤어나기 위해서는 25년이 지난 후 역사가 잠에서 깨어 일어나고 정치적 격변과 인간들의 비참이 증대되어 마침내는 인간의 내면적 드라마를 낳게 되어야만 했다. 그의 눈앞에는 다시금 범세계적인 무의식의 재난을 위한 광대한 영역이 펼쳐진다. 재난은 기관총 소리와 무너져가는 자유 속에서 전개된다. 사건의 살냄새에 유별나게 민감한 피에르-장 주브는 과장된 예언적 담화의 운동을 부활시켰다.[21] 그의 시는 새로운 하늘을, 즉 묵시록적인 하늘을 되찾았다. 그 하늘 위로 백마와 적마와 흑마가 지나간다.

최악의 네 번째 말[馬]이 문득 나타난다.
인간의 언어가 말한 적 없는 그 말
황마여 그대는 우리를 백일하에 비추인다
이미 본 탓으로 눈멀지 않고 어찌 그대를 보랴
……
그대는 황마, 그대의 형상은 뼈대를 따라 흐르고
구멍뚫린 통 같은 동체 위로
초록의 헌 누더기는 더욱 투명하게 떨어진다
폭력의 무용한 왕래를 위하여
꼬리엔 털이 빠지고 골반엔 목발이 짚여 있다
화학성 바람이
그대의 콧구멍과 허연 눈알에 드나든다.
죽음의 수컷이여! 첫 번째 죄를
역사의 고요한 황금의 풀밭 속에 그려보라……

---

21) 최근에 G.L.M.(1939년 7월)에서 펴낸 시 『사자들의 소생*Résurrection des morts*』 참조.

Surgit le quatrième Cheval le pire

Celui que la parole humaine n'a pas dit

Jaune tu nous éclaires en plein jour

Comment te voir sans être aveuglé d'avoir vu

......

Tu es jaune et ta forme coule à ta charpente

Sur le tonneau ajouré de tes côtes

Les lambeaux verts tombent plus transparents

La queue est chauve et le bassin a des béquilles

Pour le stérile va-et-vient de violence

Et le vent des chimies

Souffle par ta narine et par ton oeil blanchi.

Mâle Mort! figure le premier péché

En la verdure calme et d'or de l'Histoire······[22]

윌리엄 블레이크에 있어서와 같이 하늘과 지옥에서 오는 저 숨결, 신적인 가벼움과 악마적인 유혹의 교차는 이 시인의 삶의 분위기와 격을 이룬다. 피에르-장 주브의 시가 가장 우리의 가슴을 흔드는 때는 땅바닥에 나가 떨어진, 혹은 도취한 영혼, 스스로의 발판에서 떨어져나가서 내면적 심연과 신, 혹은 저 "뒤집혀진 신(죄의 정신)"에게 내맡겨진 어떤 영혼의 순간적인 열광을 침묵과 절대적 부재의 바탕 위에다가 섬광과 같은 필치로 그려 보일 때이다.

---

22) 《N.R.F.》, 1939년 1월 1일자.

쥘 쉬페르비엘이 받은 여러 가지 영광들을 열거하려면 라포르그, 클로델, 랭보, 휘트먼, 쥘 로맹, 릴케의 이름을 들먹이게 마련이다. 예를 들어서 그는 릴케에 대한 명상에 도움받아서 삶과 죽음을 갈라놓는 칸막이를 최대한으로 얇고 투명한 것으로 만들 수 있었던 것 같다. 그렇지만 쉬페르비엘은 그의 스승들 중 그 어느 누구도 닮지 않았다. 만약 그가 없었더라면, 최근에 등장한 시인들에게 그가 끼친 영향이 아니었다면, 전쟁 전의 시에 있어서 얼마나 커다란 공백이 생겼을 것인지를 쉽사리 알아볼 수 있을 만큼 그는 "없어서는 안 될" 시인인 것이다. 후배 시인들에게 끼친 그의 영향은 엘뤼아브나 주브나 파르그의 영향보다도 더욱 뚜렷하다.

쥘 쉬페르비엘은 윤회의 시인이요 존재의 변신을 믿는 시인이다. 사물들이 서로 눈에 보이지 않게 의기 상통하고 서로간에 유체와 메시지를 교환하는, 이를테면 "같은 것이 곧 다른 것le même est l'autre"이 되는 저 신비스러운 텔레파시의 시인이다. 그리하여, "무엇보다도 뭍에서 만들어지게 마련인 마을들에서" 우리는 "바다 밑 깊숙한 곳에 산호가 만들어지는 소리"를 듣게 된다.[23] 그는 자아의 감옥을 허물어뜨리고 영혼의 세심한 감시로부터 벗어나고자 안달을 하는 반(反)나르시스다.[24] "영원한 것들이 스며들도록 숱한 구멍을 내가지고 있으며" 무한을 향해 무수한 기공을 연 채 짐승으로, 물로, 돌로 전생하고 싶어서 견디지를 못하는 그는 아마도 대초원 팜파스의 하늘 속에서 무슨 바람으로부터 태어났거나 혹은 별들이 빛나는 밤을 바라보며 남태평양의 흰 물거품에서 태어난 시인인지도 모른다. 초현실주의자들과는 반대로 그는 이 우주에 "무한

---

23) 『무죄의 도형수Le Forcat innocent』(Ed. de la N.R.F. 1930), p.82.
24) 《신문학지Les Nouvelles Litteraires》 1930년 3월 8일자에 실린 피에르 게강Pierre Guéguen의 서평 참조.

하게 신경 조직이 뻗어가 있다"고 믿는다. 도피하고 자기 자신으로부터 벗어나고자 하는 희망이 그를 사로잡고 있는 것은 사실이지만 그렇다고 그것이 이 땅과 이 우주로부터 벗어나자는 것은 아니다. 반대로 그는 공간과 시간을, 과거와 미래를, 삶과 죽음을, 별들 사이의 엄청난 공허를, 첫 번째 성운들을, 그리고 귀가 찢어질 듯 요란한 소리를 내면서 "저 침묵의 뒷켠에서" 짜여지고 있는 기이한 모험들을 필요로 한다.

그 시에 활력을 불어넣어주고 있는 가장 큰 원칙은 세계의 생존에 대한 감정이며 형이상학적인 고뇌다. 그러니 이제 우리는 어떤 오만한 태도나 프로메테적인 충동 따위를 상상할 일이 아니다. 갑옷을 입은 기병들을 적재하여 절대를 향하여 쏘아올리고자 한 빅토르 위고, 아르튀르 랭보라는 이름을 가진 저 "끔찍한 노동자"의 신성 모독 운동, 갖가지 형태의 낭만적 반항—초현실주의자들의 반항에 이르기까지—등 그 모든 것들은 그의 본성과는 거리가 멀다. 그에게는 기독교적인 열정도 반기독교적인 분노도 없다. 신에 대한 반격도 없다. 시인 도형수는 죄 없는 인간이다. 그는 필요하다면 억센 목소리로 사자들을 불러낼 줄도 알지만 그는 다감하고 친근하며 은근하고 겸허하다. 그가 섬기는 토템 동물은 도마뱀이다. 그는 도마뱀처럼 기다린다. 꼼짝달싹하지 않고 어떤 신호가 나타나기를 엿보며 기다린다. "마치 그는 도마뱀들을 통해서 생각하는 것만 같다." 비밀의 현장을 덮치기 위해서는 살금살금 다가가면서 귀를 기울여야 한다.

존재들이여 나직이 말하라
누가 우리의 말소리를 들을지도 모르니
그리하여 나를 죽음에게 팔아넘길지도 모르니
내 얼굴을 나뭇가지 뒤에
감추어다오

남의 눈에 내가

이 세계의 그림자처럼 보이도록

Présences, parlez bas

On pourrait nous entendre

Et me vendre à la mort,

Cachez-moi la figure

Derrière la ramure

Et que l' on me confonde

Avec l' ombre du monde.[25]

쉬페르비엘의 초기 작품들에서부터 이미 남아메리카의 대양적 자연의 순결한 감정, 바다의 풀들과 꽃들을 싣고 파도처럼 밀려갔다가 길다란 물줄기가 되어 모래톱으로 되돌아오는 공기처럼 시원한 시가 스며나고 있었다. 그때부터 쉬페르비엘은 단 한번도 단단한 육지를 다시 밟아보지 못했다. 그가 눈을 들면 그것은 "돛대의 꼭대기인 양" 천정(天頂)이 가물거리는 모습을 보기 위함이다. 『동력Gravitations』의 시 역시 지리적인 것이 아니라 우주 진화론적인 것인데 거기에서는 천체의 운행과 허공의 풍경들이 마음속의 이미지들로 옮겨져 그려져 있다. 이 시 역시 엄청난 난파의 공포에 끊임없이 휘말리고 있다. 『무죄의 도형수Forçat innocent』에 오면 그 우주 진화론적인 시풍은 새로운 차원을 첨가하게 되고, 여전히 대상은 우주이지만 조금씩 조금씩 형이상학적인 시로 변모해간다. 하구의 가장 머나먼 모래밭들까지도 "인간적인 것으로 만들고" 특히 살아 있는 존재들이건 추억이건 어느 것 하나 죽는 법이 없다. 과거의 모든 우

---

25) 『무죄의 도형수』, p.128.

리들 자신, 우리의 감각들과 욕망들이 우리의 뒤를 따라와서 에테르층 속으로 흩어져서 몸이 없는 형태들처럼, 추상적이고 눈에 보이지 않는 틀처럼 우리의 현재 존재가 잠겨 있으며 우리의 생각을 유도하고 모르는 사이에 우리를 충동하는 유체처럼 여행을 하는 것이다.

우리가 항상 불혹과 혼동하는
비밀스런 거동의 사자들이여
빗속의 묘비명처럼 그대들의 웃음 속에 길 잃은 채
옹색한 자세로 너무 많은 공간 때문에 불편해하는 사자들이여
……
그대들은 피로 치유되었다
우리를 목마르게 하는 피로

그대들은 바다와 하늘과 숲을
보고서 치유되었다

그대들은 입술과 입술의 이성과 키스들과도 끝장을 냈다
우리들 진정시키지도 못한 채 도처에 우리를 따라다니는 우리의
손들과도 끝장을 내었다
……
그러나 우리들 속에 그 어느 것도
그대들과 닮은 저 추위보다 더 진실한 것은 없어라……

O morts à la démarche dérobée,
Que nous confondons toujours avec l' immobilité,
Perdus dans votre sourire comme sous la pluie l' épitaphe,

Mort aux postures contraintes et gênés par trop d'espace

......

Vous êtes guéris du sang

De ce sang qui nous assoiffe.

Vous êtes guéris de voir

La mer, le ciel et les bois.

Vous en avez fini avec les lèvres, leurs raisons et leurs baisers,

Avec nos mains qui nous suivent partout sans nous apaiser

......

Mais en nous rien n'est plus vrai

Que ce froid qui vous ressemble......[26]

자기 조상들이 잠들어 있는 바닷가의 묘지로 가서 발레리가 삶과 죽음
에 대하여 명상했던 것과 마찬가지로, 쥘 쉬페르비엘은 급류가 "인간과
그림자 사이의 구별을 원치 않기에 눈꺼풀을 내리깔고" 흐르는 그의 조
상들의 도시 올로롱-생트-마리를 택하여 숨죽인 목소리로 삶과 죽음
사이에서의 저 엄청난 망설임을 노래했고, 땅 속에 잠자는 눈먼 촉루들
에게로 돌아가고 싶어 남몰래 염원하는 "석회질의 얼굴을 가진" 부대에
바치는 그의 겸허하고 다감한 탄원을 노래했다.

그러나 자기가 아직도 살아 있는지를 확인하기 위하여 촛불에 손가락
을 지져보는[27] 몽유병자 시인은 갖가지 변신의 끈을 놓치지 않고 있다.
그 어느 것도, 그에게 자기 자신이 되라고 명령하는 그의 영혼 이외에는

---

26) 위의 책, p.72.
27) 『중력Gravitations』, p.37.

그 어느 것도, 그에게는 낯설은 것이 없다. 무겁고 힘든 고역……. 시냇물 흙바닥에 돋아나고 꿈틀거리고 날아오르고 굴러가는 모든 것과 자기 자신 사이에 깊은 유대가 맺어져 있음을 그는 너무나도 잘 느끼고 있다.

영문 모를 반려인 돌이여
마침내 착해지거나 유순해지거라
……
낮이면 그대는 온통 뜨겁고
밤이면 온통 평온해지나니
그대 둘레로 내 가슴은 배회한다

Pierre, obscure compagnie,
Sois bonne enfin, sois docile
……
Le jour, tu es toute chaude
Toute sereine la nuit,
Autour de toi mon cœur rôde……[28]

생각들처럼 저녁빛 속에 맴도는 새들에 이르기까지, 공간의 미지 속에서 서로의 섬광을 교환하는 짐승들과 인간들의 눈빛에 이르기까지, 모든 것이 돌에서 나온다. 그리고 쉬페르비엘은 과거와 현재 못지않게 장차 다가올 여러 가지 발생들도 필요로 한다.

수천수만 년 후에

---

28) 『무죄의 도형수』, p.17.

아직은 졸고 있는 한 처녀가 될 것을
앙퍼동트, 카리네르, 그대 내 조가비들이여
그것을 만들어주오, 만들어주오
그의 입술과 그의 두 눈으로
내가 그 탄생을 채색하도록……

Ce qui sera dans mille et mille ans
Une jeune fille encore somnolente
Amphidontes, carinaires, mes coquillages
Formez-le moi, formez,
Que je colore la naissance
De ses lèvres et de ses yeux……[29]

그는 자신의 우주적 고향을 의식하기 위해서, 그리고 공포에 대한 위
안과 안도감을 갖기 위해서 인간들뿐만 아니라 돌들과 짐승들을, 그리고
사랑을 필요로 한다.
「신 없이 Sans Dieu」라는 제목이 붙은 시[30]에서는 저승, 저 다른 여행,
아니 적어도 길잡이라고 두 마리의 눈먼 개들뿐인 싸늘한 에테르충으로
추락하는 시작과 고통을 벌써부터 "알고 있는" 시인의 고뇌를 목격할 수
있다.

굶주린 기린들
오 별들을 핥는 짐승들이여
혼란스러운 풀 속에서

---

29) 『중력』(초판), p.37.
30) 위의 책, p.88.

무한을 찾는 황소들이여

경주에서 그를 따라잡는다고
믿는 사냥개들이여
그가 그 밑에 숨어 있음을
아는 뿌리들이여

밤의 모래들밖에는
아무 의지(依支)도 없이 살아 있는
길 잃은 나에게
그대들은 무엇이 되었는가?

Girafes faméliques

O lécheuses d' étoile,

Dans le trouble de l' herbe

Bœufs cherchant l' infini,

Lévriers qui croyez

L' attraper à la course,

Racines qui savez

Qu' il se cache dessous,

Qu'êtes-vous devenus

Pour moi qui suis perdu

Vivant, sans autre appui

Que les sables nocturnes?

그러나 땅은 멀다……

내 바로 옆의 하늘은 나를 괴롭히고 거짓말을 한다.

하늘은 그 뒤에 남은 채 꽁꽁 얼은 나의 개 두 마리를 붙잡았다.

그들의 빈혈, 부동의 짓는 소리가 내 귀에 들린다.

별들이 한데 모여 내게 사슬을 내민다.

겸허하게 그들에게 내 두 손목을 내밀어야 할 것인가?

여름을 믿게 하고 싶어하는 어느 목소리가

내 인간적인 피로에 공원 벤치를 그려 보인다.

그의 길을 파는 하늘은 여전히 저곳에 있다.

내 가슴 속에서는 곡괭이질하는 메아리.

오 나지막해진 하늘이여 나는 너를 두 손으로 만지며,

하늘의 광산 속으로 허리 굽혀 빠져든다.

Le ciel tout près de moi me tourmente et me ment,

il m' a pris mes deux chiens gelés restés derrière,

Et jentends leur exsangue, immobile aboiement

Les étoiles se groupent et me tendent des chaînes.

Faudra-t-il, humblement leur offrir mes poignets?

Une voix qui voudrait faire croire à l' été

Décrit un banc de para à ma fatigue humaine.

Le ciel est toujours là qui creuse son chemin,

Voici l' écho des coups de pic dans ma poirtine.

O ciel ciel abaissé, je te touche des mains

Et m'enfonce voûté dans la céleste mine.

신이 존재하면 어떨지 모르지만…… 그러나 그럴 경우 신은 불만족스럽고 불완전하고 살아 있는 자들과 죽은 자들에게 어정쩡한 위력조차 행사하지 못하는 신일 것이다. 이 시인이 그의 마지막 시집 『세계의 우화 Fable du Monde』 서두에서 그랬듯이 인간들이 믿지도 않으면서 기도를 드리는 신 말이다.[31] 그가 신성함에 대한 감정을, 덕목 중에서도 으뜸가는 덕목이라는(페기) 희망Espérance에의 욕구를—희망 그 자체는 못 된다 하더라도—되찾도록 해준 것은 바로 인간적인 것에 대한 감각, 인간에 끼쳐지는 위협의 목격, 대재난에 대한 두려움이라고 볼 수 있다. 왜냐하면 무지, 불가시적인 것, 발견 불가의 것 등이 이제는 너무 늦었다, 이제는 어쩔 수 없다고 더듬거리며 말해주기 때문이다. 인간의 위대한 형제인 그는 사람들이 그를 동정해주기를 요구하기도 하는 것이다.

몇 년 전부터 쉬페르비엘은 일종의 동면기에 들어가 있는 것 같아 보인다. 내 말인즉 그는 우주적인 모험들에 대해 경계심을 품고 있으며 이제 더이상 태양과 천제들의 공간으로 그의 상상력을 날려보내지 않는다는 말이다. 모든 것이 그의 내면에서 일어나고 있다는 것을, 아니 적어도 모든 것이 그의 가슴 속에까지 메아리친다는 것을 굳게 믿는 그는 밤과 낮 사이에, 개와 늑대 사이에 숨은 채, 그의 금역(禁域)인 내면의 힘들을, 피투성이의 외양간에 버려진 짐승들인[32] 기관들을, "불같이 뜨겁고 부드러운 강물"[33]처럼 무한의 압력에 짓눌려 고통받을 준비가 되어 있는 기관들을 길들이고 청진해보려고 노력하며 살고 있다. 여기서 신기함은 육체로 구현되지 않은 정령의 선경과 비슷한 것이 아니다. 쉬페르비엘은 오히려 우리들로 하여금 우리 자신의 육체 속으로, 우리의 피 속으로 되돌아가도록 권한다. 그리하여 떨리는 공감과 은밀한 비극의 정신 속에서

---

31) 특히 「미지자에게 바치는 기도와 신의 슬픔Prière à l' Inconnu et Tristesse de Dieu」 참조.
32) 『세계의 우화La Fable du Monde』(Ed. Gallimard), p.67.
33) 『무죄의 도형수』, p.18.

우리가 이 땅 위의 우리 모습과 일치하고 우리의 참다운 소속감을 의식하도록 권한다. 감정(무엇이라고 이름 할 수 없는)의 시인이요 분위기(무어라고 규정할 수 없는)의 시인인 그의 언어는 어떤 깊은 필연성에 의하여 항시 더욱 벌거벗은 것이 되고 항시 더욱 직접적이며 단순한 것이 된다. 독자로 하여금 망연자실 넋을 잃게 만드는 언어의 연금술이라면 그에게서가 아니라 다른 사람들에게 가서 찾을 일이다. 은근한 방식을 취하며 처음에는 산문의 경지를 넘어설까 말까 한 쉬페르비엘의 시는 전혀 돌연한 구석이라곤 찾아볼 수 없지만 엄숙하고 어려움이 없으며 비할 나위 없이 겸손하게 마치 티 없는 거울 속의 흐릿한 이미지처럼 천천히 조직되어간다. 우리의 삶이 송두리째 그 시 속에 비추어지지 않는다고 누가 말할 수 있을 것이며 우리의 영혼이 산만하게 흩어져 있다가 한순간 깨어나서 저 서두를 줄 모르는 몇 마디 말들 속에서 저의 존재의 그림자를 포착하게 되기를 꿈꾸어볼 수 없다고 그 누가 말할 수 있겠는가?

시간의 말〔馬〕들이 내 문 앞에 멈출 때
나는 늘 그들이 물 마시는 모습을 바라보기를 좀 망설인다
그들은 바로 나의 피로 목마름을 다스리기 때문이다.
그들의 길다란 모습이 내 마음을 약하게 만들고
나를 너무나도 지치고 고독하고 실망한 채 버려두는 동안
그들은 내 얼굴 쪽으로 감사의 눈길을 던진다
지나가는 어떤 밤이 내 눈꺼풀을 사로잡고
목마른 말들이 찾아올 어느 날
내가 아직도 살아서 목마름을 달랠 수 있도록
나는 돌연 내 속의 힘을 가다듬지 않으면 안 된다.

Quand les chevaux du temps s'arrêtent à ma porte

j' hésite un peu toujours à les regarder boire

Puisque c' est de mon sang qu' ils étanchent leur soif.

Ils tournent vers ma face un oeil reconnaissant

Pendant que leurs long traits m'emplissent de faiblesse

Et me laissent si las, si seul et décevant

Qu'une nuit passagère envahit mes paupières

Et qu'il me faut soudain refaire en moi des forces

Pour qu'un jour ou viendrait l'attelage assoiffé

Je puisse encore vivre et me désaltérer.[34]

*

　파르그, 주브, 생-종 페르스, 쉬페르비엘은 "시적 상상력의 원천으로 거슬러 올라갔다". 그들은 정신을 피상적인 외면에서 떼어내어 영매의 위력이 나타나는 모험 속으로, 현대적 환상의 자유로운 공간 중심부로 몰아넣었다. 그렇지만 그들 중 어느 누구도 "무상행위로써 글을 쓰고자" 하지 않으면 언어적 자동성이라는 특수한 각도에서 볼 때 초현실주의의 특징인 심리적 누출의 욕구에 빠져들고자 하지도 않는다. 그들은 의외의 새로운 발견을 믿을 경우, 거기서 의의 있는 결과를 얻어내는 데 주저하지 않으면 자기들이 골똘히 생각하고 있는 작품의 방향으로 그것을 유도해가는 것도 마다하지 않는다. 생-종 페르스는 예외적인 경우로 따로 취급해야 함은 물론이다. 그 의도에 있어서 비개인적인 서사시 『아나바즈』는 분명히 가장 세세한 부분에 있어서까지도 전체적 조화를 기하고 있는 것이다. 그러나 그들 모두의 경우, 그들이 모든 면에서 이성을 벗어나는

---

34) 『미지의 친구들Amis inconnus』(Gallimard, 1934)에 수록된 「시간의 말[馬]들Les Chevaux du Temps』, p.10.

어떤 정신의 힘에 실려 몸을 맡기기는 하지만 그러나 그들은 어떤 명증한 의식이 자리잡고 있는 한 점으로 집중·집약된다. 그들이 혹시 자신을 잊어버린다 하더라도 그것은 결국 자신을 되찾기 위함이다. 적어도 빛나는 밤 속에서 자신의 모습을 알아보기 위함인 것이다. 그들의 시는 존재가 바로 제 자신의 것이 되고 스스로를 규명하는 듯한 환상을 갖게 되는 바로 그 순간에 그 최상의 것을 길어내게 된다.

II. 시의 현대적 신화

초현실주의는 젊은 문학의 모든 땅들을 그 거센 물살로 휩쓸어버리겠다고 위협해놓고 나서, 제 갈길을 찾아낼 만한 힘도 없이 그저 실망만을 안겨준 위대한 희망이 되어버린 인상을 남기고 있다. 그런 중에서도 관습적인 흐름은 여전히 계속된다. 페르낭 그레그Fernand Gregh는 낭만주의 시인들에 대하여 변함없이 경도하겠다는 자기의 결심을 포기할 생각이 없다. 아르망 고두아Armand Godoy는 장 루아예르Jean Royère가 옹호해 마지않는 음악주의적musiciste 독트린을 수많은 시편들 속에서 실천으로 보여주고 있다. 노엘 드 라 우세Noel de la Houssaye는 롱사르 식으로 펭다르풍의 시가들을 끊임없이 짓는다. 최근 몇 년 동안 피에르 드 놀락Pierre de Nolhac은 아직도 고답파식의 휴머니스트 시편들을 발표해왔다. 쥘 로맹의 운율법과 문체는 가브리엘 오디지오Gabriel Audisio나 루이 브로키에Louis Brauquier같이 독창적인 정신을 지닌 시인들에게 매혹의 대상이 되고 있다. 아폴리네르가 바람 따라 온 사방에 흩뿌려놓은 씨앗들도 여전히 성숙해가고 있다. 여전히 "우파" 혹은 "좌파"의 환상파 시인들이 존재한다……. 일단 원칙적인 면에서 이렇게 말해보자. 16세기에서 20세기에 이르는 동안 프랑스의 모든 시인들은 그들을 찬미하는 사람들과 추종하는 사람들을 갖는 것이 마땅하며, 모든 사상과 신념들이 공존하고 번식하는 이토록 자연스러운 우리 시대를— 아직 얼마간이나 이런 시대는 계속될까?—그만큼 다양한 반항과 무정부주의들이나 마찬가지로 서로 가장 거리가 멀고 다양한 전통들이 대변하게 될 것이라고 말이다.

그렇지만 근래의 시 중에서 생명을 발하고 있는 부분들에 국한하여 생각해본다면 일차적인 구분을 해보는 것이 불가피하며 그 구분과 더불어 이 대단한 혼란 속을 어느 정도 정리해볼 필요가 있다. 즉 한편에서는 미에 대한 믿음을 견지하고 있는 예술가들이 그들의 작품들을 갈고 닦아 창조하고 있으며, 다른 반대편 극에서는 랭보처럼 "미에 대한 생각은 이제 딱딱하게 말라비틀어져버렸다"고 확신하는 예술 경멸파들이 시를 초월하는 목표들에게 시적 행위를 종속시켜서 생각하고 있다. 그 양극 사이에는 중간적인 입장을 가진 사람들이 있을 것으로 짐작되며 또 모든 "예술가들"이 다 같이 하나의 신만을 섬기지는 않는다는 것은 당연한 일이다. 아폴리네르는 "운문이라는 옛 유희" 따위는 다 잊어버렸다고 했지만 이 시인들은 그것을, 즉 시적 관습과 제약을 받아들이고 있으며 그런 점에서, 자유로운 영감 쪽을 지지하면서 시적 관습 따위는 최소한으로 줄이거나 혹은 그런 것을 무시하고자 꿈꾸는 사람들과는 분명히 대립적인 입장을 취한다.

전통주의자들 가운데서 아마도 가장 매력적이고 가장 현대적인 시인들은 낭만주의(로만파보다는)와 말라르메주의의 후계자들에 속한다. 20세기에 있어서 고전주의자들은 동시에 상징주의자들이기도 하다. 프레시오지테 시인들Les Précieux의 미학과 다른 한편 에드거 앨러 포와 보들레르에서 파생하여 최근에 발레리에 의하여 정의된 순수시의 미학 사이로 여러 개의 길들이 열려져 그 길들을 통해서 사람들은 아주 손쉽게 이 시대에서 저 시대로 미끌어지듯 옮겨다닌다. 여기서 위세를 떨친 것이 현학적이고 세련된 하나의 시로서, 그 시는 매우 비유적인 스타일의 방언을 사용하며, 거기서 어휘와 구문의 고어형이 자리잡게 되는데, 이는 앙드레 테리브André Thérive가 사어라고 규정하는 것과 상당히 유사한 일종의 초시대적 '코이네Koiné'어 같은 것이다. 거기서는 아주 오래묵은, 그리고 고상한 교양이 사상이나 혹은 그 그림자, 감정, 감각들과 더불어 어떤 역할을 하게 되는데 시인들은 그런 것들을 그 자체로 보아

훌륭한 것이어서 이용하는 것이라기보다는 거기서 생겨나는 미학적 효과와 "매력"을 생각하여 사용하는 것이다. 그것들이 지닌 진실성에 대해서 회의적 태도를 함께 갖고 있는 시인들도 여럿이 있는데 발레리도 그중 한 사람이다. 그것은 시적 관습과 규율의 근거에 대해서도 그에 못지 않은 회의적인 태도의 일종이다. 그러나 관습이 없다면 모든 것이 다 붕괴된다. 사회도 인간도, 그의 우주도 무너지고 시는 더듬거리는 말소리의 차원으로 전락하고 만다. "사고의 끊임없는 소산에 맞서서 대항하려면"[1] 부자유스러운 구속도 감내해야 한다. 내가 이 시인들을 알렉상드리아파 시인이라고 부르는 것은 앙리 샤르팡티에Henri Charpentier가 자기 친구들과 자기 자신이 영광스럽게 모시는 선조가 누구인가를 털어놓고 말하기 위하여 제안한 바 있었던 표현[2]을 빌어서 쓴 것에 지나지 않는다. 모두가 다 사고의 전능까지는 아니라도 적어도 사고의 힘을, 지속될 수 있는 형태들을 생산해내는 사고의 기능을 믿고 있다.

편리한 한 가지 대립 개념을 사용해보자면 그들의 적대자들은 자연(천성)에 비하여 인간이 사용할 수 있는 기예art(기법이나 의식적이고 고의적인 활동)를 아주 보잘것없는 것으로 취급한다고 할 수 있다. 부알로의 시대에서처럼 이성과 동격으로 생각할 수 있는 것이 아니고 1930년대처럼 감정과도, 심지어는 상상력과도 동일시할 수 있는 것은 아니지만, 가장 혁명적인 사람들의 기분으로는 몽상적이고 자발적이며 "솔직한" 것으로 전제되어 있는 몽상적 사고에 가까운 자연 말이다. 보들레르가 단언했듯이 "신성한 목표"는 분명 여전히 "시적 창조의 철두철미함"이다. 다만 여기서 문제가 되고 있는 것은 문자 그대로 창조가 아닌 것이다. 기껏해야 분명히 규정할 수 없는 저 알 수 없는 어떤 존재를 느끼자는 것이 전부이니까 말이다. 거짓된 기교art를 배척하고, 자기가 자연보다 우월

---

1) 발레리의 「아도니스에 대하여Au sujet d' Adonis」를 보라.
2) 《라틴성Latinité》지의 첫호에 발표된 선언문(1929년 1월)을 보라.

하다고 믿는 인간을 조롱함으로써(자연은 제 할일을 잘하고 있으니까), 시인들은 정신의 직접적인 대상들의 가치에 낭만적인 신뢰를 바치게 되고 만다.

형식이라는 개념과 본질이라는 개념, 즉 오랜 동안 한덩어리였던 이두 가지 개념의 분리가 초래한 결과를 우리는 지금 목격하고 있다. 운문화된 담화가 시였던 때는 벌써 한참 전의 일이다. 거기에다가 몇 가지 "대담한 문채(文彩)"의 장식을 또한 붙여야만 했던 것이다. 그 다음에는 이미지의 치열이, 그리고 음향적 조작의 도움 등이 대두한 것이다. 현대의 비평가에게 있어서 시는 "언어의 어떤 문채들이 도움을 주기도 하고 배반하기도 하는 어떤 형언할 길 없는 상태",[3] 내면적이고 거의 신비적인 경험을 통해서라야 비로소 뚫고 들어가볼 수 있는 상태이다. 한편 시상은 어떤 불확정적인 심리적 현상으로서 오직 훌륭한 인도력이 있는 정신 속에서만 산출된다. 구태여 다른 표현으로 말해보자면 그것은 일종의 성모 방문인 것이다. 따라서 시상은 그 어떤 형태 속에도 들어앉을 수 없다. 그것은 운문의 시행이나 다른 이미지 등 일체의 집약된 상태를 기피하고자 함으로써 언제나 증발해버리려고 하는, 허공에 떠도는 것 같은, 그리고 손에 잡히지 않는 인상을 암시하게 된다. 일체의 관습을 배격한다는 것은 곧 어떤 배반 행위를 피하는 일이다. 그리하여 우리는 마지막 남은 관습, 즉 "관습들 중에서도 최악의 것"인 언어와 인연을 끊어버리고자 하는 작가들을 목격했다.

여기서 난처한 점은, 시적 기쁨이 완벽하게 순수한 것이 되고자 하다 보니, 박자라든가 가락을 타고 짜여지는 아라베스크 무늬라든가 반해음 등을 멸시하는 경향을 보이게 되고, 고른 생명의 호흡에 떠받들려서, 한 척의 배처럼 방향을 잡고 떠가는 시의 완벽한 정조와 조화가 일깨워주는

---

3) 장 폴랑의 말(《코메르스Commerce》지, 1930).

저 고귀한 관능미—이때 생각나는 것은 발레리, 뮈젤리, 툴레 같은 시인들의 작품이지만—, 이것이야말로

거기서는 모두가 질서요 아름다움, 사치요 고요, 그리고 관능일뿐
이니

Là tout n'est qu' ordre et beauté, Luxe, calme et volupté

라고 말할 수 있는 관능미에서 항상 더욱 더 멀어져가는 경향을 띤다는 사실이다.

여러 세기 전부터 시적 영탄은 어떤 리듬적 요소들의 환기와 반복에 의해서 조성되었다. 운문시의 마력, 즉 카르미나Carmina(풍자적인 내용을 주로 다루면서 후렴의 되풀이를 흔히 사용하던 옛 시들을 지칭하는 라틴어—옮긴이주)는 바로 그 대가로 얻어진 것이다. 실제로 오직 몇몇 시인들만이 아무런 외적인 지탱물에 의지하지 않은 채 한 편의 시를 승격시킬 수 있고, 아무런 단절이나 죽어버린 구석을 보이지 않은 채, 은밀하게 하나의 생각에 질서를 부여하는 살아 있는 법칙을 감지 가능한 것으로 표현할 수 있다.

더군다나 형태에서 벗어나자면 결국 그보다 더 불확실하고 파열된 다른 형태들에 의존하게 마련인 것이다. 말의 허위로부터 벗어나려고 노력한다는 것은 헛된 일이다. 다른 말이나 아니면 침묵에 의존하면 모를 일이지만, 언제나 불완전한 것인 자유를, 물 흐르는 듯한 시적 유연성을 탐구한 나머지 말이 무한정의 세계 속에서 길을 잃은 꼴을 볼 위험이 있다.

현대시가 운문시의 볼륨을 벗어나버려서 이제는 그것을 문학의 모든 장르들 속에서 발견해내지 않으면 안 될 처지에 이르렀다는 사실쯤은 그래도 별로 대단한 일은 아니다. 심지어 사람들은 오직 자신의 삶 자체에

서 솟아나오는 시밖에는 아무런 관심이 없다고 선언하면서, 모든 책을
다 불살라버리고서 시를 직접 몸으로 살기도 하는 것이다.

*

시가 어떤 특수한 범주의 초과학적parascientfique인 인식 수단으로 되
어가는 것은 오로지 랭보의 추종자들에게서만 볼 수 있는 현상이 아니
다. 가장 회의적인 태도를 가진 사람들의 경우에도, 그 자체로서 자족한
다는 문학에 대하여 본능적인 혐오감을 갖고 있는 것을 알아차릴 수 있
다. 문학 그 자체를 벗어나버린다면, 사람들에게 기분 전환의 즐거움을
주고 "영혼"을 고양시킨다는 전통적 기능을 초월하는 어떤 목적으로써,
그리고 선과 악을 초월하여 문학에 맡길 수 있는 목적으로써 어쩌면 어
떤 현실을 예감하고 포착하려는 목표나 혹은 사고의 명암어린 장에다가
언어의 예기치 않은 사고와 같은 형태로 그 현실을 투영하는 것밖에 도
대체 무엇을 더 상상할 수 있겠는가? 이것은 마치 그 현실이라는 것이
어떤 절대적인 정신이라도 되어서, 그것 안으로 외적 세계의 현상들과
내면적 세계의 현상들이 흡수되어버리면 인간은 두 가지 세계의 이쪽과
저쪽 현상 앞에, 더 정확히 말해서 그것들이 서로 마주치는 지점에 놓이
게 되고, 또 시인이 맡은 사명은 그 이원론을 극복하는 데 있다는, 아니
적어도 자신의 내면 속에서 안과 밖의 형이상학적 동질성 및 그 양자의
"상응"의 감정을, 그리고 그 양자가 어떤 "유현하고 심오한 통일성"으로
최종적인 용해에 이른다는 감정을 배양함으로써, 그 이원론을 극복하려
고 노력하는 데 있다는 듯한 느낌을 준다.
　여기서 참으로 새로운 면은 없다. "우리들 마음을 뒤흔들어놓으면서
도 동시에 자연과 현실로부터 우리를 떼어놓는 것—우리가 예술에 몸을
맡김으로써 보다 진정한, 그리고 이를테면 보다 현실적인 어떤 현실에

가까워진다는 느낌이 들도록 하는 것뿐만 아니라―은 비단 시만의 특징이 아니라 모든 예술의 근본적인 특징이다"라고 장 폴랑은 말했다.[4] 그러나 현대 시인들은 현실과의 격리라는 문제를 너무 지나친 데까지 밀고 나갔다. 보편적인 견해를 가진 사람들이 자명하다고 여기고 이의를 제기할 여지가 없다고 생각하는 모든 것에 대하여 그 시인들은 돌연 어떤 문제점이 있는 국면만을 눈여겨 본 것이다. 그들의 눈에는 만사가 자의성 l'arbitraire의 신호로만 보였다. 또 그 시인들은 "보다 더 현실적인 현실 réalité plusréelle"―그들 이전의 순한 사람들이 어떤 모호한 "이상"을 꿈꾸듯이 그려보았던 그 현실, 혹은 "정신적인 삶"이나 "초월"이나 잃어버린 낙원으로서 추구해 마지않았던 그 현실―을 그들의 일상적이고 매력 있으며 어떤 기적인 양 깜짝 놀랄 만한 생존과 혼합된 어떤 신비스러운 현존으로 만들어놓은 것이다. 그중 몇몇 시인들의 눈에는 시란 마침내 그 현존에 대한 어렴풋한 감정 이외에 아무것도 아닌 것으로 여겨지게 되었고, 그 양태면에서 보면 외관 따위는 수상쩍은 것이라고 여기도록, 가장 평범한 현상과 사물들의 의미에 대해서 이의를 제공하도록, 부차적인 이유 따위는 경멸하도록, 삶 전체를 송두리째 허공의 저 위에 소용돌이치는 마술적인 질서 속으로 몰아넣도록 하는 기이하고 언제나 예측 불가의 권유에 지나지 않는 것이 시라고 생각하게 되었다.

이 같은 절대적 정신의 가설이 과연 인정될 만한 것인가 아니면 테스트가 가정하듯이 그것은 "우리들의 보잘것없는 물질의 광휘"에 불과한 것인가는 철학자들의 문제다. 잠정적으로 그러한 가설을 받아들인다고 할 때 남는 것은 그 절대적 정신이 인간의 사고와 아니 더 정확히 말해서 언어와, 어느 만큼이나 같은 척도로 잴 수 있는 것인가를 알아내는 일이리라. 앙리 푸앵카레Henri Poincaré는 사물들의 본질에 관해서, "만약

---

4) 《코메르스》지, 1930.

어떤 신이 그것을 알고 있다손 치더라도 그것을 표현할 만한 말을 찾아내지를 못할 것이다"라고 말했다. 그러나 이미지라는 것이 있지 않은가……. 서로서로를 파괴하기도 하고, 사고의 가장 가벼운 신기루들이 그려 보이는 곡선들에 따라 삶의 모든 흔들림에 고분고분 반응하는 이미지들이 정신의 고착을 방지해주고, 포착해야만 할 그 무엇을 향하여 정신을 유도해주고, 형식을 통해서 꼬집어 말할 수 없는 그 무엇을, 형언할 길 없는 존재를, 틀림없이 암시해주게 되지 않을 것인가? 일반적으로 신비주의자들은 이미지들이 그러한 위력을 가지고 있다고 믿었다. 몇몇 시인들은 그보다도 한걸음 더 나아가서 말은 상징 이상의 것을 할 수 있고 존재의 본질에 참여하는 것 이상을 할 수 있으며—그리고 절대가 그들의 작품 속에 육화된다고 믿을 정도에 이를지도 모른다. 어쨌건 이 문제는 해결되지 않은 채로 남아 있다.

*

인간이 스스로 유용성을 위하여 건설해놓은 세계 속에, 하늘에 나는 새 한 마리 보이지 않는 도시와 가옥과 방들과 편리한 생각들 속에 파묻힌 채, 자신들은 그게 바로 자유라고 부르는 미리 닦아놓은 길들 위로 약간 방황할 수 있는 그토록 유쾌한 가능성을 소유한 채, 필연적인 진실이라고 여기는 관습들에 둘러싸인 채, 인간이 이성과 윤리와 사회와 경찰의 보호를 받으며 안전하고 편안하게 살고 있는 세계 속에—모두들 이게 현실이다라고 믿고 있는 그 세계 속에, 허공 속에 던져진 그 별(아무도 그 사실을 의심조차 하지 않는) 위에, 한 시인이 나타난다. 혼란을 뿌려놓고 무질서를 선동하는 그 사람은 우선은 그밖에 달리 어쩔 도리가 없을 것이다. 그의 으뜸가는 사명은 방향감각을 혼란시키는 일이다. 바야흐로 그가 차츰차츰 드러내 보이게 되는 것은 이 세계의 근원적 무의미

바로 그것이다. 과학이 스스로 인신적인anthropomorphique 면을 의식하고, 또 적어도 프랑스에서는 철학이 과감한 결단을 내려서 일련의 여러 가지 문제들을 상상의 허깨비에 지나지 않는 것으로 취급하여 단번에 도외시해버리기 위해서 하나의 과학으로 자처하는 때에 있어서, 또 한편으로는 산업 문명이 물리학을 지배하는 엄격한 법칙들을 인간 정신 속에 주입시키고자 꿈꾸는 시대에 있어서, 시인이 해야 할 일이란 인간을 뒤흔들어놓고, 인간이 자신의 삶과 우주와 대면하여 중심을 잃게 함으로써 비합리의 세계와 끊임없이 접촉하도록 만드는 일일 것이다.

"때때로 나는 내 일생의 모든 실마리를 돌연 상실해버리는 일이 있다. 나는 우주의 어떤 한구석, 김이 모락모락 나고 컴컴한 카페 곁, 반들반들한 쇠조각 앞에, 부드럽고 키 큰 여자들이 왔다갔다하는 가운데 앉아서, 나는 도대체 어떤 광기의 길을 지나 마침내 이 궁륭 아래에까지 오게 되었는가, 저들이 하늘이라고 이름붙인 이 다리[橋]는 과연 무엇인가, 하고 자문한다. 모든 것이 내 손아귀에서 새어나가고 세계라는 궁전 속에서 어마어마한 균열들이 나타나는 이 순간이, 만약 이 보잘것없는 대가를 치름으로써, 지속되어주기만 한다면 나는 내 생명을 송두리째 바치기라도 하겠다……"[5] 모든 것이 다 없어지려고 하는 이 순간은 시에 속하는 순간이다. 그러나 이제부터 축을 벗어나 차츰차츰 새로운 중력의 체계 속으로 빨려들게 된 것은 사실은 송두리째 전체 인생이며, 아니 그 이상으로 시, 심지어 가장 단순하고 가장 낯익은 사물들을 암시하고 있는 시—"하나의 손수건도 이 세계를 쳐들어 올리기에 충분하다"고 아폴리네르는 말했다—이다. 생각의 터무니없는 형태들, 몽상·욕망, 우리의 "맑은" 생각을 동반하는 저 어렴풋한 우글거림, 이 모두가 이따금씩 문득 너무나도 기이한 방식으로 채색되고 지극히 감동적인 윤곽을 지닌 너

---

5) 루이 아라공의 「꿈의 물결 Une Vague de rêves」(《코메르스》지, 1925년 제2호)의 첫머리.

무나도 복합적인 신화를 형성하는 것이어서 우리는 거기에 어떤 의미를 부여하고 돌연 그 속에서 무엇인가를 전달하는 언어를 목격하기를 주저하지 않게 된다. 그럴 때면 아무런 저항도 없이 그 혼돈에 몸을 맡김으로써 우리는 사물들의 본질, 송두리째 어떤 정신 속에서 반사되고 "현재화된présentifiée" 본질의 심장부 속으로 침투해 들어가는 느낌을 받는다.

논리가 사물들 상호간에 인지시켜주는 관계에 의해서가 아니라, 상상력을 통해서 발견되는 사물들의 본질과 정신적 아날로지에 따라, 자연발생적으로 사물을 느끼는 시인의 천부적 재능을 형이상학적 감수성이라 부르고, 정신의 저변에서, 의식적인 사고, 나아가서는 정서적 삶의 고등한 형태들 더 안쪽에서 짜여지고 있는 사건들은 어떤 신비스러운 안테나들로 포착하는 시인의 힘을 메타 심리적métapsychique(이런 말을 써도 되는 것이라면) 감수성이라 부르기로 하자. 언젠가 한번 브륀티에르가 내린 바 있는 시의 정의는 오늘날에 와서야 비로소 그 충분한 의미를 갖게 되었다. 즉 마음으로 느낄 수 있도록 만들어지고 이미지를 통하여 표현되는 하나의 형이상학이 시라고 그는 정의했던 것이다.

*

그러나 인간을 꼼짝 못하게 죄고 있는 갑옷을 부숴버리고 자명한 것들에 대한 반항을 선동하고 도처에 심연들을 깊게 파놓는 것만으로는 충분하지 못하다. 그 심연을 메우고, 비록 잠정적이긴 하지만 초인적인 무념무상의 씨앗들을 충동하여 뿌려놓는 일이야말로 신이 할 일인 동시에 시인이 할 일이다. 이때의 무념무상이란 물론 영혼의 모든 탄력성이 극단한 긴장에 이르는 열화 같은 무념무상을 말하는 것이지 비능동적이며 식물적인 것을 두고 하는 말은 아니다. 모든 시대의 가장 위대한 시인들이 거둔 가장 괄목할 만한 승리는 역시 특혜받은 독자를 그의 삶과 시대로부터 떼어내 어떤 황홀한 힘에 홀린 듯 허공에 띄워 고정시킨 일이었다. 어느 시건 참다운 시에는 어떤 '신성한 행동'이 그 모습을 갖추어가고 있는 법이다. 이런 면에서 볼 때 현대 시인들의 상황은 보다 불편하다. 왜냐하면 그들은 현실의 정신적이고 신비적인 실존을 긍정할 때보다도 더 치열하게 현실의 외관을 부정하는 쪽이기 때문이다. 최근에 나타난 시인들조차도, 숱한 거짓을 감행할 각오를 하고서라도 어떤 조화 있는 효과를 거두겠다는 목적을 가지고서 다양한 정신 상태와 시간적 삶의 다양한 순간들에서 유래하는 여러 가지 요소들을 어떤 하나의 작품 속에다가 용해시키는 일을 거부하고 있다(정직해야 하니까!라고 그들은 말한다). 그러나 이제 남은 것은 삶의 모든 힘들이 마침내 단일한 하나의 불덩어리 주위로 몰려들어 극화되는 예외적인 순간의 행복한 개화를 기다리는 일밖에, 아니 그것을 준비하는 일밖에 없다. 그리하여 그 빛나는 방사권 밖에는 이 세상에 그 무엇도 존재하지 않게 되는 그러한 순간을 말이다.

이리하여 우리의 시대는 우선 섬광과도 같은 신기함, 짧고 간략한 터치, 신기루 같은 이미지들, 시의 섬들이, 마치 신의 목소리가 땅 위의 모든 시끄러운 소리와 구별되듯이, 흔히 쓰는 언어와는 분명히 구별되는 모습으로 마치 거품처럼 가볍게 벽지 위로 나타나는 시대가 되었다. 혹자는 영원한 현재의 시라고 말했다.[6] 존재l'être가 그의 얼굴 위에서 개인의 상흔을 말끔히 지워버리고서 현재에 몰입하는 지점, 즉 삶의 모든 깊이들을 저의 깊이로 집약하는 현재에 몰입하는 바로 그 지점에서, 그 시의 샘물은 분출한다는 것이다. 아마도 그런 시인은 주브 같은 시인, 그리고 다른 수단을 이용하여 무명의 순간의 저 서정성, 즉 정신이 저의 고

---

6) 예를 들어서 쉬아레스Carlo Suarès(José Corti사 간행, 1932)의 『심리학적 희극La Comédie Psychologique』, 특히 p.129에서 p.130까지, 그리고 《신문학지Les Nouvelles Littéraires》에 그 책에 관해서 쓴 장 카수의 서평을 참조할 것.

독한 모습으로, 찬란하고 천사 같거나 악마 같은 전라의 모습으로, 그 자태를 드러내는 이름 없는 순간의 저 서정성에 대하여 가장 만족스러운 힌트를 제공하는 엘뤼아르 같은 시인일 터이다.

인간이 저 스스로 초극하는 이 뜨거운 평화는 삶의 갖가지 움직임들, 인간의 통어력을 벗어나서 인간을 시간의 힘 속으로 끌어들이는 세상사의 흐름들로 인하여 간단없이 위협을 받는다. 여기서 나는 우리들을 잠들게 하기 위하여 외관의 부질없는 무대장치를 꾸며놓고 있는 일상적 세상사를 두고 말하는 것이 아니라 마음을 벌컥 뒤집어놓는 사건들, 일단 결정적으로 방향감각을 잃어버린 사람들에게는 그 정체가 드러나 보이게 되는 실질적인 힘들을 두고 말하는 것이다. 어떤 서사시적인 서정성이 이 같은 우주적 리듬과 혼연일체가 되어, 필요하다면, 저 현대 군중들의 절규에 대하여, 빵을, 혹은 메시아를 원하는 군중들의 절규에 대하여 우렁찬 메아리로 화답하지 않으면 안 될 것이다. 그러나 지금은 이미 묘사적인 음악이나 역사적 이야기의 시대가 아닌 것이다. 세계와 인류가 영원히 지속될 수 있는 수단인 고통스러운 발생들은 바로 서사시적 모험으로 이루어지는데 그 모험이 전개될 곳은 바로 낮과 밤 따위와는 다른 조명, 즉 신기함le merveilleux의 차원인 것이다.

클로델, 쥘 로맹, 그리고 그의 시파의 몇몇 작품들을, 생-종 페르스의 『아나바즈』를, 아폴리네르와 살몽, 상드라르, 파르그의 숱한 시편들을 읽어보라. 그들이 공통적으로 지닌 유일한 특징은 거기서 암암리에 샘솟고 있는 서사시적 흐름을 눈여겨볼 수 있다는 사실이다. 물론 상당히 완강한 거북스러움이, 적어도 신상징주의, 특히 초현실주의와 맥을 같이하는 모든 시인들의 경우, 그 같은 시의 전개를 가로막고 있으며 그 시풍이 노골적으로 서사시적인 모습을 갖추는 데 방해가 되고 있음은 사실이다. 즉 언제나 암흑 속으로 빠져들고 당장이라도 죽음의 부동으로 되돌아가버릴 것 같은 불확실한 형태의 매혹, 꿈의 고정관념 따위가 시인으로 하여금 일체의 구경거리 같은 외면적 광경들에는 아무런 관심도 보이지 않은 채 삶의 커다란 움직임들과는 멀찍이 떨어져 있는 무의식의 유사지대에만 머물러 있도록 만드는 것이다. 그렇지만 랭보의 예, 로트레아몽의 예는 인간이 송두리째 참여하고 있는 서사시적 드라마들이 인간 정신 속에서 벌어지고 있음을 증거해 보이고 있다. 그러할 때 충동은 바로 인간의 내면으로부터 솟아나오게 마련이다. 그 생명적 충동은 트리스탄 차라의 『개략적 인간』처럼 일체의 일화나 일체의 주제 따위와는 거리가 먼 시 속에서 당연히 그러하듯이, 시적인 리듬으로 연장하게 될 것이다.

그러나 그 목적이 삶 속에 깊숙이 몸을 잠그는 데 있건 삶을 초월하는 데 있건, 삶의 시간성을 받아들이는 데 있건 그것을 부정하는 데 있건, 으뜸가는 조건은 스스로를 잊고 '자아'의 한계를 무너뜨리고 개인적인 서정성 저 너머로 전진하는 일이다.

*

"내 시의 의미는 저마다 거기에 부여하는 의미다……. 개개의 시 그 어느 것에나 단 한 가지의 참된 의미가, 작자의 어떤 생각과 일치하는, 혹은 그것과 동일한 의미가 있다고 주장한다는 것은 시의 본질에서 위배되는, 나아가서는 시에 있어서 치명적인 오류다……." 이러한 선언,[7] 혹은 그와 비슷한 종류의 다른 선언들을 통해서 폴 발레리는—멋을 부리느라고 그랬을까, 익명성에 대한 취향 때문에 그랬을까, 아니면 슬며시 뒤로 물러나 칩거하려는 자신의 뜻을 굳히기 위해서 그랬을까?—기꺼이 자기의 시들은 정확하게 말해서 그 어떤 것을 의미하고 있지 않다는 사

---

7) 《N.R.F.》의 1930년 2월 1일자.

실을 증명해 보이고자 했다. 여기서 우리는 최근 "예술l'Art"을 주장하는 시인들의 경우, 시에 대한 생각이(그들이 내세우는 형이상학적이거나 신비주의적 목적으로 보면 때로 매우 회의주의적이긴 하지만) 흔히들 생각했던 것보다는 "견자들voyants"이 시에 대하여 지녔던 생각과 많이 다르지 않다는 것을 알 수 있다. 그들 양자 사이의 가장 큰 논쟁점은 방법에 관련된 것이다. 즉 전자는 정신의 주어진 그대로의 조건을 수정하려는데 골몰하고, 후자는 스스로 구속을 받아들인다 해도 그것은 오로지 숨겨져 있는 어떤 힘들에 몸을 맡길 수 있는 순간에 더 확실하게 도달하기 위한 것일 뿐이라고 생각한다. 그 양자 중 어느 쪽으로 보든, 정도의 차이야 있겠지만, 시는 귀납적으로 상상해본 내면적인 어떤 모형과 관련지어서 우리가 평가해볼 수 있는, 어떤 삶의 특별한 상황들을 다소간 충실히 "표현expression"하는 것과는 전혀 다른 그 무엇이 되어가는 경향을 보인다. 극단적인 경우, 시는 그 자체로서 존재하는 하나의 "객체objet", 즉 그것을 창조한 사람이나 그의 감정, 그의 정신 상태와는 아무 관련이 없이 어떤 낯모를 별에서 떨어진 운석처럼, "알 수 없는 대재난으로 인하여 이 세상에 떨어진 고요한 덩어리"처럼 독자적인 객체일지도 모른다.

의미가 없는, 아니 적어도 정확하게 규정지을 수 있는 의미란 전혀 없는 것, 그리고 소수의 독자들에게 시적이지만 이질적인 몽상을 일깨워주기 위하여 만들어진 것, 그것이 바로 자연의 어떤 스펙터클과 비견할 수 있을 지경에 이른 시인 것이다. 자연 역시 처음에는 아무 말이 없으며, 오직 우리가 그것을 해석하고, 자연과 우리의 정신 사이에 아날로지의 망을 짜놓을 때 비로소 우리들에게 말을 건넨다. 자유로운 영감을 지지하는 시인들의 견해를 잘 대표한다고 볼 수 있는 피에르 르베르디는 다음과 같이 쓰고 있는데 이는 패러독스가 아니다. "오늘날에 와서는 공인된 사실이지만, 문제는 자질구레한 인간사를 다소간 비장하게 표현함으로써 감동을 주자는 데 있는 것이 아니라, 저녁에 별들이 반짝이는 하늘, 고요하고 거창하고 비극적인 바다, 혹은 태양 아래서 구름들이 벌이는 말없는 일대 드라마를 통해서 가능한 한 폭넓게, 순수하게 감동시키자는 데 있는 것이다."[8] 특히 순수하게라는 표현은 시인이라는 개인과 특정하게 관련을 짓지 말고, 독자의 지능에 가해질 수 있는 일체의 영향권을 벗어나서 심층적인 정서에, 추억과 예감의 은밀한 보고에 직접적으로 가서 부딪칠 수 있는 길을 통해서라는 뜻이다. 이 말은 거의 음악적으로—그것도 물적이나 감각적인 것이 아니라 근본적으로 애매하고 다가적(多價的)인 음악처럼이라는 표현으로 바꾸어볼 수도 있을 것이다.

지능을 초월하는 이 같은 순수를 추구하게 될 경우 시인이 부닥치게 될 장애물이 어떤 것일지는 가히 짐작이 간다. 시인은 말이 아무런 뜻도 갖지 않도록 할 수가 없다. 적어도 그는 말들이 그 뒤에 생각의 실타래 같은 것을, 어렴풋한 미신의 후광을, 위성처럼 달고 다니지 못하도록 할 수가 없다. 너무나 오래전부터 언어는 자신의 생각을 전달하고자 하는 사람이면 누구나 쓸 수 있는 도구가 되어 있다. "끔찍한 착란"이 바로 말이라고 앙드레 브르통은 말한다. 그러나 그 착란은 수많은 세기 동안 지속되고 있다. 미래파나 초현실주의파는 습관적인 결합의 사슬을 끊어버림으로써 논리성을 기피하려고 무진 애를 쓰지만 독자들 쪽에서 소위 이해하고자 한다는 도착적인 유희에 빠져들지 못하도록 막는 데는 그들도 완전히 성공한 경우가 드물다.

더군다나 한 편의 시가 하늘이나 바다나 햇빛 아래의 구름이 그렇게 하듯 우리에게 작용을 가하기를 요구한다는 것은 문학이 고유하게 가지고 있는 특성을 등한시함이 아닌가? 때때로 시는 힘의 도구라고 정의하는 사람도 있었다. 그러한 면에서 뒤 벨레Du Bellay의 매우 의미심장한

---

8) 『피부 마찰용 장갑』(Plon사 간행, 1926), p.41.

말을 빌건대, 시는 "우리의 정서의 고삐를 잡고서 제 기분 내키는 대로 이리저리로 우리를 인도해감으로써" 우리를 구속한다. 자연 앞에서는 우리가 아무리 그 자연에 몸을 맡기기로 굳게 마음먹는다 하더라도 우리는 더 자유로운 상태를 누린다. 우리는 우리의 삶으로 꿈(자연은 기껏 그 꿈에 색채를 부여할 뿐이다)에 생명을 부여하고 자양분을 공급하면서, 자연에서 매력을 발견하는 데 그 매력이란 우리의 심저에 깔려 있는 생각의 반사인 것이다. 그러나 시는 어떤 완연한 힘을 가지고 우리들의 폐부로 침투하고 우리들 존재를 송두리째 뒤흔들어놓는다. 그리고 이 같은 모험 속에서는 우리의 지능 그 자체도 제 몫을 갖는다.

시는 인간의 가장 심층적인 부분을 겨냥하면서 초합리적 세계의 존재를 암시하는 데 그 사명이 있으며, 시는 그 전반적이 고귀함과 순수함으로 볼 때 제라르 드 네르발이 말하는 "초자연주의적" 몽상의 상태들로부터 스며나오는 것이라 하더라도, 그 말은 시가 지성으로 이해 가능한 어떤 언어의 수단을 통하여 감동시키는 일을 포기해야 한다는 것을 전제로 하지는 않는다. 가장 위대한 시인들은 그렇게 해 보여줄 수 있었다. 그들은 단어의 선택에 있어서의 "몇 가지 착각quelques méprises"만으로도 분석을 통해서 발견할 수 있는 것보다 무한히 많은 것들을 그 단어들 속에, 그 영향권 속에 압축해 넣을 수 있었다. 사물의 세계와는 완전히 차단된 채 의식의 섬[島]이라고는 하나도 허용되지 않는 시가 있다면 그것은 우리가 알지 못하는 외국어의 연설처럼 우리의 귓전을 스쳐 지나가버릴 위험이 있다. 미지에 대한 감정은 오직 기지의 것으로부터만 번져나갈 수 있으며 신기함le merveilleux 자체도 그것으로 인하여 우리가 낯익은 곳으로부터 낯선 세계로 옮겨가고 있음을 목도하게 해줄 때만 비로소 우리의 가슴을 두드린다는 것은 경험을 통해서 우리가 이미 알고 있는 사실이다.

지금은 괴테가 에커만Eckermann의 면전에서, 프랑스의 낭만주의자들은 옛날의 독일 낭만파에 비하여 자연으로부터 멀어지지 않았다고 추겨세우던 그런 시절이 아니다. 상징주의자들과 특히 초현실주의자들은 내면 세계와 외부 세계 사이의 균형을 파괴하고 오직 전자만을 옹호해왔는지라 오늘날 프랑스에는 괴테가 지적한 그런 위험이 실질적으로 존재한다. 왜냐하면 모든 시의 원천은 정신 속에 있다 하더라도 외부의 자연은 분석을 통하는 방법과는 다른 방법으로 자신을 인식하고자 열망하는 인간이 가장 확실하게 자기에 접근할 수 있는 통로인 까닭이다. 자연은 정신의 온상이며 그것의 가시적이고 감각으로 느낄 수 있는 상징들이 위치하는 장소이며 보들레르의 생각처럼 모든 아날로지들의 총목록이다. 우리들의 꿈 그 자체도 어쩌면 우리의 깨어 있는 정신 상태나 마찬가지의 값을 가진 것일 터이다. 참다운 시는 감각으로부터 분출하는 것이 아니며, 감각은 기억의 가장 유현한 나라들로 찾아가 샘물을 마셔야만 하는 것이다. 존재가 송두리째 온 우주와 소통하면서 겉보기에는 가장 비물질적인 듯이 보이는 시의 자연스러운 형성에 참가해야만 한다.

비인간적인 것' inhumain에의 유혹 또한 시를 위협한다. 아마도 감상적 서정주의에 대한 낭만적 개념은 아주 간신히 살아남아 있을 뿐인 듯하다. 시와 시가 아닌 일체의 것을 구별하고자 하는 욕구는 시의 본질이 무엇인가에 대한 최근에 와서야 얻어진, 그리고 무한히 귀중한 의식에 부응하는 것이다. "너무나 오랫동안 프랑스 사람들은 오직 무엇인가를 가르쳐주는 것으로만 미를 사랑해왔다"고 아폴리네르는 말했다. 그러나 한편 일단 무의식 속으로, 꿈속으로, 자유로운 상상력 속으로 떠밀려 들어가 나오지 못하게 되거나, 아니면 단 하나의 꽃만이 비쳐 보이는 얼어붙은 물처럼, 신비적인, 혹은 신비주의 직전 상태의 명상에서 그것이

버려버린 모든 것들로 인하여 약해지지나 않을까 우려된다. 우주의 모습을 바꾸어놓고 우주에 진정성을 부여하는 위력(이것은 시적 천재나 할 수 있는 일이지만) 속에는 인간과 삶의 어느 부분도 버리지 않은 채 그것들을 시적인 면에서 고려하고, 저 천박한 질료가 무게를 벗어버린 채 신비스럽게 둔갑하는 경지에 이를 정도로 인간과 삶 속으로 깊이 침투하는 위력도 포함된다. 클로델의 작품 속에서 만날 수 있는 여러 대목들, 쥘로맹의 『서정단편집』, 아폴리네르와 파르그의 몇 작품들은 바로 그와 같은 증거를 보여주고 있다. 도대체 무엇 때문에 어둠과 침묵 속으로 더 깊이 들어가서 어떤 초현실성의 어렴풋한 모습을 찾아내고자 하는 희망에는 눈앞의 현실을 정면으로 마주침으로써 그 현실을 투명하고 의미 있는 것으로 변화시킬 능력을 잃은 정신의 직무 유기가 필요 이상으로 동반되어야 한단 말인가?

아마도 지금 우리가 당도한 시대는 헛되이 자신의 모습을 찾아 헤매는 데 지쳐버린 인간이 행동 속에서 자기를 되찾고 그렇게 함으로써 그의 모든 불확신을 떠받들어주고 싶어하는 시대, 우리의 작업과 기쁨—그것이 비록 가장 무사무욕한 것이라 할지라도—이 어떤 혁신을 필요로 하는 시대, 진행 곡선의 종착점에 다다른 어떤 운동이 방향을 전환하기를 열망하는 시대인 듯하다. 현대 세계와 그 세계를 거부하는—자기들의 여러 가지 욕망들을 어렴풋하게나마 종합해주고, 기이한 모험 속에서 때로는 어찌할 바를 모른 채 헤매는 어떤 절대에 대한 목마름을 잠시나마 달래줄 보다 진실한 어떤 다른 세계를 이 세계에 대치시켜보겠다는 희망을 품고서—사람들 사이의 화해를 위한 갖가지 불행한 노력에도 불구하고, 현대 세계와 그 세계를 거부하는 사람들 사이의 갈등이 150년 동안이나 계속되면서 더욱 더 심각한 지경에 이르는 것을 볼 때, 시의 가장 자유로운 시도들과 외부 세계의 격동하는 사정 사이에 관련들이 있다는 것을 어찌 의심할 수 있겠는가? 보다 진실한 다른 세계로 이 세계를 대치시키려는 여러 가지 요구들 중에서 가장 최근의 것이며 또 그에 앞서 있었던 거의 모든 것들보다 더 격렬하고 더 의식적인 요구에 관해서 루이 아라공은 이미 1924년에 그 운명을 이렇게 내다보았다. "나의 친구들이여, 아마 이번에도 또 우리는 손안에 잡았던 사냥감을 어둠 속에 놓쳐 버릴 것이며, 아마도 우리는 헛되이 심연에다 대고 질문을 던지게 될 것이다…… 그러나 이렇게 끊임없이 계속되는 것이 바로 저 위대한 실패이다……."[9]

이제 내가 그 근본적인 몇 가지 특징들을 지적한 바 있는―그러나 그 밖에 다른 특징들도 있다. 여러 가지 모습들은 조명하는 방식에 따라 달라질 수 있는 것이니까―그 시는 어떤 역사적 현실이라기보다는 차라리 하나의 신화로 생각하는 편이 좋겠다. 그 같은 생각을 암시해주는 작품이 한둘이 아니다. 그 어떤 작품에도 시는 지팡이도 짚지 못한 순례자들을 먼 지평으로 유인하는 공중에 뜬 꿈이나 신기루 같은 것일 뿐 실증적으로 육화되지 못하고 있는 형편이다. 옛 사람들은 시 속에서 자기 세기의 운명을 읽어낼 수 있다고 여겼었는데 우리는 그 시 속에서 시대의 기운 같은 것을 눈여겨보기로 하자. 어떤 비평가들은 그 시가 오늘에 와서 아주 미미한 영향밖에 끼치지 못하고 있으며 문학 전체 속에서 그 위치는 아주 제한된 것이라고 되풀이하여 말하곤 한다. 그것은 자명한 사실을 못 보는 장님 같은 말이다. 즉 낭만주의 이후, 특히 1912년에서 1927년까지 시인은 여러 번이나 선수를 지키는 초병과 같은 역할을 했다는 자명한 사실을 말이다. 그 시인에게 독자가 별로 많지 않다는 것은 사실이고 또 때로는 독자에게 실망을 안겨주는 경우도 있다. 그러나 분위기의 가장 경미한 변화들까지도 기록하고 다른 사람들이 모방하고 발전시키게 될(독자들에게 얽히고 다시 구성될 작품들 속에서) 몸짓을 해 보여

---

9) 『꿈의 물결』.

주는 이도 그 시인이고, 기대되었던 말을 처음으로 발음하는 이도 바로 그 시인인 것이다.

에필로그

지금까지 약 5년 동안 나는 어떤 새로운 작품이 출현하는 낡은 균형을 깨뜨리고 멀리까지 그 빛을 던지는 것을 본 적이 없고 시운동이 방향을 바꾸어 장차 다가올 여러 가지 변화를 분명하게 예감하도록 해주는 것도 본 적이 없다. 한편으로는 《므쥐르*Musures*》, 《에르메스*Hermès*》, 《이그 드라실*Yggdrasill*》 등 전문지에 의해 출간된 시집들, 희귀한 총서들, 용감하나 단명한 소잡지들, 신비적인 텍스트들이나 외국 시인들이 발표한 작품들이 있다. 다른 한편으로는 주석이나 강령을 표현한 책이나 논문들, 그리고 유럽과 프랑스에서 지난 1세기 반 동안 진행되어온 시적 이념, 시적 경험, 시 행위에 대한 의식화 등에 관련된 토론들이 있다. 어쩌면 사람들은 시를 쓰거나 시에 관하여 진지하게 명상하는 쪽보다는 시에 대한 꿈을 꾸었다고 할 수 있겠다. 이것은 어떤 의미에서 그리고 전통적인 규범에 따라 생각해보면, 불건전한 징조이다. 그렇기는 하지만 이성의 나라에서 언젠가는 전혀 다른 지평으로부터 찾아올 숱한 정신들이 서로 만나 시에게 그 본래의 으뜸가는 자리를 부여할 수 있게 된다는 일은 좋은 일이다. 또 대다수의 젊은 작가들은 무엇보다도 먼저 윤리에, 개인의 윤리와 집단의 윤리에 깊은 관심을 기울이고 인간들 상호간의 공통분모를 모색하고 있으면서도 시의 뚜렷한 존엄성 앞에서는 고개를 숙인다. 그들이 볼 때 시인이란 서로 다른 인간들을 화해시키고 삶에 의미를 주는 사람인 것이다.

신구대소의 시인들에 의하여(사실 새로운 시인들은 별로 많지 않았다) 문학·정치·형이상학의 여러 가지 혁명들이 한데 뒤섞인 원천에서 그 동력을 얻어낸 반항과 스캔들의 전통에 의하여 대표되는 초현실주의는

1939년 봄, 양식과 고상한 취미와 고상한 감정과 고상한 프랑스인 등등이 한패거리가 되어 들고 일어나는 반발을 자아냈다. 이야말로 "현대 예술" 전반에 대한 단결된 반대 운동이라고 사람들은 말하곤 했다. 오늘날의 그 초현실주의는(그것이 전통적이 되고자 하거나 최근에 피력된 규범들과 일치되고자 하건, 아니면 그 반대로 행동강령으로부터 해방되고자 하건간에 내가 말하는 쪽은 뒤늦게 등장한 시인들의 초현실주의를 의미한다) "저주받은" 시의 유산을 너무나 지나칠 정도로 성실하게 이어나가고 있다는 것 또한 사실이다. 그 초현실주의는 흑색 유머와 항구적인 부정 속에 자리잡고 앉아서 사고의 조직 해체와 현실의 교란이라는 방법들을 연마하고 있다. 이는 초월적인 의미에서의 아이러니컬한 유희이며 예비적인 신비화 작업인데 이것은 인간을 당황하게 만들며 사물에 엉뚱한 성격을 부여한다. 그러나 여기에 태어난 시들이 과연 앙드레 브르통이 높이 평가하여 마지않았던 "경련하는 아름다움"을 실감나게 표현해주는 것일까? 그러한 시들이 드러내 보이는 것은—르네 샤르René Char, 지젤 프라시노Gisèle Prassinos가 서명한 가장 훌륭한 시들을 예외로 한다면—오히려 시의 어떤 습관일 뿐이다. 그 시편들은 부조리의 수사학이 지닌 장식적 가능성이 어디까지 갈 수 있는가를 한심하게 혹은 화려하게 보여주고 있다.

그러나 초현실주의의 경험을 "끔찍한 오류"라고 여겨 그것을 버리고서 안전하다고 정평이 있는 입장으로 되돌아온다면 그것은 모든 것을 다 잃어버리는 일이라는 것 또한 사실이다. 도대체 안전한 입장으로 돌아오기를 바란다는 것은 헛된 일이다. 사람들이 우스꽝스럽게도 조롱해 마지않았던 "무의식의 부름"은 시에 대한 우리들의 감정과 시에 대한 우리들의 의식을 정화시키는 동시에 심화시킬 수 있도록 해주었다. 이런 점은 간과하기 어려운 점이다. 이것은 시간을 거꾸로 흐르게 할 수 없는 것과 마찬가지로 억압하여 은폐할 수 없는, 이로우면서도 위험한 경험이다.

우리는 미래의 길들을 초현실주의를 거쳐 저 너머까지 발견하게 될 것이다. 우리는 모험에 종지부를 찍을 수는 없다. 시인에게는 마지막으로 정착할 은총의 항구는 없는 법이다. 화단에 핀 꽃들과 같은 무해한 문화는 정신과 시의 운동과는 아주 먼 관계밖에 없다.

새로운(비교적 새로운) 인간들—자기의 고유한 능력과 "자질"을 개발하는 사람들 말이지만—의 선두에는 앙리 미쇼Henri Michaux가 있다. 그의 것보다 더 현실적인 내적 사건들은 거의 없을 것이다. "꿈"(넓은 의미에서)의 플라스마 그 자체가 그의 시들의 재료를 이루는데 우리는 거기서 삶에 맛을 부여하는 저 원초적 어머니와 같은 물에 대한 취향을 알아볼 수가 있다. 이 시의 특징은 매우 개인적인 공격과 방어의 유희라고 하겠는데 그 속에서는 때때로 사고의 폭발로 인하여, 그리고 카프카를 연상시키는 변신에의 강한 의지의 폭발로 인하여, 언어의 법칙들이 뒤흔들리기도 한다. 그렇지만 나는 여기서 시라는 말을 쓰기를 망설이지 않을 수 없다. 날것 그대로의 요소들을 한데 모아 껍질이 거칠은 언어로—이것은 한 소재가 삶과 맞붙어 몸부림치며 격투하는 것의 직접적인 메아리라고 볼 수 있다—간신히 맞추어놓은 작품이 "시적" 감동을 일깨우고 그 감동의 계속성을 보장해줄 수 있을까? 이것은 기껏해야 시의 재료에 지나지 않는다는 의혹을 금할 수가 없다. 나는 이 책 속에서 블레즈 상드라르와 함께 세계의 시인들에 대하여 그와 같은 종류의 의구심을 표시한 바 있다. 그들의 미래주의라는 것은 우선은 그들의 모든 감각들에서 모형을 떠내는 데 있는 것같이 보였던 것이다. 그와는 다른 영역으로 전진하고 있는 앙리 미쇼의 경우, 주된 관심은 내면적 모습이다. 그러나 그와 더불어 카타르시스의 순간을, 아니 하다못해 음악의 세계 속에서 어떤 해방의 시도를 기대해봐야 헛수고다.

어떤 절대적인 이상함, 주어진 그대로의 이상함, 그것이 바로 파트리스 드 라 투르 뒤 팽Patrice de La Tour du Pin의 『기쁨을 찾아*Quête de*

Joie』의 으뜸가는 힘이었다. 그 시인이야말로 참으로 클로델의 『도시』에
등장하는 인물 퀴브르처럼 다음과 같이 말할 수 있는 인간이다.

······돌과 나무 조각들을 주우며, 걸으며
생각하며 나는 길을 헤맨다
숲 속에 들어가 나오지 않으려다
저녁이 되기 전에는
혹시 그 누군가가 내 친구라면 나는
기껏해야 애매한 친구일 뿐

······j' erre par les routes,
Ramassant des pierres et des morceaux de bois, marchant
pensant; entrant dans la forêt je n' en sortirai
pas avant le soir.
Et si quelqu' un est mon ami, je ne suis qu' un
ami ambigu.

주술의 한가운데에 얼마나 감동적인 이 지상의 감각과 얼마나 까닭 모
를 신선함이 암시되어 있는가. 때때로 이것은 버질의 노래와도 같아 보
이지 않는가. 또 「9월의 아이들*Enfants de Septembre*』이 보여주는 저 매
혹적인 위력에 어찌 저항할 수 있겠는가.

숲은 온통 나지막한 안개로 뒤덮이고
황량하며 비에 젖어 부푼 채 고요하였다
오랫동안 저 북풍이 불었었다
그 바람 속에는 야생의 아이들이 커다란 돛배들을 타고

저녁에 공간 속 드높이 다른 하늘을 향해 달려가고 있었다.

하루종일 묻혀 지낼 골짜기들을 찾으려고

그들이 나지막하게 내려왔을 때,

나는 어둠 속에서 그네 날개들이 대기를 가르는 소리를 들었었다.

그리고 새들이 날아가버린 늪 위에

슬픈 물새떼들의 저 한 많은 부름 소리를.

내 방의 해빙을 문득 보고 난 후

새벽에 나는 숲 속으로 사냥을 떠난다.

Les bois étaient tout recouverts de brumes basses,

Déserts, gonflés de pluie et silencieux:

Longtemps avait soufflé ce vent du Nord où passent

Les Enfants Sauvages, fuyant vers d'autres cieux,

Par grands voiliers, le soir, et très haut dans l' espace

J' avais senti siffler leurs ailes dans la nuit,

Lorsqu'ils avaient baissé pour chercher les ravines

Où tout le jour, peut-être, ils seront enfouis;

Et cet appel inconsolé de sauvagine

Triste, sur les marais que les oiseaux ont fuis.

Après avoir surpris le dégel de ma chambre,

A l'aube je partis pour chasser dans les bois······

그러나 그 뒤에 계속되는 시편들은 여전히 우리들로 하여금 어떤 신비의 열쇠를 찾아 헤매게 한다. 그 속의 "매혹"은 마치 어떤 교묘한 묘약처럼 제조되어 있다. 미지의 선의 탐색, 고행과 잇달은 시련을 통한 정화, 중세적인 의무 봉사의 유사 기독교적인 몸짓들은 "황량하고 전설이 없는 갯벌들"을 탈바꿈시키고 독자들에게서 공감을 자아내기에 알맞은 "켈트적" 테마들이라는 것을 나도 잘 알고 있다. 파트리스 드 라 투르 뒤 팽이 그의 작품을 브르타뉴 지방의 황무지 위에다가 차츰차츰 건설해가고 있다는 것, 그 작품이 선택한 장소가 정당하다는 것, 그리하여 그 작품이 영국의 몇몇 시인들과 날이 갈수록 더한 친화력을 보여주고 있다는 것 등을 우리는 아무런 선입견 없이, 또 그가 일종의 신비 종교 속에 빠져드는 것을 유감스럽다고 여기지도 않은 채 반가워하고 싶은 심정이다. 진정한 시는 진면목을 감추려고 하지 않는 법이다. 일체의 난해성을 거부하면서도 본의 아니게 은밀한 것이 참다운 시는 그 불변의 본성에 의하여 보호되는 것이다.

*

최근에 와서는 어떤 투쟁적인 시의 이중적 흐름이 강바닥을 상당히 깊이까지 파놓고 있다. 거창한 사건들의 고정 관념, 갖가지 이데올로기의 갈등, 미래에 대한 메시아적 기대, 스페인 내란 전쟁, 인민 전선의 경험 등 모든 것이 그러한 시를 요구하고 있었던 것이다. 정치적인 반동과 문학적인 반동이 대부분 발맞추어가고 있는 우파의 경우, 가스케, 자비에 드 마갈롱, 모라스 이후 그 주된 지지자는 오늘날 피에르 파스칼이다. 그의 단가, 찬가, 풍자 등은 로마와 파리에 대한 칭송과 아울러 알비옹(영국—옮긴이주)과 민주주의에 대한 만만치 않은 증오로 한덩어리가 되어 호감을 가진 독자를 감동시킬 법도 하다. 그러나 무겁고 요란한 전투적 성격과 『파르살Pharsale』 같은 데서 차용해온 것만 같은 수사법으로 인하여 시적인 맛은 간혹 가다가, 그것도 우연히, 느껴지는 것이 고작이다. 한편 민중의 지도자라는 시인의 야망에 대해서 말해보건대, 그것은 아무런 성과도 없이 앵무새처럼 딴 데서 얻어들은 것을 되풀이하는 격이다. 그렇지만 유럽이 처하고 있는 상태는 장차 파스칼에게 어떤 위대한 사상을 암시하게 되리라는 희망을 간직해두도록 하자.

또 다른 지평을 내다볼 때 눈에 띄는 작업들은 다양한데 미학과 정치 사이의 필요불가결한 조화가 이루어지지 않고 있다. 폴 엘뤼아르의 시와 피에르-장 주브의 시가 숱한 날개짓을 하며 지나가면서 슬며시 역사적 사실을 조명해줄 때는 시가 그 역사적 사실을 초극하는 느낌이어서 특히 주목된다. 피에르 모랑주Pierre Morhange의 유물론적인(매우 섬세한 마르크스적인 의미에서) 시편들은 가슴을 찢는 듯한 치열성을 지니고 있다. 그 시들은 혹사당하고 있는 사람들의 구토를 전달한다. 거기에는 원한의 감정이 불타고 있어서 위대함의 경지에까지 이르는 경우는 매우 드물다. 장 슐룅베르제는 전에 『검은 피Sang noir』와 『밤의 끝으로의 여행 Voyage au bout de la nuit』에 대해서 "비참 애호벽misérabilisme"이라는 표현을 쓴 일이 있는 그 시에서 애용되고 있는 것은 바로 그런 것이다. 자크 프레베르Jacques Prévert에 오면 풍자의 부정이 보다 자유스럽고 덜 요란하며 보다 더 아이러니컬해진다. 그것은 르네 클레르René Clair 감독의 비판적인 환상성과 같은 계통인 것이다. 너무나도 "희귀한" 시인 자크 프레베르. 사실 나는 자크 프레베르 이야기를 하면서 머리 속으로는 영화 감독 르네 클레르도 생각하게 된다. 그가 영화 시나리오를 위해서 쓴 숱한 다이얼로그들 때문에 『파리-프랑스에서의 머리 식사 Dîner de têtes à Paris-France』의 기억을 지워버릴 수는 없다. 그 어느 곳에서도 유례를 찾을 수 없는 아라공과 벵자맹 페레의 허무주의와 공격성에 맞서서 희망과 사회적 유토피아의 꿈, 아니면 그저 단순한 심정의 토로의 노래를 외치고 싶은 마음이야 간절하다. 그러나 혁명의 사상이라는 것이 실재한다고 믿는 대다수의 프랑스 시인들은 반항의 감정과 사회에 던지는 힐난 속에서 너무나도 뚜렷한 만족을 얻은 나머지 그 만족감 만으로도 충분히 그들의 삶과 시의 의미에 방향을 제시하거나 아니면 그 방향을 상실하게 만들 수 있게 되고 말았다. 지금은 이미 새로운 공동체 속에서 다사로운 마음을 되찾음으로써 "선의의 사람들"에게서 행복의 매혹을 선물할 수 있었던 시대가 아니다. 그러나 프랑스 말을 시어로 선택한 루마니아 시인 일라리 보론카Ilarie Voronca만이 유일하게 대낮의 연기가 걷히지 않을 새벽빛 속에서 무죄의 노래를 읊는다. 그는 인간과 화해한 인간의 어깨 위에 그의 흰 손을 얹고서 시의 기쁜 소식을 알린다.

*

비평가들과 철학자들이 근래의 작업을 통해서 무엇보다 먼저 조명해 보인 내용은 현대인들, 특히 낭만주의 이후의 현대인들이 시에 대하여 갖게 된 의식의 발전이다. 알베르 베갱Albert Béguin의 『낭만주의적 영혼과 꿈l' Âme romantique et le rêve』의 수많은 텍스트들과 귀중한 주석들을 우리에게 소개해주고 있다. 또 레옹 브룅슈비크Léon Brunschvicg의 책 『서양 철학에 있어서 의식의 발전』과 병행하여 그것을 보충할 만한 한 권의 책을 쓸 필요가 있을지도 모른다. 그런 책의 초안이 이미 자크 마리탱에 의하여 탁월한 안목으로 윤곽을 드러냈다. 지적 의식은 점증하는 추상화를 통하여 오브제와 분리되고 눈에 보이는 세계 저 안쪽의 내면을 천착하고 있는 반면, 정서적 요구와 관련하여 그와는 반대되는 경로를 통해서 시인은 지에 의한 인식을 초월하여 여전히 존재하고 있는 저 모호하고 비합리적인 세계—혹은 그렇게 여겨지는 삶—의 파악, 혹은 예감 쪽으로 전진한다. 그 상반된 두 가지 운동을 초극하는 수단, 어느 정도까지는 혹시 과학과 시가 화해하게 될지도 모르는 현실의 새로운 경험의 가능성, 그것이야말로 영국에서는 화이트헤드Whitehead가 프랑스에서는 바슐라르Bachelard가 상상하고 있는 바가 아닐까? 이성에게 "그 부산스럽고 공격적인 기능"을 되돌려주려는 바슐라르의 의도, 그리고 "초현실주의와 평행된 관계하에 고려될 수 있을"(감성과 이성이 각기 그 유체성을 확보함으로써) 초합리주의surrationalisme에 대한 그의 주장은 서로 방향을 달리하는 여러 방법들도 접근시키려는 그 욕구를 증거하고 있는 것이다. 가장 밀도 짙은 정신적 구체성 쪽으로 시인이 발전해가야 한다는 문제로 말해보자면, 그것은 더러는 이해할 수 없는 힘이 스스로를 내맡김으로서 실현되기도 했고 더러는 의도적인 고행을 통해서 실현되기도 했다. 시인들에게서와 마찬가지로 신비주의자들에게서도 볼 수 있는 그 수동적인 길과 그 능동적인 길을 가장 먼저 분명하게 밝혀 보인 사람은 아마도 롤랑 드 르네빌Roland de Renéville이리라. 시인은 신비주의자나 마찬가지로 본질상 그 두 가지 길 중 어느 하나의 인식을 위해 타고난 인간이라고 암시한 그의 생각은 아마 그릇된 것이 아닐까 싶다. 내가 볼 때 가장 위대한 인간들의 경우 무의식 속으로 분산되는 경험과 백열의 경지에 이르는 극단한 정신 집중의 경험은 서로서로 이어질 수 있고 서로서로 받쳐주는 힘이 될 수 있다고 여겨진다. "자아의 증발과 집중. 모든 것은 바로 여기에 있다"고 『나심(裸心)Mon coeur mis à nu』의 첫머리에 기록한 상당히 알쏭달쏭한 보들레르의 노트를 나는 적어도 이런 쪽으로 해석하는 터이다. 아마도 그 서로 상반된 두 가지 운동(그러나 그 운동들의 목표는 같아지는 경향을 띠고 있다)을 서로 교차시키면서 익숙해질 정도로 실천에 옮겨봄으로써만 참으로 효과적인 정신적 승리를 거둘 수 있는 것인지도 모른다.

그러나 우리들 시인들에게 있어서의 의식의 불행에 관해서라면 써야 할 책이 한 권 더 있을 것 같다. 그것은 분명 알베르 베갱이 지적 한 바 있는 현대시의 패러독스들 중 하나이다. 현대시는 저 자신을 더 잘 알게 됨에 따라, 사람들이 알 수 있는 시가 되는 것은 그 시의 내면적 본질에 속하지 않는다고 여기는 경향이 바로 그것이다. 현대시는 마침내 실천으로 옮겨지고자 하는 그 나름의 욕망을 통해서밖에는 파악될 수 없는 상태인 채, 끝도 없는 그런 탐구의 종착점에 도달하지 못한 채, 날이 갈수록 더욱 군더더기가 없는 알맹이만으로 남는다. 이렇게 되면 현대 시인은 이제부터 자신의 어떠어떠한 행동의 "원초적인" 기원이 고대의 현자들 식으로 언어라는 수단에 의하여 세계에 행동을 가하는 데에 있음을 깨닫게 되면서 바로 그 같은 깨달음 자체로 인하여 그의 생명적 균형이 위협을 받게 되고, 또 그로 인하여 옛날에는 신성했지만 차츰차츰 속화되는 그의 가장 근본적인 활동 자체가 손상될 위험이 있는 것이다.

*

시인은 언어라는 재료로 된 오브제를 창조하고 만드는 인간이며 오브제를 만들겠다는 그의 의도가 바로 그에게 방향을 제시하고 그의 능력들을 통일시켜주는 원칙이다. 이러한 명제는 내가 볼 때 자크 마리탱과 마르셀 드 코르트Marcel de Corte의 명제들 중에서도 시적 "인식"은 오직 시적 "경험"에 의해서, 시적 경험 속에만 얻어진다—바로 이 점이 시인과 신비주의자를 구별시켜주는 차이점들 중 하나이지만—라는 명제 못지않게 중요하다고 생각된다(다만 시인은 오브제를 만들어내는 지능 이외의 다른 능력들과 더불어 자기 스스로를 송두리째 다 투입함으로써 불가피하게 오브제의 법칙을 어기게 마련이다. 그는 어렴풋하게 느꼈거나 예감한 거대한 "세계"를 아날로지에 의해 재생시키는 경향을 가진 하나의 소우주적 존재를 만들어내는 것이다.) 그러한 관점에서 우리는 현대인을 괴롭히는 유혹이 어떤 것인가를 보다 더 잘 분간할 수가 있다. 즉 신비주의자들의 경험과 거의 마찬가지인 어떤 경험을 통하여 직접적으로 절대에 도달하여 그 절대를 이미지나 상징 속에 담아 보고 싶은 유혹이 바로 그것이다. 그런 뜻에서 보들레르는 낙원을 단번에 낚는다는 말을 했다. 그러나 시적 "인식", 혹은 그렇게 자처하는 인식은 "경험"을 수반한다. 인식은 경험과 뗄 수 없는 동체성을 지니고 있다. 그런데 여기서 말하는 경험은 창조의 경험이다. 인간적 "조작"의 필연성이 굴하기를 거부한다는 것, 그리고 만들어내야 할 작품을 업신여긴다는 것, 그것이야말로 일종의 절망적인 조급함으로 인하여 그림자와 유령들로 둘러싸이는 궁지로 자신을 몰아넣는 행위가 아니겠는가?

그래서 나는 롤랑 드 르네빌의 책이 여러 면에서 탁월한 것임에도 불구하고 시적 행위가 "절대"의 직접적인 소유를 어처구니없게도 스스로의 목표로 삼고자 하는 경향을 저자가 끝까지 정당화하고 있다는 점에는 비판적인 입장을 취하고자 하는 것이다.

생 장 드 라 크루아에서 노발리스, 네르발, 포, 보들레르, 랭보, 그리고 특히 말라르메에 이르는 신비주의자이며 형이상학자인 시인들의 수많은 텍스트들을 검토한 후 거기서 출발하여 그는 말라르메가 막연히 예감했던 특권, 즉 이 세계의 오르페적 설명을 제시한다는 사명을 시인에게 위탁한다. 참다운 인식은 주체와 객체 사이의 모든 한계를 파괴할 것을 요구한다는 사실, 그 인식은 전반적인 소유와 현전이라는 사실은 부정할수가 없다. 그러나 그는 이런 사실을 굳게 믿은 나머지, 인간의 정신은 신적인 것을 인식하며 그러므로 정신은 곧 신적인 것이고, 시인의 임무는 절대를 포용하는 일이며 그의 언어는 곧 현실을 변모시키고 그것을 초월할 정도로 현실에 영향력을 행사하는 말씀Verbe이다라고 결론을 내린다. 열쇠를 소유한다는 것은 곧 상아탑의 문을 여는 것이거나 혹은 하나님의 불을 훔쳐내는 것이다. 그리고 과연 가장 위대한 시인들이 그러한 총체적인 시, 즉 인식의 탐구를 통해서 관심을 돌리는 쪽은 바로 그런 식의 동방이다. 그러나 나는 그 욕구가 바로 불가능에 대한 욕구이며 바로 거기에 그러한 시의 비극이 있다고 믿는다. 그 시는 인간의 가장 드높은 욕구들 중 하나를 표현하고 있지만 거기에 대한 답변은 오직 그 시 자체에서밖에는 얻지 못할 것이다. 그 시는 그 위대한 희망이 충족될 것인지 좌절당할 것인지를 절대로 알지 못할 것이다. 시인 동시에 인식이라는 것은 클로델이 그의 시극 『도시』에서 말하는 "지켜지지 못할 약속"과도 같은 것이다. 그렇기 때문에 나는 롤랑 드 르네빌의 도그마는 그대로 놓아둔 채로 그의 그 대담한 단언을 찬탄해 마지않는 것이다. 내가 볼 때는 그저 희망이나 아쉬움, 예감이나 향수, 꿈이나 동경에 지나지 않는 것을 그는 무슨 큰 사건인 양 제안하고 있으며, 실제로는 정신의 저 밑바닥에 제기되었다기보다는 체험된 편인 하나의 문제로서만 존재하는 그 무엇을 가지고서 그는 하나의 뚜렷한 형태의 기념비를 만든 것이다. 나는 이따금 그러한 롤랑 드 르네빌이 원망스럽다고 여기게 되는 때도 있다.

*

나는 초현실주의가 초극되고 초월되어야 한다고 믿는 터이지만, 그 초극의 실현은 오로지 모든 시대를 통틀어서 깊이 있는 시들, 가장 개성적인 시들이 언제나 그러했던 바의 시가 되는 방향에서만 가능하다. 한 운명의 가장 진정한 면을 드러내 보여주는 방향 말이다. 때로는 삶과 죽음의 칼날 근처에 매몰된 채 숨겨져 있는 말. "인간의 가장 내면적인 감정들보다 더 내면적인 생명과 호흡은 인간의 우울증과 열광과 회한과 희망의 산 법칙이니."(베르그송) 때로는 하나의 몸짓이나 눈길 속에 비쳐지지만 그러면서도 삶을 송두리째 다 포함하고 있는 것인 가장 단순한 말. 물론 시가 "샘에서 흘러나올" 수도 있다. 다만 시인이 그의 내면 속에서 샘물이 잔뜩 괸 지역에까지 전진해갔을 때 비로소 그것이 가능해진다.

르네 도말René Daumal, 혹은 철학자 장 발Jean Wahl, 그보다 더 걱정이 많은 앙드레 벨리비에André Bellivier, 혹은 섬세한 『불편한 노래 Chansons malaises』에서 『땅이 없는 요한Jean sans Terre』의 쓸쓸하고 뜨거운 명상으로 옮아간 이방 골Ivan Goll, 오늘에 와서는 더욱 자명한 표현 쪽으로 나아가고 있는 장 르 루에Jean Le Louet, 마치 나 자신을 향해서 말을 걸 듯이 시를 쓰고 있는 장 바뉴Jean Vagne 등은 그들 서로간의 차이점이 무엇이건간에 그런 시의 아직은 불확실한 여러 가지 얼굴을 대체로나마 그려 보이고 있는 것으로 여겨진다. 그러나 나는 그들 모두의 언어가 항상, 그리고 완벽하게 적절한 언어인지 어떤지는 알 수가 없다. 그들에게는 전체적으로 순진한 면이 결여되어 있다. 그들에게 있어서는 미리부터 제기된 너무나 많은 질문들이 해답을 찾지 못한 채 남아 있다. 그들은 너무나 지나치게, 그리고 철학자의 언어로 따지는 경향이 있다. 흔히 심리적 장애에 대한 그들의 인식은 장애를 만들어내기만 할 뿐 편안함이라든가 우아함 같은 저 아름답고 희귀한 것들을 태어나게 하는 데 도움을 주지 못한다(그렇지만 사용하는 어휘들이 바다 물거품의 꽃처럼 활짝 피어나는 야네트 들레탕-타르디프Yanette Delétang-Tardif 가 문득 기억나기는 한다).

바로 그런 이유 때문에 벵자맹 퐁단Benjamin Fondane이 최근에 제출한 항의(그의 시 「가짜 미학 원론Faux traité esthétique」에서)는 어느 정도 수긍되는 점이 있다. 시는 형이상학이 아니다. 시는 무엇보다 먼저 노래다. 시는 이 세상의 청춘이기 때문에 나무, 새, 구름, 별처럼 이 세상의 가장 해묵은 현실을 노래한다. 시는 어떤 본능의 자연스러운 연장이다. 나는 비용에서 베를렌, 아폴리네르에 이르는 이상적 맥락을 사람들이 항상 염두에 두기를 바란다. 쥘 쉬페르비엘의 산 모범을, 페데리코 가르시아 로르카Federico García Lorca에게서 볼 수 있는 민중적인 어법과 가장 독창적인 비전의 저 예외적인(그리고 그토록이나 희귀한) 결합이라는 모범을 사람들이 과소평가하지 않기를 바란다. 시는 티에리 모니에

Thierry Maulnier가 말하듯이 문학의 정수만이 아니다. 시는 무엇보다 먼저 우선 살고 존재하는 하나의 방식, 세련될 수도 있지만 우선은 자연 발생적인 하나의 방식이다.

[추기]: (1939년 8월)—대재난의 기다림과 무르익음, 모든 순간들이 이 9월 초순의 며칠을 향하여 모래시계의 순간들처럼 새어 떨어지는 모습…… 이렇게도 완벽하게 '끝나버린', 이제부터는 새로운 시대들과 단절되어버린, 저 어제라는 과거 쪽으로 고개를 돌릴 때 그 과거가 돌이킬 수 없는 "전전"으로 소멸되어버린 것을 어찌 눈감고 못 본 체할 수 있으랴? 우리는 이제 쇳덩어리와 피 속에서 그 어떤 경작지에 준비되고 있는지 알 수 없게 되었다. 그러나 벌써부터 여기에 어떤 희망이, 지난날 내가 아무리 노력해도 끝내 좋아할 수 없었던 한 시인의 가장 아름다운 시행들이 찾아온다. 《*N.R.F.*》지의 10월호는 오디베르티Audiberti의 시 「경계*Vigilance*」를 내게 전해주었다.

> ……
>
> 인간이 옛날에 몸과 혼으로 된 인간이었듯이
> 전쟁으로 된 인간인 지금
> ……
> 적어도 이 땅 위의 총격의 격전장에서는
> 마침내 법이 발효된 지금
> 사방에서 그 법에 응답하는 소리가 울리는 지금
> 의심할 수도 거짓말할 수도 없게 된 지금
> ……
> 모든 것이 다 알 만하게 된 세계를
> 공포와 치욕의 절규가 도맡은 지금

포탄의 광채가 우리들을 사육하고 먼 곳에서 예술을,
보리이삭, 벼이삭을 싹둑싹둑 베어내는 지금,

날아가는 포탄에 딴지를 거는 문장을
저 언덕들의 아름다운 형상을
다시 한번 더 찬미하자 잠들기 전에 책을 읽는 사람처럼
바다가 땅을 껴안는 모습을 바라보자.

......

Maintenant que l'homme est l'homme de guerre

tout comme de chair et d'âme jadis

......

Maintenant qu'enfin la loi se prononce,

au moins dans le champ, terrestre, du tir,

et que retentit partout la réponse

et qu'on peut plus douter ni mentir

......

Maintenant qu'un cri de peur et de honte

assume le monde où tout fut compris

et que le rayon du coup qui nous dompte

fauche et rase au loin l'art, l'orge et le riz,

admirons encore une fois la forme

des collines, pharase où boit le vol,

et, comme un qui lit devant qu'il s'endorme,

regardons la mer épouser le sol.

인간이 여전히 생명을 부지하고 살며 기쁨을 믿으며 희망에 집착하며—마치 "깊은 숲 속에서 길을 잃은 사냥꾼의 부르는 소리"처럼—충만함을 찾아 헤매는 것이 마땅한 일이라면, 시인은 항상 인간의 옆에서 욕망을 자극하고 또 그 욕망을 다스려주는 맑은 물을 가져오는 자가 아니겠는가?

2007년 개정판 역자 후기

『프랑스 현대시사』의 한국어 번역 초판이 나온 지 벌써 20여 년의 세월이 흘렀다. 그사이 점진적으로 나타난 인문학, 특히 외국 문학의 퇴조 현상은 이 책 또한 도서관이나 지극히 희귀한 전문가들의 서가에서 해묵은 먼지 속에 파묻혀 있게 만들었다. 초판을 간행했던 출판사에서 책은 절판되었다. 번역을 연재했던 시 잡지는 자취를 감추었고 번역에 도움을 주었던 선배 교수님은 이제 이세상에 없다. 교정과 색인 작업을 도와주었던 당시의 대학원 학생들은 외국유학을 마치고 대학 교단에 섰거나 가정의 주부가 되었다. 20여 년의 세월이 경과한 뒤 책의 먼지를 털고 번역문을 전체적으로 다시 손보아 새로운 출판사에서 새단장하여 세상에 내놓게 되었다. 『프랑스 현대시사』라는 제목이 무색하게 벌써 1세기 전 프랑스 시의 풍경이 되었다. 그러나 그것이 위대한 풍경임에는 변함이 없다. 새로이 책을 펴내는 〈현대문학〉의 용기와 후의에 진심으로 감사드린다.

2007년 2월 〈솔마〉에서

김화영

1983년 1판 역자 후기

이 책은 마르셀 레몽Marcel Raymond의 저서, 『De Baudelaire au surréalisme』 édition nouvelle revue et remainiée(Paris, Librairie Joés Corti 1963, 366p.)의 완역이다. 원서의 초판은 1940년에 출간되었으나 이 역서의 대본은 그 후에 나온 수정 증보판이다.

이 책의 자자한 명성은 내가 대학에 다니던 때 은사 김붕구 선생님을 통해서 들은 바 있었다. 내가 대본으로 사용한 원서 속 표지에는 "1965년 6월 14일"이라는 날짜가 기록되어 있다. 그것은 아버님의 선물이었다. 이 책을 처음 접한 후 거의 20년 가까운 세월이 지난 오늘 그 역서를 내놓은 감회가 내게는 실로 각별한 것이 아닐 수 없다.

이 책의 첫 번역은 나라 안 사정이 매우 혼란하던 1980년 초에 시작되었다. 아무것도 손에 잡히지 않던 그 착잡한 시기를 통과하는 한 방법으로서, 나는 오랫동안 생각만 했을 뿐 감히 엄두를 내지 못했던 이 번역을 시작해보기로 결심했다. 월간 시 전문지 《심상》의 박동규 주간이 번역 연재를 자청한 내 뜻을 쾌락해주셨고 이렇게 하여 3년에 걸친 고통은 시작되었다.

대학 재학 중에 처음 읽기 시작했던 이 책, 그 후 몇 번이고 읽은 서론 부분은 내게 너무나 낯익은 것이었다. 매월 잡지에 연재하는 번역이니만큼 읽고 또 읽고, 여러 군데에 자문을 구하고…… 하는 식으로 하면 아주 깔끔한 번역을 내놓을 수 있으리라는 생각에 자신도 있었고 또 청년 시절에 내가 그 같은 감동을 맛보았던 그 대저를 내 나라 말로 내 나라 시인, 시학도들에게 옮겨 소개한다는 보람에 가슴 부풀기까지 했다.

마르셀 레몽은 누가 뭐래도 현대 프랑스 비평이라는 거대한 나무의 가장 중요한 뿌리 부분의 하나이다. 그 중에서도 이 『보들레르에서 초현실주의까지』는 그 핵을 이룬다. 그러나 그 방대한 문헌학적 지식, 오늘날의 허영심에 찬 분망한 독자들로서는 도저히 따를 수 없는 시의 독서량과 통찰력 그리고 서구의 마지막 인문주의적 교양과 그 속에서 엄격하게 배양한 섬세하고 조심스러운 감수성 등은 곧 역자에게 수치스러운 곤혹과 고통을 안겨주기에 충분한 것이었다. 거기에 덧붙여, 단순한 독자와는 달리 필자의 사소한 "곁눈질"과 여담, 글에 특수한 어조를 부여하기 위한 수사적 "양념"까지도 사전들을 찾고 찾아 그 뜻을 풀이해야 하고 또 알맞은 내 나라 말로 알기 쉽게, 그리고 지나치게 장황하지 않도록 옮겨야 하는 번역자 특유의 기막힌 의무는……. 나는 매번 변명을 찾고 싶어했지만 고독한 번역자의 노역에 변명이 끼어들 자리는 없다.

　더군다나 마르셀 레몽은 위대한 비평가임에 틀림이 없지만 이 책의 마지막 「에필로그」가 증언하듯이 전전 비평가 특유의 그 완만하고 섬세하고 끝이 잘 보이지 않는 장문(長文)의 대가다. 관계대명사가 없는 우리말 구조를 남몰래 원망한 적이 한두 번이 아니다. 읽고 생각하고 생각하고 또 읽어도 어떻게 옮겨야 할 것인지 막막하기만 한 기나긴 문장을 앞에 놓고 그 기가 막힌 순환논리의 묘기를 보여주는 레몽 자신을 원망한 적도 한두 번이 아니다. 그러나 매번 확인하게 되는 것은 프랑스 말로 쓴 저자 쪽에서도, 우리 말로 읽는 독자 쪽에서도 번역자를 두둔해줄 수 있는 응원군은 없다는 딱한 사실뿐이었다.

　「서론」 부분이 지난 다음부터 나는 스스로의 과욕을 매번 걸려오는 《심상》 편집실의 전화벨 소리와 동시에 확인하고 또 확인했다. 그 3년 동안 전화 속의 목소리도 바뀌었다. 그 낯모르는 목소리를 향하여 그들과는 전혀 무관한 번역의 당혹감을 엉뚱한 짜증으로 화풀이하기도 했다. 실로 이 번역은 《심상》 편집실의 그 참을성 있는 채근과 격려에 힘입은 바 크다. 연재가 마침내 끝난 것은 1983년 3월이었다.

사정이 이러니만큼 이 번역이 서투르고 허술하다는 것을 새삼 고백할 필요도 없다. 다만 번역 연재가 끝난 후 이미 활자화되어 있는 첫 번역 전체를 다시 읽어보고 어느 면 원서를 모르는 독자의 입장이 되어 좀 거리를 두고 면밀히 살필 수 있었던 것이 다행이었다. 상당히 많은 부분을 다시 원문과 대조하여 수정할 수 있었고 또 불확실한 부분은 고려대학교에 와 있던 프랑스인 교수에게 자문을 구하여 바로잡을 수 있었다. 그리고 다시 조판 후 교정을 보는 과정에서 프랑스 현대시 분야의 보기드문 전문가인 고려대학교의 강성욱 교수에게 상당히 많은 부분에 관하여 자문을 얻을 수 있었던 것이 큰 도움이 되었다. 그러나 자문에 응해주신 두 분 교수는 역자의 질문에만 자상한 해답을 주신 것에 불과하므로 그 밖의 오역이나 미진한 부분이 있다면 그것은 물론 역자 자신의 몫이다.

다만 여기에 펴내는 역본은 내가 평소에 믿고 있는 바와 같이, 천천히 글의 내용을 바로 이해하고 음미하려는 독자라면 역본만으로서 반드시 그 뜻이 이해될 수 있도록 가능한 한의 노력을 다한 것임을 말해두고 싶다. 번역이 아니라 우리 말로 씌어진 저서라하더라도 그 내용이 깊고 섬세한 것이면 여러 차례에 걸친 신중한 재독(再讀)을 요구하게 마련이다. 레몽의 이 저서는 프랑스의 지식층 독자라고 해서 반드시 쉽게 읽을 수 있는 성질의 내용이 아니다. 보들레르 이후의 현대 프랑스 시에 관심을 가진 사람이라면 반드시 읽어야 할 이 책의 중요성을 감안한다면 그 정독은 역서라고 해서 예외일 수는 없다.

이해의 편의상 역본의 제목은 『프랑스 현대시사』라고 고쳤지만 본래의 제목은 여기에 부제로 표시한 『보들레르에서 초현실주의까지』다. 독자가 직접 읽으면서 이해할 수 있으리라 생각되지만 책이 방대한 것이라 전체적인 맥락을 쉽게 파악하기는 용이하지 않을 것이다. 이 책의 전체적인 구상을 요약하자면 두 가지라고 할 수 있다. 첫째 보들레르 이후 초현실주의 전후시대에 이르는 프랑스 시를 하나의 뭉뚱그려진 총체로 본다는 견해인데 그 뿌리는 유럽의 전기 낭만주의에까지 소급된다고 간주한다.

둘째로 이렇게 하나의 전체로 본 시적 노력과 탐구의 내용은 그 양태에 있어서는 시인에 따라 극히 다양하지만 결국 "인간성을 위협하는 세계 속에서 점차 잃어가고 있는 인간의 생명적 본질을 다시 찾으려는, 인간의 사활이 걸린 기도(企圖)"라고 요약될 수 있다. 다양한 현대시의 모든 양상은 결국 "인간의 사활이 걸려 있는 작업opération vitale"이라는 테두리 내에서 이해되고 설명된다. 이것은 다른 말로 바꾸면 나와 세계라는 이원론의 극복이라고 할 수 있다.

저자가 서문에서 밝히는 의도는 다음과 같은 말에서 적절하게 요약되고 있다. "우리의 의도는 역사적 범주에 속하는 것이 아니다. 우리는 원인과 결과의 관계를 규명하자는 것도 아니고 여러 가지 계보와 상호 영향 관계를 밝히자는 것도 아니다. 우리에게 중요한 것은 몇몇 특출한 시인들이 참가했고 지금도 참가하고 있는 하나의 모험, 혹은 하나의 드라마가 어떤 양상을 띠고 있는가를 살펴보는 일이다. 그러니까 우리는 역사를 통하여 전개되고 또 그 성취의 장소와 가능성을 인간이 사는 시간에서 빌어오고 있는 어떤 변증법의 대전제들을 포착해야 한다. 그럼으로써 우리는 인간 정신이란 바탕 위에다가 그 같은 변증법이 어떤 이상적인 사이클을 그리며 여하한 총체의 방법들과 열망들을 그려 보이는지를 살펴보고 그것들 상호간에 어떤 신비스러운 통일성이 엿보이는지를 지적해야 한다."

결국 보들레르에서 초현실주의에 이르는 시는 "하나의" 드라마요 "동질적인" 모험이다. 변증법은 이 같은 동질적 기획이라는 틀 속에서 실현되고 있다. 요컨대 레몽이 여기서 그려 보이려고 하는 것은 현대 감수성의 역사요 정신사라고 할 수 있다.

"세계와 인생에 대한 합리적이고 실증적인 관념이 인간 정신에 가하는 구속"은 그것이 처음 출현했던 18세기 말엽 이후 완화되기는커녕 산업 사회로 깊숙이 들어선 오늘날에는 더욱 가중된 것이 사실이다. 지금도 시는 과연 이 같은 구속에 대항하여 인간의 "권리 청구"와 같은 소임을 다할 수 있을까? 적어도 이 책은 이 같은 근본적 질문을 구체적으로 제기하도록 하는 깊은 성찰을 드러내 보이고 있다는 점에서 감동적이다.

끝으로 이 책을 번역하는 데 도움을 주신 《심상》지의 박동규 주간과 편집실 여러분, 자문에 응해주신 강성욱 교수, 또 교정과 색인 작성에 많은 시간을 바친 고려대학교 대학원 학생 권경숙, 김선경 양의 도움에 감사한다.

서울, 1983년 9월

김화영

인명 색인

가르시아 로르카Garcia Lorca, Federico(1899~1936) : 20세기 스페인 최대의 시인 · 극작가. *Romaneero gitano, Bodas de sangre* : 543

가보리Gabory, Georges(1899~) : 환상주의와 모더니즘 사이의 시인. *Poésies pour dames seules* : 214, 396

가스케Gasquet, Joachim(1873~1921) : 신고전주의적 시인. *L'arbre et les vents, Chants séculaires* : 117, 123, 125, 126, 127, 536

가스파르-미셸Gaspard-Michel : 162

게강Guéguen, Pierre(1889~1965) : 시인 · 평론가. *Arc-en-ciel sur la Domnonée* : 242, 427, 498

게랭Guérin, Charles(1873~1907) : 시인. *Le coeur solitaire* : 101, 103, 106, 124, 158, 478

게랭Guérin, Maurice de(1810~1839) : 근대 산문시의 창시자 : 102, 124

게옹Ghéon, Henri(1875~1944) : 시인 · 극작가 · 소설가 *Chansons d'aube* : 86

고두아Godoy, Armand(1880~1963) : 시인 *Dulcinée* : 510

고드프루아Godefroy, Émile

고티에Gautier, Théophile(1811~1872) : 고답파 시인. *Émaux et camées* : 14, 116, 260, 456

골Goll, Ivan(1891~1950) : 시인 · 소설가 · 연출가. *Poèmes de la vie et de la mort* : 543

공고라Gongora(1561~1627) : 스페인의 시인 : 425

괴테Goethe, Wolfgang von(1749~1832) : 독일 시인 · 극작가 · 소설가 : 10, 527

구르몽Gourmont, Rémy de(1858~1915) : 평론가 · 시인 · 소설가 *Promenades littéraires* : 115

그레그Gregh, Fernand(1873~1960) : 휴머니즘파의 창시자. *La maison de l'enfence* : 99, 101, 511

기장Guisan, Gilbert : *Poésie et collectivité* : 282

길Ghil, René(1862~1925) : 상징주의 시인 · 시 이론가. *La tradition de poésie scientifique* : 67, 158

네르발Nerval, Gérard de(1808~1855) : 낭만주의 시인. *Les filles du feu, Aurélia* : 15, 16, 24, 95, 177, 195, 324, 335, 439, 464, 526, 541

노Nau, John-Antoine(1860~1918) : 말라르메의 시인. *Hiers bleus* : 164, 165, 167

노디에Nodier, Charles(1780~1844) : *Fée aux miettes* : 327

노발리스Novalis(1722~1801) : 독일의 대표적인 낭만파 시인 : 11, 13, 15, 23, 55, 174,

433, 439, 541,

노아이유Noailles, Comtesse de(1876~1933) : 관능적인 시를 쓴 시인. *Éblouissements,*
L'ombre des jours : 87, 101, 107, 109, 110, 111, 112, 114

놀락Nolhac, Pierre de(1859~1936) : 역사가·시인 *Paysages de France et d'Italie, Poèmes*
de France et d'Italie : 142, 511

니체Nietzsche, Friedrich Wilhelm(1844~1900) : 독일 철학자 시인 : 56, 69, 88, 89, 324

다 빈치da Vinci, Leonard(1452~1519) : 이탈리아 화가 : 34, 221, 427

단테Dante, Alighieri(1265~1321) : 이탈리아 시인. *La divina commedia* : 271

당디외Dandieu, Arnaud : *Marcel Proust, sa révélation psychologique* : 29, 261

데 리외Des Rieux, Lionel : 117, 141

데렌Dérennes, Carles(1882~1930) : 신상징주의적 시인 : 102, 117

데르메Dermée, Paul : 356, 412

데벨Deubel, Léon(1879~1913) : *La chanson balbutiante*

데보르드-발모르Desbordes-Valmore, Marceline(1786~1859) : 상징주의 경향의 시인.
Les roses de Saadi, Élégies et romances : 32

데샹Deschamps, Eustache(1346~1406) : 발라드와 롱도의 시인. *Poèmes* : 74, 143

데스노스Desnos, Robert(1900~1945) : 초현실주의 운동 시인. *La liberté ou l'amour* :
437, 440, 451, 452, 455, 473

데팍스Despax, Émile(1881~1915) : *La Maison des glycines* : 102, 106, 117, 478

델테유Delteil, Joseph(1894~1978) : 환상파 시인. *Mes Amours spirituelles, Saint Don-*
Juan : 314, 386

도게Dauguet, Marie(1865~1942) : *Les pastorales* : 107

도데Daudet, Léon(1867~1942) : 악시옹 프랑세즈 계열의 작가. *Le voyage de*
Shakespeare, Vingt-neuf mois d'exil : 429

도를레앙d' Orléans, Charles de : 201

도말Daumal, René(1908~1944) : 초현실주의 시인. *La grande Beuverie* : 542

도스토예프스키Dostoevsky, Fyodor(1821~1881) : 러시아 작가 : 327

두빌d' Houville, Gérard(1875~1963) : Poèmes, Esclave amoureuse : 107, 108, 111

뒤 바르타스Du Bartas, G.-S.(1544~1590) : *Triompe de ta foi* : 472

뒤 벨레Du Bellay(1522~1560) : 플레야드파 시인. *Olives* : 526

뒤 보스Du Bos, Charles(1882~1939) : *Dialogue avec André Gide, Approximation* : 36

뒤 플레시스Du Plessys, Maurice(1866~1924) : 로망파 시인. *Le feu sacré* : 74, 81, 82,
142, 143, 144

뒤르켐Durkheim, Émile(1858~1917) : 사회학자 : 290

뒤르탱Durtain, Luc(1881~1959) : 시인·극작가·소설가. *Pegase* : 288, 295, 309, 310,
311, 314, 315

뒤마Dumas, Georges : 312

뒤베크Dubech, Lucien(1882~1940) : 악시옹 프랑세즈파 작가 : 190

뒤샹Duchamp, Marcel(1887~1968) : 미래파 화가 : 398

뒤아멜Duhamel, Geoges(1884~1966) : 위나니미슴파 작가·시인. *Civilisation, Des légendes, des batailles* : 88, 256, 283, 284, 285, 286, 287, 288, 301, 304, 307, 315

드 라 크루아de la Croix, Saint Jean : 253, 541

드 라 타이예드de La Tailhède, Raymond(1867~1938) : *Poésies, Un débat sur le romantisme* : 74, 75, 77, 128, 142, 181

드 라 투르 뒤 팽de La Tour du Pin, Patrice(1911~1975) : *La quête de joie* : 533, 536

드 릴르de Lisle, Leconte(1818~1894) : 철학적인 시인. *Poèmes tragiques* : 116

드 퐁피냥de Pompignan, Lefranc(1709~1784) : *Le triomphe de l' harmonie* : 153

드랭Derain, André : 332

드렘Derême, Tristan(1889~1941) : 환상파 시인. *La Poiison rouge, Le Tiroir secret* : 117, 184, 215, 217, 219

드루오Drouot, Paul(1886~1915) : *Stéle d' un ami* : 114

드리외 라 로셸Drieu La Rochelle(1893~1945) : 파시즘에 동조한 작가. *Le jeune Européen* : 309

드뷔시Debussy, Claude(1862~1918) : 인상파 작곡가 : 476, 484

들라뤼-마르드뤼스Delarue-Mardrus, Lucie(1880~1945) : 시인 *Ferveur* : 107, 108

들라크루아Delacroix, Henri(1873~1937) : 심리학자 : 20, 23, 260, 312

들레탕-타르디프Delétang-Tardif, Yanette(1902~1976) : *La colline* : 543

디드로Diderot, Denis(1713~1784) : 백과전서파 작가. *Le neveu de Rameau* : 470, 481

디부아르Divoire, Fernand(1883~1951) : 상징주의 시인. *Orphée* : 364

디소르Dyssord, Jacques(1880~1945) : 환상파의 선구자. *Le dernier chant de l' intermezzo* : 196, 214

라 브뤼예르La Bruyère(1645~1696) : *Les caractères* : 148

라 우세La Houssaye, Nöel de : 신고전주의. 환상파 시인 : 511

라 퐁텐La Fontaine(1621~1695) : 우화 시인. *Les fables* : 126, 130, 132, 148, 182, 195, 396

라디게Radiguet, Raymond(1903~1923) : 심리소설가. *La diable au corps* : 394, 396

라르기에Larguier, Léo(1878~1950) : 시인·소설가, *Isolment* : 102, 106, 117

라르보Larbaud, Valéry(1881~1957) : *Heureux amants* : 88, 165, 167, 288

라마르틴Lamatine(1790~1869) : 낭만주의 시인. *Premières méditations poétiques* : 9, 20, 32, 101, 127, 286

라뮈즈Ramuz(1878~1947) : 서정적 전원 소설가. *La beauté sur la terre* : 279, 314

라바테르Lavater, Johana Kasper(1741~1801) : 스위스의 목사·철학자 : 23, 24

라벨Ravel, Maurice Joseph(1875~1937) : 인상파 작곡가 : 484

라보Lavaud, Guy(1883~1958) : *Imagerie des mers* : 167, 169

라블레Rabelais, François(1494~1553) : 풍자적인 위나니스트. *Gargantua* : 179, 481

라세르Lasserre, Pierre(1867~1930) : 비평가. *Romantisme français* : 153, 181

라쉴드Rachilde(1860~1953) : 과격파 작가. *Madame Adonis* : 330

라신Racine(1639~1699) : 고전주의 비극 작가. *Phèdre* : 65, 73, 80, 81, 102, 126, 144, 147, 148, 153

라파르그Lafargue, Marc(1876~1926) : 시인. *L'âge d'or* : 83, 86, 117, 118, 119, 126

라포르그Laforgue, Jules(1860~1887) : 데카당 시인. *Le sanglot de la terre, Les Complaintes* : 27, 71, 72, 95, 164, 193, 194, 216, 345, 476, 498

라퐁Lafont, André : 312

랭보Rimbaud, Arthur(1854~1891) : 상징주의 시인. *Une saison en enfer* : 9, 10, 16, 32, 33, 45, 46, 47, 48, 49, 50, 52, 53, 54, 56, 57, 69, 72, 88, 89, 96, 101, 111, 125, 157, 166, 179, 180, 184, 193, 232, 250, 253, 259, 276, 299, 300, 323, 324, 325, 331, 333, 340, 341, 365, 372, 398, 406, 409, 411, 425, 426, 435, 436, 438, 439, 441, 445, 446, 469, 472, 476, 484, 498, 512, 516, 523, 541

레노Raynaud, Ernest(1864~1936) : 신 플레야드파 시인 : 74, 81, 82, 142

레노Reynaud, Jacques(1894~1965) : 모라스파 시인. *Chants pour les morts et les vivants* : 190

레니에Régnier, Henri de(1864~1936) : 시인·소설가. *Le passé vivant, Jeux rustiques et divins* : 83, 92, 93, 94, 101, 149, 171

레니에Régnier, Mathurin(1573~1613) : 영감과 자유를 옹호한 시인. *Satires* 147

레테Retté, Adolphe(1863~1930) : 상징주의 시인. *Dans la forêt* : 78, 86

로덴바크Rodenbach, Georges(1855~1972) : 벨기에 시인. *Les tristesse* : 80

로랑생Laurencin, Marie(1883~1956) : 여류 화가 : 214, 393

로맹Romains, Jules(1885~1972) : 위나니미슴의 대표적인 시인·작가. *Les hommes de bonne volonté* : 180, 282, 285, 287, 290, 291, 292, 293, 296, 299, 300, 301, 308, 309, 314, 315, 353, 388, 480, 489, 498, 511, 522, 528

로위Rauhut, Franz : *Paul Valéry* : 222

로트레아몽Lautréamont(1846~1870) : 잠재 의식의 세계를 시에 도입한 시인. *Les chants de Maldoror* : 372, 426, 436, 437, 439, 523

로트Lhote, André : 344

롱사르Ronsard, Pierre de(1524~1585) : 소네트 시인. *Amours* : 65, 73, 75, 102, 119, 126, 127, 129, 130, 134, 147, 149, 182, 214, 377, 511

루벤스Rubens, Peter Paul(1577~1640) : 플랑드르의 화가 : 272

루소Rousseau, J.-J.(1712~1778) : 낭만주의 철학을 제시한 사상가. *Émile, Les rêveries du promeneur solitaire* : 11, 12, 14, 55, 276

루소Rousseau, Jean-Baptiste(1671~1741) : 오드와 칸타타의 시인 : 153

루슬로Rousselot, abbé : 음성학자 : 311

루아예르Royère, Jean(1871~1955) : 음악주의를 제창한 시인. Quiétude : 117, 128, 159, 161, 163, 511

루이스Louys, Pierre(1870~1925) : 시인. Chansons de Bilitis : 108, 181

루크레티우스Lucretius : 고대 로마 시인·철학자 : 129, 190, 292

뤼트뵈프Rutebeuf(?~1285) : 프랑스 최초의 서정시인 : 176

뤼테르Ruyters, André : 83

르 고픽Le Goffic, Charles(1863~1932) : 시인·소설가 Le pirate de l' île de Lern : 142

르 루에Le Loutet, Jean(1911~) : 저널리스트. 초현실주의 시인 : 543

르 블롱Le Blond, Maurice : 미학자 : 83, 84, 99, 118

르 카르도넬Le Cardonnel(1862~1936) : 상징주의 시인. Poèmes retrouvés : 103

르 통케데크Le Tonquédec, J. : L' oeuvre de p. Claudel : 256

르네빌Renéville, Roland de : Rimband le Voyant : 47, 442, 539, 541, 542

르메트르Lemaître, Jules(1853~1914) : 비평가. Impressions de théatre : 65

르베르디Reverdy, Pierre(1889~1960) : 전위 시인. Ferraille, Les epaves du ciel : 332, 372, 408, 410, 411, 412, 426, 428, 432, 455, 524

르베Levet, Henri(1874~1906) : Cartes postales : 164, 165

르브렁-펭다르Lebrun-Pindare(1729~1807) : Ode à Buffon : 142

르블롱Leblond, Marius-Ary : 98

리비에르Rivière, Jacques(1886~1925) : 제1차 세계대전 후의 신세대를 대변하는 모럴리스트. Aimée, Rimbaud : 50, 71, 97, 256, 266, 322, 324, 406, 407

리브몽-데세뉴Ribemont-Dessaignes, G.(1884~1974) : 다다·초현실주의자 : 398, 400, 455

리에브르Lièvre, Pierre(1882~1939) : 시인 : 198

릴케Rilke, Rainer Maria(1875~1926) : 독일 시인 : 174, 498

마갈롱Magallon, Xavier de(1866~1956) : 시인. Le livre des ombres, Le lion des ombres : 126, 536

마그르Magre, Maurice(1877~1942) : 상징파 시인. La chanson des Hommes : 87

마뉘엘Manuel, Eugène(1823~1901) : 시인. Poémes populaires : 287

마돌Madaule, Jacques(1908~) : Histoire de France en deux volumes : 249, 256

마로Marot, Clément(1496~1544) : 발라드 시인 : 116, 148, 195

마르크스Marx, Karl(1818~1883) : 독일 경제학자 : 421, 537

마르탱Maritain, Jacques(1882~1973) : 신토마스주의의 철학자. Saint-Thomas d' Aquin : 364

마르티노Martineau, Henri(1882~1958) : 환상파 시인. Parnasse et Symbolisme : 85, 196

마리네티Marinetti, Filippo Tommaso Emilio(1876~1944) : 이탈리아 시인. 미래주의 선언 : 319, 353, 356

마리Mary, André(1879~1962) : 고전주의적 시인. Rondeaux, Poèmes : 126, 149, 152

마쇼Machaud, Guillaume de : 74

마시스Massis, Henri(1886~1970) : 모라스주의자. La défense de l' Occident : 153

마자드Mazade, Fernand(1861~1939) : 15행시의 창안자. De sable et d' or : 117, 128

마크 오를랑Mac Orlan, Pierre(1883~1970) : 시인·소설가. Le rire jaune : 383, 386

메테를링크Maeterlinck, Maurice(1862~1949) : 벨기에 시인·소설가. L' oiseau bleu :
80, 95, 175, 282, 286, 426

말라르메Mallarme, Stéphane(1842~1898) 상징주의 시인 : 9, 21, 31, 32, 33, 34, 35, 36,
38, 39, 40, 42, 43, 44, 55, 56, 57, 69, 72, 73, 75, 76, 80, 81, 82, 83, 86, 89, 96, 119, 127, 128,
151, 152, 154, 157, 159, 161, 163, 164, 167, 169, 179, 180, 181, 182, 183, 185, 190, 195, 196,
200, 201, 205, 219, 229, 240, 245, 253, 255, 267, 321, 339, 341, 348, 358, 366, 381, 388, 389,
390, 393, 423, 426, 485, 512, 541

말레브르Malherbe, François de(1555~1628) : 프랑스어를 순화·혁신한 시인·시론가.
L' odeà Marie de Médicis : 119, 126, 144, 147, 148, 190, 396

말빌Malleville : 205

메나르Maynard, François(1582~1646) : 말라르브파 시인. Poésies : 144, 195, 201, 206

메르시에Mercier, Louis(1870~1951) : 상징주의 시인. Les voix de la terre et du temps :
101

메릴Merrill, Stuart : 상징주의 시인. Les quatres saisons : 61, 79, 87, 93, 157

모니에Maulnier, Thierry(1909~) : 보수적 비평가. Racine : 543

모라스Maurras, Charles(1868~1952) : 악시옹 프랑세즈의 창시자·작가·시인. L' avenir
de l' intelligence, Musique intérieure : 76, 77, 78, 79, 80, 81, 85, 90, 99, 107, 108, 112, 118,
120, 121, 125, 126, 69, 127, 130, 134, 137, 138, 139, 140, 142, 144, 145, 147, 153, 181, 183,
248, 536

모랑주Morhange, Pierre : 537

모랑Morand, Paul(1888~1976) : 시인 L' Europe galante : 167, 359, 361, 371

모레아스Moréas, Jean(1856~1910) : 그리스 태생의 시인으로 상징주의 선언 주도자.
Les stances : 61, 70, 73, 74, 81, 82, 116, 117, 119, 127, 130, 132, 133, 134, 136, 137, 138,
142, 144, 147, 149, 158, 175, 182, 195, 200, 219, 296

모켈Mockel, Albert(1866~1945) : La petite elle, La flamme immortelle, Chartés : 80, 86

몽테를랑Montherlant, Henri de (1896~1972) : 작가. Les jeune filles : 309

몽포르Monfort, Eugéne : 본연주의의 창시자 : 86

묑Meung, Jean de : Roman de la rose 2부의 작가 : 143

뮈세Musset, Alfred de(1810~1857) : 낭만주의 시인 Premières poésies, Légende des siècles
: 20, 103, 114, 198, 320, 452

뮈젤리Muselli, Vincent(1879~1956) : 신로만파 시인. Les travaux et les jeux : 152, 184,
192, 201, 205, 207, 220, 515

미쇼Michaux, Henry(1899~) : 벨기에 태생의 시인·화가. L' espace du dedans : 533

미슐레Michelet, Jules(1798~1874) : 사학자. *Histoire de France* : 85

미스트랄Mistral, Frédéric(1830~1914) : 펠리브리지파의 대표자. *Mireille* : 90, 117, 118, 127, 128, 129

미요망드르Miomandre, Francis de(1880~1959) : *L'aventure de Térès Beauchamp, Samsara* : 483, 484

미투아르Mithouard, Adrien(1864~1919) : 시인. *Le pauvre pêcheur* : 85, 99, 181

밀로슈Milosz, O.-V. de(1877~1939) : *La confession de Lemuel, Les sept solitudes* : 172, 174

바뉴Vagne, Jean(1915~) : 낭만적 상징주의 시인. *Étoile de terre* : 543

바레스Barrès, Maurice(1862~1923) : 개인주의에서 민족주의로 전향한 소설가. *Le culte de moi, Les Déracinés* : 85, 118, 136

바루지Baruzi, Jean : *Saint Jean de la Croix et le problème de l'expérience mystique* : 54, 63

바르정Barzun, Martin : 동시 화법simultanéisme의 확립자 : 364

바셰Vaché, Jacques(1896~1919) : 초현실주의 시인. *Lettres de guerre* : 400

바슐라르Bachelard, Gaston(1884~1962) : 과학자, 시 및 상상력 연구가. *La psychanalyse du feu* : 539

바잘제트Bazalgette, Léon : *Magazine international*의 창간인 : 88, 288

바타이유Bataille, Henri(1872~1922) : 시인·극작가. *La marche nupiale* : 103, 164

반 드 퓌트Van de Putte : 벨기에 상징주의 시인 : 83

반 레르베르그Van Lerberghe(1861~1907) : *La chanson d'Ève* : 101

발레리Valéry, Paul(1871~1945) : 주지주의 시인. 에세이스트. *Le cimetière marin, La jeune Parque* : 9, 17, 20, 31, 34, 36, 37, 40, 43, 45, 65, 81, 88, 117, 119, 123, 127, 159, 163, 167, 181, 185, 190, 201, 221, 222, 223, 225, 226, 227, 228, 229, 230, 232, 235, 239, 240, 241, 242, 244, 245, 246, 247, 248, 271, 285, 288, 300, 315, 326, 342, 358, 366, 377, 388, 396, 399, 401, 402, 407, 422, 427, 431, 488, 502, 512, 513, 515, 523

발자크Balzac, Honoré de(1799~1850) : 사실주의의 대표 작가. *La conmédie humaine* : 24

발Wahl, Jean(1888~1974) : 실존 개념을 도입한 철학자·시인. *Connaître sans connaître* : 542

방빌Bainville, Jacques(1879~1936) : 비평가·저널리스트·역사가. *Histoire de France* : 99

방빌Banville, Théodore de(1823~1891) : 고답파 시인. *Les Cariatides* : 120, 193, 195, 213

베갱Béguin, Albert(1901~1957) : 인격주의파의 평론가. *L'âme romantique et le rêve* : 11, 538, 539

베란Vérane, Léon(1885~1954) : 신로만파 시인. *Dans le jardin des lys et des verveines rouge* : 117, 152, 192, 213

베르그송Bergson, Henri(1859~1941) : 직관과 지속을 강조한 철학자. *Essai sur les données imédiates de la conscience* : 88, 89, 90, 169, 170, 171, 276, 279, 284, 326, 542

베르나르Bernard, Jean-Marc(1881~1915) : 환상파 시인. *La mort de Narcisse* : 69, 192, 209

베르아랑Verhaeren, Émile(1855~1916) : 벨기에 상징주의 시인. *Les villages illusoires, Compagnes hallucinées* : 80, 86, 88, 92, 93, 96, 97, 98, 127, 158, 282, 127, 158, 282, 287, 309, 319, 353, 371

베르주Berege, André : 326, 328

베르트랑Bertrand, Aloysius(1807~1841) : 낭만파 시인. *Gaspard de la nuit* : 95

베르트랑Bertrand, Louis(1866~1941) : 소설가·수필가·역사가. *Les villes d' or* : 125

베를렌Verlaine, Paul(1844~1896) : 상징주의 시인. *Sagesse* : 32, 33, 36, 45, 48, 56, 69, 73, 74, 80, 95, 97, 101, 102, 143, 164, 175, 193, 195, 210, 219, 335, 476, 543

벨리비에Bellivier, André(1899~) : *L' éclair et le temps* : 543

보나르Bonnard, Abel(1883~) : 시인·소설가 *La vie et l' amour* : 102

보댕Bauduin, Nicolas : 공시성의 시인 : 364

보들레르Baudelaire, C.-P(1821~1867) : 상징주의 비조이며 근대시의 개척자. *Les fleurs du mal* : 9, 14, 16, 18, 19, 20, 21, 22, 23, 24, 25, 26, 27, 28, 29, 30, 31, 38, 49, 51, 55, 56, 57, 69, 70, 72, 74, 76, 80, 83, 85, 96, 101, 103, 111, 115, 154, 157, 159, 161, 177, 179, 180, 183, 184, 193, 195, 201, 213, 229, 259, 261, 285, 331, 333, 341, 348, 349, 362, 363, 388, 424, 425, 426, 435, 436, 439, 446, 455, 512, 513, 527, 539, 541, 548, 549, 550

보렐Borel, Pétrus(1809~1859) : 낭만주의 작가. *Les Rhapsodies* : 456

보론카Voronca, Ilarie(1903~1946) : 다다이스트. *La joie est pour l' homme* : 538

볼테르Voltaire(1694~1778) : 계몽주의 사상가. *Henriade, Candide* : 195, 389, 395, 445

부누르Bounoure, Gabriel : 251, 274, 366, 445, 481

부비에Bouvier, Émile : *L' Initiation à la littérature d' aujourd' hui* : 398

부아튀르Voiture(1597~1648) : *Sonnet d' Uranie* : 195, 199, 205

부알로Boileau, Nicolas(1636~1711) : 시인·비평가로 고전주의 미학을 확립. *L' art poétique* : 148, 196, 513

부엘리에Bouhélier, Saint-George de(1876~1947) : 본연주의 시인. *Le Roi sans couronne* : 83, 85

부이예Bouilhet, Louis(1822~1869) : 콩트 작가·극작가. *Les fossiles* : 347

뷔퐁Buffon, George Louis Leclerc de(1707~1788) : 프랑스 철학자·박물학자. *Histoire naturelle* : 76

브라크Braque, Georges(1882~1963) : 야수파에서 출발, 피카소와 함께 입체파를 창시한 화가 : 332

브레몽Bremond(abbé Henri)(1865~1933) : 비평가. *Histoire littéraire du sentiment religieux en France, Prière et Poésie* : 22, 159, 229, 260, 262, 442

브륀슈비크Brunschvicg, Léon : 538

브륀티에르Brunetière, Ferdinand(1849~1906) : 비평가. *Revue des deux monde* 주재. *L'evolution de la Poésie au XIX Siécle* : 424, 520

브륄Brühl, Lévy : 12

브르통Breton, André(1896~1966) : 초현실주의 운동의 대표자·작가. *Mont de piété, Manifeste surréaliste* : 15, 67, 162, 351, 399, 400, 402, 403, 406, 408, 412, 418, 420, 421, 422, 423, 426, 428, 429, 430, 431, 432, 433, 436, 440, 441, 442, 446, 447, 449, 450, 451, 457, 472, 473, 484, 525, 532

블레이크Blake, William(1757~1827) : 영국의 시인·화가 : 11, 439, 497

블로크Bloch, J.-R.(1884~1947) : 민중 극작가. *Naissance d'une cité, Naissance d'une culture* : 289

비니Vigny, Alfred de(1797~1863) : 낭만주의 시인 *Servitude et grandeur militaires* : 20, 31, 54, 103, 142

비달Bidal, M.-L. : *Les écrivains de l'abbaye* : 282

비로Birot, Pierre-Albert : 355, 356, 412

비르길리우스Virgile(BC 70~19) : 로마 서정시인 : 74, 75, 102, 127, 129, 185, 190, 267, 293, 378, 534

비비앵Vivien, Renée(1877~1909) : 여류 서정시인. *Flambeaux éteints* : 107, 112

비비에르Vivier, Robert(1894~) : *Déchirures* : 19

비엘레-그리팽Viélé-Griffin, Francis(1864~1937) : 상징파 시인 : 86, 88, 92, 93, 94, 95, 97, 158, 167

비올리스Viollis, Andrée : 83

비용Villon, François(1431~1463) : 근대시의 비조. *La grand testament* : 74, 95, 143, 147, 149, 175, 195, 204, 543

비이Billy, André(1882~1971) : 소설가·문학평론가. Narthex, *La littérature française contemporaine* : 335, 347, 348

비장Visan, Tancrède de : 상징주의를 옹호한 비평가·시인. *L'attitude du lyrisme contemporain* : 169, 170, 171, 174, 177, 190

비토즈Vittoz, René : *Essai sur les conditions de la poésie pure* : 43

비트락Vitrac, Roger(1899~1952) : 풍자극 작가. *Mystères de L'amour* : 455, 456

빌드락Vildrac, Charles(1882~1971) : 시인·극작가. *Michel Auclair, Poemes* : 88, 284, 286, 287, 288, 301, 304

사맹Samain, Albert(1858~1900) : 상징주의 경향의 시인. *Jardin de l'infante, Le chariot d'or* : 92, 93, 98, 101, 103, 106, 478

살몽Salmon, André(1881~1869) : 초현실주의 경향의 시인. *Peindre, Les clés ardentes* : 157, 192, 214, 321, 322, 330, 333, 366, 368, 522

상드라르Cendrars, Blaise(1887~1961) : 전위 시인. *Les Pâques à New-York* : 309, 353, 361, 363, 364, 365, 366, 371, 387, 408, 412, 522, 533

생-종 페르스Saint-John Perse(1887~1975) : 시인. *Oiseaux* : 474, 484, 485, 488, 509, 522

생-즐레Saint-Gelay(1491~1558) : *Oeuvres* : 199

생트-뵈브Sainte-Beuve(1804~1869) : 근대 비평의 확립자. *Causeries du lundi* : 20, 102, 183

생-폴 루Saint-Pol Roux(1861~1940) : 초현실주의의 선구적 시인. *Randonnee* : 178, 179, 426

샤르팡티에Charpentier, Henry(1889~1952) : 신고전주의 시인 : 190, 191, 219, 513

샤르Char, René(1907~) : 초현실주의 시인. *Fureur et mystère* : 532

샤바넥스Chabaneix, Philippe(1898~) : 고전파 시인. *Les tendres amies* : 213, 214

샤토브리앙Chateaubriand(1768~1848): 낭만주의의 대표적인 작가. *Le génie du chrstianisme* : 14, 20, 77, 79

샬륍트Chalupt, René(1885~1957) : 환상파 시인. *La lampe et le miroir* : 214, 215, 396

세네샬Sénéchal, Christian : *L'abbaye de Créteil* : 282, 302

세르비엥Servien, Pius(1902~1959) : 리듬 구조에 대한 미학 이론을 남긴 루마니아 학자. *Les rythmes comme introduction physique à l'esthétique et lyrisme et structures sonores* : 68, 265, 266

세브랭Séverin, Fernand(1867~1931) : 고전파적 시인. *Le lys. Les poèmes ingénus* : 87

세브Scéve, Maurice(1510~1564) : 난해한 상징적 수법의 시인. *Délie* : 39

셰니에Chénier, André de(1762~1794) : 18세기 프랑스 서정시인. *La jeune Tarentine, Le jeu de Paume* : 65, 74, 102, 116, 119, 127, 131, 148, 198

셴비에르Chennevière, Georges(1884~19270) : 시인. *L'appel au monde, Oeuvres poétiques* : 33

셸리Shelley, Persy Bysshe(1792~1822) : 영국의 대표적인 낭만 시인 : 11

소바주Sauvage, Cécile(1883~1927) : 여류 시인 *Le Vallon Oeuvres* : 108, 113, 114

쇼펜하우어Schopenhauer, Arthur(1788~1860) : 독일 염세 철학자 : 38

숄리외Chaulieu(1639~1720) : *Odes sur l'inconstance, sur la retraite, sur la solitude* : 195

수자Souza, Robert de(1865~) : 미학자 · 시인. *L'hymme à la mer* : 116, 117, 158, 312

수포Soupault, Philippe(1897~1990) : 초기 초현실주의 시인 · 작가. *Rose des vents* : 335, 399, 414, 423, 431, 452, 454, 455

쉬아레스Suarès, André(1868~1948) : 시인 · 비평가. *Sur la vie, Wagner* : 140

쉬페르비엘Supervielle, Jules(1884~1960) : 시인 · 소설가. *Gravitations* : 308, 474, 498, 500, 502, 503, 507, 508, 509, 543

슐룅베르제Schlumberger, Jean(1877~1968) : *N.R.F.*의 초기 편집자 작가. *Un homme heureux, Madeleine et A. Gide* : 140, 181, 537

스베덴보리Swedenborg, Emanuel(1688~1772) : 스웨덴 철학자·과학자·신비주의자 : 23, 26

스피르Spire, André(1868~1966) : 철학자·음성학자·시인. *Poèmes juifs, Tentations* : 88, 288, 311, 312, 314

시뇨레Signoret, emmanual : 환상파의 선구자. *Daphné* : 81, 117, 120, 122, 123, 181

아라공Aragon, Louis(1897~1982) : 초현실주의 운동의 대표적 시인. *Feu de joie, Traité du style* : 323, 399, 404, 406, 412, 424, 431, 440, 443, 444, 445, 446, 455, 480, 519, 529, 537

아르님Achim, Von Arnim(1781~1831) : 독일 낭만주의 시인. *Des knaben wunderhorn* : 11

아르코스Arcos, René(1880~1950) : 위나니미슴의 시인. *Le sang des autres, L'ame essentielle* : 283

아바디Abadi, Michel(1866~1922) : *Les voix de la montagne* : 86

아인슈타인Einstein, Albert(1879~1955) : 상대성 원리를 발견한 물리학자 : 400

아폴리네르Apollinaire, Guillaume(1880~1918) : 전위 시인 "새로운 정신"의 선언자. *Alcools* : 33, 88, 95, 157, 171, 177, 192, 210, 214, 304, 319, 321, 322, 323, 330, 333, 334, 335, 336, 337, 338, 339, 341, 342, 343, 344, 345, 347, 348, 349, 350, 351, 353, 356, 364, 366, 372, 374, 380, 381, 387, 388, 396, 397, 408, 412, 451, 452, 455, 511, 512, 519, 522, 527, 528, 543

안데르센Andersen(1805~1875) : 덴마크의 동화 작가·시인.

알라르Allard, Roger(1885~1960) : 환상파 시인. 처음에는 수도원파, *Elégies Martiales*

알리베르Alibert, F.-P.(1873~1953) : 고전주의적 시인 : 483

앙리오Henriot, Émile(1889~1961) : 비평가·시인. *Le diable à l'hôtel, Poésies* : 136

앙리Henry, Marjorie : 157

앙즐리에Angellier, Auguste : 고답적이고 상징적인 시인. *Le chemin de saisons* : 142

에레디아Hérédia, José Maria de(1842~1905) : 시인, *L'oubli* : 80, 108, 116

에르츠Hertz, Henri(1875~1966) : *Les apartés* : 157, 192, 330

에스테브Estève, Claude : 228

엘랑스Helens, Franz : 442

엘뤼아르Eluard, Paul(1895~1952) : 초현실주의 시인. *L'amur, la poésie, Poésie et vérité* : 67, 415, 417, 427, 428, 429, 431, 457, 459, 461, 462, 464, 465, 472, 522, 537

오네디O'neddy, Philothée : 낭만파 시인 : 456

오디베르티Audiberti(1899~1965) : 환상적인 시인·소설가 *Race des hommes* : 544

오디지오Audisio, Gabriel(1900~1978) : 후기 위나니미슴 시인. *Jeunesse de la Méditerranée* : 511

오르무아Ormoy, Marcel(1891~1934) : 상징파 시인. *Le jour et l'ombre* : 214

오릭Auric, Georges(1899~) : 현대 작곡가로 라벨의 영향을 받음 : 389

오바넬Aubanel, Théodore(1829~1886) : 펠리브리지 운동에 참여. *La miougrano entreduberto* : 128

와일드Wilde, Oscar(1854~1900) : 영국 유미주의 시인 : 388

웅가레티Ungaretti, Giuseppe : 이탈리아 시인 : 276

위고Hugo, Victor(1802~1885) : 낭만파 시인·작가. *Contemplation, Les misérables* : 9, 15, 16, 17, 18, 24, 26, 30, 65, 85, 101, 102, 111, 125, 126, 148, 179, 183, 259, 271, 287, 292, 300, 439, 452, 472, 499

위스망스Huysmans, Joris-Karl(1848~1907) : 자연주의 작가. *A rebours* : 116

융Jung, Carl Gustav(1875~1961) : 스위스 심리학자. 꿈과 상징에 대한 연구 : 406

이티에Hytier, Jean(1899~) : 시인, Le mouton blanc 창간. *La cinquième saison* : 308

자네Janet, Pierre(1859~1947) : 정신병리학자 : 312, 406

자리Jarry, Alfred(1873~1907) : 초현실주의에 영향을 끼친 전위 극작가. *Ubu-Roi* : 158, 329

자콥Jacob, Max(1876~1944) : 전위 시인 *Cornet à dés* : 158, 192, 321, 322, 330, 333, 355, 364, 372, 374, 376, 377, 378, 379, 380, 381, 385, 386, 387, 388, 396, 408, 412

잘루Jaloux, Edmond(1878~1949) : 낭만주의 작가. Ô toi que jeusse aimée : 157

잠Jammes, Francis(1868~1938) : 전원 시인. *Ma France poétique, Clairières dans le ciel* : 86, 92, 93

제임스James, William(1842~1910) : 실용주의를 제창한 미국 철학자 : 283

졸라Zola, Émile(1840~1902) : 자연주의 운동의 중심 작가. *Les Rougon-Macquart* : 127, 287

주브Jouve, Pierre-Jean(1887~1976) : 위나니미슴파 시인. *La vierge de Paris, Paulina* : 304, 308, 314, 489, 490, 494, 496, 497, 498, 509, 512, 537

주소Suso, Heinrich(1295~1366) : 중세 독일의 신비주의자 : 171

주스Jousse, Marcel : 음성학자 : 311, 312

지드Gide, André(1869~1951) : 작가. *N.R.F.* 주재자. *Nourritures terrestres, Faux-Monnayeurs* : 83, 84, 87, 88, 89, 158, 166, 181, 283, 323, 324, 348, 388, 399, 412, 418, 457, 474, 478

차라Tzara, Tristan(1896~1963) : 다다이즘의 창시자. *Phases* : 398, 399, 400, 413, 414, 466, 467, 469, 470, 472, 523

카르코Carco, Francis(1886~1958) : 모험 소설과 환상적 시를 쓴 작가. *L'homme traqué* : 33, 192, 193, 195, 210, 213, 480

카모Camo, Pierre(1877~1949) : *Le livre des regrets* : 117, 118, 119, 120

카수Cassou, Jean(1897~) : 시인 소설가. *Les massacres de Paris* : 339, 377, 521

카프카Kafka, Franz(1883~1924) : 독일 소설가 : 533

칸Kahn, Gustave(1859~1936) : 시인·평론가 *Chanons d'amants* : 61, 67, 68

칼데론Calderón : *Centenaire* : 272

코르비에르Corbière, Tristan(1845~1875) : 상징파 시인 : 95, 193

코르트Corte, Marcel de : 540

코엥Cohen, Gustave(1879~1958) : 비평가·역사가. *Le théâtre en France au moyen âge* : 236

코페Coppée, François(1842~1908) : 고답파 시인. *Poèmes modernes* : 101, 285, 287

콕토Cocteau, Jean(1889~1963) : 전위 작가·시인. *Le Boeuf sur le toit, Les enfants terribles* : 112, 169, 333, 339, 362, 372, 381, 382, 386, 388, 389, 390, 393, 394, 412

콜레트Colette(1873~1954) : 여류 소설가. *La vagabonde* : 111

콜리지Coleridge, Samuel Taylor(1772~1834) : 영국의 시인이며 낭만주의 비평가.

클레르Clair, René(1898~) : 영화감독 : 537

클렝소르Klingsor, Tristan(1874~1966) : 시인·화가 *Poèmes du brugnon* : 95, 175, 177, 192

클로델Claudel, Paul(1868~) : 가톨릭 작가·외교관. *Cinq grandes Odes* : 16, 55, 88, 157, 171, 179, 180, 248, 249, 250, 251, 252, 253, 255, 256, 258, 260, 261, 262, 263, 264, 265, 266, 267, 269, 270, 271, 272, 273, 274, 275, 277, 278, 279, 281, 283, 284, 286, 291, 314, 315, 319, 324, 409, 484, 498, 522, 528, 534, 542

키네Quinet, Edgar(1803~1875) : *La révolution* : 85

타르드Tarde, Gabriel(1843~1904) : 반주지주의파 작가. *Jeunes gens d'aujour d'hui* : 290

테리브Thérive, André(1891~1967) : 대중파 소설가·비평가 : 137, 148, 182, 512

테오필Théophile(1590~1626) : *Oeuvres* : 14, 21, 147, 149, 260, 377

텔리에Tellier, Jules(1863~1889) : 고답파 시인. *Nos poètes, Reliques de Jules Tellier* : 80

툴레Toulet, P.-J.(1867~1920) : 환상파 시인. *Contre-rimes* : 117, 184, 192, 193, 195, 196, 198, 199, 200, 208, 210, 213, 214, 388, 396, 515

트리스탕Tristan L'Hermite(1601~1655) : 시인. *Les amours de Tristan* : 39, 144, 201, 396

티보데Thibaudet, Albert(1874~1936) : 비평가. *Histoire de la littérature francaise* : 44, 75, 164, 221

파게Faguet, Émile(1847~1916) : 비평가. *Tragédie an XVI siécle* : 17

파귀스Fagus, Félicien(1872~1933) : 시인·수필가. *La danse mecabre* : 95, 175, 176, 177

파르그Fargue, Léon-Paul(1876~1947) : 환상파 시인. *Sous la lampe, Poèmes* : 86, 117, 118, 171, 474, 475, 476, 478, 480, 481, 482, 483, 484, 498, 509, 522, 528

파르니Parny(1753~1814) : 낭만파 시인. *Voyage de Bourgogne* : 20, 102, 195

파뷔로Fabureau, Hubert : *Guillaume Appolinaire* : 335

파브르Fabre, Lucien(1889~1953) : 시인·수필가. *Connaissance de la déesse*

파브리Fabri, Marcello : 364

파스칼Pascal, Pierre : 273, 396, 536, 537

파울Paul, Jean(1763~1825) : 독일 시인 : 11

파이Fäy, Bernard : 69

페기Péguy, Charles(1873~1914) : 사회주의파 작가·사상가. *Jeanne d'Arc, Notre jeunesse* : 270, 275, 276, 277, 279, 280, 291, 314, 507

페늘롱Fénelon(1651~1715) : 기독교 작가. *Traité de l' education des filles* : 102, 148

페레Féret, Charles-Théophile(1859~1928) : *Pour les vieilles maisons de bois qu' on brise* : 152

페레Péret, Benjamin(1899~1959) : 초현실주의 시인. *Au 125 du boulevard Saint-Germain* : 537

페로Perrault, Charles(1628~1703) : 17세기 신구 논쟁에서 근대파의 승리를 주도한 평론가. *Digression sur les anciens et les modernes* : 483

페르낭데즈Fernandez, Ramon(1894~1944) : N.R.F.의 대표적 비평가 : 140

페트라르카Petrarca, Francesco(1304~1374) : 문예부흥기의 이탈리아 시인 : 134, 142

펠르랭Pellerin, Jean(1885~1921) : 환상파 시인. *Le Bouquet inutile* : 195, 210, 211, 213, 214, 396

펠리송Pellisson : 78

펠리시에Pellissier, George : 63

펭다르Pindare : 신고전파 시인 : 120, 136, 191, 267, 511

포르타유Portail, Jacques : *Somme* : 308

포르Fort, Paul(1872~1960) : 상징파 시인. *Philomèle, Histoire de la poésie française depuis* : 86, 92, 93, 95, 98, 158, 171, 192, 282, 302, 476, 484

포미에Pommier, Jean : 비평가. *Le mystique de Baudelaire* : 23

포르세Porché, François(1877~1944) : 시인. *Commandements du destin* : 100

포지Pozzi, Catherine(1882~1934) : 신비파 시인. *Poèmes* : 114

포Poe, Edgar(1809~1849) : 미국 시인·작가 : 229

폴랑Paulhan, Jean(1884~1968) : 항독 운동을 한 소설가·비평가. *Le Bonheur dans l' esclavage* : 225, 402, 514, 517

퐁단Fondane, Benjamin(1898~1944) : *Ulysse* : 543

퐁테나스Fontainas, André(1865~?) : 벨기에 태생의 시인. *Crépuscule, Le jardin des îls claires* : 80, 87, 157

퐁트넬Fontenelle, Bernard le Bovier de(1657~1757) : 계몽주의 작가. *Histoire des oracles* : 377

푸르니에Fournier, Alain(1886~1914) : 소설가. *Grand Meaulnes* : 96, 97, 174

푸리에Fourier, Chrles(1772~1837) : 이상적 사회주의자 : 24

푸앵카레Poincare, Henri : 517

풀랑크Poulenc, Francis : 389

프랑스France, Anatole(1844~1924) : 휴머니스트 작가. *Thaïs* : 80

프레베르Prévert, Jacques(1900~1977) : 초현실주의파 시인. *Paroles* : 537

프레보Prévost, Jean(1901~1944) : *Sel sur la plaie, Le génie de Paul Claudel* : 249

프렌Frêne, Roger(1878~1940) : 본연주의 시인. *Nocturnes, Sèves originaires* : 102

566

프로이트Freud, Sigmund(1856~1939) : 오스트리아 심리학자 : 406, 407, 442, 455, 457, 490, 495

프루스트Proust, Marcel(1871~1922) : 소설가. *A la recherche du temps perdu* : 29, 261, 457, 478

프리크Frick, Louis de Gonzague(1883~1961) : 해학적인 시인. *Vibrones* : 161

플라톤Platon(D.C.427~347) : 아테네 철학자 : 22, 29, 46, 241, 333, 389

플레시스Plessis, Frédéric(1851~1942) : 라틴어 학자. *La lampe d' argile* : 142

플로랑스Florence, Jean : 161

플로베르Flaubert, Gustave(1821~1880) : 사실주의 작가. *Madame Bovary* : 40, 329, 347, 445, 456

플뢰레Fleuret, Fernand(1884~1945) : 풍자적인 시인. Épîtres plaisantes : 126, 149, 152

피아Pia, Pascal : 396

피즈Pize, Louis(1892~1977) : *Chansons du pigeonnier* : 126, 127

피카비아Picabia, Francis(1879~1953) : 입체파 화가 시인 *Choix de poèmes* : 398

피카소Picasso, Pablo(1881~1973) : 스페인 태생의 입체파 화가 : 214, 215, 332, 333, 373, 389, 411

필롱Pilon, Edmond(1874~1945) : 상징파 시인. *Le poème de mes soirs* : 83

필립Phillippe, Charles-Louis(1874~1909) : 빈민을 소재로 한 작가. *Bubu de Montparnasse* : 14, 83, 84, 86, 283, 476

하르트만Hartmann, Karl Robert Eduaed von(1842~1906) : 독일 철학자. *Die Philosophie des Unbewussten* : 71

하이네Heine, Heinrich(1797~1856) : 독일 서정시인. *Die Harzreise* : 335

함순Hamsun, Kunt(1859~1952) : 노르웨이 작가. *Markens Grøde* : 402

호메로스Homer : 그리스 고전 시인 : 74, 252

호프만Hoffmann, E. T. A.(1776~1822) : 독일의 작가·음악비평가 : 11, 24

화이트헤드Whitehead, Alfred North(1861~1947) : 영국의 과학철학자 : 538

횔덜린Hölderlin(1770~1843) : 독일 낭만주의 시인 : 439

휘트먼Whitmann, Walt(1819~1892) : 미국의 국민시인 : 88, 127, 165, 282, 287, 288, 289, 301, 314, 319, 344, 353, 368, 498

프랑스 현대시사

지은이	마르셀 레몽
옮긴이	김화영
펴낸이	양숙진

초판 1쇄 펴낸날 2007년 2월 16일
초판 2쇄 펴낸날 2015년 10월 8일

펴낸곳	㈜현대문학
등록번호	제1-452호
주소	06532 서울시 서초구 신반포로 321(잠원동, 미래엔)
전화	02-2017-0280
팩스	02-516-5433
홈페이지	www.hdmh.co.kr

값 23,000원

ISBN 978-89-7275-385-8 03800